hanser**blau**

Eric Puchner

WEISSES LICHT

Roman

Aus dem Englischen von pociao
und Roberto de Hollanda

hanserblau

Die englische Originalausgabe erschien 2025
unter dem Titel *Dream State* bei Doubleday,
a division of Penguin Random House LLC, New York.

1. Auflage 2025

ISBN 978-3-446-28454-8

Vilshofener Straße 10 | 81679 München | info@hanser.de

Erscheint als Hörbuch bei Der Audio Verlag, gelesen von Luise Helm.
Umschlag: favoritbüro, München nach einem Entwurf von Oliver Munday
Motiv: The Teton Range (detail) by Thomas Moran.
Metropolitan Museum of Art, N. Y. Photo: Bridgeman Images
Satz: Greiner & Reichel, Köln
Druck und Bindung: GGP Media GmbH, Pößneck
Printed in Germany

FSC
www.fsc.org
MIX
Papier | Fördert
gute Waldnutzung
FSC® C014496

Für Katharine,
und für Sy und Clem

»Ich hatte 'nen Traum – 's geht über Menschenwitz,
zu sagen, was es für ein Traum war.«
Zettel in *Ein Sommernachtstraum*

Der hier beschriebene Nordwesten von Montana
ist eine Mischung aus realer und fiktiver Landschaft.

I

JUNI – JULI 2004

EINS

Eigentlich gehörte Charlies Haus in Montana, wo sie die Sommer verbrachten, seinen Eltern, den Margolises. Es war nichts Besonderes, nichts, das irgendjemandem aufgefallen wäre: vollgestopft, muffig, mit niedrigen Decken. Der beigefarbene Teppich stammte aus den Siebzigerjahren, auf allen Fensterbänken war Schnickschnack ausgebreitet, und die Möbel aus zweiter Hand würden bis in alle Ewigkeit nach Tabakrauch stinken. Am Treppensturz hing die Handzeichnung einer Giraffe, um daran zu erinnern, dass man hier den Kopf einziehen musste. Auf dem Boden stapelten sich Brettspiele. An der Wand der kleinen, ganz in Braun gehaltenen Küche prangte ein uraltes Schild – SWEET CHERRIES U-PICK-M. Braun der Herd, braun der Kühlschrank, doppelt braun Mikrowelle und Spülmaschine. Braun auch der Toaster, aber nur selten der Toast, der in willkürlichen, unberechenbaren Abständen herausschoss wie ein Springteufel aus seiner Schachtel. Es gab eine hübsche, erst kürzlich renovierte Veranda mit einem herrlichen Blick auf den See. Allerdings konnte man weder die Aussicht genießen noch hören, wie die Wellen der Schnellboote gegen das Ufer schwappten, denn zwischen Vorgarten und Strand verlief eine wichtige Verkehrsader. (Das Dröhnen der Sattelschlepper und Holztransporter, das Knattern vorbeirasender Harleys machten den Klang des Sommers aus.)

Trotz alledem liebte Cece diesen Ort mehr als jeden anderen auf der Welt. Im Obstgarten hinter dem Haus standen uralte, von Mrs. Margolis' Großvater gepflanzte Apfelbäume verschiedenster Sorten, deren Namen an Rennpferde erinnerten: Sweet

Sixteen, Hidden Rose oder Northern Spy. Man konnte im Schatten in der Hängematte liegen und lesen, während die Sonne durch die Kiefern flimmerte. Es gab Himbeersträucher, deren Früchte sich auf wundersame Art zu vermehren schienen, wie im Märchen. (Im Juli konnte man wie eine Erntemaschine über sie herfallen, sechs, sieben Eimer füllen, und anschließend sah man es den Sträuchern nicht einmal an.) Und die Kirschen! Irgendwie schien immer ein Baum in greifbarer Nähe zu sein. Mit rot gefärbten Fingern und vollem Bauch rannte man dann über die Route 35, sprang johlend in den See, um sich zu waschen, und kam sich vor wie eine Figur aus einem russischen Roman. Zumindest Cece fühlte sich so, als hätte sie in ihrer Fantasie eine Tür geöffnet – hinein in eine prädigitale Welt, in der solch lustvolles Gejohle in war. Sie liebte diesen Ort genauso sehr wie Charlie. Beide liebten ihn dermaßen, dass sie beschlossen hatten, hier zu heiraten, mehr als tausend Meilen von zu Hause entfernt. Einige ihrer Freunde regten sich darüber auf – es war teuer, per Flugzeug von einer der beiden Küsten anzureisen und auch nicht ganz einfach –, aber das war Cece egal. Sie konnte sich einfach nicht vorstellen, irgendwo anders zu heiraten.

Jetzt war sie zum ersten Mal ganz allein im Haus. Einen ganzen Monat vor der Hochzeit war sie aus L. A. hierher geflogen. Charlies Eltern waren zu Hause in Culver City, und Charlie konnte natürlich nicht länger als eine Woche Urlaub vom Krankenhaus bekommen: Charlie hatte gerade erst eine Festanstellung als Kardioanästhesist bekommen. Deshalb musste Cece sich allein um die Hochzeitsvorbereitungen kümmern. Um Geld zu sparen, vor allem aber, weil es ihrer Natur entsprach, organisierte sie alles selbst. Jetzt saß sie vor ihrem Laptop, durchforstete Bilder von Square-Dance-Callern und stieß auf einen jungen Mann mit Cowboyhut, der ein bisschen verpeilt wirkte. Der Name der Band gefiel ihr: *Rod-O and the Feck-*

less Fiddlers. In puncto Square-Dance-Bands hatte man ihr einen einzigen Rat gegeben: Je alberner der Name, umso besser die Band.

»Wofür steht das ›O‹?«, fragte sie Rod-O am Telefon. Im Hintergrund plärrte ein Fernseher. Die Band, die sie ursprünglich gebucht hatte – das *Fiddle Faddle Stringtet* – hatte vor einer Woche abgesagt.

»Für nichts.«

»Wie, für nichts?«

»Ich fand einfach gut, wie es klingt. Ich komme aus Mamaroneck, New York. Ich wollte was, das auffällt.«

»Du bist also gar kein echter Montaner?«

»Was ist heutzutage schon *echt*?«

Cece runzelte die Stirn. »Könntest du den Kasten mal kurz leiser stellen? Er ist sehr laut.« Dem britischen Akzent zufolge sah er sich gerade *Masterpiece Theatre* an. Um zehn Uhr morgens.

»Früher habe ich mich als Ernährungsberater durchgeschlagen, jetzt bin ich Square-Dance-Caller. Alles Teil des kosmischen Lebensrads.«

»Habt ihr am siebzehnten Juli Zeit? Das ist das Hochzeitsdatum.«

»Da müsste ich in meinem Terminkalender nachschauen. Dieser Sommer ist ganz schön voll. Es gibt ein Festival in Burlap.«

»Burlap?«

»Ist mir nur gerade eingefallen.«

»Könntest du dann vielleicht mal nachsehen und mich zurückrufen?«

»Bleib dran. Dauert bloß eine Sekunde. Duu-bi-duu. Okay, sieht so aus, als … Hmm, tja, man müsste ein paar Dinge umstellen … und natürlich das Ganze mit den Jungs besprechen, aber ich glaube, das kriegen wir hin.«

Cece legte auf und fragte sich, ob Rod-O seine eigene Unfähigkeit den Fiddlers in die Schuhe schieben wollte. Trotzdem war sie entschlossen, im Zweifelsfall anderen erst einmal zu glauben, vor allem, weil sie weder hier wohnte noch sich auskannte.

Salish, Montana, war eine der Westernstädte, die sich in einer seltsamen Übergangsphase befanden. Sie hatte als Handelsposten für Indigene angefangen, sich dann viele Jahre als Holzfällerstadt einen Namen gemacht und vor Kurzem als attraktives Reiseziel für Naturliebhaber neu erfunden. Es gab eine kleine Brauerei, ein Sushi-Restaurant namens *How We Roll* und einen Fahrradladen mit Espressobar, aber auch ein Waffengeschäft, eine Kneipe namens *Stagger Inn* und einen Pfandleiher, dessen Angestellte ungeniert von »Schwuchteln« redeten. Im *Lazy Bear Bar & Grill* konnte man beim Margarita Monday einem Verkaufsberater, ein oder zwei Angelführern und gelegentlich sogar einem echten Cowboy begegnen. Aber meistens fanden sich dort Menschen ein, die aus größeren Städten angespült worden waren, auf der Suche nach Spaß, Naturerlebnissen oder einem anderen, aber nicht allzu anderen Leben, ohne recht zu wissen, was sie hier verloren hatten. Wie Rod-O am Telefon hätten auch sie sich schwergetan, zu erklären, wer sie waren.

Cece zog ihren Badeanzug an, machte sich auf den Weg zum See und rannte, als sich eine Lücke im Verkehr auftat, quer über den Highway. Schon morgens gab es einen ständigen Strom von SUVs, Sattelschleppern und Mietwagen, doch die Hektik der Straße verflog, sobald sie den Rasen des Bootshauses überquert hatte und vor dem See stand, der still in der Sonne dampfte. Das Wasser schimmerte so hell, dass sie die Augen zusammenkneifen musste. Links von ihr erhoben sich die Mission Mountains mit ihren dichten Kiefernwäldern, und in der Ferne, jenseits des weiten blauen Wassers, waren die Gipfel der

Salish-Berge zu sehen, die wie eine Fata Morgana in der Luft schwebten. Bevor sie vor drei Jahren zum ersten Mal hierherkam, hatte Cece so etwas noch nie gesehen. Sie war in L. A. aufgewachsen, wo es höchstens künstliche »Seen« gab, und das Wasser, sofern man es überhaupt erreichte, trüb und undurchsichtig war. Der Salish Lake dagegen war so klar, dass man bis auf den steinigen Grund blicken und kleine Fische und verlorene Köder sehen konnte, als lägen sie auf dem Boden eines Schwimmbads. Die Leiter am Steg leuchtete unterhalb der Wasseroberfläche genauso hell wie darüber; die untere Hälfte wirkte sogar irgendwie schärfer, echter, obwohl die beiden Teile nicht ganz zusammenpassten. Es war wie eine perfektere Welt, die von der eigentlichen abgetrennt worden war.

Cece tauchte ins Wasser, kam wieder hoch und kreischte vor Kälte. In Montana kreischte man am Morgen und johlte nach dem Mittagessen. Zumindest war das ihre These. Es machte ihr Spaß, Lebensweisheiten wie diese zu erfinden, und in der Regel war es ihr auch völlig egal, ob sie stimmten oder nicht. Sie ließ sich eine Weile auf dem Rücken treiben, ehe sie fröstelnd in der Sonne die Leiter zum Steg hinaufkletterte. Energisch griff sie nach dem Handtuch auf einem der Adirondack-Stühle und rubbelte sich das Haar trocken. Am anderen Ende des Stegs stand ein Mann auf dem Rasen und sah ihr zu. Sie hätte beunruhigt sein sollen, sogar erschrocken, aber der See war so schön, dass es irgendwie respektlos, ja geradezu unhöflich schien, an etwas Böses zu denken. Der Mann trug einen Overall und eine Truckermütze, die aussah, als hätte ein Esel sie durchgekaut und anschließend wieder auf seinen Kopf gespuckt. Er hatte einen dieser elenden Dreitagebärte, eher Zeichen einer Kapitulation als modisches Accessoire, und machte den Eindruck, lange keine Frau mehr im Badeanzug gesehen zu haben.

»Du dampfst!«, rief er.

»Wie bitte?«

»Aus deiner Haut kommt … äh … Rauch.«

Er hatte recht. Dampf stieg von ihren Armen auf. Der Mann rührte sich nicht von der Stelle, er stand einfach da mit seinem komischen Bart, deshalb wickelte Cece sich das Handtuch um die Hüften und ging vorsichtig auf ihn zu. Es war Garrett Meek, Charlies bester Freund aus dem College. Er war in Missoula aufgewachsen und vor Kurzem in eine Wohnung im nahe gelegenen Woods Bay gezogen. Cece, die seit drei Jahren Lobeshymnen und lustige Anekdoten über ihn hörte, hätte ihn sich nie im Leben als so einen grantigen Kerl in den Klamotten eines Mechanikers vorgestellt.

»Ich war auf dem Weg zur Arbeit und dachte, ich schau mal vorbei, falls du was brauchst.«

Sie verschränkte die Arme, teilweise, um sich dahinter zu verstecken. »Du meinst, Charlie hat dich gebeten vorbeizukommen.«

Er wurde rot. »Nein. Ich meine … doch, er hat mich angerufen und gesagt, dass du möglicherweise Hilfe brauchen kannst.« Er warf einen Blick auf ihre Arme. »Du holst dir noch eine Lungenentzündung, wenn du schon am frühen Morgen schwimmen gehst. Es wird erst mittags wärmer.«

»Wer Angst vor Kälte hat, verpasst das Leben.«

»Wer hat das gesagt?«

»Ich. Jedenfalls ist der See morgens besonders schön.«

»Der See ist ein Friedhof«, gab Garrett zurück. »Die einheimischen Fische sind komplett verschwunden. In den Achtzigern hat man in ein paar Seen Glasgarnelen ausgesetzt, und jetzt haben sie alles übernommen und die Nahrungskette zerstört.«

Cece runzelte die Stirn. Wer war dieser Typ? Warum er aus der Bay Area nach Montana zurückgekommen war, schien unklar. Charlie hatte nur gesagt, dass Garrett »es gerade nicht leicht hatte« – was das bedeutete, wusste Cece nicht, nur dass

»nicht leicht« im Männersprech normalerweise etwas erheblich Schlimmeres bedeutete. Depression, Sucht oder beides. Angeblich war ein College-Freund der beiden vor ein paar Jahren verunglückt. Ein Skiunfall. Sein Tod hatte Charlie ziemlich zugesetzt, aber Garrett hatte sich offenbar nie ganz davon erholt. Jetzt arbeitete er am Flughafen, und das sprach Bände.

»Charlie hatte mich gebeten, den Bootslift für dich runterzulassen«, sagte Garrett und deutete mit dem Kinn auf den Ankerplatz des alten Crestliners. »Hab ich letztes Wochenende erledigt. Das Boot ist startklar.«

»Warum?«

»Ich glaube, er meinte, dass ich mit dir zum Angeln rausfahren soll oder so was, falls du dich langweilst.«

»Hast du nicht gesagt, der See sei ein Friedhof?«

»Seeforellen gibt es noch mehr als genug«, antwortete Garrett und runzelte die Stirn. Er sagte »Seeforellen« so, wie andere Leute »Kinderschänder« sagen würden.

»Tja. Schön, dass wir uns jetzt endlich kennenlernen«, sagte Cece. »Charlie erzählt ständig von dir, vor allem, wenn er ein oder zwei Bierchen getrunken hat. Das wird dich bestimmt freuen ...« Sie sah auf ihre Uhr. »Für halb elf habe ich den Caterer bestellt.«

Garrett starrte sie an.

»Wir haben etwas zu besprechen, also, ich meine das Menü für die Hochzeit, deshalb sollte ich mich jetzt lieber umziehen.«

»Oh, hier. Hätte ich fast vergessen.«

Garrett nahm einen kleinen Plastikbeutel aus seiner Tasche und reichte ihn Cece. Gras. Ungefähr drei Gramm, wie es aussah. Sie rauchte es hauptsächlich als Einschlafhilfe, hatte sich aber nicht getraut, im Flugzeug welches mitzunehmen. Daher hatte Charlie seine Verbindungen spielen lassen. Er war der Anästhesist mit Gras-Connections.

Cece bedankte sich bei Garrett und bot ihm an, es zu bezahlen, ihr Portemonnaie liege im Haus, aber er murmelte etwas, das sie nicht verstand, und schüttelte den Kopf. Nicht zu fassen, dass Charlie ausgerechnet diesen einsilbigen, mürrischen Gepäckabfertiger gebeten hatte, sie zu trauen – angeblich, weil er so gut mit Worten umgehen konnte. »Der eloquenteste Mann, dem du je begegnen wirst«, hatte Charlie gesagt. »Eloquent« und »Mann«. Laut Ceces Erfahrung war das ein Widerspruch. Sie war dagegen gewesen – vehement sogar –, doch Charlie schien es viel zu bedeuten, und da sie über alle übrigen Details der Hochzeit bestimmte, hatte sie schließlich nachgegeben.

Jetzt wünschte sie, standhaft geblieben zu sein. Allein Garrett gegenüberzustehen fühlte sich an wie ein Wasserfall schlechter Nachrichten. Als hätte jemand das Licht aus dem Himmel gesogen. Sie wollte ihn loswerden und sich am besten so verabschieden, dass er gar nicht erst auf die Idee kam, weitere Besuche zu unternehmen, doch er starrte abweisend in die Ferne.

»Ihr habt einen Fischadler auf eurem Grundstück.«

»Wo?«

Garrett zeigte auf die Bäume am Ufer. In der Gabelung einer sterbenden Kiefer hatte sich tatsächlich ein Nest verkeilt – ein Geflecht aus Zweigen, wie ein vergessener Biberdamm nach der Schneeschmelze. Es war ein Nest, aus dem ein hübscher Vogel sie beobachtete. Die dunkelbraunen Streifen über den Augen erinnerten an winzige Augenbinden, und die nach unten gebogene Spitze des Schnabels sah aus, als würde er schmelzen. Zwei Küken lugten aus dem Nest, hässlich wie Dinosaurier.

»Wie lange dauert es, bis sie flügge werden?«

»Sieben oder acht Wochen«, sagte Garrett.

»Also werden sie bei unserer Hochzeit noch da sein«, sagte sie fröhlich.

»Es sei denn, ein Weißkopf kriegt sie zu fassen.«

Cece sah ihn an. »Was soll das heißen?«

»Weißkopfseeadler holen sie gern aus ihren Nestern. Ist immer ein echtes Gemetzel.«

»Wie schrecklich!«

Garrett zuckte die Schultern. »Auch Adler müssen fressen. Sie reagieren anders auf, wie heißt es immer ... diese *süßen kleinen Dinger.*«

Wollte er sie bewusst kränken? Cece suchte den See nach Weißköpfen ab. Eine Wand von Kumuluswolken, dunkel wie verbrannte Kekse, türmte sich über den Bergen auf. Am Horizont drang in diesem Moment ein Sonnenstrahl durch eine der Wolken und projizierte einen fernen Film aufs Wasser.

»Wahnsinn«, sagte sie und wünschte, Charlie wäre bei ihnen, um das zu sehen. In ihrer gemeinsamen Wohnung in L. A. blickten sie auf eine Mini-Mall mit einer Kentucky-Fried-Chicken-Filiale.

»Ich frage mich, wann ein Höhlenmensch, ein Australopithecus-Mann oder wer auch immer, zum ersten Mal zum Himmel aufsah und dachte: *Das ist so wunderschön, dass ich alles stehen und liegen lasse, um es mir anzuschauen.*«

»Keine Ahnung«, sagte sie. »Es hätte übrigens auch eine Frau sein können.«

»Eine Frau?«

»Ein Australopithecus-Weibchen.«

Garrett sah sie stirnrunzelnd an. War er etwa ein Sexist? Das Letzte, was sie in ihrem Leben brauchen konnte, war ein Möchtegernphilosoph aus Charlies Vergangenheit. Was für ein seltsamer, schrecklicher Kerl, dachte sie. Sein Overall stank nach Schweiß. Plötzlich war sie traurig, als hätte dieser Miesepeter, der vergessen hatte, wie man lächelt, den Garten Eden vergiftet, auf den sie sich den ganzen Winter und Frühling gefreut hatte.

»Ich schaue in ein oder zwei Tagen noch mal vorbei«, sagte er, »um sicher zu sein, dass du nicht durchgedreht bist oder so.«

Cece hatte das Gefühl, dass Garrett aus reinem Pflichtgefühl Charlie gegenüber auf sie aufpassen wollte. Sie lächelte vage und sah zu, wie er über den Rasen des Bootshauses auf seinen Pick-up zuging. Als er ihn startete, heulte der Motor auf wie bei einer Truck-Show. Wie konnte jemand, der sich über Glasgarnelen aufregte, so eine Abgasschleuder fahren? Wie konnte Charlie ihn so sehr mögen? Nein, nicht nur »mögen«, sondern geradezu *anbeten.* Normalerweise hätte Cece sich gewundert, wenn ihr Verlobter und so ein Kerl auch nur Cousins zweiten Grades gewesen wären, ganz zu schweigen von besten Freunden. Für eine Sekunde war der Mann, den sie heiraten wollte, ihr völlig fremd.

Cece ging zum Haus hinauf, und dieses Mal zitterte sie wirklich. Doch als sie es betrat, fühlte sie sich gleich besser. Der Geruch von Zedern. Der warme Teppichboden unter ihren Füßen. Der Blick auf die alte Wäscheleine aus Draht im Garten, das vergessene Sweatshirt, das wie ein Akrobat im Wind tanzte.

Yellowflower hieß das Haus. Es hatte tatsächlich einen Namen. (Auf dem Kaffeetisch lag ein Notizbuch mit dem Titel *The Yellowflower Bible,* das voller himmlischer Anweisungen war.)

Cece klappte den Laptop auf und checkte ihre E-Mails: Zwei waren von Charlie, beide innerhalb der letzten Stunde angekommen. *Vermisse dich jetzt schon, bin auf dem Weg in den OP.* Bei seiner Arbeit tötete er Menschen und holte sie anschließend ins Leben zurück. Besser gesagt, er fror die Herzen der Patienten ein, damit ein Herzchirurg sie reparieren konnte, und taute sie dann wieder auf, um zu sehen, ob die Operation ein Erfolg gewesen war. *War Garrett M. schon bei dir? Ich hatte ihn gebeten, dir ein kleines Geschenk zu bringen. Cooler Typ, oder?*

Ich fand ihn eher deprimierend, schrieb Cece, doch dann überlegte sie es sich anders und löschte den Satz wieder. Offensichtlich war es Charlie wichtig, dass sie gut miteinander klarkamen. Sie würde sich alle Mühe geben, wohlwollend zu sein.

Ja, scheint ein netter Kerl zu sein, ein bisschen einsam vielleicht?

Cece ging hinauf ins Schlafzimmer und kämpfte mit der klemmenden Tür. Keine Tür im Haus schloss richtig, und wenn man versuchte, eine zu öffnen, sprang quasi telekinetisch irgendwo anders im Haus eine auf. Auch das liebte Cece. Sie zog ihre Jeans und einen alten Fleecepulli an, den sie aus Charlies Schrank zu Hause hatte mitgehen lassen, und packte den Rest ihres Koffers aus. Das mit dem Caterer war eine kleine Notlüge gewesen, er sollte erst am Nachmittag kommen. Sie hatte den ganzen Tag Zeit, um sich von der langen Anreise gestern Abend zu erholen; mit Zwischenstopp, der Fahrt zum und vom Flughafen hatte die Reise insgesamt sechseinhalb Stunden gedauert.

Sie wickelte ein Paar braune Socken zu einer Art Schnecke und legte sie in die oberste Schublade der Margolis-Kommode. Sie roch nach Mottenkugeln. Eine Frau mit einer unordentlichen Strumpfschublade ist eine Frau in einer Krise, sagte sie sich. Aber vielleicht war ja auch das Gegenteil der Fall: Eine Frau, die ihre Socken zusammenrollte, löste sich insgeheim selbst auf. Cece dachte darüber nach. Es waren Augenblicke wie diese, wenn ihr Leben für eine Sekunde aus den Fugen geriet und die Ablenkungen der Hochzeit vorübergehend unwichtig schienen, in denen sie eine schwindelerregende Panik in der Brust spürte, als wäre sie kurz davor, aus einem Flugzeug zu springen.

Sie griff in die Tasche und nahm den Plastikbeutel heraus, den Garrett ihr gegeben hatte. Normalerweise hielt sie Menschen, die sich schon vormittags zuknallten, für absolute Loser. Warum, wusste sie nicht. Wie auch immer, es war Medizin. Sie nahm ein paar Blüten aus der Tüte und stopfte sie in die kleine Pfeife, die sie in ihrem Kulturbeutel verstaut mitgebracht hatte. Dann zündete sie sie mit einem Blue Tip Match aus der Packung an, die sie in der Nachttischschublade gefunden hatte, und nahm einen tiefen Zug, sodass es wie ein Zaubertrick aussah, als die Flamme des Streichholzes nach unten zeigte.

Sofort wurde sie ruhiger. Die Sonne brach durch die Wolken und bildete diesige Strahlen. Der silberne Film, der so groß und hell war, dass er wie eine Fata Morgana wirkte, glitzerte immer noch über dem See. Cece dachte an das Australopithecus-Weibchen, das sich umschaute, um zu sehen, ob ein Säbelzahntiger hinter ihm her war, und sich dann für einen Moment vergaß, weil der Himmel so seltsam und schön war. Ja. Das Australopithecus-Weibchen ist in großer Gefahr, es könnte jeden Moment sterben, aber es bleibt trotzdem ohne jeden tierischen Grund stehen, um die Aussicht zu genießen. *Hey, Dummchen!*, grunzen die anderen Australopitheci. *So bringst du dich noch um!* Aber das ist ihm egal. Es riskiert sein Leben, um die Schönheit in sich aufzunehmen. Dann rennt es zurück in seine Höhle und spürt etwas Neues, gefährlich Fremdes in seinem Inneren.

»Hey, Dummchen«, sagte Cece laut zu sich selbst und wühlte die Socken in der Schublade durcheinander.

ZWEI

Garrett kniete im Frachtraum der 737 und beobachtete, wie Burelli Gepäckstücke verschiedener Art und Größe auf das Förderband lud. Insgesamt arbeiteten sechs Ramp Agents für Maverick Air, aber Burelli war der sadistischste von allen und hievte selbst die sperrigsten Reisetaschen waagerecht auf das Band. Es war wie ein teuflisches Videospiel. Garrett kniete am oberen Ende des Bandes, wo ein Gepäckstück nach dem anderen auf ihn zukam, eine Lawine von Koffern, Rucksäcken und Kleiderhüllen, manche so schwer wie ein erlegtes Stück Wild. Im Bruchteil einer Sekunde musste er anhand des Flughafencodes auf den Anhängern entscheiden, ob er sie zu denen nach Houston stapeln oder tiefer in den Frachtraum wuchten sollte, damit sie in Vegas ausgeladen und zu den jeweiligen Anschlussflügen transportiert werden konnten.

Jedenfalls war das der Plan. Tief im Innern des Frachtraums hockte Félix. Er war Frankokanadier und wegen seiner Freundin, die als Rangerin im Glacier-Nationalpark arbeitete, von den Magdalenen-Inseln hierher gezogen. Sein englischer Wortschatz bestand hauptsächlich aus dem Wort »fuck«. Er tat sein Bestes, um die Unmengen an Koffern aufzufangen, die Garrett ihm zuwarf, und stapelte sie zu immer neuen Bergen auf, wobei er jedes Gepäckstück mit zuvorkommender Wut begrüßte. »Fick dich, Vegas.« »Fick dich, Denver. Fick dich, Boise.« (Er sprach »Boise« so aus, dass es sich mit »blasé« reimte.) Wenn er keinen Anhänger sehen konnte, rief er: »Fick dich, *Samsoneet*«, und zog dann weiter über Amerika her.

Der Schweiß brannte in Garretts Augen, aber er hatte keine

Zeit, ihn wegzuwischen. Seine Knie schmerzten, außerdem war ihm schwindlig vor Anstrengung, und seine Kehle war so trocken, dass er nicht einmal mehr schlucken konnte. Immer neue Gepäckstücke kamen auf ihn zu, manche standen auf dem Kopf, sodass die Anhänger nicht lesbar waren. Und während er den einen Koffer umdrehte, um herauszufinden, wohin er sollte, um ihn in die richtige Richtung zu bugsieren, schlug ihm der nächste bereits ins Gesicht. Es war, als würde er von einer Lawine aus Koffern lebendig begraben. Irgendwann gab er es auf, ignorierte die Anhänger und warf einfach alles, was auf ihn zukam, nach links. Wenn ein Koffer, der nach Tucson sollte, in Houston strandete, hatte er eben Pech gehabt. Anhänglichkeit war die Wurzel allen Leidens.

Als das Förderband leer war, setzte Garrett sich hin und schnappte nach Luft. Sein Overall klebte an ihm wie ein Kleenex. Als Billigfluggesellschaft war Maverick Air stolz darauf, dass die Passagiere nicht länger als vierzig Minuten auf ihren Anschlussflug warten mussten, doch um die Verluste zu minimieren, hatte man in letzter Zeit die Anzahl der Flüge erhöht und versuchte, sie noch schneller abzuwickeln als bisher. Garrett saß da und rieb sich die Knie. Er hatte seine Knieschoner im Frachtraum einer Maschine nach Chicago vergessen und sich nicht getraut, es seinem Chef Mr. Purifoy zu sagen. Außerdem brachte sein Rücken ihn um.

Er kletterte aus dem Frachtraum und ging zum Ende des Förderbands, wo Burelli stand. Dieser nahm seine Ohrenschützer ab und offenbarte sein kaputtes Ohr. Es war das Ergebnis einer Kneipenschlägerei von vor Garretts Zeit. Gelegentlich schwoll es an und schloss sich dann, wie eine Tulpe in der Abenddämmerung. Garrets Wut löste sich in Luft auf, wie immer, wenn er mit deren Quelle zu tun hatte.

»Du schüttest uns da oben zu«, sagte Garrett und versuchte, das Ohr zu ignorieren.

Burelli sah ihn misstrauisch an. »Scheint dir aber nicht viel auszumachen.«

»Tut es auch nicht.«

»Vielleicht sollte es aber.«

»Könnte durchaus sein«, sagte Garrett.

»›Könnte durchaus sein.‹ Herrgott! Bist du etwa in Wizardpants, England, aufgewachsen?«

»In Missoula.«

»Hört sich aber nicht so an«, sagte Burelli.

Garrett zuckte die Schultern. »Ich werde versuchen, meinen Wortschatz zu erweitern.«

Zu seiner Enttäuschung gab es keine Entgegnung. Er setzte die Ohrenschützer wieder auf und ging hinüber zum Gepäckkarren, wo er seinen Barcodescanner hingelegt hatte. Er liebte seine Ohrenschützer, mit ihnen erschien ihm die Welt so filigran wie ein Traum. Es war, als trüge man einen Astronautenhelm. Er hatte ohnehin das Gefühl, von einem anderen Planeten zu sein, und die Ohrenschützer verstärkten diesen Eindruck noch.

Garrett saß auf dem Gepäckkarren und wartete, dass die Passagiere einstiegen. Bald würden die Motoren anspringen, dann mussten sie die Radstopper lösen, und Burelli würde in den Flugzeugschlepper steigen, um die Maschine auf die Startbahn zu schieben, doch vorerst konnte Garrett noch ungestört träumen. Er sah, wie sich die Passagiere am Gate des Terminals aufstellten und darauf vorbereiteten, zurück nach Denver, Paris oder vielleicht sogar Tokio zu fliegen, mit allem, was sie sich, ohne es zu ahnen, eingefangen hatten: Bakterien im Magen, Insekten im Gepäck oder Samenschoten an den Socken. Sie verteilten die Flora und Fauna der Welt neu und schufen ein zusammenhängendes Ökosystem wie zu Pangäas Zeiten, als die Erde noch ein einziger Kontinent gewesen war. Das bedeutete, dass die meisten Spezies auf der Welt aussterben würden. Und

Garrett trug noch dazu bei. Warum? Weil es der einzige Job war, den er mit seinem Hintergrund hatte auftun können: ein Studienabbrecher mit einer erratischen Berufslaufbahn, dessen vielversprechendste Empfehlung vom Betreuer eines Resozialisierungszentrums stammte.

Garrett sah, wie die ersten Passagiere durch das Gate drängten. Der Flughafen war so klein, dass er keinen Flugsteig hatte. Die von der Sonne geblendeten Menschen, die direkt über das Rollfeld liefen, sahen aus wie eine Prozession von Verdammten in einem Film. Und dann war es wieder so weit. Der Himmel wurde flach wie ein Fernsehbildschirm; die Passagiere, die zur Fluggasttreppe drängten, sahen plötzlich komisch aus und wippten beim Gehen übertrieben auf und ab. Eine schwindelerregende Unwirklichkeit legte sich über alles, als käme sie nicht von Garrett, sondern aus einem kosmischen Leck am Himmel. Wie seltsam sie aussahen, auf zwei Beinen schwankend: der Mann mit dem schorfigen Kahlkopf; der Junge mit der roten Gummibärchennase, deren Haut sich schälte; die schwangere Frau, die auf das Flugzeug zuwatschelte und dabei ihren dicken Bauch wie einen Basketball festhielt. Garrett nahm seine Ohrenschützer ab, doch es half nicht.

»Nuschel«, riefen die Leute, die sich auf der Rampe unterhielten. »Nuschel nuschel nuschelnuschel nuschelnuschelnuschel.« Dann fing es an zu schneien. Immer der Schnee: riesige Flocken, größer als die echten, wie Engel, die eine Kissenschlacht veranstalteten. Schön und schrecklich zugleich.

~~~

Nach seiner Schicht duschte Garrett bei sich zu Hause und fuhr anschließend über den Swan Highway auf einen Horizont sonnenbeschienener Berge zu, um seinen Vater zu besuchen. Trotz der Sonnenbrille blendeten ihn die schneebedeckten Gipfel des
~~~

Mount Aeneas. Er hatte sein Fenster heruntergelassen – zweiunddreißig Grad da draußen –, und die Luft roch feucht, schwer und moschusartig nach den hellgrünen Rapsfeldern. Überall gab es Zäune, die wie Wellen wogten, dahinter grasten langhalsige Pferde. Sie hatten die Köpfe tief im Gras versenkt, sodass sie aus der Ferne aussahen wie kopflose Kreaturen mit zwei Schwänzen. Die Farmen hier in der Umgebung waren heutzutage alle nur Attrappen und gehörten Großverdienern. Die Immobilienmakler nannten sie »Lifestyle-Ranches«, aber das tat ihrer Schönheit keinen Abbruch. Garrett war vor zehn Monaten hierher gezogen und hatte sich immer noch nicht an die Landschaft gewöhnt. Natürlich war es nicht einfach, die Schönheit der Gegend von seiner Sehnsucht nach ihr zu unterscheiden. Das galt vor allem für diese Strecke. Sein Vater wohnte im ehemaligen Haus seiner Großeltern – als Junge war Garrett diese Straße von Missoula aus unzählige Male gefahren, und daher kam es ihm vor, als sähe er zwei verschiedene Dinge, egal, wohin er schaute. Sein Herz schmerzte vor Sehnsucht, doch wonach genau er sich sehnte, konnte er nicht sagen.

Er bog in den Weg ein, der zum Haus seines Vaters führte. Die Reifen knirschten auf dem Schotter, der gegen die Karosserie prasselte. Garrett schloss das Fenster, um den Staub fernzuhalten. Sein Vater starb; daran gab es keinen Zweifel. Lungenfibrose. IPF: also die, von der niemand sagen konnte, weshalb man sie bekam. Jeder andere wäre verzweifelt gewesen, doch zum Glück neigte Garretts Vater weder zu Depressionen, noch legte er es darauf an, mit seinem Dasein auf Erden abzurechnen oder die Fehler, die er in siebenundfünfzig Jahren auf diesem Planeten begangen hatte, wiedergutzumachen. Er wollte Sex. Die sechzehn Monate seit der Diagnose hatte er damit verbracht, zur *Snookums Lounge* in Kalispell zu fahren, der nächstgelegenen Schwulenbar, und dort sein Glück zu versuchen. Garrett war mehr als einmal nachmittags unangemeldet vorbeigekommen und von einem dickbäuchigen Ex-Linebacker-Typ mit zerzaustem Haar begrüßt worden, der aussah, als käme er geradewegs aus dem Bett. Garrett wusste nicht recht, was er von dieser sexuellen Wendung oder den Linebackern halten sollte, nur dass es irgendwie verständlich war in Anbetracht dessen, was mit dem Körper seines Vaters passierte.

Er parkte seinen Wagen neben dem Mustang Cabrio, den sein Dad am Tag nach der Diagnose geleast hatte. Vorsichtig, um sein Kreuz nicht allzu sehr zu strapazieren, griff Garrett nach einem Zwölferpack Bier und einer Pastete hinter dem Sitz, die er in einem Supermarkt in Salish gekauft hatte.

»Pastete und Budweiser«, begrüßte ihn sein Vater auf der Veranda. Es war halb fünf Uhr nachmittags, und er trug noch seinen Morgenmantel. »Ich vergebe dir.«

»Wofür?«

»Keine Ahnung. Dass du so viel jünger bist als ich.«

»Dorito-Zwiebel-Pastete.«

»Doritos und Zwiebeln?«

»Schmeckt besser, als es sich anhört.«

»Unmöglich«, entgegnete sein Vater. Er nahm Garrett die Pastete ab. »Wow, die ist ja noch warm. Frisch aus dem Ofen.«

»Eigentlich habe ich sie schon vor der Schicht gekauft«, erklärte Garrett. »Sie lag die ganze Zeit im Wagen.«

Er war höchstens mittelmäßig darin, jemanden zu bemuttern, aber diese Rolle war neu für ihn, deshalb war er nicht allzu streng mit sich. Es half, dass sein Vater keine großen Erwartungen an ihn hatte. Sie gingen ins Wohnzimmer, das zugleich sein Atelier war – oder gewesen war, als er noch malte. Die einzigen Überreste seines früheren Lebens waren ein paar Farbkleckser auf den Dielen, wo der Scheuerlappen nicht bis zur Wand gekommen war. Das und die Couch, die sein Kater Barnabas zu einer haarigen Avantgarde-Skulptur zerfetzt hatte. Es war der jämmerlichste Kater, den Garrett je gesehen hatte. Er war von einem Motorrad angefahren worden und hatte ein Bein verloren, schien sich aber dessen nicht bewusst zu sein. Er sprang auf alles, was ihm in den Weg kam – und fiel jedes Mal wieder herunter.

Sein Vater verschwand mit der Dorito-Pastete in der Küche und unterdrückte ein Hüsteln, das glücklicherweise nicht zu einem Hustenanfall ausartete. Garrett hatte das Gefühl, dass außer ihm kein anderer Mann in letzter Zeit das Haus betreten hatte. Sein Vater sah nicht gut aus. Er war dünn, bewegte sich langsam und hatte hohle Wangen, als saugte er ständig an einem Strohhalm. Irgendetwas Seltsames war mit seinen Fingern passiert. Die Spitzen waren angeschwollen, sodass sie aussahen wie kleine Tennisschläger. Offensichtlich war das nichts Ungewöhnliches. (Dr. Shrayber hatte es »Kolbenfinger« genannt.) Anfangs waren die Veränderungen langsam erfolgt, doch in letzter Zeit fiel Garrett auf, dass alte Bekannte sie anstarrten oder auf Abstand gingen und sich fragten, ob das alles ansteckend sein könnte. Seinem Vater zufolge glaubte halb Salish, dass er schwindelte und gar keine Lungenfibrose hatte, sondern von Gott mit Schwulenkrebs gestraft worden war.

Jetzt kam er mit zwei Stücken Pastete zurück, und sie setzten sich mit den Tellern auf dem Schoß auf die Veranda. Das Bier war lauwarm, aber sie tranken es trotzdem. Was machte man mit einem todgeweihten Vater, dessen spätes Coming-out das Leben seiner Mutter zerstört hatte? Offenbar betrank man sich. Man saß auf der Veranda des Hauses, als gehörte die eigene Kindheit jemand anderem in einem fernen Land, und benahm sich wie ein alter Freund. Es half, dass Garrett das Gefühl hatte, selbst zu sterben.

»Schmeckt irgendwie nach Pisse«, sagte er und nippte an seinem Bier.

»Beleidige nicht den König der Biere«, entgegnete sein Vater. Er war ein entschiedener Verfechter von Budweiser. Alles, was tatsächlich Geschmack hatte, hielt er für Hipster-Bier, das war Teil seiner Rolle als ironischer Idiot. »Außerdem schmeckt es kein bisschen nach Pisse.«

»Woher willst du das wissen?«

Sein Vater sah ihn an.

»Wenn ich es mir recht überlege, will ich das lieber nicht wissen.«

Barnabas sprang auf den Zaun, der den Garten von der Straße trennte, und hinkte auf drei Pfoten bis zum Eckpfosten.

»Wetten, dass er es dieses Mal schafft?«, sagte sein Vater.

»Wie viel?«

»Fünf Dollar?«

Sie sahen, wie der Kater schwankend über den Zaun balancierte. Nach zwei Drittel des Weges kippte er auf dramatische Weise zur Seite und landete in einem Hortensienbusch. Wer glaubte, dass Katzen immer auf die Füße fallen, wurde hier eines Besseren belehrt.

»Mist«, sagte sein Vater, dessen Glaube an Barnabas ihn schon eine ganze Stange Geld gekostet hatte. Barnabas humpelte aus dem Busch hervor, wälzte sich in der Sonne erschöpft auf den Rücken und streckte alle viere von sich. Der Stummelschwanz zeigte Richtung Zaun.

»Glaubst du, er hält sich für einen Menschen?«, fragte Garrett.

»Im Gegenteil«, antwortete sein Vater. »Er hält uns beide für Katzen.«

»Wie kommst du darauf?«

»Wenn ich einen Hustenanfall bekomme, sieht er mich manchmal so an, als würde ich gleich einen Haarball auswürgen. Ich schwöre!«

Sein Dad ging wieder ins Haus und kam mit einem Fünfdollarschein zurück. Vielleicht hätte Garrett ein schlechtes Gewissen gehabt, hätte er nicht den Verdacht, dass sein Vater ihm sowieso ein bisschen Geld zustecken wollte. Wofür sollte er seine Pension sonst ausgeben? Der rastlose Mann war von Missoula hierher in das Haus seines eigenen Vaters gezogen, wo er keine Miete zahlen musste und ungestört arbeiten konnte, doch worin diese Gestörtheit zu Hause bestanden hatte, war Garrett ein Rätsel. Es war nicht so, dass er seine Zeit mit Garrett verbracht hätte; er war ein mieser Vater, mindestens ein abwesender Vater gewesen, mehr daran interessiert, vor seinem Leben wegzulaufen, als es tatsächlich zu genießen. Dreißig Jahre hatte er an der Universität Kunst gelehrt und ununterbrochen von dem Tag geschwärmt, an dem er in Pension gehen und nach New York City ziehen würde, um aus dem »akademischen Gefängnis« auszubrechen und an seinen eigenen Gemälden zu arbeiten – Fictories, wie sein Vater sie nannte, Malereien von alten Sägewerken und Kupferminen, die er mit Wachs überzog, bis sie gespenstisch und halb erinnert wirkten. Doch das hatte sich lediglich als eine weitere Geschichte entpuppt, ein Mythos in der größeren Fictory seines Lebens, so wie die »Konferenzen«, zu denen er angeblich ständig rannte, oder die Nächte, in denen er vorgab zu malen, in Wirklichkeit aber auf der Suche nach Männern war. Gelegentlich hatte er sie in das Atelier mitgenommen, das er sich in den alten Stallungen hinter dem Haus eingerichtet hatte. Kurz nachdem Garrett vom College abgegangen war, hatte sein Vater dann alles zugegeben. Garretts Mutter, die mittlerweile in Albuquerque lebte und einen Parodontologen geheiratet hatte, würde ihm nie verzeihen.

»Ich habe die Freundin von Charlie Margolis getroffen«, erzählte Garrett, während er das Geld einsteckte. »Sie ist für einen Monat hergekommen, um die Hochzeit zu organisieren.«

»Und wo ist Charlie?«

»In L. A., um Menschenleben zu retten.«

Sein Vater nickte. »Interessant.«

»Was soll das heißen?«

»Ist sie ein Schnuckelchen?«

»Nein. Herrgott!« Sein Vater benutzte solche altmodischen Worte – »Schnuckelchen« – mit Absicht. Es war ein Witz der Älteren. »Wie auch immer, ich werde die beiden trauen, deshalb spielt es keine Rolle, ob sie eins ist oder nicht.«

Sein Vater lachte. Das Lachen entwickelte sich zu einem Hustenanfall und verkam zu einem Röcheln, bevor es wieder heftiger wurde. Man musste warten. Manchmal dauerte ein solcher Anfall zehn Minuten. Unterdessen öffnete Garrett ein neues Bier und reichte es ihm.

»Ich dachte, du glaubst nicht an die Ehe«, sagte sein Vater schließlich.

»Stimmt.«

»Was willst du dann machen? Über die Betäubung der Seele reden?«

»Charlie hat mich drum gebeten. Wir waren zwei Jahre Zimmergenossen im College. Zusammen mit den anderen im Mill. Sie kommen alle zur Hochzeit.« Das war natürlich nicht wahr – dieses »alle« schwebte eine Sekunde lang in der Luft wie ein übler Geruch.

»Na und?«

»Was hätte ich machen sollen. Ablehnen?«

»Die Antwort auf diese spezielle Frage – *was hätte ich machen sollen, ablehnen?* – lautet grundsätzlich Ja.«

Garrett runzelte die Stirn. Jetzt war es zu spät: Die Hochzeit würde in einem Monat stattfinden; er hatte den Antrag für eine Ordination im Internet ausgefüllt und war offiziell Geistlicher der Universal Life Church. Die Urkunde hatte er zu Hause – unterzeichnet von einem Kaplan namens Br. Martin. Stimmt, er verachtete die Ehe, aber Charlie hatte ihn so inständig gebeten, als würde er ihm eine seltene Ehre erweisen. Um ihn nicht zu kränken, hatte er schließlich einwilligen müssen. Es waren ihm nicht viele Freunde in der Welt geblieben.

»Tja«, sagte sein Vater. »Wie kommst du eigentlich darauf, dass du geistliche Fähigkeiten hast?«

»Jeder trägt einen Funken göttlicher Weisheit in seinem Inneren.«

»Sagt wer?«

»Die Universal Church of Life. Zumindest steht es so auf ihrer Website.«

»Klingt nach einem denkwürdigen Tag.« Sein Vater steckte sich die letzten Krümel der Pastete in den Mund. »Du musst bloß noch irgendeine dieser Hochzeitsreden downloaden, und das war's. Es kommt ja ohnehin nur darauf an, was man sich gegenseitig verspricht.«

»So wie bei Mom und dir, nehme ich an.«

Sein Vater warf ihm einen bösen Blick zu. »Ich habe deine Mutter geliebt«, sagte er. »Das ist nicht fair.«

Garrett ignorierte das. Er hatte Jahre gebraucht, um ihm langsam zu verzeihen und den aktuellen Grad an Akzeptanz zu erreichen. Das wollte er jetzt nicht vermasseln. Garrett konnte nachvollziehen, warum sein Vater, obwohl er wusste, dass er schwul war, seine Mutter geheiratet, achtzehn Jahre lang mit ihr zusammengelebt, einen Sohn mit ihr aufgezogen und die ganze Zeit so getan hatte, als wäre er ein glücklicher Ehemann mit einem Libidoproblem. Die Achtzigerjahre waren eine andere Zeit gewesen, und außerdem reden wir von Missoula – das war nicht so weit von Matthew-Shepard-Land entfernt, wie die Veganer in der Higgins Avenue es allen glauben machen wollten. Garrett hatte auf der Missoula High School mehr als genug Schwulen-Bashing erlebt, um zu verstehen, warum man sich lieber nicht als solcher outete, möglicherweise nicht mal vor sich selbst. Und es schien, als wären Garretts Dad und Mom, wenn nicht aus Liebe, so doch aus irgendeinem anderen Grund miteinander verbunden gewesen. Deshalb hasste Garrett die Ehe so sehr – weil sie gute und anständige Menschen dazu brachte, einander zu betrügen, zu belügen und für immer zu verletzen.

Er angelte ein weiteres Bier aus dem Zwölferpack, wohl wissend, dass ihn sein Vater beobachtete.

»Das ist jetzt schon dein drittes«, sagte er jetzt.

»Willst du meinen Ausweis sehen?«

»Ich mache mir einfach Sorgen um dich. Schau dir bloß mal deine Mütze an.«

»Was ist mit meiner Mütze?«

»Sei einfach vorsichtig, okay? Du willst doch nicht wie einer dieser Studienabbrecher enden, deren bester Freund ihr Vater ist.«

Das allerdings war offensichtlich: Garretts sterbender Vater, der seine Mutter vor zwölf Jahren verlassen hatte, war sein bester Freund. Es war so offensichtlich, dass sie es nicht mal wagten, einander anzusehen. Sein Dad hustete, nur einmal, wie ein normaler Mensch. Garrett vermutete, um seine Verlegenheit zu kaschieren.

»Pass auf«, sagte sein Vater und räusperte sich. »Ich weiß, dass du eine schlimme Zeit durchgemacht hast. Nach dem schrecklichen Tod deines Freundes ... ich kann mir das vorstellen. Und dann ... der ganze *Ärger*, den du in San Francisco hattest. Schon klar, dass du da wegwolltest.«

Garrett spähte in die Öffnung seiner Bierdose.

»Ich meine, du bist doch nicht etwa hierhergezogen, weil ich hier bin, oder?«

Garrett errötete. Er spürte den Blick seines Vaters auf sich.

»Zuerst hast du die Stelle am Flughafen bekommen, stimmt's?«

»Stimmt«, log Garrett.

Sein Vater wirkte erleichtert. »Gut.« Er hob die geschwollenen Finger in die Luft. »Das ist mir *wichtig*. Ich will sicher sein, dass du klarkommst.« Jetzt inspizierte er ebenfalls das Loch in seiner Bierdose. »Ich war nicht gerade ein guter Vater, als du klein warst.«

»Du warst ... abgelenkt.«

»Ich hätte mehr zu den Little-League-Spielen gehen sollen.«

»Eins hätte schon genügt. Zum Beispiel, als wir in die Regionalliga aufgestiegen sind.«

»Ihr seid in die Regionalliga gekommen?«

»Wow! Du könntest wenigstens so tun, als wüsstest du das.«

»Ich hab dir das Skifahren beigebracht!«, rechtfertigte sein Vater sich. »Du bist ein verdammt guter Skifahrer. Wir hatten eine schöne Zeit da draußen in den Bergen, oder? Ich habe Handwärmer in deine Stiefel gesteckt, um sie im Jeep warm zu halten.«

»Ich glaube, das war Mom.«

Garrett sagte das, um ihn zu ärgern – aber es war auch wahr. Trotzdem hatte Garrett die Skiausflüge geliebt und sich mehr darauf gefreut als auf alles andere. Es waren die einzigen Male gewesen, wo er sich seinem Vater nah gefühlt hatte – oder das Gefühl gehabt hatte, überhaupt einen Vater zu haben. (Und auch das Skifahren, das Skifahren! Wie harmlos es gewirkt hatte, wie ein Traum, in dem man fliegen konnte.) Trotzdem war er leicht gekränkt. Sollte es seinen Dad nicht wenigstens irgendwie berühren, dass er sich nur zehn Meilen von ihm entfernt niedergelassen hatte, in dieser schäbigen Wohnung in Woods Bay? Sollte er nicht dankbar sein, dass sein Sohn da war, um sich um ihn zu kümmern? Stattdessen schien er sich Sorgen um *ihn*, Garrett, zu machen, als wäre er einer dieser dreißigjährigen Versager, die wieder zu ihren Eltern zurückzogen.

Sein Vater hustete, dieses Mal wirklich, und hielt sich die Hand vor den Mund. Entsetzt stellte Garrett fest, dass sich die Erde erneut verflachte, ein kosmischer Ekel senkte sich über die Veranda und ließ seinen sterbenden Vater wie das Faksimile in einem Museum erscheinen. Die Engel nahmen ihre

Kissenschlacht wieder auf. Es waren die Finger seines Vaters, ihr seltsamer Anblick, die Garrett vollends aus der Bahn kippten. Mänschen! Auf der Krankenstation war er rund um die Uhr von ihnen umgeben gewesen, diesen widerlichen Kreaturen, die ihn zwangen, in ihren Nuschelgruppen zu sitzen und *nuschelnuschelnuschel* zu sagen. Es hatte von der Decke geschneit, wochenlang, aber nicht genug, um sie zum Schweigen zu bringen. Depressive Psychose, hatte man diagnostiziert – oder psychotische Depression, es war einer dieser komischen Begriffe, die man umdrehen konnte wie einen Gürtel. Angeblich heilbar, dank Eli Lilly and Company. Vergleichsweise war er genauso gesund wie eine Cheerleaderin. Trotzdem hielten die Schübe an; sie waren nie ganz weggegangen. Die einzige vollständige Heilung schien darin zu bestehen, seinen Artgenossen aus dem Weg zu gehen.

Sein Vater stand auf (seltsam) und trat (noch seltsamer) ans Geländer, um in die Büsche zu spucken. Selbst Barnabas wirkte nicht so lebendig wie das Gras, in dem er immer noch auf dem Rücken lag.

»Ich mache mir nur Sorgen um dich, weiter nichts«, sagte sein Dad und setzte sich wieder hin. »Du trägst diese Mütze, und bist nicht gerade ein ... ich weiß nicht ... ein Sonnenschein, den man in seiner Nähe haben will. Ich glaube, du machst den Leuten Angst.«

Garrett zerdrückte seine Bierdose und warf sie in Richtung Barnabas, der aus seiner Döserei aufschreckte und sich auf die Beine wälzte. Der Schnee verdunstete.

»Siehst du?«, sagte sein Vater. »Selbst Barnabas hat Angst vor dir.«

»Quatsch.«

»Es ist die Mütze.«

»Er setzt sich auf meinen Schoß!«

»Höchstens aus Mitleid.«

»Das ist kein Mitleid! Er schnurrt vor Freude.«

»Mal sehen, auf welchen Schoß er sich jetzt setzt«, sagte Garretts Dad. »Deinen oder meinen. Ich wette einen Zehner.«

»Barnabas«, rief Garrett und nahm die Mütze ab.

Barnabas reagierte auf seinen Namen und humpelte auf sie zu.

»Hierher, Barney!«, rief sein Vater. »Komm schon, Kätzchen! Miau.«

»Miau, miau.«

Barnabas sprang die erste Stufe zur Veranda hinauf. In der Ferne ragte der Mount Aeneas in die Höhe und schien den Glanz dieser magischen Stunde in sich aufzunehmen. Er war heller als der Himmel, irgendwie von innen erleuchtet, als benutzte die Erde ihn als Laterne. Barnabas achtete nicht darauf. Er beäugte die beiden riesigen Katzen auf der Veranda, die ihn riefen. Er wollte nichts mit ihnen zu tun haben und überlegte, wie er an ihnen vorbei ins Haus laufen könnte. Die kranke Katze, die seinen Napf füllte, wenn er sie kratzte, litt unter plötzlichen Würgeanfällen. Außerdem war ihr Schoß knochig. Aber die andere, die gesunde Katze strahlte etwas Seltsames aus. Barnabas konnte es von den Stufen aus wittern. Ein Hauch von Angst, als erwartete sie, gefressen zu werden.

DREI

Geh weg!«, rief Cece aus dem Fenster.

»Wir wollten wandern gehen. Weißt du noch? Ich hab schon dreimal geklingelt.«

»Vier«, entgegnete Cece. »Du hast *vier* Mal geklingelt.«

»Es ist sieben Uhr.«

»Genau!«

»Ich wollte um sieben kommen«, erläuterte Garrett.

Er war um das Haus herum in den Garten gegangen und stand jetzt neben der Wäscheleine, auf der eine Reihe bunter Unterwäsche hing wie kleine Gebetsfahnen. Das mit der Unterwäsche wäre Cece peinlich gewesen, wäre sie nicht so müde oder hätte Garrett selbst nicht so lächerlich ausgesehen. Er trug eine neue Mütze – war das etwa Jeansstoff? – und Shorts, die nur ein Knie bedeckten, das andere nicht. Es sah aus, als hätte er die Beine einer Kakihose abgeschnitten, so wie Sanitäter es bei einem Unfallopfer machen. Sie lehnte sich aus dem Fenster.

»Wow! Du siehst schrecklich aus«, sagte er.

»Bitte, geh endlich.«

»Ich meine, nicht schrecklich im Sinne von ... du weißt schon ... schlimm. Normalerweise siehst du immer toll aus.« Er runzelte die Stirn und biss sich in die Unterlippe. »Nicht toll im Sinne von *super*. Das meine ich nicht. Aber erheblich besser als jetzt.« Erneut hielt er inne. »Nicht, dass du glaubst, dass du nicht auch jetzt gut aussehen würdest. Du siehst absolut klasse aus.« Lieber Himmel! »Ich meine gut wie ›okay‹. Oder ›angemessen‹. Im wortwörtlichen Sinn.«

Cece sagte, sie sei in zehn Minuten unten, hauptsächlich, um ihn daran zu hindern weiterzureden. Konnte es sein, dass dieser Kerl tatsächlich aus dem Garten zu ihr hochrief, um ihr zu sagen, wie schrecklich sie aussah? Warum zum Teufel hatte sie sich überhaupt breitschlagen lassen, so früh mit ihm wandern zu gehen? Und wer hatte wirklich *sieben Uhr morgens* gemeint, als sie sieben Uhr morgens abgemacht hatten? Geschah ihr recht, weil sie nur aus Dankbarkeit zugesagt hatte, nachdem er ihr die Secondhandshops im Ort gezeigt hatte. Statt Geschirr für die Hochzeit zu mieten, hatte sie die Idee gehabt, alles aus zweiter Hand zu kaufen: Wie originell und charmant wäre es, wenn alle von unterschiedlichen Tellern aßen! Charlie hatte natürlich sofort Garrett eingespannt, was angesichts seines Outfits irgendwie Sinn machte. Er war ein Trödelladen-Kenner. Zu Ceces Überraschung war er geduldig und freundlich gewesen. Er hatte sie durch die Stadt kutschiert und im Wagen gewartet, während sie sämtliche Billigläden in Salish abklapperte. Das Gute war, dass er kaum mit ihr sprach, sondern lieber die Lokalnachrichten im Radio hörte; offenbar ging es um »nachhaltige Holzernte«. Deshalb war sie überrascht gewesen, als er sie einlud, mit ihm wandern zu gehen. Cece hatte mit einem Stapel alter Teller in den Händen in der Einfahrt der Margolises gestanden, deshalb war es ihr am einfachsten erschienen, spontan Ja zu sagen.

Außerdem, was hätte sie sonst machen können? Cece fühlte sich ein bisschen unterbeschäftigt. Sie war mittlerweile seit zwei Wochen in Montana und hatte sich bereits mit dem Caterer, dem Floristen und dem Fotografen getroffen, sie hatte einen Friseur in der Stadt aufgetan, der ihr gefiel; sie hatte die Playlist des DJs abgesegnet, der nach den *Feckless Fiddlers* auflegen würde. Ihr Hochzeitskleid hing einsatzbereit im Schrank. Sie hatte ihre Eheversprechen aufgeschrieben und mehrere Male verändert. Wie war sie bloß auf die Idee gekommen, einen ganzen Monat für die Vorbereitungen zu brauchen? Sie hatte es geglaubt, weil das Leben oft nicht ihren Vorstellungen gerecht wurde und die Lebensweisheiten, die sie erfand *(Eine Hochzeit in Montana lässt sich nur in Montana planen!)*, häufig überhaupt nichts mit den Tatsachen zu tun hatten.

Cece zog Shorts, ein T-Shirt und den Schlapphut an, von dem Charlie gesagt hatte, damit sehe sie aus wie Faye Dunaway. Dann setzte sie sich aufs Bett und hätte am liebsten losgeheult. Es war der zehnte Todestag ihrer Mutter. Es war unfassbar, aber ursprünglich hatten sie tatsächlich geplant gehabt, die Hochzeit an diesem Tag stattfinden zu lassen. Doch dann war Cece zur Vernunft gekommen und hatte eingesehen, dass das, was ihr in der Theorie wie eine Hommage an ihre Mutter erschienen war, die schlimmste Idee war, auf die man überhaupt kommen konnte, so was Ähnliches wie eine emotionale Selbstmordweste. Jedenfalls fühlte sich der Tod ihrer Mutter immer noch an wie etwas, das sie sich jeden Morgen umschnallte und vor den anderen geschickt verbarg. Cece war damals siebzehn gewesen. Ihr Vater, ein Broker für Computerchips, der um ein Uhr morgens aufstand, um Geschäfte mit chinesischen Unternehmen zu machen, hatte ihr erklärt, dass ihre Mutter Krebs im fortgeschrittenen Stadium hatte und den Sommer wahrscheinlich nicht überleben würde. Cece hatte ihm kein Wort geglaubt. Ihre Mutter war Psychiaterin bei der Air Force, im Rang eines Hauptmanns. Sie fuhr im Tarnanzug zur Arbeit, ging dreimal in der Woche ins Fitnessstudio und trank rotzgrüne Smoothies, die nach Misthaufen stanken. Cece reagierte auf die absurde Nachricht, indem sie sich volllaufen ließ. Sie hatte bereits mit Drogen und Alkohol experimentiert, allerdings nur an den Wochenenden; jetzt ging sie in die Vollen. Ihre Mutter hatte einen Tumor im Kopf, und es war Zeit zu feiern. Mithilfe ihrer besten Freundin Paige trank sie die Hausbar ihrer Eltern leer, fuhr betrunken zu Partys oder fiel auf der Treppe in Ohnmacht. Einmal tauchte ein Kerl, den sie noch nie gesehen hatte, in ihrer Schule auf und behauptete, er habe ihr in der Nacht zuvor die Haare aus dem Gesicht gehalten, während sie sich übergab. Cece hatte null Erinnerung an ihn. Ihre Mutter war ihr mittlerweile peinlich. Sie saß nur noch auf der Couch und empfing die Leute im Morgenmantel. Sie hatte Haare und Augenbrauen verloren und sah aus wie ein Seehund. Und sie bellte auch wie ein Seehund; die Bestrahlung hatte ihr Zwerchfell beschädigt, sodass sie ständig aufstoßen musste, ohne es kontrollieren zu können.

Selbst als ihre Mutter ins Hospiz kam, und selbst als der Fallmanager an einem Sonntag um fünf Uhr früh anrief und ihren Vater bat zu kommen, glaubte Cece noch, dass am Ende alles gut würde. Es war bloß ein dummes Missverständnis. Mit ausgetrocknetem Mund und völlig verkatert nach einer Tequilanacht mit Paige betrat sie das Zimmer ihrer Mutter und dachte, sie habe die falsche Tür erwischt. Doch nein: Diese erbärmliche Kreatur war ihre Mutter. Sie starrte Cece mit wässrig trüben Augen an, nahezu blind, wie eine Echse. Zum ersten Mal erkannte Cece, dass etwas geschah, nicht nur mit ihr, sondern mit der Frau, die vor ihr lag. Sie zwang sich, auf das Bett zuzugehen. Ihre Mutter zupfte mit einer Hand am Laken, beinahe friedlich, als pflückte sie Butterblumen. Doch sie war nicht friedlich, sondern absolut verzweifelt. Ihre Lippen zitterten. Sie streckte Cece die Hand entgegen, als wollte sie sie zum Armdrücken auffordern. Cece nahm ihre Hand. »Komm näher«, sagte ihre Mutter, und ihre Kraft überraschte Cece. Ihr Atem roch nach verbrannter Butter. Cece beugte sich vor, als erwartete sie ein Geheimnis. »Komm näher«, wiederholte ihre Mutter und umklammerte Ceces Hand so fest, dass es wehtat. Cece umarmte sie, bis sie Angst hatte, ihre Knochen könnten brechen wie Zündhölzer oder der Stiel vom Eis. Und trotzdem wiederholte ihre Mutter es noch einmal: »Komm näher«, als hätte sie ihr etwas Lebenswichtiges mitzuteilen, etwas Dringendes, wenn Cece ihr gehorchte. Aber es ging nicht. Solange sie sich nicht in Gas verwandelte und irgendwie von ihren Lungen aufgesogen wurde, konnte sie ihr nicht näher kommen. Sie versuchte, es ihrer Mutter zu erklären, doch diese wiederholte nur ihre Anweisung, freundlich, aber bestimmt, als forderte sie Cece auf, ihr Zimmer aufzuräumen. *Komm näher.*

Als Cece bewusst wurde, dass ihre Mutter im Sterben lag, war sie schon tot. Selbst dann kam es ihr vor wie ein Irrtum, als hätte ihre Mutter dem niemals zugestimmt. In sich versunken überstand Cece den Gedenkgottesdienst, ohne ein Wort, reglos, ohne ein Lächeln. Die Leute umarmten sie, einer nach dem anderen, es fühlte sich an wie eine Serie willkürlicher Schläge. Sie stand auf dem makellosen Rasen des Nationalfriedhofs, der zu einem verschwommenen Stückchen Meer in der Ferne abfiel. Die Grabsteine erinnerten an eine Reihe von Dominosteinen, die nur darauf warteten, dass jemand sie umwarf, und Cece fühlte sich, als hätte man sie auf einen fremden Planeten gebeamt. Es war eine militärische Beerdigung mit Ehrengarde, die Flagge wurde feierlich eingeholt und gefaltet, ein einsamer Trompeter blies den Zapfenstreich. Die langen, traurigen Töne schwebten über den Friedhof und verwandelten alles in den tragischen Schlüsselmoment eines Films: die Gräber und welkenden Blumen, die zu Statuen erstarrte Ehrengarde, das Loch im Boden, in das ihre Mutter versenkt und in ein Skelett verwandelt werden würde. Das Spiel des Trompeters war so vollendet und schön, dass es Cece, die für einen Augenblick auf die Erde zurückgekehrt war, zu Tränen rührte. Es schien der kostbaren Leere in ihrem Inneren Gestalt zu geben. Am Ende hielt der Trompeter mitten im Ton inne, als hätte er vergessen, welches Lied er spielte. Er errötete vor Verlegenheit. Schließlich nahm er die Trompete von den Lippen und schüttelte sie, woraufhin eine Sekunde lang die verlorene Note nachklang, als wäre sie von einem

Geist besessen. Cece erkannte, dass sie kein echtes Instrument war und die Musik von einer Kassette im Innern der Trompete stammte. Offenbar war die Batterie leer. Einige Trauergäste kicherten. Cece sah sich verwirrt um. Später, mitten in der Trauerrede, meldete sich die Trompete erneut aus ihrem Koffer.

Fremdheit und Trauer. Fremdheit und Trauer. Cece ging zurück in die Schule und war erstaunt, dass ihr Leben noch existierte. *Meine Mutter ist tot*, sagte sie sich immer wieder, keineswegs immun gegen die dramatische Bedeutung. Genau dieses Gefühl, sich in einem Film oder Theaterstück zu befinden, ließ den Tod als vorübergehend erscheinen. Jeden Moment würde das Stück enden, ihre Mutter wäre wieder lebendig und würde wie früher jedes Wochenende mit ihr an den Strand fahren. Cece würde ihr den Kopf massieren, während sie gemeinsam dämliche Fernsehshows anschauten, benebelt vom Geruch von Schweiß und Jojoba-Öl. (Dieser Duft! Als Cece klein war, hatte sie die Haarsträhnen ihrer Mutter in den Mund genommen und daran gelutscht.) Cece vermisste sie so sehr, dass die Sehnsucht wie ein Wind durch sie hindurchheulte. Sie hörte auf zu essen. Auf dem Sportplatz stand sie nur zitternd da und starrte auf den Rasen. Ihre Freunde, die anfangs Verständnis gezeigt hatten, gaben sie schließlich auf. Sie luden sie nicht mehr zu Partys, zum Shoppen oder zu Lagerfeuern am Strand ein. Wenn ihr Vater nicht zu Hause war, schlich sich Cece manchmal in sein Zimmer, zog das Bett ab und starrte auf den verwaisten Schweißfleck, bleich wie ein Schatten, wo früher ihre Mutter gelegen hatte.

Einmal hatte das Telefon geklingelt, und Cece war drangegangen. Es war der Friseursalon ihrer Mutter, der einen neuen Termin mit ihr vereinbaren wollte. »Sie ist tot«, sagte Cece, vielleicht zu leise, um richtig verstanden zu werden, denn die Frau am Telefon antwortete: »Ich glaube schon. Zum Färben. Sie hat den letzten Termin verpasst, deshalb wollte ich einen neuen ausmachen.« Am nächsten Tag war Cece zum Friseursalon gefahren und hatte den Termin wahrgenommen. Der Friseur fragte nicht, wer sie war. Er geleitete sie zu einem Platz und drückte ihr ein Buch mit Farbmustern in die Hand. Cece blätterte durch das Buch – ein Regenbogen winziger Hasenpfoten – und fand eine Farbe, die zum Haar ihrer Mutter passte. Sie roch an dem Muster, doch natürlich roch es nach gar nichts. Danach konnte sie gar nicht mehr aufhören, zu schluchzen, zum ersten Mal seit der Beerdigung. Der Friseur, der so etwas vielleicht gewohnt war, ignorierte sie. Er färbte ihr Haar und wickelte es in Folie ein, dann spülte er es aus und offenbarte das grässliche Produkt ihrer Trauer.

~~~

»Du bist anders als Charlie«, sagte Garrett jetzt, als sie über die Route 35 in Richtung Glacier-Nationalpark fuhren. Allmählich fühlte sie sich halbwegs wach, hauptsächlich wegen des sogenannten »Expressos« in ihrer Hand. Montanas Neigung, die Anzeichen der Gentrifizierung misszuverstehen und mehr oder weniger alles in Fast Food zu verwandeln, fand sie erfrischend, ja ermutigend, aber erst nach zehn Uhr morgens. (Als Cece versucht hatte, einen Americano zu bestellen, hatte die junge Frau am Tresen ihre Stimme erhoben und besonders laut und deutlich gesprochen, als wäre Cece eine ausländische Austauschstudentin.)

»Wie meinst du das?«, fragte Cece.

»Auf dem College sprang er morgens aus dem Bett, als stünde es in Flammen.«

»Das macht er immer noch.«

»Und ruft er immer noch aus vollem Hals: ›Raus aus den Federn‹?«

»Jetzt nicht mehr«, antwortete Cece finster.
~~~

Garrett lachte. Augenblicklich bekam sie ein schlechtes Gewissen, weil sie Charlie in den Rücken gefallen war, und dann kam sie sich blöd vor, weil sie doch bloß herumalberten und es eigentlich ein Tribut an Charlies Größe war, wenn sie sich ein bisschen über ihn lustig machten. Das Wunderbare an Charlie war tatsächlich, dass er einen zum Aufstehen ermunterte. Na ja, vielleicht nicht unbedingt zum Aufstehen, aber darauf, sich auf den Tag zu freuen. Es war das »Raus«, was ihn hauptsächlich interessierte. Er wachte auf und fing den Tag mit etwas an, das einen dazu inspirierte, ebenfalls etwas zu unternehmen.

»Gerade das bewundere ich an Charlie. Er ist ein Mann der Tat.«

Garrett nahm die Mütze ab und legte sie auf das Armaturenbrett. »Yep. Einer von denen.«

»Was soll denn das nun wieder heißen?«

Er zuckte nur die Achseln.

»Na ja, okay, er kann manchmal ein bisschen ... *übereifrig* sein«, sagte Cece verstimmt. »Für jemand, der introvertiert ist, kann es nervig werden.«

»Bist du introvertiert?«

»Nein. Eigentlich nicht. Ich meine nur, dass es sich gelegentlich anfühlt wie ... Ich weiß nicht. Manchmal ist er wie umgedreht.« Garrett warf ihr einen Blick zu. Was hatte sie da gerade gesagt? So hatte sie Charlie doch noch nie gesehen. »Wie umgedreht.« Der Ausdruck selbst war ihr nie in den Sinn gekommen, trotzdem hatte sie ihn gerade perfekt formuliert ausgespuckt wie ein Kaugummi.

»Was meinst du damit?«

»Zum Beispiel, wenn wir uns einen Film ansehen, will Charlie immer sofort darüber reden. Sobald wir das Kino verlassen. Ich dagegen muss erst mal alles sacken lassen. Vor allem, wenn es ein guter Film war. Er ist jetzt zwar zu Ende, aber eigentlich doch nicht.«

»Du träumst noch ein bisschen weiter«, sagte er. »Du bist noch nicht ganz wach.«

»Ja. So ungefähr.«

»Das hat er auch auf dem College schon so gemacht. Es hat mich immer auf die Palme gebracht. Wir sahen uns was an, Teil einer Reihe wie *McCabe & Mrs. Miller* zum Beispiel, und gleich im Anschluss fing er an, alles zu sezieren. Manchmal konnte er nicht mal bis nach dem Abspann warten.«

Cece runzelte die Stirn und fühlte sich noch schuldiger als vorher. Ausgetrickst, illoyal, als hätte sie sich breitschlagen lassen, auf eine gemeine Art über ihren Partner herzuziehen. Wieso hatte sie nicht den Mund gehalten, oder besser gesagt, warum war sie nicht im Bett geblieben und hatte diesen dämlichen Ausflug sausen lassen? Dann wäre sie jetzt aufgewacht und könnte einen richtigen Kaffee trinken, einen, der seinen Namen verdiente.

»Wo habt ihr euch eigentlich kennengelernt?«, wollte Garrett wissen. »Charlie hat es mir nie erzählt.«

»In der medizinischen Fakultät der Johns Hopkins University. Er arbeitete schon als Facharzt – im ersten Jahr –, und ich war noch in der Ausbildung. Wir beide vermissten L. A., und das schweißte uns zusammen.«

»Du bist auch Ärztin?«

»Tu nicht so überrascht«, sagte sie. »Nein. Bin ich nicht. Ich hab das Studium nach dem zweiten Semester hingeschmissen.«

Garrett nickte, als wäre es absolut nachvollziehbar, dass man sein Medizinstudium an einer der besten Universitäten des Landes abbrach. Er wirkte weder schockiert noch abgestoßen oder gar besorgt um ihre Zukunft. Selbst Charlie, der ihre Entscheidung unterstützt hatte und nur wollte, dass sie glücklich war, schien es peinlich zu sein, wenn sie anderen Menschen davon erzählte. Er beeilte sich dann, klarzustellen, dass sie andere

Ambitionen hatte und keineswegs ihr Leben lang als Aushilfskraft in einem Architekturbüro arbeiten wolle. (Das Problem hatte sie bereits gelöst: Vor einem Monat hatte sie gekündigt.)

»Du weißt ja, wie leidenschaftlich gern Charlie im OP steht, nicht? Ich hatte nie das Gefühl, dass Medizin meine Berufung sein könnte. Die meiste Zeit ... ich weiß nicht ... war ich völlig erschöpft. Erschöpft und gestresst, und obendrein hatte ich das Gefühl, die besten Jahre meines Lebens zu verpassen.« Sie runzelte die Stirn. »Ich sah mir die Studenten an, die ein bisschen älter waren als ich, Charlies Freunde, die gerade ihre ersten Facharztstellen hatten, alle mit grauen Haaren. Und das mit Ende zwanzig.«

Garrett warf einen Blick in den Rückspiegel. Sein Haar lichtete sich und bedeckte gerade noch die erste kahle Stelle. Vielleicht war er eitler, als Cece gedacht hatte. »Charlie hat aber noch keine grauen Haare, oder?«

»Charlie? Nein! Er schläft wie ein Baby, selbst wenn er Bereitschaftsdienst hat. Als hätte die NASA oder so was ihn entworfen.«

Cece war über ihren Tonfall überrascht. Sie erzählte Garrett nicht, dass sie sich auf dem College vier Jahre lang mit Chemie, Bio und (sadistischerweise) *Biochemie* herumgeschlagen und die ganze Zeit gehofft hatte, dass das richtige Medizinstudium anders sein und einen magischen Schalter in ihrer Seele umlegen würde, sodass sich am Ende alles gelohnt hätte. Sie erzählte ihm nichts von den Büchern, den Filmen, den Happy Hours und den Strand- und Campingausflügen, auf die sie verzichtet hatte, bis sie eines Tages zu Tode gelangweilt und halb im Delirium nach nur vier Stunden Schlaf in einem Vortrag über Gene und Gesellschaft saß. Da hatte sie festgestellt, dass sie überhaupt kein Interesse daran hatte, Kinderneurochirurgin zu werden, obwohl sie seit ihrem vierzehnten Geburtstag davon geträumt hatte. Alles war ein großes Missverständnis gewesen. Etwas an dem Klang – »Kinderneurochirurgin« – hatte sie fasziniert. Den Begriff hatte sie irgendwo in einem Buch aufgeschnappt und war neugierig geworden, ein Interesse, das von den Erwachsenen um sie herum sofort bejubelt wurde und ihnen verschleiert-stolze Blicke entlockte: *Unsere Cece, die zum dritten Mal in Folge auf der Liste der besten Schüler steht, will Kinderneurochirurgin werden!* Und das ermutigte sie, weitere Anerkennung zu suchen und allen Leuten zu erzählen, dass sie später, wenn sie erwachsen war, genau das werden wollte.

Seltsamerweise war es mit den Pavianen genauso gewesen. Schon als kleines Mädchen hatte Cece behauptet, Paviane zu lieben. Sie hatte Pavian-T-Shirts, eine Pavian-Lunchbox und sogar einen Stoff-Pavian in der Ecke ihres Zimmers, der so groß war wie ein Sessel. Den Stoff-Pavian hatte ihr Vater ihr geschenkt, als sie fünf war. Er hatte gefragt, welches ihr Lieblingstier war, und sie dann falsch verstanden, als sie »Leguan« gesagt hatte. Sie hatte ihn berichtigen wollen, aber ihr Vater war offensichtlich von der Vorstellung, dass sie Paviane liebte, so angetan gewesen, dass sie ihn nicht hatte enttäuschen wollen. Er hatte ihr den Pavian zu Weihnachten geschenkt und darüber gewitzelt, wie schwierig es gewesen sei, einen zu erwischen. Jetzt konnte sie das Missverständnis erst recht nicht mehr aus der Welt schaffen. Bald schenkten ihr alle Leute irgendwelche Dinge, die mit Pavianen zu tun hatten. Paviane wurden so sehr Teil ihrer Persönlichkeit, dass sie schließlich selbst daran glaubte, dass sie Paviane liebte. Zu Halloween verkleidete sie sich als Pavian, und in der Schule malte sie wie besessen Paviane. Sie hatte sogar einen Phantasiefreund namens Oonie, der Pavian. Trotzdem war alles ein Missverständnis. Hätte ihr Vater »Wombat« oder »Beluga-Wal« verstanden, wäre sie heute ein komplett anderer Mensch.

Schließlich erzählte sie Garrett diesen letzten Teil über die Paviane. Und was war die Reaktion? Er lachte so sehr, dass man sämtliche Füllungen in seinem Mund sah. Er wäre beinahe von der Straße abgekommen. Es war das erste Mal, dass sie ihn auch nur ansatzweise munter erlebte.

»Was ist denn so komisch daran?«, fragte sie.

»Es macht einfach Sinn.«

»Charlie findet es auch zum Schreien«, schwindelte Cece, und da wurde ihr bewusst, dass sie Charlie noch nie davon erzählt hatte. Warum nicht? Nun ja, er hätte es sowieso nicht verstanden. Vernünftig, wie er war, hätte er sie gefragt, warum sie das Missverständnis nicht von Anfang an korrigiert hatte. »Dann ist meine Mutter gestorben, und das Medizinstudium wurde irgendwie, ich weiß auch nicht, zu einer weltbewegenden Sache. Als könnte ich damit irgendwas wiedergutmachen. Das ist natürlich albern. Was hast du denn – wieso bist du gerade so zusammengezuckt?«

»Dieser Ausdruck. *Weltbewegend.*«

»Was ist damit?«

»Nichts.«

»Was soll das heißen ... nichts?«

»Ist bloß eine Kleinigkeit.«

»Eine ... was?«

»Tut mir leid. Hat nichts mit dir zu tun. Nur dass wir tatsächlich gerade den Planeten zerstören, ohne dass jemand sich darüber aufregt, aber wenn einem von uns Menschen was Schlimmes passiert, nennen wir es *weltbewegend.*«

Sie redete sich das nicht ein: Er war ein echtes Arschloch. Wie zum Teufel hielt Charlie es nur mit ihm aus? Cece schloss die Augen und holte tief Luft, wie sie es von der yogischen Vollatmung her kannte – oder wie auch immer man das nennen soll, wenn man mit einem scheinheiligen Vollpfosten zum Glacier-Nationalpark fuhr, statt zu Hause Yoga zu machen. Sie musste nur die nächsten paar Wochen überstehen, ihre ewige Liebe zu Charlie unter Beweis stellen – und dafür sorgen, dass die Hochzeit lustig, schön und frei von Überraschungen war, indem sie seinen besten Freund auf der Welt nicht als Arschloch bezeichnete. Es war so eine Art Test. Eine Herausforderung. Wie in einem dieser Märchen, wo der Ritter den Drachen töten musste, um sich als würdig zu erweisen.

Als sie die Augen aufschlug, sah Garrett sie an, statt auf die Straße zu achten. Sie zwang sich zu einem Lächeln. Anscheinend ohne großen Erfolg, denn Garrett warf ihr einen leicht besorgten Blick zu.

»Was willst du denn machen? Mit deinem Leben?«

»Gute Frage«, murmelte Cece. Aber auch eine seltsame Frage, als wäre das Leben ein Werkzeug, das nur eine einzige Funktion hat. (Jemand hatte einem dieses seltsame Ding geschenkt, das Leben, und jetzt wollten alle – vielleicht sogar mit Recht – wissen, was man damit anstellen wollte?) Sie wusste eigentlich nur, was sie *nicht* wollte. Aber was wollte sie? Nun ja, sie wollte Charlie heiraten, aber das war keine richtige Antwort. So oberflächlich und altmodisch war sie nicht, dass sie glaubte, die Ehe wäre jene einzige, geheimnisvolle Funktion, für die ihr Leben bestimmt war. Sie war eher so etwas wie ein Bonus: wunderbar, aber keine Begründung für ihr Dasein auf der Erde. Sie hatte gehofft, ihre Liebe zu Charlie könnte ihr helfen, ein paar Dinge zu klären und herauszufinden, was sie mit ihrem Leben anfangen wollte, doch bislang hatte sie nur alles noch konfuser gemacht. Sie sah, wie die Menschen auf ihn reagierten – einen ambitionierten jungen Arzt, der Leben retten wollte –, und fühlte sich noch mehr von der Außenwelt abgeschnitten. Nicht nur das, sondern gelegentlich auch ein bisschen irritiert. Sauer auf Charlie, obwohl er nichts dafür konnte. Sie wollte keine Ärztin werden, aber noch weniger wollte sie »die Frau eines Arztes« sein.

Sie war sicher, dass sie der Welt etwas Großartiges zu bieten hatte, etwas, das stark, beeindruckend und unerlässlich war. Nur, was könnte das sein?

Unterdessen plante sie eine Hochzeit. Es war wirklich eine Erleichterung, der Frage nach ihrer Zukunft eine Weile auszuweichen. Man hätte es sogar als Vermeidungsstrategie bezeichnen können. Aber warum hatte sie dermaßen darauf bestanden, die Hochzeit *hier* zu feiern? Cece vermutete, dass es mit Charlies Familie zu tun hatte. Mit den Margolises. Hier, in diesem wunderbaren Haus, hatte sie sie zum ersten Mal zusammen erlebt: Charlie, Mrs. und Mr. Margolis und seine Brüder. (Seine Brüder! Sie war ein bisschen verliebt in seine Brüder.) Sie waren alles, was sie sich jemals von einer Familie gewünscht hatte: warmherzig, witzig und frei von jeder Art von Kummer. Sie hielten Ping-Pong-Wettbewerbe ab. Sie warfen sich Limonadenflaschen zu, als ginge es um Leben und Tod. Zufällige Worte wie »Sieb« oder »Zimtschnecke« konnten hysterische Lachanfälle auslösen. Sie hatten Rituale, die niemand erklären konnte, etwa eine kurze Berührung des Autodachs, wenn sie einen Traktor überholten. Mittwochs war Spieleabend, sie liebten zweitklassige Filme, die sie zu Tränen rührten, und ihr Kühlschrank war so voll, dass man eine Gehirnerschütterung riskierte, wenn man ihn öffnete. Sie waren ein Land für sich, mit eigenen Bräuchen und Traditionen. (Cece liebte besonders die Anführerin dieses Landes, Mrs. Margolis.) Allein die Nähe dieser Menschen machte sie auf der Stelle glücklich, ja fast verrückt. Es war wie dieses Klicken, von dem Tennessee Williams gesprochen hatte, wenn man genügend getrunken hat, um sich in der Welt wohlzufühlen. In der Gegenwart der Margolises machte bei Cece etwas *klick* und verwandelte Fremdheit und Traurigkeit in überschwängliches Wohlgefühl. Sie berauschte sich an Charlies Familie. Und deshalb war sie hierhergekommen, an den Ort, an dem sie sich so wohlfühlte: an diesen See mit seinem geschwätzigem Clubhaus, zu diesem Museum unbeschwerter Sommer.

»Was würdest du denn mit deiner Zeit machen wollen? Ich meine, abgesehen von Hochzeitsvorbereitungen?«

»Bist du eigentlich immer so neugierig?«

Er zuckte die Achseln. »Schwer zu sagen. Normalerweise rede ich nicht viel mit Leuten.«

»Ich lese gern«, sagte Cece, was auch stimmte. Auf dem College hatte sie am liebsten in der Bibliothek gesessen und dicke Schmöker aus dem Goldenen Zeitalter der russischen Literatur für ihr Literaturseminar gelesen. Sie hatte diese Bücher regelrecht verschlungen, und später mit anderen darüber diskutiert. Kluge Dinge dazu gesagt und sich kluge Dinge von anderen angehört. Sie hatte jeden Literaturkurs belegt, den sie in ihrem Stundenplan unterkriegen konnte, und das nicht nur, weil sie sich in ihren medizinischen Vorbereitungskursen zu Tode gelangweilt hatte.

»Hast du einen Lieblingsroman?«

Sie überlegte, ob sie versuchen sollte, ihn mit etwas aus dem linken Spektrum zu beeindrucken. *Sein eigener Herr* zum Beispiel oder *Wir haben schon immer im Schloss gelebt.* »*Anna Karenina*«, sagte sie schließlich.

Garrett lächelte. »Hab ich mir gedacht.«

»Hast du nicht!«, entgegnete sie gereizt. Nicht genug damit, dass er ihr ihren Lieblingsort auf Erden madig gemacht hatte, jetzt wollte er ihr auch noch ihren Lieblingsroman vermiesen. Bestimmt hatte er ihn nicht einmal gelesen.

»Hast du eine Lieblingsstelle darin?«

»Was ist denn deine?«, gab Cece zurück und stellte ihn auf die Probe.

»Ich hab zuerst gefragt.«

»Als Kitty das Kind bekommt und Lewin erwartet, es abgöttisch zu lieben. Doch dann sieht er es zum ersten Mal und ist abgestoßen.«

Garrett wirkte aufrichtig schockiert.

»Damit hast du nicht gerechnet, was?«

»Nein«, sagte er. »Kitty und Lewin, das leuchtet mir ein.

Aber ich hatte geglaubt, du würdest dich eher für das Abendessen entscheiden, als er sie bittet, ihn zum zweiten Mal zu heiraten. Als sie sich mit verschlüsselten Botschaften verständigen.«

»Ja, die Stelle mag ich auch sehr.«

»Sie ist aber kitschig. Als könnten sie die Gedanken des jeweils anderen lesen. So ist das Leben nicht.«

»Sie beide sind das Leben.«

Garrett konzentrierte sich auf die Straße; irgendwie wirkte er verunsichert. Mit der Stelle bei der Geburt hatte sie ihn herausfordern wollen, daher war sie jetzt überrascht, als ihr bewusst wurde, dass es tatsächlich ihre Lieblingsstelle war. (Besser gesagt, *eine* ihrer Lieblingsstellen.) Vor Charlie hätte Cece so etwas niemals zugegeben. Die Vorstellung, sich vom eigenen Kind abgestoßen zu fühlen, wäre ihm genauso fremd wie der Gedanke, von der Golden-Gate-Brücke zu springen – oder die Möglichkeit, einen Heiratsantrag, der durch ein Wortspiel überbracht wird, für irgendetwas anderes als romantisch zu halten. Sie hatte plötzlich einen sauren Geschmack im Mund, wie nach einem Rülpser.

»Mein Gott!«, rief sie. »Jetzt erzähl mir bloß, dass du was gegen die Ehe hast.«

Garrett wand sich nervös auf seinem Sitz.

»Und ausgerechnet du sollst uns trauen!«

Er runzelte die Stirn. »Äh ... Ja, ich weiß, aber es war nicht meine Idee.«

»Meine auch nicht!«, sagte Cece. »Wieso hast du nicht abgelehnt?«

»Keine Ahnung. Charlie schien es sehr wichtig zu sein. Er hat immer wieder gesagt, wie viel es ihm bedeuten würde. Ich meine, er bittet mich sonst nie um was – immer ist er derjenige, der mir aus der Patsche hilft. Ich fand es unhöflich, meine ... äh, philosophischen Einwände vorzubringen.«

Cece schnaubte verächtlich. Langsam fragte sie sich düster, ob die Hochzeit ein Reinfall werden würde. »Und die wären?«

Garrett klappte die Sonnenblende herunter. »Ich weiß nicht, ob ich dir das sagen sollte.«

»Hör zu, Charlie und ich lieben uns. Und wir werden uns die Hochzeit nicht von der Meinung eines anderen Menschen verleiden lassen.« Vor allem nicht von einem Gepäckabfertiger in selbst gemachten Shorts, hätte sie beinahe hinzugesetzt. »Mir ist schon klar, dass es manchmal nicht leicht sein wird. Es soll so was wie ein Abenteuer sein, oder nicht?«

»›Das einzige Abenteuer, das den Feigen offensteht‹«, murmelte Garrett.

»Welcher einsame Spinner erzählt denn so einen Quatsch?«

»Voltaire.«

Cece lachte. »Hat Voltaire nicht auch anzügliche Briefe an seine Nichte geschrieben?«

»Hast du eigentlich schon mal darüber nachgedacht, was es wirklich bedeutet?«, fragte Garrett. »Dein Leben einem anderen Menschen zu widmen?«

»Na klar.«

»Was meinst du, wie lange die Anziehungskraft dauert, wenn die Mystifizierung nachlässt?«

»Falls du Charlies Anziehungskraft auf mich meinst: Ich kann mir nicht vorstellen, dass sie jemals nachlässt.«

»Das sagen alle.«

»In unserem Fall trifft es aber zu!«, schoss Cece zurück.

»Das sagen auch alle.« Er klappte die Sonnenblende wieder hoch. »Fällt dir spontan etwas ein, irgendein komischer, verrückter Zug, der dir an ihm gefällt?«

»Klar doch«, sagte sie und machte das Spiel mit.

»Was denn?«

»Er schwenkt sein Sandwich hin und her, ehe er reinbeißt. Also zwischen den Bissen, meine ich. Als wollte er es abwiegen.«

»In drei Jahren wird dich das auf die Palme bringen. Dann siehst du zu, wie er sein Sandwich schwenkt, und denkst: *Iss dein verdammtes Brot endlich auf.*«

»So ein Unsinn.«

»Und dann, warte ab, dann kommen die Babys, und du hast keine Zeit mehr für irgendwas anderes. Du kannst weder reisen noch ins Kino gehen oder ein Buch lesen. Ich hab es bei meinen College-Freunden gesehen – bei *Charlies* Freunden. Weißt du, wie genau du die meiste Zeit deines Lebens auf der Erde verbringen wirst? Mit dem Versuch, Streit zwischen deinen Kindern zu schlichten. *Konfliktmediation.* Das ist dein Abenteuer! Du wirst so gelangweilt von deinem Leben als Babysitter sein, dass du irgendein sinnloses Zeug machst, wie deine Küche neu gestalten. Nur, um der Langeweile zu entkommen. Vielleicht wirst du sie sogar mehrmals hintereinander neu einrichten lassen. Und dann musst du eine riesige Hypothek aufnehmen, um deine Kinder aufs College zu schicken. Du opferst dein Leben auf dem Altar der Kids. Das ist der amerikanische Traum.«

Cece starrte Garrett an. Wieso war sie nicht viel gekränkter? Eigentlich tat er ihr leid. Seine »Einwände« waren für sich genommen nicht mal besonders originell. Als hätte er sich auf eine mündliche Prüfung vorbereitet – wahrscheinlich hatte er sich die Zitate zusammengesucht, so wie Eichhörnchen Nüsse sammeln.

»Ich vermute, dass du nicht so zur Welt gekommen bist.«

»Was soll das heißen?«

»Ich glaube, dass dir etwas zugestoßen sein muss, um dich dazu zu bringen, so gegen die Liebe zu wettern.«

Garrett sah sie überrascht an. »Ich bin nicht gegen die *Liebe*. Nur gegen die Ehe. Das sind zwei völlig unterschiedliche Dinge. *Gegensätze*, um genau zu sein.«

»Liebe und Ehe sind keine Gegensätze!«

»›Die Ehe ist das Grab der Liebe.‹«

»Nicht noch mehr Voltaire«, sagte sie.

»Casanova, wenn ich mich nicht irre.«

Cece verdrehte die Augen, obwohl es tatsächlich das erste Mal war, dass seine Worte sie nachdenklich machten. Aus dieser Perspektive hatte sie ihre Liebe zu Charlie nie gesehen: dass es an der *Ehe*, an der Institution selbst etwas gab, das die Liebe zerstören konnte. »Ich glaube, wir suchen uns lieber jemand anderen für die Trauung«, sagte sie.

Garrett, der achtzig Meilen die Stunde gefahren war, nahm den Fuß vom Gaspedal, als dächte er daran umzudrehen. »Ich bin ein Idiot. Ich hätte dir das alles nicht sagen sollen.«

»Stimmt«, pflichtete ihm Cece nüchtern bei.

»Hey. Ich werde nur von den schönen Dingen sprechen, großes Ehrenwort. Von der Herrlichkeit der Ehe.«

»Aber du wirst es nicht meinen. Du wirst lügen.«

»Ich werde mir *wünschen*, dass alles wahr ist«, sagte er. »Nur darauf kommt es an. Ich will doch meinem besten Freund die Hochzeit nicht verderben.«

Das sagte er so ernst, mit so viel Gefühl, dass Cece ganz merkwürdig darauf reagierte. Irgendwie war sie enttäuscht. Natürlich wollte sie nicht, dass er ihnen die Hochzeit vermieste, das nicht – nur hatte sie nicht erwartet, dass er sich von seinen Überzeugungen so leicht distanzieren würde.

Wie ein Pirat starrte Garrett mit einem zugekniffenen Auge auf die Straße. Er strahlte eine Traurigkeit aus, die fast entstellend war. Sie wollte wissen, was ihm im College passiert war, wollte ihn nach dem Tod seines und Charlies Freund fragen, nach den rätselhaften Dingen, die in San Francisco geschehen waren, aber sie hatte Angst, er könnte ihr ihre Neugier übel nehmen. Oder schlimmer noch: ihr alles darüber erzählen. Wie auch immer, es zeigte sich bereits in seinem Gesicht, wie ein in Stein eingeschlossenes Mineral. Es war kein schlechtes Gesicht, es sah sogar gut aus oder besser gesagt, es war »markant«, solange man über den leicht verschlagenen Blick, einem Schneemann ähnlich, hinwegsah und sich auf die dunkleren Tiefen konzentrierte. Cece war an Charlies Gesicht gewöhnt, in dem sich mineralogisch alles an der Oberfläche spiegelte, und hatte ganz vergessen, dass es Menschen gab, die aussahen, als würden sie nur darauf warten, dass ihnen jemand ins Gesicht schlug.

Sie fuhren an einem Plakat vorbei, auf dem für die Begegnung mit einem lebendigen Grizzly geworben wurde, und Cece fragte sich, wie Garrett wohl nackt aussah. Nicht weil sie ihn so sehen *wollte* – bei Gott, das nicht, lieber würde sie einem lebendigen Grizzly begegnen –, sondern weil ihr eine Geschichte eingefallen war, die Charlie gern aus seiner Collegezeit erzählte. Er, Garrett und ein paar ähnlich bescheuerte Freunde hatten sich betrunken und ihre eigene Attraktion inszeniert. Sie hatten sich nackt ausgezogen und am Straßenrand posiert wie griechische Statuen, sodass sie in den Lichtkegel der in die Kurve kommenden Autos gerieten. Nackte Diskuswerfer, aber mit Frisbees. Charlie konnte die Geschichte nicht erzählen, nicht einmal Cece, ohne sich vor Lachen zu biegen. Die Vorstellung, dass Garrett an so was beteiligt gewesen war, erschien ihr unmöglich, selbst voll bekleidet.

Während sie in der Autoschlange vor dem Eingang zum Glacier-Nationalpark warteten, ließ Garrett sein Fenster herunter. Cece dachte daran, ihn zu fragen, ob sie Filmeraten spielen sollten – oder vielleicht *Ich sehe was, was du nicht siehst,* so wie Charlie und sie es gelegentlich machten, wenn sie im Stau standen. Aber es fiel ihr genauso schwer, sich das vorzustellen, wie dass er auf dem College Spaß gehabt haben könnte. Vor ihnen stand ein Wohnmobil, dessen Kotflügel mit Aufklebern bedeckt waren: CHOOSE HAPPY; HAPPINESS IS A WARM TENT; HAPPINESS IS BEING IN MONTANA.

»Na los, vertreiben wir sie aus ihrem Glück«, sagte Garrett.

Cece starrte ihn an.

»Wieso guckst du so?«, fragte er.

»Es ist nur ... du hast zum ersten Mal einen Witz gemacht. Allein das war schon irgendwie lustig.«

»Danke.«

»Charlie hat es mir erzählt«, sagte sie. »Wie lustig du warst.«

»Du guckst mich ja immer noch an.«

»Wo hast du die kleine Narbe da her? Auf der Wange?«

»Eine Frostbeule«, murmelte er auf eine Art, die weitere Fragen ausschloss. Sie machte ihn mit ihrem Blick nervös – zumindest hatte es den Anschein. Anders als bei fast allen anderen Männern auf dem Planeten gefiel es ihm nicht, wenn man ihn ansah. »Wie auch immer, Montana hat die zweithöchste Selbstmordrate des Landes.«

»Es sind doch bloß Aufkleber!«

»Was willst du damit sagen?«

»Gar nichts! Nur, dass du keine Ehen magst. Oder das Glück. Du bist der zynischste Mensch, der mir je über den Weg gelaufen ist.«

Er warf ihr einen Blick zu. Seine Augenbrauen sahen aus, als wären sie in einen Schraubstock gespannt. Mein Gott, war er etwa beleidigt?

»Ich bin nicht zynisch«, sagte er ernst. »Ich vertraue nur diesen Leuten nicht, die überall hinausposaunen, wie glücklich sie sind. Oder diesem Glückskult generell.«

»Ich bin trotzdem glücklich«, sagte sie, im Versuch, die Stimmung zu heben. »Und irgendwie hältst du es ja mit mir aus.«

»Stimmt.« Er lächelte – oder gab sich zumindest Mühe. »Vielleicht bist du gar nicht so glücklich, wie du tust.«

~~~
~~~

Im Inneren des Parks hielt Garrett vor der Lake McDonald Lodge an, damit sie dort pinkeln gehen konnten, und parkte neben einem Lieferwagen mit einem *Legalize Jesus*-Magneten an der Tür. Als Cece wieder aus der Damentoilette kam, war Garrett wie vom Erdboden verschluckt. An den Wänden der Lobby hingen die Köpfe majestätischer Tiere: Elche, Wapatis, Dickhornschafe. Sie fand das nicht besonders angemessen für einen Nationalpark. Während sie auf Garrett wartete, versammelte sich am Kamin eine Gruppe von Kindern. Um jeden Hals baumelte ein Kompass. Sie trugen Kniestrümpfe und kakifarbene Shorts wie britische Militärkommandanten. Ein Junge blies probeweise in eine Stimmpfeife, und dann fingen alle an zu singen: »O Everlasting Light«. Es war wunderschön, atemberaubend und engelsgleich, wie bei einem Kirchenchor. Sie strahlten, von ihrer eigenen Virtuosität beeindruckt, in die Menge. Die Leute blieben stehen und sahen ihnen zu. »*Brightest of all on earth that's bright / Come, shine away my sin.*« Cece ertappte sich dabei, wie sie an ihre Mutter dachte – ihre Mutter war überall! –, an die muffigen, harten Holzbänke in der Episkopalkirche, in die sie mit ihr gegangen war. Trotzdem hatte sie die Kirchenlieder gern gesungen, vor allem, weil die Stimme ihrer Mutter so schön gewesen war. Es war, als wäre sie von jemand anderem, einer ganz anderen Mutter gekommen, wie bei einer Bauchrednerin. Cece wusste nichts über diese andere Mutter, nur, dass Gott etwas mit ihr gemacht hatte, damit sie leuchtete und geheimnisvoll war. Darauf war Cece eifersüchtig gewesen. Sie stellte sich Gott in schwarzen orthopädischen Schuhen und Bermudashorts vor, wie die alten Männer, die sie immer am Strand sahen. Sie war traurig, als ihr Vater – der trotz des Gesangs viel gläubiger war als ihre Mutter – die fünfjährige Cece dieser heimlichen Mutter wegnahm und in die Sonntagsschule schickte. Als sie den Namen hörte, dachte sie, es wäre eine Schule, in der man etwas über den Sonntag lernen würde. Stattdessen erzählte man ihnen von Adam und Eva, Noahs Arche und verschiedenen Dingen, die Gott seinen Kindern antat, wenn sie unartig waren. Manchmal hatte Miss Sissel, ihre Lehrerin, auch aus der Bibel vorgelesen. Cece erinnerte sich noch an den zweiten Vers der Genesis, der für sie kaum Sinn ergab, aber wie ein Gong des Schreckens in ihrem Herzen widerhallte. *Und die Erde war wüst und leer, und Finsternis war über der Tiefe.* Nachts lag sie im Bett und dachte über die Tiefe und ihr gruseliges Antlitz nach und fragte sich auch, was passiert wäre und wo sie wäre, wenn Gott nicht »Es werde Licht« gesagt hätte. Was, wenn er es einfach vergessen hätte? Oder verschlafen? Oder er eine Kehlkopfentzündung gehabt hätte? Nach dem Vorlesen hatte Miss Sissel die Kinder aufgefordert, die Schöpfung zu zeichnen, den Beginn der Welt, und Cece hatte ihr Stück Papier schwarz angemalt.

Das hatte Miss Sissel nicht gefallen. Ein anderes Mal hatte sie ihnen eine Aufgabe mit dem Titel »Wörter, um dich selbst zu beschreiben« gegeben, und Cece hatte eine ganze Weile, länger als alle anderen, damit verbracht, sich zu überlegen, was sie schreiben sollte. Nichts war ihr eingefallen, das zu ihr zu passen schien. Wenn sie »furchtlos« schrieb, meinte sie gleichzeitig auch »ängstlich«. Wenn sie »fröhlich« schrieb, bedeutete es ebenso »traurig«. Was immer ihr einfiel, das Gegenteil traf genauso zu. Deshalb erfand sie Wörter, um sich selbst zu beschreiben, beispielsweise »blahphorisch« oder »rücksichtig«. Als Miss Sissel das las, wirkte sie entrüstet, ja sogar verärgert – was Cece überraschte – und warf ihr Arbeitsblatt in den Papierkorb. Daraufhin schrieb Cece dasselbe wie alle anderen auch: »freundlich«, »abenteuerlustig«, »hilfsbereit«. Zum ersten Mal wurde ihr bewusst, dass es den anderen völlig egal war, wer man wirklich war; genau genommen waren sie sogar glücklicher damit, belogen zu werden.

Schließlich kam Garrett aus der Toilette und hatte offensichtlich Mühe, am Souvenirladen vorbeizugehen. Unter einer ausgestopften Bergziege blieb er stehen und starrte die identisch gekleideten Kinder an, die sich um den Kamin versammelt hatten und mit erhobenen Gesichtern ein Lied sangen. Cece beobachtete ihn vom anderen Ende der Lobby aus. Bildete sie sich das ein, oder war er tatsächlich starr vor Schreck?

»Alles okay?«, fragte sie, als sie wieder im Auto saßen und weiterfuhren.

»Ja, klar«, antwortete er, nicht besonders überzeugend. »Wieso fragst du?«

»Du hast da drin so ausgesehen, als ob ... Ich weiß nicht.«

Garrett errötete und konzentrierte sich auf die Straße. Er fuhrwerkte an seinem Funkgerät herum, obwohl er ihr zuvor erklärt hatte, dass es im Park keinen Empfang gebe. Dann fuhren sie den Berg hinauf, bogen nach Osten ab und ließen den Fluss hinter sich.

»Das passiert mir manchmal. Dann sieht plötzlich alles so ... *unmöglich* aus. Ich kann es nicht gut erklären. Menschen sind am schlimmsten. Als gehörten sie nicht hierher. Ich sehe, wie sie auf zwei Beinen stehen, mit diesen verrückten Schnürdingern an den Füßen, und denke: Wer hat *die* denn eingeladen?«

Cece lachte. »Und über dich selbst denkst du das nicht?«

»Es ist einfach dieses Gefühl! Weißt du noch, wie Lewin sich von seinem eigenen Kind abgestoßen fühlte? Na ja, und dann stell dir vor, du hättest so ein Gefühl bei *allen Menschen.* Sie müssten eigentlich mit dir verwandt sein, aber es fühlt sich alles an wie ein schrecklicher Irrtum. Verstehst du?« Er verzog das Gesicht. »Am liebsten würde ich sie mit irgendwas besprühen, um diesen Fehler rückgängig zu machen.«

»Womit denn?«

Er zuckte die Achseln. »Egal was. Pfefferspray! Was auch immer. Irgendwas, das sie vertreibt.« Er sah sie an. »Aber nicht dass du glaubst, ich wollte jemanden umbringen«, setzte er hinzu.

»Da bin ich beruhigt.« Sie starrte auf die ungleichen Beine seiner Shorts.

»Wahrscheinlich waren es die Tierköpfe da drin. Es gibt immer irgendeinen Auslöser.«

Zum ersten Mal kam Cece in den Sinn, dass er psychisch krank sein könnte. Aber es geschah etwas mit ihr. Die Härchen auf ihren Armen fühlten sich seltsam an, sie richteten sich auf wie Feilspäne unter einem Magneten. Es hatte schon angefangen, als Garrett sagte, dass sie möglicherweise gar nicht so glücklich war, wie sie tat. Sie folgten der Going-to-the-Sun-Road, die so überfüllt war, dass Garrett nicht schneller als fünf Meilen die Stunde vorwärtskam. Man konnte die Nationalparks heutzutage nur noch so erleben, sagte er: in endlosem Chaos. Die meisten Menschen machten sich nicht einmal mehr die Mühe auszusteigen – und wenn doch, dann nur an einer der Aussichtsplattformen, um schnell ein paar Fotos zu schießen.

»Ich kann aber verstehen, warum sie das tun«, sagte Cece und beugte sich vor, um so viel wie möglich durch die Windschutzscheibe zu sehen. Die Straße war direkt in den Berg gesprengt worden. Man hatte elf Jahre gebraucht, um sie zu bauen, eine Menge Zeit, selbst für eine Straße, die zur Sonne führte. Drei Menschen seien dabei umgekommen, erklärte Garrett; an einigen Stellen hatte man so viel Dynamit gebraucht, dass die Arbeiter Socken über den Stiefeln tragen mussten, um Funkenschlag zu verhindern. Sie hatte das Gefühl, dass er ihr all das erzählte, um sie zu beeindrucken – nicht mit seinem Wissen, sondern seiner Borniertheit. Er versuchte, so normal wie möglich zu klingen. Andererseits schien er die Gegend wirklich zu lieben, so wie er sich über das Lenkrad beugte und die diversen Aussichten bewunderte, die er bestimmt schon hundertmal gesehen hatte.

Einmal kamen sie an einem Schild mit der Aufschrift »Weeping Wall« vorbei. Hier schien sich die Felswand in Tränen aufzulösen, so mächtig strömte das Wasser über die Oberfläche. Eine Horde von Touristen schoss ihre Fotos. Darüber, so weit oben, dass es wie eine gemalte Kulisse aussah, erhob sich der riesige gezackte Bergkamm, perfekt geriffelt wie der Rückenkamm eines Dinosauriers.

»Krass!«, sagte Cece. »Guck mal, wie riesig die Felsen da oben sind.«

»Da wollen wir hin!« Garrett lachte.

»Charlie hatte recht, du bist wirklich ein Witzbold.«

»Apropos krass, du hättest das hier sehen sollen, als ich noch ein Kind war«, sagte Garrett. »Da gab es noch hundertfünfzig Gletscher.«

»Und jetzt?«

»Fünfundzwanzig, glaube ich.«

»Mein Gott!«

»Bald werden sie den Namen in ›Slush Nationalpark‹ ändern oder mit tragischer Ironie für die nächsten tausend Jahre gleich abschreiben müssen.«

Es machte Cece traurig. Die Felsenwand, so kam es ihr vor, vergoss Gletschertränen, trotzdem konnte sie sich beim besten Willen nicht vorstellen, dass diese Gegend noch schöner sein könnte, als sie bereits war. Man sah sie und starb förmlich an einer Überdosis Schönheit. Überall um sie herum ragten Gipfel in die Höhe, als buhlten sie um Gottes Aufmerksamkeit. Einer war so groß, dass einem unwillkürlich die Ankunft von Außerirdischen in den Sinn kam, und er trug ein Halsband aus Wolken. Darunter hing ein silberner Wasserfall, fein, glitzernd, reglos wie ein Faden. Im Tal, weit, weit unter ihnen, war der Fluss nicht mehr als eine geschwungene Linie. Ein Falke zog seine Kreise, so winzig, dass es aussah, als könnte man ihn mit der Hand fangen. Für einen kurzen Augenblick hatte Cece das Gefühl zu schweben, befreit zu sein. Alle Anforderungen in ihrem Leben waren so klein und so weit weg wie der Fluss in der Ferne.

Dann wurde ihr plötzlich schwindelig, und sie schwebte nicht mehr über den Dingen. Ihr Blick fokussierte sich auf die Straße. Sie litt ein bisschen an Höhenangst. Na ja, mehr als nur ein bisschen. In L. A. hatte sie das fast vergessen. Die Angst kam nur selten hoch, meistens in den Ferien, etwa wenn sie die Treppen des Eiffelturms hinaufstieg oder in einem Sessellift über eine Schlucht gondelte, deswegen vergaß sie gelegentlich einfach, dass es sie gab.

Sie kamen zum Logan Pass und drehten ein paar Runden auf der Suche nach einem Parkplatz. Nach zwanzig Minuten spürte Cece, wie die Euphorie der Fahrt allmählich verflog. Es war heiß in Garretts Pick-up: Die Klimaanlage funktionierte nicht besonders gut. Nach der zehnten Runde fanden sie endlich eine Parklücke am Besucherzentrum, neben einem Chevy Suburban, der so groß war wie ein Haus. In seinem Innern schien ein erbitterter Kampf ausgebrochen zu sein. Ein etwa fünfjähriger Junge schrie wie am Spieß und versuchte, seiner älteren Schwester etwas aus der Hand zu reißen, während diese aus dem gegenüberliegenden Fenster nach ihrem Vater rief. Die Mutter saß auf dem Beifahrersitz und hielt sich mit beiden Händen die Ohren zu. Schließlich kam der Vater aus der Toilette geschossen: Etwa hundertfünfzig Kilo schwer, sprintete er mit Vollgas über den Parkplatz. Die Wirkung war faszinierend. Auf der Stelle hörten die Kinder auf zu streiten und beobachteten ihn durch das Fenster. Der Mann riss die hintere Wagentür auf und zerrte den Jungen mit der freien Hand heraus, um ihn auf das Dach zu setzen.

»KLAPPE! KLAPPE! HALT ENDLICH DIE KLAPPE!«, brüllte der Vater fast unter Tränen.

»Sollten wir den Kerl anzeigen oder so was?«, fragte Cece, nachdem die Familie in Tränen aufgelöst zum Besucherzentrum marschiert war, auf merkwürdige Art vereint durch die Szene, die sie gerade ausgeführt hatte.

»Wen?«, sagte Garrett und setzte sich neben sie auf den Rand der Ladeklappe, um seine Wanderstiefel zuzuschnüren.

Cece musterte ihn. »Diesen Vater!«

»Ich glaube kaum, dass man einen Vater anzeigen kann, weil er einen schlechten Tag hat.«

»›Schlechten Tag‹? Der ist handgreiflich geworden!«

Garrett blickte von seinen Stiefeln auf. »Kannst du dir nicht vorstellen, jemals die Nerven zu verlieren?«

»Mein Gott! *Nein*. Nicht so.«

»Nie?«

Cece stand von der Ladeklappe auf. »Ich werde mein Kind jedenfalls nie so anbrüllen, darauf kannst du Gift nehmen.«

Garrett grinste.

»Ganz bestimmt nicht«, sagte Cece wütend.

»Wollen wir wetten?«

»Klar. Um eine Million Dollar.«

»Hundert Dollar«, sagte Garrett und streckte ihr die Hand entgegen. »Bleiben wir realistisch.«

Cece nahm seine Hand und ließ sie augenblicklich wieder los. Sie hatten sich noch nie zuvor berührt. Seine Hand war schmal, mädchenhafter, als sie erwartet hatte – ein Schock. Sie räusperte sich.

»Na gut, aber falls ich verlieren sollte, könnt ihr, Charlie und du, mich umbringen.«

»Ich hoffe, dass du gewinnst«, sagte er ernsthaft.

Am Ausgangspunkt des Wanderwegs führte Garrett sie auf einen Feldweg, der sich durch eine Wiese von violetten Kapkörbchen schlängelte, Milliarden von Blüten, als hätten sich alle Kapkörbchen der Welt zu einem Treffen versammelt. Cece traute ihren Augen nicht. Ihr ganzes Leben lang hatte sie das Wort »violett« gehört und in ihrer menschlichen Arroganz geglaubt, zu wissen, was es bedeutete, war jedoch ganz offensichtlich einem Irrtum erlegen. Als wäre sie in einer Höhle gefangen gewesen. Nach kurzer Zeit liefen sie am Rand einer Klippe entlang, die so steil war, dass man direkt auf die Straße hinabsehen konnte. Winzige Mietwagen waren dort aufgereiht wie kandierte Bonbons. Es lief ihr eiskalt über den Rücken.

»Moment mal! Ist das der Wanderweg, den du mir von der Straße aus gezeigt hast?«

Garrett nickte.

»Ich dachte, du machst Witze!«

Er sah sie neugierig an. »Warum hätte ich das tun sollen?«

Cece wurde schlecht. Sie hatte das Gefühl, zwei Phantomhände auf ihrem Rücken könnten es kaum abwarten, sie zu schubsen. Sie versuchte, es zu ignorieren. Der Trick bestand darin, nicht nach unten zu sehen, sondern auf die Trinkflaschen, die an Garretts Hüften baumelten. Er trug so etwas wie eine Gürteltasche, die gleichzeitig als Halfter für Wasserflaschen diente, wie ein Cowboy, der bei Alamo falsch abgebogen und in Angkor Wat rausgekommen war. Als sie es leid war, Garretts Hüften anzustarren, ließ sie sich von anderen Dingen ablenken: der Berglandschaft, kleinen plätschernden Wasserfällen und Gletscherlilien, die mit offenen Blüten in der Sonne lagen und schamlos ihre Genitalien zeigten. Bärengras, so nannte Garrett es, wippte im Wind. Jeder Halm schäumte über vor winzigen Blüten, die zu einer weißen Wolke explodierten. Cece nahm ihre Kamera aus der Tasche, um ein Foto zu machen.

»Ruinier es nicht«, sagte Garrett.

»Natürlich nicht.«

»Fotos machen schöne Dinge hässlich und langweilig«, entgegnete er. »Und hässliche Dinge interessanter und weniger hässlich.«

Cece lachte. »Ist das ein Aphorismus?«

Der Weg wurde immer schmaler, bis sie über einen echten Abgrund balancierten. Es war kein Pfad mehr, sondern so etwas wie ein Flachrelief. Cece bekam weiche Knie. Ein grünes Seil war mit Ringschrauben am Felsen befestigt. Sie griff danach, um sich festzuhalten. Die Hände auf ihrem Rücken waren jetzt weniger geisterhaft, als übten sie einen spürbaren Druck aus. Langsam schob sie sich an der Klippe entlang und versuchte, dieses kindische Flattern in den Beinen zu ignorieren. Sie klammerte sich an das Seil, als wäre es im wahrsten Sinne des Wortes eine Rettungsleine. Eine lebenswichtige Verbindung. Die schweißnasse Rückseite ihres T-Shirts fühlte sich an wie Eis. Jetzt folgte der Pfad einer Biegung in der Klippe; sie schloss die Augen, tastete sich, so gut sie konnte, Schritt für Schritt vorwärts und rief sich das jahrelange, teure Yoga-Training ins Gedächtnis, um die Stimme des Zweifels zum Schweigen zu bringen und so achtsam wie möglich zu sein. Aber sie ging ohnehin wie auf Eiern und sah sich im Geiste schon auf die Straße hinunterfallen wie eine Barbiepuppe. Das Problem war ihre Phantasie.

Als sie die Augen wieder aufschlug, starrte sie auf eine Bergziege. Weiß und wollig versperrte sie ihnen den Weg und fraß das Nadelgras, das am Wegesrand spross. Eins der Hörner war an der Wurzel abgebrochen, aber nicht abgefallen, sondern baumelte noch am Kopf und hing neckisch über einem Auge.

»Wow, ist die hässlich«, sagte Garrett.

Cece zwang sich zu einem Lächeln.

»Nicht einmal die eigene Mutter könnte diese Ziege lieben«, sagte er.

Dann öffnete er den Reißverschluss seiner Gürteltasche und nahm eine Kamera heraus. Und während er das tat, beging Cece den Fehler, nach unten zu spähen. Die Welt fing an zu schaukeln und versuchte, sie von der Klippe zu schubsen.

»Willst du meine Hypothese testen?«, fragte er und hielt ihr die Kamera hin.

Sie schüttelte den Kopf und klammerte sich mit beiden Händen an das Seil.

»Hey, ist alles okay mit dir?«

»Scheuch sie weg«, sagte Cece leise.

»Das kann ich versuchen. Aber sie ist hier zu Hause. Für sie sind *wir* die Eindringlinge.«

»Bitte!«, sagte sie. »Spar dir deine verdammten Naturpredigten.«

Garrett sah sie besorgt an. Dann fuchtelte er mit den Armen, um die Ziege zu vertreiben, aber das hässliche Ding graste mit gesenktem Kopf einfach weiter. Fliegen schwirrten um das abgebrochene Horn. Cece und Garrett saßen in der Falle. Es gab keinen Weg an dem Tier vorbei, der Pfad war zu schmal, und Cece glaubte nicht, dass sie die Kraft zur Umkehr hatte. Die Bergziege kam näher, um an eine Flechte zu gelangen, und löste eine Kieselsteinlawine aus. Cece setzte sich auf den Boden, den Tränen nah.

»Nicht gerade der beste Platz für ein Picknick«, sagte Garrett.

»Findest du das etwa *witzig*? Diese Ziege hätte uns beinahe umgebracht!«

»Diese Ziege hat uns nicht beinahe umgebracht.«

»Sie hat einen Erdrutsch ausgelöst.«

»Das waren nur ein paar Kieselsteine.« Er nahm den Hut ab und blickte tapfer an der hässlichen Ziege vorbei, die sich mittlerweile ebenfalls auf dem Bergpfad niedergelassen hatte. »Na schön, weißt du, was wir jetzt machen?«

»Was?«

Er hielt inne. »Keine Ahnung. Es ist nur das, was Leute in so einer Situation sagen. Wieso hast du mir nicht erzählt, dass du Höhenangst hast?«

»Wieso hast du mir nicht gesagt, dass du ein Arschloch bist?«

Garrett runzelte die Stirn. »Du kannst mich nicht leiden, stimmt's?«

»Nein, verdammt! Ich finde dich unmöglich.«

»Bin ich wirklich so schlimm?«

»Du hast gesagt, der Tod meiner Mutter wäre eine Kleinigkeit!«

»Tut mir leid«, sagte er aufrichtig. Er setzte sich den Hut wieder auf, fuchtelte an seinem dämlichen Wasserhalfter herum und zog den Gürtel so eng wie ein Korsett. Mein Gott, würde er etwa losheulen? »Ich weiß nicht, warum ich das gesagt habe. Irgendetwas stimmt nicht mit mir.«

»Ha! Was du nicht sagst.«

»Mein Vater liegt auch im Sterben«, erklärte er.

»Und wenn schon! Wen kümmert's?«

Eine Brise kam auf und kitzelte Ceces Achselhöhle. Sie hielt sich am Seil fest, wie jemand in einem schlingernden Bus. Sie klammerte sich buchstäblich ans Leben. Garrett versuchte, sie zum Aufstehen zu bewegen, und meinte, sie könnten denselben Weg, den sie gekommen waren, zurückgehen, es sei ganz leicht, *stell dir einfach vor, du wärst an einem flachen Strand*, doch ihre Finger ließen das Seil nicht los, nicht einmal, als er selbst versuchte, ihr auf die Beine zu helfen. Die Finger schienen jemand anderem zu gehören, sie wirkten viel stärker, als ihre eigenen es normalerweise waren. Die Ziege beobachtete Cece und Garrett, als hätten sie endlich ihr Interesse geweckt. Als würden sie ein Theaterstück zu ihrer Unterhaltung aufführen. Schließlich setzte sich Garrett neben Cece.

»Ich bring diese grässliche Ziege um!«, sagte sie.

»Wenn du unbedingt jemand umbringen musst, dann eher mich.«

»Okay«, sagte sie ernsthaft. Sie warf einen Blick auf die winzigen Autos in der Sonne – ein schwerer Fehler – der Pfad fing an zu schlingern wie ein Boot.

»Hier, nimm meine Hand statt dem Seil«, sagte Garrett. »Wir stehen zusammen auf.«

Sie weigerte sich, sie weigerte sich erneut, und dann, nachdem sie eingesehen hatte, dass ihr keine andere Wahl blieb, als das Seil loszulassen, und zwar je früher, desto besser, weigerte sie sich ein drittes Mal. Schließlich, als das verdammte Arschloch auf seinem verdammten Arsch saß, ihr seine verdammte Arschhand entgegenstreckte und nicht aufhörte, sie zu drängen, holte Cece tief Luft, ließ das Seil los und griff nach seiner Hand. So saßen sie eine Minute nebeneinander und hielten sich an der Hand. Garretts Miene nach zu urteilen, drückte sie kräftig zu. Blutete er etwa? Wahrscheinlich war es nur Schweiß. Garrett kniete sich geduldig auf den Pfad und forderte sie auf, es ihm nachzumachen – tiefe Seufzer, Gebete an einen Gott, an den sie nicht glaubte –, dann stand er sehr langsam auf und zog sie mit hoch, hielt sie fest, damit ihre Beine nicht nachgaben, und Cece klammerte sich an ihn wie ein kleines Kind. Garrett sagte etwas mit ruhiger Stimme (sie verstand kein Wort, aber es war ihr auch egal) und verlagerte ihr Gewicht langsam, aber sicher auf den Boden, zwang sie, ihren eigenen Füßen zu trauen.

Cece stand da und schnappte nach Luft. Garrett nahm sie an der Hand und führte sie in die Richtung, aus der sie gekommen waren, weg von der triumphierenden Ziege. Mit der anderen Hand hielt sie sich am Führungsseil fest und konzentrierte ihre ganze Kraft darauf, nicht nach unten zu sehen. Erst war es schrecklich, dann einfach nur beängstigend und schließlich irgendwie machbar, wenn auch ziemlich uncool. Sie alterte rückwärts und wurde mit jedem Schritt geschmeidiger. Als sie das Ende des Führungsseils erreichten und der Pfad in einen Hang überging, auf dem Blumen wuchsen, fühlte sich Cece schon fast wieder wie ein Zweibeiner.

Um ein Haar hätte sie den Boden geküsst. Wie flach er war! Zum ersten Mal im Leben hatte sie das Gefühl, dass die Leute, die die Erde für eine Scheibe hielten, vielleicht doch keine Spinner waren.

Sie hielt immer noch Garretts Hand fest, drückte sie genauso kräftig wie zuvor. Aber natürlich hätte sie am Hang jede Hand ergriffen: die von Idi Amin ebenso wie die von Jack the Ripper.

Dann geschah etwas Seltsames. Garrett löste seinen Griff, um sie loszulassen, doch sie klammerte sich weiter an seine Hand. Sie wollte sie nicht loslassen. Wollte sie ihm wehtun? Sie spürte keine Angst mehr, aber vielleicht war das jetzt eine ganz andere Art von Angst, eine, gegen die kein Kraut gewachsen war. Seine Hand war schmal, feucht und weich. Er versuchte nicht mehr, sie loszulassen, sondern erwiderte zögernd ihren Druck. *Komm näher,* hatte ihre Mutter gesagt, als wollte sie ihr ein Geheimnis anvertrauen. Sie wartete noch immer; wartete und wartete. Ein Eichhörnchen beobachtete sie von seinem Bau aus. Und Cece ließ Garretts Hand los, als hätte sie etwas gebissen.

Ihre Hand schmerzte. Sie zitterte. Es fühlte sich tatsächlich an wie ein Biss.

Als Garrett nicht hinsah, schnüffelte sie an ihren Fingern. Warum? Sie rochen genauso wie er: ein bisschen nach Essen, wie das Eis auf dem Boden einer Kühlbox. Garrett errötete und vergrub die Hände in den Taschen. Vielleicht hatte er sie aus dem Augenwinkel beobachtet.

Ohne ein Wort gingen sie zurück. Es war ein Schweigen, das sich immer mehr vertiefte, jeder Schritt wie das Knirschen einer Schaufel. Cece blieb ein paar Schritte hinter ihm und atmete den Staub seiner Stiefel ein. Das Wasser schwappte in den Trinkflaschen auf und ab. Sie hatte Durst. Sie war völlig ausgetrocknet. Doch das Schweigen war zu schwer, um es zu brechen. Und er schien keine Lust zu haben, stehen zu bleiben und ihr etwas zu trinken anzubieten. Warum auch? Sie hatte ihn als Arschloch bezeichnet. Und sich über die Nachricht lustig gemacht, dass sein Vater im Sterben lag. Jetzt, wo sie wieder laufen konnte, hatte sie ein schlechtes Gewissen.

Sie blieb stehen und wartete darauf, dass er es merkte. Wahrscheinlich würde er ohne sie weiter zum Parkplatz gehen. Nach ein paar Schritten wurde er jedoch langsamer und drehte sich um. Er sah nicht verletzt aus, eher benommen, angeschlagen, fast so, als wäre er krank. Dann kam er zu ihr zurück. Eine Libelle hatte sich auf dem Knopf seiner Mütze niedergelassen, wie ein Propeller. All das war schon einmal geschehen, so kam es ihr zumindest vor, ganz genauso.

»Kann ich einen Schluck Wasser haben?«, fragte sie.

Er musterte sie mit vor der Sonne zusammengekniffenen Augen. Sie hätte ihn genauso gut auf Bulgarisch ansprechen können.

»Wasser?«, versuchte sie noch einmal.

»Ja!«

Cece nahm ihm die Flasche aus der Hand, vorsichtig, um seine Finger nicht zu berühren. Als sie sie an die Lippen führte, wurde sie von ein paar Wanderern abgelenkt, einem massigen Paar mit seinen Kindern. Es war die Familie, die auf dem Parkplatz so laut gestritten hatte. Der Sohn saß auf den Schultern seines Dads und lächelte, als wäre es der schönste Tag in seinem Leben.

VIER

Als Cece nach oben gegangen war, stahl sich Garrett aus dem Haus. Er hatte zu viel Wein getrunken und würde streng genommen zu einem *betrunkenen Fahrer* werden, sobald er in seinen Pick-up stieg: eine der widerlichsten Rollen, in die man als Betrunkener geraten konnte. Aber er war schon viel zu lange geblieben. Er fummelte die Autoschlüssel aus der Tasche und ließ sie schon auf der Veranda beinahe fallen; seine Hand fühlte sich schwerer an als sonst, erfüllt von der Erinnerung an Ceces Griff.

Sie hatte auf der Rückfahrt kaum ein Wort mit ihm gewechselt, nur stinksauer aus dem Fenster geschaut. Wegen der »Todeswanderung«, vermutete Garrett. Wahrscheinlich war sie erleichtert, weil sie jetzt nicht mehr so tun musste, als freute sie sich über seine Gesellschaft. Er hatte dringend pinkeln müssen, sich aber nicht getraut, Ceces Schweigen zu unterbrechen. Umso überraschter war er, als sie ihn zu einem Drink einlud, nachdem er nach der Rückkehr eilig in der Toilette der Margolises verschwunden war. Charlie habe ihr ein paar Weine zum Probieren geschickt und würde seine Meinung bestimmt gern hören wollen. Außerdem würde sie depressiv, wenn sie allein trank. Garrett hatte keine Ahnung von Wein, tat aber so und behauptete, der mit dem Namen *Half Past a Freckle* habe etwas »Erdiges«, stimmte ihr aber einfühlsam zu, dass ihm trotzdem etwas fehle. (»Wind? Feuer?«, sagte er schließlich, und sie musste lachen.) Sie hatten einen Côtes du Rhône probiert, bei dem sich sein Mund verzog, danach einen, der wie Jolly Rancher-Bonbons schmeckte – und das alles auf leeren Magen.

Garrett wartete, dass Cece ihn rausschmiss oder zumindest taktvoll hinauskomplimentierte, weil er glaubte, dass sie mit der Einladung nur ihr schlechtes Gewissen hatte beruhigen wollen. Aber dann schenkte sie ihnen eine neue Weinsorte ein und noch eine. Ihre Hand, dieselbe, die oben im Glacier-Nationalpark die seine umklammert und fast nicht mehr hatte loslassen wollen, hatte sich nicht beschämt versteckt oder irgendwohin verkrochen. Garrett behielt sie verstohlen im Blick, als wäre sie ein seltenes und scheues Wesen. Irgendwann hatte dann Charlie angerufen, und Cece war mit dem Telefon nach oben gegangen, um allein mit ihm zu sprechen.

Garrett stieg in den Pick-up und nahm sich zusammen, doch als er den Schlüssel ins Zündschloss stecken wollte, fiel ihm der ganze Bund aus der Hand. Er schaltete die Beleuchtung ein und fand ihn in der Thermoskanne, die er in den Getränkehalter gestellt hatte. Er versuchte, ihn mit den Fingern herauszufischen, aber die Öffnung der Thermoskanne war zu schmal. Deshalb trank er den kalten Kaffee aus und zog dann die Schlüssel mit den Zähnen heraus.

Als er aufsah, war Cece wieder unten im Haus. Sie suchte das Wohnzimmer nach ihm ab und steckte den Kopf in die Küche. Wie schön das war: Jemand suchte nach ihm. Er war unsichtbar; von seinem Wagen aus konnte er sie beobachten. Dann öffnete sie die Haustür, kam auf die Veranda und sah ihn, denn er war ja nicht tatsächlich unsichtbar, sondern saß mit angeschalteter Beleuchtung in seinem Wagen. Ohne ersichtlichen Grund tat sie so, als bemerkte sie ihn nicht, nahm das Fernglas vom Tisch, spähte in seine Richtung und machte dann einen Satz nach hinten, als hätte sie einen Bären entdeckt. Eine Albernheit, ein Scherz, und trotzdem war alles verloren. Wie ein Kompass, der den Norden findet: ein Glück, so rein und plötzlich. Sie sah sogar *anders aus*: neu, fremd und irgendwie konzentriert. Das wilde Haar; die schrägen, kantigen Augenbrauen;

das Grübchen auf dem Kinn, das wie eine kleine Kerbe war. Keines dieser Merkmale war für sich genommen besonders anziehend, eigentlich wirkten sie sogar irgendwie komisch, aber zusammengenommen waren sie wunderschön, herzzerreißend, ein Gesicht, das er sein ganzes Leben lang vermisst hatte, ohne es zu wissen.

Cece hatte das Fernglas gesenkt und betrachtete ihn beunruhigt. Plötzlich wurde Garrett bewusst, dass er die Schlüssel noch immer zwischen den Zähnen hielt. Er ließ sie auf seinen Schoß fallen, wie ein Golden Retriever.

»Ich muss los!«, rief er, hauptsächlich an sich selbst gerichtet, und hatte Mühe, den Schlüssel ins Zündschloss zu stecken. Schließlich knipste er das Licht aus, fuhr rückwärts die Einfahrt hinunter und prallte direkt gegen den Zaun. Es hörte sich an wie ein Böller. Garrett gab Gas, drosselte das Tempo aber wieder, als er merkte, wie schnell er unterwegs war. Die leere Straße vor ihm schien zu schlingern. Großer Gott! Was hatte er bloß getan? Der Mond, dieser himmlische Leuchtturm, geleitete ihn nach Hause. *Tut mir leid*, sagte er im Geiste zu Charlie. Er hatte etwas zerstört, und trotzdem konnte er sich nicht erinnern, jemals so glücklich gewesen zu sein.

FÜNF

Wie einfach diese Geschichte wäre, wenn wir Charlie außen vor lassen würden. Aber da ist er, öffnet das Gartentor. Er wirkt etwas abwesend – oder zumindest fehl am Platz. Er trägt eine Truckermütze, das tut er nur in Montana, und zusammen mit den blassen Beinen und der Designerbrille sieht er ein bisschen lächerlich aus. Das weiß er natürlich, aber es macht ihm nichts aus. Dazu ein Batikhemd einer Band, nicht, weil er auf Grateful Dead steht, sondern weil er es in seinem Zimmer in dem Schrank mit den Mottenkugeln gefunden hat und es ihn an die Zeit erinnerte, als er sechzehn und das letzte Mal so glücklich gewesen war. Tief atmet er die Luft von Montana ein. Kiefernnadeln, der schwache Geruch von Krabben im See und ein Hauch von süßen Kirschen, die schwer an den Bäumen hingen. Charlie verbrachte so viel Zeit im Krankenhaus, dass es immer zuerst die Luft ist, die er wahrnahm, ihren Duft, der sich durch alle Dinge zieht. Das Gegenteil von Tod.

Danach fiel ihm die Langeweile auf. Selbst jetzt, mit der Hochzeit in weniger als einer Woche vor Augen, wusste er nicht so recht, was er mit sich anfangen sollte. Manchmal ertappte er sich dabei, wie er in einer Art Trance im Garten stand und auf Gott weiß was wartete, völlig verwirrt, dass er nicht einmal Bereitschaftsdienst hatte. In L. A. hat er sich oft darüber beschwert, nicht genug Zeit zu haben – aber war Zeit nicht genau dazu da? Um sie zu *verschwenden?* Es gefiel ihm, etwas zu haben, das er ausgeben, ja sogar verplempern konnte, aber er fühlte sich auch verloren und ein bisschen verwirrt von seinem Überfluss, als hätte er etwas geerbt, das ihm nicht zustand. Er mochte Ferien, besser gesagt, er wusste, dass er sie mögen *sollte*, aber sie schienen ihn auch mit lästigen existenziellen Fragen zu konfrontieren, etwa, warum er überhaupt auf der Welt war.

Das jetzt waren natürlich keine Ferien. Er würde heiraten. Sicherlich würde es bis Samstag noch jede Menge zu tun geben. Doch Cece hatte offenbar bereits an alles gedacht: den Caterer, den Floristen, die Square-Dance-Musik (Band) und die anschließende Nicht-Square-Dance-Musik (DJ). Sogar die Organisation von Charlies Junggesellenparty am Mittwochabend hatten andere Leute übernommen.

Cece konnte er es nicht sagen, aber die Hochzeit war ihm im Grunde genommen völlig egal. Er wollte mit ihr *verheiratet* sein, mehr als alles andere im Leben. Aber die Hochzeit an sich war irrelevant. Ehrlich gesagt wurde er das Gefühl nicht los, dass all diese materiellen Nebensächlichkeiten, die Blumen, der Gourmet-Taco-Imbiss, der Fotograf und sein Tick vom »visuellen Erzählen einer Geschichte« ihre Liebe ein bisschen herabsetzen, sie zu einer Allerweltssache machen würden.

Jedenfalls war er froh, dass er jetzt eine Aufgabe hatte: Himbeeren pflücken für Ceces weitläufige Familie. Die meisten davon würden heute Nachmittag im *Salish Inn* ankommen. Im Obstgarten achtete er darauf, das Zauntor hinter sich zu schließen, damit sich nicht heimlich ein Reh hereinschleichen und das Gemüse seiner Mutter anknabbern konnte. Sie hasste Rehe aus diesem Grund und war bekannt dafür, dass sie mit der alten Schrotflinte ihres Vaters in den Obstgarten rannte: nicht um sie zu töten, sondern um sie mit einem lauten Knall zu verscheuchen. Wenn ihr Grünkohl bedroht war, kam irgendein alter Hillbilly-Vorfahre in ihr hoch.

Er ging mit seinem Eimer zu den Reihen bewässerter Sträucher und fing an, die Beeren von ihren dornigen weißen Blütenböden zu zupfen, so wie Bienen von ihren Stacheln. Eine Hälfte wanderte in den Eimer, die andere in seinen Mund. Das hatte er in jedem Sommer seines Lebens so gemacht, und es gab ihm bis heute das Gefühl, ein Kind zu sein – nicht nur diese Huckleberry-Finn-Freude daran, sondern auch das Glück des einsamen Pioniers, wenn alle anderen im Haus waren und er allein den Vögeln und dem Wind lauschte. Charlie blickte von seinem Eimer auf und sah, wie Mr. Petersdorf ihn von seinem Garten aus beobachtete. Der Nachbar der Margolises war Patentanwalt im Ruhestand und ideologisch gesehen ein Gegner der gemeinsamen Nutzung von Ressourcen. Deshalb besaß er eine riesige Sammlung von Leitkegeln, die er gern vor seiner Einfahrt und dem Zugang zum See aufstellte, um die Leute von seinem Grundstück fernzuhalten. Woher er so viele orangefarbene Kegel hatte oder warum er sie jeden Tag hin- und herschieben musste, war Charlies Familie ein Rätsel.

»Hallo!«, rief Charlie.

Mr. Petersdorf nickte ihm zu.

»Ich heirate am Samstag!«, sagte Charlie.

Sein libertärer Nachbar musterte ihn streng. »Ich hoffe, du hast an die Parkplätze gedacht. Eure Auffahrt ist verdammt klein. Und auf dem Seitenstreifen des Highways ist Parken verboten, wie du weißt, es sei denn, man kann das stehende Fahrzeug aus einer Entfernung von sechzig Metern sehen – aus beiden Richtungen.«

»Es wird eine zwanglose Party mit Square Dancing. Kommen Sie gern vorbei.«

»Blinker setzen geht auch nicht. Sie ziehen Kraftfahrer an. Man nennt das auch ›Motteneffekt‹.«

»Alles klar!«, antwortete Charlie fröhlich.

Dann ging er mit dem Eimer voller Beeren ins Haus und überlegte, wo die Gäste parken könnten. Er beschloss, Cece nichts von der Begegnung mit dem Nachbarn zu erzählen, sie schien schon Stress genug zu haben. Im Moment saß sie, über ihren Laptop gebeugt, auf der Couch, wo sie den besten WLAN-

Empfang hatte. Sie trug seinen Lieblingspullover, ein geflecktes Donegal-Ding mit Ellbogenflicken aus Leder. Es war der einzige Pullover, den er eingepackt hatte. Geräuschvoll stellte Charlie den Eimer ab und küsste seine Braut auf die Stirn.

»Wir brauchen kleine Welcome Bags«, sagte Cece, ohne aufzusehen.

»Welcome Bags?«

»Oder Körbe! Auf allen Hochzeitsseiten werden sie erwähnt.«

»Das haben wir doch schon vor Monaten besprochen, oder? Ich dachte, solche Geschenktüten wären ›geschmacklos‹.«

»Sind sie auch«, gab sie zurück, »aber die Leute erwarten so was! Tüten mit irgendwas aus Montana drin. Sie kommen schließlich nur unseretwegen hierher.«

Charlie lachte. »So was wie Gläser mit Heidelbeermarmelade?«

»Hmmm. Oder ein paar Bärenglocken vielleicht.«

Er merkte, dass sie es ernst meinte. Bis zur Hochzeit waren es noch sechs Tage. »Keiner von uns stammt tatsächlich aus Montana«, sagte er. »Wir leben in Los Feliz.«

»Gibt es hier nicht Kerzen mit Tannenduft?«

»Was sollen unsere Gäste mit einer Wilkommenstüte voller Touristenquatsch anfangen, Schatz?«

»Es gehört einfach dazu!«

Vielleicht war es keine gute Idee gewesen, sie allein hierherkommen zu lassen. Sie führte sich auf wie eine Hotelmanagerin. Trotzdem war sie eine entzückende Spinnerin. Seine Augen wanderten zu dem wunderbaren Grübchen auf ihrem Kinn.

»Vielleicht sollten wir einfach heimlich heiraten«, sagte er halb im Scherz.

Jetzt sah Cece ihn zum ersten Mal an. Sie wirkte überrascht. »Was hast du da auf dem Kopf?«, fragte sie.

»Eine Truckermütze.«

»So was ziehst du doch sonst nie an.«

»In Montana schooon, Ma'am«, sagte Charlie gedehnt und tippte sich an die Mütze.

Sie warf ihm einen finsteren Blick zu, streckte dann die Hand aus und zog ihm das Ding vom Kopf.

»Das bist du nicht«, erwiderte sie leise.

In dem Moment öffnete sich die Fliegengittertür, und Charlies Brüder stürmten mit Plastiktüten voller Gemüse herein. (Papier war in Salish keine Option, oder zumindest war das Risiko, das allein die Frage danach mit sich brachte, größer als der potenzielle Nutzen.) Hinter ihnen kam seine Mutter, strahlend vor Glück. Sie war ganz in ihrem Element und sah von einem Sohn zum anderen wie ein Hund, der gerade aus seiner Hütte gekommen ist. Sie freute sich wahnsinnig über die Hochzeit, und dass sie hier am See stattfand, war natürlich traumhaft. Trotzdem wusste Charlie, dass *das hier* für sie das Wichtigste war: Alle Margolises unter einem Dach. Sie waren gestern aus verschiedenen Orten in Kalifornien angereist – Jake aus San Francisco, Bradley aus UC Santa Cruz, und seine Eltern aus L. A. –, und sie hatte sie bereits dazu gebracht, zusammen eine schnelle Partie Krocket und eine halbe Runde Trivial Pursuit zu spielen.

Mrs. Margolis ging auf die Couch zu, küsste Cece auf dieselbe Stelle wie Charlie, legte ihr die Hände auf die Schultern und knetete sie sanft mit den Fingerspitzen. Ständig küsste sie Cece oder flüsterte ihr was ins Ohr. Manchmal hatte Charlie das Gefühl, seine eigene Mutter wolle ihm seine Frau ausspannen.

»Wo steckt dein Vater?«, fragte sie Charlie.

»Noch im Bett«, antwortete er. »Er behauptet, ernsthaft krank zu sein. Und dass du dich weigerst, ihn ins Krankenhaus zu fahren.«

»Dein Vater ist ein Hypochonder.«

»Er hat mich gebeten, ihn auf eine Blinddarmentzündung hin zu untersuchen.«

»Und was ist, wenn er tatsächlich im Sterben liegt oder so was?«, mischte sich Jake ein und schleuderte seine Sandalen quer durchs Wohnzimmer. Mit Schuhen stand er auf Kriegsfuß. Er war der schlaksigste der drei Brüder und trug Sneaker in Größe 48.

»Würde ich ihn jedes Mal ins Krankenhaus bringen, wenn er gerade im Sterben liegt, könnten wir nie irgendwohin fahren«, erklärte Charlies Mutter.

Jake lachte, fischte den O-Saft aus einer der Plastiktüten und genehmigte sich einen Schluck direkt aus der Verpackung. Barfuß sah er aus wie eine Figur von Maurice Sendak. Bradley und Charlie tranken ebenfalls aus der Verpackung, als teilten sie sich einen Flachmann. »Nicht so gierig, Woody«, mahnte Jake an Charlie gewandt, denn dies war Montana, ein malerisches Niemandsland, in dem Charlie bis in alle Ewigkeit dreizehn wäre. Er stieg als Dr. Charles Margolis aus dem Flieger und wurde zu Woody, Kurzform für *Morning Wood*, weil Jake ihm eines Morgens, als sie noch Teenager waren, die Decke weggerissen und ihn mit einer Morgenlatte in seinem *Fruit of the Looms*-Pyjama erwischt hatte. Charlie vermutete, dass die Verunglimpfung etwas mit Liebe zu tun hatte. (Seine Brüder hatten ihn gestern an der Gepäckausgabe mit einem Schild empfangen, auf dem »Dr. M. Wood« stand.)

Davon hatte seine Mutter keine Ahnung, sie dachte »Woody« wäre ein liebevoller Kosename wie »Slugger« oder »Wiggleworm«. So, wie man seinen kleinen Cousin nennen würde. Tatsächlich sahen sie auch eher wie Cousins als wie Brüder aus und deckten ein mittleres Spektrum an Hauttönen zwischen ihrer Mutter und ihrem Vater ab, dessen Eltern aschkenasische Juden gewesen waren. Charlie war der Einzige von ihnen mit blonden Haaren, hatte die hellste Haut und bekam Sommersprossen, sobald er in die Sonne ging. Jake, der Älteste, holte sich jeden Sommer einen deftigen Sonnenbrand, ehe er braun wurde. Und Bradley, der dieselbe Figur wie seine Brüder hatte – schlank wie ein Rockstar, breite, knochige Schultern, die an Flügel erinnerten –, wurde am See genauso nussbraun wie sein Haar. Im Restaurant starrten die Mädchen ihn an, und im Supermarkt verfolgten sie ihn wie stümperhafte Spione in einem Film. Deshalb hätte Mrs. Margolis es um ein Haar bedauert, ihre Söhne alle auf einmal um sich zu haben, denn Jake und Charlie verblassten förmlich neben ihrem Bruder.

Plötzlich sprang ein Fenster hinter ihr auf und erschreckte sie fast zu Tode, aber natürlich war da niemand. Diese verdammten Flügelfenster! Sie öffneten sich ohne Grund und waren vom Wasser so beschädigt, dass sie nicht mehr richtig schlossen.

»Dagfinn ist aufgestanden!«, sagte Jake.

»Wer ist denn Dagfinn?«, fragte Cece, die auf den Köder hereingefallen war.

»Unser Urgroßvater. Besser gesagt, sein Geist. Es überrascht mich, dass du ihm noch nicht begegnet bist.«

»Hör nicht auf ihn«, sagte Charlie. »Es gibt keine Gespenster in diesem Haus.«

Jake ließ sich neben Cece auf die Couch fallen. »Keine Sorge, Sis. Wir beschützen dich. Selbst wenn Woody sich weigern sollte.«

»Das ist das Mindeste, was wir tun können«, mischte sich Bradley ein. »Mit Blick auf das Opfer, das du bringst.«

»Opfer?«, fragte Cece.

»Wir konnten uns nie vorstellen, dass er eine Frau findet. Höchstens eine Schwachsinnige.«

»Oder eine Verkrüppelte?«

»Oder eine mit einem behaarten Gesicht! Wie eins dieser Wolfbabys.«

»Oder ein echtes Baby.«

»Ist nicht böse gemeint«, stellte Bradley richtig.

»Ich glaube, wir sollten dir reinen Wein einschenken«, sagte Jake und legte ihr den Arm um die Schulter. »Jetzt, wo du bald offiziell eine Margolis bist.«

Normalerweise hätte Cece mitgespielt. Sie liebte es, mit Charlies Brüdern herumzualbern, doch im Moment kam sie Charlie ziemlich durcheinander vor. Mehr noch: verunsichert. Er konnte es kaum abwarten, dass die Hochzeit vorbei war, damit sie wieder zu sich fand. Er trug eine der Plastiktüten in die Küche und leerte das Gemüse auf die Tischplatte aus, unter dem Foto seiner Großeltern vor dem alten Bootshaus, das längst abgerissen worden war. Das Haus hatte seinen Großeltern gehört und davor seinen Urgroßeltern, die aus Norwegen eingewandert waren und vorübergehend in einer Art Verschlag gelebt hatten, ehe sie mit ihrer Kurzwarenhandlung genug Geld auf die hohe Kante gelegt hatten, um sich ein bescheidenes Ferienhaus am Salish Lake zu leisten. Ihr Urgroßvater hatte das Haus nach den Gelben Trompetenblumen benannt, die wild hinter dem Haus wuchsen. Er hätte gestaunt, wenn er es jetzt hätte sehen können! Jede Generation hatte es nach ihren Bedürfnissen erweitert, die einzelnen Etagen ausgebaut und immer mehr Auswüchse hinzugefügt. Und nun würde Charlie heiraten und diese Expansion – diesen Liebesdienst – mit eigenen Kindern fortsetzen.

Er rückte das schiefe Foto an der Wand gerade. In der Mitte hielt Charlies Großvater seine Mutter auf seinem Knie fest und sah auf sie herab, als wäre sie die Wiederkunft des Herrn. Auch seine Großmutter schien völlig vernarrt in die Kleine zu sein, obwohl Charlie von seiner Mutter erfahren hatte, dass man sie anfangs sogar kurz enterbt hatte, als sie sich mit seinem Vater verlobt hatte. Irgendwann hatte die Familie sich zusammengerauft oder zumindest eine gute Strategie entwickelt, nach dem Motto »Nichts fragen, nichts sagen«. Sie hatten beschlossen, den jüdischen Hintergrund seines Vaters wie einen Giftstoff zu behandeln, den man extrahieren konnte, so wie Sonnenblumen angeblich radioaktive Metalle absorbieren. Die Eltern seiner Mutter finanzierten die Hochzeit, behandelten ihn wie einen Freund der Familie, wenn auch nicht gerade wie einen Sohn, und waren liebevolle, freigebige Großeltern, die ihre Enkel über alles liebten. Dass sie jüdisches Blut hatten, wurde nie erwähnt. Warum auch? Charlies Vater war ein Reformjude, nicht besonders gläubig, wenngleich es ihm wichtig war, dass die Jungen zweimal pro Woche in die jüdische Schule gingen, damit sie die Bar-Mizwa feiern konnten. Jedes Jahr gab es eine Menora, aber auch einen Weihnachtsbaum. Als Charlies Eltern beschlossen, Bradley in die Vorschule des Jüdischen Gemeindezentrums zu schicken, hatte seine Großmutter Bemerkungen über das Schabbat-Singen gemacht und wie man ihn dazu verleiten würde, ihr Essen abzulehnen. Es war ein Scherz und doch kein Scherz. Selbst jetzt, wo sie längst verwitwet und zu krank zum Reisen war, beschwerte sie sich manchmal über »die Itzigs« in ihrem Pflegeheim, als hätte sie vergessen, dass ihre eigenen Enkel – nicht nur ihr Schwiegersohn – Juden waren.

Charlie und seine Brüder räumten die Einkäufe weg und ließen nicht zu, dass ihre Mutter dabei half. Es wirkte großzügig, war aber in Wirklichkeit eine subtile Art von Folter. Aus schierer Boshaftigkeit stellte Jake die Grape-Nuts-Packung in den Schrank mit den Snacks statt ins Müsliregal. Charlies Mutter litt im Stillen. »Was bist du für ein Taugenichts!«, seufzte sie, als Jake ihr ein Stück Fleisch aus dem Feinkostladen wegnahm und darauf bestand, dass sie sich hinsetzte und ausruhte. Ihre Söhne lachten vergnügt. Es war erst dann ein echtes Wiedersehen, wenn sie jemanden als Taugenichts bezeichnet hatte.

»Cece«, fragte Jake, als sie fertig waren, »hat Mom dich noch nie ›Taugenichts‹ genannt?«

»Ich glaube nicht.«

»Oder ›Nervensäge‹?«

Cece schüttelte den Kopf, als wäre es eine ernste Angelegenheit und sie hätte als Schwiegertochter irgendwie versagt. Charlie hatte das seltsame Gefühl, mehr Sinn für Humor zu haben als seine Braut. Im Schlafzimmer seiner Eltern oben hörte man Schritte, dann im Badezimmer das Klappern des Klodeckels. Alle schauten zur Decke auf. Bradley, der mit seinem iPod beschäftigt war, nahm die Ohrhörer ab. Ein würgendes Geräusch kam durch den Belüftungsschacht.

Cece packte Charlie am Arm. »Sag bloß, das ist diese superansteckende Magen-Darm-Geschichte, von der du gesprochen hast!«

»Was für eine Magen-Darm-Geschichte?«, fragte Jake.

»Norovirus«, erklärte Charlie. »Eine ansteckende Gastroenteritis. Macht gerade die Runde.«

»Erzähl das bloß nicht deinem Vater, sonst verlangt er noch nach einer Bluttransfusion.«

»Das ist bestimmt nur eine Lebensmittelvergiftung«, sagte Charlie zuversichtlich, aber hundertprozentig sicher war er sich nicht. »Dad hat selbst gesagt, seine Shrimp-Fajitas hätten komisch geschmeckt.«

»Könnten wir nicht … also, im Restaurant anrufen?«

»Könnten wir. Aber sie würden es abstreiten.« Charlie zuckte die Achseln. »Um ganz sicher zu sein, müsste man eine Stuhlprobe nehmen und sie untersuchen lassen.«

»Nicht ›man‹«, sagte Bradley und steckte sich die Ohrstöpsel wieder rein.

Cece starrte Charlie an und umklammerte mit beiden Händen seine Truckermütze.

»Hey«, sagte Charlie und ging vor Cece in die Hocke. »Mein Dad ist krank. Na und? Alles wird gut.«

»Das sagst du immer.«

»Was sollen wir machen?«, fragte er im Scherz. »Die Hochzeit abblasen?«

Seine Braut warf ihm einen derart verstörten und beunruhigten Blick zu, dass er schon fürchtete, sie habe ihn ernst genommen. Doch das konnte nicht sein, denn sie zwang sich zu einem Lächeln. Einem seltsam schwachen, puppenhaften Lächeln, das aber trotzdem wunderschön war. Wie hatte er sie in diesen drei Wochen vermisst! Während seiner Visiten auf der Kardiologie-Station in L. A. hatte er eine Vision von ihr entworfen, die sie unmöglich erfüllen konnte, und ihr die Schönheit verliehen, die seiner Liebe würdig war. Manchmal war es das Einzige, was ihn vor einem Nervenzusammenbruch gerettet hatte. In der Nacht vor seinem Flug hatte er erlebt, was das Team als »volles Programm« bezeichnete: ein Herz, das durch Bluthochdruck so geschädigt war, dass es Blut durch den ganzen Operationssaal verspritzt hatte. Alle Mitarbeiter im OP hatten was abbekommen, wie in einem Monty-Python-Sketch. Allein, um zu verhindern, dass der Mann einen Herzstillstand bekam, mussten sie das Vierzigfache einer normalen Einheit Blut in seine Venen pumpen. Und selbst nachdem der Chirurg ein LVAD implantiert hatte, schwoll das Zeug in ihm an wie bei einem Wasserballon, und das Blut suchte sich jeden Ausgang, den es finden konnte. Irgendwann spritzte es sogar aus seinem Penis. Charlie hatte eine Notoperation durchführen müssen. Als er später den blutigen Kittel wechselte, dachte er an Ceces wunderschönes Gesicht, um wieder runterzukommen.

Wie immer, wenn er sie dann wiedersah, wie gestern, als sie ihn vom Flughafen abgeholt hatte, war er leicht enttäuscht, sie in Fleisch und Blut vor sich zu sehen. Sie war nicht Miss Universum, und wenn sie sich küssten, roch ihr Atem irgendwie unangenehm – pilzig auf eine vertraute Art, die er vergessen hatte –, und auch mit ihren Zähnen stimmte etwas nicht. Wenn sie lächelte, sah es aus, als wären sie zu groß für ihren Mund, ein bisschen so wie die künstlichen Gebisse, die man zu Halloween trug. Aber die Makel waren irgendwie rührend, ebenso wie die Tatsache, dass Charlies Liebe ihre Schönheit verstärkt hatte. Zumindest hatte sie ihren Zauber in etwas verwandelt, das so einzigartig war wie seine Gefühle für sie. Er war hoffnungslos verknallt. Und sie würden den Rest ihres Lebens miteinander verbringen.

Warum war es ihnen dann ein bisschen schwergefallen, sich auf der Rückfahrt vom Flughafen zu unterhalten? Sie hatten sich geküsst, das ja, und sich gegenseitig gesagt, dass sie sich vermisst hatten, doch dann hatte sich anscheinend ein trüber Schleier von Verlegenheit über sie gesenkt, als müssten sie der Bedeutung des bevorstehenden Ereignisses erst gerecht werden. Zum ersten Mal in seinem Leben hatte Charlie einen Anflug von Angst gehabt, dass alles, was ihn an die Welt band – woran er glaubte und was ihm wichtig war, einschließlich seiner Liebe zu Cece –, so fragil wie ein Spinnennetz war. Was hatte sein Leben denn für einen Sinn, wenn ihre Intimität so leicht zerstört werden konnte?

Letzte Nacht hatten sie Sex gehabt, leise und einfallslos, wegen der Familie im Haus, aber es nicht gewagt, sich irgendwelche obszöne Dinge zuzuflüstern, und hinterher hatten sie auch nicht darüber gesprochen wie sonst immer. (Seltsamerweise hatte er sich ihr am Telefon näher gefühlt.) Charlie schlief mit der Hand in ihrem Haar ein, wie sonst auch, doch als er mitten in der Nacht aufwachte, war Cece nicht da. Er knipste die Lampe an. Aufgeschlagen wie ein Gesangbuch lag auf ihrem Nachttisch ein Wälzer, der im Haus war, seit Charlie denken konnte, und in dem er als Kind immer geblättert hatte: *The Bathroom Trivia Book*. Sie hatte vor dem Schlafengehen darin gelesen.

Quallen können sich gelegentlich einfach auflösen, behauptete das Buch, ohne weitere Erklärung.

Charlie hatte sie am Steg gefunden. Sie hatte dort gesessen, versunken in den Anblick des Himmels, und nach Gras gerochen. Offenbar rauchte sie mehr als sonst, was ihm nicht gefiel und das Gefühl verstärkte, in einem frei schwebenden Spinnennetz gefangen zu sein. (Er konnte sich nicht vorstellen, sich noch besser fühlen zu wollen, es gab nichts Größeres für ihn als das High, das sie ihm verschaffte.) Es war so spät, dass man keine Musik mehr rings um den See aufsteigen hörte, nur das Plätschern der Wellen, die gegen den Steg schwappten. Eine Sternschnuppe zog quer über den Himmel. Als er fragte, was sie machte, behauptete sie, sie habe an Cinque Terre gedacht, wo sie ihre Flitterwochen verbringen wollten. Sie mache sich Sorgen wegen der Wandertour, die sie geplant hatten. Ob es in Italien Bergziegen gebe? Charlie lachte, weil sie stoned war und Unsinn redete. Ohne ein Wort war sie aufgestanden und hatte ihn ins Haus zurückgebracht. Dort hatte sie verschiedene Dinge mit ihm gemacht, die sie noch nie zuvor ausprobiert hatte, Dinge, um die zu bitten ihm peinlich gewesen wäre, und ihn aufgefordert, Sachen mit ihr zu machen, von denen er nie vermutet hätte, dass sie sie wollte. Offenbar war es ihr egal, ob sie seine Eltern weckten oder nicht. Es war unglaublich gewesen, aber auch so, als hätte er eine fremde Frau gevögelt.

In diesem Moment klingelte es. Charlie stand auf, um die Tür zu öffnen, in der Hoffnung, es wäre Garrett. Seit seiner Ankunft in Salish hatte er ihm schon zwei Voicemails hinterlassen, doch sein alter Kumpel hatte nicht geantwortet. Es machte ihn nervös, immerhin sollte Garrett sie trauen. Und es war auch seltsam nach allem, was Cece ihm berichtet hatte. Garrett war ein paarmal vorbeigekommen und dann plötzlich abgetaucht. Sie wirkte so oder so nicht beunruhigt, wahrscheinlich, weil sie noch genug zu rauchen hatte. Charlie nahm es ihr nicht übel, dass sie sich nicht mehr Mühe mit ihm gegeben hatte; er wusste, dass Garrett nicht gerade *charismatisch* war. Irgendwie zog er seine Umgebung herunter. (Okay: Er gab Leuten das Gefühl, sich am liebsten unter dem Bett verkriechen zu wollen.) Trotzdem hatte Charlie gehofft, dass Cece und Garrett miteinander klarkommen würden, so wie man hoffte, alte Freunde aus verschiedenen Lebensphasen würden sich so gut verstehen, dass es sich anfühlte wie auf dem Mond, wo jede Phase nahtlos in die nächste übergeht.

Zur Wahrheit gehörte auch, dass Charlie ein schlechtes Gewissen hatte, weil er nicht für ihn da gewesen war, als Garrett in San Francisco eine schwere Zeit durchgemacht hatte – während seines Klinikaufenthaltes. Es war ein paar Wochen vor den Step 2 Boards im vierten Jahr an der medizinischen Fakultät gewesen, und er war zu überlastet gewesen, um alles stehen und liegen zu lassen und hinzufliegen. Daher die heldenhaft alberne Idee, sich von Garrett trauen zu lassen und ihn zu bitten, nach Cece zu schauen.

Charlie öffnete die Tür und war enttäuscht, als er einen Fremden mit Safariweste und einer Kippe im Mundwinkel vor sich sah. Der Hochzeitsfotograf. Er wollte sich nach geeigneten Locations umsehen und den Veranstaltungsort für den »großen Tag« inspizieren. Cece kam auch an die Tür, und dann führten sie den vierschrötigen Mann, der mit seinem traurigen Gesicht und seiner Weste mehr wie ein Kriegsfotograf aussah, zum Rasen des Bootshauses, wo die Zeremonie stattfinden sollte. Es war ein heißer Tag. Aus den Bäumen drang das Zirpen der Zikaden. Unterwegs sah der Fotograf sich um, als suchte er nach etwas. Er wirkte nicht besonders beeindruckt. Charlie fing an, das Grundstück durch seine Augen zu sehen.

»Was ist eigentlich mit dem Zaunpfahl passiert?«, fragte er und öffnete das Gartentor, das auf die Straße hinausging. »War der schon immer so niedrig?«

Cece sah ihn an. »Dein Gepäckabfertigerfreund ist mit seinem Auto dagegengeknallt.«

»Typisch Garrett! Das hast du mir gar nicht erzählt.«

»Ich dachte, ich hätte es dir gesagt.«

»Hat er es selbst repariert?«

»Wahrscheinlich«, antwortete Cece gleichgültig.

»Und jetzt ist es ihm peinlich, mich zurückzurufen«, sagte Charlie erleichtert. Es passte zu Garrett, dass er wegen eines dummen Missgeschicks ihre Freundschaft infrage stellte und aus einer Mücke einen Elefanten machte.

Auf der Suche nach einem angemessenen Hintergrund bat der Fotograf sie, an verschiedenen Stellen unten am Wasser zu posieren – auf dem Rasen oder an den Bug des Crestliners gelehnt. Das Licht schien ihn mehr zu interessieren als Cece und Charlie, er richtete die Kamera auf den Himmel und checkte anschließend die Messdaten. Die Kippe in seinem Mund tanzte auf und ab. Charlie dachte an das Herz des Mannes. Eine berufliche Nebenwirkung. Er konnte sich einen Raucher nicht ansehen, ohne an die erstaunliche Zeitbombe in seiner Brust zu denken, die das Blut sammelte und gleichzeitig pumpte, während sich ihre winzigen Klappen mit dem idealen Timing einer Broadway-Show öffneten und schlossen. Wie konnte man sein Herz nur so respektlos behandeln?

»Sie werden doch nicht während der Hochzeit rauchen, oder?«, wollte Cece wissen.

»Warum fragen Sie?«, entgegnete der Fotograf. »Sind Sie etwa schwanger oder so was?«

»Nein!«

»Keine Sorge, ich habe das alles schon erlebt, glauben Sie mir. Wenn man lange genug dabei ist, kriegt man so manches mit. Einmal habe ich gesehen, wie eine schwangere Braut sich eine dicke Linie Koks reinzog. Das arme Ding war hässlicher als die Polizei erlaubt.« Er bugsierte Cece und Charlie zwischen die Rosensträucher. »Ein anderes Mal habe ich eine nackte Hochzeit fotografiert – ein paar Hippies wie Sie, draußen in Livingstone.«

»Oh«, sagte Charlie und warf einen Blick auf sein Batikhemd. »Tja, bei uns gibt es Welcome Bags.«

»Da oben ist ein Weißkopf«, sagte der Mann, ohne Charlie zu beachten.

Dieser spähte in die Richtung, in die der Mann seine Kamera hielt. Tatsächlich, ein riesiger Vogel kreiste mit senkrecht zum Himmel aufgestellten Flügeln über dem See. Der Schwanz, weiß vor dem Blau, sah aus wie ein Kondensstreifen.

»Was macht er? Lässt er sich von der Thermik tragen?«

»Er jagt«, sagte der Fotograf.

Cece trat aus den Rosensträuchern heraus. »Mein Gott«, sagte sie und kniff die Augen zusammen, um die absterbende Kiefer zu inspizieren, die früher einmal Schatten gespendet hatte.

Ganz oben auf dem Baumwipfel gab es ein Nest. Eine Mutter und ... was? Zwei Küken? Charlie kannte sich mit Seeadlern aus – in seiner Kindheit war er so besessen von ihnen gewesen wie andere Kinder von Hunden und Spielzeuglastwagen. Der Weißkopf drehte ab und stürzte sich auf das Nest, die Flügel zu einem V nach hinten geschlagen, so schnell wie ein Projektil, und einen Moment sah es so aus, als würde er den Baum verfehlen und im See landen. Doch dazu kam es nicht. Zielgerichtet streckte er die Beine vor wie ein Baseballspieler, der in die Base rutscht. Das Adlerweibchen beobachtete ihn scheinbar gleichgültig vom Nest aus, doch dann schoss es in letzter Sekunde laut kreischend von seinem Platz direkt auf die Krallen des herabstürzenden Weißkopfadlers zu, griff ihn in der Luft an, hackte mit dem Schnabel auf ihn ein, schlug mit den Flügeln und stieß ein seltsames Geräusch aus: einen schrecklich schrillen Pfiff, ähnlich einem Teekessel, bis der Weißkopf aufgab und sich auf einen nahen Ast zurückzog, die wachsamen Augen auf das Nest gerichtet. Charlie fragte den Fotografen, ob er wohl noch einmal angreifen würde.

»Es sind wild entschlossene Raubvögel«, antwortete er. »Mehr weiß ich auch nicht.«

Cece fasste ihn am Ärmel. »Dann müssen wir etwas unternehmen!«

»Was denn?«, fragte Charlie.

»Ihn vertreiben.«

Sie sagte dies mit so viel Inbrunst – so viel Angst –, dass er zustimmte. Er lief quer über den Rasen zum Bootshaus, ohne wirklich zu überlegen, was er da tat. Ein paar Eichhörnchen hatten im Schuppen überwintert, jetzt war er voller Eicheln, die unter seinen Füßen knirschten. Hinter den Fliegenruten in der Ecke fand er die alte Vogelflinte seines Großvaters, mit der seine Mutter immer die Rehe aus dem Garten verscheucht hatte. Er nahm sie aus ihrem Koffer und dazu eine Patrone aus der ledernen Munitionstasche daneben. Ein paarmal hatte er mit seinem Großvater auf Tontauben geschossen und wusste, wie man mit einer Schrotflinte umging, zumindest mit einem Kaliber-20-Kipplaufgewehr oder irgendwas anderem in der Größe ... Er konnte sich nicht genau erinnern.

Als er aus dem Schuppen kam, hielt er die Schrotflinte in der Hand, gesichert und geladen. Das Patronenlager war dermaßen verrostet, dass er nicht wusste, ob sie überhaupt funktionieren würde. Er lief bis ans Ende des Stegs, so nah wie möglich an die Stelle heran, wo der Adler saß, legte den Schaft der Flinte an die Wange, schloss die Augen und feuerte in die Luft. Der Rückstoß war so heftig, dass er um ein Haar das Gleichgewicht verloren hätte. Der Knall hallte über den See. Als Charlie die Augen wieder öffnete, hatte der Weißkopf seinen Platz verlassen und flog Richtung Süden über ein paar Fischer in ihrem Ruderboot hinweg. Die Gäste des *Lazy Bear*, dessen Terrasse sich ein Stück weiter weg am Ufer befand, waren von ihren Tischen aufgesprungen und starrten in Charlies Richtung. Er winkte ihnen zu. Sie winkten nicht zurück.

»Ich bin nicht gefährlich«, rief er.

»Auf wen zum Teufel haben Sie geschossen?«, rief einer zurück.

»Auf niemand! Ich hatte die Augen geschlossen!« Charlie kniff die Augen zu und zielte erneut auf den Himmel, um es ihnen zu zeigen.

»Nehmen Sie die Waffe runter!«, rief der Mann und suchte Schutz hinter seinem Tisch. Der Hochzeitsfotograf kauerte zwischen den Hortensien und machte Schnappschüsse von Charlie mit dem Gewehr.

»Sollen die Fotos etwa für das *Hochzeitsalbum* sein?«, fragte Charlies Mutter beunruhigt. Sie war zum Steg gelaufen, gefolgt von Bradley und Jake. Letzterer war nackt, bis auf ein um die Hüften gewickeltes Handtuch.

»Ich hätte eher gedacht, dass es Bradley wäre, der einem die Pistole auf die Brust setzt.«

»Charlie hat den Adlerküken das Leben gerettet«, sagte Cece.

Alle spähten mit zusammengekniffenen Augen zum Nest hoch. Die Adlermutter war bei ihren Jungen geblieben und saß jetzt reglos wie eine Statue auf dessen Rand.

»Warum guckst du denn so?«, fragte Charlie an Cece gewandt, die ihn bewundernd anstrahlte.

»Ich weiß nicht. Vielleicht weil du ... also, weil du so entschlossen bist.«

Sie grinste, bescheuert, schräg, auf eine Art, bei der Charlie immer dachte, er hätte allein mit seiner Geburt etwas Erstaunliches vollbracht. Es war das erste Mal seit seiner Ankunft, dass sie ihn so ansah. Cece umarmte ihn, und der frische Bluterguss an seiner Schulter schmerzte. In Wirklichkeit waren die Adlerküken Charlie völlig egal. Tatsächlich schimpfte er häufig über Leute, denen die Rettung afrikanischer Elefanten wichtiger war als die Angehörigen ihrer eigenen Spezies, die in unterfinanzierten Krankenhäusern gleich um die Ecke lagen. Doch er konnte nicht anders. Dass er eine derart unfassbare Befriedigung darin fand, einem einzigen Menschen zu gefallen, einer Frau, die gelegentlich Mundgeruch hatte, erstaunte ihn selbst.

Sie hielten noch eine Weile Ausschau, um sicherzugehen, dass der Adler nicht zurückkam, dann brachte Charlie die Flinte wieder in den Schuppen, und alle gingen über den Rasen zurück zum Haus. Der Hochzeitsfotograf donnerte auf seinem Motorrad davon, gerade als ein schwarz-weißer SUV, auf dem SHERIFF stand, mit knirschenden Reifen die Auffahrt hinaufkam. Jemand hatte einen Schuss am Ufer gemeldet. Bestimmt Mr. Petersdorf. Charlie, der viel zu zufrieden mit sich war, um sich darüber aufzuregen, tat sein Bestes, um die Sachlage zu erläutern.

»Nur zur Klarstellung«, sagte die Polizistin, die als Sheriff diente und erheblich frustrierter war als Charlie. Lächeln hatte offenbar keinen hohen Stellenwert auf der Liste ihrer beruflichen Anforderungen. »Haben Sie auf einen Seeadler geschossen?«

»Um genau zu sein, es war ein Weißkopf«, erklärte Charlie. »Ich wollte eine Seeadlerfamilie beschützen.«

Die Frau starrte ihn an. »Ein Weißkopf?«

»Na ja, ich habe nicht auf ihn geschossen, ich wollte ihn nur vertreiben.«

»Kennen Sie das Gesetz zum Schutz der Weißkopfseeadler?«

»Nein, Ma'am.«

»Es verbietet das Jagen, Fangen oder *Stören* von Weißkopfseeadlern.«

»Dieser Adler war bereits gestört«, sagte Cece.

»Ich könnte Sie jetzt auf der Stelle verhaften«, sagte die Polizistin. »Dann landen Sie für ein Jahr im Gefängnis.«

»Ich will am Samstag heiraten«, sagte Charlie.

»Oder Sie zahlen hunderttausend Dollar Strafe.«

»Es ist meine Schuld«, sagte Cece tapfer. »Ich habe ihn gebeten, den Adler zu stören.«

Die Polizistin sah sie an. »Woher kommen Sie beide?«

»Los Angeles.«

Das Gesicht der Frau hellte sich auf. Das schien die ganze Situation auf eine Art zu klären, die sehr hilfreich für sie war. Sie ging zu ihrem Wagen zurück und sprach in ihr Funkgerät. Während sie warteten, schlang Cece Charlie den Arm um die Hüften und drückte ihn so fest, dass seine Rippen schmerzten. Das machte sie manchmal, als wollte sie Dudelsack mit ihm spielen. Es war eine Art Scherz, allerdings war Cece im Moment kaum bewusst, was sie tat. Sie hatte ganz vergessen, dass er ihr dieses Gefühl geben konnte: als wäre sie der glücklichste Mensch auf Erden. Irgendwas – eine Eichel – prallte aufs Dach der Veranda.

»Sie will uns nur Angst einjagen. Sie spricht ja gar nicht echt mit jemand! Guck doch mal!«

»Woher willst du das wissen?«

»Ich weiß es einfach«, sagte Cece, und sie hatte recht. Die Polizistin war eine miserable Schauspielerin und behielt sie die ganze Zeit durch das Fenster im Auge, um zu sehen, ob sie Angst hatten. Nachdem sie ihnen einen Verweis erteilt hatte, startete sie ihren Wagen und fuhr die Einfahrt rückwärts hinunter, an dem ramponierten Zaunpfahl vorbei, den Cece Garrett in die Erde hatte schlagen sehen. Sie sah ihn vor sich, mit seinem Werkzeuggürtel und dem jungenhaften Stolz im Gesicht, als er die Fenster des Hauses nach ihr abgesucht hatte. Cece hatte sich geduckt und so getan, als wäre sie nicht zu Hause. Darauf war sie genauso wenig stolz wie dass sie sich auch weiterhin versteckt hatte, wenn er klingelte. Das war jetzt eine Woche her, da hatte sie ihn zum letzten Mal gesehen. Allerdings hatte sie natürlich auch nicht so genau darauf geachtet. (Er war ihr in einem Traum erschienen, kurz und verstörend, mit einer Gefängnismütze auf dem Kopf).

Cece und Charlie gingen zurück zum Haus. Am Fuß der Verandatreppe hatte sich eine Wolke von Bartmücken gebildet. Sie tanzten in der Luft, hektisch wie Moleküle. Charlie rannte mitten durch die helle Insektenwand, sodass sie nur noch seine Umrisse erkennen konnte. Wie komisch er aussah! Wie eine Schimäre.

»Komm schon«, rief er von der Veranda aus und lachte. Cece folgte ihm die Treppe hinauf, während ihr die Mücken wie Sprudel in die Nase stiegen und sie etwas Wildes in ihrem Inneren spürte.

SECHS

1

Cece knöpfte ihr Hemd auf. Es war, als würde sie etwas herauslassen, einen Vogel oder eine Schlange, so vorsichtig war sie. Garrett sah das Trugbild eines Bikinis, wo ihre Haut nicht gebräunt war, und nahm den leicht fermentierten Geruch des Sees wahr, aber es kam ihm vor, als wäre all das nur eine indirekte Erfahrung, durch das Durcheinander seines Glücks. Er hatte nicht gewusst, dass er so glücklich sein konnte. Sie befanden sich an einem Strand aus glatt geschliffenen Steinen. Er ging auf Cece zu, und sein Herz floss über vor Freude. Bis zu diesem Moment war es immer leer gewesen. Er hatte nur einen Schaufensterbummel im Warenhaus des Lebens gemacht. Sie lächelte ihn auf ihre schräge Art an und küsste ihn auf den Mund.

Er wachte in seinem Bett auf, und der Verlust, den er in diesem Augenblick empfand, raubte ihm den Atem. Draußen war es dunkel oder fast dunkel: Die Ränder seiner Fenster, wo das Licht durch die Jalousien drang, schimmerten blau. Garrett tastete nach sich selbst, ein Akt der Verzweiflung. Die kurze Lust, die er gewann, wurde von der Schweinerei in seinen Boxershorts gleich wieder wettgemacht. Gab es irgendetwas Jämmerlicheres auf der Welt als einen Mann, der sich selbst befriedigte? Es war das Gegenteil eines Gebets. Garrett schälte sich aus seinen Shorts und warf sie in den Wäschekorb.

Er sah auf den Wecker auf seinem Nachttisch. Acht Uhr sechzehn. Er würde zu spät zu Charlies Junggesellenabschied kommen. Charlie, sein bester Freund. Inzwischen sein *einziger* Freund, abgesehen von seinem Vater. Garrett war nach der

Arbeit so erledigt gewesen – in der vergangenen Nacht hatte er bis drei Uhr morgens wach gelegen, weil ihm Charlies Verlobte nicht aus dem Kopf gehen wollte. Deshalb hatte er sich nach seiner Schicht kurz hingelegt, um sich etwas auszuruhen, und musste eingeschlafen sein.

Er zog die Jalousien hoch. Trotz des Namens seiner Wohnanlage – *Elm Creek Apartments* – gab es weit und breit weder einen Bach noch irgendwas, das an eine Ulme erinnerte. Man sah bloß auf ein paar verlassene Eisenbahnwaggons, die langsam vor sich hin rosteten. Das Unkraut auf den Gleisen und um die verrotteten Kupplungen der Waggons war vertrocknet. Ein Anblick, der für ein atmosphärisches Foto in einer Kunstgalerie in San Francisco geeignet gewesen wäre, aber im wirklichen Leben schrecklich deprimierend war. Irgendwer hatte die geniale Idee gehabt, vor den stillgelegten Bahngleisen einen Fahrradweg einzurichten, sodass Garrett gelegentlich von seinem Essen aufblickte und jemanden sah, der auf Inlinern an seinem Fenster vorbeisauste und zu ihm hineingaffte, als wäre er ein Tier im Zoo.

Er ging ins Badezimmer und erinnerte sich daran, wie schwindlig ihm nach dem Tag im Glacier-Nationalpark gewesen war: die Weinprobe mit Cece, dieses Aufleuchten in ihrem Gesicht, als sie ihn im Wagen sitzen sah. Wie sie durch das Fernglas geschaut hatte und überrascht zurückgeschreckt war. Er war mit offenen Fenstern nach Hause gefahren, und sein Herz hatte sich angefühlt wie ein Segel, während er zu einem grässlichen Song im Radio mitsang. »*Rock You Like a Hurricane*«. Die Erinnerung an ihre Hand, die seine eigene umklammerte und nicht loslassen wollte, nicht mal, nachdem er sich von ihr gelöst hatte. Sie hatte so lange festgehalten, dass es fast wie eine *Aussage* war, ein stilles Geständnis, eine Botschaft, die einem unter dem Tisch zugesteckt wird. Waren es Sekunden gewesen? Jahre? Unmöglich zu sagen – irgendwie war es ihm intimer als ein Kuss erschienen. Hatte er seinen verdammten Verstand verloren? Hatte er irgendwie gedacht, die Hochzeit würde nicht stattfinden? Dass Cece ... was? Mit ihm durchbrennen würde? *Mit Charlies bestem Freund?* Er hatte die Hochzeit nicht vergessen. Sie kam ihm nur nicht mehr wirklich vor – oder wenn doch, dann war sie auf rätselhafte Weise irrelevant.

Er spritzte sich kaltes Wasser ins Gesicht und beobachtete, wie es von seinem Kinn tropfte. Natürlich hatte er sich alles nur eingebildet: dass Cece sich nach seiner Gesellschaft gesehnt hatte, dass sie an jenem Abend nicht wollte, dass er ging. Und sie hatte nicht wieder nach seiner Hand gegriffen, nachdem er sie von der Klippe heruntergelotst hatte. Auch da hatte er sich etwas vorgemacht. Er hätte genauso gut ein Blindenhund sein können. In Wirklichkeit hatte sie ihn ein Arschloch genannt. Wie blöd war er eigentlich? Sie war wütend auf ihn gewesen, weil er sie diesen Berg hinaufgeschleppt hatte. Und als er zurückgekommen war, um den Zaun der Margolises zu reparieren, war sie demonstrativ nicht da gewesen – oder hatte so getan, als wäre sie nicht da, denn ihr Wagen hatte in der Einfahrt gestanden.

Er hatte ihr leidgetan – wem hätte er nicht leidgetan –, sie hatte es aber nicht ertragen, sich mit ihm zu unterhalten.

Garrett inspizierte sein Haar im Spiegel. Wenn er den Kopf senkte, konnte man bereits die Kopfhaut darunter schimmern sehen. In ein paar Jahren wäre kaum noch etwas davon übrig. Und das Muttermal am Kinn wurde immer größer. Ganz zu schweigen von der Narbe der Frostbeule auf der Wange, auf die sie ihn unbedingt hatte ansprechen müssen. Im Winter wurde sie so weiß wie ein Schneehuhn.

Bestimmt fand sie ihn widerlich. Wie die Ziege, die ihnen auf dem Bergpfad begegnet war. Warum hätte sie sonst an ihren Fingern gerochen?

Auf der Fahrt zu den Margolises musste Garrett einen Holztransporter voller Zedernstämme im Auge behalten, die wie stumpfe Bleistifte aus der Ladefläche lugten. Er hatte keine Lust auf einen Junggesellenabschied, weder auf den von Charlie noch von sonstwem, aber er wusste aus Erfahrung, in welchen Teufelskreis man geraten konnte, wenn man die Mindestanforderungen einer Freundschaft vernachlässigte. Deshalb war ihm letzten Endes auch nur ein einziger Freund geblieben. Jetzt, da er sein eigenes Elend überlebt hatte, packte ihn eine klamme, schwindelerregende Vorahnung, die er als schlechtes Gewissen erkannte. Nicht nur, weil er sich in Charlies Braut *verguckt* hatte – »verliebt« wollte er nicht sagen; es konnte keine Liebe sein; er war doch kein Ungeheuer –, sondern auch, weil er so ein beschissener Freund war. Wie oft hatte ihn Charlie angerufen, seit er wieder da war? Sechsmal? Er hatte es nicht mal geschafft, die Nachrichten auf seiner Mailbox abzuhören. Vielleicht weil er Angst hatte, Charlie könnte wieder real werden. Für kurze Zeit hatte er vergessen, dass Charles Isaac Margolis überhaupt existierte. Aber so war es, zweifellos, und Garrett war auf dem Weg zu seinem Haus, mit einem Mal starr vor Angst, ihn wiederzusehen.

Und es war nicht nur Charlie, vor dem er sich fürchtete. Die ganze Gang würde da sein, alle, mit denen er in Middlebury zusammengelebt hatte. Garrett war ihnen seit dem College mehr oder weniger erfolgreich aus dem Weg gegangen. Er schaffte es nicht, über Elias zu sprechen – oder noch schlimmer, zu sehen, wie sie um den heißen Brei herumredeten und so taten, als hätte es ihren Freund nie gegeben.

Garrett musste sich zusammenreißen, um nicht in die in der Einfahrt parkenden Autos zu knallen, so sehr hatte er sich daran gewöhnt, direkt bis vor die Tür der Margolises fahren zu können. Er parkte am Straßenrand und horchte auf das Stimmengewirr der betrunkenen Gäste auf der Veranda. Das Haus war hell erleuchtet. Was hatte er sich denn dabei gedacht? Eine Party? Garrett spürte einen Anflug von Wut, als hätten die Leute auf der Veranda kein Recht, dort zu sein – als hätten sie ihm tatsächlich etwas Kostbares geraubt. Die Zeit allein mit Cece schien so fern, so unwirklich wie sein Traum.

Wie seltsam es war, die Stufen der Veranda hinaufzusteigen, von der aus sie ihn in jener Nacht durch das Fernglas gesucht hatte. Dasselbe, das jetzt auf der Brüstung lag.

»Du siehst fürchterlich aus«, sagte Brig Atherton liebevoll, nachdem er ihn umarmt hatte. Er trug einen riesigen Cowboyhut, als hätte er eine Horde Rinder von New York City hierher getrieben. Brig verwaltete das Geld reicher Leute, er half ihnen bei ihren »Risikomanagement«-Strategien und besaß eine Wohnung in der Upper West Side. Auf dem College hatte er sich gelegentlich in die Hose gemacht, wenn er betrunken war. »Was ist los mit dir? Sind die Schalter der Airlines denn die ganze Nacht geöffnet?«

»Ich bin ein Ramp Agent«, erklärte Garrett.

»Ich dachte, du arbeitest am Schalter und nimmst die Tickets entgegen.«

»Falsch.«

Brig nahm seinen Hut ab. »Dann bist du einer von denen auf der Rollbahn? Die mit den Stöcken?«

»Stäben. Genau.«

»Cool«, antwortete Brig wenig überzeugend.

Wenigstens hatte er gefragt, und allein dafür war Garrett ihm dankbar. Die anderen alten Bekannten, denen er begegnet war und die ein bisschen was über sein Leben wussten, hatten sich nicht getraut, aus Angst, ihn zu verletzen. Brig dagegen war zu betrunken, um sich darüber Gedanken zu machen. Er drückte Garrett ein Bier in die Hand. Und Garrett nahm es an. Marcus Porter bot ihm ebenfalls eins an, und Garrett musste auch das nehmen. Johnny Hyong kam vorsichtig über die Veranda auf ihn zugeschlingert, als befänden sie sich an Deck eines Schiffes, und umarmte ihn kräftig, da Garrett aber beide

Hände voll hatte, konnte er nur wie ein Roboter dastehen. Seine alten Freunde lachten. Im Gegensatz zu Garrett waren alle verheiratet, hatten Familie und richtige Heizungen, nicht nur einen tragbaren Heizlüfter aus dem Goodwill Store. Trotzdem hatte all das sie nicht davor bewahrt, schlecht zu altern. Johnnys Haaransatz hatte sich noch schneller gelichtet als Garretts und erinnerte an eine Rollbahn auf dem Kopf. Es sah aus, als hätte er ein Bikini Waxing hinter sich. Brig hatte einen Bierbauch und erste Anzeichen eines schwabbeligen Doppelkinns, das sich auch durch den Bart nicht verbergen ließ. Marcus, auf dem College ein Sportler, war schlank wie eh und je, humpelte aber jetzt wie ein alter Opa los, um sich ein neues Bier vom Fass zu holen. Ein kaputter Meniskus, erklärte er.

»Gestern Nacht im *Lazy Bear*, als du dich mit den Flussführerinnen unterhalten hast, schien es dir aber prima zu gehen«, sagte Brig.

»Frag Brig mal nach seinem Hut«, antwortete Marcus.

»Was ist mit dem Hut?«, fragte Garrett.

»Ich hab ihn beim Billard gewonnen.«

»›Gewonnen‹ heißt in diesem Fall ›verloren‹«, erläuterte Johnny.

»Ich habe nicht gesagt, dass ich die Partie gewonnen habe«, erklärte Brig. »Nur den Hut. Ein Rancher hat ihn mir überlassen.«

»Die Betonung liegt auf ›überlassen‹«, sagte Marcus.

»›Überlassen‹ heißt in diesem Fall, dass er ihn ›auf dem Tisch liegen ließ, um aufs Klo zu gehen‹«, erklärte Johnny.

Garrett merkte, dass er sich unwillkürlich wieder etwas beruhigte, als er sich daran erinnerte, wie viel Spaß er früher mit seinen alten Kumpeln gehabt hatte. Sie hatten in derselben Band gespielt, *Beastly Baby*, die ihnen hauptsächlich einen Vorwand lieferte, sich zu betrinken und dämliche Cock-Rock-Riffs zu erfinden (ihr bester Song, »Katzenjammer Morning«, war nur ansatzweise besser als ihr schlechtester mit dem Titel »Poststructuralist Jockstrap«.) Sie waren zusammen zum Skilaufen in einen alten Erholungsort in der Nähe des Campus gefahren, hatten sich von den schaukelnden Liftsesseln aus gegenseitig angeschrien und Brig und Marcus, beide Anfänger, gezwungen, sich die Abfahrten der Profis hinunterzustürzen. Sie waren intelligent genug gewesen, um nicht allzu viel büffeln zu müssen, und hatten das Leben allgemein als etwas gesehen, das man unmöglich vermasseln konnte – so was wie einen idiotensicheren Spaß. Das hatte sich als Irrtum, als unpassend tragisch erwiesen, mit der Folge, dass Garretts Freunde sich auf dieses neue, unpassende Leben eingestellt und ihr Bestes gegeben hatten, um es passend zu machen. Letztendlich war es gar nicht so schwer. Sie hatten einfach das gemacht, was die Leute von einem erwarteten, getrieben von der Angst vor den Konsequenzen, falls man sich sträubte. Man schloss das College ab, begann ein Medizinstudium oder fand ein Praktikum im richtigen Unternehmen, und alles Weitere ergab sich von selbst.

Garrett hatte es überrascht, wie einfach es war, sich *nicht* an dieses Drehbuch zu halten, sondern sich ganz im Gegenteil völlig davon zu lösen. Vielleicht hatten Angst und Glück etwas gemeinsam.

Jetzt, mit einem Bier in jeder Hand, empfand Garrett widerwillig so etwas wie Zuneigung für seine alten Kumpel, die er kaum wiedererkannte. Und auch ein tröstliches Mitleid. Sie waren wie Kinder; Kinder, die selbst Kinder hatten. Er fragte nach Charlie.

»Gute Frage«, sagte Marcus. »Ich glaube, er hat zu viel Gras geraucht.«

Charlies Brüder kamen aus dem Haus, alle in T-Shirts mit aufgedruckten Bildern von alten Woodie Wagons.

»Hey, wo steckt der Mann der Stunde?«, fragte Brig. Übereinstimmendes Schulterzucken vonseiten der Brüder. Garrett erkannte sie kaum wieder. Als sie noch auf dem College waren, hatte er einmal Thanksgiving bei den Margolises verbracht, da hatte Bradley noch mit Lichtschwertern gespielt. Jetzt reichte Johnny dem einstigen Jedi-Aspiranten die Pfeife, und der nahm einen kräftigen Zug. Der Rauch, den er dann ausstieß, war ektoplasmisch. Garrett versuchte, Jake eins der beiden Biergläser abzugeben, doch der lehnte ab.

»Ich bleib fürs Erste lieber bei Natron«, sagte er und tippte sich auf den Bauch.

Alle starrten ihn an.

»Nein, *das* ist es nicht! Ich habe Sodbrennen. Und wenn ich trinke, wird es schlimmer.«

»Gott sei Dank«, sagte Marcus.

»Außerdem habe ich Dad gemieden wie die Pest – Mom musste ran.« Jake sah seinen Bruder an. »Hat dir Woody das nicht gesagt? Das Virus überträgt sich nur durch direkten Kontakt.«

»Fäkal-oraler Weg«, sagte Bradley und nickte. »Trotzdem können ansteckende Partikel auf einer Türklinke landen. Oder Aerosole? Die hat er auch erwähnt. Aerosole aus der Toilettenschüssel.«

Brig, bei dem die Pfeife zuletzt gelandet war, sah sich das Mundstück nun besorgt an.

»Ihr habt in Middlebury alle zusammengewohnt?«, fragte Jake, um das Thema zu wechseln.

»Ja, schrecklich, was?«, gab Marcus zurück. »Wie ein College-Katalog.«

»Nur nicht der von Middlebury«, sagte Johnny.

»Wir mussten Marcus vom Tennisteam weglocken.«

»Sie haben mich gewarnt: Ich sei der einzige Schwarze im Mill.«

Brig nahm einen Zug und hüllte die Veranda in Rauch. »So wie du jetzt der einzige Schwarze in ganz Montana bist.«

»Das kann nicht sein.«

»Bleib zwei Wochen hier, und du wirst auch weiß. Liegt am Wasser. Sogar deine Scheiße kommt hier weiß raus.«

Brig reichte Johnny die Pfeife. »Jedenfalls habe ich heute im Supermarkt einen koreanischen Jungen gesehen.«

»Wahrscheinlich adoptiert.«

»*Auf jeden Fall* adoptiert. Sein Dad hieß Tanner.«

»Oder entführt.«

»Die Mutter hat mich die ganze Zeit angestarrt, als wäre ich der leibliche Vater und wollte ihn zurückhaben.«

»Hätte mich nicht gewundert«, sagte Brig. »Hatte sie eine Gürteltasche?« Es war kein wirklicher Witz, sondern eine Anspielung an eine berüchtigte Freundin von Johnny, die offenbar einmal mit einer Gürteltasche auf einer Party im Mill erschienen war. Erst jetzt, zehn Jahre später, fiel Garrett ein, dass das Accessoire eine *Funktion* gehabt haben könnte: Vielleicht hatte sie etwas Lebenswichtiges enthalten, Insulinspritzen zum Beispiel. »Hauptsache, alle sind da.«

»Na ja, fast alle«, sagte Marcus.

Die Feiernden verstummten. Brig warf Marcus einen bösen Blick zu, einen, den Garrett nicht sehen sollte, dann starrte er in sein Glas. Mit einem Mal schienen sich auch alle anderen übermäßig für ihre Gläser zu interessieren. Garrett wartete auf den widerlichen Schnee. Hatte er wirklich geglaubt, dass er das schaffen würde? Mit anderen Menschen klarzukommen, auch wenn es alte Freunde waren? Sein Herz war ein ruheloser Teufel in einer Schachtel. Dann sprang eins der Fenster im Haus auf, urplötzlich, von selbst. Die Männer auf der Veranda blickten auf.

Brig hob sein Glas, als prostete er dem Fenster zu, und dann folgten Garretts Freunde seinem Beispiel. Es war unglaublich, aber Garrett schloss sich ihnen an. Er hielt noch immer beide Gläser in den Händen und hob sie in die Luft. »Sprich!«, sagte Marcus zu dem Fenster. Es antwortete nicht.

»Wo zum Teufel steckt eigentlich Charlie?«, rief Jake schließlich.

Brig zuckte die Achseln. »Wahrscheinlich hat er sich in den Wald verzogen.«

»Soll das ein Witz sein? Der Kerl ist bis über beide Ohren verknallt.«

»Tja, dann wird die Monogamie ihn bald heilen«, sagte Johnny bitter. Garrett erinnerte sich schwach daran, wie ihm jemand – wahrscheinlich Charlie – erzählt hatte, dass Johnny sich von seiner Frau getrennt hatte. Sie hatten zwei Söhne, eineiige Zwillinge.

»Wenn er irgendwohin ist, dann um Cece zu suchen.«

Garretts Herz machte einen Sprung. »Ist sie hier?«

Brig warf ihm einen gekränkten Blick zu. »Du bist wohl noch nie auf einem Junggesellenabschied gewesen, was?«

»Nein.«

Garretts alte Kumpel sahen sich an. Er hatte sich geweigert, zu ihren Hochzeiten zu kommen.

»Cece ist in Finley Point«, erklärte Marcus. »Die Frauen sind alle zelten und, na ja, du weißt schon, erfreuen sich an ihren *Weibergeschichten*.«

»Armer Charles«, sagte Johnny. »Noch ist es nicht zu spät, um zur Vernunft zu kommen. Noch hat er nicht angefangen, über Sumpfpumpen zu reden. Sobald er die bestellt, ist es aus.« Er zog an der Pfeife. »Du weißt ja, was H. L. Mencken über die Ehe gesagt hat, oder?«

»Jetzt geht das schon wieder los.«

»›Der kürzeste Satz mit der längsten Wirkung: Ich will.‹«

Garrett rang sich ein Lächeln ab. Es war seltsam, die eigene Meinung aus dem Mund eines anderen zu hören. Und noch seltsamer, dass es ihn wütend machte. Nicht zum ersten Mal fragte er sich, ob seine Meinung auf etwas beruhte, woran er tatsächlich glaubte. Was wenn seine Weltanschauung so was wie … also, so was wie eine fortgeschrittene Form des Tourettesyndroms war? Er sagte etwas, ohne darüber nachzudenken, vielleicht bloß, um die Stille zu füllen, was ihn zwang, eine Sache mit einer anderen zu verteidigen und diese mit einer weiteren und so weiter, bis er sich dieses sinnlose Trara selbst erklären musste, indem er so tat, als hätte er es aus einem bestimmten Grund angefangen.

Er ging in den ersten Stock, um Charlie zu suchen, kam an einer Tür vorbei, auf der »BIOLOGISCHE GEFÄHRDUNGSZONE« stand – Gott, war er etwa wieder auf dem College? –, und betrat ein Zimmer, in dem es nach Mottenkugeln roch. Ein Spitzen-BH baumelte vom Pfosten eines alten Bettes in der Brise, die durch das Fenster wehte. Zweifellos gehörte er Cece. Garrett starrte ihn an. Vielleicht hatte Charlie ihn ihr selbst abgenommen. Garrett löste den BH vom Pfosten und steckte ihn in seine Jeanstasche. Es war keine bewusst perverse Entscheidung, sondern eine spontane Reaktion, ein Ausbruch von Eifersucht. Was für ein Tier er doch war! Cece hatte recht. Im Grunde unterschied er sich nicht von einer Ziege.

Er trat an das offene Fenster, zu dem er an jenem Morgen vom Garten aus gerufen hatte, als Cece nicht aufstehen wollte, und warf einen Blick hinaus. Charlie stand im Mondlicht auf der Dachkante, mit dem Rücken zum Haus. Dieser Mann war Arzt, ein Anästhesist – und rauchte!

Garrett kletterte durch das Fenster aufs Dach. Er schwitzte unter den Armen. Hatte er sein Deodorant vergessen? Charlie war so mit seiner Zigarette beschäftigt, dass er ihn nicht bemerkte. Plötzlich kam Garrett auf eine sonderbare Idee. Er könnte sich wie eine Ziege auf allen vieren anschleichen und Charlie vom Dach stoßen. Vielleicht würde es ihm das Genick brechen. Es wäre ganz leicht! Ein Schubser, hoppla, und schon wäre er unten. Ein betrunkener Charlie hätte ganz einfach das Gleichgewicht verlieren können …

War es nicht wie in einem Film, den er einmal gesehen hatte? Junge Witwe, vor Trauer am Boden zerstört, landet in den Armen des besten Freundes ihres Mannes.

Mindestens schwer verletzt wäre Charlie. Die Hochzeit würde verschoben werden.

Garrett hatte plötzlich den Geschmack von Kreide im Mund. Er stellte sich Cece im Schlafzimmer vor. Das Gesicht benebelt von Lust, als Charlie ihr den BH aufmachte. Das Bild schwirrte Garrett durch den Kopf und lähmte ihn vor Eifersucht. Das Dach kam ihm jetzt plötzlich steiler vor. Bergziegen spotteten über die Schwerkraft; ihre Hufe waren wie Saugnäpfe. Mit gesenktem Kopf und wund gescheuerten Knien versuchte Garrett auf allen vieren über die rauen Schindeln nach unten zu kriechen, bis er einsah, dass das für Menschen unmöglich war. Er setzte sich hin und rutschte auf dem Hintern hinunter wie ein kleines Kind. Dabei stellte er sich Cece und Charlie in ihrer Hochzeitsnacht vor. Wie schrecklich war das, wie ungeheuerlich, als malte er sich ein Verbrechen aus – doch dann hielt er inne, praktisch in letzter Sekunde. Mein Gott, was tat er da? In den Bäumen zirpten Grillen. Hastig richtete er sich auf. Charlie fuhr erschrocken herum und trat dabei in die Regenrinne, sodass Garrett ihn mit beiden Händen packen musste, um zu verhindern, dass er fiel.

»Du hättest mich fast umgebracht!«, rief Charlie.

»Du meinst wohl eher, ich habe dir das Leben gerettet.«

Charlie warf mit der Zigarette zwischen zwei Fingern einen Blick über die Dachkante. In Wahrheit wäre er nicht tief genug gefallen, um sich ernsthaft zu verletzen. »Oh«, sagte er dankbar. »Wenn das so ist … Cece würde mich umbringen, wenn ich sterbe.« Charlie sah Garrett an und dann auf seine Füße hinab. »Tut mir leid«, murmelte er.

»Was tut dir leid?«

»Die Sache mit dem Umbringen, du weißt schon.«

Garrett runzelte die Stirn und fragte sich, ob er ihn zwingen sollte, Elias' Namen auszusprechen. Es wäre es fast wert, nur um zu sehen, wie er sich wand. Doch Charlie würde dasselbe sagen wie immer, ihm eine ebenso überzeugende Lüge auftischen wie die Behauptung, dass dein Handy am Arsch ist. *Du hast ihn nicht umgebracht. Es war nicht deine Schuld.*

Garrett setzte sich auf die Schindeln. Plötzlich fühlte er sich vollkommen erschöpft. Charlie nahm sehr vorsichtig oder sehr betrunken oder sehr betrunken-vorsichtig neben ihm Platz.

»Was zum Teufel machst du hier draußen überhaupt?«, fragte Garrett.

»Ich wollte nicht, dass sie mich beim Rauchen erwischen.« Charlie nahm einen Zug und stieß den Rauch durch die Nase aus, wie ein Experte. »Ich hasse Raucher. Es ist ungefähr das Schlimmste, was man seinem Herzen antun kann. Man schneidet ihm praktisch den Sauerstoff ab.«

»Das Gefühl kenne ich.«

Charlie lachte und streckte ihm eine weiche Packung Marlboros entgegen. Garrett nahm eine, doch dann bestand Charlie darauf, dass er die ganze Packung einsteckte – er wollte sie nicht wiederhaben.

»Weißt du, es hört sich sehr spannend an, Arzt zu sein, aber meistens fülle ich nur Formulare aus. Im Grunde genommen bin ich ein Bürokrat. Bartleby, der Anästhesiologe!«, rief Charlie.

»Ruhe da oben!«, rief jemand von unten.

»Das möchte ich lieber nicht!«

Im Nachbarhaus knallte eine Tür, dann quietschte das Fliegengitter.

»Mr. Petersdorf«, sagte Charlie. »Er sammelt Verkehrskegel.«

»Wow«, antwortete Garrett. Er schaffte es nicht, einen Witz zu machen. Seine Eifersucht war in ein schlechtes Gewissen umgeschlagen. »Deinem Bruder geht es nicht besonders.«

»Ach du Scheiße«, sagte Charlie. »Bradley?« Er wirkte erschrocken.

»Jake.«

»Wenn er sich den Norovirus eingefangen hat, bring ich ihn um.«

»Hat er bestimmt nicht«, sagte Garrett.

»Ich bin froh, dass du da bist«, gestand ihm Charlie hörbar erleichtert. »Wie in alten Zeiten, als wir auf dem Dach vom Mill gequalmt haben.«

»Nur haben wir damals Viceroys geraucht.«

»Warum zum Teufel hast du mich nicht zurückgerufen?«

»Mein Handy ist am Arsch.«

»Du wirst uns doch trauen, oder? Cece ist schon ganz nervös.«

Garrett nickte und starrte auf den Rauch seiner Zigarette.

»Ich zähle auf dich«, sagte Charlie ernst. »Ich habe ihr gesagt, dass am Ende immer Verlass auf dich ist. Du bist der Rocky Balboa der Freundschaft.« Er nahm die Hand von Garretts Schulter. »Du hast sie doch schon fertig, oder? Deine Rede, meine ich.«

»Na klar.«

»Ich wette, sie ist verdammt zeitlos. Stimmt's?«

Garrett öffnete den Mund, um ihm die Wahrheit zu sagen: Sie war so zeitlos, dass sie nicht einmal existierte. Doch dann hob Charlie die Hand.

»Ich will es gar nicht wissen! Überrasch uns.«

Garrett sah über Charlie hinweg auf das galaktische Narbengewebe der Milchstraße. Es kam ihm vor wie eine Manifestation seiner Schuld. Er blies eine Rauchwolke in ihre Richtung. Von der Veranda drang Gelächter herauf, das vom See auf unheimliche Weise verstärkt wurde.

»Du verpasst deinen eigenen Junggesellenabschied«, sagte Garrett.

Charlie zuckte die Achseln. »Willst du die peinliche Wahrheit wissen?«

»Klar.«

»Johnny erzählt mir die ganze Zeit, ich soll mein letztes bisschen Freiheit so richtig genießen, was auch immer das heißt, aber ich schere mich einen Scheißdreck darum. Das ist was für Leute mit Verkehrskegeln.« Er schnippte die Kippe hinunter. »Erinnerst du dich an die alten Cartoons, wo mit einer Kanonenkugel auf jemand geschossen wird und die Kugel nur ein riesiges Loch im Bauch des Opfers hinterlässt? So geht es mir, wenn ich mich ohne Cece betrinke. Dann vermisse ich sie ganz fürchterlich. Ich würde alles tun, um ihre Stimme zu hören. Wenn mir zum Beispiel jetzt jemand sagen würde, dass sie Handyempfang in ihrem Zelt hätte, und ich müsste mir dafür nur *die Nase abschneiden lassen*, würde ich es wahrscheinlich tun.«

»Ich weiß, was du meinst«, erklärte Garrett.

Charlie sah ihn an. »Wirklich?«

»Scheint ein echter Glücksgriff zu sein. Einer unter Millionen.« Er errötete angesichts dieser Plattitüden.

»War sie irgendwie komisch dir gegenüber?«, wollte Charlie wissen. »Als du ihr mit dem Zaun und allem geholfen hast?«

»Was meinst du?«

»Sie ist die ganze Zeit so abwesend. Ich unterhalte mich mit ihr, und es ist, als redete ich gegen die Wand. Sie geht ständig in den Garten, aber da gibt es nichts mehr zu ernten. Und sie kann nicht schlafen. Neulich bin ich aufgewacht, und sie war nicht da.«

»Und wo war sie?«

»Unten am Steg, vollgedröhnt. Hat sich die Sterne angeschaut, mitten in der Nacht.«

Garrett konnte sich genau vorstellen, wie sie zusammengekauert in einem der Adirondack-Stühle saß und ein Flip-Flop an ihrem Fuß baumelte. »Wahrscheinlich ist es der Stress wegen der Hochzeit.«

»Glaubst du?«

»Jeder wird vor seiner Hochzeit ein bisschen komisch.«

»Stimmt, sie kaut auf ihrer Lippe herum und lächelt gleichzeitig. Das sollte verboten werden. Selbst wenn sie sauer auf mich ist, will ich sie nur küssen. *Vor allem*, wenn sie sauer ist. Dann sagt sie die erstaunlichsten Dinge. Einmal hat sie mich als Pisspott beschimpft. Pisspott!«

»Wann war das?«

»Letztes Jahr. Ich wollte mit ihr Ski fahren, und sie ist am Hang komplett ausgerastet.«

»Hat sie sich hingesetzt und wollte nicht mehr weiter?«

»Woher weißt du das?«

»Oben im Glacier-Nationalpark hat sie genau dasselbe gemacht, als wir dort wandern waren. Sie hat sogar eine Ziege beschimpft.«

Charlie horchte auf. »Ihr wart wandern?«

»Ja«, sagte Garrett, überrascht, dass sie es ihm nicht erzählt hatte. »Also ... vor ungefähr einer Woche.« Charlies Augen waren plötzlich wieder hellwach im Mondlicht. »Auf dem Highline Trail. Ich musste sie förmlich da hochzerren.«

»Wahrscheinlich hat sie es mir erzählt«, sagte Charlie. »Ich habe es bloß vergessen.«

»Ja, ist ja auch viel los.«

Charlie starrte auf den Sternenblizzard. »Was für ein Pisspott«, murmelte er. »Ein Piss-*Fass*.« Er sah Garrett an und runzelte die Stirn. »Was hast du mit meinen Zigaretten gemacht?«

»Du hast gesagt, ich soll sie behalten.«

»Was für ein Junggesellenabschied! Sei nicht so ein Arsch.«

Garrett griff in die falsche Tasche seiner Jeans und zog einen Träger von Ceces BH heraus.

»Was ist das?«, fragte Charlie.

»Nichts.«

»Eine Gürteltasche?«

»Nein.«

»Du und Johnny.«

Liebevoll legte Charlie ihm den Arm um die Schulter, wie auf dem College. Garrett gab ihm die Marlboro-Packung, und er zog eine heraus und beugte sich vor, um sie anzuzünden. Während er damit beschäftigt war, zog Garrett verstohlen Ceces BH aus der Tasche und warf ihn vom Dach. Wie ein Fallschirm segelte er in die Dunkelheit hinab. Etwas breitete sich geheimnisvoll vor ihm aus: eine alternative Zukunft, in der er wieder Anteil an der Welt nahm und seine Freunde nicht mehr ignorierte, vielleicht sogar etwas aus seinem Leben machte. Er musste nur springen. Aus dem Schlafzimmer drang Gelächter. Garrett drehte sich um und sah, wie Johnny und Marcus grinsend am Fenster standen. Johnny hielt einen Plastikbeutel mit Koks in die Luft.

»Hey, Leute, sie sind hier draußen auf dem Dach!«, rief Johnny den anderen hinter ihm zu. »Wärmen ihre alte Freundschaft auf!«

2

Cece folgte ihrer besten Freundin aus der Highschool zum felsigsten Platz auf dem Campingplatz. Sie konnte sich nicht beschweren, zumindest hatte sie dieses Gefühl, denn Paige hatte alles organisiert und war auf der Welle ihrer eigenen Begeisterung die sechshundert Meilen von Portland bis hierher gefahren.

Paiges Enthusiasmus reichte allerdings nicht aus, um ein Zelt aufzubauen, jedenfalls nicht dasjenige, das Cece und sie sich teilten. Die Glasfaserstangen zusammenzustecken war schwieriger als vermutet. Von Cece wollte sie keine Hilfe annehmen. Nachdem sie beobachtet hatte, wie mühelos die anderen ihre Zelte aufbauten, brachte sie aus ihrem ein gewölbtes braunes Etwas zustande, das an einen überdimensionalen Scheißhaufen erinnerte. Dann griff sie nach der Nylontasche, in der es verpackt gewesen war, und schüttete ein paar verbliebene Kieselsteine heraus.

»Mist«, rief Paige. »Wo sind die verdammten Stacheldinger?«

»Du meinst die Heringe?«

»Sie müssten doch hier drin sein!«

Cece lachte. »Du hast ein aufblasbares Sofa dabei, aber keine Heringe?«

Paige sammelte ein paar Steine und beschwerte die Ecken des Zeltes damit. »Alles gut! So geht's auch.«

Vielleicht hatte sie recht: Es war beinahe windstill, nur eine leichte Brise fuhr Paige durchs Haar. Sie trug noch immer denselben scharlachroten Lippenstift, den sie schon im zehnten Schuljahr gehabt hatte – und diese unselige Tätowierung, einen Armreif aus Stacheldraht. Die hatte sie sich 1984 stechen lassen, um einen UCLA-Studenten zu beeindrucken, den sie bei einem Konzert der Smashing Pumpkins kennengelernt hatte. Nur der Joint, den sie früher immer im BH versteckt hatte, fehlte. Cece rechnete damit, dass sie jeden Moment auf Señor Ramirez zu sprechen kommen würde, den Spanischlehrer, der damals allerlei perverse Phantasien in ihnen geweckt hatte. Und jetzt war diese junge Frau mit der Stacheldraht-Tätowierung eine erfolgreiche Führungskraft, betrieb Marktforschung für Nike und hatte zu Hause einen einjährigen Sohn, der gerade laufen lernte. (Sie hatte ihr ein Video von seinen ersten Gehversuchen gezeigt, darin torkelte der Kleine wie ein Betrunkener auf sein Gitterbettchen zu.)

Sie saßen zusammen auf einem Baumstamm und tranken Bourbon aus Paiges Thermosflasche. »Was glaubst du, was die

Jungs gerade machen?«, fragte Paige, sichtlich froh, dass Charlies Freunde im Haus feiern mussten, während sie das typisch männlichere Ding durchzogen. Sie gehörte zu den Leuten, die so praktisch waren, weil sie das Leben als Wettbewerb verstehen, der nur durch aggressives Remarketing zu gewinnen ist. »Ich meine, außer über Muschis zu reden.«

»Ich glaube nicht, dass Charlie über Muschis redet«, sagte Cece.

»Du hast recht. Wahrscheinlich gucken sie sich Pornos an.«

»Charlie guckt sich keine Pornos an.«

Paige lachte. »Alle Männer machen das.«

»Charlie echt nicht, glaube ich«, entgegnete Cece. Warum klang sie bloß so *enttäuscht*, Herrgott?

»Warte ab, bist du verheiratet bist«, erklärte Paige.

»Guckt Said Pornos?«

»Keine Ahnung. Hoffentlich. Ich weiß nur, dass ich es tun würde, wenn ich die Zeit dazu hätte. Aber die Gelegenheit bietet sich höchstens mal auf Geschäftsreisen.« Said war Paiges Mann und kümmerte sich zu Hause um das Kind. Als sie sah, wie Cece unwillkürlich das Gesicht verzog, musste sie lachen. »Oh, das ist nicht *seine* Schuld, wir sind beide so erschöpft, dass wir es nicht mal mehr schaffen, uns einen Gutenachtkuss zu geben.«

Cece nahm einen Schluck Bourbon, ihr war schlecht. Als Teenager war Paige die Einzige in ihrer Klasse gewesen, die immer einen Freund hatte, manchmal sogar zwei; so was wie eine chronische Herzensbrecherin, die sich nichts dabei dachte, jemandem den Liebhaber auszuspannen oder ihn nur schnell auf einem Tanzabend hinter der Turnhalle zu vernaschen, während seine Freundin betrunken seinen Namen rief. In der elften Klasse machte ein Witz die Runde: *Pass auf, dass dein Freund nicht gepaiged wird.* Cece hatte es Spaß gemacht, zuzusehen, wie ihre Freundin sich austobte, aber sich auch auf eine leicht überhebliche Art Sorgen um sie gemacht: Was würde das für ihre Zukunft bedeuten? Mit Sicherheit hatte Cece sich nicht vorstellen können, dass Paige einmal heiraten würde. Das schien damals fast genauso unwahrscheinlich, wie dass aus ihr einmal eine hochrangige Managerin werden würde.

»Woher wusstest du, dass du heiraten willst?«, fragte Cece.

Paige sah sie an. »Oje«, sagte sie ernst. »Scheiße! Kriegst du etwa kalte Füße?«

»Nein. Ich hätte nur nie gedacht, weißt du, als wir Kids waren ... Du hattest so viel Spaß, hast die Jungs erst um den Finger gewickelt und sie dann, na ja ...«

»Abserviert?«

»Genau.«

»Abschlussball-Verderberin haben sie mich genannt«, sagte Paige wehmütig. Dann legte sie ihren Arm um Cece. »Das mit den Pornos war ein Witz. Es war gemein. Charlie wird ein wunderbarer Ehemann sein.«

»Ich weiß.«

»Was ist es dann? Machst du dir Sorgen um seine Mutter?«

Cece nickte, froh, das Thema zu wechseln.

»Aber das brauchst du nicht, es ist bestimmt nur ein Zufall.«

»Nur ein Zufall, dass sie jetzt auch reihert, nur zwei Tage, nachdem sein Dad krank geworden ist?«

»Nicht unbedingt. Aber das heißt nicht, dass deine Hochzeit zu einer Kotzorgie ausartet. Sind sie nicht in ein Hotel umgezogen?«

»Motel«, korrigierte Cece. Charlies Eltern waren gestern in Quarantäne gegangen, als ihnen dämmerte, dass es wahrscheinlich doch keine Lebensmittelvergiftung war. Das *Salish Inn* und die *Serenity Shore Cabins* waren übers Wochenende ausgebucht, vorwiegend mit Hochzeitsgästen, deshalb waren sie ins *Motel 6* ausgewichen.

»Die Hochzeit ist erst in drei Tagen«, sagte Paige. »Bis dahin ist alles wieder gut.«

Sie verschwand im Wald hinter dem Zelt, offenbar um zu pinkeln. »Komm mit«, sagte sie zu Cece. Dann zog sie ihre Shorts runter, hockte sich halb nackt hin und wartete auf Cece, die ebenfalls ihre Jeans nach unten schob und sich neben sie kauerte. Sie hielt Paiges Hand. So hatten sie es als Jugendliche gemacht, während eines Lagerfeuers oder auf dem Golfplatz am Strand, nachdem sie durch den Zaun hineingeschlichen waren, um heimlich Wodka zu trinken. (»Katzenklo« hatte Paige die Sandgrube am Golfplatz immer genannt.) Der Geruch von Urin und Tannennadeln brachte das alles zurück. Es war dämlich und peinlich, aber Cece hatte das Gefühl, sie könnte jeden Moment losheulen. Paige war schon verheiratet. Sie selbst stand kurz davor. Und irgendwann wären sie tot.

Paige zog ihre Shorts wieder hoch und verfluchte sich, weil sie ihre Borsäure-Kapseln vergessen hatte. Sie hatte Angst, sich eine Pilzinfektion zu holen. Cece unterdrückte ihre Tränen und sagte, sie hätte vielleicht welche in ihrem Kulturbeutel.

»Hey«, sagte Paige und wackelte mit den Augenbrauen.

»Was denn?«

»Jetzt reden *wir* über Muschis.«

Sie gingen hinüber zu den anderen: Esther, Ushi, Colleen und Akriti, alles Freundinnen von Cece aus dem Pitzer College, bis auf Akriti, die sie während des Medizinstudiums kennengelernt hatte. Paige holte ein paar tragbare Lautsprecher aus dem Wagen, um den Junggesellinnenabend zu eröffnen, eine Bezeichnung, die Esther ebenso ablehnte wie »Brautabschied«. »Wir sagen zu weiblichen Leseratten ja auch nicht Leserättinnen«, erklärte sie.

»›Brautjungfer‹ ist am schlimmsten«, sagte Akriti. »Wir sind definitiv keine Jungfrauen mehr.«

»Igitt!«

»Gibt es denn keine Bezeichnung für unverheiratete Frauen, die nicht sexistisch ist?«

»Wie wärs mit ›Mädelsabend‹?«, schlug Colleen vor.

Die sechs überlegten.

»Gut, dass du heiratest«, sagte Colleen schließlich.

»Genau«, sagte Ushi. »Der Titel ›Ehefrau‹ wird deine Emanzipation abschließen.«

»Bezeichnet Said dich als seine Ehefrau?«, fragte Cece an Paige gewandt. »Damit habe ich nämlich Probleme. ›Meine Braut‹ ist schon schlimm genug.«

»Wer ist Said?«, fragte Paige vor der Gruppe. Als »beste Freundin der Braut« hatte sie sich sämtliche Anspielungen auf Mann und Kind verbeten. Jetzt suchte sie nach passender Musik auf ihrem Laptop: Pop-Hits aus den vergangenen Sommern, die den Wald in eine Rollschuhbahn verwandelten. Wenigstens hatte sie keinen echten DJ angeschleppt. Cece hoffte, dass sie die Familie auf dem benachbarten Platz nicht störten, wo ein kleines Mädchen Kieselsteine über den Fluss springen ließ. Colleen, die früher als Barkeeperin gearbeitet hatte, mixte Margaritas mit den Zutaten, die sie mitgebracht hatte, und dann saßen alle am Lagerfeuer, tranken und schwelgten in Erinnerungen an Ceces ehemalige Liebhaber. Ushi erzählte, wie Cece sich einmal am College mit einem Jungen eingelassen und beim Aufwachen am nächsten Morgen versehentlich die Toilette verstopft hatte. Das ganze Badezimmer war mit Abwasser vollgelaufen. Das war ihr so peinlich gewesen, dass sie aus dem Fenster geflüchtet war. Die Geschichte löste schallendes Gelächter aus. Natürlich lachte Cece mit und versuchte, gute Miene zum bösen Spiel zu machen, aber sie erinnerte sich auch daran, wie verrückt sie nach dem Jungen gewesen war. Sein Lieblingsfilm war »Die Marx Brothers im Krieg« gewesen. Hätte das Schicksal es anders gewollt, wären sie vielleicht ein Paar geworden. Wer weiß! Vielleicht wären sie heute noch zusammen. Viele junge Studierende am Pitzer College heirateten sich gegenseitig.

Plötzlich war Cece deprimiert. Es wurde dunkel, am Himmel funkelten die Sterne wie Schnee. Sie stand auf, gab vor, etwas aus dem Zelt holen zu wollen, und ging in Richtung Fluss. Woher kam diese Traurigkeit, die sich nicht abschütteln ließ? Würde sie sie bis ins Grab verfolgen? Konnte sie denn nicht mal ihre eigene Hochzeit feiern, verdammt noch mal, ohne dass sie ihr wie ein Schoßhündchen folgte? Paige hatte wohl die Taschenlampe angelassen, als sie ihre Schlafsäcke ausbreiteten, denn ihr Zelt war von innen erleuchtet – unheimlich sah das aus, als wartete ein Außerirdischer im Innern auf einen Snack. Es schien auch woanders zu stehen als vorhin. Hatte es sich etwa bewegt? Cece setzte sich auf einen Baumstumpf, ihr war schwindelig. Sie fragte sich, ob sie sich etwa ebenfalls mit dem Norovirus angesteckt hatte und der sich nun in ihrem Blut ausbreitete.

Cece dachte an die Hochzeit ihres Vaters mit Lillian, ihrer Stiefmutter. Sie hatte es als Verrat empfunden, obwohl ihre Mutter schon seit drei Jahren tot gewesen war. Wie hatte sie die Braut verachtet, die in einem perlenbesetzten Flapperkleid inklusive Stirnband und einer *echten Fischreiherfeder* im Haar zum Altar schritt. Cece war vor dem Empfang geflohen und draußen auf der Treppe zum Ballsaal auf ihre Großmutter gestoßen. Ihr Gesicht war so traurig gewesen, dass Cece sie zunächst gar nicht erkannt hatte. Zu ihrer großen Überraschung hatte ihre Großmutter eine Flasche Tequila aus der Handtasche genommen und erklärt, dass sie sie von der Bar hatte mitgehen lassen, als niemand hingeschaut hatte. Sie nahm einen Schluck und gab die Flasche weiter an Cece. *Erzähl das bloß nicht deinem Vater.* Sie reichten sich die Flasche hin und her. Im Ballsaal hatten sie unterdessen mit den Trinksprüchen begonnen; immer wieder hörte man Gelächter aufbranden. Auch Cece hätte einen Toast aussprechen sollen, als Hommage an ihren Vater, an ein

Band, das im Schmelztiegel einer Tragödie geschmiedet worden war. Stattdessen hockte sie jetzt hier draußen und ließ sich mit ihrer Großmutter volllaufen. Irgendwann kletterte sie auf deren Schoß und stellte sich vor, es sei der ihrer Mutter.

Sie hatte erwartet, dass die Ehe ihres Vaters nach einem Jahr zerbrechen würde – zumindest hatte sie dafür gebetet, doch sie waren noch immer zusammen. Morgen würden sie in Kalispell eintreffen, zu spät, als dass sich Lillian noch vor der Hochzeit mit dem Norovirus anstecken könnte. Natürlich waren sie in irgendeiner Luxus-Lodge in Somers abgestiegen, denn Lillian konnte sich nicht vorstellen, irgendwo anders zu übernachten als in einem Fünfsternehotel.

Nachdem Cece zum Lagerfeuer zurückgekehrt war, wo ihre Freundinnen zu OutKast tanzten, setzte das leuchtende Zelt seine Flucht fort. Es schien sich von selbst wegzuschleichen. War der Wind aufgefrischt? Langsam und geräuschlos glitt es hinunter zum Fluss. Das kleine Mädchen am Platz nebenan überlegte, ob es den Frauen Bescheid sagen sollte, hatte aber viel mehr Angst vor ihnen als dem wandernden Zelt, das ohnehin das Aufregendste war, was sie den ganzen Tag gesehen hatte. Es trieb auf den Fluss hinaus und wurde von der Strömung mitgezogen, während es sich wie eine Wasserlaterne unter den Sternen langsam um sich selbst drehte.

3

Irgendwann an diesem Abend, an einem Punkt, der unvermeidlich und zugleich unmöglich zu bestimmen war, beschlossen Charlies Freunde, die Sargträger seines Junggesellentums, schwimmen zu gehen. Dass sie keine Badesachen dabeihatten, war kein Problem. Wäre man zum richtigen Zeitpunkt am Haus vorbeigefahren, hätte man vier Männer gesehen, die über die

Straße rannten, voll bekleidet, aber schon dabei, sich die Hemden über den Kopf zu ziehen oder sie im Laufen aufzuknöpfen, wie Superman auf dem Weg zu einer Telefonzelle. Man hätte meinen können, sie wären zu alt, um nackt zu baden oder sich so kindisch zu verhalten, und an einem anderen Abend hätten sie dieser Tatsache vielleicht sogar zugestimmt. Und dennoch geschah etwas Merkwürdiges, als sie das Wasser erreichten, auf einem Bein auf und ab hüpften, um Schuhe und Socken abzustreifen, und Mühe hatten, aus ihren frisch gewaschenen Jeans zu kommen, die in einigen Fällen zwei Nummern größer waren als die, die sie auf dem College getragen hatten. Doch als sie mit baumelnden Schwänzen in den See sprangen und unter dem Einfluss von Alkohol und Drogen so taten, als wären sie jung, wurden sie tatsächlich wieder jung. Das Wasser war die fehlende Zutat, das, was den Zauber verursacht hatte. Die Unvollkommenheit ihrer Körper löste sich im See auf. Sie verloren ihre Bierbäuche, Rettungsringe, Knieprobleme und gerissenen Menisken, alles, was sie beim Rennen irgendwie komisch hatte aussehen lassen. Sie waren wieder zwanzig, schlank, schön und ausgeflippt. Im Weißen Haus saß Bill Clinton. Das Internet war noch ganz neu, und die Leute stritten darüber, ob es nur eine Modeerscheinung war. Die Twin Towers standen da wie immer, wie sie es bis ans Ende aller Zeiten tun würden.

Und so grölten die Junggesellen. Sie kletterten die Leiter hoch, alberten herum und machten Arschbomben in den See. Sie bespritzten sich gegenseitig mit Wasser, weckten die Nachbarn auf und machten lauter Sachen, die sie selbst veranlasst hätten, die Polizei zu rufen, wären sie bei ihren Frauen zu Hause gewesen und von dem Lärm geweckt worden. Selbst Garrett, der ihnen noch bekleidet in einiger Entfernung folgte und zufrieden zuschaute, verspürte einen Hauch von Nostalgie, jene geheimnisvolle, wohltuende Atmosphäre, die Menschen befällt, die unzählige Stunden in diversen Zimmern, Autos und

Skihütten miteinander verbracht und dabei wie Idioten gelacht haben. Damals schien es nichts Berichtenswertes zu sein, dieses Lachen, nur etwas, das man zwischen einer Sache und der nächsten machte – aber natürlich war es genau das. Es war die Sache selbst.

»Komm rein!«, riefen sie.

»Haha«, entgegnete Garrett. »Lieber nicht.«

»Komm schon, zeig uns deinen Arsch!«

»Dazu bräuchte ich noch eine Line. Oder zwei.«

»Bedien dich. In meiner Jeanstasche.«

»Ich an deiner Stelle würde Johnnys Jeans nicht anrühren! Wenn du Wert auf deine Gesundheit legst!«

»Krätze, Krätze, schallt's durchs Land, wem ist das wohl nicht bekannt?«

»Was ist los, Pfaffe? Brauchst du ein paar Schwimmflügel?«

»Hast du Angst, wir könnten dein Gepäck klauen?«

»Vor dem Herrn sind wir alle gleich!«

»Herrgott! Ich kann's nicht glauben, dass ich mal mit euch befreundet war.«

»Lieber Himmel! Er zieht das Hemd aus!«

»Der Geistliche entblößt sich!«

»Spring! Das Wasser ist eiskalt.«

Garrett trat an den Rand des Stegs und widerstand dem Drang, sich zu bedecken. Es war lange her, dass er sich vor irgendwem ausgezogen hatte, und jetzt fragte er sich, wie er wohl aussah, ob jemand das haarige Loch seines Bauchnabels sah, das jedes Jahr noch haariger wurde. Vor allem fragte er sich, wie er im Vergleich zu Charlie aussah. Garrett streckte sich wie ein Turmspringer bei Olympia und kippte mit ausgestreckten Armen die Hüften vor und zurück. Alle lachten und dachten, er wollte witzig sein. Denn das war er tatsächlich. Splitternackt brachte er die Leute zum Lachen. Niemand war überraschter als Garrett selbst.

Charlie tauchte unter dem Steg hindurch, schlich sich von hinten an Garrett heran und schubste ihn in den See. Zusammen tauchten sie wieder auf und bespuckten sich gegenseitig mit Wasser. Charlies Gesicht schaukelte im Mondlicht auf und ab. Der verpeilte Funk des Red-Hot-Chili-Peppers-Hits »Give It Away« flirrte über den See, gespielt von einer Coverband im *Lazy Bear.* Dieser schreckliche Song war zu einem Klassiker der Rockmusik geworden, und Brig stieg aus dem See, jodelte zur Musik und spielte Gitarre auf seinem Schwanz. Die anderen Junggesellen machten keinen Hehl aus ihrem Abscheu und lachten über die Größe seines Instruments. Marcus bezeichnete es als Ukulele. Johnny kniff die Augen zusammen und fragte, ob er auf einer Luftgitarre spiele. Garrett stimmte in den Spott mit ein und fühlte sich wie damals, als er außer seinem Vater auch noch andere Freunde gehabt hatte.

Charlie und er schwammen zwanzig oder dreißig Meter vom Steg weg und drehten sich auf den Rücken, sodass sie sich nebeneinander treiben lassen konnten. Ihre Ohren waren vom Wasser verstopft. Die Musik verhallte und wich der unendlichen Stille des Sees. Er konnte Charlie nicht sehen, aber er wusste, dass auch er dieser unergründlichen Stille lauschte. Sie umfasste Elias, Garretts Trauer, alles, was sie sich jemals zu sagen haben würden. Sie schwebten darüber hinweg, wie Trümmer eines Schiffswracks. Sie hatten einander wiedergefunden. Der Himmel funkelte vor Sternen. Wenn das nur seine Hochzeitsrede sein könnte! Eine *Hochzeitsstille,* und sie, sanft getragen von ihrem ganzen Leben.

Sie hielten inne und betrachteten die Stege im Mondschein, die aussahen wie die Zähne eines riesigen Kamms. Garrett konnte kaum glauben, dass er auf diesen Mann eifersüchtig gewesen war, seine Braut begehrt hatte oder nicht das Bedürfnis verspürt hatte, täglich mit ihm zu telefonieren.

»Wie heißt diese Kirche noch mal?«, fragte Charlie.

»Welche Kirche?«

»Die Onlinekirche! Die dir die Ordination als Geistlicher ausgestellt hat, damit du uns trauen kannst.«

»*Universal Life.*«

Charlie lachte. »Wie kann ich da Mitglied werden?«

»Bist du bereits. Wir alle gehören zu ihren Schäfchen.«

Die Band im *Lazy Bear* spielte jetzt »Smells Like Teen Spirit«. Tragischerweise war auch das mittlerweile ein Rockklassiker. Garrett und Charlie schwammen zum Steg zurück und stiegen mit klappernden Zähnen aus dem Wasser, um sich anzuziehen, fanden aber ihre Klamotten nicht wieder. Die anderen hatten sie mitgenommen. Das war ihre Vorstellung von Spaß. Garrett und Charlie verfluchten sie aus tiefstem Herzen. Sie schlüpften in ihre Schuhe, die man ihnen gnädigerweise dagelassen hatte, und machten sich auf den Heimweg. Diesmal überquerten sie den Highway nicht als heldenhafte junge Nudisten, sondern vor Scham zitternd und gekrümmt. Sie sahen sich immer wieder zum See um und verbargen ihre Genitalien mit beiden Händen. Der Zauber war verflogen.

Die anderen Junggesellen johlten ihnen von der Veranda aus zu.

»Ihr habt unsere Kleider gestohlen!«, brüllte Charlie sie an.

»Und dennoch tragt ihr Schuhe«, gab Marcus philosophisch zurück.

»Ja, ihr seid auf freiem Fuß«, sagte Brig.

»Vorhin fielen BHs vom Himmel«, rief Bradley. »Im Garten. Einer wäre fast auf meinem Kopf gelandet, als ich kurz pinkeln war.«

»Und die Mädels sind einen Tag zu früh zurückgekommen.«

»Echt jetzt?«, rief Charlie entzückt.

»Eins ihrer Zelte ist vom Fluss mitgerissen worden.«

Und dann strömten Ceces Freundinnen tatsächlich aus dem Haus, eine nach der anderen, wie Clowns aus einem Auto.

Eine ganze Prozession. Jetzt sah es endlich nach einer richtigen Party aus, eine von der Art, die sich die Jungs die ganze Zeit gewünscht hatten. Cece tauchte als Letzte auf in einem Flanellhemd, das ihr bis zu den Knien reichte. Als sie die beiden nackten Männer in ihrem vernünftigen Schuhwerk auf dem Rasen bemerkte, blieb sie wie angewurzelt stehen, riss die Augen auf und lachte los. Doch als Garrett sie auf der Veranda in einem von Charlies Hemden lachen sah, geschah etwas mit ihm. Die nostalgische Zuneigung, die er für seinen alten Freund empfunden hatte, löste sich in Luft auf. Es war, als hätte es sie nie gegeben. Er war wieder verloren, mordlustig, eine nackte Ziege auf dem Dach.

Cece sah Garrett in die Augen und senkte dann den Blick, als hätte sie ihn nicht bemerkt. Garrett blieb das Herz stehen. Er musste etwas Drastisches tun. Er konnte Charlie nicht umbringen, aber irgendwas musste geschehen. Die Zeit lief ihm davon.

»Ceeeece!«, rief Charlie und fuhr sich mit beiden Händen ans Herz, aber sie hielt sich bereits die Augen zu.

SIEBEN

Von: garrettmeek74@yahoo.com
An: ceciliabedelia15@hotmail.com
Betreff: Ich muss dir das sagen tut mir leid
Datum: Donnerstag 15.07.04
Zeit: 02:58

Cece,
kennst du diese Lampen, deren Helligkeit man mit einem Dimmer regeln kann? Ich dachte immer, dass es im Leben um an oder aus, lebendig oder tot geht, aber jetzt ist mir klar, dass es wie bei so einem Dimmer ist und das Leben viele verschiedene Helligkeitsstufen hat. man kann so viele Jahre im dunkeln sein, dass man es nicht einmal weiß und es für hell hält, für die einzige Helligkeit, die man hinkriegt, und dann passiert was, jemand legt einen Schalter um und man denkt: Ah, ja, das ist das Leben. Das ist es, worüber die Leute immer geredet haben.
Ist das kitschig? Gut, denn das will ich gerade sein. Ich versuche, ein normaler Mensch zu sein, den andere als Mitmenschen erkennen und sagen: Hey, da ist ein Mensch, der vielleicht sogar wie jeder andere, ich weiß nicht, ein Gewürzregal oder einen Laubbläser besitzt. Ich habe natürlich beides nicht, würde aber gern für so jemand gehalten werden. Ich war zu lange im Mänschen-Land und will raus, bevor es zu spät ist und man mir ein für allemal die Tür vor der Nase zuschlägt.

Du hast nie gefragt, was mir in San Francisco passiert ist, aber vielleicht sollte ich es dir jetzt erzählen, denn das tun Leute mit Gewürzregalen, sie erzählen sich gegenseitig Geschichten. Ich weiß nicht wirklich, wieso ich dort gelandet bin, nur dass mein Vater mit einem Typen zusammenlebte, den ich nicht ausstehen konnte, dass ich das College geschmissen hatte und irgendwohin wollte, wo mich niemand kennt, mich umarmt, mir auf den Rücken klopft und darauf besteht, dass ich niemanden umgebracht habe. San Francisco war so weit von Middlebury entfernt, wie man nur sein konnte, jedenfalls, solange man nicht nach Alaska will. außerdem wollte ich irgendwohin, wo es keinen Schnee gibt. Damals war Schnee mein Kryptonit.
Es war die Asche meines alten Lebens, die auf mich herabfiel. Die ganze Nacht habe ich davon geträumt. Ich machte die Augen zu, und sofort fing es im Kopf an zu schneien, so wie das Rauschen im Fernseher.
Deshalb bin ich nach sf gezogen und habe einen Job angenommen, machte Werbung für die Wildlife Conservation Society, weil ich meine Miete bezahlen musste und es um etwas ging, was mir schon immer fast am wichtigsten gewesen ist, ich meine Tiere. (Na ja, abgesehen vom Skifahren, aber ich würde in meinem ganzen Leben nicht mehr ski fahren.) Schon als Kind liebte ich Tiere, nicht sentimental wie die meisten anderen Menschen, sondern auf eine tiefere, aufrichtig mönchhafte Art, was damit zu tun hatte, dass ich von Menschen nicht viel hielt, wahrscheinlich, weil die, die ich kannte, sprich meine Eltern, sich ständig in den Haaren lagen. schon damals hasste ich Menschen, die Pinguine, Pandas oder Delfine süß finden, diese ganze charismatische Megafauna, und mochte hässliche oder seltsame Tiere lieber, die unglaublich lustige Sachen machen, um zu überleben, etwa die malaysische Ameise, die wie eine Bombe explodiert und ihre Feinde mit tödlichem Giftschleim bespritzt, oder den Blauschwanzskink, der telepathisch

seinen eigenen Schwanz abwerfen und auf dem Boden zappeln lasen kann, damit er wie ein leckerer Wurm aussieht. Oder die Mützenrobbe! ich hatte Bücher ohne Ende über diese seltsamen, erstaunlichen Tiere gelesen, ich kannte sie auswendig, wie andere Leute den Katechismus, und wenn ich heute darüber nachdenke, war es wohl so was wie eine Anbetung, wenn man unter »Anbetung« den Wunsch versteht, dem Geheimnis der Schöpfung so nah wie möglich zu kommen. Jedenfalls war ich für die Wildlife Conservation Society unterwegs und habe versucht, die Leute dazu zu bringen, eine Petition gegen den Handel mit Haifischflossen oder für den Schutz von Eisbären vor seismischen Tests in der Arktis zu unterschreiben, so was in der Art, aber zuerst musste man mit ihnen reden und ihnen erklären, warum die Petition wichtig war, und darin war ich nicht gut. Eigentlich war ich der Letzte, der im Namen des Eisbären (Mr. Charismatic Megafauna höchstpersönlich) wildfremde Leute ansprechen und um ihre Anschriften hätte bitten sollen. Ich schlief bloß zwei Stunden pro Nacht, weil ich nur noch Schnee sah. Ich legte mich ins Bett und sofort fing mein Herz an zu rasen, die Panik begann, aber selbst das war besser als schlafen, denn ich hatte immer denselben Traum. Ich war wieder oben auf dem Berg, doch unter meinen Füßen war klares, makelloses Eis, kein Schnee, und ich konnte Elias' Gesicht sehen, wie es zig Meter unter mir blau wurde. Ich hatte fünfzehn Minuten fünfzehn Minuten fünfzehn Minuten, ich würde ihn sterben sehen, während ich nach ihm grub. und außerdem konnte ich nicht sehr oft duschen, weil der Mitbewohner, den ich auf einem Flugblatt in einer Taqueria gefunden hatte, ein leicht epileptischer Typ war, der ständig Fantasy-Spiele am Computer zockte, nur auf den Fußballen lief und jeden Morgen eine halbe Stunde duschte, gerade wenn ich mich für die Arbeit fertigmachen musste.

Und so stand ich also mit meinem Klemmbrett da und sah aus wie ein Spinner. Die Leute wechselten auf die andere Straßenseite, um mir auszuweichen. Ich sah sie auf dem Bürgersteig auf mich zukommen und einen kleinen Schlenker machen, um so viel Abstand wie möglich zwischen uns zu bringen. Und da hatte ich meinen ersten Schub, die Art, von der ich dir erzählt habe. Das Licht wurde unerträglich, die Menschen fingen im Gehen an zu hüpfen und sahen unmöglich aus: schreckliche Kreaturen. Ich hatte dieses kribbelnde Gefühl im Gesicht, merkte, wie mich der Ekel überwältigte, nicht nur vor den Passanten auf dieser Straße, sondern vor allen Menschen auf allen Straßen der Welt, bla, bla, bla. Am liebsten hätte ich sie mit einer Riesendose Insektenspray besprüht oder besser noch, wie die malaysische Ameise mit giftigem Schleim bespritzt und wäre dabei selbst gestorben, denn auch ich war ein Mensch. Dieses seltsame, unmögliche Gefühl verschwand nach einer Weile, nicht aber der Ekel, und dann blieb ich für den Rest meiner Schicht reglos auf dem Bürgersteig stehen, ähnlich wie ein Beefeater oder so. aber dann passierte etwas Wunderbares: die Leute hörten auf, mir auszuweichen, und gingen an mir vorbei, als gäbe es mich gar nicht, und ich fing an mir zu wünschen, dass sie recht hatten. Danach kündigte ich meinen Job, ging nicht mehr aus dem Haus und surfte zum ersten Mal in meinem Leben im Internet, mit einer dieser Modemverbindungen, deren Benutzung sich so ähnlich anfühlte wie darauf zu warten, dass Wasser kocht. Ohne meinen Mitbewohner hätte ich nicht mal gewusst, was eine Website ist, und die Menschen widerten mich immer mehr an. Nicht nur wegen der Schlagzeilen in den Nachrichten. Wir zerstörten den Planeten, verbrannten fossile Brennstoffe, verseuchten natürlich die Böden, holzten aber auch die Wälder ab oder verschmutzten die Meere mit Plastik. Überbevölkerung, Zerstörung von Lebensraum, Abwasser-Verschmutzung, ein Problem nach dem anderen. so krass war die Zerstörung, dass es fast komisch war: Tagebau, um Katzenstreu herzustellen! Östrogen, das Seen infiltriert und männliche Fische dazu bringt, Eier zu produzieren, Singvögel, die von Prozac-Abfällen so zugedröhnt sind, dass sie aufhören zu fressen oder sich zu paaren, Fische, die tödliches Glitzerzeug in den Ozeanen fressen, weil sie es für Nahrung halten. Discokugeln in ihren Mägen! Aber es war nicht nur das, es war das Internet selbst, diese riesige, grenzenlose Shopping Mall, die man uns ins Haus beamt, damit wir noch mehr Mist kaufen, mehr mehr mehr, Mist Mist Mist, den wir natürlich nicht einfach wieder wegwerfen konnten. Das war der eigentliche Zweck des Internets: unsere Scheiße auf dem ganzen Planeten zu verteilen. Zumindest kam es mir so vor. und wenn es die Menschen nicht dazu brachte, mehr Mist zu kaufen, dann widmete es sich ihrer Fortpflanzung, und das hat mich ehrlich gesagt am meisten angewidert.

Das war das eigentliche Problem. Ich ertrug das Menschsein nicht mehr. Deshalb beschloss ich, ihm ein Ende zu setzen. Ich klaute die Phenobarbital-Tabletten, die mein Mitbewohner in seinem Nachttisch aufbewahrte, warf das ganze Fläschchen ein oder was von seinem Inhalt übrig war, und trank ein Bier dazu, um ganz sicher zu gehen. Dann wartete ich darauf, dass der Schnee mich lebendig unter sich begrub. Und so wäre es auch gekommen, hätte mein Vater mich nicht zufällig genau in dem Moment angerufen. Ich glaube, ich hatte seit Monaten nicht mehr mit ihm gesprochen, ihn nie zurückgerufen, aber er hatte anscheinend so was wie eine Vorahnung. Er rief mich an, und ich ging dran. Er hat sofort gemerkt, dass was nicht stimmte, ich lallte, vielleicht hab ich ihm sogar erzählt, dass ich Glitzerzeug gefressen hatte. Er rief den Notarzt an. Und das hat mich gerettet. Sie gaben mir Aktivkohle und pumpten mir den Magen aus, aber ich war wohl noch immer eine Gefahr für mich selbst, deshalb haben sie mich zwangseingewiesen.

Ich verbrachte eine Weile in der geschlossenen Psychiatrie und noch viel länger in der offenen. Alles, was ich dazu sagen kann, ist, dass ich meinen fairen Anteil an SSRIs ins Ökosystem gespült habe. und dann die Gelegenheitsjobs: Tische abräumen oder Trockenbauwände bekleben, wobei ich auf langen Metallstelzen herumtorkeln musste, und jetzt natürlich Koffer werfen im Flughafen, im Grunde genommen nichts anderes als ein Lagerfeuer aus Treibstoffen, das der Menschheit bei der Zerstörung des Planeten hilft, nur damit diese ganzen Leute noch ein oder zwei Gletscher sehen können, bevor sie endgültig verschwunden sind. Aber das ist eine andere Geschichte.

In zwei Tagen wirst du meinen besten College-Freund heiraten, und das Verrücke daran ist, dass ich mich darauf freue, auch wenn es einer der schlimmsten Tage in meinem ganzen Leben sein wird. Ich freue mich darauf, weil ich dann dein Gesicht wiedersehe. Ist das nicht verrückt? Dich zu sehen ist das Gegenteil von Abscheu, ich weiß, das klingt nicht gerade nach Lob, aber für mich ist es so was wie die Rückkehr in die Welt. Für einen Moment bin ich kein Haufen explodierender Gedanken mehr, sondern einfach nur glücklich, ein Mensch zu sein, ein Mensch, der einen anderen Menschen ansieht. Es ist wie früher, als ich zum Skilaufen fuhr und an nichts anderes dachte als die Sonne auf meinem Gesicht und die sanfte Hand, die mich hielt, während ich auf eine ganz besondere und seltene Art durch die Welt schwebte. Auf der Tastatur meines Computers könnte ich es vielleicht so darstellen: [!!!] > ∞. Dieses Gefühl hatte ich schon lange nicht mehr.

ich bin betrunken tut mir leid. Es ist 2:43 in der Nacht. Ich glaube, ich habe schon wieder den Verstand verloren. Ich kann weder schlafen noch essen noch fernsehen, denn ich habe nur einen Wunsch im Leben: so bald wie möglich dein Gesicht wiederzusehen. Mir ist nicht mal klar, ob ich traurig oder glücklich bin.

Ich weiß, ich habe gesagt, die Ehe wäre eine faschistische Institution. Das ist eine meiner festen Überzeugungen, wenn ich mich mit anderen Menschen da draußen in der Welt unterhalte, aber wenn ich alleine bin, kommen sie mir manchmal beliebig vor, als könnten sie genauso gut das Gegenteil sein. Die Wahrheit ist, dass du mir das Gefühl gibst, ich könnte tatsächlich etwas aus meinem Leben machen, vielleicht zu Ende studieren und eine Ausbildung als Wildbiologe machen, mich auf das Überleben anderer konzentrieren statt auf mein eigenes.
Warum ich Dir das alles erzähle? Keine Ahnung. Du wirst mich wahrscheinlich für verrückt halten (okay, diese Katze ist schon aus dem Sack). Vermutlich will ich damit sagen, dass ich wahrscheinlich ein pERSÖNLICHES Interesse daran hatte, dir an jenem Tag meine Meinung über die Ehe zu verraten.
Und dann hast du mich später angelächelt. Ich habe gesehen, wie du mich unten im Haus gesucht hast, obwohl ich so ein Arschloch gewesen war. Und dann hast du mich gesehen, und dein ganzes Gesicht hat sich verändert, als hättest du ziemlich lange gebraucht, um einen Berg zu besteigen, dann endlich die Aussicht bewundert und dich daran erinnert, warum du überhaupt dort warst, und das war im Grunde das letzte Mal, dass ich geschlafen habe. Habe ich mir diesen Ausdruck auf deinem Gesicht vielleicht nur eingebildet?
ich will Dir etwas beichten. ICH HABE CHARLIES ZAUN ABSICHTLICH UMGEFAHREN DAMIT ICH EINEN VORWAND HATTE WIEDERZUKOMMEN.
Charlie hat mir erzählt, dass er dich mitten in der Nacht auf dem Steg gefunden hat, wo du dir die Sterne angeguckt hast. Bist du jetzt vielleicht auch gerade wach? Könnte es sein, dass du dich ... ich weiß nicht, aus einem schieren Missverständnis für Paviane statt Leguane entschieden hast?

ACHT

Von: garrettmeek74@yahoo.com
An: ceciliabedelia15@hotmail.com
Betreff: BITTE LIES DIE E-MAIL NICHT DIE ICH GERADE GESCHICKT HABE!!!!
Datum: Donnerstag 15.07.2004
Zeit: 3:06

BITTE BITTE LIES DIE EMAIL DIE ICH DIR GERADE GESCHICKT HABE NICHT SONDERN LÖSCHE SIE SO SCHNELL WIE MÖGLICH **UNGELESEN!!!!** BITTE! ICH KANN NICHT SCHLAFEN UND ES IST NICHT WAHR UND BITTE VERTRAU MIR. LÖSCH SIE! VERSPRICHST DU MIR DAS?????

NEUN

Garrett versuchte, sich auf die Koffer zu konzentrieren, die auf dem Förderband auf ihn zukamen, und ihre Anhänger schon zu lesen, bevor sie ihn erreichten, aber es war, als wollte er die Gedanken eines anderen hören oder wäre in einem Traum gefangen, in dem er nichts zu fassen bekam. Er war so müde, dass er kaum noch geradeaus sehen konnte. Félix war keine Hilfe. Jedes Mal, wenn Garrett eine Tasche in die falsche Richtung schickte, meldete er sich zu Wort.

»Noch ein Boise«, sagte er gleichgültig aus der Tiefe des Laderaums. Wie immer sprach er es »Bwa-zé« aus. »Falsche Seite.«

»Es heißt ›*Boys*-ee‹«, fauchte Garrett verärgert, nachdem er wieder zu Atem gekommen war und sie auf die nächste Ladung warteten. Draußen waren es 34 Grad, und im Laderaum stank es nach Schweiß, Kerosin und verbrannten Marshmallows wegen der flirrenden Startbahn.

»Haha«, lachte Félix.

»Kein Witz! Es stimmt.«

»Interessanter Streitpunkt.«

Félix wandte sich ab und fing an, nach Reisetaschen aus Vegas zu suchen, die möglicherweise Münzrollen enthielten. Wenn er welche fand, klaute er sie und versteckte sie in seinen Socken. Zum dritten Mal an diesem Tag entschuldigte sich Garrett, um zu pinkeln. Als Burelli nicht hinsah, rannte er über das Rollfeld und betrat mithilfe seines Ausweises die Abflughalle. Wie üblich war es einfach, einen freien Computer zu finden. Garrett loggte sich ein und überprüfte seinen Yahoo!-Account.

Sein Herz raste, er war starr vor Angst und zitterte schon wieder, halb vor Schreck und halb hoffnungsvoll. Er sandte Stoßgebete zu einem Gott, an den er nicht glaubte. Während er darauf wartete, dass seine Mails geladen wurden, starrte er auf die kleine Sanduhr auf dem Bildschirm. Sie schien über sein Schicksal zu entscheiden: Rettung oder Untergang.

Nichts. Nur Werbung für MEDIKAMENTE: SCHNELLER UND GÜNSTIGER.

Garrett loggte sich aus. Sein Gesicht brannte vor Scham. Er hatte Cece die Mail zu einer gottlosen Zeit geschickt, dann eine zweite gleich hinterher. Jetzt schämte er sich für beide und fühlte sich klein und erniedrigt. Was hatte er sich dabei gedacht? Anfangs hatte er tatsächlich einen Funken Hoffnung gehabt: Die Vorstellung, sie würde seine erste Mail lesen, nicht widerstehen können und ihm mit einem erstaunlichen Geständnis antworten. Diese Illusion hielt bis zum Morgen an, zusammen mit dem Hoffnungsschimmer, dass sie ihre Mails vielleicht noch nicht gelesen hatte. Doch je länger der Tag wurde, nachdem er ein paar Löffel Müsli hinuntergewürgt, sich für die Arbeit angezogen und sein Bestes gegeben hatte, um sich auf Gepäck und Förderband zu konzentrieren, damit er nicht von einem Seesack überrollt oder von Burelli angebrüllt wurde, desto klarer wurde ihm, dass sie die Mail gelesen haben musste und so fassungslos war, dass sie nicht darauf antworten konnte. Es war einfach lächerlich, irgendetwas anderes anzunehmen. Für wen hielt er sich denn? Als er sich den Ausdruck von Abscheu und Erstaunen in Ceces Gesicht vorstellte, nachdem sie seine banale, kindische, melodramatische Beichte gelesen hatte – »so bald wie möglich dein Gesicht wiederzusehen« –, musste er sich schwer zusammenreißen, um sich nicht absichtlich vom Triebwerk des Flugzeugs aufsaugen zu lassen.

Paviane. Was war er, ein Schwachkopf?

Wahrscheinlich hatte sie es Charlie erzählt. Vielleicht hatte er die Mails sogar zuerst gefunden – sie schienen sich den Account zu teilen. Wahrscheinlich lachten sie sich gerade krumm. Sie wollten nicht lachen *(O Gott, wir sollten nicht lachen!)*, aber sie konnten nicht anders. Nein, schlimmer noch, er tat ihnen leid. Armer Garrett Meek, ein verknallter Gepäckabfertiger.

Er hatte sich noch nie aus Scham erbrochen, aber jetzt stieg etwas Bitteres in seiner Kehle auf.

Der Asphalt schien in der Hitze zu wabern. Ein weiterer Gepäckwagen war angekommen, und Burelli war bereits dabei, die Koffer auf das Band zu werfen, einen auf den anderen, um seine übliche Verachtung für das Menschenmögliche auszudrücken.

»Wo zum Teufel hast du gesteckt?«, fragte er. Sein schlimmes Ohr, das sonst um diese Zeit in voller Blüte stand, war immer noch zugeschwollen.

»Auf dem Klo«, sagte Garrett und atmete bewusst langsam.

»Mein Gott. Was bist du – ein alter Mann?«

»Ich glaube, ich hab was Schlechtes zu Mittag gegessen.«

»Ist mir egal, ob dir jemand in deine Post-Toasties geschissen hat. Keine Pause vor dem Pushback – Anweisung von Mr. P. Beweg deinen Arsch da hoch, bevor die Koffer es tun!«

»Zu spät«, sagte Garrett nüchtern. Die Koffer hatten das obere Ende des Bandes bereits erreicht und stauten sich vor dem Laderaum; dann stürzen die ersten vom Band und knallten auf die Rollbahn. Einer sprang auf und explodierte in einer Wolke von Kleidungsstücken; ein paar T-Shirts wurden von einer Windböe erfasst und unter das Flugzeug geweht. Burelli schaltete das Förderband ab.

»Legst du es etwa drauf an, gefeuert zu werden?«, sagte er wütend.

Garrett dachte darüber nach, äußerte sich aber nicht, was Burelli noch mehr auf die Palme brachte. Zeigte sich da etwa ein Anflug von Neid auf seinem Gesicht?

»Geh und sammel das ein«, sagte er leise, »oder ich sorge dafür, dass deine nächste Pisspause die letzte sein wird.«

~~~

Nach seiner Schicht raste Garrett den Highway entlang, ohne zu wissen, wohin. Einer der Scheibenwischer war abgebrochen, als er die Windschutzscheibe mit Flüssigkeit bespritzte, und stand jetzt auf zwei Uhr, halbiert vom gespenstischen Regenbogen eines verschmierten Insekts. Garrett nahm es kaum wahr. Er hatte nach der Schicht noch einmal am Maverick-Schalter vorbeigeschaut und auf dem Weg nach draußen seine Mails gecheckt.

Immer noch nichts. Null Komma nichts. Genau das, was er verdient hatte.

Durch den sauberen Teil der Windschutzscheibe beobachtete er einen Bussard am Himmel. Als er merkte, dass er über die gelbe Linie gefahren war, wechselte er zurück in seine Spur. Er hatte seinen Verstand verloren, seinen Stolz und wahrscheinlich auch seinen besten Freund. Wenigstens würde er sie jetzt nicht mehr trauen müssen.

Aber es gab natürlich auch eine andere Möglichkeit – nämlich die, dass sie die Mail gelesen hatte und insgeheim so verliebt in Garrett war, dass sie nicht wusste, was sie machen sollte. Vielleicht hatte sie ihm so kurz vor der Hochzeit ja sogar geantwortet, die Mail dann aber aus lauter Angst nicht abgeschickt.

Diese Vorstellung, egal wie weit hergeholt sie auch schien, wollte ihm nicht aus dem Kopf gehen. Sie war unwahrscheinlich – wenn auch viel weniger unwahrscheinlich als beispielsweise die Existenz von Engeln, an die angeblich 77 Prozent aller Amerikaner glaubten. Das hatte Garrett irgendwo gelesen. Und wenn Engel existierten, dann war es auch möglich, dass Cece sich in ihn verliebt hatte.
~~~

Sein Wagen verließ wie von selbst den Highway und bog zum Haus seines Vaters ab, was normalerweise immer dann passierte, wenn Garrett nicht wusste, wohin er unterwegs war. Dasselbe galt auch für seine Gedanken. Beim Abwasch oder wenn er auf die Eisenbahnwaggons vor seinem Fenster starrte, bog er in Gedanken gelegentlich ab und stand plötzlich auf der Veranda seines Vaters. Es war die heimliche Endstation seiner Träume.

»Für wen hältst du dich eigentlich?«, begrüßte ihn sein Vater an der Tür.

»Sehr witzig.«

»Ich hab dir fünf Sprachnachrichten hinterlassen.«

»Tut mir leid, Dad. Ich hatte jede Menge zu tun.«

Sein Vater schnaubte verächtlich. »*Was denn?* Mützen kaufen?«

»Lauter wichtige Dinge.«

»Was ist wichtiger, als deinen kranken Vater zu besuchen?«

»Na ja, ich musste diese Rede schreiben«, sagte Garrett. »Für die Hochzeit.«

Sein Vater starrte ihn an.

»Und ... ich war oben im Glacier-Nationalpark. Wandern.«

»Allein?«

»Nein.«

»Aha! Als ich deine neue Mütze sah, war mir klar, dass etwas nicht stimmte ... Und wer ist die Glückliche?«

Garrett gab keine Antwort.

»Muss ja ganz schön ernst sein, wenn du nicht mal meine Anrufe beantwortest.«

Garrett nickte und ließ ihn an diesem Missverständnis festhalten. Es war eine bequeme Ausrede dafür, dass er ihn in den letzten Wochen vernachlässigt hatte. Sie holten sich ein paar Budweiser aus dem Kühlschrank und setzten sich auf die Veranda. Es war ein schöner Tag, wolkenlos und heiß, der Geruch von Feuer hing nur als Warnung in der Luft. Sein Vater wich seinem Blick aus. Garrett war von seinen Vorwürfen gerührt, aber auch genervt. Wenn sein Vater über Vernachlässigung reden wollte, dann sollten sie ein wenig ausholen und mit Garretts Kindheit beginnen. Eine historische Perspektive einnehmen.

Schließlich sah sein Vater ihn an. »Ich weiß nicht, wer deine neue *Bekanntschaft* ist, aber du siehst aus, als hättest du zwei Tage nicht geschlafen.«

»Eher anderthalb Wochen.«

Sein Vater wandte sich dem Garten zu, als wollte er nicht, dass Garrett sein Gesicht sah. Mein Gott, war er etwa eifersüchtig? Er wirkte zerbrechlicher als je zuvor, vielleicht, weil er Shorts trug. Seine Beine waren so dünn und zart wie die eines kleinen Mädchens. Gehörten sie wirklich seinem Dad? Waren es dieselben wie die, mit denen er Garrett sicher wie ein Schraubstock gehalten hatte, als er ihm das Skifahren beibrachte? Das war eine seiner frühesten Erinnerungen: wie er zwischen die Oberschenkel seines Vaters geklemmt den Anfängerhang hinunterflog, es wundersamerweise in weiten Bögen nach unten schaffte und so breit grinste, dass seine Zähne zu Eiszapfen wurden. Sein Vater hatte ihn so fest an den Armen gepackt, dass es wehtat, aber das hatte Garrett nichts ausgemacht, so außergewöhnlich war es gewesen, gehalten zu werden. Es waren tatsächlich die einzigen Male gewesen, an denen sein Vater ihn berührt hatte. Einmal war er aus Versehen mit den Fäustlingen seines Sohnes in den Achselhöhlen losgezischt. Was war das für eine Freude und auch Schrecken gewesen! Später, mit acht oder neun, bestand der Nervenkitzel darin, auf einer Buckelpiste an seinem Vater vorbeizurasen, die perfekte Linie zu finden, um über jeden Hubbel zu fliegen wie ein Stein, der über das Wasser springt, und vor den Touristen im Sessellift zu prahlen, die johlten und ihm zujubelten und ihm das Gefühl gaben, der beste Skifahrer zu sein, den sie je gesehen hatten. Dann die Pulverschneetage, an denen sein Vater ihn in aller Frühe aus dem Bett holte, damit sie als Erste in der Schlange zu den Hängen standen. Sie waren am Kamm entlanggestapft, bis Garretts Skibrille beschlug, die lange Unterwäsche durchgeschwitzt war und ein unvergleichlich erregendes Gefühl sie dazu verleitete, sich wie Adam und Eva in den jungfräulichen Schnee zu stürzen. Dieses reine, faszinierende Glücksgefühl, wenn sie auf ihre Spuren zurückblickten. Keiner von ihnen hatte eine Pause machen und es möglicherweise riskieren wollen, eine frische, unberührte Abfahrt zu verlieren, deshalb hatte sein Vater seine Taschen mit Almond-Joy-Riegeln vollgestopft, die sie sich im Lift teilten. »Joy?«, fragte er, und beide lachten. Der Schnee fiel in dicken Flocken, wunderschön. Wie hatte Garrett all das vergessen können? Er hatte es einfach aus seinem Gedächtnis verdrängt. Später hatte er sich dem Backcountry-Ski zugewandt und seinen Vater gegen die Kumpel aus der Highschool eingetauscht – frühe Pioniere, die eine Telemark-Ausrüstung, aber nicht mal ein LVS-Gerät hatten. Er hatte angefangen, die Resorts, zu denen sein Vater ihn als Kind mitgenommen hatte, ebenso zu verachten wie den kommerziellen Raub von Land und Geld durch entsprechende Konzerne. Damals war ihm die Frage, ob sein Vater das Skilaufen mit ihm vermissen könnte, gar nicht in den Sinn gekommen.

Jetzt bückte sich Garretts Dad, um seinen Schuh zuzuschnüren, einen brandneuen Laufschuh, den er ohne Socken trug, und als er sich wieder aufrichtete, rang er nach Luft. Garrett machte sich auf einen Hustenanfall gefasst und beobachtete ihn beunruhigt. Aus irgendeinem Grund machten ihn die neuen Schuhe traurig.

»Ich bin deinem Freund Charlie begegnet«, sagte sein Vater nach einer Weile.

»Ach ja?«

»Im Supermarkt. Stell dir vor, er hat mich sogar wiedererkannt.« Er streckte erst ein Bein aus, dann das andere. »Hat er eigentlich schon immer so gut ausgesehen?«

Garrett runzelte die Stirn. »Wie genau meinst du das?«

Sein Vater musterte ihn neugierig. »Seine Braut war bei ihm.«

»So so.«

»Du hattest recht, sie sieht irgendwie komisch aus.«

»Das hab ich nie gesagt.«

»Als wäre ihr Gesicht aus ganz vielen anderen Gesichtern zusammengesetzt worden. Wie in einem dieser Flipbooks, wo man die Teile verschiedener Tiere mischen kann.«

Garrett merkte, wie er errötete. »Im Supermarkt sieht jeder komisch aus.«

Barnabas humpelte auf drei Beinen über den Rasen und versuchte, sich an eine Meise heranzuschleichen, doch die schien zu wissen, dass sie nicht wirklich in Gefahr war, und pickte weiter nach Samen im Gras. Garrett spürte, dass sein Vater ihn beobachtete, und versuchte, sich nichts anmerken zu lassen. Als er schließlich seinen Blick erwiderte, hatte sich das Gesicht seines Vaters komplett verändert. Ein Anflug von Lächeln erhellte es, als hätte er im Kopf eins und eins zusammengezählt. Cece war die Frau – die »Bekannte«, die ihn so vereinnahmte. Garrett und Cece hatten eine Affäre! Diese triumphale Gewissheit stand ihm sozusagen ins Gesicht geschrieben. Tatsächlich wirkte er auf seltsame Weise beeindruckt. Garrett war keineswegs immun gegen den Stolz seines Vaters, egal wie unangebracht er war. Um ihn von dieser fixen Idee abzubringen, hätte er auf die Details seiner Verliebtheit eingehen müssen, doch dazu hatte er nun wirklich keine Lust.

»Wahrscheinlich willst du das gar nicht hören«, sagte sein Vater.

»Du hast recht. Das ›wahrscheinlich‹ kannst du dir schenken.«

»Bevor ich deine Mutter kennengelernt habe«, sagte sein Vater, ohne auf ihn zu achten, »gab es einen Jungen, den ich von der Highschool kannte. Bobby Malpas. Eigentlich war er sogar meine erste große Liebe. Wir haben uns manchmal hinter dem Schuppen des Hausmeisters getroffen und, na, du weißt schon, miteinander rumgemacht. Das Problem war, dass er mit Kristen Segal liiert war, einer Cheerleaderin. Ja, einer echten Cheerleaderin! Damals gab es die noch, mit Pompoms und allem Drum und Dran. Sie waren wie eine ganz eigene Gattung. Kristen Segal und Bobby Malpas waren Mitglieder des Homecoming Courts gewesen, stell dir das vor. Ein schwuler Homecoming-Prinz! Ich musste ihm bei meinem Leben schwören, es niemandem zu erzählen. Ich war dermaßen in ihn verknallt, dass ich sogar Rektor Weaver umgebracht hätte, wenn Bobby mich dazu aufgefordert hätte. Dann hat uns Kristen auf einem Tanzabend hinter dem Auditorium beim Fummeln erwischt und damit gedroht, mich wegen *sexueller Perversion* bei der Polizei anzuzeigen. Deswegen habe ich nie wieder mit ihm gesprochen. Nachdem sie ein paar Monate später Schluss gemacht hatten, schrieb Bobby mir einen Brief, aber ich habe ihn nie beantwortet. Ich hatte zu viel Angst vor dem, was passieren könnte.«

»Warum erzählst du mir das?«

»Weiß ich auch nicht. Manchmal frage ich mich, was wohl gewesen wäre, wenn ... Oder was aus Bobby Malpas geworden ist.«

Garrett versuchte, nicht zu sehr über dieses Was-gewesen-wäre-wenn nachzudenken, vielleicht, weil es seine eigene Geburt ausgeschlossen hätte. »Das ist romantische Schwärmerei, sonst nichts. Es bedeutet nur was, weil du seinen Brief nicht beantwortet hast. Wenn du bei ihm gelandet wärst oder wenn ihr zusammen nach San Francisco gezogen wärt, eitel Sonnenschein und so, dann hättest du jetzt wahrscheinlich längst die Nase voll von ihm. Du würdest ihn abgrundtief hassen.«

Sein Vater seufzte. Er schien das Interesse an dem Thema zu verlieren, oder vielleicht auch an Garrett selbst, als hätte sein Sohn ihn irgendwie enttäuscht. »Du hast mir nie verziehen, was deine Mutter angeht, oder? Aber anders als ich hat sie die Liebe ihres Lebens gefunden.«

»*Kirby?* Mein Gott, Dad! Er ist ein verdammter *Parodontologe.*«

»Darum geht es doch gar nicht, oder? Es ist völlig egal, ob du ihn magst oder nicht.«

Er fing an, gedämpft in seine Armbeuge zu husten. Der Husten flackerte auf und erstarb wieder, mehrere Male, bevor er zu einem Großangriff ansetzte.

»Ich hol dir ein Glas Wasser«, sagte Garrett und stand auf.

»Nein!«, keuchte sein Vater. »Das kann ich noch selbst.«

Er fluchte, als empörte ihn seine eigene Schwäche, dann trat er ins Haus und ließ Garrett mit Barnabas allein. Der Kater gähnte im Sonnenlicht. Er beäugte Garrett vom Rasen aus, als wüsste er, dass er beobachtet wurde, dann sprang er auf den Zaun und lief darüber, so gut es ging, als hätte er dieses Mal wirklich vor, es zu schaffen. Ein Glück, dass Garretts Vater nicht in der Nähe war, um auf ihn zu wetten. Denn diese Wetten waren nur ein Vorwand, um Garrett etwas Geld zuzustecken. Beide wussten das, und Garrett hatte das ganze Affentheater satt.

Barnabas balancierte über den Zaun und schaffte es an dem Sicherheitsnetz aus Hortensien vorbei, in das er sonst immer fiel. Garrett betrachtete seine Fortschritte, besorgt, dass der Kater in die Rosensträucher stürzen und von den Dornen aufgespießt werden könnte. Er schwankte leicht, hielt aber das Gleichgewicht. Unglaublich, er kam an den Rosen vorbei! Er passierte das wilde Erdbeerbeet, dann das Spalier mit den wuchernden Weinranken. Garrett erhob sich von seinem Stuhl. Das Herz schlug ihm bis zum Hals. Barnabas wankte die letzten paar Meter gleichmütig dahin und erreichte schließlich das Ende des Zauns. Garrett jubelte von der Veranda. Der Kater schien genauso überrascht wie er und setzte sich auf den Eckpfosten, als überlegte er, was er als Nächstes in Angriff nehmen würde.

Garrett drehte sich mit seinem Budweiser in der Hand um und sah den leeren Stuhl. Er hatte vergessen, dass sein Vater ins Haus gegangen war, und rief nach ihm. Stille. Er war sauer auf ihn, weil er Barnabas' Triumph verpasst hatte, und ging ins Haus. Irgendwie typisch für Dad: Wenn es darauf ankam, war er nicht da.

Garrett lief durch das Chaos im Wohnzimmer, während sich seine Augen langsam an die Dunkelheit im Haus gewöhnten. Es roch nach Katzenscheiße; vermutlich war das Katzenklo seit einer Woche nicht mehr geleert worden. Er trat in die Küche und wäre fast über seinen Vater gestolpert, der auf dem Boden lag.

ZEHN

Nach dem Picknick am Vorabend der Hochzeit lag Cece im Bett und hörte einem halbwegs betrunkenen Charlie beim Schnarchen zu. Er war schon vor einer Weile eingeschlafen, nachdem er beim Picknick ein bisschen zu viel gepichelt und sich am Abend davor, an seinem Junggesellenabschied, *so richtig* betrunken hatte. In L. A. trank er so gut wie gar nicht, da war er viel zu sehr damit beschäftigt, Leben zu retten, deshalb gönnte sie ihm das bisschen Spaß. Hauptsache, er würde morgen früh nicht verkatert zur Hochzeit erscheinen. »Mein geliebter Ehemann«, flüsterte sie ihm testweise ins Ohr, doch wie immer schlief er den Schlaf der Gerechten und ließ sie allein mit ihren Problemen. Der Mann hatte noch nie im Leben eine schlaflose Nacht erlebt. Nicht mal an seine Träume erinnerte er sich. Cece raste durch brennende Häuser, sah ihren eigenen Namen auf Grabsteinen und vögelte mit Highschool-Freunden, deren Gesichter sich in Dämonen verwandelten – Charlie dagegen lag völlig ruhig da, reglos wie ein Toter.

An der Wand hing ein vom Mond gestaltetes Fenster. Cece starrte auf die leeren Scheiben des Storyboards. Sie knüllte die Bettdecke zusammen, auf der Suche nach dem Heiligen Gral der Positionen, der sie endlich schläfrig machen würde. Ein schwacher Pupsgeruch breitete sich aus. Cece störte es nicht. Es kam aus Charlies Inneren, warum sollte sie es nicht riechen? Auch das war Teil ihrer Ehe.

»Mein geliebter Ehemann«, sagte sie zu dem Geruch, obwohl sie ihn noch gar nicht richtig kannte. Charlie rührte sich immer noch nicht. Tatsächlich hatte er zum Glück keine Ahnung von Cece, der Schlaflosen, obwohl sie einen großen Teil ihres Lebens so verbrachte. Sie lag verloren im Dunkeln, während ihr Gehirn wie ein Drachen im Wind hin und her tanzte.

Cece spürte ein leichtes Kribbeln im Hals, ein feuchtes Zittern, als müsste sie jeden Moment losheulen. Was hatte sie nur? Sie hatte gehofft, dass die Hochzeit ihr einige grundlegende Fragen über, nun ja, die *Ehe* beantworten würde. Genauer gesagt: Was zum Teufel war das? Eine romantische Komödie, in der es einen Richtigen und einen Falschen gab? In der Liebe und Glück dasselbe waren? Oder ein russischer Roman, in dem man den Mann seiner Träume heiratete und alles bekam, was man sich vom Leben erhoffte – wahre Liebe, Reichtum, eine wundervolle Familie –, nur um dann, wie Lewin, festzustellen, dass man sämtliche Stricke im Haus verstecken musste, um sich nicht zu erhängen? In dem es keine richtige oder falsche Entscheidung gab, nur verschiedene Arten von Traurigkeit?

Wenigstens war keiner von ihnen krank. Sie hatten es aufgegeben, die Norovirus-Patienten unter Quarantäne zu stellen: Bradley hatte es jetzt auch erwischt, ebenso wie Jake und Mrs. Margolis. Zum Glück war Mr. Margolis auf dem Weg der Besserung und hatte es sogar geschafft, Cece und Charlie beim Picknick aufs Korn zu nehmen. Dazu hatte er sich einer visuellen Hilfe bedient, »um die Dynamik zwischen dem glücklichen Paar zu demonstrieren«, und vor den Augen der anwesenden Gäste einen Luftballon aufgeblasen. »Das ist Charlie«, hatte er gesagt, dann eine Nähnadel aus der Tasche gezogen – »Cece« – und den Ballon zum Platzen gebracht. Natürlich hatten alle gelacht, darunter auch Ceces Vater und ihre Stiefmutter, die Charlie gar nicht gut genug kannten, um den Witz zu verstehen. Auch Cece lachte, obwohl ihr in Wahrheit kotzübel war. Charlies Ding war es, sich wie ein Luftballon aufzublasen, und Ceces Ding, ihn zurechtzustutzen? Wer hatte sie für *diesen* Job angeheuert? So hatte sich Cece ihre Beziehung nicht vorgestellt, doch jetzt bekam sie sie vorgeführt, scherzhaft, mit Hilfe von Requisiten. Sie sah ihre Großmutter an, die allein auf einem Campingstuhl saß – ihre heldenhafte, erschöpft wirkende Grammy, die es nach einem verspäteten Nachtflug doch noch hierher geschafft hatte –, und hätte sich am liebsten auf ihren Schoß verkrochen.

Als Charlie spürte – nein, sogar noch *bevor* er spürte, dass Cece mit dieser Charakterisierung nicht ganz einverstanden war, stellte er die Sache klar. Auf seine typisch höfliche und charmante Art erklärte er den Gästen, das sei so nicht wahr. In Wirklichkeit werde Cece bald der Luftballon sein und er, Charlie, die Nadel – auch wenn er möglicherweise ein Skalpell von der Arbeit mitnehmen müsste, wenn man bedachte, wie berühmt sie sein würde. Irgendwie sagte er das alles ohne die geringste Herablassung. Alle lachten, applaudierten und setzten sich an die Picknicktische, auf denen Hamburger, Hot Dogs und Kartoffelchips warteten. Hinter ihnen rauschte leise der Salish-Damm und schickte einen leichten Sprühnebel in die Luft, der für einen Regenbogen sorgte. Cece war so glücklich und stolz, dass es ihr nichts ausmachte, wenn Charlie übertrieb, obwohl sie noch immer nicht wusste, was sie mit ihrem Leben anfangen sollte. Was spielte es schon für eine Rolle, wenn es sowieso niemand glaubte? Alle bewunderten Charlie, sie auch. Eine Sekunde lang war sie zu glücklich, um zu atmen. Sie konnte kaum glauben, dass er bereit gewesen war, sie zu heiraten. All die Bedenken, die sie an ihrem Mädelsabend gehabt hatte, als sie Angst hatte, aus dem falschen Grund zu heiraten, etwa um einen WICHTIGEN MOMENT für das Museum des Lebens festzuhalten oder, noch schlimmer, eine Leere zu füllen, die sie fälschlicherweise mit Liebe verwechselt hatte, kamen ihr nun albern und kindisch vor, als hätte sie sich zu viele Square-Dance-Videos im Internet angesehen.

Insgeheim war sie froh, dass Garrett weder zu dem Picknick

noch zur Hochzeitsprobe um halb zwei am Steg der Margolises gekommen war. Sein Vater lag im Krankenhaus, er hatte einen Schlaganfall oder eine Gehirnblutung gehabt, irgendwas, das mit seiner Lungenkrankheit zu tun hatte. Charlie hatte es ihr erzählt und versichert, dass er ganz bestimmt zur Hochzeit erscheinen würde. Er habe seine Rede bereits geschrieben; notfalls könnte ihn jemand durch die Logistik des großen Tages schleusen. Cece hatte nur genickt; sie machte sich Sorgen um Garrett, war aber auch erleichtert, als hätte ein Flugzeug, in dem sie lange gewartet hatte, endlich abgehoben. Außerdem war die Probe ein ziemlicher Reinfall gewesen, da nur die Hälfte der Trauzeugen des Bräutigams gesund genug gewesen war, um daran teilzunehmen. Charlie, der die Scheinzeremonie durchlaufen und so getan hatte, als wären seine Brüder und sein bester Freund anwesend, wirkte zum ersten Mal ein wenig deprimiert. Mit »zum ersten Mal« meinte Cece zum ersten Mal *in seinem ganzen Leben.*

»Es tut mir so leid wegen Garrett«, sagte Charlie. »Ich hätte ihn nie bitten sollen, uns zu trauen.«

Cece lächelte. »Ist doch nicht so wichtig.«

Charlie sah sie verwundert an. »Du machst dir keine Sorgen, dass sich der Mann, der uns trauen soll, unerlaubt von der Truppe entfernt?«

Sie schüttelte den Kopf. Wieso war sie so erleichtert? Sie hatte keine Lust, darüber nachzudenken. »Im Notfall kann uns dein Dad trauen. Mir ist es inzwischen egal, was passiert.«

Er warf ihr einen misstrauischen Blick zu.

»Vielleicht weil ich nicht mehr online war«, erklärte sie. »Ich hab mich komplett abgekoppelt. Nicht mal die Mails gecheckt.«

»Echt?«

»Es hat mich nur noch genervt. All die Hochzeitslisten.« Sie küsste ihn hingebungsvoll auf die Stirn. »Im Moment will ich gar nicht wissen, was wir noch alles falsch gemacht haben.«

Aber warum konnte sie dann jetzt nicht einschlafen? Cece streifte die Decke ganz ab, baute daraus eine Art Trennwand zwischen Charlie und sich und starrte nackt und reglos an die Decke, wie ein Garten, der auf Regen wartet. Charlie, der das Nichts seines Schlafes durchstreifte, hörte kurz auf zu schnarchen und seufzte vor Glück. *Schlaflos neben einem glücklichen Schläfer zu liegen ist wie in einer Bar an einem Treffen der Anonymen Alkoholiker teilzunehmen,* dachte Cece. Solche Lebensweisheiten kamen ihr ungebeten in den Sinn. Es sah nach einer langen Nacht aus. Ihr Laptop lag auf dem Kleiderschrank, wo sie ihn absichtlich außer Reichweite gestellt hatte; von ihrem Bett aus konnte sie gerade noch eine Ecke sehen, ein silbernes Dreieck, das in der Dunkelheit schimmerte. Sie überlegte, ob sie der Versuchung nachgeben, mit dem Ding ins Wohnzimmer gehen und sich kurz bei MySpace einloggen sollte, aber sie wusste, dass sie es bereuen würde. Außerdem waren alle ihre Freunde und ihre Familie *hier.* Wegen der Hochzeit. Sie würde ihre Mails morgen früh checken, nur um sicherzugehen, dass es keine Notfälle gab.

Wenn sie wenigstens was zu rauchen hätte! Sie dachte daran, aufzustehen und das Haus abzusuchen, vielleicht hatten Charlies Freunde nicht schon alles weggequalmt. Aber es war nicht mehr ihr Haus. Sie und das Haus hatten Schluss gemacht. Besser gesagt, das Haus hatte sie wegen der Margolises verlassen. Heute Morgen hatte Mr. Margolis sie freundlich darauf aufmerksam gemacht, dass sie die Verandatür offen gelassen hatte, und die Veranda, deren Tür im Wind ächzte, schien ihm recht zu geben. Sie war hinausgegangen, hatte sie geschlossen und sich seltsam beraubt gefühlt. Es machte keinen Sinn. Sie würde morgen in diesem Haus heiraten! Sie und das Haus würden eine Menge Zeit haben, ein ganzes Leben, um sich wieder miteinander anzufreunden.

Sie war glücklich und sicher. Sie war glücklich und sicher.

ELF

Garrett lauschte dem Atem seines Vaters, dessen gleichmäßiger Rhythmus gelegentlich von einem beunruhigenden Aussetzer unterbrochen wurde. Sauerstoffschläuche schlängelten sich in seine Nasenlöcher, liefen um seine Ohren und zogen sich unter seinem Kinn zusammen. Er wirkte irgendwie lächerlich, wie eine Katze, der man eine Haube übergestülpt hat. Außerdem rutschte ihm das Krankenhaushemd ständig an den Beinen hoch. Garrett, der den Hodensack seines Vaters bis gestern noch nie gesehen hatte, war inzwischen mit ihm vertraut geworden, ein dunkles, von Adern durchzogenes Ding, das eine andere Farbe zu haben schien als der Rest seines Körpers. Garrett akzeptierte den Anblick mehr oder weniger gelassen und schrieb ihn dem Verfall seines Vaters zu. Es war die letzte seiner vielen Stationen auf dem Weg vom Gott zum Sterblichen.

Zum Glück war es kein allzu schwerer Schlaganfall gewesen. Aber Garrett hatte um das Risiko gewusst. Die Lungen von IPF-Patienten vernarben und versagen allmählich, was wiederum das Herz belastet und in manchen Fällen zu Blutgerinnseln führt. Zumindest hatte Dr. Shrayber es ihm so erklärt. Garrett war ins Krankenhaus gerast, ohne die roten Ampeln zu beachten, während sein Vater auf dem Beifahrersitz saß und sich übergab. So machte man das bei Schlaganfall-Opfern: Man fuhr wie ein Wahnsinniger. Man teleportierte sie praktisch in die Notaufnahme. Eine übernatürliche Konzentration hatte Garrett gepackt und ihn unbeirrbar durch die Straßen gelenkt. Er hatte sogar daran gedacht, vorab im Krankenhaus anzurufen. Ein Team der Notaufnahme empfing sie schon am Bordstein wie eine Boxenmannschaft.

Er hatte die Nacht im Krankenhaus verbracht und sich Sorgen gemacht, dass dies das Ende sein könnte. Doch langsam schien es seinem Vater, der zwischen Wachen und Schlafen pendelte, besser zu gehen. Er hatte aufgehört, sich zu übergeben; er wusste, welches Jahr es war; er konnte die Augen schließen und mit dem Zeigefinger beider Hände seine Nasenspitze berühren. Wenn man ihn dazu aufforderte, konnte er die Handflächen symmetrisch anheben, als wollte er eine Pizza abliefern. Bisher hatte er noch nicht versucht zu sprechen, aber sein Gehirn schien zu arbeiten und die Erinnerungen zu einem Ich anzuordnen.

Aber trotzdem war es der Anfang vom Ende.

Der Patient im Zimmer nebenan begann wieder zu stöhnen. Es klang verzweifelt, halb Winseln, halb Heulen, als forderte er den Rest seines Gehirns auf, nach Hause zu kommen. Das ging schon seit Stunden so, seit er aus der Neurochirurgie zurückgekehrt war. Es war das einzige Geräusch, das der arme Kerl machen konnte. Als Garrett vorhin an seinem Zimmer vorbeigekommen war, hatte er einen alten Mann gesehen, der zitterte wie ein Kind. Er trug etwas, das aussah wie die Kopfbedeckung eines Blaskapellenmitglieds, einen riesigen Verband, der von einem Stoffstreifen unter dem Kinn zusammengehalten wurde. Aus einem Zimmer am Ende des Flurs rief ein Pfleger aus vollem Hals: »Rosa, kannst du mich hören?« Das rief er wieder und wieder, doch Rosa antwortete nicht. Ein typischer Tag auf der neurologischen Intensivstation, wie es aussah.

Garrett war als Einziger hier fehl am Platz. Er betrachtete das Gesicht seines schlafenden Vaters, ein schwaches Abbild des Todes, und sein Herz setzte aus.

Irgendwann erwachte sein Dad. Als er Garrett sah, hellte

sich sein Gesicht auf. Er lächelte, beinahe kokett, eine Folge des Hydromorphins.

»Wie geht's?«, fragte Garrett.

»Wie einem blinden Skifahrer.«

Garrett lachte. Das sagten sie einem in den Arztserien nicht – dass die Patienten alle high wie sonst was waren. »Was meinst du damit?«

»Hast du sie nie gesehen, in *Big Sky*? Sie tragen diese orangen Westen mit der Aufschrift ›BLIND‹. Der Pistenführer fährt vorneweg und brüllt Anweisungen in seine PA-Anlage. ›Achtung, Linkskurve!‹, ›Jetzt rechts abbiegen!‹ Die Leute haben keine Ahnung, wohin es geht – sie rasen einfach runter, im Dunkeln.«

Garrett runzelte die Stirn. Plötzlich wurde ihm klar, dass er nicht wusste, ob sein Vater an eine höhere Macht glaubte. Er war immer davon ausgegangen, dass er Atheist war, obwohl er nie mit ihm über Religion gesprochen hatte; soweit Garrett wusste, war er Zoroastrier. Er stand auf. Draußen vor dem Fenster, zehn Stockwerke unter ihnen, spielte ein Mann in OP-Kleidung ganz allein auf dem Rasen der gegenüberliegenden Straßenseite Hacky Sack. Sein Pferdeschwanz schwang hin und her, während er von einem Fuß auf den anderen hüpfte. War das etwa ein *Arzt*? Ein *Neurochirurg*?

»Weißt du noch, wie wir mal Ski fahren waren und du dir eine Sonnencreme von jemand geliehen hast, und dann hast du sie später im Lift versehentlich fallen gelassen?«

Garretts Vater lächelte immer noch und sah ihn starr an.

»Der Typ war stinksauer! Ein Deutscher, glaube ich, er sprach so gut wie kein Englisch.«

»Das muss wohl deine Mutter gewesen sein«, sagte sein Vater.

»Nein, das warst du!«, sagte Garrett. »Wir haben uns auf der Heimfahrt gebogen vor Lachen! ›*Mein Sonnenschutz!*‹, auf Deutsch!«

Sein Vater schüttelte den Kopf. Er schloss die Augen wieder und überließ sich dem Hydromorphin-Rausch. Garretts Traurigkeit schlug in Verzweiflung um. Eine dumme kleine Geschichte, eigentlich gar nichts, aber er hatte nie so sehr mit seinem Vater gelacht wie damals, als sie sich, erschöpft von einem langen Skitag, an das Gesicht des armen Deutschen erinnerten, dem sie zum Trost einen Almond-Joy-Riegel angeboten hatten. Und trotzdem hatte sein Vater es völlig vergessen.

Garrett fummelte am Beinmassagegerät seines Vaters herum und zog den Klettverschluss fester um die Wade, um sicherzustellen, dass es richtig funktionierte. Es sollte verhindern, dass ein weiteres Blutgerinnsel in sein Gehirn gelangte. Wie klein und hilflos sein Vater wirkte. Und doch war er für Garrett der mächtigste König der Welt gewesen. Er hatte nur mit Freuden seine Familie im Stich lassen müssen, kaum dass sein Sohn aufs College ging, um für ewig auf einem Thron zu landen. Was erwartete Garrett von ihm? Eine Entschuldigung? Ein *»Ich liebe dich, mein Sohn, ich habe dich immer geliebt«*, wie im Film? Während er den Herzschlag seines Vaters auf dem Monitor verfolgte, übertragen in Gipfel und Schluchten, wurde Garrett klar, dass er die ganze Zeit auf irgendwas gewartet hatte, seit dem Tag, an dem sein Vater ihn aus einem Motel angerufen hatte, um ihm zu sagen, dass er nicht wieder nach Hause kommen würde. Ihm wurde klar, dass er vielleicht sogar nur deshalb zurück nach Montana gezogen war, zehn Meilen vom Haus seines Vaters entfernt, um das zu hören.

Die Krankenschwester kam herein, um ihre stündlichen Tests durchzuführen. »Schließen Sie die Augen, und heben Sie die Hände.« Garretts Vater gehorchte und spulte die imaginäre Pizza-Nummer ab. Garrett spürte ein Kribbeln in der Nase. Ihm war plötzlich bewusst geworden, dass niemand seinen Vater besuchen würde. Natürlich wusste auch keiner, dass er im Krankenhaus lag. Außer seinem Sohn hatte er niemanden auf der Welt. Garrett dachte daran, Chad, seinen Ex-Freund, anzurufen, entschied sich dann aber dagegen, wegen des seltsamen Spitznamens, den sein Vater ihm verpasst hatte (»Chad der Pfähler«). Vermutlich würde er ihn lieber nicht sehen wollen.

Die Krankenschwester verließ den Raum, und nebenan setzte das Stöhnen erneut ein, diesmal erheblich lauter als zuvor. Tatsächlich erinnerte es an die komplexe und traurige Klage eines Wals. Wie Garrett aus einem seiner Kinderbücher in Erinnerung behalten hatte, konnte der Gesang eines solchen Tieres Zehntausende Meilen zurücklegen.

»Wie hieß noch mal der große Kerl aus *Star Wars?*«, fragte sein Vater. »Studebaker?«

»Meinst du Chewbacca?«

»Ja.« Er grinste. »Hört sich ähnlich an.«

»Pssst«, sagte Garrett und stand auf, um die Tür zu schließen. »Seine Familie könnte dich hören.«

Sein Dad beobachtete ihn zärtlich. Einen Moment lang hatte Garrett das Gefühl, dass er ihm etwas sagen wollte. Stattdessen stieß er einen langen, inständig verzweifelten Seufzer aus. Machte er sich über den Kerl nebenan lustig? Äffte er Chewbacca nach? Unmöglich zu sagen. So oder so war sein Gesicht ausdruckslos, als er Garrett in die Augen sah. Und da der es als Scherz auffasste, seufzte auch er. Sein Vater starrte ihn an, ohne mit der Wimper zu zucken. Irgendwie fühlte sich das Zimmer jetzt anders an, als wären sie eine Weile weg gewesen und gerade wieder zurückgekommen. Garrett räusperte sich. Es war das Größte, was sie sich je im Leben gesagt hatten.

Plötzlich wollte er unbedingt Cece davon erzählen. Wie er mit seinem Vater geseufzt und nicht gewusst hatte, ob es ein Scherz war. Erstaunlicherweise hatte er den ganzen Tag nicht an sie oder die Scham gedacht, die ihn überwältigte, wenn er sich vorstellte, wie sie seine Mail las.

Erneut schloss sein Vater die Augen und offenbarte die Venen seiner Augenlider. Sie erinnerten an Sprünge in einer Eierschale. Garrett sah sich in dem leeren Zimmer um, richtete dann den Blick wieder auf seinen Vater und fragte sich, ob ihnen ein tödliches Einsamkeitsgen gemeinsam war und er dazu verdammt war, genauso allein zu enden wie sein Vater. Immerhin hatte er zu einem bestimmten Zeitpunkt jede Menge Freunde auf dem College gehabt und war genauso wie sein Vater immer im Mittelpunkt gestanden. Charlie und Elias waren wie seine Brüder gewesen.

Sein Vater atmete jetzt ruhiger. Erschöpft sackte Garrett auf dem Stuhl zusammen und schloss ebenfalls die Augen. Im Halbschlaf stellte er sich vor, einer dieser blinden Skifahrer zu sein, die durch die Nacht sausten. Doch wo blieben die Ansagen? Es war niemand mehr da, der ihm sagte, was er tun sollte.

ZWÖLF

1

Charlie saß im Kursraum und versuchte mitzukriegen, was Professor Yamamoto über Kierkegaards *Abschließende Unwissenschaftliche Nachschrift* zu sagen hatte. Doch das Problem war der Student neben ihm. Der Typ beantwortete Yamamotos Fragen, kaum dass sie den Mund des Professors verlassen hatten, als säße er allein mit ihm in seinem Büro, als gäbe es die anderen Studierenden gar nicht. Charlie sah, wie alle die Augen verdrehten. Der Klugscheißer hatte wuscheliges schwarzes Haar, ein völlig zerknittertes Hemd und etwas, das wie ein Kaffeefleck auf der Nase aussah. Vielleicht hatte er aus einer Thermosflasche getrunken. Außerdem kam er mit seinem Pult nicht zurecht. Er war einer jener langbeinigen Kerle, die ständig auf ihrem Sitz hin und her rutschten, als wollten sie einen Furz unterdrücken. Er benutzte Worte, die Charlie noch nie gehört hatte, »ontologisch« zum Beispiel oder »unabweisbar«, und wand sich die ganze Zeit im beengten Käfig seines Pults. Selbst Yamamoto wirkte leicht irritiert, aber offensichtlich auch beeindruckt. Charlie wäre noch genervter gewesen, wenn er in der Unruhe seines Nachbarn nicht etwas erkannt hätte, etwas Ehrgeiziges, das in einem seltsamen Widerspruch zu seinem Selbstbewusstsein stand. Er war kein Internatsschüler aus Exeter oder Andover. Er kam aus dem Westen, wie er selbst. Wahrscheinlich nicht aus Kalifornien. Seine Vokale klangen nach den Rocky Mountains. Außerdem strahlte er eine Ungeduld aus, die cool rüberkam, gerade weil es ihm egal war, ob sie cool war oder nicht. Sie deutete darauf hin, dass er sein Leben lang davon geträumt hatte, auf ein College wie Middlebury zu gehen, und entschlossen war, diese Chance so gut wie möglich zu nutzen.

Das hübsche Mädchen auf seiner anderen Seite musste ebenfalls etwas an ihm entdeckt haben, denn nach dem Unterricht stellte sie sich ihm vor. Charlie bekam es mit, während er den Reißverschluss seines Rucksacks zuzog. Sabina, sagte sie – aber Charlie wusste bereits, wie sie hieß. Sabina Gonzales war eine dieser Göttinnen, die auf wundersame Weise auch warmherzig, zugänglich und freundlich zu Normalsterblichen zu sein schienen. Sie hatten ihr auf der Schultoilette so etwas wie einen Altar errichtet und ihr Foto auf den Spiegel über dem Waschbecken geklebt. Die Graffiti drum herum waren eher zurückhaltend als obszön: ein paar Heiratsanträge, ein Cartoon-Wolf, dem ein riesiges Herz aus der Brust sprang, und ein rührendes DU SCHENKST MIR DIE HOFFNUNG ZUM WEITERMACHEN, zu dem sich allerdings niemand hatte bekennen wollen.

Der Klugscheißer blieb da, um mit Dr. Yamamoto zu plaudern, während dieser seine Notizen von der Tafel wischte. Charlie wartete im Gang auf ihn, unweit der Treppe. Er konnte nicht sagen, warum er ihn unbedingt kennenlernen wollte. Es war etwas Instinktives, eine vage Verheißung, als könnte etwas von dem provokanten Selbstbewusstsein des jungen Mannes auf ihn abfärben. In den drei Monaten, die er in Middlebury war, hatte Charlie viele lustige, sympathische Jungs kennengelernt, die gerne Kicker spielten, wussten, wie man eine Flasche ohne Öffner aufkriegte oder die sogar *Clockwork Orange* als ihren Lieblingsfilm bezeichnet hätten – aber niemanden, mit dem Charlie sich wirklich unterhalten konnte. Er hatte sich vorgestellt, dass es auf dem College so zugehen würde wie in den Filmen, die er gesehen hatte: dass er die ganze Nacht aufbleiben würde, um über die Existenz Gottes zu diskutieren oder zumindest inspirierende und denkwürdige Dinge zu tun, aber bis jetzt war es genauso wie in der Highschool, wenn nicht noch schlimmer. Kahlúa war schon schrecklich genug, aber Jell-O Shots? Charlie hatte immer geglaubt, dass sie überhaupt nicht existierten, wie der berühmte Whopper für Linkshänder. Aber nein – es gab sie tatsächlich. Nicht, dass er sich nicht gerne betrank, aber wenn, dann lieber mit intelligenten, lustigen und außergewöhnlichen Leuten.

»Hat sie dir ihre Telefonnummer gegeben?«, fragte Charlie, als der Klugscheißer endlich den Kursraum verließ, obwohl ihm bewusst war, wie dämlich die Frage war. Er lief hastig hinter ihm her. Sein Kommilitone fuhr ein bisschen zusammen, als wäre er überrascht, angesprochen zu werden.

»Sie ist nicht mein Typ.«

»Nicht dein Typ? Alle stehen auf sie!«

Der Kerl blieb stehen, um die Tür zu öffnen. »Ich bin nicht sicher, ob es solche Menschen gibt. Es sei denn, du sprichst über jemand wie ... ich weiß nicht, Ingrid Bergman vielleicht.«

Charlie folgte ihm nach draußen, wo die eisige Luft sein Gesicht betäubte. Wer interessierte sich schon für Ingrid Bergman? Charlie hatte nur eine vage Vorstellung davon, wer das war. Der Dezemberhimmel war leer und gnadenlos, so grau, dass es sich fast wie eine Art Blindheit anfühlte, ihn zu betrachten. Vor Kurzem war der Schnee während eines letzten kurzen Aufbäumens des Herbstes ein wenig geschmolzen und dann über Nacht wieder gefroren und hatte jeden einzelnen Gehweg auf dem Campus in eine Bobrennbahn verwandelt. Es war die Zeit peinlicher Unfälle. Überall auf dem Campus rutschten Leute aus und verstauchten sich das Steißbein, manchmal auch mehr. Charlie war schon zweimal gestürzt und wie in einem Cartoon auf dem Hintern gelandet. Morgens war es so kalt, dass er aufgehört hatte, vor dem Unterricht zu duschen, weil er Angst hatte, das feuchte Haar könnte zu einem Helm gefrieren. Er hatte von einem Studienanfänger gehört, dem ein älterer Kerl alle Haare auf einmal vom Kopf geschlagen hatte, sodass er mit einer Glatze endete.

Jetzt tat Charlie etwas, womit er selbst nicht gerechnet hatte: Er rutschte erneut auf dem Eis aus. Besser gesagt, er tat so, als würde er ausrutschen. Er wusste, dass der Typ aus Yamamotos Kurs stehen bleiben und ihm wieder aufhelfen würde. Sie wären gezwungen, sich die Hand zu geben. Es war eine ziemlich schräge Aktion, er hatte so was noch nie getan, nicht mal, um ein Mädchen kennenzulernen, aber jetzt war es so weit.

Wie erwartet bückte sich der Typ und half ihm tatsächlich auf die Beine. Ihr Atem verschmolz zu einer einzigen Wolke. Charlie bedankte sich. »Bei diesem Eis muss man echt vorsichtig sein«, sagte er und klopfte sich den Schnee von der Jacke. »Sonst landet man auf dem Pöter.«

Der Mann lächelte. »Hast du gerade ›Pöter‹ gesagt?«

»Ich glaube ja. Wieso?«

»Weil ich in dieser Wildnis noch nie gehört habe, dass jemand dieses Wort benutzt.«

Charlie errötete. Seine Mutter war diejenige, die Ausdrücke wie »Pöter« oder »Taugenichts« benutzte. Seit Jahren versuchte er, ihren Einfluss, eine Art angeborene Altbackenheit, abzuschütteln. Doch jetzt schien er das Interesse des Schlaumeiers geweckt zu haben, denn plötzlich sah er Charlie neugierig an. Viele Jahre später würde Charlie den Beginn ihrer Freundschaft der Tatsache zuschreiben, dass er »Pöter« statt »Arsch« gesagt hatte.

»Ich meinte nur, dass man aufpassen muss, wohin man tritt.«

»Mit Eis kenne ich mich aus. In Missoula haben wir jede Menge davon.«

»Du kommst aus Montana?«

Der Typ nickte.

»Ich fahre jeden Sommer nach Salish«, sprudelte es aus Charlie heraus, als könnte er sich einfach nicht zurückhalten. »Wir haben ein Haus am See. Ich meine, meine Eltern. Mein Urgroßvater hat es gebaut. Ich fahre da hin, seit ich auf der Welt bin.« Er hielt inne, als ihm bewusst wurde, wie das klang. *Vor dem Haus verläuft eine große Verkehrsstraße*, wollte er noch hinzusetzen, aber das hätte noch komischer geklungen.

»Meine Großeltern wohnen in der Nähe des Jewel Basin, das ist nicht weit von Salish entfernt.«

»Unglaublich!« sagte Charlie, auch wenn sein neuer Bekannter offenbar nicht so beeindruckt war. Vielleicht hatte er wichtigere Dinge im Kopf. Sie machten sich miteinander bekannt, der Typ sagte seinen Namen – Garrett –, als wäre er nicht anders als die Trips, Blakelys und Campbells, mit denen sie hier im Osten aufs College gingen. Charlie hatte nicht gewusst, wie verloren er in diesem Meer von Snobismus gewesen war, das er in den letzten drei Monaten befahren hatte, bis er den westlichen Wohlklang dieses Namens hörte. Es war, als hätte er Land am Horizont gesichtet. Sie gingen auf die Mensa zu, dicht nebeneinander, um warm zu bleiben. Es war so kalt, dass man beim Sprechen daran denken musste, den Mund zu bewegen. Garrett fragte, ob er Philosophie als Hauptfach hätte.

»Machst du Witze?«, gab Charlie zurück. »Ich will meinen Abschluss in Medizin machen.«

»Du willst Arzt werden?«

»Kardio-Anästhesist.«

Garrett lachte. »Klingt sehr präzise.«

»Na ja, ich will Menschenleben retten, aber ich glaube nicht, dass ich das Zeug zu einem Chirurgen hätte. Solche Leute sind die Kampfflieger der Medizin. Es ist wie eine Schlacht, und ich bin eher ein ... ich weiß nicht, ein *Taktiker*. Außerdem habe ich schon als Kind gern Arzneien gemischt.«

Garrett lachte erneut, vielleicht hielt er es für einen Scherz. Charlie war leicht gekränkt. Er fragte Garrett, worin er seinen Abschluss machen würde.

»Ich denke an einen dreifachen Abschluss«, sagte er. »Philosophie, Englisch und Umweltstudien.«

Dieses Mal war es Charlie, der lachte. Meinte er das ernst? Gab es so was überhaupt – dreifache Abschlüsse?

Die Bäume um sie herum waren zu gläsernen Abbildern ihrer selbst gefroren, manche Äste klebten am Boden fest. Charlie und Garrett kamen an einem Schneemann vorbei, auf den es über Nacht geregnet hatte und der dann wieder zu einem vulkanischen Gebilde gefroren war. Gleich dahinter fiel der Weg schräg ab, und was sonst eine belanglose Steigung gewesen war, stellte nun wegen der Eisschicht eine Herausforderung dar. Der Hang war lang und dehnte sich bis zur Straße aus. Um ihr Leben nicht zu gefährden, hatten andere Passanten eine Art Trampelpfad im Schnee hinterlassen.

Oben auf dem Hügel blieb Garrett kurz stehen, als wollte er die Aussicht in sich aufsaugen. Dann grinste er Charlie zu, machte einen Satz auf das Eis und rutschte in seinen Schneestiefeln den vereisten Weg hinunter. Erst langsam, dann immer schneller. Irgendwie schaffte er es, sich auf den Beinen zu halten, indem er sich in die Knie beugte und die Arme nach hinten ausstreckte, als glitte er eine Skisprungschanze hinab. Er raste auf die Straße zu, wo eine Schlange von Autos vor einer roten Ampel stand. Charlie schrie auf. Er würde gegen die Autos prallen! Sich den Kopf aufschlagen und umkommen! Garrett flog genau darauf zu. Charlie brüllte ihm nach, überzeugt, dass er sich den Schädel auf der Straße zertrümmern würde, doch dann sprang Garrett in letzter Sekunde vom Weg ab, die Arme ausgestreckt wie Flügel, und landete elegant im Schnee.

»Los, komm schon!«, rief er den Hügel hinauf. »Das ist der Hammer!«

»Niemals!«

»Es ist wie Skifahren.«

Er hatte das Gesicht eines Wahnsinnigen. Unmöglich, dass das derselbe Kerl war, der soeben im Unterricht über Kierkegaards Widerlegung des hegelschen Determinismus gesprochen hatte. Charlie hatte Angst, ihm zu folgen, aber er wusste, dass er wie ein Feigling dastehen würde, wenn er jetzt kniff. Er war ein guter Skifahrer, allerdings nur, wenn er auf Skiern stand. Warum um Himmels willen wollte er Garrett unbedingt so beeindrucken?

Am Ende tat er dasselbe, wie wenn er all seinen Mut zusammennahm, um eine tückische Abfahrt in Angriff zu nehmen: Er stellte sich vor, sein Körper stünde in Flammen und er könnte das Feuer nur löschen, wenn er den Hang hinunterraste. Er machte einen Schritt in seinen Schneestiefeln, dann den nächsten, schob sich Zentimeter für Zentimeter vorwärts, wie ein Patient in einer Reha, bis der Weg steiler wurde. Dann ging er plötzlich in die Knie und rutschte den Hang hinunter, in einem Tempo, das er ohne irgendwas unter den Schuhen nicht für möglich gehalten hätte. Die Luft betäubte sein Gesicht und trieb ihm die Tränen in die Augen. Obwohl er lachte und den Stolz auf seine Kühnheit genoss, war ihm klar, was für ein Idiot er war, dass das, was er tat, einfach nur dämlich war, nichts, worauf man stolz sein konnte, vielleicht sogar ein Hilfeschrei – *Ich bin auf dem College und sage immer noch »Pöter!«* –, und trotzdem raste er auf die Straße zu und johlte dabei wie ein Schwachkopf.

~~~

Elias saß im Warteraum der Krankenstation, halb betäubt von der Muzak-Berieselung, einer Instrumentalversion von »Afternoon Delight«. Eigentlich erinnerte sie weniger ans Sterben als an eine Geburt, oder besser gesagt, an die Zeit vor der Geburt,
~~~

wenn man noch in einer Fruchtblase schwebt. Um sich zu unterhalten, stellte er sich vor, wie die Musiker den Song aufnahmen, der dicke Bassist legte einen satten, ehrlichen Groove hin, während seine Kollegen im Aufnahmestudio einen Joint rumgehen ließen. Das machte er auch, wenn er im Fahrstuhl Musik hörte. *Fuck yeah*, sagte der E-Harfen-Spieler und nickte mit geschlossenen Augen.

Die Pflegefachkraft war bereits vor einiger Zeit verschwunden. Am Ende des Flurs sah Elias nur die geschlossene Tür des Zimmers, in das sie die beiden Erstsemester geführt hatte. Einer der beiden hatte den Arm um die Hüften des anderen geschlungen, um ihn zu stützen und ihm beim Gehen zu helfen. Es kam ihm seltsam vor, dass sie zusammen in den Untersuchungsraum gingen. Vielleicht waren sie Lover. Für Elias war das kein Problem. Er kam mit so ziemlich allem klar, es sei denn, jemand ging ihm an den Kragen. Genau das hatte sein Mitbewohner heute Morgen getan. Er hatte sich auf ihn gestürzt, als er noch im Bett lag, ihn mit beiden Händen an der Kehle gepackt und so fest zugedrückt, dass Elias Angst bekommen hatte, jeden Moment abzukratzen. Doch dann war Gunnar, sein Zimmergenosse, zur Besinnung gekommen und hatte ihn losgelassen. Die beiden kamen nicht miteinander klar. Ihr Zusammenleben war vom ersten Tag an eine Katastrophe gewesen, aber bislang hätte Elias ihn niemals für einen Mörder gehalten.

Jetzt hatte sein Hals die Farbe einer Aubergine. Außerdem tat er weh, wenn er den Kopf nach links drehte. Oder nach rechts. Und sogar, wenn er sich überhaupt nicht bewegte. Er hatte Hannah, dem Mädchen, mit dem er zusammen war, versprechen müssen, zum Arzt zu gehen.

Plötzlich ging die Tür zum Untersuchungszimmer auf, und die Pflegefachkraft kam heraus. Sie wirkte genervt. In einigem Abstand folgten ihr die beiden Erstsemester. Der eine presste einen Eisbeutel gegen seinen Ellbogen, und der Arm hing in einer Schlinge. Sie setzten sich neben Elias in den Warteraum, während die Fachkraft am Computer etwas für sie vorbereitete.

»Hallo«, sagte Elias freundlich. Er legte Wert darauf, Schwule und Studienanfänger freundlich zu behandeln, denn sie waren typische Mobbing-Opfer.

»Was hast du denn mit deinem Hals gemacht?«, fragte der eine, der nicht verletzt war. Elias erzählte ihnen, wie er um ein Haar erwürgt worden wäre.

»Mein Gott! Was für ein kaputter Typ. Du solltest dafür sorgen, dass er vom College fliegt.«

»Ich will nicht, dass er fliegt«, sagte Elias. »Wir waren mal echte Kumpel. Bevor wir zusammengezogen sind, meine ich.« Er musterte die beiden Jungs. Einer von ihnen trug beide Rucksäcke. »Seid ihr Zimmergenossen?«

»Eigentlich haben wir uns gerade erst kennengelernt!«, antwortete der mit der Schlinge.

»Echt?«

»Vor einer Stunde«, bestätigte der ohne Schlinge.

»Ich bin gestürzt, und er hat mir beim Aufstehen geholfen.«

»Wenn jemand auf seinen Pöter fällt, werde ich sofort zum Ritter.«

Elias lachte. »Na ja, wenigstens seid ihr nicht aufeinander losgegangen.«

»Guck dir mal meinem Arm an«, sagte der mit der Schlinge. »Er hat mich überredet, einen vereisten Hang runterzurutschen. Dann hat er mich am Arm gepackt und mir den Ellbogen verstaucht.«

»Ich habe ihn gepackt, weil er sonst unter einem Sattelschlepper gelandet wäre. In seiner Todesangst hat er ›Halt mich auf!‹ geschrien.«

Wieder musste Elias lachen. Irgendwas stimmte nicht mit diesen Schwachköpfen – oder eben gerade doch. Elias konnte sie nicht anschauen, ohne das Gefühl zu haben, dass irgendwo eine Fensterscheibe zerbrochen war. Vielleicht war sein Problem, dass er hauptsächlich mit Studenten aus dem zweiten Semester zu tun hatte, wie er selbst, die nur deprimiert abhingen und über die Zwischenprüfungen klagten.

Die Pflegekraft überreichte dem mit der Schlinge ein Rezept und verschwand dann wieder. Offenbar war sie die Einzige, die hier arbeitete. Die beiden Erstsemester zogen die Reißverschlüsse ihrer Jacken zu – der ohne Schlinge half dem mit Schlinge. Dann nahmen sie ihre Wintermützen vom Ständer. In diesem Moment stellte Elias sich ihnen vor, in der Hoffnung, dass sie noch ein bisschen blieben.

»Wieso hat dein Zimmergenosse eigentlich versucht, dich zu strangulieren?«, fragte der eine. Er hieß Charlie.

»Das ist eine lange Geschichte«, antwortete Elias. Und dann erzählte er ihnen, wie er Gunnars Unterwäsche rosa verfärbt hatte, weil er die weiße Wäsche nicht von der bunten getrennt hatte. Daraufhin hatte Gunnar sich geweigert, sich beim Wäschewaschen mit ihm abzuwechseln, was Elias dazu veranlasste, in Streik zu treten und ihr Geschirr nicht mehr zu spülen. Als Nächstes hatte Gunnar Elias' schmutziges Geschirr aus dem Spülbecken eingesammelt und es neben dem Müllcontainer hinter Gifford aufgestapelt, wo es (seit letzter Woche) unter einer Schneedecke begraben und dann (letzte Nacht) unwiederbringlich vom Eis eingeschlossen worden war. Schließlich hatte Gunnar Elias erwischt, wie er zum Frühstück Instant-Ramen-Nudeln aus dem Lieblingsbecher seines Mitbewohners aß, was den dann endgültig zur Weißglut getrieben hatte. »Was hätte ich machen sollen? An mein Geschirr werde ich bis zum Frühjahr nicht rankommen.«

»Stehst du denn nicht auf der Mensaliste?«

Elias schüttelte den Kopf. »Ich habe seit einer Woche nichts Richtiges mehr gegessen.«

»Wir können dich in die Mensa schmuggeln«, erklärte Garrett.

»Wie denn?«

»Du redest mit einem Mitarbeiter der Mensa.« Er schaute auf seine Uhr. »Sie hat noch halbwegs drei Minuten auf.«

»*Halbwegs drei Minuten*? Was soll denn das heißen?«

»Keine Ahnung«, sagte Charlie fröhlich. »Er kommt aus Montana.«

Elias schnappte sich seinen Mantel vom Ständer.

»Und dein Hals?«, fragte Charlie.

»Vergiss es. Ich bring mich eigenhändig um, wenn ich mir diese Musik noch länger anhören muss.«

~~~

Garrett schleuste Elias durch eine Hintertür, die das Küchenpersonal für die Entsorgung des Mülls benutzte, in die Mensa, während Charlie den normalen Weg nahm und dem diensthabenden Türsteher seinen Ausweis zeigte. Er verstieß nicht gern gegen die Regeln und machte sich Sorgen, dass man sie erwischen und zum Dekan schicken, vielleicht sogar suspendieren könnte. Aber Elias und Garrett standen bereits in der Schlange, als er zur Taco-Bar kam, und luden sich munter das Essen auf ihre Tabletts, als wären sie seit Jahren befreundet. Auch Charlie hatte das Gefühl, sie würden sich schon ewig kennen, nicht erst seit ein paar Minuten. Irgendwie waren sie alle verzaubert worden.

Garrett half Charlie, sein Tablett zu tragen, weil der seinen Ellbogen kühlen musste. Sie setzten sich zu zwei Freunden aus Charlies Wohnheim, Johnny und Marcus, die gerade eine Partie Shuffle-Board mit dem Salzstreuer spielten. Johnny und Marcus waren nicht schwer zu erkennen, weil die übrigen Tische mit Trips und Corkys besetzt waren. Außerdem trugen sie mit-
~~~

ten im Winter Hawaiihemden. Damit hatten sie letzte Woche begonnen, als eine Art Psycho-Aktion gegen die Kälte. Soweit er darüber nachgedacht hatte (und sehr weit war er dabei nicht gekommen), vermutete Charlie, dass er sich mit den beiden nicht-*weißen* Studienanfängern in seinem Wohnheim rein zufällig angefreundet hatte, doch als er sie jetzt Garrett und Elias vorstellte, hatte er das Gefühl, dass es vielleicht doch nicht so zufällig gewesen war, wie er gedacht hatte. Allein bei ihrem Anblick flammte das Heimweh nach Kalifornien in seiner Seele wieder auf.

»Was ist mit deinem Arm passiert?«, wollte Johnny wissen.

»Ich bin auf dem Eis hingeflogen«, antwortete Charlie.

»Und deshalb legst du jetzt noch mehr Eis drauf.«

»Yep.«

»Okay, du bist der Arzt.«

Johnny musterte das Essen auf Elias Tablett. »Meine Güte! Sieht aus, als hättest du seit einer Woche nichts gegessen.«

»Stimmt.«

Die vier sahen zu, wie Elias sich über sein Essen hermachte. Es war eine Vorführung, für die man Eintritt hätte verlangen können. Der blaue Fleck an seinem Hals hatte sich weiter ausgebreitet und war inzwischen so dunkel wie eine Gewitterwolke. In Anbetracht dessen, dass Elias so unglaublich gut aussah, selbst mit dem gigantischen Knutschfleck am Hals, durch seine gebräunte Haut, eine römische Nase und grüne Augen, die die Farbe von Ostergras hatten, war Charlie nicht überrascht, dass sein Mitbewohner sich mit ihm angelegt hatte. Ein Zimmer mit ihm zu teilen, war vermutlich nicht einfach. Umso mehr staunte er, als die hübsche Studentin aus dem Philosophieseminar mit ihrem Tablett an ihnen vorbeikam und nicht Elias ansah, sondern Garrett verschwörerisch zulächelte, wobei dabei ein Stückchen Koriander zwischen ihren Zähnen sichtbar wurde. Garrett nickte zurück, als wäre sie eine Fremde.

»Wer war denn *das*?«, fragte Elias. Er hatte aufgehört zu essen und schien die auf seiner Gabel aufgespießte Kartoffel völlig vergessen zu haben.

»Wie hieß sie noch?«, fragte Garrett.

»Sabina Gonzales«, erklärte Charlie.

Elias schaute sich nach ihr um, die Kartoffel immer noch in der Luft.

»Alles okay?«, fragte Charlie.

»Er ist ganz starr«, sagte Johnny.

»Vielleicht hat er sich überfressen«, meinte Marcus.

Nach dem Mittagessen gingen sie alle zurück zu ihren Wohnheimen. Die Sonne hatte sich auf wundersame Weise zurückgemeldet, nachdem sie sie seit einer Woche nicht zu Gesicht bekommen hatten, und es tat weh, die Bäume zu betrachten, die von innen her zu leuchten schienen. Elias blieb vor seinem Wohnheim stehen, um ihnen den Haufen schmutziges Geschirr zu zeigen, der in einer Eiskugel eingeschlossen war wie eine Tarantel in einem gläsernen Briefbeschwerer. Nicht nur Löffel, Messer und Schalen, sondern auch die Kruste einer Scheibe Toast und etwas, das wie ein angeknabbertes, über einem Teller schwebendes Fleischbällchen aussah. Garrett hockte sich daneben und klopfte gegen das Eis.

»Wow«, sagte er.

»Wie ein Wackelpudding mit Früchten«, meinte Charlie.

»Hast du schon mal versucht draufzupissen?«, fragte Marcus.

»Auf mein Geschirr?«, empörte sich Elias.

»Ich denke nur ans Überleben. Es wird ein langer Winter.«

Elias sah zum Fenster seines Zimmers auf. Das Licht brannte. Ein träges Gitarrensolo, mehr Roll als Rock, drang aus dem Inneren.

»Da ist was faul«, sagte Johnny.

»Der Psychopath ist zu Hause«, seufzte Elias. »Ich kann da nicht rein.«

»Komm zu mir«, sagte Garrett. Es klang wie ein Befehl.

»Hast du keinen Zimmergenossen?«

»Nope. Der Kerl ist nie aufgetaucht.« Er legte einen Victory-Tanz auf dem Eis hin – einen Moonwalk? –, der schwer zu deuten war. »Ich hab das Zimmer für mich allein.«

»Okay«, sagte Elias. »Wenn deine Freunde nichts dagegen haben.«

»Welche Freunde?«

»Hast du keine?«

Garrett zuckte die Achseln. »Ihr seid die Ersten, die ich hier kennengelernt habe und auch mag.«

2

Im zweiten Semester verkleideten sich Charlie, Garrett und Elias zu Halloween als Fahrbahnschwellen. Sie trugen von Kopf bis Fuß Gelb, legten sich auf den Boden und regten sich nicht. Das machten sie auf mehreren Wohnheim-Partys, immer im Flur, sodass alle über sie hinwegsteigen mussten. Es war ein ziemlich überzeugendes Kostüm, denn es behinderte auf authentische Weise den Verkehr.

»Wir sind Fahrbahnschwellen«, sagte Charlie zum x-ten Mal, denn ihre Kostüme bedurften einer gewissen Erklärung.

»Dann habt ihr sicher nichts dagegen, wenn ich euch aufs Gesicht trete, oder?«, fragte ein Jedi-Ritter.

»Doch«, sagte Charlie.

»Du kannst über unsere Gesichter *fahren*«, stellte Elias klar. Irgendwie sah er trotz des gelben Sweatshirts, das genau wie bei Charlie und Garrett mit schmutziger Wäsche ausgestopft war, blendend aus. Auf dem Rücken liegend versuchte er, aus seinem Glas zu trinken, und musste feststellen, dass die Hälfte des Drinks in seinem Gesicht landete. »Wessen Idee war das eigentlich?«

»Garretts.«

Garrett zog die Schultern hoch. »Ich bin nun mal ein Genie.«

»Verwechseln uns die Leute deshalb mit Enten?«

»Ich rechne nicht damit, noch zu meinen Lebzeiten verstanden zu werden.«

Schließlich kam jemand, der sich als Auto verkleidet hatte. Das passte perfekt. Charlie brauchte einen Moment, um zu erkennen, wer es war, denn sie trug einen Pappkarton, der zu einem Roadster aufgemotzt und mit silberner Farbe besprüht war, um auszusehen wie ein Monopoly-Spielstein. Der Geruch vom Fußboden war unerträglich. Sie drückte auf die Hupe, statt einfach über Charlie hinwegzusteigen.

»Wir sind Fahrbahnschwellen«, rief er. »Das hier ist ein verkehrsberuhigter Bereich.«

»Ich will nur in die Schlossstraße.«

»Hallo«, sagte Garrett. »Wir waren im ersten Semester im selben Philosophiekurs.«

»Ja, ich erinnere mich«, erwiderte der Spielstein und legte sich die Hand auf die Motorhaube, als wäre sie schwanger. »Bei Dr. Yamamoto. Da hast du allerdings anders ausgesehen.«

»Wir waren zu schüchtern, um dich einfach anzuquatschen.«

»Hmmm. Soweit ich mich erinnere, warst du nicht zu schüchtern, um dich im Unterricht ständig zu melden.«

Garrett errötete, vielleicht war es ihm zum ersten Mal peinlich, dass er so viel redete. »Ich hab hier eine Fahrbahnschwelle, die dich gern kennenlernen würde.«

Elias, der kein Wort gesagt hatte, nickte ihr zu. Charlie hatte gesehen, wie Elias unzählige Mädchen verführte, doch jetzt lag er auf dem Boden, die Arme eng an den Körper gepresst und rührte sich nicht von der Stelle. Am Ende richtete er sich doch halb auf und versuchte, ihr die Hand zu geben, aber sie konnte sich nicht bücken, und Elias blieb nichts anderes übrig, als die Hand zu senken und sich auf kommunale Weise wieder hinzulegen. Verwirrt ging Sabina Gonzales weiter.

»Was ist denn mit dir los?«, fragte Charlie.

»Weiß ich auch nicht.«

»Eine Fahrbahnschwelle, die sich in ein Auto verliebt. Wie in *Romeo und Julia*.«

~~~

Später stolperten die drei unter dem sternenübersäten Himmel nach Hause. Charlie und Garrett, beide betrunken, gingen eng umschlungen und hinterließen eine Spur schmutziger Wäsche. Es war spät, und die Wohnheime waren größtenteils dunkel, nur gelegentlich leuchtete ein Fenster zwischen den kleinen schwarzen Quadraten an den Häuserfronten auf wie ein Goldzahn. Elias quetschte sich zwischen Charlie und Garrett und teilte diese schwere Trunkenheit mit ihnen. Charlie liebte solche Nächte, in denen es sich anfühlte, als wären sie drei eigentlich eins. Alles, was sie sagten, war witzig, perfekt und ihnen gleichzeitig auf nostalgische Weise bewusst, als hörten sie bereits die Geschichten, die sie sich am nächsten Morgen erzählen würden. Alles, was sie taten, erschien größer und wichtiger, als es war, und bestätigte Charlie auf eine poetisch anrührende Weise, dass seine Vision für ihre gemeinsame Zukunft richtig gewesen war. Sie würden berühmt werden, finanziell abgesichert sein und schöne, scharfe, hochintelligente Frauen heiraten.

Im Dunkeln gingen sie um das Studentenwerk herum und stießen auf den Rest ihrer Truppe: Marcus, Johnny und Brig.
~~~

Die sechs Jungs umarmten sich mit Tränen in den Augen, als hätten sie sich seit Jahren nicht mehr gesehen. Marcus und Johnny hatten sich einen Haufen Müll auf ihre Hemden geklebt und als Strandgut verkleidet. Aber Brig übertraf sie alle. Er ging als Geschäftsmann, der in einen Sturm geraten war. Sein Regenschirm war nach oben umgeklappt, sodass man die Schienen sah; dazu hatte er sein Haar mit Pomade in Form gebracht, als wehte der Wind es nach hinten. Sogar seine Krawatte ragte in die Luft, er hatte sie so gebunden, dass es aussah, als würde sie über seiner Schulter flattern. Er torkelte, wackelig und breitbeinig, als müsste er gegen einen Sturm ankämpfen. Die Fahrbahnschwellen waren begeistert. Manchmal trug jemand sein Kostüm so perfekt, dass man sich fragte, ob man das, was das Leben einem zu bieten hatte, unterschätzt hatte.

Elias jedenfalls hatte den Käfig seiner Seele gesprengt. Er lief in den Kolleghof, riss sich das gelbe Sweatshirt bis zum Kinn hoch und reckte seine entblößte Brust in die Nacht. »Sabina!«, heulte er. »Wo bist du?« Charlie versuchte, ihn zu beruhigen, und vergaß, dass halb drei Uhr morgens die Stunde der betrunkenen Heuler war und überall auf dem Campus junge Menschen beiderlei Geschlechts, viele davon ernsthafte Studierende mit einem hervorragenden Notendurchschnitt, Namen in die Nacht hinausbrüllten. Es war wie ein Ritual des Elends. Elias rief Sabina Gonzales' Namen so pathetisch, so betrunken und verzweifelt, dass Charlie fast schon damit rechnete, sie jeden Moment aus ihrem Wohnheim kommen und in Scooby-Doo-Manier Elias in die Arme fallen sehen zu können. In einer so schönen Nacht schien alles möglich.

Und tatsächlich geschah etwas: Eins der dunklen Fenster öffnete sich quietschend. Es war nicht Sabina Gonzales, sondern jemand mit Bart.

»Ruhe, verdammt noch mal!«, rief er aus dem dritten Stock und bewarf sie mit Baseballbällen.

»Sorry«, antwortete Charlie. »Er sucht nach jemand anderem.«

»Lass mich raten! Sie heißt Sabina?«

Er warf den nächsten Ball. Charlie duckte sich und hielt sich die Hände vor den Kopf. Obwohl der Kerl im dritten Stock war, zielte er verdammt gut.

»Wie viele Bälle hast du noch?«

»Sag deinem Freund Dagobert Duck, dass sie kein Interesse hat.«

»Und wer bist du, ihr verdammter Vater etwa?«, rief Brig.

»Mein Freund«, gab Sabina Gonzales zurück, die jetzt ebenfalls am Fenster erschienen war. Mittlerweile war sie nicht mehr als Auto verkleidet, was ihr schmeichelte. Wahrscheinlich trug sie ein knielanges T-Shirt und nichts darunter. Der Bärtige legte seinen Arm um sie und warf Charlie und seinen Freunden einen halbherzig finsteren Blick zu, als wüsste er nicht, ob er sich in ihrem Neid sonnen oder runterkommen und ihnen einen Tritt in den Arsch verpassen sollte. Charlie und Garrett zerrten Elias weg, der zum Fenster hinaufstarrte, als wäre soeben die Welt untergegangen.

»Die Bälle will ich wiederhaben«, rief Sabinas Freund ihnen nach. »Sie gehören dem College!«

Vor dem New Dorms trennten sich die sechs Freunde. Die Fahrbahnschwellen kehrten zu ihrer Suite im Atwater North zurück. Elias torkelte über den Rasen wie ein verletztes Entchen. Charlie und Garrett wussten, dass es ihm in ein paar Tagen wieder gut gehen würde, vielleicht sogar schon morgen, und zogen über Sabina Gonzales her, um ihn aufzumuntern. Sie waren bereits dabei, die Geschichte des heutigen Abends zusammenzufassen und sie für zukünftige Erzählungen zu archivieren: das Gebrüll, die Baseballbälle, Sabinas geheimnisvolle Erscheinung am Fenster. Es war die Art von Geschichte, aus der Spitznamen entstehen und über die man noch jahrelang lachen konnte. Elias würde von nun an und wahrscheinlich *für den Rest seines Lebens* »Dagobert« heißen. Er nahm einen Baseball aus der Tasche seiner Jogginghose und warf ihn nach Charlie, wie aus Protest, dann watschelte er weiter, Richtung Bett.

Charlie und Garrett setzten sich auf ihren Lieblingsplatz, eine Bank vor dem Atwater North, auf deren Armlehne eine Reliefkarte aus Kaugummi klebte, um noch eine zu rauchen. Wer das erste Kaugummi dorthin gepappt hatte, wusste niemand, aber es war eine sich ausdehnende Landschaft. Charlie zog eine Packung Viceroys aus der Bauchtasche seines Sweatshirts und bot Garrett eine an, nicht ohne sich vorher darüber zu beschweren, dass Garrett nie selbst welche kaufte. Sie rauchten nur zu besonderen Gelegenheiten, wenn sie betrunken waren – mit anderen Worten, ziemlich oft.

»Du bist mein Tabak-Esel«, sagte Garrett.

»Dein Tabak-Erpel«, korrigierte ihn Charlie und zündete ihre Kippen an. »Du könntest dich wenigstens hin und wieder ein bisschen beteiligen.«

Garrett fasste sich in die eigene Tasche, kramte ein paar Münzen hervor und warf sie Charlie zu. Sie prallten an seiner Brust ab und landeten auf seinem Schoß. Ein paar Cents, mehr nicht. Charlie sprang von der Bank auf.

»Mach das nie wieder«, sagte er leise.

Garrett sah ihn an. »Was denn?«

»Mich mit Münzen bewerfen.«

»Du hast doch gerade selbst darum gebeten!« Garrett war verblüfft von Charlies Wut, allerdings nicht so sehr wie Charlie selbst.

»Ich weiß, dass es in Montana keine Juden gibt, aber sei nicht so ein Arschloch.«

Garrett wirkte betroffen. Natürlich hatte er es nicht so gemeint. Er war ahnungslos. Ahnungslos und betrunken. Charlies Wut verflog. Plötzlich hatte er das Gefühl, jeden Augenblick losheulen zu müssen. Er wollte Garrett sagen, dass es ihm leidtat und dass er ihn liebte wie seinen eigenen Bruder, aber so etwas sprach man nicht laut aus. Sie waren neunzehnjährige Männer. Sie sahen in ihren gelben Klamotten aus wie Enten. Bei Männern ging es vor allem um den Rhythmus. Freundschaft war ein Lied ohne Worte, ein Instrumentalstück, das man auswendig kannte; man lernte den Rhythmus gemeinsam und übte ihn immer wieder, tagelang, monatelang, jahrelang, und perfektionierte ihn nach Gefühl. Es war der Swing der Stille, die Karaoke-Spur hinter dem Kauderwelsch, das man sang. Der Rhythmus allein sagte alles Wichtige, alles, was kein Witz war, damit man es nicht selbst sagen musste. Trotzdem gab es seltene Augenblicke wie diesen, in denen es nicht reichte. Charlie setzte sich betrunken wieder auf die Bank und erzählte Garrett, wie er als Kind auf eine überwiegend jüdische Grundschule gegangen war und sich nie ganz zugehörig gefühlt hatte – klar, er konnte zu Chanukka die Lieder singen, den Satz »*Baruch atah Adonai* …« zu Ende führen, aber das war's auch schon. Einmal hatten sie gegen das Basketball-Team einer Eliteschule in Orange County gespielt und waren von der Tribüne aus mit Münzen beworfen worden. Charlie hatte nicht einmal gewusst, was es bedeutete. Sein Vater musste ihm erklären, dass es eine Kränkung war. Seltsamerweise war er wütender auf seinen Vater als auf die anderen Basketballfans gewesen. Es war alles nur ein riesiger Irrtum! Sie hingen zu Weihnachten Strümpfe auf! Im nächsten Jahr war er selbst auf eine Eliteschule gewechselt. Zwar gab es auch dort jüdische Kids, zumindest ein paar, doch Charlie erwähnte nie, dass er Jude war oder als solcher aufgewachsen war, und tat alles Menschenmögliche, um sich anzupassen. Es half, dass er gut im Sport war. Er trat allen Mannschaften bei, die ihn aufnahmen: Fußball, Squash, Wasserball. Wurde Leiter des Skiclubs. Er musste sich überall hervortun. »Ich war Klassensprecher. Ich war bei den Admirals.

Ich war auf der Ehrenliste. Ich war im ersten Jahr Homecoming King! O Mann, der Ruhm. Ich habe ihn förmlich aufgesaugt. Ich musste der beliebteste Schüler sein, aber auch der klügste, der lustigste, und der beste Sportler. Als müsste ich mich immer wieder neu beweisen.« Charlie schnippte seine Zigarette auf den Boden, wo sie wie ein Glühwürmchen glimmte. »Deshalb wollte ich am ersten Tag unseres Philosophiekurses unbedingt dein Freund sein. Die Leute haben die Augen verdreht, wenn du geredet hast, aber dir war das egal. Dir ist es scheißegal, ob du dazugehörst oder nicht.«

»Sie haben die Augen verdreht?«, fragte Garrett.

»Ja, und deshalb hab ich dich so bewundert. Du willst immer nur du selbst sein.«

»Das stimmt nicht.«

»Und ob!«

»Ich will die ganze Zeit so sein wie du«, sagte Garrett beiläufig.

Charlie starrte ihn an. »Ja, schon klar. Mach keine Witze.«

»Gestern Abend, als du mit deinen Eltern telefoniert hast.«

»Was war damit?«

»Ich hab zugehört. Ging ja nicht anders. Deine Familie ist so verdammt laut! Ihr habt euch über irgendwas Albernes unterhalten, zum Beispiel, dass dein Vater einen Platten hatte und der Mechaniker sagte, er habe wahrscheinlich einen undichten Nippel, und das fandet ihr saulustig – dass dein Vater einen undichten Nippel haben könnte. Da hab ich mich gefragt, wann ich wohl jemals mit meinen Eltern über so was hätte reden können. Wir haben Glück, wenn wir einmal im Monat miteinander telefonieren. Ich meine, meine Mutter hat drei Stiefkinder; sie lädt mich nicht mal offiziell zu Thanksgiving ein. Mein Dad ist im Grunde nie erreichbar. Und ich konnte deine Brüder im Hintergrund hören. Auch sie wollten mit dir reden und Witze über den undichten Nippel deines Vaters machen.« Garrett drückte seine Kippe auf dem Kaugummiberg aus. »Und deine Mom fragt immer, wie es mir geht, und hält mich für besonders schlau, weil ich mal den Ausdruck ›Schadenfreude‹ in ihrer Gegenwart benutzt habe. Manchmal, wenn ich ihre Stimme am Telefon höre, kriege ich einen Ständer.«

Charlie bot ihm eine weitere Zigarette an. Sie waren beide einsam. Sie waren weit weg von zu Hause. Sie kriegten unangebrachte Ständer. Charlie sah seinen besten Freund an und empfand eine Zuneigung, die er kaum von der Quelle dieser Zuneigung (sich selbst) unterscheiden konnte.

»Was ist das Schlimmste, was du mir antun könntest?«

»Das Schlimmste im Sinne von beschissen?«

»Von widerwärtig.«

Garrett zuckte die Achseln. »Analen Sex mit deiner Mutter haben?«

Charlie nickte. »Lass uns einen Eid ablegen, jetzt sofort: dass wir immer beste Freunde bleiben, selbst wenn wir die Mom des jeweils anderen in den Pöter ficken.«

»Du meinst ... also, am Elternwochenende zum Beispiel?«

»Genau!«

»Ich weiß nicht, ob das fair ist«, sagte Garrett schließlich. »Denn rein technisch gesehen könntest du nicht nur meine Mutter, sondern auch meinen Vater ficken.«

»Stimmt. Was könnten wir sonst einander antun?«

»Uns gegenseitig im Schlaf erwürgen?«

»Ja! Wie Elias' psychopathischer Mitbewohner.« Charlie reckte das Kinn. »Na los, leg mir die Hände um den Hals.«

Garrett tat wie geheißen. Dann machte Charlie dasselbe und packte ihn an der Luftröhre. So saßen sie auf der Bank und gingen einander liebevoll an die Gurgel.

»Sprich mir nach«, sagte Charlie. »Ich schwöre, dass wir Freunde bleiben, auch wenn du versuchen würdest, mich im Schlaf zu erdrosseln.«

»Ich schwöre, dass wir Freunde bleiben, auch wenn du versuchen würdest, mich im Schlaf zu erdrosseln.«

»Für immer und ewig.«

Sie ließen einander los. »Das habe ich nie verstanden. Wie geht denn noch mehr als für immer?«

3

Sie waren mit zwei Schlitten voller Essen und Bier zu einer alten Bergbauhütte aufgestiegen. Sie war so hoch vom Schnee bedeckt, dass sie aussah wie ein Teil der Landschaft, bis man die Vorderseite fand, und selbst dann ähnelte sie einer mit Baumstämmen verbarrikadierten Schneehöhle. Alle drei – Charlie, Garrett und Elias – nahmen Skier und Rucksäcke ab und setzten sich, um wieder zu Atem zu kommen. Selbst im Januar fühlte sich die Sonne hier anders an als in Vermont, nicht nur wärmer, sondern irgendwie angenehmer, als wäre sie der Erde näher. Sie schnupperte an Charlies Gesicht und beschlug seine Skibrille. Er reinigte sie mit der Innenseite seiner Fleece-Jackentasche. Um ihn herum, begraben unter einer anderthalb Meter dicken Schneedecke, lagen die Rinnen, Hänge und baumbestandenen Lichtungen des McMillan Peak und funkelten unterhalb des großen, gezackten Bergkamms, der ihn säumte. Keine Seele weit und breit. Nicht mal eine Spur im Schnee. Charlie, der in Mammoth und Squaw Valley aufgewachsen war und schon als Kind Ski fahren gelernt, stundenlang in den Schlangen vor den Schneeliften gestanden oder an Tagen mit Neuschnee ungeduldig gewartet hatte, bis die Skipatrouille die Hänge freigab, um dann zu sehen, wie sie eine halbe Stunde später kreuz und quer befahren wurden, schnappte fast über vor Glück.

Erstaunlicherweise hatten Charlie und Garrett jetzt das dritte Studienjahr erreicht, wo sie Kurse für Fortgeschrittene belegten. Jetzt, in den Winterferien, waren sie alle in den Süden von Colorado gekommen, um im Hinterland Ski zu fahren. Das war der günstigste Ort für ein Treffen: Garrett war bereits in Albuquerque, wo er die Ferien mit seiner Mutter verbrachte, deshalb waren Charlie und Elias von entgegengesetzten Küsten eingeflogen, und er holte sie in einem mit Vorräten beladenen Wagen vom Flughafen ab. Der Mann war der reinste Pfadfinderführer. Er hatte nicht nur die fix und fertig gepackten Schlitten perfekt im Kofferraum des mütterlichen Subaru verstaut, für jeden von ihnen eine Signalleuchte, eine Schaufel und eine Lawinensonde aufgetan, sondern sich von einem Bekannten in Silverton auch noch eine besondere AT-Ausrüstung ausgeliehen. Das war kein Telemarken, wie Garrett es Charlie in Vermont beigebracht hatte, sondern ein neues geniales Ding, bei dem man auch die Fersen fixieren und alpine Schwünge hinlegen konnte, als hätte man das Skigebiet nie verlassen. Charlie konnte es kaum erwarten, es auszuprobieren.

Sie hatten großartige Zeiten in der Breadloaf Wilderness erlebt. Aber das hier war der Westen, die Rocky Mountains. Die Appalachians wirkten im Vergleich zu den Rockies wie, na ja, wie ... was? Schnorcheln zu Tiefseetauchen? Charlie war noch nie auf einem Skihüttentrip gewesen, und schon gar nicht in knapp viertausend Metern Höhe.

Garrett ging in die Hütte, um den Holzofen anzuwerfen, während Charlie und Elias die Vorräte von den Schlitten luden und ihm mit Tüten voller Lebensmittel folgten. Die Hütte war klein und niedrig. Der alte Alcazar-Herd, der an einen Propangastank vor dem Fenster angeschlossen war, roch gefährlich. Charlie musste sich bücken, um nicht ständig mit dem Kopf an die Decke zu stoßen, als hätte es sich bei den Bergleuten, die vor langer Zeit hier gewohnt hatten, um die Sieben Zwerge gehandelt. Während Charlie darauf wartete, dass der Ofen sich erwärmte, rieb er die Handschuhe aneinander, um wieder Gefühl in den Fingern zu bekommen. Seine verschwitzte Daunenjacke war fest gefroren und steif wie eine kugelsichere Weste. Das liebte er. Er liebte alles hier. Er war ein leidenschaftlicher Liebhaber von eisiger Unterwäsche und Minenhütten aus dem neunzehnten Jahrhundert.

»Mann, ist das arschkalt«, sagte Elias. »Ich vermisse die Lodge.«

»Welche Lodge?«

»Irgendeine. Eine Ski-Lodge. Mit überteuerten Cheeseburgern.«

»Aber würden Ski-Lodges so was haben?«, fragte Garrett und nahm eine Porzellanfigur aus dem Regal. Die Figur, das einzige Dekor der Hütte, stellte eine nackte Frau dar, die mit einem Skelett vögelte.

»Wow, ganz schön beunruhigend!«

»Was soll uns das Ding überhaupt sagen?«, fragte Charlie.

»Wenn sogar ein Skelett flachgelegt werden kann, gibt's auch noch Hoffnung für Dagobert.«

Charlie lachte. Es war ein Witz, den sie machten, seit Elias mit Sabina Gonzales zusammen war. Er weigerte sich, über sein Sexleben zu sprechen, verriet nicht mal, ob sie überhaupt vögelten, deshalb taten Garrett und Charlie immer so, als würde sie sich für die Hochzeitsnacht aufsparen.

»Aber in diesen Touristen-Lodges kriegt man nie einen Tisch«, sagte Charlie ernst.

»Na, wenigstens haben sie welche.«

»Und was ist das hier?«, fragte Charlie und strich über einen riesigen Baumstumpf, den jemand in die Mitte der Hütte geschleppt hatte.

»Gibt es eigentlich irgendwas auf der Welt, das dir gegen den Strich geht?«, fragte Elias.

»Klar.«

»Außer Zahnarztterminen?«

Charlie zuckte die Achseln. »Ehrlich gesagt hab ich nichts gegen saubere Zähne.«

Garrett legte Elias die Hand auf die Schulter. »Alles wird gut, wenn wir erst auf Skiern da oben stehen.«

Elias warf ihm einen skeptischen Blick zu. Er war in Vermont aufgewachsen und wahrscheinlich der beste Skifahrer von ihnen. Aber er war noch nie den ganzen Weg bis zu einer Berghütte hinaufgestiegen und heute einfach hinter Charlie und Garrett hergezockelt, obwohl er nicht mal einen Schlitten ziehen musste. Allein der Gedanke, bergauf zu steigen, statt abzufahren, war offenbar eine Beleidigung für ihn. »Sieh es doch einfach als Klettertour an«, hatte Charlie zu ihm gesagt, doch nicht einmal das konnte seine Stimmung aufhellen.

Nach einem schnellen Mittagessen, Erdnussbutter-mit-Honig-Sandwiches, deren Existenz Charlie komplett vergessen hatte, füllten sie den Suppentopf mit Schnee und schmolzen ihn auf dem Holzofen, während Elias das Plumpsklo draußen aufsuchte. Eine Minute später kam er völlig außer sich zurück. Das Klo war den ganzen Winter nicht sauber gemacht worden.

»Da ist ein Stalaktit aus Scheiße, höher als der Klositz.«

»Stalagmit«, korrigierte ihn Garrett.

»Was zum Teufel macht das schon für einen Unterschied?«

»Ein Stalaktit würde von der Decke hängen.«

Elias runzelte die Stirn. »Ich wollte eigentlich nur sagen, dass man sich da nicht hinsetzen kann.«

»Wir sind bestimmt nicht die ersten Skifahrer, die dieses Problem haben.«

»Stimmt«, sagte Elias verzweifelt. »In der Ecke des Klos lehnt ein Eispickel.«

Er sah Garrett und Charlie an. Garrett und Charlie starrten zurück.

»Weißt du noch, wie du dein ganzes Geschirr ausgraben musstest?«, sagte Charlie.

Garrett knetete ihm die Schulter. »Ein Bergsteiger kennt keine Angst.«

Elias setzte seine Skibrille auf und kehrte zum Plumpsklo zurück. Charlie hatte kein allzu großes Mitleid mit ihm. Der Kerl war so wahnsinnig verliebt – auf dem College schwebte er praktisch auf Wolke sieben –, dass man ihm seine Unzufriedenheit kaum abnahm. Garrett hatte die Reise teilweise geplant, um mehr Zeit mit Elias zu verbringen und ihn für ein paar Tage aus Sabinas Wohnheim herauszulocken, deshalb war ein gewisser Unmut vorprogrammiert. Die drei waren beste Freunde und angeblich eine Wohngemeinschaft, doch Elias schlief mittlerweile kaum noch im Mill. Charlie und Garrett waren gekränkt, als hätte Elias sie ausgewechselt. Als wäre er zu etwas Höherem berufen. Ganz zu schweigen davon, dass er in ein paar Monaten seinen Abschluss machen würde. Charlie nahm ihm das nicht übel – der Typ war seit *zweieinhalb Jahren* bis über beide Ohren in Sabina Gonzales verknallt. Aber da war diese nagende Sorge, die von Garrett geteilt wurde: dass er sich bereits von ihnen verabschiedet hatte.

Später probierten die drei ihre Ausrüstung aus und testeten ihre LVS-Geräte. Sie bildeten Zweierteams und wechselten sich ab. Einer stellte sein Gerät auf EMPFANG, begab sich außer Sichtweite und kam dann zurück, um sicherzustellen, dass das Piepsen schneller wurde, wenn er sich dem Funksignal seines Partners näherte. Anschließend vergewisserten sie sich doppelt, dass alle Geräte auf SENDEN standen, schnallten die Skier an und begannen im Gänsemarsch den Aufstieg zum McMillan Peak. Mühelos stiegen sie durch ein Kiefernwäldchen nach oben, bis sie schließlich die Baumgrenze erreichten und zum ersten Mal einen Panoramablick auf den Berg und den makellos weißen Hang hatten, wo die Luft in einer neuen Art von Stille gefangen schien. Der Anblick ließ Charlies Herz höherschlagen. Er lächelte Elias zu, der hinter ihm kletterte. Offenbar hatte er beim Anblick von so viel Schnee seine schlechte Laune verloren, denn er grinste nun ebenfalls. Sein Gesicht glühte unter der Kapuze seiner Jacke.

Charlie blieb stehen, um einen Schluck Wasser zu trinken, aber seine Wasserflasche war zugefroren. Er hatte vergessen, sie verkehrt herum einzupacken. Vor ihm richtete Garrett seine Skier aufwärts und fing an, mehr oder weniger gerade Richtung Kamm zu steigen. Charlie folgte seiner Spur, so war der Aufstieg leichter. Sein Kopf pulsierte, wegen der Höhe, er war kurz vor dem Verdursten, Zehen und Finger waren taub. Trotzdem hätte er nicht glücklicher sein können. Irgendwann in den letzten drei Jahren hatte die Kälte aufgehört, ihm etwas auszumachen. Sie war ihm sogar lieber als die zeitlose Wärme von Kalifornien. Sie erinnerte ihn daran, dass er sich auf einem Planeten befand, der dreiundneunzig Millionen Meilen von der Sonne entfernt war, mit dem vor langer Zeit etwas kollidiert war und ihn aus dem Gleichgewicht geworfen hatte, sodass es im Winter arschkalt wurde. Während der Feiertage zu Hause in L. A. hatte er sich beim Gassigehen mit dem Hund im T-Shirt auf seltsame Weise unwohl gefühlt, sich ziellos umgeschaut oder die schneefreien Gipfel der San Gabriel Mountains in der Ferne betrachtet.

Nach gefühlt einer Stunde erreichten sie den Kamm und ruhten sich ein wenig aus, bevor sie die Abfahrt begannen. Die Luft war so dünn, dass man kaum atmen konnte. Im Wind flimmerte die Wechte, feiner Pulverschnee erhob sich wie Rauch und brannte in Charlies Lungen. Sie zogen ihre Steigfelle ab – Garrett sogar, ohne die Skier extra abzuschnallen. Er griff nach unten und streifte sie mit einer einzigen fließenden Bewegung einfach ab, so wie man ein Pflaster abreißt. Dann falteten sie sie sorgfältig zusammen und verstauten sie in ihren Rucksäcken. Charlie schnallte seine Skier wieder an und brachte die Bindungen in Position für die Abfahrt. Mit aufgesetzten Skibrillen fuhren sie im Schatten der Wechte die Kammlinie entlang, um das optimale Gefälle zu finden, ohne allzu viel an Höhe zu verlieren. Alles über dreißig Grad bedeutete Lawinengefahr.

Garrett hielt in einem windgeschützten Kar an, das an der Baumgrenze in eine wunderschöne Lichtung überging, und holte seinen Neigungsmesser heraus. Er legte ihn auf den Schnee, um zu sehen, wo die kleine Kugel im Innern zum Stillstand kam. Neunundzwanzig Grad. Geradezu perfekt. Keine anderen Skifahrer. Sie hatten den Berg – eigentlich das ganze Universum – für sich allein.

»Okay, Leute«, sagte Garrett und grinste wie ein Irrer. »Kalter Rauch, so weit das Auge reicht.«

»Was meinst du damit?«, fragte Elias.

»Pulverschnee! Das meine ich. Weich wie ein Hasenarsch.«

Elias drehte sich zu Charlie um. »Warum redet er so komisch?«

»Vermutlich eine Hirnstörung oder so was. So ist er immer, wenn wir Ski fahren.«

Sie ließen Elias vorfahren und sahen zu, wie er in den knietiefen Pulverschnee stieß und dann wie von Zauberhand wieder nach oben schoss und an Geschwindigkeit gewann. Er tauchte in den Schnee ein, dann wieder auf und legte einen perfekten Slalom hin, der weder Skifahren noch Fliegen war, sondern beides gleichzeitig, bis er sich schließlich im aufgewirbelten Schnee verlor. Seine Spuren schienen sich aus einer Rauchwolke zu lösen wie ein Docht, der rückwärts brennt. Am Rand einer Krummholzzone hielt er an und brüllte etwas zu ihnen hoch. Charlie ging ein Stück zurück, um eine unberührte Linie zu finden. Seine Kehle war trocken vor Aufregung, und er zögerte, weil er den Nervenkitzel, der ihm bevorstand, nicht dadurch verderben wollte, dass er ihn vorwegnahm.

Dann schluckte er, stieß sich mit den Stöcken ab und spürte das erste Flimmern von Freiheit, als er die Schwerkraft hinter sich ließ und durch den mehlig leichten Schnee schwebte, die gerade Falllinie hinabschoss und jede Kurve zu einem perfekten C machte. Er zog einen Skistock hinter sich her und ließ sich von seiner eigenen Geschwindigkeit tragen, als würde eine riesige Hand ihn auf und ab heben und aus jeder Kurve herausschwingen lassen. Es war die müheloseste Skifahrt der Welt, eins der wenigen Dinge im Leben, die zu erleben tatsächlich *besser* war, als davon zu träumen, und solche Träume gehörten ohnehin zu Charlies liebsten, aber natürlich dachte er daran jetzt nicht, fühlte nur diese makellos fließende Hand unter sich und die Schläge im Gesicht, wenn er in eine Kurve schoss. Er verschluckte sich am Schnee, weil er laut lachen musste oder sogar johlte und verlor sich in einem pulvrig weißen Raum, bis schließlich seine Oberschenkel dermaßen brannten, dass er froh war, neben Elias anzuhalten, sich auf seine Stöcke zu stützen, und nach Luft zu ringen, das Gesicht verzogen vor Schmerz.

Als er schließlich den Kopf hob, stand er vor Elias, der aussah wie ein Schneemann mit einem von Schneeflocken bedeckten Bart. Sie grinsten sich an, wie Kinder, wie Idioten. Sie konnten nicht anders. Dann kam Garrett dazu, und auch er grinste blöd vor sich hin. Charlie wurde von einem Gefühl ergriffen, das er öfter hatte: als wäre das Leben ein Weihnachtsgeschenk, man musste es bloß auspacken. Gemeinsam schauten sie zum Berg hinter ihnen hinauf und bewunderten die identischen Sinuskurven ihrer Skier.

Eine Weile drehten sie noch ihre Runden, stiegen bis zum Kar auf und fuhren nur bis zur Krummholzzone an der Baumgrenze, statt ganz hinunter ins Tal. Als keine unberührten Teile mehr übrig waren, machten sie Schluss und kehrten mit einem Bärenhunger zu ihrer Hütte zurück. Garrett kochte Spaghetti zum Abendessen, während Charlie und Elias sich am Holzofen wärmten. Elias war wie ausgewechselt, die schlechte Laune des

Morgens war nur noch eine vage Erinnerung. Sie aßen mit den Tellern auf dem Schoß.

»Nach dem Debakel mit dem Plumpsklo hatte ich schon Bedenken«, sagte Garrett und trank aus einer der Sierra-Nevada-Flaschen, die sie mitgebracht hatten. Alle Fenster waren zugeschneit, sodass es sich anfühlte wie tiefe Nacht, obwohl es gerade erst dämmerte. »Du hast ausgesehen wie ein gebrochener Mann, als du wieder reinkamst.«

»Voller Scheiße.«

»Das auch.«

»Übrigens sind das die besten Spaghetti, die ich je gegessen habe«, sagte Elias. »Ist es ein Familienrezept oder so was?«

»Ragout«, erklärte Garrett. »Traditionelles italienisches Rezept.«

»Das werde ich auf meiner Hochzeit servieren.«

»Es ist die Packung mit der Aufschrift ›Mit Fleisch gewürzt‹«, sagte Garrett.

»Dürfte ich eine Hochzeit bei warmem Wetter vorschlagen?«, sagte Charlie. »Falls du Dixi-Klos aufstellen musst.«

Elias sah auf seinen Teller. Dann warf er ihnen einen verlegenen Blick zu. »Wir haben gedacht, nicht in diesem Sommer, aber im nächsten, wenn Sabina mit dem College fertig ist.«

Charlie und Garrett sahen sich an.

»Hast du ihr etwa *einen Antrag gemacht?*«, wollte Garrett wissen.

»Natürlich nicht. Ich meine, nicht *offiziell*. Wir reden nur manchmal davon.«

»Whoa!«

»Alle Achtung, Dagobert.«

»Du weißt ja, dass du jetzt keinesfalls mehr Schluss machen kannst, so wie mit all ihren Vorgängerinnen«, warnte Charlie. »Nur ein Arschloch würde Hochzeitspläne schmieden und sie dann sitzen lassen.«

»Sehe ich wie ein Arschloch aus?«

»Na ja. Ein bisschen schon.«

»Ich dachte, das wäre Absicht«, sagte Garrett.

Elias lachte. Er stellte sein Bier auf dem Baumstumpf ab und sah sie mit glasigen Augen an. Vielleicht war es die Erschöpfung oder die Höhe, jedenfalls sah es so aus, als hätte er Tränen in den Augen.

»Kann man eigentlich zwei Trauzeugen haben?«

»Warum nicht?«

»Ich will euch beide dabeihaben. Wenn es eines Tages so weit ist.«

»Solange auch Sabina zwei Brautjungfern hat«, sagte Garrett.

»Die wie sie aussehen«, fügte Charlie hinzu.

»Am besten Schwestern sind.«

»Und Sabina heißen.«

In dieser Nacht lag Charlie in seinem Schlafsack auf einer alten Pritsche und fand keinen Schlaf. Er hatte Kopfschmerzen, wegen der Höhe oder des leichten Geruchs nach faulen Eiern vom Gasherd. Auf der anderen Seite des Zimmers schnarchte Elias so laut, dass die Hütte jeden Moment einzustürzen drohte. Sabina Gonzales tat ihm jetzt schon leid, wenn sie seinen Kumpel wirklich heiraten würde. Dann schloss Charlie die Augen und driftete ab in einen Halbschlaf, den er nicht kontrollieren konnte, obwohl er wusste, dass er träumte. Er nahm Elias' Schnarchen, das Hämmern in seinem Kopf und die Glut des Holzofens in der Ecke des Zimmers wahr. Sie erinnerte ihn an Rembrandt. Er sah eine nackte Frau, die mit dem Rücken zu ihm in der Küche saß. Besser gesagt, ein paar Zentimeter über dem Boden schwebte. Dann drehte sie sich scheu zur Seite, und er sah, dass es ganz anders war. Sie hatte Sex mit ... einem Skelett. Ihre Beine waren um dessen Hüften geschlungen und der

Kopf nach hinten geworfen, sodass ihr Haar den Boden berührte. Sie bäumte sich auf und stöhnte dabei. Charlie wurde im Traum von Angst übermannt. Zum Glück wachte er nicht auf; das Gefühl verschwand an den Rändern seines Schlafs und verlor sich irgendwo in seinem Inneren.

~~~

Am nächsten Morgen standen die drei in aller Frühe auf und stiegen zum McMillan Peak hinauf, auf derselben Seite wie am Tag zuvor. Wieder ein strahlend blauer Himmel, aber kälter, so kalt wie in *Vermont.* Die Haut zwischen Charlies Mütze und seiner Skibrille war taub vom Wind. Die Sonne war wie ein verschwommener Gedanke, der offenbar versehentlich am Himmel zurückgelassen worden war. Der Schnee hatte sich über Nacht verkrustet, jetzt bohrten ihre Skistöcke Löcher hinein. Sie folgten ihren gestrigen Skispuren, fuhren aber dieses Mal weiter am Kamm entlang zu einer nach Norden ausgerichteten Waldlichtung, die im Windschatten lag. Garrett meinte, dort sei der Schnee besser. Und Elias wünschte sich einen steileren Hang. Er war an organisierte Skigebiete und präparierte Pisten gewohnt, in denen er die gefährlichsten Hänge einfach hinunterrasen konnte.

Garrett nahm seinen Neigungsmesser heraus und maß den Winkel. Einunddreißig Grad. Ziemlich genau an der Grenze. Um ganz sicherzugehen, schaufelten sie ein Loch in den Schnee, dann sägte Garrett eine große Säule heraus und führte einen Kompressionstest durch. Ein Mitglied der Ski-Patrouille zu Hause hatte ihm gezeigt, wie es ging. Er legte das Schaufelblatt auf die Schneesäule und schlug sanft darauf, zuerst mit den Fingern, dann mit der flachen Hand, und verstärkte die Wucht der Schläge, bis er die ganze Kraft des Ellbogens einsetzen musste. Kein Bruch. Er schnitt eine weitere Säule aus und
~~~

wiederholte den Vorgang. Elias stand zitternd in der Kälte und beobachtete ihn amüsiert.

»So viel Theater für eine blaue Piste?«

Wieder fuhren sie ein paarmal den Hang hinunter, drehten ihre Runden. Der Schnee war fast so gut wie am Tag zuvor. Als es etwas wärmer wurde, spürte Charlie, wie der Schmerz in seinen steifen Gliedern und die Erschöpfung nach der schlaflosen Nacht verebbten und ihn mit der gleichen glückseligen Benommenheit erfüllten wie am Tag zuvor. Selbst die Kopfschmerzen waren verschwunden. Elias und Garrett schien es ähnlich zu gehen: zu berauscht vom Schnee, um zu reden. Sie waren wie Hunde, die im Wasser herumtollten. Nachdem sie die Waldlichtung ausgiebig befahren hatten, machten sie sich über ihren Lunch her und stiegen dann über den Kamm auf die Rückseite des McMillan Peak, wo der gewaltige Hang in ein V-förmiges Tal mündete. Hier zeigten die Kiefern alle zu einer Seite. Es war ein herrlicher Anblick, überweht von einem Schleier aus Schnee. Garrett machte eine Messung. Dreiunddreißig.

»Mist!«, sagte Charlie.

Elias runzelte die Stirn. »Wieso Mist?«

»Zu steil!«

»*Zwei* Grad steiler als der letzte Hang.«

»Und der war schon steiler, als wir abgemacht hatten.«

Sie sahen Garrett an. Er zuckte die Achseln.

»Mach wenigstens noch einen zweiten Test«, schlug Charlie vor.

Elias stöhnte. »Was jetzt, wollt ihr etwa noch ein Loch schaufeln?«

Garrett kniete sich in den Schnee, grub mit dem Handschuh ein kleines Loch hinein, klopfte die Seiten mit den Fingern ab und suchte nach Schwachstellen. Es schien stabil zu sein.

»Sollten wir nicht ein Stück aussägen und einen richtigen Test machen?«, schlug Charlie vor.

»Haben wir schon.«

»Aber das ist die Rückseite. Der Schnee hier ist anders.«

»Die Temperatur war konstant«, erwiderte Garrett gelassen. »Und seit Sonntag hat es auch gar nicht mehr geschneit.«

Charlie warf ihm einen Blick zu. Er wusste, dass man gerade dann besonders vorsichtig sein musste: Wenn man wie sie den ganzen Vormittag durch den harmlosen Pulverschnee geschwebt war und anfing, sich unbesiegbar zu fühlen. Wie konnte etwas, das so viel Spaß machte, gefährlich sein? Charlie kannte dieses Gefühl. Aber er spürte auch die vergessene Angst aus der letzten Nacht, dieses unergründliche, einsame Gefühl, das ihm jetzt über die Kopfhaut kroch. An den Traum selbst erinnerte er sich nicht, spürte nur seine Gegenwart.

Doch Garrett wirkte so selbstsicher und entspannt, so vertraut mit dieser Welt aus endlosem Schnee – so, na ja, so sehr *Montaner* –, dass Charlie an sich zweifelte. Das ungute Gefühl verflog. Er erinnerte sich an den Eindruck, den Garrett gemacht hatte, als sie sich kennengelernt hatten und mit ihren Stiefeln den vereisten Hang runtergerutscht waren. Dasselbe unbesiegbare Spielplatzgrinsen. Und es war ihnen nichts passiert. Okay, Charlie hatte sich den Arm verrenkt, das ja – aber auch Freunde fürs Leben gefunden.

Elias setzte ungeduldig seine Skibrille ab und sah Garrett an, in der Erwartung, dass er grünes Licht geben würde.

Und Garrett nickte ihm zu, zufrieden, vielleicht sogar großherzig mit sich selbst, als machte er ihm gerade ein Geschenk.

Natürlich war es bloß eine Abfahrt, nicht viel anders als die vorherigen. Elias johlte, stieß sich ab und wirbelte eine Wolke aus Pulverschnee auf. Gekonnt legte er sich in die Kurven, wunderschön, als wollte er etwas in den Schnee eingravieren. Plötzlich schämte sich Charlie für seine Feigheit. Elias flog den Berg hinab. Seine Schwünge waren so mühelos, dass er fast gelangweilt wirkte. Doch das täuschte. Er jubelte vor Freude.

Als er in den Schatten hineinfuhr, den ein Vorsprung des Berges warf, löste sich mit einem dumpfen Wumms ein Teil der Schneedecke über ihm, klein und harmlos, fast hübsch anzusehen, wie etwas, das ganz langsam von der Ladefläche eines Lasters rutscht. Doch dann verwandelte es sich in eine Lawine aus schmutzigem Geröll, die Elias einholte und von den Skiern schleuderte. Für einen Moment schien er über ihr zu schweben, und seine Stimme klang jetzt anders. Die Skispitzen zeigten zum Himmel. Es gelang ihm noch, sich halbwegs wieder aufzurichten, sodass er auf dem Hintern abwärtsrutschte, bevor er nach vorn kippte und bäuchlings auf der Geröllwelle surfte, bis sie den flachen Teil des schüsselförmigen Hangs erreichte, wo sie sich zu einem riesigen Haufen staute und langsam zum Stehen kam. Das Ganze hatte nur wenige Sekunden gedauert.

Charlie suchte das Gelände ab. Er glaubte, Elias wäre es gelungen, sich aufzurichten und auf die Seite zu retten. Doch er war nicht da. Der Hang war leer. Erst als er Garrett ansah und die stumme panische Reglosigkeit seines Gesichtes erkannte, wurde ihm klar, was passiert war.

Garrett, der nicht wirklich da war. Der seinen Körper verlassen hatte und von oben auf alles herabschaute. Und alles wirkte flach, unwirklich, wie die Seiten eines Aufklappbuchs.

Schwindel, innen wie außen.

Charlie rief ihm etwas zu, doch er konnte die Geräusche, die Charlie machte, nicht deuten, sie hörten sich alle gleich an. Es klang wie *nuschelnuschelnuschel.*

Schließlich kam Garrett wieder zu sich, raste hinab zu der Stelle, wo er Elias unter dem Schnee vermutete, riss sich mit den Zähnen die Handschuhe ab, öffnete den Reißverschluss seiner Tasche und kramte das LVS-Gerät heraus. Um ein Haar hätte er es in den Schnee fallen lassen. Seine Finger schmerzten in der Kälte, doch es kam ihm vor, als spürte es jemand anders. Fünfzehn Minuten. Höchstens dreißig, wenn Elias in einer Luftblase steckte. Garrett stellte das Gerät auf EMPFANG. Selbst seine Gedanken – *fünfzehn Minuten, Luftblase* – kamen ihm irreal vor. Sein ganzer Körper zitterte. Er hielt das Gerät in der Hand, behielt es im Auge und fuhr im Zickzack über die Spur der Lawine. Er folgte der Feldlinie auf seinem Display und bewegte sich wie ein Anfänger auf einer Übungspiste, wenn man von den unebenen Schneebuckeln absah. Als das Gerät ihm anzeigte, dass er nahe dran war, sprang er aus seinen Skiern und kniete sich in den Auslaufbereich der Lawine. Er überprüfte die Distanzanzeige und hielt das LVS-Gerät dicht über den Schnee, bis er die kürzeste Entfernung zu dem Verschütteten ermittelt hatte. Das alles machte er allein. Er hatte vergessen, dass Charlie bei ihm war. Dann fiel es ihm wieder ein. Er rief um Hilfe und fuhr zusammen, als er Charlie plötzlich neben sich stehen sah. Er nahm die Sonde aus seinem Rucksack, fuhr sie zitternd aus und stieß sie in den Schnee, so wie es ihm beigebracht worden war, zuerst in kleinen Kreisen, danach konzentrisch nach außen in immer größeren Kreisen, und die ganze Zeit über dachte er: *Das ist nicht wahr, das ist nicht wahr, das ist nicht wahr.* Doch es gab keinen Treffer, er konnte ihn nicht finden, es war, als wäre Elias nie auf diesem Berg gewesen. Als Garrett aufgeben und eine weitere Signalsuche starten wollte, stieß er in fast zwei Metern Tiefe auf etwas Hartes. Das leblose, dumpfe Geräusch weckte eine Angst in ihm, von deren bloßer Existenz er bisher nichts gewusst hatte. Er nahm seine Schaufel aus dem Rucksack und rief Charlie zu, er solle weiter unten und hinter ihm graben. Er selbst schaufelte so schnell er konnte. Der Schnee war hart wie Zement, und seine Arme brannten, als er ihn schaufelweise so weit wie möglich bergab schleuderte, es nicht wagte, auch nur für eine Sekunde innezuhalten, der Wind Löcher in seine Wangen biss und er grub und das College schmiss, zwischen verschiedenen Räumen herumirrte, sich in die Braut seines einzigen Freundes verliebte und immer noch weitergrub.

DREIZEHN

Der Hochzeitstag war klar und schön, nur ein paar Dunstwolken zogen sich wie Luftschlangen über den Himmel. Man hätte sich kein besseres Wetter wünschen können. Der See war glatt wie ein Spiegel. Der Rasen des Bootshauses, wo rot gekleidete Brautjungfern Stühle aufstellten, duftete nach Hortensien und frisch gemähtem Gras. Die weißen Stühle, die von einer Rasenschneise in zwei Gruppen geteilt waren, sahen aus wie Schnee.

Zumindest für die Fischadlermutter, die von ihrem Nest auf sie herabblickte. Unter ihren Krallen lag eine halb vermoderte Forelle. Jemand hantierte mit dem Mikrofon, um zu testen, ob es funktionierte. Es folgte ein ohrenbetäubendes Kreischen. Ein Adler – oder etwas, das einen Adler fressen würde. Die Fischadlermutter, die um ihre Küken bangte, breitete ihre Flügel über ihnen aus.

Etwas weiter die Straße hinunter, in den *Serenity Shore Cabins*, wo viele der Hochzeitsgäste untergebracht waren, erbrach man sich. Der Norovirus hatte mittlerweile mehr als ein Drittel der Gäste des Bräutigams niedergestreckt. Sie waren zu krank, um ihre Zimmer zu verlassen. Der Ort glich einer Isolierstation. Manche Gäste lagen auf den Fluren, mit Eimern neben sich, oder schliefen, dicht an die Kloschüsseln gepresst, zwischen den einzelnen Attacken. Aus den Fenstern drangen lautes Stöhnen und unaussprechliche Geräusche. Urlauber, die auf ihrem Spaziergang am Seeufer an den Hütten vorbeikamen und nicht wussten, dass weiter unten auf der Straße eine Hochzeit stattfand, glaubten, dass hier etwas Schlimmes im Gange war, womöglich sogar der Teufel seine Hand im Spiel hatte.

~~~

Charlies Vater, der Auslöser dieser Tragödie, stand verlegen auf einer Trittleiter und hängte Lampions an eine Angelschnur, die zwischen zwei Bambusstangen gespannt war. Er winkte Garrett zu sich. Die Hochzeitsfeier würde in einer Stunde beginnen, und es herrschte das allgemeine Gefühl eines drohenden Debakels. Garrett blieb nichts anderes übrig, als hinzugehen. Die Brautjungfern, die die Stühle aufstellten, hielten Abstand zu Mr. Margolis; sie blieben vorsichtig und misstrauisch, obwohl er schon wieder gesund war.

Die »Hochzeitspest«, wie sie inzwischen genannt wurde, hatte die Vereinigung der Stämme erschwert.

Garrett hätte angesichts dieses Unglücks verzweifelt Hoffnung schöpfen können, wäre er nicht selbst am Ende gewesen – nicht weil der Virus auch ihn erwischt hatte, sondern weil er das Gefühl hatte, sein Leben wäre am Ende oder stünde zumindest kurz davor. Er war einfach nur erschöpft. Bis ein Uhr morgens war er im Krankenhaus gewesen, um sich davon zu überzeugen, dass sein Vater nicht mitten in der Nacht sterben würde und dass dies nicht der Hauptakt war, sondern nur die Ouvertüre. Danach hatte er wie üblich wach im Bett gelegen und sich zum x-ten Mal gefragt, ob Cece mittlerweile seine Mail gelesen hatte. Natürlich nicht. Das war unmöglich. Hätte sie sie gelesen, hätte sie es Charlie erzählt, und der hätte Garrett von der Hochzeit ausgeladen. Zumindest hätte er ganz sicher jemand anderen gesucht, um sich trauen zu lassen. Doch als Garrett ihn gestern halb außer sich aus dem Krankenhaus angerufen und erklärt hatte, warum er nicht zur Generalprobe hatte kommen können, war Charlie freundlich und be-
~~~

sorgt gewesen, hatte ihn mit medizinischen Fragen gelöchert und gefragt, ob er irgendetwas für ihn und seinen Vater tun könne.

Es wäre eine günstige Gelegenheit gewesen, sich vor der Trauung zu drücken. Er hätte eine gute Entschuldigung gehabt. Doch angesichts der Tatsache, dass die Hälfte der Trauzeugen des Bräutigams zu krank war, um zu erscheinen, hatte Garrett es nicht übers Herz gebracht.

Natürlich hatte er noch kein einziges Wort seiner Rede geschrieben. Er hatte keine Ahnung, was er sagen würde, und war überzeugt, dass ihm die Quelle seines Elends ins Gesicht geschrieben stand. Außerdem fühlte er sich in dem schlecht sitzenden Smoking seines Vaters noch auffälliger als ohnehin schon.

»Da fehlt ein Knopf«, sagte Mr. Margolis und zeigte auf Garretts Bauch. Tatsächlich war das Smokinghemd über dem Kummerbund aufgeplatzt und offenbarte ein Stück Haut.

»Au, Mist«, sagte Garrett. Er kramte in der Hosentasche, in der Hoffnung, dass sein Dad dort eine Sicherheitsnadel versteckt hatte.

»Murphys Gesetz«, sagte Mr. Margolis. »Da kann man nichts machen.«

Garrett runzelte die Stirn. »Tja, aber irgendwas muss ich wohl unternehmen.«

»Ach was. Du siehst sowieso aus wie ein Vagabund. Nimm dein Schicksal an und ertrage es mit Stolz.« Wahrscheinlich war Mr. Margolis bereits betrunken. Und nicht nur ein bisschen, sondern auf dem besten Weg, sich volllaufen zu lassen. Vielleicht war die Demütigung, der Krankheitsüberträger gewesen zu sein, zu viel für ihn gewesen. »Charlie ist kurz vor einem Nervenzusammenbruch. Du weißt ja, seine Brüder sind zu krank, um die Unterkunft zu verlassen, und seinem Freund Brigley geht es auch nicht viel besser.«

»Brig«, sagte Garrett.

»Hast du die Braut schon kennengelernt?«

Garrett nickte.

»Wunderbares Mädchen. Und verdammt klug. Ist dir aufgefallen, wie viel Wert sie auf Adjektive legt?«

Garrett sah ihn sprachlos an. Er schüttelte den Kopf.

»Ich habe ihr von meinen ›weltbewegenden‹ Kopfschmerzen erzählt, und sie meinte, man solle den Ausdruck nicht derart leichtfertig benutzen.« Mr. Margolis streckte den Arm aus, um einen Lampion aufzuhängen. Die Trittleiter schwankte bedrohlich. »Offenbar hat die Welt größere Probleme als ich.«

Garrett half Mr. Margolis, die Leiter zu verrücken, und reichte ihm einige Lampions hoch. Er wusste nicht, was er mit dieser Information anfangen sollte. Er starrte die Brautjungfern an, erkannte sie von Charlies Junggesellenabschied wieder. Sie erklärten den Caterern, wo sie das Büfett aufbauen sollten. Trotz der Hochzeitspest und des allgemeinen Unbehagens schienen sie guter Dinge zu sein. Als die Caterer gerade nicht hinsahen, schnappte sich eine von ihnen ein Hors d'oeuvre von einer Wärmeplatte, warf es in die Luft und fing es geschickt mit dem Mund auf. Die anderen Brautjungfern in ihren leuchtend roten Kleidern klatschten Beifall.

»Ich sollte meine Rede vorbereiten«, sagte Garrett.

Mr. Margolis musterte ihn von der Trittleiter aus. »Ach, richtig, du bist ja der Geistliche.«

Ohne zu wissen, warum, hob Garrett den Daumen.

»Welche klugen Worte hast du denn für uns?«

»Ach, die üblichen Grundweisheiten, Sie wissen schon.«

»Aha«, sagte Mr. Margolis.

»Ich möchte die Überraschung nicht verderben.«

»Wenn ich es mir recht überlege, solltest du das mit dem Knopf in Ordnung bringen. Oder dich vielleicht für ein ganz neues Outfit entscheiden.«

Garrett nickte. Er ging über den Rasen auf das Haus zu, in der Hoffnung, jemandem zu begegnen, der ihm helfen könnte. Wie eigenartig, die Veranda zu betreten, im Wissen, dass Cece irgendwo da drin war und möglicherweise sogar um seine Gefühle für sie wusste. Aber vielleicht stimmte das auch nicht. Ceces Tugend hatte eine große Wirkung auf Garrett. Ganz sicher hatte sie seine zweite Mail gelesen und die erste, seine Liebeserklärung, gelöscht, also das getan, worum er sie gebeten hatte. Wer sonst hätte die moralische Kraft gehabt, der Versuchung zu widerstehen, wenigstens mal kurz einen Blick drauf zu werfen? Garrett selbst bestimmt nicht. Er war verrückter nach ihr als je zuvor.

Die Fliegengittertür quietschte, als er sie öffnete, aber drinnen war so viel los, dass ihn niemand bemerkte. Die Menschen – Mrs. Margolis, irgendjemandes Großvater, ein gestresster, aber körperlich fitter Mann, wahrscheinlich Ceces Vater – liefen durchs Haus und erledigten geheimnisvolle Aufgaben. In der Küche standen zwei Caterer und brüllten sich an. Auf gut Glück öffnete Garrett unbemerkt ein paar Schubladen und suchte nach einer Sicherheitsnadel. Dann ging er ziellos nach oben und stieß auf den Bräutigam. Er saß im Smokinghemd, aber ohne Jackett auf der oberen Treppenstufe, mit hochgekrempelten Ärmeln, als wollte er gleich den Rasen mähen.

»Garrett!«, sagte Charlie kraftlos. Seine Koteletten waren feucht, und auf seiner Stirn glitzerten Schweißperlen.

»Alles okay?«

Charlie schüttelte den Kopf.

»Hey Mann, das ist dein großer Tag. Du solltest glücklich sein.«

»Ich wünschte, ich wär's«, entgegnete Charlie.

Garrett empfand einen Anflug von Ärger. Am liebsten hätte er Charlie ins Gesicht geschlagen. *Wenn du schon diese Frau heiratest und für den Rest ihres Lebens nur für dich haben willst, dann sei wenigstens kein Schlappschwanz.* »Ist doch normal, da nervös zu sein, oder?«

»Das ist es nicht«, erwiderte Charlie. »Ich fühle mich krank. Als hätte ich diese verdammte Sache.«

»Ach du Scheiße!«

»Erzähl es bloß keinem! Ich will nicht, dass Cece es mitkriegt!« Er sah blass aus, und schaute sich unruhig um. »Sie ist sowieso fertig mit den Nerven.«

»Mach ich nicht.«

»Es würde ihr den ganzen Tag vermiesen.«

Garrett legte Charlie die Hand auf die Stirn. Sie war warm und klebrig. Er empfand eine Welle aufrichtigen, schlichten Mitgefühls und dachte an den Tag zurück, an dem sie sich kennengelernt hatten. Wie er Charlie in den Schnee gerissen hatte, damit er nicht zwischen die Autos schlitterte, und ihm dabei fast den Arm gebrochen hätte. Charlie hatte ihm das nie übel genommen, obwohl er deswegen das Squash-Team hatte verlassen müssen.

»Alles wird gut. Jede Wette, dass es nur die Nerven sind. Du musst einfach bloß dastehen.«

Charlie sah ihn an.

»Sprich es mir nach«, sagte Garrett. »›Ich werde heiraten.‹«

»Ich werde heiraten«, murmelte Charlie.

»Ich werde verdammt noch mal heiraten!«, wiederholte Garrett lauter.

»Ich werde verdammt noch mal heiraten!«

»Das ist die richtige Einstellung!«

Er half Charlie hoch. Es schien ihm besser zu gehen, sobald er auf den Beinen stand. Er lachte sogar über Garretts fehlenden Knopf und nahm ihn mit ins Arbeitszimmer seines Dads, wo sie auf dem Schreibtisch einen Hefter fanden. Charlie kniete sich leicht unsicher auf den Boden und tackerte Garretts Hemd durch das Knopfloch, sodass die Knopfleiste wie eine Markise vom Bauch abstand. Als wäre er schwanger. Charlie versuchte, sie flach zu pressen, aber sie sprang wieder auf. Er biss sich auf die Lippen und versuchte, nicht zu lachen.

»Du siehst auch nicht gerade umwerfend aus«, sagte Charlie und sah Garrett ins Gesicht.

»Das ist bei mir nichts Neues«, entgegnete der.

»Im Badezimmer – zweite Tür rechts – liegt mein Kamm, falls du dich ein bisschen auf Vordermann bringen willst.«

Charlie zog die Schreibtischschublade seines Vaters auf und nahm eine Flasche Scotch heraus, irgendwas mit einem unaussprechlichen Namen. Offensichtlich teuer. Er öffnete sie und reichte sie Garrett, der einen Schluck nahm. Charlie fuhr kurz zusammen, schloss die Augen und genehmigte sich selbst auch einen.

»Ein Glück, dass du da bist«, sagte er und legte Garrett den Arm um die Schulter. »Ich weiß nicht, was ich ohne dich machen würde.«

Dann ging er, um sich fertig anzuziehen. Als Garrett allein war, setzte er sich vor den gelben Notizblock auf Mr. Margolis' Schreibtisch und schnappte sich einen Stift aus einem Becher auf der Fensterbank. Er versuchte, wenigstens ein oder zwei inspirierende Gedanken für seine Rede aufzuschreiben. Eigentlich brauchte er nur ein paar Stichworte, um loszulegen. Irgendwas. Wieso hatte er nicht längst damit angefangen? Was war los mit ihm? Warum musste er alles, was er anpackte, vermasseln? War das etwa Absicht? Auf dem College hatte er in einer einzigen Nacht ganze Referate geschrieben, die Wörter waren ihm schneller in den Sinn gekommen, als er tippen konnte. *Wir haben uns hier versammelt, um zwei außergewöhnliche Menschen zu feiern,* schrieb er und erstarrte. Es kam ihm vor, als verfasste er seinen eigenen Nachruf.

Er griff nach dem Scotch in der Schublade und nahm einen größeren Schluck. Dann musste er zur Toilette. Entmutigt stand er auf und schlenderte den Gang entlang, während er gleichzeitig versuchte, sich von dem Junggesellenabend an den Weg zu erinnern. Schließlich öffnete er eine Tür, die seiner Vermutung nach ins Badezimmer führte. Aber es war nicht das Badezimmer. Es war ein Schlafzimmer und roch nach Parfüm, angespannt wie ein Greenroom kurz vor einer Aufführung. Mehrere der Brautjungfern in Rot, die vorher draußen gewesen waren, hatten sich um eine Fremde im Hochzeitskleid versammelt. Es war Cece, die mit dem Rücken zur Tür saß. Sie sah so blendend aus, selbst von hinten, dass Garrett sie nicht wiedererkannte. Eine ältere Dame mit einem Grübchen am Kinn (ihre Großmutter?) stand neben ihr. Eine der Brautjungfern kauerte vor Cece und tupfte ihr das Gesicht mit einem Taschentuch ab. Alle anderen starrten Garrett an, als wäre er in einen Gottesdienst geplatzt. Als er sich diesem Tableau beschützender Frauen gegenübersah, ernst, still, eine unergründliche Stammeskraft ausstrahlend, die sich um Cece versammelt hatten, als müssten sie ein Feuer beaufsichtigen, das zu erlöschen drohte, bekam er kein einziges Wort heraus.

Cece wandte sich um und sah ihn zum ersten Mal. In ihrem Gesicht spiegelte sich Überraschung. Hatte sie geweint? Ihre Augen waren blutunterlaufen, das Make-up verschmiert. Garrett sah ihr schönes, tränenüberströmtes Gesicht und vergaß für einen Moment, wo er war – vergaß, dass er das Badezimmer suchte, dass er aussah, als wäre er schwanger, und dass sein Vater im Krankenhaus im Sterben lag. Bis dahin hatte Garrett Hochzeiten mit »Pachelbels Kanon«, überkandidelten Torten oder *Die Reifeprüfung* assoziiert, doch jetzt ging ihm auf, wie falsch er gelegen hatte. Bei Hochzeiten ging es darum, die Zeit anzuhalten, die Welt mit den Parametern der eigenen Wünsche in Einklang zu bringen, und wenn auch nur für ein paar Stunden, mit diesem geheimen Teil des Ichs, der die Vollkommenheit besang und es vor dem alltäglichen Leben bewahrte.

Was, wenn die Welt einen Traum hatte, der auf wundersame Weise von einem selbst handelte?

Und jetzt starrte Cece ihn an – in Tränen aufgelöst. Eine rote Rose schwebte in ihrem Haar. Aber wer würde nicht weinen, wenn sich ein Drittel der Hochzeitsgäste in ihren Zimmern in Quarantäne befanden? Er wollte sie nur noch trösten. Es spielte keine Rolle, wen sie heiratete. Garrett glaubte nicht an die Seele, zumindest nicht im herkömmlichen Sinn, und doch schien etwas von ihm auszugehen, das wie eine Seele war, schien auf diese weinende Braut zuzustreben, auf dieses menschliche Wesen, weil auch er ein Mensch war. So was hatte er seit Jahren nicht mehr erlebt. Es war ein sonderbares Gefühl, als hätte er zu seiner Herde zurückgefunden.

Instinktiv machte Garrett einen Schritt auf sie zu, und dann geschah etwas Erstaunliches. Sie verzog den Mund, und die Sehnen an ihrem Hals spannten sich an wie Kabel. Die Wirkung war hypnotisierend. Sie stand auf und bleckte die Zähne, als wäre sie eine Katze. Dann hob sie die rechte Hand und streckte sie zu ihm aus, wobei sie einen Finger in der Luft krümmte, als drückte sie auf den Druckkopf ... einer Sprühdose. »Psssst!«, zischte sie und sprühte ihm mit der imaginären Dose ins Gesicht.

II

SOMMER

VIERZEHN

Auf dem Weg zum Haus der Margolises (aber wahrscheinlich sollte sie jetzt lieber »Charlies Haus« sagen) sah Cece die vertrauten Orte an ihrem Fenster vorbeiziehen: *Fred's Bait and Tackle*, das Tipi aus Beton, das früher mal ein Motel gewesen war, den blauen See, der durch die Bäume schimmerte. Sie war überhaupt nicht müde, konnte aber nicht aufhören zu gähnen. Sie hatte Magenschmerzen vor lauter Angst und Nervosität, vielleicht auch Hunger. Heute Morgen beim Frühstück hatte sie nichts runterbekommen und die Schale mit den Haferflocken angestarrt, als wäre es ein Gefängnisfraß. Garrett schien genauso nervös zu sein wie sie und schaute schweigend vor sich hin, die Hände um das Lenkrad geklammert. Hin und wieder warf er einen Blick in den Rückspiegel und fuhr sich durchs Haar. Es war so dünn, dass es aussah wie das eines Babys.

Charlie hatte Jahre gebraucht, um ihnen zu verzeihen – neun Jahre, um genau zu sein –, und jetzt fuhren sie zu dem Haus, das sie einst geliebt hatte, an den Ort, wo Charlie und Cece mit ihren Kindern jeden Sommer hatten verbringen wollen. Wo sie ihre Hochzeit gefeiert und geschworen hatten, sich zu lieben und zu achten, bis der Tod sie schied. Wie seltsam es war, jetzt zu einem Besuch hierher zurückzukehren. Natürlich war Cece schon hier vorbeigefahren, aber nur ein Mal, als sie nach Missoula musste, um ein Flugzeug zu erwischen. Normalerweise tat sie alles in ihrer Macht Stehende, um das Haus zu meiden, und nahm lange Umwege in Kauf.

Die Nervosität ihrer Eltern schien sich auf Lana übertragen zu haben: Sie saß mit gefalteten Händen und ineinander verschränkten Daumen auf dem Rücksitz. Seit sie losgefahren waren, hatte sie kein einziges Wort gesagt. Das war so untypisch, dass es wie ein Omen wirkte: ein Zeichen dafür, dass sie Charlies Einladung nicht hätten annehmen sollen. Cece hatte ihr natürlich nur erklärt, dass er ein alter Freund sei. Lana wusste nichts von der Vergangenheit, dass Cece so krank geworden war, dass sie nicht mit Charlie nach L. A. hatte fliegen können, und am Ende gar nicht mehr nach Kalifornien zurückgekehrt war.

»Wir müssen dir was erzählen, Schätzchen«, sagte Cece jetzt und drehte sich auf ihrem Sitz um. Ihre Tochter, sieben Jahre alt und so unfassbar hübsch wie ein Kind in einem französischen Film, wirkte ungewöhnlich folgsam.

»Okay.«

»Der Mann, den wir besuchen, Charlie, also, er und ich waren – na ja, wir waren mal verlobt und wollten heiraten. Aber dann habe ich mich in deinen Vater verliebt.«

Lana nickte. »Weiß ich.«

»Das *weißt* du?«

»Nach deiner Hochzeit bist du mit Daddy durchgebrannt.«

Cece kniff die Augen zusammen. »Woher weißt du das?«

»Daddy hat es mir erzählt.«

Cece sah Garrett an und versuchte, ihm ihren Ärger so gut wie möglich zu zeigen, ohne dass ihre Tochter es mitbekam.

»Sie hat mich gestern Abend gefragt«, sagte er und zuckte die Achseln. »Sie wollte wissen, wieso sie Charlie nie kennengelernt hat, dabei hat er doch einen Sohn in ihrem Alter. Und er wohnt bloß zehn Minuten von uns entfernt. Hätte ich sie etwa belügen sollen?«

»Ja«, sagte Cece. »Was weißt du sonst noch?«, fragte sie Lana.

»Du und der Mann, den wir gleich besuchen, ihr wart noch nicht richtig verheiratet. Als du mit Daddy durchgebrannt bist, hattet ihr die Heiratsurkunde noch nicht legasiert.«

»*Legalisiert*«, berichtigte Garrett.

»Außerdem hat der Mann inzwischen eine neue Familie, es ist also cool.«

Wieder sah Cece Garrett an. »Stimmt. Überaus cool. Das Coolste, was ich je im Leben getan habe.« Das sollte ein Scherz sein. Plötzlich hatte sie einen Frosch im Hals und blickte aus dem Fenster.

»Und Dad sollte Schiedsrichter bei eurer Hochzeit sein und eine Rede halten, aber er war zu verliebt in dich, um sie vorher zu schreiben, deshalb musste er sich bei der Hochzeit schnell was einfallen lassen.«

»*Das* hast du ihr erzählt?«, sagte Cece.

»Na ja, das mit dem Schiedsrichter nicht. Vielleicht hat sie die Hochzeit mit einer Sportveranstaltung verwechselt.«

»Und was hast du in der Rede gesagt?«, wollte Lana jetzt wissen.

»Oh, das war wirklich ...«, begann Cece, doch dann fielen ihr keine Worte ein. *Wunderschön? Schrecklich? Wie ein Messerstich ins Herz?*

»Das erzähle ich dir ein andermal«, sagte Garrett. »Wenn du älter bist.«

Cece starrte ihn an und fragte sich, ob sie böse sein sollte oder nicht. So viel Schmerz war damit verbunden, so viel Schuld und Zweifel hingen mit diesen Gedanken zusammen, so viele trügerisch widersprüchliche Gefühle und Bedauern, dass sie nicht wusste, wo sie hätte anfangen sollen. Die Sache war, sie liebte Garrett, begehrte ihn immer noch, auf einer molekularen Ebene, die sie selbst nicht ganz verstand. Aber mit ihm verheiratet zu sein war natürlich etwas ganz anderes, als *nicht* mit ihm verheiratet zu sein. Nicht verheiratet zu sein war die einfachste Sache der Welt. Sie konnte sich den Hunger, den sie damals empfunden hatte, diesen düsteren, schmerzenden Wahnsinn, der sie dazu gebracht hatte, ihr Leben auf den

Kopf zu stellen, ebenso wenig erklären wie das Leben eines Fremden. Vielleicht sogar *noch weniger*. Die Dinge, denen sie nicht hatte widerstehen können – Garretts tragische Trauer, sein Misstrauen gegenüber jeglicher Art von Frömmigkeit, sein kritischer Blick auf den amerikanischen Traum –, waren nicht mehr ganz so unwiderstehlich, wenn man tagtäglich mit ihnen leben musste. Wenn man mit der Nonkonformität verheiratet ist, entpuppt sie sich mehr und mehr als Hemmschuh. Aber es gab auch überraschende Entschädigungen: Beispielsweise hätte sie sich niemals vorstellen können, dass er ein so guter Vater sein würde.

Jetzt legte sie kurz die Hand auf sein Bein und beschloss, ihm zu verzeihen. Garrett saß stocksteif da, grinste aber zurück. Ja, auch ihm war schlecht vor Angst. Als Charlie ihm vor einem Monat völlig unerwartet eine Mail geschickt hatte, war ihm das wie ein Wunder erschienen; keiner von beiden konnte glauben, dass Charlie sie wieder in sein Leben zurückholen wollte. Es war ein langer Brief gewesen, hauptsächlich über sich selbst, seine Frau, die Kinder und wie glücklich er war. Er hatte einen Transplantationspatienten bei der OP-Nachsorge verloren; der beste Freund des Mannes, der mit ihm im Vietnamkrieg gekämpft hatte, war dabei gewesen, als er starb. *Ich will nicht für den Rest meines Lebens darauf verzichten, mit meinem besten Freund zu reden.* Garrett hatte Cece seine Mail laut vorgelesen und war nach dieser Zeile so überwältigt gewesen, dass er verstummte. Es war eins der wenigen Male gewesen, dass sie ihn hatte weinen sehen.

Sie bogen in die Straße der Margolises ein, und da war es: der Steg, der See, das Haus, das aussah, als würde es ihnen mit seiner Vorderveranda die Zunge rausstrecken. Abgesehen von einigen Rosensträuchern im Vorgarten, deren Blüten so gelb wie das Haus waren, sah es noch genauso aus wie damals. Selbst der Zaunpfahl, den Garrett repariert hatte, war noch da, kürzer als der Rest. Aus irgendeinem Grund ärgerte es sie, dass Charlie ihn nicht ersetzt hatte.

Garrett parkte am Straßenrand, denn die Einfahrt war blockiert. Cece stieg als Erste aus und lief instinktiv hinunter zum See, ohne daran zu denken, Lana mitzunehmen oder einem von beiden zu erklären, wohin sie ging. Sie spürte nur, wie ihre Beine sie ganz von selbst dorthin zogen. Das Boot knarzte sanft im Wasser, die Taue zerrten an ihren Klampen. Sie hatte ganz vergessen, dass es dieses Geräusch auf der Welt gab. Ein Geräusch, das sie liebte. Über dem *Lazy Bear*, das noch geschlossen war, hing ein Tagmond. Cece streifte die Flipflops ab und wärmte ihre Fußsohlen auf dem Holz des Stegs. Der gewaltige See flimmerte in der Sonne. Hinter dem Westufer erhob sich der Gipfel des Baldy Mountain in seinem grünen Nadelkleid, in das eine Lawine im letzten Winter eine Schneise gerissen hatte.

All das hatte sie aufgegeben. Mein Gott, was hatte sie bloß getan?

~~~

Charlie empfing sie an der Haustür. Er wirkte fit, glücklich und sah erstaunlicherweise genauso aus wie früher, abgesehen von einem rotblonden Bart, der eigentlich gar nicht zu ihm hätte passen sollen. Doch er stand ihm, weil er damit weniger jungenhaft aussah. Er stellte ihnen Angeliki vor, seine schöne griechische Frau, an deren Bein sich ein schönes halb griechisches Kleinkind klammerte, Charlies Jüngste. Angelikis Aussage zufolge hatte sie Charlie zu dem Bart überredet. Natürlich hätte er so etwas niemals gemacht, ohne es vorher mit seiner Umgebung abgesprochen zu haben. Als sie ihr die Hand schüttelten, spürte Cece einen schmerzhaften Stich, den sie in Montana eigentlich nicht gewohnt war. Sie achtete nicht genug auf ihr
~~~

Äußeres und wünschte, sie wäre in den letzten sechs Monaten wenigstens mal beim Friseur gewesen.

»Und dieser kleine Mann hier ist Jasper«, sagte Charlie mit einer stolzen Vaterstimme, die sie nicht erwartet hätte – doch irgendwie passte auch das zu ihm. Ein braun gebrannter Junge mit Charlies dünner Nase lächelte höflich zu ihnen auf. In diesem Moment bröckelte etwas in Ceces Brust. Nein, es stürzte ein. Das Kind, das sich an Angelikis Bein klammerte, ballte die Faust, als wollte es etwas zusammenpressen, eine Kuh melken vielleicht, und sofort setzte sich seine Mutter auf den Rand der Couch und fing an, es zu stillen. Im Gegensatz zu Ceces Nachbarinnen aus Montana, die sogenannte »Stilltücher« benutzten, hatte diese Frau nicht das Bedürfnis, ihre Brüste zu verstecken.

»Und wie alt bist du?«, fragte sie, an Lana gewandt, die nicht wie Jasper höflich lächelte, sondern schamlos Angelikis Brust anstarrte.

»Acht.«

»Eigentlich erst sieben«, berichtigte Garrett. »Seit sie sechs ist, lügt sie, was ihr Alter betrifft.«

»Ich bin *auch* sieben!«, rief Jasper.

Lana warf ihm einen vernichtenden Blick zu.

»Magst du Pilze?«, fragte Charlie.

»Nein.«

»Und Hot Dogs?«

»Nein. Die schmecken nach Flughafen.«

»Lana!«, sagte Cece errötend. »Sei ein bisschen höflicher.«

»Ich kann Hot Dogs nicht ausstehen, vielen Dank«, sagte Lana.

»Warum machst du nicht einfach Pasta für diejenigen, die keine Flughäfen mögen?«, rief Angeliki von der Couch aus.

Zum Essen stellte sie einen Kindersitz für die kleine Téa an den Tisch, die ihre Erbsen in aller Ruhe mit den Fingern aß.

Sie war die sanfteste Zweijährige, die Cece je gesehen hatte. In dem Alter war Lana wie ein Flipper herumgerast und hatte alles Mögliche kaputt gemacht. Cece fragte sich, warum Charlie und Angeliki so lange gebraucht hatten, um ein zweites Kind zu bekommen. Hatte es in ihrer Ehe vielleicht versteckte Probleme gegeben? Untreue? Depressionen? Sie ertappte sich dabei, wie sie über diese Möglichkeiten nachdachte.

»Als ich sechzehn war, also ein bisschen älter als du«, sagte Angeliki zu Lana, obwohl alle am Tisch zuhörten, »schickten meine Eltern mich in ein Sommerlager in Oregon. Wir waren gerade erst in Amerika angekommen, und ich mochte das amerikanische Essen nicht besonders.« Sie erzählte, wie sie einen Campingausflug gemacht hatten und einer der Betreuer Schwefelporlinge gefunden hatte, die auf einem Baum wuchsen, und sie für die ganze Gruppe zubereitet hatte. Große, hässliche orangene Pilze, die angeblich wie Hühnchen schmeckten. Man hatte sie überredet, einen zu probieren, weil alle sie aßen, und plötzlich sagte ein Mädchen, ihr sei übel, und übergab sich im Wald. Und die Betreuer sagten: Das arme Kind! Es hat die Grippe! Aber dann fasste sich das nächste Kind an den Bauch und übergab sich. Und plötzlich stöhnten alle, hielten sich den Bauch und wälzten sich auf dem Boden. Sie mussten alle ins Krankenhaus. »Wir haben im Bus einen Karton herumgereicht und abwechselnd hineingekotzt. Wir haben sogar einen Song darüber gemacht: ›*Puke Box Hero*‹. Später stellte sich heraus, dass der Betreuer ein paar Pilze vom falschen Baum erwischt hatte! Diejenigen, die auf Nadelbäumen oder Schierlingstannen wachsen, ich weiß nicht mehr, auf welchem von beiden, können einen echt krank machen.«

»Schierlingstannen sind eine bestimmte Art von Nadelbäumen«, sagte Cece. »Das ist das Gleiche.«

»Ach so, ja, stimmt«, antwortete Angeliki großzügig. »Dann war das eben irgendetwas anderes.«

Lana sah Cece an und fragte sich vermutlich, warum ihre Mutter so zickig war. Cece schob es dem Erdrutsch in ihrem Herzen zu. Angelikis Geschichte hatte sie natürlich an die Hochzeit erinnert und wie vor all den Jahren Mr. Margolis die Hälfte der Hochzeitsgäste mit dem Norovirus angesteckt hatte. Die peinliche Stille ließ vermuten, dass Charlie und Garrett ebenfalls daran dachten; nur Angeliki, die jetzt ihrer Tochter das Gesicht abwischte, schien unbeeindruckt. Vielleicht wusste sie nicht von der Hochzeit. War es möglich, dass Charlie ihr nichts davon erzählt hatte?

Natürlich machte ihre Schönheit die Sache nicht leichter: olivfarbene Haut, große Kulleraugen und ein perfekt symmetrisches Gesicht, das Gefühle weckte, auf die man lieber verzichtete. Es war eins jener Gesichter, die freundlich wirken, gerade *weil* sie so schön sind. Das hatte Cece schon immer absurd gefunden, so ähnlich wie eine wörtliche Interpretation von moralischer Schönheit, die viktorianische Romanautoren ausgeschlachtet hatten. Doch in diesem Fall schien sie zuzutreffen: Die Frau war aufrichtig nett. Damit hatte Cece nicht gerechnet. Eher mit Ärger, ja sogar offener Feindseligkeit. Aber diese herzliche, unparteiische Freundlichkeit – das war irgendwie noch schlimmer.

Charlie legte Angeliki seine Hand in den Nacken und massierte ihn sanft. Dasselbe hatte er immer bei Cece gemacht, wenn sie Besuch gehabt hatten, als wollte er allen im Raum zeigen, wie glücklich er war. Er hatte es sogar während ihres Probepicknicks vor der Hochzeit gemacht, ohne zu ahnen, was ihnen bevorstand. Hätte sich Cece nach der Hochzeit nicht auch den Norovirus geschnappt, sondern wäre mit Charlie nach Hause geflogen, wären sie vielleicht noch zusammen. Er hatte geweint, als sie ihm am Telefon sagte, sie komme nicht nach L. A., weil sie sich in Garrett verliebt habe und in Montana bleiben wolle. Er hatte gar nicht mehr aufgehört zu weinen. Es war entsetzlich gewesen! Natürlich hatte er sie auch angeschrien, aber Cece erinnerte sich vor allem daran, wie niedergeschmettert er sich angehört hatte, unbedeutend, gebrochen und verloren, wie ein kleiner Junge. Er hatte sie angefleht zurückzukommen und sich lächerlich gemacht. Und als all das nicht half, hatte er geschworen, ihr niemals zu vergeben. Cece hatte wirklich geglaubt, etwas Unverzeihliches getan zu haben, ein Ungeheuer zu sein. Sie hatte sich selbst verachtet, aber das war ihr damals als akzeptabler Preis erschienen, den sie zahlen musste. Oder wenn nicht akzeptabel, dann doch wenigstens *erträglich*. Sie konnte ein guter Mensch sein und den Falschen heiraten oder ein Ungeheuer, das mit dessen bestem Freund durchbrennt, dem Mann, in den sie sich verliebt hatte.

Aber jetzt hatte ihr Charlie natürlich verziehen. Warum auch nicht? Günstiger hätte es für ihn nicht ausgehen können. Er hatte etwas Besseres gefunden.

»Und, Garrett?«, sagte Charlie auf seine freundlichste Art. »Erzähl mal, wie es dir so ergangen ist.«

»Okay«, sagte Garrett und verstummte.

»Du bist Wildbiologe?«

»Klingt ein bisschen glamouröser und lukrativer, als es in Wirklichkeit ist.«

»Na ja, als wir das letzte Mal miteinander zu tun hatten ...« Es folgte eine peinliche Pause, doch er machte einen derart zufriedenen Eindruck, dass es vielleicht nur ein Schluckauf war. »... hast du noch am Flughafen gearbeitet.«

Garrett errötete. »Das ist alles relativ, denke ich. Aber ja, hauptsächlich Feldforschung. Populationsökologie. An vorderster Front sozusagen.«

»Was erforschst du denn?«

»Eine Weile waren es Fischermarder, für die *Defenders of Wildlife*. Dann Bergkaribus im Norden von Idaho. Und in den letzten beiden Wintern haben wir die Spuren von Vielfraßen im Glacier-Nationalpark verfolgt.«

»Ist der Vielfraß denn gefährdet?«

»In den Lower 48 schon. Jedenfalls sollte er als gefährdet eingestuft werden. Das ist ein Ziel der Untersuchungen – wir versuchen, sie neu einstufen zu lassen.«

»Es gibt nur noch dreihundert«, informierte Lana ihn.

»Tatsächlich?«

Lana warf einen Blick auf Téa, beugte sich vor und sagte mit gesenkter Stimme: »Manchmal bringen sie sich auch gegenseitig um. Indem sie ihren eigenen Nachwuchs auffressen.«

Sie betete ihren Vater an und hatte seine soziopathische Art übernommen, das Verhalten von Tieren zu beschreiben. Nun ja, nicht wirklich soziopathisch, nur ohne die niedlichen Disneyismen, mit denen Kalifornier über Tiere redeten, vor allem jene, die sie dem Planeten weiterhin gern erhalten hätten. (Cece und Garretts Nachbarn gingen mit Gewehren, Armbrüsten und eigenartigen, primitiven Musketen, die mit einem Stock geladen wurden, auf Elchjagd, sprich mit allem, was es ihnen ermöglichte, das ganze Jahr über zu töten. Sie äußerten sich in puncto Tiere genauso wie Garrett.)

»Es sind die kürzeren Winter, die sie meistens umbringen«, sagte Garrett. »Der Rückgang der Schneegrenze. Sie bauen Schneehöhlen für ihre Jungen, die bis zu drei Meter tief sein können, einmal zur Isolierung, aber auch, um sie vor Raubtieren zu schützen. Ich meine, hast du schon mal die Pfoten von einem Vielfraß gesehen?«

Charlie schüttelte den Kopf.

»Sie sind so groß wie Tischtennisschläger.«

»Echt?«

»Du würdest kein Tier finden, das sich so gut an das Leben im Schnee angepasst hat.«

Charlie musterte ihn grinsend.

»Was ist?«

»Ich staune. Ein Vielfraß-Experte! Das Letzte, was ich von dir hörte, Cece, war, dass du einen Gepäckabfertiger geheiratet hattest.«

Verlegenes Schweigen. Was hatte er damit sagen wollen? Nichts. Alles. Cece warf einen Blick auf ihre Tochter, die sie verwundert anstarrte.

»Du warst mit einem Gepäckabfertiger verheiratet?«, fragte sie aufgeregt.

»Yep«, sagte Garrett. »Einem echten Loser.«

»Dann bist du also oft nicht zu Hause?«, fragte Angeliki ihn.

»Immer nur für ein paar Wochen.«

Angeliki schüttelte den Kopf. »Das muss schwer sein«, sagte sie mitfühlend. Sie hatte Lana dabei angesehen, doch Cece hatte das Gefühl, dass es in Wirklichkeit an sie gerichtet war.

»Wir kriegen das ganz gut hin«, sagte Cece. »Stimmt's, Lana?«

»Ich bin so was wie ein Schlüsselkind«, antwortete Lana herausfordernd. Woher hatte sie bloß diese Ausdrücke?

»Du bist *kein* Schlüsselkind!«, fuhr ihre Mutter sie an.

»Bin ich wohl. Ich komme von der Schule in ein leeres Haus. Ich sitze allein vor dem Fernseher.«

»Aber nur eine halbe Stunde!«

»Ich will auch ein Schusselkind sein«, sagte Jasper. Es war das Erste, was er während des ganzen Abendessens von sich gegeben hatte.

»Einmal hat Mom vergessen, den Schlüssel in den Briefkasten zu werfen, und ich musste die ganze Zeit auf sie warten. Es war unter null draußen. Mir sind die Ohren abgefallen.«

»Die Ohren sind dir nicht abgefallen. Du hattest die ganze Zeit eine Wollmütze in der Schultasche und hast sie nicht mal rausgeholt. Außerdem hatte ich dir gesagt, dass du zu den Washburns gehen sollst, wenn so was jemals passieren sollte.«

»Die Washburn-Kinder kauen Tabak. Außerdem haben sie ihren kleinen Cousin verbrannt.«

»Das war ein Unfall.«

»Können wir auch mal zu den Washburns gehen?«, fragte Jasper seine Mom.

»Nein«, erwiderte sie gelassen mit jener notorischen Unerschütterlichkeit, die manche Mütter besitzen und im Angesicht derer sich Cece immer wie ein Nervenbündel vorkam. Angeliki warf einen kurzen Blick auf Jasper, als fragte sie sich, ob Lana einen schlechten Einfluss auf ihn haben könnte. »Und du, Cece, wo arbeitest du?«

»Bei *Trout and Tackle*. Direkt neben dem Theater.«

Angeliki sah sie fragend an.

»Das ist ihr Restaurant«, erklärte Garrett.

»Wow, du hast dein eigenes Restaurant?«

»Nein, nein«, sagte Cece. »Es gehört nicht *mir*, zum Glück. Ich bin dort Kellnerin.«

»Eigentlich will sie wieder aufs College«, sagte Garrett. »Um ihren Doktor zu machen. Es hängt nur davon ab, wann wir unser Leben auf die Reihe kriegen.«

Cece warf ihm einen Blick zu. Plötzlich war sie wütend. Warum ließ er ihr Leben geradezu zwanghaft weniger klein erscheinen, als es war? Wahrscheinlich wollte er bloß dafür sorgen, dass sie sich nicht gedemütigt fühlte, aber dieses Zu-ihrer-Verteidigung-Eilen hatte die gegenteilige Wirkung. Es war nur logisch gewesen, dass sie zuerst seine Karriere unterstützt hatte, angesichts der Tatsache, wie unglücklich er am Flughafen gewesen war. In den ersten Jahren hatten sie in Missoula eine Wohnung gemietet, damit er seinen Bachelorabschluss und danach den Master machen konnte, während sie noch überlegte, wie ihre eigene Zukunft aussehen könnte. So konnte er seiner Feldforschung in den Rocky Mountains nachgehen. Alle Graduiertenprogramme in Englischer Literatur und Sprachwissenschaft konzentrierten sich an den Küsten – zumindest wenn sie einen Doktortitel anstrebte, der etwas taugte und vielleicht sogar ihrer Karriere diente. Trotzdem wäre er mitgegangen, egal, wohin sie wollte. Sie würden das schon irgendwie hinkriegen.

Doch dann war sie schwanger geworden. Sie hatte den Fehler gemacht, die Pille abzusetzen, weil sie vermutete, dass die ihre Migräne verschlimmerte, und Garrett und sie waren ein bisschen unvorsichtig geworden. Sie hatte sich immer Kinder gewünscht, nur nicht ganz so schnell. Es hatte Komplikationen gegeben: sechs Monate strikte Bettruhe *mit Toilettengangerlaubnis* (Gott sei Dank). Sie hatte eine »Zervixinsuffizienz«. Garrett musste jedes Mal lachen, wenn er das hörte, während Cece sich im Medizinstudium an die oft verletzende Bezeichnung von Körperteilen gewöhnt hatte. Ein Arzt hatte sie zugenäht. Cerclage. Cece lag jeden Tag auf der Couch, aus lauter Angst, dass die Fäden an dem schwächlichen Organ platzen könnten. Die Sorgen, die Langeweile und die Einschränkungen waren unaussprechlich gewesen. Es war die Art von Tortur, die einen aufs offene Meer hinauszieht und ein halbes Jahr später wieder an Land schleudert, wenn die Knochen in Korallen verwandelt sowie Hoffnungen und Träume auf grundlegendste menschliche Bedürfnisse zusammengeschrumpft sind. Man will nur ein gesundes Baby. Sich von der Couch verabschieden. Was anderes riechen als den eigenen Schweiß in den Achselhöhlen. Sie würde Lana gegen nichts auf der Welt eintauschen wollen und war entschlossen, eine großartige Mutter zu sein, die niemals sterben würde. Trotzdem wurde Cece das Gefühl nicht los, dass sich ihre Träume von der monatelangen Bettruhe nicht erholen, die Couch nie mehr wirklich verlassen könnten.

Als sie die mageren Ersparnisse, die Garrett von seinem Vater geerbt hatte, aufgebraucht und auch sein Altersvorsorge-

und-Investitions-Konto geplündert hatten und endgültig pleite waren, zogen sie zurück nach Salish – besser gesagt, in das Haus seines Vaters, das Garrett nach dessen Tod nicht mal vermietet hatte. Sie brauchten mehr Platz, und Garrett hatte angefangen, im Glacier-Nationalpark zu arbeiten, deshalb machte es Sinn. Außerdem vermissten sie beide die Gegend, wenngleich Cece bald einsehen musste, dass sie sie im Großen und Ganzen mit ihrer sehr beschränkten Erfahrung verwechselte: dem See. Dem See im Sommer, als sie noch keine nennenswerten Geldprobleme gehabt hatte. Wie himmlisch war es gewesen, im Wasser herumzukaspern! Sie kam sich hoffnungslos naiv vor. Nicht, dass die Landschaft sie jetzt kaltgelassen hätte. Sie konnte nach der Arbeit nicht ohne einen Kloß im Hals nach Hause fahren, wenn die schneebedeckten Swan Mountains wie abgeschossene Wolken in der Ferne schwebten, aber sie wusste nicht, wer sie war. Das war das Problem. Und das Geld, das wurde ihr jetzt klar, hatte sie vor dieser erschreckenden Tatsache beschützt.

Sie tat ihr Bestes, um sich damit nicht allzu sehr zu beschäftigen, aber manchmal konnte sie nicht anders als sich das Leben vorzustellen, das sie geführt hätte, wenn sie L. A. nie verlassen hätte. In diesem alternativen Universum hätte sie wieder Medizin studiert und wäre Ärztin geworden. Radiologin, mit angenehm geregelten Arbeitszeiten. Sie hätte in einem netten Vorort gewohnt, wo es keine Tabak kauenden Nachbarskinder gab. Sie wäre glücklich gewesen und hätte einen Beruf gehabt, der sie erfüllte. Doch Cece wusste genau, dass das Unsinn war. Sie war als Medizinstudentin unglücklich gewesen, völlig ungeeignet für ein solches Unterfangen, aber in ihren schwächsten Momenten gab sie Garrett die Schuld für alles, was sie verloren hatte.

Nach dem Essen half sie Charlie und Garrett, den Tisch abzuräumen, denn Charlie bestand darauf, dass Angeliki, die den ganzen Nachmittag gekocht hatte, sich ausruhte. Offensichtlich bedeutete »ausruhen« in Angelikis Fall, sich bereit zu erklären,

Monopoly zu spielen, als Lana und Jasper sie darum baten. Es war ein Spiel, das Cece zu Hause ablehnte. (Sie liebte ihre Tochter, aber eher hätte sie sie alle beide umgebracht.) Lana, die nicht wusste, dass auch Mütter Monopoly oder überhaupt Brettspiele mögen konnten, es sei denn, unter Zwang, war begeistert. Es war, als hätte sie eine neue Art zu leben entdeckt. Sie durfte auf ihren eigenen Wunsch hin sogar die Rolle der Bank übernehmen, was alles noch schlimmer machte.

Cece verfolgte das Spiel von der Küche aus, wo sie beim Abwasch half. Garrett schrubbte jedes einzelne Teil in der Spüle ab und gab es ihr zum Abtrocknen, bevor sie es an Charlie weiterreichte, der es dann wegräumte. Charlie erzählte von den Renovierungsarbeiten, die sie am Haus vorgenommen hatten, und bemerkte anscheinend nicht, wie unangenehm dieser Abwasch zu dritt war. Als hätten Cece und er nie mehr getan, als sich auf die Wange zu küssen. Immer wieder sah sie Garrett an und fragte sich, was er wohl über Charlies Glück dachte. War er auch so deprimiert wie sie? Voller Verachtung für die rastlose Geldverschwendung seines alten Freundes? Oder war er – bei Garrett war alles möglich – einfach froh darüber, hier zu sein, und kam sich zu klein vor, um etwas zu sagen, nachdem Charlie ihm verziehen hatte?

»Kannst du dich noch an die alte Küche erinnern?«, fragte Charlie Cece. Als ihre Blicke sich kreuzten, wandte er den seinen ab und schien sich zum ersten Mal unwohl zu fühlen.

»Ja.«

»Wir haben sie völlig entkernt. Haben die Wand mit der Durchreiche abgerissen – weißt du noch? –, das ganze verdammte Ding zertrümmert und aus Küche und Esszimmer einen einzigen Raum gemacht. Das war Angelikis Idee. Klar, meine Brüder hatten auch ein Wörtchen mitzureden, aber den Plan, den hat sie gemacht, ganz allein.«

Cece versuchte sich ins Gedächtnis zurückzurufen, wo genau die Wand gewesen war. Vor ihrem inneren Auge erschien die Küche, wie sie früher gewesen war: braun, zum Bersten voll, fensterlos. Jetzt war sie doppelt so groß und objektiv gesehen tausendmal besser, ein Kühlschrank aus Edelstahl, eine abgetrennte Insel für das Spülbecken und Arbeitsflächen aus Quartz. Sie sahen aus wie Marmor, bekamen aber keine Flecken. Jetzt hatte sie sogar einen eingebauten Weinkühler. Alles sehr geschmackvoll eingerichtet. Und trotzdem war Cece die alte Küche viel lieber gewesen: die braunen Möbel, der Springteufel-Toaster und der Frühstückstisch mit der Plastikdecke. Herrgott, diese Plastikdecke! Sie sah sie im Geiste vor sich. Zumindest das Wohnzimmer sah noch genauso aus wie vorher, wahrscheinlich waren sie noch nicht dazu gekommen, es zu renovieren. Der beigefarbene Teppichboden. Die muffigen Möbel. Die unheimlichen Fenster, die ohne Anlass aufsprangen und sich nie richtig schließen ließen. Cece drehte sich um und stellte erleichtert fest, dass die handgezeichnete Giraffe noch immer am Treppensturz klebte. Erleichtert und bedrückt. Sie ließ das Glas fallen, das sie gerade abtrocknete, doch wie durch ein Wunder schlug es auf dem Quarz auf, ohne auch nur einen Sprung zu bekommen.

Sie entschuldigte sich und ging ins Badezimmer, wo sie sich kurz auf den Rand der Badewanne setzte, um sich wieder zu fangen. Selbst der Anblick des Badezimmers, seine vertraute Hässlichkeit, versetzte ihr einen Stich ins Herz. Vermutlich hätten sie nicht herkommen sollen. Sie hatte überlegt, ob sie Charlies Einladung lieber ausschlagen sollten – warum alte Wunden wieder aufreißen? –, aber für Garrett war es wichtig gewesen. Seine Schuldgefühle raubten ihm den Schlaf, vielleicht mehr als ihre eigenen. Eine Absolution, die sie nicht erwartet hatten, war ihnen in den Schoß gefallen.

Es war aber nicht nur Garrett. Sie selbst fühlte sich von dem Haus auf verräterische Weise angezogen, so wie ein Mörder an den Ort seines Verbrechens zurückkehrt. Sie wollte sehen, was ihr entgangen war.

Cece hatte schon lange – seit Jahren – kein Gras mehr geraucht, doch plötzlich sehnte sie sich nach einem Joint. Sie konnte ihn fast riechen, seinen schimmelig süßen Rauch. Ob Charlie irgendwo noch welches rumliegen hatte? Oder seine Brüder vielleicht? Dann erinnerte sie sich an die funkelnde Küche und kam wieder zur Besinnung.

Nachdem das Geschirr wieder weggeräumt war, gingen alle zum See, um eine Runde zu schwimmen. Cece befürchtete, dass Lana einen Tobsuchtsanfall bekommen würde, wenn sie aufhören musste, Monopoly zu spielen. Zu Hause ging sie in die Luft, wenn ein Brettspiel nicht beendet wurde, doch Angeliki konnte sie irgendwie überreden, ihren winzigen Collie am Wasserwerk auszusetzen. Offenbar hatte diese Frau magische Kräfte. Dann nahm sie Téa mit zum See und zog ihr ein mit Vögeln bedrucktes Sonnenmützchen an, was die Kleine ohne zu murren mit sich geschehen ließ. Lana war so verzaubert von Angeliki, dass sie darauf bestand, an ihrer Hand zu gehen. Cece lief neben den beiden her. Der Abend war lau und windstill, der Steg noch warm unter Ceces Füßen, obwohl die Sonne auf dem See langsam abkühlte und ihn wie einen Kuchen mit einem Zuckerguss überzog. Die springenden Fische kamen ihr vor wie ein unsichtbarer Regen. Bald würde die Sonne hinter den Bergen versinken, und die Schwalben würden im Tiefflug über das Wasser flitzen.

Angeliki ging als Erste ins Wasser, nachdem sie Téa Charlie übergeben hatte. Natürlich sah sie im Badeanzug gut aus. Etwas fülliger als Cece – aber sie wusste, dass Charlie auf Kurven stand, solange sie sich an den richtigen Stellen befanden (vor allem obenrum, wo Cece eher, nun ja, *stromlinienförmig* war). Auch Garrett sprang hastig hinein und johlte, als er ins Wasser eintauchte. Das hatte er von Cece übernommen.

»Komm auch!«, rief er ihr zu.

»Gleich.«

Sie setzte sich neben Charlie auf den Steg. Garrett schwamm an eine Stelle, an der er stehen konnte, hob Lana auf seine Schultern, tauchte mit ihr ins Wasser und sprang dann so plötzlich wieder hoch, dass sie wie ein Baum zur Seite kippte. Dasselbe machte er mit Jasper, der sich kaum einkriegte vor Lachen. Auch Garrett lachte. Wenn sein Haar nass war, wirkte er noch kahler als sonst, dachte Cece bei sich.

»Ein richtiger Dad ist aus ihm geworden«, sagte Charlie, während er Téa auf dem Schoß hielt. Sie wollte nicht ins Wasser, vielleicht hatte Lana sie eingeschüchtert. »Hätte ich nie gedacht.«

»Ich auch nicht«, antwortete Cece.

Sie sah ihn an und wurde rot. Er hatte noch sein volles Haar, nicht mal Geheimratsecken. Téa rief nach ihrer Mutter; es war das erste Mal, dass sie die Kleine quengeln hörte, und Charlie zeigte auf Angeliki, die im Kielwasser eines Schnellbootes trieb. Das hätte Cece auch gern gemacht, es sah ehrlich gesagt nach absoluter Glückseligkeit aus, doch irgendetwas hielt sie hier gefangen. Sie wollte auf den See schauen und nicht auf den Rasen, wo die Hochzeit stattgefunden hatte. Ihn zu überqueren war schon schlimm genug gewesen.

Angeliki winkte ihnen vom Wasser aus zu, Téa und Charlie winkten zurück. Er war braun gebrannt, wirkte verliebt und absolut glücklich. »Lana ist ein erstaunliches Mädchen«, sagte er plötzlich. »Wirklich außergewöhnlich.«

»Na ja, so kann man es auch sehen.«

»Sie hat so viel ... ich weiß nicht, Energie?«

»Ich glaube, ›Temperament‹ wäre der treffendere Euphemismus.«

Charlie lachte. »Du hast dich gar nicht verändert«, sagte er, als wäre er ein netter Onkel vom Lande. Wann hatte er sich angewöhnt, so zu reden? Téa flüsterte Charlie etwas ins Ohr, und er griff in die Badetasche neben sich, um eine Packung mit Saft herauszunehmen. Zitterte seine Hand etwa?

»Gab es einen Grund, weshalb ihr fünf Jahre gewartet habt, um noch ein Kind zu bekommen?«

Charlie zuckte die Achseln. »Unser Glück? Ich glaube, wir hatten Angst, es zu verderben.«

Sie sah über diese Selbstgefälligkeit hinweg oder versuchte es wenigstens.

»Und du?«, fragte er leise. »Du hast immer gesagt, du hättest gern zwei.«

»Mit *dir.*«

Sie hatte nur ehrlich sein wollen, aber es klang anders als beabsichtigt. Jedenfalls warf er einen Blick in Angelikis Richtung. Ein loyaler Ehemann. Sie saßen schweigend da und sahen zu, wie Téa brav ihren Saft trank. (Lana leerte eine solche Packung immer so, als würde sie Haarspray inhalieren.)

»Wie geht es Jake und Bradley?«, fragte Cece.

»Sie würden es mir nie verzeihen, wenn sie wüssten, dass ich euch eingeladen habe.«

»So sehr hassen sie mich?«

Charlie nickte. Das bedeutete, dass für seine Eltern dasselbe galt. Seine Familie machte keine Gefangenen, wenn man sie einmal verraten hatte. Natürlich war ihr klar, dass sie für seine Brüder gestorben war, doch es jetzt aus Charlies Mund zu hören, haute sie erneut um. Charlie musste es gespürt haben, denn sein fröhlicher Ausdruck bröckelte, als hätte er sein Gesicht nicht mehr unter Kontrolle. Das Glück, diese Postkartenidylle, die Kinder, die genüsslich Pilze aßen ... Cece hatte den Eindruck, wenn auch nur für eine Sekunde, dass das alles Schwindel war. Dass er Angeliki aus dem Katalog *Monopoly spielende Mütter* bestellt hatte. Aber natürlich bildete sie sich das nur ein.

»Ich habe ganz vergessen, mich einzucremen«, sagte Charlie plötzlich, ohne Cece anzusehen. »Mist! Könntest du mir Téa mal eine Sekunde abnehmen? Sie hat keine Schwimmweste an.«

»Es ist doch schon halb acht.«

»Solange die Sonne scheint, können UV-Strahlen schädlich sein«, entgegnete er.

Sie hatte vergessen, wie empfindlich seine Haut und wie penibel er selbst war. Cece nahm die Kleine auf den Schoß. Téa quengelte weiter und verlangte nach ihrem Vater, woraufhin Cece sie auf ihr Knie setzte und wie ein Pony auf und ab hüpfen ließ, bis die Kleine anfing zu lachen. Man hätte sie glatt für ihre Mutter halten können.

Charlie griff nach der Sonnencreme, schmierte sich erst etwas in die Handflächen und rieb sich dann mit beiden Händen das Gesicht ein, wie ein Mönch bei einer rituellen Waschung. Cece starrte auf seinen Ehering. Schlicht, so wie der, den Cece damals für ihn gekauft hatte. Bestimmt war auf der Innenseite eine geheime Botschaft eingraviert. Liebe Güte, könnte es etwa dieselbe sein, für die Charlie und sie sich damals entschieden hatten? Das abgedroschene Zitat aus *Singin' in the Rain*, Charlies Lieblingsfilm? Allein bei dem Gedanken lief es Cece kalt über den Rücken. Sie ertrug es nicht mal, sich an die Worte zu erinnern.

Offenbar hatte er gemerkt, wie sie auf den Ring gestarrt hatte, denn er fummelte verlegen daran herum und drehte ihn hin und her. Vor der Trauung hatte sie etwas über den Sinn von Eheringen gelesen: Eine Ader, so hieß es, verläuft direkt vom Ringfinger zum Herzen.

Plötzlich verspürte sie eine merkwürdige Aversion gegen Téa, beinahe Ekel, und reichte ihm die Kleine zurück. Charlies eingecremtes Gesicht leuchtete wie ein Gemälde. »Das ist das Leben, oder?«

Es klang wie eine Anklage. Oder Wichtigtuerei. Oder beides.

Cece zog ihr T-Shirt aus, kramte die Schwimmbrille aus ihrer Tasche, denn sie hasste es, unter Wasser nichts sehen zu können, und sprang in den See. Die Kälte packte sie wie eine Faust, hielt sie einige Sekunden fest und lockerte dann ihren Griff. Keuchend kam Cece wieder an die Oberfläche. Seit ihrem letzten Sommer hier war sie mit Lana unzählige Male zum öffentlich zugänglichen Strand gefahren und in diesem See geschwommen. Warum fühlte sich das hier dann so anders an? So viel ... nun ja, *echter*?

Das ist das Leben. Was für ein absurder Spruch. Als gäbe es nur ein einziges Leben und alle anderen zählten nicht.

Garrett rief nach ihr, aber sie ignorierte ihn. Sie ließ ihn mit Lana zurück und schwamm weiter hinaus, als sie es gewohnt war, trotz der Jet-Skis, die den See unsicher machten. Wie eine Robbe ließ sie sich auf dem Rücken treiben. Es gab eine Zeit, da hatte Garretts Stimme ihr Herz schneller schlagen lassen, und sie hätte sofort darauf gehört. Wie wahnsinnig verliebt sie am Anfang gewesen waren! Eine Form von geistiger Umnachtung. Ja, nach der Hochzeit war sie tatsächlich ziemlich daneben gewesen, als sie im Haus der Margolises zurückgeblieben und zu krank gewesen war, um etwas anderes zu tun, als im Bett zu liegen. Der Kopf war ihr vor Schmerzen beinahe geplatzt, als stünde ihr Hirn wortwörtlich in Flammen. Sie hatte an nichts anderes als Garretts Mail denken können, sie immer wieder gelesen, sie praktisch auswendig gelernt und geglaubt, *sie* wäre an ihrem Fieber schuld, Garretts betrunkene Beichte, nicht das Virus. Als es ihr schließlich besser ging, fühlte sie sich von allem befreit, und das Durcheinander in ihrem Kopf wich einer gnadenlosen Klarheit, die sie seit Jahren nicht mehr gekannt hatte. Charlies Mutter, die sie immer angebetet hatte und die in Charlies Abwesenheit für sie gesorgt und ihr geholfen hatte, Ginger Ale durch einen biegsamen Strohhalm zu trinken, kam ihr vor wie eine traurige, einsame Frau, gefangen in einer todgeweihten Ehe. Sie sehnte sich nach ihren Söhnen, die sie nicht mehr brauchten. Am Ende hatte Cece Charlies Eltern gedrängt, wie ursprünglich geplant wieder nach Hause zurückzufliegen. Es war der Höhepunkt der Touristensaison, alle Flüge waren ausgebucht. Cece selbst würde noch eine weitere Woche festsitzen. Der Gedanke, nach Hause zu fliegen und ihre Ehe offiziell zu beginnen, jagte ihr unbeschreibliche Angst ein. Zwei Tage lag sie nur im Bett und starrte auf das Porträt von Charlies Urgroßvater an der Wand (Hammelkoteletten, Gottesaugen). Schließlich hatte sie Garrett geantwortet, angeblich um sich nach seinem Vater zu erkundigen; und er hatte angeboten, mit Nachschub an Gras vorbeizukommen ...

So schrecklich, so wundervoll, ein so tiefer Verrat, dass er sich anfühlte wie eine Rettung. Das Leben war tatsächlich so, wie er geschrieben hatte, wie ein Dimmer: Man glaubt, die Welt habe eine bestimmte Wattzahl und würde immer so bleiben, wie sie war, und dann wird sie plötzlich heller, und man denkt: *Was habe ich bloß alles verpasst?* Diese ersten Wochen in Garretts Wohnung, als sie sich auf seinen uralten, buckligen Futon verkrochen hatten, kamen ihr vor wie ein einziger Tag. Die Konsequenzen spielten keine Rolle. Oder besser gesagt, sie waren schrecklich, sie waren wahnsinnig wichtig, aber sie fanden auf einem anderen Planeten statt. Sie beide lebten auf einem namens Futon. Die Wohnung war schmuddelig, roch wie ein alter Schwamm. Jede Nacht plünderten die Mäuse die Schränke und hinterließen ihre Kötel im Reis. Aber sie brauchten nicht zu essen. Sie zehrten voneinander. So etwas hatte sie noch nie erlebt, diese Gier nach einem anderen Menschen, als würde sie ohne ihn verhungern. Sich von ihm zu trennen war so, als würde ihr ein Zahn gezogen. Wenn er zur Arbeit oder ins Hospiz musste, um seinen Dad zu besuchen, hielt sie ihn am Handgelenk fest. Es war ein Scherz und doch kein Scherz. Es war ein

Rausch; sie musste sich daran erinnern, dass sie ein eigenständiger Mensch war. Wenn sie zusammen ausgingen, kam ihr alles neu und überwältigend vor. Zum Supermarkt zu fahren war wie der Besuch in einem Vergnügungspark; sie torkelten eng umschlungen durch die Gänge und kicherten über die Sachen, die andere im Einkaufswagen hatten. Einmal waren sie zur Bowlingbahn gegangen – Bowling! –, und sie hatte sich den Daumen in der Kugel eingeklemmt. Doch das war keine Katastrophe, sondern das Komischste, was ihnen je im Leben passiert war. Um ihn wieder herauszubekommen, hatte der Angestellte die Kugel in einen Topf mit Speiseöl tauchen müssen. Als Garretts Vater schließlich starb, waren sie einander noch näher gekommen. Ihre Welt schrumpfte auf die Dimension seiner Trauer. In diesem ersten Winter hatte er sie zur Bucht mitgenommen, wo der See zugefroren war. *Im Dezember ist es am besten, wenn sich das Eis ausdehnt.* Sie traten vom Ende des Jachthafens direkt auf den See. Nachts: unter einer Kuppel von Sternen. Er sagte, sie solle ihr Ohr an das Eis halten. Was für Geräusche! Wie Gespenster, die mit einer Schleuder abgeschossen wurden. Sie hatte nicht gewusst, dass Eis singen kann. So lagen sie einander auf dem Eis gegenüber, Nase an Nase, und hörten dieselbe geheime Musik. Selbst danach, etwa beim Essen in angenehmer Stille, schreckte sie gelegentlich auf und fühlte eine Weite zwischen sich, als wären sie noch immer da draußen und lauschten dem Eis.

Und dann hatte sich alles eingetrübt: der Rausch, dieses Gefühl, Teil eines wundervollen Geheimnisses zu sein. Zweifel waren aufgekommen. Dinge, die Garrett tat, hatten sie geärgert, genau wie er es vor so langer Zeit prophezeit hatte: wenn er die Klorolle aufbrauchte, ohne sie zu ersetzen, oder das komische leise Rülpsen, wenn er Bier trank. Sie hatten angefangen sich zu streiten, oft über Geld. Und natürlich hatte Lana mit ihrem »Temperament« erheblich dazu beigetragen, ihre Vorräte an gegenseitiger Zuneigung zu verschleißen. Nicht, dass Cece Garrett nicht mehr geliebt hätte. Das tat sie! Nur hatte diese Liebe ihre Probleme nicht lösen können. Manchmal hatte sie ihn über die »Selbsthilfe-Industrie« schimpfen gehört, oder beobachtet, wie er an seinen Stiefeln roch, bevor er sie anzog, und es hatte sie verwirrt, ja, es war ihr absolut hirnrissig erschienen, dass sie sich für ihn entschieden hatte.

Cece schloss die Augen, getragen von der aufgeheizten Oberfläche des Wassers. Als sie sich auf den Bauch drehte, sah sie, wie jemand vom Steg aus auf sie zuschwamm. Charlie. Sie konnte ihn an seinem dichten Haar erkennen. Bestimmt wollte er angeben, ihr beweisen, dass er ihr verziehen hatte, und sein Glück zur Schau stellen. Angeliki hatte Téa wohl schon nach Hause gebracht, denn sie war nirgendwo zu sehen.

Charlie schwamm bis zu der Stelle, wo sie Wasser trat, und hielt dicht vor ihr an. Doch er wirkte nicht glücklich. Im Gegenteil. Er zitterte, sein Mund glich einer offenen Wunde. Das Wasser hatte etwas mit der Sonnencreme auf seinem Gesicht gemacht, seine Haut war fahl und milchig, als hätte er einen Grundierer aufgetragen. Ceces Herz raste. Was dann geschah, würde sie ihr Leben lang nicht vergessen, wenn sie daran zurückdachte, sondern bis ins kleinste Detail im Kopf behalten, lebendig wie eine Filmszene: das weiß geschminkte Gesicht, die schmale rosa Linie seines Zahnfleischs. Er schaut Cece in die Augen. Dann packt er ihren Arm, direkt über dem Handgelenk, sodass es schwer ist, sich über Wasser zu halten. Er drückt so fest zu, dass es wehtut. Dann taucht er unter die Wasseroberfläche und reißt sie mit. Cece wehrt sich nicht. Irgendwie weiß sie, dass er sie nicht ertränken wird. Und doch könnte er es versuchen, so wütend sieht er unter Wasser aus. Blass, seltsam, nicht mehr ganz menschlich, mit dem über ihm schwebenden Haar, das so bleich ist wie sein Gesicht. Es sieht aus wie das eines alten Mannes. Im Prisma ihrer Schwimmbrille scheint er vor ihren Augen zu altern, wird älter und älter, und sein Gesicht von Sekunde zu Sekunde seltsamer, faltiger und zahnloser, der Griff um ihren Arm immer harmloser und schwächer. Er ist gebrechlich, schrumpelig, neunzig Jahre alt. Die Luft, die seinen Mund verlässt, erscheint Cece wie seine eigene Seele. Und sie spürt, wie auch sie altert. Sie verwandelt sich in eine alte Frau, ihr Körper schrumpft wie seiner. Sie bekommt kaum noch Luft. Er hält sie fest; sie werden gemeinsam sterben.

Am Ende ließ er sie los, und sie schoss keuchend an die Oberfläche. Sie hätte sich eher von ihm lösen können, hatte es aber nicht getan. Sie war mit ihm unter Wasser geblieben. Jetzt aber schwamm sie zurück ans Ufer. Am Steg stritten sich Lana und Jasper um Garrett, der bis zur Hüfte im See stand, braun gebrannt und schön im Licht der untergehenden Sonne. Er sah zu, wie Cece zurückschwamm, und ignorierte die Kinder, die an seinem Arm zerrten.

~~~

Dann suchten sie ihre Sachen zusammen, um nach Hause zu fahren, scheuchten Lana ins Auto und verabschiedeten sich von Charlie und Angeliki. Charlie umarmte sie sanft und lächelte auf seine neue onkelhafte Art, als hätte die Szene im See nie stattgefunden. Irgendwer, vermutlich Angeliki, hatte es geschafft, die Sonnencreme aus seinem Gesicht zu entfernen. *Ja, es war echt schön! Wir müssen uns bald wiedersehen.* Sie winkten aus dem Auto, dann waren sie wieder auf der Straße, das Haus verschwand hinter ihnen, und sie fuhren direkt in den warm schimmernden Himmel hinein. Die leuchtenden Wolken im Westen waren genauso, wie Cece sie sich als Kind vorgestellt hatte: purpurrote Luftschiffe, angetrieben von großen Segeln oder mechanischen Flügeln. Der See kam ihr immer heller vor,
~~~

obwohl das Tageslicht abnahm. Eine Umkehr, ein Magritte-Gemälde, als hätten Himmel und See die Plätze getauscht.

Garrett fuhr ohne ein Wort, irgendwie abgelenkt, vielleicht auch nur erschöpft. Drei Kids auf einmal waren zu viel für ihn gewesen; seine Stimmung war wie schon so manches andere Mal plötzlich umgeschlagen. Bestimmt dachte er daran, wieder in die Berge und zu seinen Vielfraßen zu verschwinden.

»Angeliki ist schön«, sagte Cece, hauptsächlich, um die Stille zu brechen.

Garrett warf ihr einen Blick zu. »Wenn man die Muppets auch schön finden will, vermutlich ja. Sie ist wie ein feuchter Traum von Jim Henson.« Cece sah sich nach Lana um, war aber zu befriedigt, um sich über seine Ausdrucksweise zu ärgern. »Große Augen. Und sonst nur Mund. Und diese Wangen! Ich dachte schon, sie würde jeden Moment jemand die Kekse wegnehmen. Lana, sieht Angeliki nicht wie aus der *Muppet-Show*?«

»Wer ist Angeliki?«

»Jaspers Mom.«

»Ich mag sie«, sagte Lana. »Sie hat mir die Bahnhofstraße gegen die Schlossstraße getauscht.«

»Klingt in puncto IQ ebenfalls nach *Muppet-Show*.«

Lana kicherte. Cece hatte sich hinsichtlich Garretts Stimmung geirrt. Er war ihr nach neun Jahren immer noch ein Rätsel.

»Was ist ein feuchter Traum?«, fragte Lana.

Cece und Garrett sahen sich an.

»Ein besonders intensiver Traum.«

»Über die Muppets?«

»Nicht unbedingt. Nein.«

»Gut. Ich finde die Muppets blöd. Sie haben nichts Besseres zu tun, als sich über ihr Leben zu beschweren. Mom hat mich immer gezwungen, die Show zu sehen.«

»Ich habe dich *nie* gezwungen, dir irgendwas anzusehen«, widersprach Cece.

Lana begann, den Titelsong der *Muppet Show* zu summen. In Wahrheit hatte sie die Show geliebt und immer darum gebettelt, die DVDs aus der Stadtbibliothek ausleihen zu dürfen. Warum hatte ihre tatsächliche Erfahrung von einer Sache nie etwas mit ihrer späteren Meinung darüber zu tun? Cece spürte einen beunruhigenden Stich von Selbsterkenntnis.

»Tja, zumindest scheint Charlie ja mächtig in sie verliebt zu sein«, sagte Cece zu Garrett. »*Muppet-Show* hin oder her.«

Garrett schüttelte den Kopf. »Das war nicht Charlie.«

»Was meinst du?«

»Das war bloß ein Theaterstück, das er für uns aufgeführt hat. Er hat eine Menge Zeit damit verbracht, die einzelnen Szenen zu entwerfen und einzustudieren, aber ich glaube, irgendwann hat er mitgekriegt, dass wir es ihm nicht abgenommen haben.«

»Vielleicht lag es an der komischen Schmiere auf seinem Gesicht.«

»Theaterschminke.«

Es war inzwischen beinahe dunkel, nur noch ein dünner Hauch von Rosa flimmerte am Horizont. Ihre Kehle schnürte sich ein wenig zu. Das war einer der Gründe, warum sie sich in Garrett verliebt hatte: weil er Dinge sehen und bestätigen konnte, die in ihrem Herzen halbwegs Gestalt annahmen, als wären sie mit unsichtbarer Tinte hineingeschrieben. Garrett besaß das magische Licht. Und dann machte es eben doch Sinn, so wie manchmal, nein, oft, dass sie mit ihm durchgebrannt war und ihr Leben auf den Kopf gestellt hatte.

Sie rutschte auf ihrem Sitz ein Stück näher an ihn heran und legte die Hand auf sein Bein. Es war schmal und sehnig, abgehärtet von der vielen Zeit, die er in den Bergen verbrachte. Sie spürte seinen Oberschenkelmuskel, die animalische Kraft darin. Sie liebte diese Momente, in denen sie absolut sicher war, dass die Entscheidung, die sie getroffen hatte, die riskanteste Sache ihres Lebens und zweifellos auch die mutigste, richtig gewesen war. Cece drückte sein Bein. Das war das Leben. *Dieses* Leben. Sie war kostbar, diese Gewissheit, weil sie wusste, dass sie nicht von Dauer war.

FÜNFZEHN

Draußen vor der Rangerstation klickte sich Garrett in seine Skier – Bengt Isaksson, sein Arbeitskollege, wartete bereits in voller Montur – und begann die frühmorgendliche Fahrt hinunter zum Fishercap, wo ein Vielfraß in der Falle saß. Jedenfalls hoffte er das. Manchmal nagten sich die wütenden Bestien durch die dicken Holzfallen hindurch und verschwanden noch vor Tagesanbruch. P2 hatte das tatsächlich schon einmal so gemacht. Hatte sich durch das Holz gefressen und war mitsamt dem Köder, einem Biber, zwischen den Kiefern verschwunden. Garrett hatte schon mehr als eine Falle neu bauen müssen. Es war ein fehleranfälliges System, aber das einzige, das seine Opfer nicht in Gefahr brachte. Hätten sie eine Drahtschlinge oder eine Fallklappe aus Stahl benutzt, hätten die Gulos unter Umständen ihre eigenen Pfoten gefressen, um ihnen zu entkommen.

Die Sonne kroch über die Wasserscheide, wärmte aber noch nicht. Garretts Gesicht war so taub, dass er den Sprühnebel vom See gar nicht spürte. Bengt hielt sich dicht hinter ihm, folgte seiner Spur. Garrett stieg im Grätenschritt auf eine Anhöhe, um warm zu bleiben, fand dann die erodierten Umrisse seiner Spur und fuhr auf den Skiern zum See hinunter. Dabei hörte er das Eis ringsum für ihn singen; lauter unheimliche Pings, Pongs und Pengs, wie bei einer Schießerei im All. Trotz seiner Profiausrüstung einschließlich der hundert Dollar teuren Handschuhe konnte er nicht mehr fühlen, wie seine Finger die Skistöcke umklammerten. Aber mitten in der Nacht war es schlimmer gewesen. Gegen zwei Uhr früh hatte ihnen das Funksignal das Zuschnappen der Falle angezeigt. Sie hatten eine Münze geworfen, um zu bestimmen, wer von ihnen die nächtliche Patrouille übernehmen würde, und natürlich hatte Garrett wieder mal verloren. Er fragte sich, ob Bengt mit einer gezinkten Münze arbeitete. Er hatte keine andere Wahl gehabt, als sich völlig erschöpft und halb in Trance auf den Weg zu machen, um nach der Falle zu sehen. Manchmal war es ein Marder oder ein Luchs, der einen mit seinen saphirblauen Augen anstarrte, aber meistens doch ein Vielfraß, entweder P2, P3 oder P7. Dann musste man die Klappe mit Draht sichern und die Ritzen mit Schnee zustopfen, damit das Tier ihnen nicht entkam. Eine Betäubung in der Nacht war zu gefährlich. Schließlich fuhr man in einer noch tieferen Trance zurück und kam bei Tagesanbruch wieder in der Rangerstation an.

Garrett und Bengt hielten am nördlichen Seeufer an und tranken aus der Thermosflasche den Kaffee, den Bengt in der Hütte gekocht hatte. Eins musste man ihm lassen, Kaffee kochen konnte er. Es schmeckte viel besser als die Brühe, die Garrett zustande brachte. Sie waren für einen Monat hier oben und überwachten die Fallen. Das bedeutete, hauptsächlich darauf zu warten, dass ihnen ein Vielfraß in die Falle ging, um ihm das GPS-Halsband abzunehmen und die Daten zu speichern. Selbst im Team war es eine einsame Aufgabe. Rae Karnes von der Tierklinik war einmal hier herausgekommen, um einem Jährling einen Sender zu implantieren. Aber er war das einzige menschliche Wesen gewesen, das sie in der ganzen Zeit zu Gesicht bekommen hatten.

Bengt gähnte, obwohl er die Nacht durchgeschlafen hatte. Er war ein Bergsteiger, der sich nicht gern im Tal aufhielt. Manchmal stand Garrett am frühen Morgen auf, um zu pinkeln, und sah, wie Bengts Hände sich durch die Dunkelheit tasteten, als kletterte er eine unsichtbare Leiter hinauf.

»Ich hab dich gehört, als du zurückgekommen bist«, sagte Bengt. »Du hast dich mit deinem Schlafsack unterhalten.«

»Ich konnte nicht einschlafen.«

»Komisch, ich auch nicht.«

»Was habe ich denn gesagt?«

»Ich glaube, du hast irgendwelche Witze erzählt. Darüber, was für ein fauler Sack er ist, weil er immer schläft.«

»Wahrscheinlich fehlt mir meine Tochter.«

»Mag sie deine Witze?«

»Sie *liebt* sie«, sagte Garrett. »Es ist die einzige Möglichkeit, sie ins Bett zu kriegen. Ich muss versprechen, ihr einen Witz zu erzählen.«

»Falls dir das ein Trost ist«, sagte Bengt. »Sie muss ganz schön bescheuert sein.«

Er reichte Garrett die Thermosflasche zurück. Das kam nach dem College dem Konzept von Freundschaft noch am nächsten: seine jeweilige Beziehung zu Bengt, Minkoff oder wer auch immer sein Feldforschungspartner gerade war. Um wen genau es sich handelte, spielte fast keine Rolle. Manchmal, wenn er mit Bengt herumalberte, fiel ihm Charlie ein – nicht der seltsame *Glückliche Ehemann*, der sie vergangenen Juli zu sich nach Hause eingeladen hatte, um sie zu beeindrucken, sondern der *echte* Charlie, der nach dem Seminar von Professor Yamamoto vorgetäuscht hatte, auf den Arsch zu fallen, und rot wurde, wenn man ihn wegen eines Mädchens aufzog oder auch nur ein kleines bisschen seine Brüder kritisierte. Garrett war aufrichtig erstaunt gewesen, wie sehr er ihn vermisste. Es war eine schmerzliche, von Charlie geprägte Einsamkeit, die niemand füllen konnte. Es gab so viele verschiedene Arten von Liebe; warum musste sich ausgerechnet die romantische Variante immer in den Vordergrund drängen?

»Was machst du denn dann hier oben«, fragte Bengt, »wenn du deine Familie so sehr vermisst?«

»Es ist mein Job.«

»Es gibt einfachere Wege, sich seinen Lebensunterhalt zu verdienen.«

Garrett zuckte die Achseln. »Wenn ich hier oben bin, will ich nur zu ihnen zurück. Zu Cece und Lana. Ohne sie kann ich nicht leben. Und dann gehe ich zurück und bin glücklich, nein, überglücklich, sie zu sehen. Meine Seele überschlägt sich quasi! Aber nach ein paar Wochen werde ich wieder unruhig. Dann kann ich an nichts anderes mehr denken als daran, wieder hierher zurückzukehren.«

»Klingt irgendwie deprimierend«, meinte Bengt.

Garrett sah ihn erstaunt an. »Soll das ein Witz sein? So glücklich war ich seit dem College nicht mehr.«

Bengt musterte Garrett durch seine Schneebrille, als versuchte er, sich ihn als Collegestudent vorzustellen. Es schien seine Phantasie zu übersteigen.

»Wenn Cece nicht wäre«, sagte Garrett, »keine Ahnung, wo ich dann jetzt wäre.«

»In einer warmen Bar?«

»Wahrscheinlich unter der Erde.«

Bengt nickte ernst. Er tat sein Bestes, um ihn zu verstehen. Wenn er nicht gerade Tiere jagte, lebte er selbst wie eins, übernachtete unter einem Felsvorsprung und schlief im Schlafsack. »Wenn ich es mir recht überlege, sind die meisten Bergsteiger, die ich kenne, auch da. Ich meine, die im mittleren Alter.«

»Wo?«

»Unter der Erde.«

»Dir ist schon klar, dass ich erst neununddreißig bin, oder?«

»Wie gesagt. Im mittlerem Alter.«

Garrett sorgte sich um die Narbe von seiner Frostbeule und wärmte sein Gesicht im Dampf aus der Thermosflasche. »Ich bin froh, dass es mein letzter Tag hier oben ist. So kann ich wieder anfangen, auch dich zu vermissen.«

Sie machten sich auf den Weg. Die Sonne war nun ganz aufgegangen, ließ die Wolken über den Bergen erglühen und färbte den Himmel so rot wie der Mars. Wahrscheinlich war Garrett nur müde, benebelt vor Erschöpfung, denn plötzlich schien der rote Himmel ganz kurz flach zu werden und flatterte schwindelerregend wie eine Fahne. Er blinzelte die Tränen weg, und der Himmel nahm wieder seine dreidimensionale Gestalt an. Seit Jahren hatte Garrett keinen Schub mehr gehabt. Jedenfalls nicht so wie früher: Schneefall im August oder Menschen, die sich in hüpfende Ampullen mit irgendeinem klebrigen Zeug darin verwandelten. Die meisten Medikamente hatte er schleichend abgesetzt: Jetzt nahm er nur noch zehn Milligramm Lexapro. Verglichen mit seiner früheren Dosis war das so, als würde er eine Vitamintablette einwerfen. Die kostspielige Behandlung bei einem Therapeuten in Kalispell, der die globale Erwärmung für Schwachsinn oder zumindest für ein Symptom von »Katastrophendenken« hielt, hatte er abgebrochen. Nur wenn Garrett wie jetzt draußen in der Natur arbeitete und vom Überprüfen der Fallen so erschöpft war, spielte ihm sein Gehirn solche Streiche, aber selbst dann war es nichts weiter als eine flüchtige Erscheinung, wie der aufblitzende Schwanz eines Monsters.

Garrett versuchte, den Sonnenaufgang zu genießen, weil es sein letzter Tag hier oben war, doch ehrlich gesagt war er inzwischen selbst ein bisschen zum Vielfraß geworden und musste sich bewusst darauf hinweisen, wie schön dieser Anblick war. Das erforderte einen gedanklichen Schritt, die Verschwendung von thermaler Energie. Er dachte an den Tag zurück, an dem er Cece auf Charlies Bootssteg zum ersten Mal begegnet war und sie zusammen den Himmel bewundert hatten. Hatte er wirklich den Australopithecus ins Spiel gebracht? Angeber! Egal, Garrett hielt es nach wie vor für eine vernünftige Frage. Sich den Himmel anzusehen, diente nicht im Geringsten der Evolution; im Pliozän wäre es vielleicht sogar gefährlich gewesen. Wer also war beim Anblick eines Sonnenaufgangs als Erster erstarrt? Wer hatte gedacht: »*Mann, ist das schön!*« Und angenommen, du wärst dieses Wesen – oder dieser Höhlenmensch –, wie würdest du reagieren? Wahrscheinlich würde es dir Angst machen, seltsame, neue Gefühle wecken, dich mit einer Einsamkeit konfrontieren, die dir das Gefühl gibt, etwas Besonderes zu sein, weil du diesen Tag vielleicht nicht überleben wirst und der Himmel das offenbar weiß, denn er zeigt dir ganz genau, was du verpassen wirst. Du würdest diesen Sonnenaufgang irgendwie einfrieren und seine Schönheit festhalten wollen. Deshalb würdest du ihn vielleicht auf deine Höhlenwand malen: dann könntest du ihn bewundern, wann immer du wolltest. Doch das wäre nicht genug. Es würde nicht dem Bild entsprechen, das du im Kopf hast. Du würdest etwas schaffen wollen, das diesem Bild gerecht wird, um dich von den sinnlosen Sehnsüchten zu befreien, die das Bild in deinem Herzen geweckt hat – Sehnsüchte, die nichts zu tun haben mit Essen, Jagen und für das Überleben deiner Nachkommen zu sorgen. Selbst der Sonnenaufgang, den du gesehen hast, das Original, würde verblassen im Vergleich mit dem, was du im Kopf hast. Irgendwann würdest du es aufgeben, ihn zu kopieren. Du würdest ihn aus erster Hand erleben wollen, würdest lernen, wie ein Vogel zu fliegen, würdest die Quelle der Sehnsucht direkt angehen, in riesigen Schiffen aus Stahl, die Unmengen an Treibgas freisetzen.

Sobald du anfängst, etwas zu bewundern oder zu lieben, ist sein Schicksal besiegelt.

Am Fishercap hielten sie in der Nähe der Falle an und schnallten die Skier ab. Garrett schaltete die blinkende Sicherheitslampe aus, die er mitten in der Nacht aufgestellt hatte, um P2 abzulenken. Offenbar hatte es funktioniert. Die Falle war mehr oder weniger intakt, nur eine Stangenstrebe an der Klappe war locker; vermutlich weil das Tier wiederholt mit dem Kopf darauf losgegangen war. Jetzt aber schien es aufgegeben zu haben und horchte auf das Knirschen ihrer Stiefel im Schnee. Garrett machte ein paar Schritte auf die Falle zu, um zu sehen, wie es reagierte. Und wie erwartet drang ein aggressives Fauchen aus dem Käfig.

Garrett bereitete die Spritze vor, während Bengt den Betäubungspfeil aus seinem Rucksack nahm. Dann näherten sie sich der Falle zu zweit. Das Fauchen wurde stärker, lauter, verstärkt von der Holzkiste. Es war ein unheimlicher Klang, als käme er von etwas Besessenem. Garrett hob die Klappe einen Spaltbreit an, um hineinzusehen, und leuchtete mit seiner Stirnlampe hinein, zumindest in den Teil, den sie einsehen konnten. Beim Versuch, sich mit den Klauen zu befreien, hatte P2 eine der Innenwände völlig zerfetzt. Garrett hätte es mittlerweile gewöhnt sein müssen, doch der entsetzliche ketonartige Gestank des Vielfraß-Sekrets brachte ihn jedes Mal zum Würgen. Sogar nach der Wäsche stanken seine Outdoor-Klamotten, als hätte man sie in billigem Scotch eingeweicht. Das Tier selbst war noch immer nicht zu sehen und inzwischen verstummt. Garrett hörte nicht mal ein Zischen und brauchte einen Augenblick, um seine Nerven zu beruhigen. Er hielt den Betäubungspfeil wie einen Speer zitternd in der Hand und gab Bengt ein Zeichen, woraufhin dieser die Klappe zwei oder drei Zentimeter anhob. Im gleichen Augenblick stürzte sich der Vielfraß laut brüllend auf Garretts Gesicht.

Bengt ließ die Klappe gerade noch rechtzeitig wieder fallen. Garrett wich zurück. Die Aggressivität dieser Tiere erstaunte ihn jedes Mal von Neuem. Dann hob Bengt die Klappe erneut einen Spaltbreit an, und P2 sprang sofort wieder hoch, so wild, dass er um ein Haar entkommen wäre. Man hörte ihn im Käfig keuchen, die Falle aus Holz dampfte wie eine Räucherkammer. Als Garrett ihn nach sieben Versuchen endlich betäuben konnte, war seine Daunenjacke nass geschwitzt.

Er setzte sich in den Schnee und wartete, bis sich das Narkotikum im Blut von P2 verbreitet hatte. All das nur, um an das GPS-Halsband und den Chip mit den Daten zu kommen, die ihnen verraten würden, wo sich das Tier in den letzten Monaten überall herumgetrieben hatte. Biologen wussten bislang nur sehr wenig über das Verhalten von Vielfraßen. Über ihre Ausbreitung, ihr Paarungsverhalten, oder warum zum Teufel sie manchmal *vierzig Meilen* an einem einzigen Tag zurücklegten, und das durch felsiges Terrain ... Gelegentlich fragte sich Garrett, ob er überhaupt irgendetwas über sie wusste.

Er schob die Hände in die Achselhöhlen, um sie zu wärmen. Die meiste Arbeit an den Fallen fiel im Herbst und Winter an, wenn die Grizzlybären Winterschlaf hielten; andernfalls konnte das Beködern der Fallen zu einem Himmelfahrtskommando werden. In letzter Zeit erwachten die Bären wegen der Klimaveränderung früher als sonst, schon Mitte März, aus ihrem Winterschlaf. Weil die Winter nicht mehr so kalt waren, weniger *Schnee* hatten, wie Garrett jedes Mal erklärte (denn es ging tatsächlich nur um das Verschwinden dieser Ressource), mussten P2 und seine Freunde in immer höhere Berge ausweichen; viele zogen über die Wasserscheide nach Kanada. Und Jahr für Jahr schienen sie mehr Mortalitätssignale über Funk zu erhalten. Die Tiere wurden zu Opfern von Fallen, Lawinen oder auch den Gewehren der Wildhüter, wenn sie sich ins Blackfeet-Reservat vorgewagt hatten. Manchmal war Garrett so entmutigt und verzweifelt, dass er das Ganze am liebsten hingeschmissen hätte. Vielleicht wäre es besser gewesen, einen Grill für den Garten zu kaufen und mit Cece und Lana die ersten Frühlingstage zu genießen.

Als P2 endgültig betäubt war, breitete Garrett eine Rettungsdecke auf dem Schnee aus, hob ihn vorsichtig aus dem Käfig und setzte sich mit dem Tier in den Armen neben die Rettungsdecke. Vierzig Pfund? Dreißig? Auf seinem Schoß sah es viel kleiner aus: kaum größer als ein Collie. Während der Betäubung, wenn seine wilde animalische Kraft am geheimnisvollsten war und tief in seinem Inneren schlummerte wie ein antriebsloser Motor, wie ein schlafendes Ungeheuer, überkam Garrett manchmal eine seltsame Ahnung. Es fühlte sich an, als wären seine Lungen aus Glas. Er dachte dann an seinen Vater, den Tag, an dem er im Hospiz gestorben war. Es war drei Monate nach dem Schlaganfall gewesen; sein Herz hatte einfach aufgegeben, hatte den Kampf seines Körpers nicht mehr aufrechterhalten können. Garrett hatte seinen letzten Atemzug miterlebt. Er hätte gedacht, dass er besonders lang oder irgendwie bemerkenswert sein würde, aber er war nicht anders als jeder andere zuvor gewesen. Ganz zuletzt hatte sein Vater sich die Hand auf die Stirn gelegt, als wollte er seine Augen schützen.

Garrett hielt P2 in den Armen und spürte den schwachen Herzschlag des Tieres. Plötzlich überwältigte ihn seine Trauer. Warum, wusste er nicht. Es hatte nicht wirklich mit seinem Vater zu tun. Es war die Reglosigkeit von P2 oder vielleicht auch P2 selbst, der ihm einsamer erschien als je zuvor, verloren in der Wildnis seiner Träume.

~~~

Nach ihrer Schicht ging Cece ins *Big Sky Pizza*, wo sie mit Garret und Lana verabredet war. Am ersten Abend nach seiner Rückkehr aus den Bergen ging Garrett immer mit Lana zum Abendessen aus. Es war zu einer Tradition geworden, auf eine unmerkliche Art, die sich schnell einschleicht, wenn man ein Kind hat und mehr als einmal dasselbe mit ihm unternimmt. Cece versuchte nicht daran zu denken, wie teuer es sein würde. Sie hatte einen beschissenen Abend im Restaurant hinter sich – noch beschissener als sonst. Ein betrunkener Wichser hatte ihr
~~~

an den Hintern gefasst, während sie sich über die Weinkarte beugte, um seiner Frau bei der Suche nach einem »guten Weißwein, den man zum Steak trinken kann« zu helfen. Cece hatte sich zitternd vor Wut in die Damentoilette geflüchtet. Warum hatte sie nichts gesagt? Warum dem geilen Bock nicht eine Gabel ins Auge gestoßen? Manche Kellner rächten sich an den Gästen, indem sie einen fahren ließen, wenn sie an ihrem Tisch vorbeigingen. Sie nannten es »Schädlingsbekämpfung«, aber nicht mal das hatte sie getan. Stattdessen hatte sie sich fünf Minuten auf der Toilette versteckt und gewartet, dass ihr Blutdruck wieder auf normale Werte sank.

Trotz der Uschanka-Pelzmütze brannten ihre Ohren in der Kälte. Allmählich fühlte sich die globale Erwärmung wie eine vernünftige menschliche Antwort auf die Winter von Montana an. (Das hatte sie Garret einmal – im Scherz! – gesagt, doch er hatte es nicht lustig gefunden.) Cece tastete mit den Fäustlingen nach dem Trinkgeld in ihrer Jeanstasche – oder was davon übrig war, nachdem sie dem Wirt, dem Barmann und den Angestellten, die das Geschirr abräumten, ihren Anteil ausgezahlt hatte. Hundertsechsundvierzig Dollar. Es fiel ihr schwer, es nicht als Schweigegeld zu betrachten. Sie hatte sich immer vorgestellt, sie sei etwas Besonderes und dazu bestimmt, etwas Originelles mit ihrem Leben anzustellen, vielleicht eine Berühmtheit zu werden, und ironischerweise war es genau das, was sie so zu Garrett hingezogen hatte. Mit ihm durchzubrennen war, sofern sie überhaupt bewusst darüber nachgedacht hatte, ein Teil dieses Prozesses gewesen. Doch was war daraus geworden?

Lana winkte ihr durch das Fenster des *Big Sky Pizza* zu und sah aus, als hätte sie die Geisterstunde überschritten. Sie hätte längst im Bett sein sollen; morgen würden sie dafür bezahlen müssen. Garrett, der sein halbes Leben in der Wildnis verbrachte und mitten in der Nacht aufstand, wenn ein Vielfraß in die Falle getappt war, schien Zeit für eine lästige menschliche Erfindung zu halten, die man nach Belieben ignorieren durfte. Langweilig.

Und vielleicht durfte man es ja wirklich. Doch langweilig zu sein, so kam es Cece mehr und mehr vor, war ein Luxus, den sich nur Reiche leisten konnten. Wie langweilig war sie sich während ihres Studiums vorgekommen! Und wie verlockend erschien ihr dieser Zustand heute gelegentlich.

Aber was war nicht langweilig? Bei der Arbeit sexuell belästigt zu werden. Mit sechsunddreißig Jahren seinen Vater und seine Stiefmutter um Geld bitten zu müssen, damit man seine Tochter in ein Sommerlager schicken konnte. Von derselben Tochter mit falschen Vampirzähnen im *Big Sky Pizza* begrüßt zu werden.

»Ich habe Generalherpes in der Lunge!«, rief Lana ihr mit einer Art verrückter YouTube-Stimme entgegen. Sie lachte übermütig los, noch ehe Cece sich sammeln konnte. So sah jetzt ihr gemeinsames Leben aus: durchsetzt von absurden Memes. Die Begegnung mit Charlies Kindern letzten Sommer hatte an einem losen Faden von Unsicherheit gezogen, und sie hatte sich gefragt, ob sie als Mutter versagt hatte.

»Ich glaube, sie meint Genitalherpes«, sagte Garrett.

»Wo zum Teufel lernt sie so was?«

Er zuckte die Achseln. Ein Haufen von Überraschungseiern aus dem Automaten war samt Spielzeugen auf dem Tisch aufgereiht. Wie immer hatte er die Kleine mit Münzen versorgt. »Ich glaube, sie hatte zu viele Colas.«

»Colas im *Plural?*«

»Gratis-Auffüllung. Lässt sich kaum kontrollieren.«

Cece warf ihm einen finsteren Blick zu und öffnete den Reißverschluss ihrer Jacke. Natürlich musste er den lustigen Elternteil spielen, den nachsichtigen, den, der aus den Wäldern kam, nach Vielfraß stank und haufenweise Geschichten über diese Viecher erzählen konnte – Begegnungen mit Grizzly-Bären! Frisch geborene Jungtiere! Und ein paar Wochen später belud er seinen Truck erneut, während Lana sich wie eine Autokralle an sein Bein klammerte, um ihn daran zu hindern, sich schon wieder zu verabschieden. Cece wusste, dass die Kleine nur so tat, als wäre sie wütend auf ihn, und noch viel wütender wäre, wenn er nie wegginge. Cece selbst war diejenige, die es ihm wirklich übel nahm. Sie versuchte, dagegen anzusteuern, ihn so gut es ging zu unterstützen. Es war der Job seines Lebens, seine Berufung, angeblich rettete er damit das Leben von Tieren, aber eine Vollzeitmutter zu sein, die sich den Lebensunterhalt mit einem Kellnerjob verdiente, machte es ihr nicht gerade leicht. Millionen Frauen hatten für die Gleichberechtigung gekämpft, und was machte sie? Schmiss das Medizinstudium hin und wurde zu einer verheirateten Alleinerziehenden. Wie hatte es bloß so weit kommen können? Sie hatte sich doch selbst dafür entschieden.

Aber wenn Garrett draußen Feldforschung betrieb, war es einfacher, ihm die Schuld zuzuschieben – einfacher und befriedigender. Wenn sie sich eine Woche lang abgerackert hatte, von ihrer Schicht nach Hause gerast war, weil sie sich vorgestellt hatte, wie Lana bäuchlings auf dem Fußboden lag, nachdem sie an einer Steckdose herumgefummelt hatte, dachte Cece an Flucht. Ihre Träume erhoben sich von der Couch. Den Gedanken an eine Promotion hatte sie endgültig aufgegeben. In ihrem Alter konnte sie sich nicht vorstellen, noch mal sieben Jahre lang die Schulbank zu drücken. Was hieß das in Elternjahren? Zehn wahrscheinlich. Bis sie den Abschluss hätte, wäre Lana bereits auf dem College. Stattdessen dachte sie an einen Buchladen in L. A., in einem charmanten, angesagten Viertel wie Eagle Rock oder Atwater Village. Die Art von Laden, in dem eine aus dem Tierheim gerettete Katze herumlief und die Schaufenster von ortsansässigen Künstlern gestaltet wurden.

In ihren Träumen wäre sie nicht nur die Besitzerin, sondern würde auch das entzückende Apartment darüber bewohnen. Die Kunden wären klug und belesen und würden sich von ihr beraten lassen. Sie würde Lesungen veranstalten, einen literarischen Salon führen und vielleicht sogar Autoren dazu bringen, einen Tisch mit ihren Lieblingsbüchern zu gestalten, inklusive witziger, handschriftlicher Empfehlungen. Und Lana? Die säße jeden Tag nach der Schule auf einem der gemütlichen Drehstühle im hinteren Teil des Ladens und läse ein Buch (in diesem Traum war kein Platz für Schlüsselkinder!). Ach, und es gäbe eine Abteilung mit russischer Literatur, weil ... warum nicht? Es war ihr Buchladen. Allein sich das auszumalen machte Cece ungemein glücklich. Und wenn Garrett aus den Bergen zurückkam und wie ein Moschusochse roch, musste er sich gegen eine Phantasie behaupten, von deren Existenz er keine Ahnung hatte.

Cece nahm eine Visitenkarte von dem Stapel, den jemand in der Mitte des Tischs hinterlegt hatte. »GEWINNEN SIE EIN AR 15« stand über dem Bild eines Sturmgewehres. Die *Christian Family Fellowship Church* machte Werbung für ihre wöchentliche Waffenverlosung. Auf der Rückseite, über einer Liste von Schusswaffen, die sie jeden Sonntag verschenkten, prangte ein Zitat aus Johannes 14:27: »... meinen Frieden gebe ich euch ...« Großer Gott! Hatte sie sich wirklich freiwillig für diesen Ort entschieden? Um hier eine Familie zu gründen?

Lana war zu den Arkaden gegangen und sah zu, wie ein paar Teenager ein Videospiel namens Tropocalypse spielten, in dem man unter anderem Zombies den Kopf abschlug. Das Spiel fand offenbar an einem Ferienort statt. Die Zombies sahen aus wie *Penthouse*-Models und trugen Bikinis. Cece packte Lana am Arm und zerrte sie wieder an ihren Tisch zurück.

»So was sollst du dir nicht ansehen«, schimpfte sie.

»Warum nicht?«

»Weil es krank und schwachsinnig ist!«

Lana lehnte sich vor, als würde sie Cece ein Geheimnis erzählen. »Ich bin ammosexuell«, flüsterte sie ihr ins Ohr.

Cece fuhr zusammen. »Was zum Teufel soll das nun wieder sein?«

»Das ist jemand, der Waffen liebt«, erklärte Garrett. »Haben wir auf einem T-Shirt gesehen.«

Cece wandte sich Lana zu. »Ich will nicht, dass du so was sagst, hast du mich verstanden?«

»*Was* soll ich nicht sagen?«

»Das weißt du ganz genau.«

Lana zog die Oberlippe zurück, wie ein Pferd, das einen Zuckerwürfel zermalmt, und zeigte ihre hässlichen Vampirzähne. »Dass ich ammosexuell geboren wurde und Gott mich trotzdem lieb hat?«

»Halt den Mund!«, zischte ihre Mutter sie an. »Halt den Mund, oder ich prügel dir diese Dinger aus dem Gesicht!«

Einen Augenblick lang sah Lana sie verdutzt an; die Zähne fielen ihr fast aus dem Mund. Dann brach sie in Tränen aus. Zerknirscht fing Cece an, den Verpackungsmüll vom Tisch aufzusammeln und auf ein Tablett zu stapeln. Andere Leute beobachteten sie. Auch Garretts Blick, der sie über den Tisch hinweg kritisch musterte, spürte sie.

»Du schuldest mir hundert Dollar«, sagte er wütend.

»Was?« Sie konnte kaum sprechen.

»Erinnerst du dich an unsere Wette damals? Auf unserer Wanderung im Nationalpark?«

Cece sah ihn hasserfüllt an. Noch nie hatte sie so einen Abscheu empfunden. Wortlos stand sie auf, nahm das Bündel Scheine aus der Tasche und schleuderte es Garrett ins Gesicht. Noch ehe sie ihr Ziel erreichten, explodierten sie in der Luft und flatterten in alle Richtungen.

Der Tisch sah aus, als wäre jemand beim Monopoly-Spielen

ausgerastet. Abgesehen von den Videospielen und ihren miteinander wetteifernden Ostinatos hörte man nur Lanas Schluchzen. Ruhig stand Garrett auf und fing an, die Zwanzig-Dollar-Scheine vom Tisch, der Sitzbank und dem Laminatboden einzusammeln. Nüchtern und sachlich. Sie wartete darauf, dass er einen Witz machte, irgendetwas sagte, das ihren Hass in einen echten Wutanfall verwandeln würde: »Das nenne ich eine Wette eintreiben« oder so was, aber es kam nichts. Er hob nur die Scheine auf, einen nach dem anderen, wie Spielkarten. Alle Leute im Restaurant starrten sie an. Ceces Wut verflog genauso schnell, wie sie gekommen war.

»Tut mir leid«, sagte sie zerknirscht. »Ich hab es nicht so gemeint, Lana.«

Das Kind würdigte sie keines Blickes.

»Schätzchen, bitte! Das wollte ich nicht.«

Lana saß schniefend am Tisch und weigerte sich, ihre Anwesenheit wahrzunehmen. Wie oft hatte Cece ihr gesagt, dass sie sie liebe? Aber natürlich würde Lana sich nur daran erinnern, wie ihre Mutter gedroht hatte, ihr die Zähne auszuschlagen. Hilflos drehte sich Cece zu Garrett um, der eins der durchsichtigen Überraschungseier auf dem Tisch aufbrach und ihr ein Paar falsche Zähne reichte. Dann nahm er ein weiteres Paar und steckte sie sich selbst in den Mund. Obwohl sie gelb und schief waren – einer der Eckzähne so gut wie waagerecht –, wirkten sie erstaunlich echt. Cece schob sich ihre ebenfalls in den Mund. Beide warteten, dass Lana aufschaute und es bemerkte. Als sie es schließlich tat, zog sie reflexartig eine Grimasse und bleckte ihre eigenen hässlichen Zähne.

»General Herpes«, stellte sich Garrett lispelnd vor.

Cece lachte. Herrgott, wie konnte sie jemanden so sehr lieben und gleichzeitig zutiefst hassen?

»Und das ist ...«

»Gefreite Gonorrhoe«, sagte Cece.

Sie streckte ihrer Tochter die Hand entgegen, doch diese nahm sie nicht. Ihre Augen waren noch gerötet vom Weinen.

Garrett hatte einen Vorschlag. »Wenn in Zukunft einer von uns anfängt zu streiten oder meint, er müsste ›Halt den Mund‹ schreien, werden wir uns alle drei diese falschen Zähne in den Mund stecken. Damit machen wir uns so hässlich, so dermaßen lächerlich, dass keiner uns ernst nehmen wird.«

»Sehr lustig«, sagte Lana.

»Ich meine es ernst. Ich möchte, dass wir uns gegenseitig etwas versprechen. *Ich, Mitglied der Herpes-Gonorrhoe-Familie, schwöre feierlich, dass ich in Zeiten von Ärger, Wut oder mörderischem Zorn diese neuartigen Zähne tragen werde.*«

Daraufhin hoben alle drei die rechte Hand und wiederholten sabbernd das Gelübde. Es war das Gegenteil einer Wette – vielmehr eine Wette, bei der sie auf einer Seite stehen, gemeinsam gewinnen oder verlieren würden. Dann senkten sie die Hände. Alle Anwesenden im Restaurant starrten sie an. Verlegen nahmen Garrett und Lana ihre Zähne heraus und legten sie in die Überraschungseier zurück, nur die Gefreite Gonorrhoe hatte ihren Behälter verloren und wusste nicht, wie sie wieder zu sich selbst finden sollte.

SECHZEHN

Es war ein typischer Abend in L. A., an dem es nach dem Sonnenuntergang plötzlich abkühlte, als stünde eine andere Jahreszeit bevor. Charlie half Angeliki beim Tischdecken draußen unter dem Feigenbaum, der jeden Herbst von den Sittichen belagert wurde. Selbst im Dezember lagen überall auf dem Rasen verstreut reife Feigen, die wie kleine rosa Geoden aufgeplatzt waren, außerdem ein paar vereinzelte Grapefruits vom Oroblanco-Baum auf dem Hügel, der bis zum Bambuszaun der Nachbarn abfiel. Charlie machte sich nichts aus Feigen und Grapefruits, staunte aber über diesen schattigen Garten, und jetzt dachte er daran, wie er sich in ihn verliebt hatte, als Angeliki und er auf Wohnungssuche gewesen waren. Damals war sie mit Téa schwanger gewesen, und er hatte genau von so etwas geträumt. Dass Angeliki und er an einem der seltenen Abende, wenn er weder zur Arbeit musste noch Bereitschaftsdienst hatte, frisches Obst für die Kinder pflücken und sie beim Essen alle zusammen draußen sitzen könnten. Damals hatte er solche paradiesischen Phantasien mit Angeliki geteilt. Was er für sich behielt, war eine andere, die ihm nicht aus dem Kopf gehen wollte: den Anflug von Neid in Ceces Gesicht, falls sie sie jemals in L. A. besuchen würde. Sie hatte die Obstbäume in Montana so geliebt.

Er hatte ihr letztes Jahr, als er Garrett und Cece in das Haus am See eingeladen hatte, eigentlich auch den Obstgarten noch zeigen wollen. Um Salz in die Wunde zu streuen? Um sie mit Äpfeln zu verführen? Doch ihr Anblick hatte ihn umgehauen und einen Strich durch seine ausgeklügelten Pläne für den Tag gemacht.

»Charlie«, sagte Téa und streckte ihm die Ärmchen entgegen. Sie hatte die grünen Augen ihrer Mutter, und ihre Pupillen waren von kleinen braunen Pünktchen umgeben, wie das Innere einer Kiwi. Er hob seine Tochter hoch und setzte sie auf ihren Kindersitz.

»Warum nennst du mich so?«

»Wie?«

»Charlie. Statt Dad.«

Téa zuckte die Achseln. »Mom sagt auch Charlie.«

»Ist doch süß«, sagte Angeliki. »Du bist ihr bester Freund.«

Charlie nickte, obwohl er wusste, dass es nicht stimmte. Insgeheim machte er sich Sorgen, weil er zu viel arbeitete. Er war nicht oft genug anwesend, um ein richtiger Vater zu sein. Was nicht heißen sollte, dass Angeliki nicht genauso viel zu tun hatte. In letzter Zeit war sie sehr gefragt und jonglierte oft mit drei oder vier Design-Projekten auf einmal, trotzdem machte sie sich jeden Nachmittag um halb vier auf den Weg, um Téa vom Kindergarten abzuholen. Er wandte sich Jasper zu, der ihn über den Tisch hinweg beobachtete.

»Hi, Chuck«, sagte Jasper zu ihm und wäre vor Lachen beinahe geplatzt. Téa grinste mit.

»Verstehe, es ist eine Verschwörung«, sagte Charlie.

Wie angenehm es war, wenn die Kinder sich nicht stritten. Sie aßen ihre Hamburger auf dieselbe Art. Téa machte es Jasper nach und nahm eine Brothälfte ab, sodass nur eine dünne weiße Brotschicht am Fleisch kleben blieb, ehe sie den Hamburger getrennt aß. Es gab nicht viele Dinge, die Charlie als magisch bezeichnet hätte, immerhin war er Arzt, ein Prediger der Wissenschaft, aber ein friedliches Abendessen kam dem schon ziemlich nahe. Man rechnete damit, dass es jede Minute vorbei sein konnte, aber dank einer außergewöhnlichen Glückssträhne waren beide Kinder gut gelaunt, großzügig miteinander, ruhig, dankbar und zankten sich nicht. Es war, als läse man ein

Buch über die eigene Familie, einen jener Romane, die einen veranlassten, sich nach dem luxuriösen Leben darin zu sehnen, wo der Vater von der Arbeit nach Hause kommt und seine Kinder mit Witzen und Geschenken beglückt. In solchen Büchern trank man Wein und wurde niemals müde oder böse. Vielleicht aß man eine Quitte im gesprenkelten Licht.

Einer der Reiher, die auf dem Maulbeerfeigenbaum nisteten, fing plötzlich an zu bellen wie ein durchgedrehter Hund. Charlie wusste nicht, was genau die Naturschützer mit dem L. A. River anstellten, sie nannten es »revitalisieren«, doch vor Kurzem war eine Reiherfamilie in ihren Garten eingezogen, die Vögel weckten sie nun in der Morgendämmerung und würgten ihre halb verdauten Mahlzeiten im Garten aus. Mehrmals hatte Charlie einen riesigen Karpfenkopf vom Rasen aufsammeln müssen, um ihn nicht mit dem Rasenmäher zu zerschreddern. Waren Reiher eine bedrohte Spezies? War es normal, dass sie mitten in der Stadt wohnten und ihre früheren angestammten Gebiete zurückforderten wie die Kojoten, die er manchmal mitten auf der Straße sah? Oder war das der Anfang vom Ende, ein Omen der Apokalypse? Er hatte daran gedacht, Garrett zu fragen, doch jedes Mal, wenn er das Handy in die Hand nahm, erinnerte er sich an seinen Auftritt am See letztes Jahr und wurde rot vor Scham.

Natürlich dachte er auch an die Adlermutter in Montana, als er den Weißkopf verjagt und ihre Küken gerettet hatte. Allerdings hatte er das Cece zuliebe getan und nur ihre Anweisungen befolgt. Aber die Reiher waren wirklich eine Plage, manchmal hielten sie ihn nach einer Nacht im OP wach, machten einen Riesenkrach und stanken den Garten voll. Eine Schrotflinte käme ihm jetzt sehr gelegen.

Beim Abwaschen drehte er einen blöden Song auf, den er als kleiner Junge geliebt hatte, »Just What I Needed« von den Cars, und war plötzlich trunken vor Glück. Er fing sogar an zu tanzen. Nun ja, tanzen war übertrieben. Tänzeln wäre angebrachter. Die Kinder kamen aus dem Garten herein und sahen, dass er irgendwas Seltsames mit seinen Beinen anstellte. *Daddy!*, rief Jasper und tat so, als wäre es ihm peinlich, in Wirklichkeit aber war er begeistert. Sie hätten nie gedacht, dass ihr Vater auf die Idee kommen könnte zu tanzen. Genauso gut hätte er sich in einen Bären verwandeln können. Er war ein müder Mann, wundervoll, wenn er da war, aber meistens auf dem Weg zur Arbeit oder ins Bett. Ein Vater, der ständig am Telefon hing und dazu neigte, auf dem Fußboden einzuschlafen, wenn er mit seinen Kindern Lego spielen sollte. Er sah immer aus, als käme er gerade von einem anderen Planeten und wäre zu geschlaucht, um sich auf den Beinen zu halten.

Doch da stand er, sang mit zur Musik aus der Stereoanlage und ließ die Hüften kreisen. Ein ausgeschlafener Vater ist vielleicht das Schönste auf der Welt. Die Kinder fingen ebenfalls an zu tanzen. Als Angeliki durch die Verandatür ins Haus trat, wackelten alle drei vornübergebeugt mit den Hüften.

Sie riss die Augen auf und rief dann: »Fang ein Ei und rasier es!«

Es war ein griechischer Ausdruck, unübersetzbar, jedenfalls hatte Charlie ihn nie wirklich verstanden. Viele der Geheimnisse ihrer Ehe hatten mit ihrer Kindheit in Griechenland zu tun. Angeliki drehte die Lautstärke runter.

»Was ist denn hier los?«

»Sie wollten, dass ich ausflippe«, erwiderte Charlie todernst.

»Das ist nicht wahr!«

»Und ob! Sie haben gesagt: ›Vater, wackel mit dem Arsch.‹«

»Haben wir nicht!«

»Sie haben gesagt: ›Wenn du nicht mit dem Arsch wackelst, rasieren wir ein Ei!‹«

»Daaaad! Das haben wir nicht gesagt. Dad hat damit angefangen!«

Später brachten Angeliki und Charlie die Kinder ins Bett. Das war ein größeres Unterfangen, teilweise, weil Charlie sie so aufgedreht hatte. Jasper wollte nicht aufhören herumzuhampeln, und kaum hatte Charlie ihm den Schlafanzug angezogen, streifte er ihn wieder ab und rannte splitternackt und stolz auf seinen Penis durchs ganze Haus. Manchmal vergaßen sie einfach, dass jedes bisschen Spaß wie eine gezündete Lunte sein konnte. Am Ende musste Charlie ihn anbrüllen und drohen, ihm nichts mehr vorzulesen, bevor er das Licht ausmachte, auch wenn ihn das selbst wahrscheinlich mehr getroffen hätte als Jasper. Der Junge beruhigte sich wieder und kletterte zu ihm in das alte Spindelbett, in dem Charlie und Angeliki schliefen. *Der Schwan mit der Trompete*. Dann kam auch Téa dazu, sodass Charlie rechts und links ein Kind neben sich liegen hatte, die sich auf der Suche nach Wärme wie Tierjunge instinktiv an ihn schmiegten. Er hatte *Der Schwan mit der Trompete* als Junge geliebt, vor allem, als Louis mit seiner Band reich wird, doch jetzt rührten ihn weniger die Sätze als die Tatsache, dass er seinen Kindern diese Geschichte vorlas, dieselbe, die sein Vater früher ihm vorgelesen hatte. Eigentlich war er sich der Sätze selbst gar nicht bewusst. Er musste den ganzen Tag und manchmal auch die Nacht über hart durcharbeiten und war dann froh, wenn er fünf Stunden am Stück schlafen konnte. Er pumpte die Patienten mit Kalium voll, damit ihre Herzen wiederbelebt, repariert oder gar ersetzt werden konnten, all das, um ihnen noch ein bisschen mehr Zeit auf der Erde zu ermöglichen. Aber es waren nicht diese Menschen, für die er so hart schuftete, sondern Téa und Jasper. Er wollte sie vor Verlust und Kummer bewahren. Nicht vor der Tatsache, dass es sie gab, er selbst hatte ihnen sein Leben lang mehr oder weniger ins Auge gesehen, aber vor der Vorstellung, dass man Angst vor ihnen haben musste. Dabei hatte er, ein Kardio-Anästhesist, selber Angst. Aber das konnte er seinen Kindern natürlich nicht sagen. Wie sollte er ihnen klarmachen, dass sein Job als Vater darin bestand, sie, solange er konnte, so *furchtlos* wie nur menschenmöglich zu machen? Weil seine eigene Angst ihn krank machte, ihn die ganze Nacht wach hielt, obwohl er hundemüde war. Bald würden sie erwachsen sein und in Autos mit zwielichtigen Jungs am Steuer steigen, von fremden Dächern in Swimmingpools springen oder sogar einen schlechten LSD-Trip haben, ein echtes Horrorszenario, das sie für den Rest ihres Lebens verfolgen würde, und diese gemeinsame Zeit im Bett war Charlies Art, ihnen zu zeigen, dass er da wäre, um sie zu beschützen, und dass ein schlechter Trip nur eine schlimmere Version dessen war, was sie ohnehin jede Nacht heimsuchte. Das Unheimliche, das in Badezimmern lauerte, in Spiegeln und an Ecken, die man rasch hinter sich ließ, alles böse Vorzeichen dafür, *dass die Welt nicht das war, was sie zu sein schien*, und sich auch nicht von der »Albtraum-Falle« aufhalten ließ, die Jasper aus Stofftieren um sein Bett herum gebaut hatte. Was Charlie ihnen sagen wollte, wenn er ihnen vorlas, war, dass die Welt genauso war, wie sie zu sein schien. Sie hatte Licht, Bedeutung und bot Schutz. Er, Charlie, würde seine Kinder vor Internet-Stalkern, Todesschützen und perversen Männern in Sporthosen beschützen, all ihre Albträume abfangen – nicht nur jetzt, sondern immer. Genau das war sein Job: sie zu belügen und zu betrügen, solange sie es ihm abnahmen.

»Und jetzt noch eine Arztgeschichte!«, bettelten Jasper und Téa, als er die Geschichte zu Ende gelesen hatte. Irgendwie hatte Charlie angefangen, ihnen Gutenachtgeschichten über berühmte medizinische Absonderlichkeiten zu erzählen. Wie oder warum er das getan hatte, war ihm entfallen. Ihr Hunger danach war ein Akt der Rebellion, eine Möglichkeit, sich gegen seine Täuschungsmanöver zu wehren.

»Na gut. Aber eine kurze. Tarrare?«

»Au ja! Der Mann, der das Baby gegessen hat!«

»Tarrare, Tarrare, mal sehen ...«, sagte Charlie und tat so, als hätte er die Geschichte vergessen. Es war ihre Lieblingsgeschichte, aber er hatte sie ihnen schon seit Längerem nicht mehr erzählt. Er konnte sich nie daran erinnern, welche Details er ausgelassen hatte und welche nicht. Tarrare war ein Franzose aus dem achtzehnten Jahrhundert, berühmt für seinen unermesslichen Hunger. Er konnte an einem einzigen Tag ein ganzes Rinderviertel verdrücken. Wahrscheinlich hatte er an einer Schilddrüsenüberfunktion gelitten, hieß es. Er aß so viel, dass er seine Eltern in den Ruin trieb. »Schließlich musste er sich als Straßenkünstler verdingen, der Katzen und Hundewelpen bei lebendigem Leib verschlang.«

»Lebendige Welpen?«, fragte Téa.

Charlie warf Angeliki, die an der Tür stand, einen Blick zu. »Ups! Vielleicht hab ich das früher weggelassen. Absichtlich.«

»Hat er mit denen schon mal für das Baby trainiert?«

»Lass ihn doch erzählen.«

»Danke, Jasper. Sie brachten ihn ins Krankenhaus, um ihn zu heilen, aber Tarrare war so hungrig, dass er das Blut der anderen Patienten trank. Er schlich sich sogar ins Leichenhaus, um die Toten zu essen. Ja, die Leichen. Ups, hatte ich das auch weggelassen? Dem Gesicht eurer Mutter nach könnte das gut möglich sein. Vermutlich hatte ich ein paar Gläser Wein weniger getrunken, als ich euch die Geschichte letztes Mal erzählt habe. Ja, eure Mutter nickt. Und jetzt geht sie.«

»Was ist mit dem Baby?«, drängelte Téa.

»Schließlich warfen sie ihn aus dem Krankenhaus, weil ein Baby verschwunden war und sie glaubten, er habe es gegessen.«

»Auweia!«

»War es lebendig, als er es gegessen hat?«

»Weiß ich nicht genau. Gute Frage.«

Anschließend brachte Charlie Jasper ins Bett und schloss sorgfältig den Reißverschluss seines Daunenschlafsacks, in dem er jede Nacht schlafen wollte. Wenn er sich erst einmal ausgetobt hatte, war er ein wirklich süßer, liebevoller und streng philosophischer kleiner Kerl.

»Dad?«

»Ja?«

Jasper starrte an die Decke, als spielte sich da etwas höchst Interessantes ab. Charlie wusste, was jetzt kam. Ein Gedankenexperiment. Fast jeden Abend gab es ein neues. Gestern hatte er gefragt, welche Farbe Blut haben würde, wenn man im All erstickte, weil es dort keinen Sauerstoff gab, um es rot zu färben. Nur selten war er mit Charlies Erklärungen zufrieden, und Charlie vermutete, dass er etwas ganz anderes wissen wollte, etwas Wichtigeres, das er nicht formulieren konnte oder von dem er nicht einmal wusste, dass er danach fragen wollte.

»Dieses Baby, das Tarrare gegessen hat«, sagte Jasper. »Hat seine Familie geglaubt, dass es in den Himmel kommt?«

»Wahrscheinlich, ja. Doch, ich denke schon.«

»Dann haben sie auch geglaubt, dass es immer so bleiben würde? Ein Baby? ›Guuguu gaga. Ich will Milch?‹«

»Hmmm«, sagte Charlie. »Keine Ahnung. Gute Frage.«

Jasper musterte ihn kühl. Da war etwas in seinem Gesicht, das Charlie noch nie zuvor gesehen hatte. War es etwa – schwer zu glauben – Herablassung?

»Er wird nicht ewig ein Baby bleiben«, sagte Jasper leise, »weil das mit dem Himmel Schwachsinn ist.«

Charlie fuhr zusammen und setzte sich auf die Bettkante. »Wer hat dir gesagt, dass das mit dem Himmel Schwachsinn ist?«

»Das Mädchen letzten Sommer. In Montana.«

»Lana?«

»Bis jetzt wusste ich nicht, ob es wahr ist oder nicht. Bis ich dein Gericht gesehen habe.«

Charlie runzelte die Stirn. Der Junge musste erschöpft sein. Und trotzdem war er sicher, dass sein Sohn »Gericht« gesagt hatte, nicht »Gesicht«. Er strich Jasper übers Haar, es war steif wie Stroh vom Schweiß. »Niemand kann wissen, ob es Schwachsinn ist, Kumpel, oder was passiert, wenn man stirbt.«

Er fürchtete schon, dass Jasper als Nächstes fragen würde, was er denn selbst glaube, doch das tat er nicht. Er sagte seinem Sohn, dass er ihn liebe, und sein Sohn antwortete: »Ich dich auch, Dad«, auf eine Art, die etwas veredelter ausdrückte, was sie sich unbeholfen und vage den ganzen Abend über gesagt hatten. Es gab nichts Besseres. Wieso also hatte Charlie manchmal den Eindruck, dass sein Tag erst begann, wenn die Kinder im Bett waren? Obwohl er zum Abendessen Wein getrunken hatte, schenkte er sich jetzt einen Scotch ein und ging wieder nach draußen. Angeliki musste noch ein paar E-Mails schreiben, deshalb setzte er sich auf den Steg mit Blick auf den Stausee ein paar Häuserblocks entfernt, der genauso aussah wie die unerklärliche Wüstenpfütze, die er tatsächlich war. Charlie nippte an seinem Glas und lauschte seinen eigenen Gedanken, ein seltener Luxus in diesen Tagen. Er fühlte sich so klar und ruhig, endlich er selbst, so weit entfernt von dem Mann, der wie ein Roboter in der Küche getanzt hatte, dass er sich fragte, ob er denn überhaupt ein Vater sein wollte. Es erschreckte ihn, wie leicht er sich von seinen Kindern lösen konnte, als hätten die tiefsten Verbindungen im Leben überhaupt keine Bedeutung. Warum hatte er so viel Energie für sie aufgebracht? War das alles ein tragisches Missverständnis gewesen? Während des Medizinstudiums hatte er davon geträumt, ein großartiger Arzt zu werden, ein bedeutender, vielleicht sogar einer, *der die Art, wie wir über Schmerzen denken, revolutionieren* würde. Er hatte davon geträumt, ein Gegenmittel für den CB1-Rezeptor im Gehirn zu finden, etwas, das den Schmerz blockiert und somit Opioide und die damit einhergehende Sucht obsolet machen würde.

Doch Großartigkeit bedeutete Grausamkeit, Leidenschaft, es bedeutete, das Ich über alles andere zu stellen. Manchmal hätte er am liebsten sein eigenes Herz eingefroren, nur um zu sehen, was dann passieren würde. Welche großartigen Dinge er vollbringen könnte. Was, wenn das Leben, das er sich aufgebaut hatte, dieses Leben mit lauter Zeit-Schubladen: Essenszeit, Fernsehzeit, Familienzeit, Ruhezeit oder Steinzeit, wenn das alles nichts weiter als eine sentimentale Falle war?

Das hatte Cece ihm angetan. Sie war der Grund, dass er sich fragte, ob die Welt und alles, woran er geglaubt hatte, ein großer Schwindel gewesen war. Er war glücklich gewesen, er hatte sie von ganzem Herzen geliebt, und was war geschehen? Er hatte sie trotzdem verloren. Als sie ihm damals sagte, was sie getan hatte und dass sie nicht nach L. A. zurückkomme, war Charlie ausgerastet. Er hatte geweint und gebettelt und beschämende Selbstmorddrohungen ausgesprochen, ja sogar versucht, sie mit ihren Schuldgefühlen zu erpressen. Später hatte er davon geträumt, nach Montana zu fliegen, die alte Schrotflinte seines Großvaters aus dem Schuppen zu holen und Cece und Garrett zu jagen, um sie kaltblütig umzubringen. Eine Woche lang hatte er dieses Szenario im Geiste durchgespielt. Er würde sie in Garretts Bett überraschen, und sie würden schockiert und in Panik um Vergebung betteln. Ihre Hirnmasse würde sich über die Wand ergießen. Und anschließend würde er sich natürlich selbst erschießen. Es wäre einer dieser Morde aus Rache, von denen man in den Zeitungen las. Nie zuvor hatte er derartige Gedanken gehabt, nie hätte er sich vorstellen können, dass er auch nur zu einer solchen Vorstellung in der Lage wäre. Erst als er sich dabei ertappte, wie er nachts um drei über seinen Computer gebeugt Flüge nach Kalispell suchte, kam er zur Vernunft. Er suchte sich jemanden, der am nächsten Tag seine Schicht übernehmen würde, und verschrieb sich eine dreifache Dosis Schlafmittel, im festen Vertrauen darauf, dass er als menschliches Wesen wieder aus seinem Winterschlaf aufwachen würde.

Natürlich würde er niemanden töten. Nicht in einer Million Jahren. Aber *Selbstmord* war ein anderes Thema. Diese Phantasie war langlebiger, er bekam sie nicht aus dem Kopf nach allem, was passiert war. Er würde sich den Lauf in den Mund stecken, den Finger an den Abzug legen. Der Geschmack von Metall und Moder. Charlie lag im Bett und dachte darüber nach, spielte jedes Detail durch, so wie ein Geiger vielleicht die Noten einer Kadenz durchgehen würde. Diese Sehnsucht nach Besinnungslosigkeit war neu für ihn. Selbst als Teenager hatte er nie daran gedacht, sich umzubringen. Für ihn war das Leben wie ein langer Sommertag im Schwimmbad gewesen, an dem man nicht aus dem Wasser will, sondern einfach immer weiterschwimmen – dann wird man aber so müde, dass man am Ende widerwillig aus dem Becken klettert und nach Hause latscht. Als Garrett das College schmiss, hatte Charlie Mitgefühl gehabt, obwohl er es nicht verstand. Natürlich hatte auch er entsetzlich um Elias getrauert und in seinen schwächsten Momenten sogar Garrett die Schuld an allem gegeben, aber nie das Gefühl gehabt, das Leben *an sich* wäre ein Problem und Elias' Tod etwas anderes als ein furchtbarer Unfall, der ihn um etwas Wertvolles gebracht hatte. Jetzt verstand er, wie es war, wenn man das Leben als etwas betrachtete, das *keinen Wert* hatte, und sich so kaputt und niedergeschlagen fühlte, dass man morgens nicht mehr aus dem Bett springen wollte und andere Menschen ärgerte, indem man sie auch aufweckte. *Raus aus den Federn!* Wieso war er überhaupt je aus dem Bett gesprungen? Was hätte er verpassen können? Er fing wieder an zu rauchen, zum ersten Mal nach dem College, kaufte Unmengen von Viceroys und genoss sie (ein besseres Wort fiel ihm nicht ein) in der Tabakhöhle seines Zimmers. In Middlebury hatte er nur in Gesellschaft geraucht, doch jetzt verstand er, wozu Zigaretten eigentlich gedacht waren. Man rauchte im Bett, so wie man im Bett starb. Sie waren eine Art Generalprobe. Aus einem Krankentag wurde eine Krankenwoche, dann ein Krankenmonat und schließlich eine Beurlaubung.

Was hätte er ohne seine Familie gemacht? Ohne seine Mutter, seine Brüder, selbst seinen kränkelnden Vater? Sie nahmen ihn unter ihre Fittiche und forderten ihn zurück, pflegten ihn gesund, zwangen ihn aufzustehen, denn inzwischen sprang er nicht mehr aus dem Bett. Jake zog sogar vorübergehend bei ihm ein, überredete ihn, mit ins Fitnessstudio zu kommen, und sorgte dafür, dass er nicht nur tiefgefrorene Taquitos aß. Ohne Jake hätte er womöglich seinen Job verloren. Er wäre ein kettenrauchender Ex-Anästhesist geworden. Außerdem hatte er es Jake zu verdanken, dass er Angeliki kennengelernt hatte. Sie war engagiert worden, um die Lobby in Jakes Büro zu renovieren, und er hatte sie dann bei einem Blind Date mit seinem Bruder zusammengebracht. Charlie hatte sich in sie verliebt, nicht sofort, zum Glück, sondern langsam und vorsichtig, über einen Zeitraum von Monaten hinweg, und ihr schließlich einen Heiratsantrag gemacht. Es war eine schöne kalifornische Hochzeit gewesen, niemand war krank und Angeliki nach sechs Monaten schwanger geworden. Die Überlebensfähigkeit des Menschen war erstaunlich. Charlies Leidensweg wurde zu einer Feuerprobe, die schließlich den Weg zu seinem neuen Glück ebnete. Das Leben war eine Reise, und Schmerz füllte die Segel.

Nur musste er immer noch an Cece denken. Wenn er zur Arbeit fuhr, im Aufzug des Cedars-Sinai Medical Center stand oder beim Einschlafen durch die Webseiten seiner Erinnerungen surfte, sah er sie so klar vor sich, als betrachtete er im Geiste ein Foto. Dann übermannten ihn für einen Moment Sehnsucht und Wut. In Montana war es am schlimmsten, während der Ferien am See, wo sie an allen Ecken und Enden des Hauses lauerte wie ein Gespenst. Letzten Sommer hatte er geglaubt, es könnte ihn irgendwie immunisieren, wenn er Cece und Garrett zu sich einlud. Es kam ihm lächerlich vor, sie ein Leben lang zu ignorieren, wenn sie nur zehn Meilen entfernt wohnten. Doch in Wahrheit vermisste er sie. Nicht nur Cece, sondern auch Garrett. Seinen besten Freund – einen anderen, neuen hatte er nicht gefunden. Charlie glaubte, erwachsen und glücklich genug zu sein, um ihn wieder in sein Leben zu lassen. Neun Jahre waren vergangen. Sie hatten beide eine eigene Familie, sie waren beide Väter geworden.

Aber dann sah er sie. Cece stieg aus dem Wagen, etwas breiter in den Hüften vielleicht, aber im Grunde genauso, wie er sie in Erinnerung hatte, und im gleichen Augenblick wusste er, dass er verloren war. Er lächelte, schwänzelte um Angeliki und die Kids herum, doch es war, als würde er aus einem tückisch überzeugenden Traum erwachen und so tun, als träumte er immer noch. Cece wiederzusehen war keine Immunisierung gewesen, sondern eine Infektion.

~~~

Einige Tage nachdem Jasper ihn nach dem Himmel gefragt hatte, musste Charlie ihn für die Schule anziehen; Jasper war zu müde, um es selbst zu tun. Zumindest behauptete er das. Frühstücken wollte er auch nicht, er habe keinen Hunger, erklärte er. Angeliki war nicht da, sie arbeitete am neuen Bürogebäude für eine exklusive Vorschule in Oregon, deshalb brachte Charlie, solange sie weg war, Téa und Jasper morgens in die Schule und den Kindergarten. (Später holte ein Zweier-Team von Babysittern die Kids wieder ab.) Als Jasper zum dritten Mal hintereinander nicht aus dem Bett wollte, fuhr Charlie ihn an. Er war selbst zu müde und gestresst, um ihn sanft nach unten zu bugsieren. Als der Junge trotzdem wieder einschlief, schüttelte Charlie ihn wütend. Später erhielt er im Kranken-
~~~

haus einen Anruf von der Schulkrankenschwester. Jasper sei in der Pause ohnmächtig geworden. Inzwischen schien es ihm aber wieder gut zu gehen. Sofort verwandelte Charlie sich in Dr. Margolis und bombardierte die Schwester mit Fragen, vergewisserte sich, dass sie seine Beine hochgelegt und ihm ausreichend zu trinken gegeben hatte, als wäre sie so blöd, dass sie nur durch ein Missverständnis an ihren Job gekommen sein konnte. Das war seine Rolle als Dad. Wenn es um die eigenen Kinder ging, musste man ein Arschloch sein.

»Bist du so weit?«, hatte Charlie ihn an diesem Abend gefragt, nachdem er Téa ins Bett gebracht hatte. Die Babysitterin hatte die Kinder zu lange aufbleiben lassen, ob aus Versehen oder Faulheit, wusste er nicht.

»Ich hab meinen Mogelmantel an.«

Charlie lachte. »Deinen was?«

»Meinen Mogelmantel.«

»Du meinst deinen Morgenmantel?«

Jasper sah ihn seltsam an. Es sah ihm nicht ähnlich, sich so albern zu benehmen, jedenfalls nicht vor dem Schlafen. Charlie legte ihm die Hand auf die Stirn, kein Fieber, und öffnete den Gürtel seines Morgenmantels. Der Junge schloss die Augen, zog aber die Arme so langsam wie möglich aus den Ärmeln und legte sich dann darauf, als wäre es ein Badetuch.

»Keine Fragen mehr für heute?«

Jasper kniff die Augen zusammen, als betrachtete er Charlie aus der Ferne, dann drehte er sich hastig zur Wand um, beschützt von seinem Zauberring aus Stofftieren. War er schon eingeschlafen? Es sah ganz so aus. Vermutlich hatten sie ihn beim Fußballtraining ganz schön in die Mangel genommen.

Vielleicht lag es an Jaspers merkwürdigem Verhalten, dass Charlie in dieser Nacht so unruhig war und von seltsamen Träumen heimgesucht wurde. Am Morgen schien es Jasper anfangs ganz gut zu gehen; er stand auf, als Charlie ihn weckte, und zog sich allein an. Vielleicht ein bisschen stiller als sonst, aber im Großen und Ganzen er selbst. Charlie zwang Téa und Jasper, ein paar frisch aufgetaute Waffeln hinunterzuwürgen, lud sie in den Audi und kutschierte sie zur Schule, nur ein oder zwei Minuten hinter dem Zeitplan. Jasper saß auf dem Beifahrersitz statt auf seinem eigentlichen Platz hinten. Wie üblich schrie Téa, die die Welt für einen Sumpf von Ungerechtigkeit hielt, Zeter und Mordio. »Charlie! Ich will auch nach vorn!«, rief sie. Normalerweise hätte sich Jasper in Téas Eifersucht geaalt und lauthals triumphiert, weil er vorn sitzen durfte. Bei Angeliki musste er immer nach hinten, weil es sicherer war, doch heute ignorierte er das Gejammer seiner Schwester und lehnte nur den Kopf an die Scheibe, als hätte er die ganze Nacht wach gelegen.

Als Charlie an einer Ampel auf der Hyperion Avenue anhalten musste, raste sein Herz vor Sorge. Er sprach Jasper an. Doch der pupste nur ungerührt, wie ein alter Mann in einem Drugstore.

»Charlie, Jaspy hat einen fahren lassen!«

»Ich bin dein Dad!«, fuhr Charlie sie an. Dann wandte er sich seinem Sohn zu. »Jasper? Jasper! Was ist los?«

Jasper schielte zu ihm hinüber, ohne den Kopf vom Fenster zu heben. Charlie fuhr über die rote Ampel und hielt am Straßenrand an. Téa schluchzte auf dem Rücksitz. Er packte Jasper am Arm. Wie schlaff und verschwitzt er war! Dann maß er seinen Puls. Der erste Schlag war so hart, dass Charlie zusammenzuckte. Er wartete auf den nächsten. Nichts. Dieses Nichts sickerte in Charlie hinein und breitete sich aus wie Gas. Eine eisige, aus den Tiefen des Alls stammende Panik ergriff ihn. War der Junge gestorben, während er nach seinem Puls gefühlt hatte? Dann kam der nächste Herzschlag: Wunderbar und furchtbar zugleich hämmerte er gegen Charlies Finger, so lange nach dem ersten, dass es ihm vorkam, als stammte er von einem anderen Herzen.

Bradykardie.

Vierzig Herzschläge pro Minute? Nein, bestenfalls dreißig. Er hatte siebzigjährige Männer mit einem derartig langsamen Puls gesehen, aber nie ein Kind.

Es musste so was wie ein Scherz sein. Ein kosmischer Streich.

Aber vielleicht war auch Charlie selbst dafür verantwortlich, hatte das Ganze erst ausgelöst.

Er griff nach dem Handy, um den Notarzt anzurufen, überlegte es sich aber dann anders. Rush hour. Der Krankenwagen würde mindestens zwanzig Minuten brauchen. Am besten fuhr er selbst in die Good-Samaritan-Klinik. Er würde Jasper in die Notaufnahme bringen. Dort würde man feststellen, ob er einen Herzstillstand gehabt hatte, und ihm wenn nötig Adrenalin spritzen. Vielleicht sogar Pacing vorschlagen.

Alles würde gut.

Das dachte Charlie, der Vater.

Charlie, der Arzt dachte: Fifty-fifty.

Dann verschwanden beide Charlies. Mit quietschenden Reifen fuhr er los, hätte um ein Haar einen Idioten in seinem Tesla gestreift und bahnte sich einen Weg auf die Fahrbahn. Das war der dritte Charlie, der mit den Skiern, der sich manchmal dazu zwang, die Hänge hinunterzurasen, indem er sich vorstellte, in Flammen zu stehen. Er gab Gas, und während er sich im Slalom durch den Verkehr auf der Hyperion Avenue schlängelte, hatte er nur einen Gedanken im Kopf: *Good Samaritan, Good Samaritan, Good Samaritan.* Eine weitere rote Ampel näherte sich. Da es in L.A. keine Fußgänger gibt, fuhr er über den Bordstein und raste auf zwei Rädern weiter, schräg wie ein Katamaran, an der Schlange wartender Autos vorbei und in einer Verkehrslücke wieder zurück auf die Fahrbahn. Wagen hupten, Autofahrer brüllten, doch Charlie hörte sie nicht. Mit siebzig Meilen pro Stunde raste er durch die Wohngegend. An der nächsten Ampel wechselte er auf die Gegenfahrbahn – wie durch ein Wunder kam ihm niemand entgegen – und dann wieder auf seine Spur, um einen Zusammenstoß mit einer Vespa zu vermeiden, bog Richtung West Temple ab und drängte sich in den Mittelstreifen, als wäre es eine fünfte Spur, während er die ganze Zeit auf die Hupe drückte, sodass den Fahrern gar nichts anderes übrig blieb, als auszuweichen. Ein Moses, der das rote Meer aus Bremslichtern teilte. Es war ihm bewusst, dass er Moses war, dass er im Hintergrund Téa leises Schluchzen hörte, das sich dann in ein panisches Wimmern verwandelte, doch es schien von außerhalb zu kommen, wie eine Stimme aus dem Off im Film. Charlie selbst konnte nicht denken, nur fühlen, und es war dasselbe Gefühl, wie auf Skiern durch eine Waldlichtung zu fahren. Ja, die Autos waren Bäume, und er flog durch sie hindurch. Es war nicht möglich, eine gerade Linie zu halten, die Bäume waren unberechenbar, schickten ihn erst in die eine und dann in eine andere Richtung, haarscharf am Tod vorbei, doch Charlie gab sein Bestes. Vor ihm legte sich Garrett mühelos in die Kurven. Der Mistkerl konnte auf allem Möglichen Ski fahren. Jetzt jagte Charlie ihn. Er stellte sich tatsächlich vor, Garrett wäre vor ihm, schlängelte sich auf der West Temple Street durch Autos und Lastwagen, bog dann waghalsig in die Alvarado Street ab und wirbelte dabei eine Wolke von Schnee auf. Und wie beim Skifahren, wenn sie zwischen den Bäumen entlangsausten, packte Charlie jetzt ein seltsames Gefühl von Unbesiegbarkeit. Es war, als könnte er alles machen, selbst die Krümmung der Welt nach seinem Willen zurechtbiegen, Hauptsache, er hielt nicht an.

SIEBZEHN

Lana ging ohne Begleitung zum See. Das durfte sie eigentlich nicht. Ihre Mutter hatte ihr verboten, die vielbefahrene Straße allein zu überqueren, und sie sogar gezwungen, das, was sie ihr eingeschärft hatte, laut zu wiederholen, als wäre sie nicht ganz dicht, aber Lana hielt sich nicht daran. Sie war acht. Sie wusste, wie man über eine dämliche Straße ging. Und Jasper brachte sie auf die Palme, wie alle Jungs in ihrem Alter, jedenfalls die, die nicht heimlich Mädchen waren. Er war ein Langeweiler, er nervte und hörte nicht auf, sich wie ein Idiot aufzuführen, als würde alles, was er anfasste, ihn kreuz und quer durch den Garten jagen. Was war bloß los mit ihm? Und überhaupt mit Jungs? Solange man sich über Ellbogen, Schultern oder den Bauchnabel unterhielt, blieb alles einigermaßen vernünftig, aber kaum fiel das Wort »Eier«, machten sie sich in die Hose vor Lachen. Und wenn sie nicht gerade über Eier kicherten, bekriegten sie sich gegenseitig mit ihren Spielzeugpistolen und machten peinliche Schussgeräusche mit dem Mund.

In Wahrheit tat er Lana ein bisschen leid. Sie vermutete, dass er nicht gerade der Schlaueste war. Der Junge konnte ja kaum lesen. Es war eine Qual zu sehen, wie er alles aussprechen und sich selbst daran erinnern musste, dass Bs einen Bauch haben und Ds ein Dach. Sie hatte es mitgekriegt, weil sein Vater ihn gezwungen hatte, den anderen beim Mittagessen vorzulesen. Aus *Mäusesuppe*. Der arme Kerl schien auch noch stolz auf sich zu sein.

Jaspers Mutter jedenfalls hatte keine Schuld daran. Sie war

schön, besaß offenbar kein einziges Paar Schuhe und hatte Lana in der Küche eine »natürliche Ausstrahlung« bescheinigt.

Lana starrte auf die verführerischen Wellen, die gegen das Ufer plätscherten. Sie wäre furchtbar gern ins Wasser gegangen, aber ihre Mutter hatte ihr auch verboten, allein im See zu schwimmen, deshalb musste sie warten, bis die Erwachsenen nach dem Essen aufgeräumt hatten. Neulich hatte Lana eine Offenbarung gehabt: Erwachsene waren in Wirklichkeit Kinder. Irgendwer hatte ihnen einen bösen Streich gespielt und sie in die Körper von Erwachsenen gesteckt, und jetzt kamen sie nicht mehr raus. Natürlich wollten sie nicht, dass man Spaß hatte; sie waren neidisch. Manchmal ertappte Lana ihre Mutter dabei, wie sie in der Nase bohrte oder in der Küche Luftpolsterfolie knallen ließ. Aber sie wusste nicht, wie sie Cece befreien und in ein kleines Mädchen zurückverwandeln sollte.

Dieses herrliche Wasser! Es leckte am Steg und lud sie ein. Was für eine Verschwendung, so einen Strand vor sich zu haben und ihn nicht genießen zu dürfen. Um ein Haar wäre sie ganz kurz hineingesprungen, wollte dann aber den Zorn ihrer Mutter lieber doch nicht riskieren.

Sie beschloss, zum Haus zurückzugehen, wo sich bestimmt schon alle fragten, wo sie war. *Wo ist Lana?*, riefen sie wahrscheinlich. *Wir vermissen ihre natürliche Ausstrahlung!* Sie ging über den Rasen des Bootshauses, und als sie die Straße überquerte, rutschte sie auf dem Rollsplitt aus, den ein Laster verloren hatte, stürzte und riss sich die Jeans am Knie auf. Ihre Hände brannten vor Schmerz. Sie warf einen Blick auf die Handflächen: Sie waren aufgescheuert und bluteten, kleine Steinchen hatten sich in die Haut gebohrt, wie silberne Zuckerstreusel auf einem Weihnachtskeks.

Tränen schossen ihr in die Augen, doch sie ließ nicht zu, dass sie flossen.

Als sie sich auf allen vieren aufrichten wollte, bog ein weißes Auto um die Biegung vor ihr. Lana erstarrte. Es raste direkt auf ihr Gesicht zu. Sie konnte sich weder bewegen noch aufstehen oder schreien. Ihr Gehirn war blockiert, komplett ausgeschaltet. Sie hörte das laute Quietschen der Reifen und schloss die Augen. Als sie sie wieder aufschlug, war der Wagen vor ihr zum Stehen gekommen, still wie ein Haus, sie spürte die Hitze des Kühlergrills auf den Augen. Es roch nach verbranntem Gummi. Der Motor brummte höflich, als wartete er, dass sie ihm aus dem Weg kroch.

Der Mann auf dem Fahrersitz starrte sie an und hielt mit beiden Händen sein Handy fest. Lana hatte gehört, dass es Autos gab, die von selbst anhalten konnten. Irgendwas hatte Lana auf der Straße liegend erfasst und den Wagen automatisch gebremst. Bestimmt hatte es sie für ein Tier gehalten.

Der Mann schien vor allem auf *sie*, Lana, wütend zu sein und rief etwas. Jedenfalls bewegten sich seine Lippen. Lana ignorierte ihn, stand auf und ging auf das Haus zu. Sie rechnete damit, dass alle ihr entgegenrannten, außer sich vor Sorge, doch im Vorgarten tat sich nichts. Niemand schien etwas mitbekommen zu haben. Die Erwachsenen waren im Haus und räumten nach dem Essen den Tisch ab. Lana fühlte sich sehr seltsam. Alles sah neu, billig und nach Plastik aus. Ihre Augen waren wie Fenster, die sie gerade erst geputzt hatte. Eine Mücke ließ sich auf ihrem Arm nieder und stocherte ein bisschen mit ihrem winzigen Strohhalm herum, bevor sie unverrichteter Dinge wieder davonflog. Lana fühlte sich wie ein leerer Milchshake. Sie befahl ihren Beinen, sich zu bewegen, zu gehen, doch sie brauchten offenbar länger als sonst, um zu reagieren. Auf der ersten Verandastufe, wo die Erwachsenen im Haus sie nicht sehen konnten, blieb sie stehen. Durch das Fliegengitter drang prähistorische Rockmusik, die noch mit echten Live-Instrumenten eingespielt worden war. Sie hörte, wie jemand so laut lachte, dass es sich wie eine Aufzeichnung anhörte. »Tja, ich bin wirklich beeindruckt«, sagte die Stimme ihres Dads.

Sie hätte ihrer Mutter gern erzählt, dass sie fast gestorben wäre und die Welt verlassen hätte, aber dann würde sie wahrscheinlich losschreien und das Ganze nur noch peinlicher machen, als es ohnehin war. Zudem müsste Lana erklären, was passiert war. Das Einzige, was noch peinlicher sein musste als sterben, war, mit einem Reh verwechselt zu werden.

Außerdem würde sie eine Menge Ärger bekommen. *Teenie-*Ärger von kosmischem Ausmaß. Ihre Mutter würde sie nie wieder etwas allein unternehmen lassen.

Lana wanderte um das Haus herum und über den üppigen Streifen Gras, der zum Obstgarten führte, ohne sich dessen bewusst zu sein. Jasper lag in der Hängematte. Sie hing so tief zwischen zwei Kiefern, dass sein Kopf den Löwenzahn darunter streifte. Bestimmt würde ihm auffallen, dass ihr etwas zugestoßen war, etwas Wichtiges und Entscheidendes, doch er sah sie genauso an wie schon den ganzen Morgen: als wäre sie interessanter als eine Erwachsene, aber weniger interessant als Mountain Dew. Daraufhin kam sie sich noch seltsamer vor und hielt ihm ihre blutige Hand unter die Nase.

»Ich wäre fast überfahren worden!«, erklärte sie.

»Klar doch.«

»Es stimmt! Guck doch mal. Meine Hose ist zerrissen. Hast du nicht die quietschenden Reifen gehört?«

Er zuckte die Achseln.

»Ich wäre fast gestorben.«

»Du wärst bestimmt nicht fast gestorben!«, fuhr Jasper sie an.

Überrascht von seinem Ausbruch starrte Lana auf ihn herunter. Sie erinnerte sich vage an etwas, das ihre Mutter ihr vor einer Weile erzählt hatte. Jasper hatte aus irgendeinem Grund in die Notaufnahme eines Krankenhauses gemusst. Sie erinnerte sich nicht an Einzelheiten, nur, dass ihre Mutter diesen komischen Blick hatte, den sie immer bekam, wenn sie über Jasper oder seinen Vater sprach, und an ihr *vorbei*schaute, als sähe sie sich einen Film an und Lana nähme ihr die Sicht auf die Leinwand.

Jasper gähnte ihr ins Gesicht und zeigte seine Zahnlücken. Sie erinnerten sie an einen Adventskalender. Von oben wirkte sein Gesicht besonders flach, die schmale Nase ragte daraus hervor wie ein Henkel. Als könnte man es öffnen und etwas leckeres Tiefgefrorenes herausnehmen. Lana hatte das Gefühl, sich ein bisschen wichtig machen zu müssen.

»Weißt du, dass meine Mom und dein Dad mehr als bloß Freunde sind?«

»Wovon redest du?«

»Sie waren mal verheiratet.«

»Haha«, lachte Jasper. »Sehr witzig.«

»Nein, echt. Sie haben sich trauen lassen und alles. Und dann ist meine Mom mit meinem Dad durchgebrannt und hat deinen Dad sitzen lassen.«

»Das ist nicht wahr!«

»Doch, sie haben ihn ganz allein und verloren zurückgelassen.«

»Das hast du erfunden.«

»Hab ich nicht. Er hätte sich fast ertränkt«, log sie.

»Mein Vater hasst allein die Vorstellung, dass jemand ertrinken könnte. Ich darf nie ohne eine Rettungsweste ins Boot, nicht mal, wenn es am Steg festgemacht ist.«

»Dann frag ihn doch selbst.«

Jasper musterte sie böse, als fragte er sich, ob er ihr glauben sollte oder nicht, wandte dann aber seine Aufmerksamkeit wieder dem Himmel zu. Lana kletterte zu ihm in die Hängematte, die jetzt praktisch bis zum Boden durchhing. Er lag steif wie ein Brett da und starrte auf die dürren Zweige der Baumwipfel, während sie sein Gesicht studierte. In letzter Zeit hatte sie entdeckt, dass Gesichter umso interessanter wurden, je länger man sie betrachtete, vor allem, wenn keine weiteren da waren, die mit ihnen konkurrierten. Gesichter von Jungs, meinte sie. Wie auch immer, er ließ sie gucken. Es fühlte sich an wie eine Autopsie.

»Wusstest du, dass dein Gesicht aussieht wie eine Tür?«

Jasper rutschte in der Hängematte ein Stück von ihr weg – oder versuchte es. Er war beides: fast ihr Bruder und alles andere als ihr Bruder. Es war ein mulmiges, ungutes Gefühl, als hätte sie etwas verkehrt herum angezogen.

»Ich komme mir jetzt irgendwie so komisch vor«, erklärte sie. »Weil ich fast tot war.«

»Du warst auch vorher schon komisch.«

Lana ging nicht weiter darauf ein. Sie streckte die Hand aus und berührte Jaspers Nase.

»Lass das!«, sagte Jasper.

»Ich bin bestimmt nicht der erste Mensch, der deine Nase berührt«, entgegnete sie und zog die Hand zurück.

»Jedenfalls habe ich nicht so ein Ding auf der Lippe wie du.«

»Das ist kein Ding, sondern ein Schönheitsfleck.«

»Sieht aber aus wie ein Muttermal.«

»Wenn du lesen gelernt hast, solltest du ›Muttermal‹ im Lexikon nachschlagen.«

»Warum zitterst du eigentlich so?«

»Weiß ich auch nicht.«

Er musterte sie misstrauisch und starrte dann wieder in die Baumwipfel. Lana konnte sich tatsächlich nicht erklären, warum sie so stark zitterte, und hatte Angst, dass sie auf dem Highway wirklich umgekommen und jetzt *in einen Geist verwandelt* worden war. Warum sonst hätte die Mücke ihren Arm verschmäht? Und dass Jasper sie so lässig ignorierte, war auch keine große Hilfe.

»Was ist eigentlich so interessant an diesen blöden Bäumen?«

»Sie sind nicht blöd«, sagte Jasper. »Sie sterben.«

»Und wenn schon.«

»Siehst du, wie viele Nadeln da oben fehlen? Sie ersticken unter den Borkenkäfern. Wir werden sie demnächst fällen müssen.«

»Das weißt du nur, weil dein Dad es dir erzählt hat.«

»Alles, was ich weiß, habe ich von meinem Dad.«

Er sagte das ganz offen, ohne Scham. Das musste Lana respektieren. Vielleicht war er doch nicht so kindisch, wie sie gedacht hatte. Außerdem scherten sich die meisten Jungs in ihrem Alter einen Dreck um Bäume, erst recht um sterbende Bäume. Jedenfalls verbrachten sie ihre Zeit nicht damit, sie ohne jeden Grund anzustarren.

»Hey, hör endlich auf, so zu bibbern! Du bringst ja die ganze Hängematte zum Wackeln.«

Lana rutschte enger an Jasper heran, sodass ihr Arm den von Jasper berührte, spürte die Wärme seines Körpers und fühlte sich gleich ein bisschen besser. Sie schmiegte sich noch enger an ihn und dann noch ein kleines bisschen mehr, benutzte ihn wie den warmen Sand an einem Strand. Die Hängematte neigte sich gefährlich zur Seite und drohte beide herauszukippen, bis Lana tatsächlich mehr oder weniger auf ihm lag. Doch das war nicht das Verrückte daran. Das Verrückte war, wie es sich anfühlte: fast so, als läge sie auf sich selbst. Irgendwie hätte er ja auch sie sein können, wenn ihre Mutter den geheiratet hätte, für den sie eigentlich bestimmt gewesen war.

Dann spürte sie etwas am Ohr, nicht weit von Jaspers Schlüsselbein entfernt. Eine Erhebung. »Was ist das?«

»Nichts«, antwortete er.

»Da ist was, unter deinem Shirt.«

Jasper lag da wie Gulliver am Strand und klammerte sich

mit beiden Händen an die Hängematte. Lana zog den Ausschnitt seines T-Shirts herunter und entdeckte die Umrisse von etwas unter seiner Haut, eine kleine Erhebung mit abgerundeten Ecken, wie eine Zigarettenpackung, die man sich unter den Ärmel geschoben hatte. Es war das erste Mal, dass ein Junge ihr etwas Interessantes zeigte.

»Das gefällt mir«, sagte sie.

»Wirklich?«

Lana strich mit dem Finger darüber. Jasper hörte auf, sich an die Hängematte zu klammern, jedenfalls kam es ihr so vor. Oberhalb der Beule verlief eine Narbe, rosa wie ein Regenwurm. Lana berührte auch sie.

»Es ist ein Schrittmacher«, sagte er trotzig.

»Könnte ich ihn kaputt machen?«

»Nur wenn du einen Magneten dran hältst. Oder eine Kettensäge. Kettensägen bringen ihn durcheinander.«

»Was für eine Krankheit hast du denn?«

»Es ist keine Krankheit. Ich kann alles machen, was du auch kannst.«

»Was hast du dann für eine Nichtkrankheit?«

»Es heißt Sinusknotensyndrom«, sagte er und sah sie an. »Die Art, die man nicht operieren kann. Bei Kindern ist sie extrem selten.«

Lana platzte fast vor Neid. Sie wollte wissen, wie sich das anfühlte, und Jasper erzählte ihr, wie er in der großen Pause einfach ohnmächtig geworden war und wie sein Herz eines Morgens auf dem Weg zur Schule so langsam schlug, dass es fast ganz aufgehört hatte und sein Dad ihn in die Notaufnahme hatte bringen müssen. Also war auch er ein Geist. *Sinusknotensyndrom*, wiederholte Lana leise, als wäre es ein Gedicht oder ein Fluch. Allein der Klang veränderte ihren Tag. Plötzlich hatte nichts, worauf sie sich gefreut hatte, noch eine Bedeutung. Ihr Dad hatte versprochen, mit ihr in die Tierhandlung von Kalispell zu fahren, um ihr eine Bartagame zu kaufen, weshalb sie so aufgeregt gewesen war, dass sie kaum hatte schlafen können. Doch jetzt kamen ihr Bartagamen plötzlich vor wie eine Mogelpackung. Sie waren bloß Echsen, die Kakerlaken fraßen. Sie küsste Jasper auf die Wange, und als das nicht so aufregend war, wie es sich in ihrem Kopf angehört hatte, küsste sie ihn auf den Mund und stellte sich vor, dass sie ihm das Leben rettete. Es war so was wie eine Wiederbelebung. Jaspers Mund schmeckte nach Mountain Dew und aus einem komischen Grund auch wie diese kleinen Plättchen, auf die man beim Zahnarzt beißen muss, wenn er ein Röntgenbild machen will. Jasper war so steif und reglos, dass er ihr tatsächlich so vorkam, als wäre er tot. Und als Lana die Augen schloss, hatte sie das Gefühl, in seinem Gesicht zu versinken, ja sich ihn zu eigen zu machen, als küsste sie ihn von innen statt von außen, als hätte sie ein Leben mit diesem Jungen gehabt, der auch sie hätte sein können, und ein anderes mit allen anderen, obwohl sie einander kaum kannten. Bisher hatte sie ein Leben gehabt, und jetzt hätte sie zwei. Dass dieses neue Leben lange dauern würde, wusste sie bereits: Sie würden sich im nächsten Sommer wiedersehen und in allen, die darauf folgten. Irgendwo in der Nähe hörten sie einen Specht klopfen – tock-tock-tock-tock-tock wie eine Uhr, die mit dreifacher Geschwindigkeit ablief. Lana würde dies als die Sommerzeit oder vielmehr als Zeit des Sommers empfinden, die ihre eigenen Regeln hatte, sodass die Tage, die sie jeden Sommer mit Jasper am See verbrachte, irgendwie kontinuierlich schienen und sich auf magische Weise dort fortsetzten, wo sie beim letzten Mal aufgehört hatten. Sie bewegten sich durch eine Sommerzeit, in der die Tage in Wirklichkeit Jahre waren.

Lana schlug die Augen auf. Sie lagen auf dem Boden zwischen zwei bemoosten Baumstümpfen. Es gab nichts, woran sie die Hängematte aufhängen konnten, trotzdem waren sie hier gelandet, auf ihrem Lieblingsbett aus Löwenzahn. Jaspers Zahnspange war mit Schmutz verkrustet, eine Wange mit roten Pickeln übersät. Das Shirt hatte er ausgezogen und einen Arm über den Kopf ausgestreckt, sodass man den Flaum krauser Haare in seiner Achselhöhle sah, der einen unangenehmen neuen Geruch verströmte. Sie hätten gar nicht hier draußen sein dürfen, die Luftqualität lag im roten Bereich, aber sie hatten sich trotzdem zur Hintertür hinausgeschlichen. Ihre Augen brannten dermaßen, dass sie blinzeln mussten. Der Nationalpark stand in Flammen, ebenso ein Teil des Jewel Basin. Die Sonne sah aus wie eine Taschenlampe unter einer Decke, doch ihnen war das egal. Sie hatten praktisch das ganze Jahr darauf gewartet. Sie hatten sich gemailt, sich per FaceTime angerufen und sogar richtige Pakete geschickt, mit allerlei albernem Zeug, das sie an den See erinnern sollte – Kirschen und Monopoly-Geld, Holzsplitter, Mückenspray und flache Steine, die man über das Wasser hüpfen lassen konnte. Sie wussten, dass sie sich nur einmal im Jahr so richtig sehen würden, genau wie in den vergangenen fünf Sommern. Einmal im Jahr. Und immer nur für ein paar Tage. Jasper und sie kamen ihr vor wie zwei Möchtegern-Kosmonauten, die mit Lichtgeschwindigkeit ins All flogen und in eine Welt voller Fremder zurückkehrten, die ohne sie alt geworden waren. Die Fremden waren sie selbst, wenn sie nicht zusammen waren.

Lana wälzte sich von Jasper herunter und legte sich neben ihn auf den Löwenzahn. Winzige, weiche Regenschirme wirbelten im Wind auf wie bei *Mary Poppins*. »Ich wünschte, wir hätten ein eigenes Haus«, sagte sie und starrte in die dunstige Sonnenglühbirne. »Dann könnten wir uns besuchen, wann immer wir wollen.«

»Wo denn?«

Sie zog die Schultern hoch. Eigentlich konnte sie sich das nur hier vorstellen. »Irgendwo, wo es keinen Rauch gibt.«

»Äquatorialguinea«, sagte er. »In der vierten Klasse habe ich ein Referat darüber gehalten.«

Lana nahm ihr Handy aus der Tasche und googelte nach Häusern, die in Äquatorialguinea zum Verkauf standen. Dabei achtete sie auf Abstand zu Jaspers Schrittmacher, für den Fall, dass es elektromagnetische Störungen verursachte. Das Handy hatte sie zu ihrem dreizehnten Geburtstag bekommen und war noch immer wie berauscht davon, als hätte ihr jemand eins dieser Zauberdinge aus Kinderbüchern gegeben. Ein Messer, das ganze Welten durchschnitt. Trotzdem kam es ihr absurd vor, dass es Jaspers Herz etwas antun konnte. Manchmal vergaß sie einfach, dass er einen Schrittmacher hatte. Es war jetzt schwieriger als früher, das Ding zu sehen, vielleicht weil Jasper nicht mehr so dünn war. Nur das obere Ende ragte in der Nähe des Schlüsselbeins ein wenig hervor, wie ein kleines Auto, das in einem See versinkt. Auch die Narbe war weniger sichtbar, außer wenn Jasper zu viel Sonne abbekam und sie sich scharlachrot färbte. Lana zumindest fand sie schön. Sie berührte sie immer noch gern und stellte sich vor, sie könnte sie wie einen Reißverschluss öffnen, hineingreifen und sich eine tiefe, verbotene Belohnung angeln. Sie wusste, dass dieser Wunsch nicht normal war. Und ebenso war ihr klar, dass sie das vielleicht auch gar nicht wollte und die Narbe sie nur ein bisschen durcheinanderbrachte. Denn wenn sie sich sagte, *ich will in sein Inneres hineingreifen*, ging es nicht unbedingt um das, was sie tatsächlich wollte, sondern was sie versuchte zu wollen oder zumindest, was die exzentrische Version ihres Ichs, die zuhörte, glauben sollte, dass sie es wollte.

»Küss mich, Bruderherz.«

Das war ein Scherz zwischen ihnen, als wären sie so was

wie perverse Geschwister. Jasper küsste sie eine Weile auf den Mund. Seine Zunge war glibberig und amphibisch, aber wenigstens bewegte er sie jetzt hin und her, statt sie ihr halb in die Luftröhre zu stoßen, als wollte er einen Rachenabstrich machen. Seit sie acht waren, küssten sie sich jeden Sommer. Es war zu einer Art Gymnastikübung geworden. Lana fragte sich, ob sie jemals mehr machen würden. Sie blutete schon wieder. Jeden Monat betete sie, dass es aufhören würde, dass es ihr auf wundersame Weise erspart bliebe, so wie der Engel des Todes die Israeliten verschont hatte. Sie konnte sich nicht vorstellen, dass sie sich jemals an die Seltsamkeit da unten gewöhnen oder sich dermaßen langweilen würde, dass sie irgendwelche Fremdkörper im Innern dessen zulassen würde, was ihr immer mehr wie eine Wunde erschien. Wer würde so was wollen?

»Du wirst besser«, log sie. »Hast du andere Mädchen geküsst?«

»Nein!«

»Jungs?«

Er schüttelte den Kopf.

»Ich wette, die Jungs in deiner Klasse sind neidisch auf dich.«

»Wieso?«

»Weil du einen Zephyr 600 hast.«

Das war der Name seines Schrittmachers. Jasper blickte sie misstrauisch an. »Warum willst du eigentlich dauernd darüber reden?«

»Will ich gar nicht.«

»In Wirklichkeit machen sie sich gelegentlich lustig über mich. Sie nennen mich ›C-3PO‹. Einmal musste ich beim Fußball in der Mannschaft ohne Trikot spielen, und die Blödmänner haben hinter meinem Rücken so getan, als wären sie Roboter.«

Lana runzelte die Stirn. Sie wünschte, er hätte ihr das nicht gesagt. Sie fühlte sich ihm näher und zugleich weniger zu ihm hingezogen. Die Vorstellung, dass seine Mitschüler sich über ihn lustig machten, fiel ihr nicht schwer, aber sie hätte die Leute in L. A. für aufgeklärter gehalten.

»Macht es einem Angst?«

»Was?«

»Einen Schrittmacher zu tragen und zu wissen, dass er einen am Leben hält.«

Jasper zuckte die Achseln, ohne sie anzusehen. Lana hatte den erstaunlichen Eindruck, dass noch nie jemand ihm diese Frage gestellt hatte. Warum waren die wichtigsten Fragen immer ausgerechnet diejenigen, die man nicht stellte?

»Ich habe dauernd Angst«, sagte sie im Plauderton. »Wenn das Licht aus ist, liege ich manchmal im Bett und denke darüber nach, wie es wohl wäre, tot zu sein. Nichts zu sein. Dann komme ich mir vor wie einer dieser Frösche, die noch herumhopsen, nachdem man ihnen den Kopf abgerissen hat.« Allein beim Sprechen darüber bekam sie eine Gänsehaut.

»Man erinnert sich nicht daran, wie es war, als man nicht nichts war.«

»Genau!«

»Also ist es albern, darüber nachzudenken«, murmelte Jasper.

»Sag das mal meinem Kopf.«

Schließlich schaute er sie an. Er trug keine Brille, doch manchmal sah es so aus, als hätte er eine angehabt und gerade erst abgenommen. »Als damals fast mein Herz stehen geblieben wäre, hat man mich auf der Intensivstation mit Pacing Pads behandelt. Die sind wie die beiden Hälften eines Brötchens mit dir dazwischen. Dann schicken sie Strom durch dich hindurch, damit das Herz weiterschlägt.«

»Wie hat sich das angefühlt?«

»Stell dir vor, du bist eine Tür und jemand versucht, sie einzutreten. So brutal wie möglich.« Er wandte den Blick wieder ab. »Ich habe heute noch Albträume davon.«

»Und wachst du dann schreiend auf?«

»Ich wünschte, ich könnte es«, sagte Jasper. »Aber ich kann nicht mal sprechen.«

Lana überkam ein exotisches Gefühl, das sie als Scham identifizierte. Sie hatte sich noch nie vorgestellt, wie es sich anfühlte, wenn das eigene Herz immer langsamer wurde oder man dieses Syndrom hatte und für den Rest des Lebens einen Herzschrittmacher brauchte. Sie umarmte Jasper, nicht um ihn zu küssen, sondern wie man jemanden nach einem Albtraum umarmte. Überrascht stellte sie fest, dass er zitterte. Aber vielleicht hatte sie es sich auch nur eingebildet. Sie wusste nicht, wo das Zittern endete und sie begann.

Sie ließ ihn los, und Jasper zog eine Grimasse. Wie ein Toter warf er den Kopf nach hinten und verdrehte die Augen. Lana lachte. Er war der einzige Dreizehnjährige, der sie mehr interessierte als ihre Einsamkeit. Dann setzte sie selbst eine Totenmaske auf. Jasper übertraf sie mit einer, die aussah, als hätte eine Medusa ihn versteinert, und Lana revanchierte sich. Warum war das tausendmal besser als Küsse? Sie hatte immer gedacht, dass man mit einem festen Freund seine Einsamkeit abschütteln könnte; jedenfalls hatte sie das in Büchern gelesen. Aber vielleicht ging es ja gar nicht darum, die eigene Einsamkeit loszuwerden, sondern darum, sie zu *verdoppeln*.

»Du bist der einzige Mensch, vor dem ich mein Shirt ausziehe«, sagte Jasper. »Abgesehen von meinen Eltern natürlich. Ich meine, man wird mit einem ganz normalen Körper geboren und muss sich dann plötzlich die ganze Zeit dafür schämen. Du hast keine Ahnung, wie sich das anfühlt.«

»Ach ja?«

Lana schob die Hand in ihre Shorts und den Slip, an der

Binde vorbei und zog sie wieder heraus. Jetzt waren die Finger voller Blut. Jasper sah sie beunruhigt an. Dann malte sie mit dem Blut ihre Initialen auf sein Herz. Auf sein richtiges Herz. L. M. Dazu brauchte sie mehrere Versuche. Sie hatte sich vorgenommen, jeden Tag etwas zu tun, was noch niemand vor ihr getan hatte, zumindest nicht in Montana.

Jetzt zitterte Jasper wirklich, vor Bewunderung oder Ekel, Lana wusste es nicht.

»Lass uns was *Historisches* tun«, flüsterte sie.

»Was denn?«

»Irgendwas, worüber wir noch reden, wenn wir alt sind.«

»Ich weiß, wo mein Dad seinen Wein und so was aufbewahrt.«

»Wo denn?«

»Im Keller.«

Zusammen standen sie auf und liefen entschlossen auf das Haus zu. Lana hatte noch nie Alkohol getrunken, nur einmal auf einer Weihnachtsfeier versehentlich an einem Eierpunsch genippt. Danach hatte sie dieses schwummrige Supermarktgefühl gehabt: als würde ihre Mutter nach ihr suchen, aber nicht wissen, wo sie war. Jasper ging mit nacktem Oberkörper voran, das Sweatshirt lose um die Hüften geschlungen. Nachdem er zugegeben hatte, sich zu schämen, schien er sich nun das Gegenteil beweisen zu wollen. Sie gingen um das Haus herum, wo Ziggy, der Familienhund der Margolises, an einen Zaunpfosten angebunden war und ihnen wild entgegensprang. Jasper bückte sich, um ihn zu beruhigen, aber der Hund schien sich vor allem für das Blut auf seiner Brust zu interessieren und schnüffelte so gierig daran, als wollte er Jaspers Herz verschlingen.

Sie folgte ihm um die Veranda zur Kellertür, die immer unverschlossen war. In Montana ließ niemand seine Tür unverschlossen, doch Kalifornier glaubten fest daran, dass alle Leute das taten, und kauften hier Häuser, die sie für Einbrecher offen ließen. Jasper führte sie in das feuchte Kellergewölbe, vorbei an einem Regal mit Sportsachen und dem Heizkessel, wo Spinnweben Lanas Gesicht streiften, und dann um die Ecke, hinter der sie die Weinflaschen vermutete. Das Herz klopfte heftig in ihrer Brust. Ihr Verstand befand sich in ständiger Rebellion, das Herz dagegen war immer noch ein gehorsames Organ, das sich nach der Zustimmung ihrer Eltern sehnte, eingesperrt im Gefängnis ihres Vertrauens. Hoffentlich gab es so viele Flaschen im Keller der Margolises, dass sie nicht merkten, wenn eine fehlte.

Plötzlich blieb Jasper stehen. Da war noch jemand und versperrte die Tür zum Weinkeller. Lanas Mom und Dad. Nur war es nicht ihr Dad, sondern der von Jasper. Die beiden umarmten sich. Lana zog Jasper hinter den Heizkessel, von wo aus sie die beiden beobachten konnten, ohne selbst entdeckt zu werden. Ihre Mutter und Mr. Margolis standen reglos ineinander verschlungen da. Ihre Mutter kehrte ihnen den Rücken zu, doch Lana konnte das Gesicht von Mr. Margolis sehen. Es kam ihr anders vor als sonst, angeschlagen, maskenhaft, ein bisschen so, wie Menschen unter Wasser aussehen. Er umklammerte mit beiden Händen das Hemd ihrer Mutter, fast so, als hinge sein Leben daran.

Lana und Jasper schlichen sich davon, verließen den Keller und rannten ums Haus zurück in die Richtung, aus der sie gekommen waren. Weder sprachen sie miteinander, noch sahen sie sich an oder gestanden sich ein, was sie gesehen hatten. Wieder sprang Ziggy Jasper entgegen und wollte seine Brust ablecken, doch Jasper packte die Leine und riss den Hund so brutal von sich fort, dass er winselte. Lana folgte ihm, das Bild von Mr. Margolis' Gesicht mit den geschlossenen Augen immer noch klar im Kopf. Es war gruselig und lächerlich zugleich. Das Gesicht ihrer Mom hatte sie nicht gesehen, aber Lana hätte wetten können, dass es genauso gruselig war, reglos wie das einer

Schaufensterpuppe. Das war das Schlimmste: wie leblos sie gewesen waren. Als wären sie erstarrt, als stünden sie seit Jahren einfach da und warteten darauf, dass jemand den Bann brach.

Genauso fühlten sich Jasper und Lana auch: als stünden sie unter einem Bann. Die Jahre vergingen, die Zeit jedoch nicht. Ihre Körper veränderten sich mit jedem Wimpernschlag. Und irgendwann blieb die Welt buchstäblich stehen. In diesem Sommer sahen sie einander nicht, die Covidzahlen waren durch die Decke gegangen. Dann fing alles wieder von vorn an, presto, als wäre niemand gestorben, als wäre nichts Denkwürdiges geschehen. Lana folgte Jasper durch den Obstgarten und das Grundstück seines verrückten Nachbarn und anschließend in den Wald hinter dem Haus, wo sie nicht hindurften, nicht mal, wenn die Luft sauber war. Sie hatten keine Masken dabei. Nachdem sie so lange welche getragen hatten, fühlte es sich jetzt ohne ein bisschen seltsam an. Seltsam und erregend. Lana fand ihr Gesicht inzwischen zunehmend obszön; das mochte sie. Ehrlich gesagt hatte es ihr gefallen, eine Maske zu tragen und sich von maskenlosen Männern, die in Pick-ups über die Main Street fuhren, verspotten zu lassen. *Määh-ääh-ääh* hatten sie geblökt, um ihr zu sagen, sie sei ein Schaf, und das bestätigte ihr, dass sie einer anderen Spezies angehörte als diese Typen. Sie gehörte nicht nach Montana. Manchmal ging sie auf alle viere und blökte zurück. Es war nicht die Maske, die diese Männer beunruhigte, vermutete Lana, sondern die Tatsache, dass sie eine versteckte Waffe bei sich hatte, eine, deren Wert sie nicht beurteilen konnten.

Lana breitete ihr Samtjackett auf einem Flecken Flohkraut aus, nicht weit entfernt von einem Haufen Bärenkot, den Jasper offenbar übersehen hatte, und sie legten sich darauf. Nicht gerade passend für den See, aber sie hatte neu und aufregend sein wollen. Anders. Jedenfalls war sie froh, dass sie das Jackett dabeihatte und es auf diese Weise nützlich war. Lana beugte sich über ihn und zeigte ihm ihr Gesicht. Sie hätte an seiner Nase lecken können. So nahe war sie lange niemandem mehr gekommen, weder Jasper noch sonst irgendwem; es fühlte sich aufregender an als alles, was sie je gemacht hatte.

»Nies mir ins Gesicht«, befahl sie.

»Warum?«

»Weil ich es will. Wir sind beide geimpft. Danach mach ich dasselbe bei dir.«

Jasper wirkte nicht allzu begeistert von der Idee. Trotzdem schloss sie die Augen und wartete. Es war ein wenig enttäuschend: mehr Wind als Regen. Dennoch fühlte es sich an wie eine Taufe. Um sich zu revanchieren, holte Lana tief Luft durch die Nase, als wollte sie ein Niesen vortäuschen. Und dann geschah etwas Seltsames. Sie musste tatsächlich niesen und erwischte Jasper voll im Gesicht.

»Hey!«, sagte er, traute sich aber nicht, die Augen zu öffnen. Er sah aus, als wäre er soeben aus einem Ei geschlüpft.

»Glaubst du, dass dein Gesicht der Sohn Gottes ist?«, rezitierte Lana. »Dass es gestorben und wiederauferstanden ist?«

»Was soll der Quatsch?«, schimpfte Jasper und wischte sich das Gesicht mit seinem T-Shirt ab. »Warum musst du immer so rumspinnen?«

Er zog sein T-Shirt aus und warf es ins Flohkraut. Als ekelte er sich davor. Mittlerweile schämte er sich nicht mehr wegen der Narbe auf der Brust, und tatsächlich sah man die Beule auch kaum noch. Er war Mitglied in einem Bergsteigerteam und musste ständig trainieren. Damit entschuldigte er sich auch, wenn er Lanas Textnachrichten nicht beantwortete. Er habe einfach zu viel um die Ohren, doch als sie sein Kletterstudio in L. A. gegoogelt hatte, schien es geschlossen zu haben. Oder war zumindest damals geschlossen gewesen, wie alles andere auch. Wenn er nicht auf einer angeblichen Klettertour war, schrieb er Songs und postete auf YouTube Videos davon, nur er und seine akustische Gitarre. Lana fand die Songs auf rührende Weise schlecht, voller dämlicher Plattitüden und einsilbiger Reime wie »Herz« und »Schmerz«. Viele handelten offenbar von seinem Vater und was für ein Arschloch er war. In einem Video namens »Sensory Isolation«, dreihundertsechzehnmal angeklickt, spielte er den Song mit einem Kissenbezug über dem Kopf, als sollte er jeden Moment hingerichtet werden.

Jasper hatte auf seinem Flug von Kalifornien ein paar mit Cannabis versetzte Süßigkeiten geschmuggelt, und jetzt teilten sie sich wortlos ein Gummibärchen, dem Lana den Kopf abbiss. Sie wollte nicht zu viel davon auf leeren Magen essen. Außerdem gab es Fremde im Haus, Freunde der Margolises, die mit ihnen aus L. A. gekommen waren, darunter auch die neue Freundin von Mr. Margolis, die eine Zahnspange für Erwachsene trug. Lanas Mutter hatte ihr dieses kleine Detail mit einem breiten Grinsen erzählt, als hätte sie selbst ein paar Gummibärchen eingeworfen. Wenn ihr Dad nicht da war, drehte ihre Mutter immer ein bisschen durch. Entweder zog sie über die Zähne anderer Leute her oder vergoss Tränen über ein Buch, das sie gerade las. In letzter Zeit war es *Von Blättern, von Asche* gewesen. Lana hatte es *Von Träumern, von Spinnern* getauft, weil es ihre Mutter so verrückt machte. Gestern Abend hatte sie Cece dabei ertappt, wie sie das Foto von Gail Tippler, der Autorin auf dem Buchumschlag, anstarrte, als würde diese jeden Moment eine Zoom-Session starten.

Jasper wirkte irgendwie abgelenkt oder zumindest auf etwas fokussiert, das nicht Lanas Gesicht war. Um seine Aufmerksamkeit wieder auf sich zu lenken, löste sie den Knoten seiner Badehose, griff unter den Bund und spürte, wie er in ihrer Hand steif wurde. Er hatte Haare auf der Brust, einen Anflug von Flaum rings um die Brustwarzen. Lana wusste nicht, woher er stammte, er war plötzlich da gewesen, wie bei einem Werwolf vielleicht, aber er gefiel ihr, genauso wie der Geruch von verdorbener Pilzsuppe unter seinen Achseln. Egal, ob er den ganzen Morgen im Wasser gewesen oder herumgesessen und blöde Killerspiele auf seinem Handy gespielt hatte, der Geruch begleitete ihn auf Schritt und Tritt und machte sie ein bisschen kirre. Sie hatte mal von jemand gehört, der so hungrig und arm gewesen war, dass er versucht hatte, seine eigene Hand zu essen. Sie war auch schon mit anderen Kids zusammen gewesen – okay, zwei Mädchen und einem Jungen, der an Death-Metal-Akne litt, aber deren Körpergeruch hatte nicht dazu geführt, dass sie ihre eigene Hand hatte essen wollen.

»Gefällt dir das, Bruderherz?«

»Ja«, antwortete er mit seiner wunderbar tiefen Stimme.

Lana zog ihm die Badehose runter und nahm ihn in den Mund. Sie hatte sich schon einige Blowjobs auf ihrem Handy angesehen, hätte aber nie gedacht, dass es so vielschichtig sein würde. Sabberiger, als sie erwartet hatte, und auch ekliger. Es machte sie zwar irgendwie an, aber sie empfand auch einen Hauch von Verlorenheit oder Verzweiflung, den sie zu ignorieren versuchte. Jasper stöhnte und stieß zu. Lana wollte ihn so gut befriedigen, wie er es noch nie erlebt hatte, vielleicht sogar noch ein bisschen besser. Sie hatte einen Clip im Internet gesehen, in dem ein Kerl, ein Pornostar, bei einem Blowjob gestorben war. Er war berüchtigt, zumindest unter ihren Klassenkameraden in der zehnten Klasse. Einer dieser schrecklichen, bekloppten Clips, die man sich auf keinen Fall ansehen will und es dann doch tut. Irgendwie hatte sein Herz aufgehört zu schlagen, ohne dass die Filmcrew es merkte. Sie dachten, er ließe den coolen Typ raushängen, und drehten einfach weiter. Dann hatte die Frau registriert, dass er tot war, und sie flippte aus.

Lana stellte sich vor, wie es wäre, wenn sie ihn so gut befriedigen könnte, dass sein Herz aussetzte. Dass die Lust ihn umbrachte und sein Zephyr 600 explodierte wie eine Bombe. Er hatte die Batterien schon einmal auswechseln müssen, deshalb wirkte seine Narbe jetzt ein wenig größer als früher.

Danach drangen Jaspers Finger in sie ein und schickten sie auf eine entrückte Reise. Es war, als versänke sie immer tiefer in einem teuflischen Labyrinth, wo sie sich komplett verlieren wollte. Sie stemmte sich gegen seine Hand und kam erst, als er mit halb gebrochenen Fingern aufhörte. Er war sechzehn und hatte schon fünf Freundinnen gehabt. Manchmal erzählte er ihr in seinen Nachrichten aus L. A. von ihnen. Irgendwie war er inzwischen cooler und sexuell erfahrener als sie.

»Kommt dein Dad später auch rüber?«, fragte Jasper.

»Nope, nur Mrs. Vielfraß. Er ist auf einer seiner Expeditionen.«

Er runzelte die Stirn. »Mir ist es lieber, wenn dein Vater auch hier ist.«

»Er macht immer dasselbe, bevor er abhaut. Das ist seine Masche. Er winkt mir zu wie ein alter Opa und sagt: *Ehe du dichs versiehst, bin ich wieder da.*«

»Na, wenigstens niest er dir nicht ins Gesicht.«

»Aber wenn man mal drüber nachdenkt, ist der Spruch ganz schön krank. Früher hat er das auch im Auto gesagt, als ich noch klein war: *Wir sind zu Hause, ehe du dichs versiehst.* Ich fand das immer unheimlich. Als würde er seinen Zauberstab schwingen, und wir wären zu Hause, bevor ich es mitkriegte. Aber einmal war es tatsächlich so! Wahrscheinlich bin ich eingeschlafen oder so was, denn am nächsten Tag wachte ich in meinem Bett auf und war völlig verdattert, dass ich tatsächlich zu Hause war.«

»Was zum Teufel redest du da eigentlich?«

Lana errötete. Was sie hatte sagen wollen, war, dass die Welt etwas Magisches hatte. Menschen wurden krank und starben, aber manchmal ging es ihnen auch großartig. Und obwohl sie sich oft langweilte oder einsam war und sich so hässlich vorkam, dass sogar die Hunde, an denen sie vorbeiging, Mitleid mit ihr hatten, musste sie gelegentlich staunen. Auch Jasper gab ihr dieses Gefühl, wenn er die Finger in sie hineinsteckte. (Erst letzte Woche war sie an einem windigen Tag durch den Park gegangen und hatte gesehen, wie ein Frisbee aus einem Baum flog und im nächsten stecken blieb.) Und trotzdem hatte sie das Gefühl, dass er sie nicht mehr so gut verstand wie früher. Schon vor der Pandemie hatte sie gespürt, dass er sich nicht mehr so auf den See freute wie am Anfang. Aber vielleicht war es die Scheidung seiner Eltern, die alles verändert hatte.

»Wie findest du eigentlich die neue Freundin deines Dads?«, wollte sie wissen.

»Grässlich.«

»Warum?«

»Du bist ihr doch eben begegnet. Sie ist strohdumm. Kennst du den Song *Beast of Burden*? Sie dachte, es heißt *I'll never leave your pizza burnin'*.«

»Ein Verhörer«, sagte Lana.

»Was?«

»Das nennt man einen Verhörer. Wenn man was falsch versteht. Zum Beispiel, wenn jemand *a girl with colitis goes by* hört statt *a girl with kaleidoscope eyes*.«

»Wieso verteidigst du sie?«

»Tu ich doch gar nicht!«

»Ich verstehe einfach nicht, wie er es mit ihr aushält.«

Lana zuckte die Achseln. »Vielleicht steht er auf ihre Brüste.«

Jasper runzelte die Stirn und wälzte sich unter ihr weg. Dann band er die Schnur der Badehose zu einer eleganten Schleife. »Ist für dich eigentlich *alles* nur ein blöder Witz?«

Lana spürte, wie plötzlich ihre Augen brannten. Sie hatte nicht witzig sein wollen. Sie hatte nur eine Tatsache ausgesprochen. Für sie war es offensichtlich, dass manche Männer eine

Frau wegen ihrer Brüste heirateten, so wie Schwalben sich ihre Paarungspartner nach der Länge ihrer Schwanzfedern aussuchten. Aber allmählich wurde ihr immer klarer, dass sie niemandem von dem erzählen konnte, was sie wirklich dachte. Nicht mal Jasper. Die Leute wollten die Wahrheit eigentlich gar nicht hören. Vor allem die Jungs nicht. Sie wollten, dass man ihrer Meinung war, ihnen schmeichelte und das Gefühl gab, populäre Bestien zu sein: gefährlich, aber allseits bewundert.

»Jedenfalls interessiert er sich mehr für ihr Gesicht«, erklärte Jasper.

»Wie meinst du das?«

»Ist dir nicht aufgefallen, wie sehr Becky deiner Mom ähnelt?« Er sah sie fast vorwurfsvoll an.

Lana lachte. »Tut sie nicht!«

»Sie hat sogar dieses dämliche Grübchen am Kinn.«

Er zog eine Grimasse, als hätte er etwas Ekliges gegessen und wüsste nicht, wo er es jetzt ausspucken konnte. Tatsächlich hatte Lana beim Mittagessen die Ähnlichkeit auch bemerkt, sich aber nichts weiter dabei gedacht. Ihre Hautfarben unterschieden sich, und die Freundin von Mr. Margolis hatte Sommersprossen auf den Schultern, aber sie hatten dieselbe Figur, dieselben wie mit Filzstift gezogenen Augenbrauen und, ja, jetzt, wo sie darüber nachdachte, auch *dasselbe dämliche Grübchen am Kinn.* Lana war immer froh gewesen, das Kinn ihres Vaters geerbt zu haben, aber jetzt fragte sie sich, ob sie vielleicht doch irgendwie zu kurz gekommen war.

Sie zupfte eine Klette von Jaspers Badehose. Sie hatten nie über das gesprochen, was sie damals im Keller gesehen hatten. Nicht ein einziges Mal. Manchmal fragte Lana sich, ob sie es nicht vielleicht geträumt hatten. Jasper offenbar nicht; für ihn war es so real wie das Gesicht ihrer Mutter.

»Jedenfalls ist mein Dad ein Arschloch«, sagte Jasper. »Die beiden passen zueinander.«

»Er sieht so …«

»So nett aus?«

Lana nickte. Sie hatte »so kaputt« sagen wollen.

»Ha! Erzähl das mal meinen Freunden in L. A.« Jasper warf einen Blick auf das Haus. »Während des Lockdowns hab ich mich einmal rausgeschlichen, um mit ein paar Freunden am Strand einen kleinen Trip einzuwerfen. Dann hat Mom meinen Dad angerufen, und der ist völlig ausgerastet. Ist in OP-Klamotten nach Hermosa Beach gefahren, hat uns gefunden und allen erzählt, dass ich einen Herzschrittmacher habe und sie mein Leben gefährden. Stell dir das mal vor: Du bist voll drauf, an einem einsamen Strand, und plötzlich taucht da jemand mit OP-Maske auf, mit OP-Maske und *Schutzbrille*, und beschimpft dich als Mörder.« Er nahm noch ein Gummibärchen aus der Tasche seiner Badehose und steckte es sich in den Mund. »Keiner von den Eltern meiner Freunde hat sich jemals so aufgeregt.«

Lana dachte: *Aber keiner deiner Freunde trägt einen Zephyr 600. Dein Dad hatte nur Angst um dich. Außerdem: LSD? Und musst du jetzt wirklich noch ein Gummibärchen essen? Hab ich dich denn nicht genug stimuliert?*

»Wusste er denn, dass du auf Drogen warst?«

»*Auf Drogen?*«, sagte Jasper und lachte höhnisch. »Was ist denn das für ein Ausdruck? Hört sich an wie eine öffentliche Bekanntmachung!«

Lana errötete vor Scham. Wer war dieser Typ, dessen Penis sie gerade noch im Mund gehabt hatte? Dieses Gefühl von Heimatlosigkeit, dieser Anflug von Verlorensein, den sie vorher gehabt hatte, breitete sich nun in ihrem ganzen Körper aus.

»Was ist los?«, fragte Jasper und starrte sie an. »Bist du high?«

»Nur ein bisschen *hiraeth.*«

»Was soll das heißen?«

»Das ist Walisisch für ein bestimmtes Gefühl. Im Englischen gibt es kein Wort dafür.«

Er schnaubte verächtlich. »Ach Quatsch! Für jedes Gefühl gibt es ein Wort.«

Das war eine so krasse Verkennung der menschlichen Natur, dass Lana verblüfft war. Besser gesagt, sprachlos. In der Tat gab es für diese Sprachlosigkeit, der ein Hauch jener besonderen Traurigkeit innewohnte, die sie als kleines Mädchen empfunden hatte, wenn sie einen Heliumballon am Himmel verschwinden sah, keine wirkliche Übersetzung. *Hiraeth,* dachte sie. *Fiddelsküt etch-wilder schadensplat.*

»Glaubst du, wir machen so was hier noch, wenn wir siebzig sind?«, fragte sie, um das Gefühl zu vertreiben.

»Was genau?«

»Uns einmal im Jahr treffen und rumalbern.«

Jasper zuckte die Achseln. »Wir werden doch nicht in so einem Loch Ferien machen!«

»Warum nicht?«

»Weil ich dann berühmt bin.«

Lana lachte, weil sie glaubte, er machte einen Witz. Doch Jasper schien es ernst zu meinen.

»Was soll das heißen, berühmt?«

»Weißt du, wie Bob Dylan den Nobelpreis bekommen hat?«

»Haha. Guter Witz.«

»Nein, es stimmt!«, rief Jasper. »Und ich werde der nächste Singer-Songwriter, der ihn kriegt.«

Lana, die nur eine vage Vorstellung davon hatte, wer Bob Dylan war, unterdrückte einen weiteren Lachanfall. Jasper drehte sich von ihr weg auf den Rücken und starrte finster auf einen Ast, der im Wind schwankte wie eine Hand, die er nicht schütteln wollte.

»Wie findet dein Dad eigentlich deine Videos?«, fragte Lana.

»Soll das ein Witz sein? Ich zeige sie nicht mal Téa.«

»Ich frage mich, wie wir wohl aussehen, wenn wir alt sind«, sagte sie und wechselte das Thema.

Sie öffnete die AgeUp-App auf ihrem Handy und machte ein Selfie. Dann wählte sie das Jahr 2080. Sie tippte auf den kleinen glitzernden Zauberstab und … presto! Eine grauhaarige Frau mit Falten im Gesicht. Sie schüttelte das Handy, und es sprang zwischen den beiden Lanas hin und her: alt und jung, jung und alt. Jedes Mal hatte sie ein leichtes Kribbeln im Bauch. Sie wurde es nie leid, sich selbst anzuschauen; sie war sogar ein bisschen süchtig danach. Ihr Handy war randvoll mit Bildern von ihr in verschiedenen Altersstufen, als hätte sie ihr ganzes Leben schon hinter sich und würde es nur noch Revue passieren lassen.

Sie studierte ihr vierundsiebzigjähriges Gesicht, die veränderten grauen Augenbrauen und das schräge Lächeln. Vielleicht war sie ihrer Mutter ähnlicher, als sie gedacht hätte.

Sie rückte ein Stück ab und machte ein Foto von Jasper. Sein Gesicht war jetzt weniger so wie in ihrer Erinnerung, es sah genauso aus wie das jedes anderen Jungen. Sie würde die Tür, mit der sie es assoziiert hatte, nicht öffnen können, auch wenn sie es versuchte. Mit einem ungewohnt scheuen Gefühl wählte sie 2080 und tippte auf den Zauberstab. Der Bildschirm fror ein. Wurde für ein oder zwei Sekunden komplett schwarz, dann stürzte die App ab.

»Sie mag dich nicht«, sagte sie lachend. Dann öffnete sie die AgeUp-App erneut, um es noch einmal zu versuchen.

»Lass das.«

»Ist doch nur ein Spiel. Um zu sehen, wie wir aussehen werden.«

»Du sollst es lassen, hab ich gesagt!«

Jasper riss ihr das Handy aus der Hand und warf es ins wuchernde Unkraut, ohne sie anzuschauen. Was zum Teufel war los mit ihm? Lana lag auf dem Boden, gestrandet zwischen ihren beiden liebsten Dingen auf der Welt. Gerade als sie auf allen vieren ihr Handy zurückholen wollte, knackte es in der Nähe.

»Wer ist da?«

Sie setzte sich auf. Jasper auch. War das etwa eins ihrer älteren Ichs? Gelegentlich spürte Lana ihre Anwesenheit, als kämen sie, um nach ihr zu sehen. Und tatsächlich hörten sie jemanden kichern.

»Hey!«, rief Jasper. »Kommt da raus.«

Hinter einem hohen Brennnesselbüschel tauchte jetzt Téa auf und grinste Jasper unschuldig an. Hinter ihr Pranavi, ein Mädchen, das sie für die Ferien mit hierher gebracht hatte. Angeblich waren sie beste Freundinnen. Pranavi trug Ballerinas und ein mit Perlen besetztes Kleidchen, das sie wohl aus einer Kostümabteilung geklaut hatte. Dazu unkonventionelle Feder-Ohrringe und – war es möglich? – Lippenstift.

»Habt ihr uns etwa nachspioniert?«, fragte Lana wütend.

»Nur eine Sekunde.«

»Und was habt ihr gesehen?«

»Nichts!«

Es musste stimmen. Sie waren noch zu jung, um pervers zu sein, auch wenn Pranavi den hemdlosen Jasper anstarrte, als hätte man ihr gerade einen Ziegelstein auf den Kopf geknallt. Offensichtlich hatte sie sich in ihn verguckt, daher die Abendaufmachung. Irgendwie hatte er sich von einem gemobbten Droiden auf dem Fußballplatz zu einer Art Sexobjekt gemausert – zumindest für elfjährige Mädchen.

»Hallo, mein wilder kleiner Schwan«, begrüßte Jasper sie. Er machte keine Anstalten, sein Hemd anzuziehen. Tatsächlich sah es so aus, als nähme er sie gerade zum ersten Mal wahr und stellte sich vor, wie sie in vier oder fünf Jahren aussehen würde. Lana, die grundsätzlich davon ausging, dass das Leben anderer Leute erst weiterging, wenn sie selbst darin auftauchte, wie wenn man einen Fernseher einschaltet, begriff, dass sie in ein Drama hineingeplatzt war, das begonnen hatte, als der Fernseher noch aus gewesen war. Pranavis Eltern waren mit im Haus; die beiden Familien waren gemeinsam hierhergekommen.

»Dad und Becky haben sich gestritten«, erklärte Téa. »Sie hat einen Gin Tonic nach ihm geworfen.«

Jasper grinste. »Worum ging es denn?«

»Becky findet, wir wären verwöhnt. Weil wir nie was wegräumen und sie auf ein kleines Schlachtschiff getreten ist.«

Jaspers Gesicht verhärtete sich. Es war, als wollte er sich in ein Pferd verwandeln, angefangen bei den Nüstern.

»Wir mussten uns ihren Fuß angucken«, sagte Téa. »Wo sie sich die Haut aufgeschürft hat. Sie hat Dornwarzen.«

»Meine Mom hatte mal ein echtes Sportlerinnengesicht«, sagte Lana, weil niemand sie beachtete.

»Es geht nicht immer nur um deine dämliche Mom, okay?«, fuhr Jasper sie an.

Lana starrte ihn an. Vielleicht sollte das ein Witz sein. Aber war es einer?

»Außerdem hat sie damit gedroht, mir das Handy abzunehmen«, sagte Téa. »Wir sollen in Montana keine Handys benutzen. Solche Geräte würden uns nur den Kopf verdrehen. Benutzen wir die Geräte oder benutzen die Geräte uns, hat sie gefragt.«

»Und wie hast du reagiert?«

»Ich habe gesagt, dass sie einen rhetorischen Kunstgriff benutzt, der *strengstens verboten* ist.«

Jasper lachte und schüttelte das Pferdegesicht wieder ab. Wer war dieses Mädchen? Seine wirklich kluge Schwester, und das ruinierte einfach alles. Wahrscheinlich hatte sie das mit dem rhetorischen Kunstgriff in der Schule gelernt und wochenlang darauf gewartet, es irgendwo anbringen zu können.

Lana bekam allmählich das Gefühl, dass hier eine größere Bedrohung lauerte, eine Mobilisierung von Kräften. Besitzergreifend legte sie Jasper eine Hand aufs Bein, aber er reagierte so steif, dass sie sie schnell wieder zurückzog. Etwas flog ihr ins Auge. Vielleicht ein Insekt. Wie konnte es sein, dass man jemandem den Schwanz lutschte und sich im nächsten Moment nicht einmal vorstellen konnte, seine Hand zu halten, weil man sich plötzlich so fremd fühlte? Genauso gut hätte man die Toteninsel durchqueren können.

»Außerdem haben wir Beckys Handy geklaut«, sagte Téa. Sie zog ein iPhone aus ihrer Jeanstasche und zeigte es ihnen.

»Ach du Scheiße!«, sagte Jasper leise, als wäre es die Eiserne Krone der Lombardei. Auf der Rückseite der Handyhülle stand in einer altmodischen Schrift GIRL BOSS. »Wie habt ihr das denn gemacht?«

»Es lag in Dads Zimmer, direkt neben seinem Handy. Wusstest du, dass er die Tür zu seinem Schlafzimmer abschließt? Ich hab die Ausziehleiter genommen und bin durchs Fenster geklettert.«

»Jetzt müssten wir nur noch das Passwort rausfinden«, sagte Jasper.

»Versuch mal das von Dad«, sagte Téa. »Das ist unsere Adresse.«

»Sie werden doch nicht dasselbe Passwort benutzen!« sagte Lana verächtlich.

»Ich weiß es«, sagte Pranavi mit erhobener Stimme. Es war das erste Mal, dass Lana sie sprechen hörte.

»Du?«

»Ich durfte im Flugzeug ihr Handy benutzen.«

»He, kleiner Schwan«, sagte Jasper und bleckte seine teuren Zähne. Das sparte er sich für besondere Gelegenheiten auf, so ähnlich wie ein Exhibitionist. »Hab ich dir schon mal gesagt, wie toll du bist?«

Pranavi errötete unter ihrem lächerlichen Make-up. Sie verriet Jasper das Passwort, und er schaltete Beckys Handy ein.

»Wir sind drin«, sagte er mit der Stimme eines Filmstars, und Pranavi kicherte. Lana dachte angestrengt nach, während sie darüber diskutierten, wie sie es am besten sabotieren könnten. Sie schlug vor, das Passwort zu ändern, damit Becky ihr Handy nicht mehr benutzen konnte. Téa sagte, das hätte keinen Zweck: Becky würde einfach das Handy zurücksetzen und ein neues Passwort einrichten. Jasper nickte, als wäre die Meinung einer Elfjährigen besser als ihre. Lana fühlte sich wieder ein bisschen so wie damals, als sie acht war und um ein Haar von einem Auto überfahren worden wäre. Wie ein Geist.

Sie warf Téa einen finsteren Blick zu. Sie hatte dieselbe schmale Nase wie Jasper, aber nicht das dazugehörige schöne Gesicht. Neben Pranavi wirkte sie noch unscheinbarer. Lana verabscheute beide, besonders Pranavi, deren rote Lippen aussahen, als wären sie aus Gummibärchen. Ihr Kleid war auf einer Schulter heruntergerutscht, wahrscheinlich weil sie nichts hatte, was es da oben halten könnte.

»Schicken wir einen Gruß an Charlie Margolis«, sagte Jasper und öffnete Beckys Nachrichten-App. Er tippte auf den Namen seines Vaters. »Was ist das Schlimmste, das man jemandem schreiben kann?«

»Dass man mit ihm Schluss macht«, schlug Téa vor.

»Wie wär's mit ›Ich habe AIDS‹?«, sagte Pranavi.

Lana musterte sie streng. »Hast du eine Ahnung, wie viele Menschen an AIDS gestorben sind?«

»Sie macht doch nur Spaß«, sagte Jasper.

»Was ist mit Covid? Oder *einem Tumor im Kopf*? Ist das vielleicht auch komisch? Meine Großmutter ist daran gestorben, bevor ich zur Welt kam.«

»Es geht nicht immer nur um *dich*«, sagte Jasper, und sein Blick war wie ein Messer. »Warum gehst du nicht schon mal rein und wartest auf deine Mom?«

Lana starrte ihn sprachlos an. Hatte er sie wirklich gerade

ins Haus geschickt? Sie praktisch entsorgt, so wie ihr Handy? Sie drehte sich zu Pranavi um, dieser kleinen Schlampe, die hastig den Blick abwandte. Mein Gott, hatte sie da etwa *Mitleid* in ihrem Gesicht entdeckt?

»Es muss glaubhaft sein«, sagte Jasper und wandte sich wieder Beckys Handy zu. »Nicht zu extrem. Etwas, das ihr peinlich ist.«

»Ich kenne einen peinlichen Song«, sagte Lana leise.

Sie riss Jasper das Handy aus der Hand und suchte das YouTube-Video, das er mit dem Kissenbezug über dem Kopf gepostet hatte. Jasper war zu überrascht, um zu reagieren. Lana drehte die Lautstärke auf und hielt das Handy so, dass Téa und Pranavi es sehen konnten. Es war noch schlimmer, als sie es in Erinnerung hatte. Jasper saß in einer Armee-Jacke auf einem Stuhl und klimperte auf seiner leicht verstimmten Gitarre. Die Zipfel des Kissenbezugs standen von seinem Kopf ab wie die Ohren eines Chihuahua. *Ich schrei, und keiner hört mich,* sang er. *Was immer da auch kommt, ich check's nicht.* Es klang wie ein Verhörer, aber ein bewusster.

»Oh mein Gott«, sagte Téa. »Soll das ein Witz sein?«

Pranavi kicherte. »Meint er etwa seine Kacke?«

»Wenn er den Sack abnehmen würde, könnte man ihn vielleicht besser verstehen.«

Dann kam der Refrain: *»Bescheiß mich, verarsch mich, aber verstehen – versuch's nicht«*, und die Mädchen fassten sich ans Herz. Téa tat so, als jagte sie sich eine Kugel in den Kopf.

Jasper stand inzwischen so reglos da, als krabbelte ein Insekt über sein Gesicht. Oder besser gesagt, als wäre sein Gesicht ein Insekt, das er nicht wecken wollte. Téa, die ihn jetzt erst ansah, musste zwei und zwei zusammengezählt haben, denn sie erstarrte ebenfalls und senkte den Blick. Pranavi lächelte noch mit lippenstiftverschmierten Zähnen und ließ die Hand nach unten fallen.

Lana brach das Video ab und steckte sich Beckys Handy in die Tasche. Es gehörte ihr zwar nicht, doch es schien sich niemand darüber aufzuregen. Sie kam sich sehr seltsam vor, fast wie verkehrt herum, als schlüge ihr Herz in ein Mikrofon, und jeder könnte es hören. Jasper nahm sein Hemd aus dem Flohkraut und zog es an, ohne sie eines Blickes zu würdigen. Lana griff nach ihrem Samtjackett, das noch warm von seinem Körper war. Es roch nach Sperma und Schweiß. Niemand sah sie an, nicht mal Pranavi, und trotzdem hatte Lana dieses Instagram-Gefühl, beobachtet zu werden, als wimmelte es im Wald von Menschen. Von ihren älteren Ichs. Plötzlich waren sie alle auf einmal aus ihrem Handy entkommen. Diesen Augenblick würde sie nie im Leben mehr vergessen; er würde nie verschwinden; immer wieder würde sie zu ihm zurückkehren.

Dann sprangen die Rasensprenger im Obstgarten an. Abrakadabra. Wie immer.

Lana lief durch den Garten zurück und versuchte, nicht nass zu werden. Sie wusste nicht, was sie machen würde, nur, dass das Handy in ihrer Tasche nicht ihr gehörte. Sie würde es dahin zurückbringen, wo es hingehörte. Wenn sie das tat, wenn sie es an seinen rechtmäßigen Platz zurücklegte, würde sich alles irgendwie wieder einrenken. Jasper würde sie wieder anhimmeln. Auf dem See dröhnte ein Schnellboot am Steg vorbei, mit einem Wasserskiläufer im Schlepptau, der mit dem Hintern über das Wasser schlitterte und verzweifelt versuchte, sich aufzurichten. Er sah aus wie ein Hund, der Würmer hat. Was sie gestern oder noch vor einer Stunde lustig gefunden hätte, erschien ihr nun genauso widerlich wie sie selbst.

Von der Veranda kamen Stimmen und das laute Lachen von Erwachsenen, die getrunken hatten. Hastig lief sie um das Haus und den Komposthaufen herum und blieb vor der Leiter stehen, die noch an das Fenster im ersten Stock gelehnt war.

Entschlossen starrte Lana sie an. Wie ihre Mutter litt sie an Höhenangst. Im Obstgarten rief jemand ihren Namen. Jasper. Seine Stimme klang eigenartig, laut und nicht laut zugleich, als hätte er sich an etwas Rauem verschluckt.

Lana fing an, die Leiter hochzuklettern. Sie hatte noch nie auf etwas gestanden, das höher als ein Tritthocker war. Dann fing das Ding unter ihr an zu wackeln, als hätte es keinen richtigen Halt im Boden, was natürlich stimmte, denn es war eine Leiter. Lana versuchte, nicht daran zu denken und auch nicht daran, dass sie im Grunde genommen die Wand eines Hauses hinaufkletterte, wenn man sich vorstellte, dass die Wand auf zwei Beinen balancierte und Yoga praktizierte. Eine Mücke schwirrte an ihrem Ohr vorbei. Lana nahm die Hand von der Sprosse, um sie zu verscheuchen, und plötzlich kippte die Leiter nach hinten und löste sich von der Stelle, wo sie das Dach berührt hatte.

Sie stand einfach da, aufrecht wie ein Pfosten. Balancierte auf einem Nichts. Lana stockte der Atem vor lauter Angst, das Wunder zu zerstören. Sie konnte nicht nach unten sehen. Die Leiter wackelte, kippte mal in die eine, mal in die andere Richtung, als könnte sie sich nicht entscheiden. Verzweifelt klammerte sie sich an die Sprossen und warf einen Blick nach unten.

Jemand machte sich an der Leiter zu schaffen. Jasper. Er hielt sie mit beiden Händen kerzengerade in der Luft, als wollte er Lana abschütteln. Natürlich würde er das niemals tun. Oder? Plötzlich war sie unsicher. Sein fleckiges rotes Gesicht war von den angespannten Sehnen am Hals verzerrt. Er sah aus wie ein Fremder. Aber das war er nicht. Er war ihr sommerlicher Geistesbruder, der ihr seine Albträume erzählt und einmal in ihren Armen gezittert hatte. Sie wusste mehr Dinge über ihn als jeder andere. Dass Elektrozäune ihm Angst einjagten, wie gern er die glatte Oberfläche in einem neuen Glas Erdnussbutter anbrach und dass er einmal während eines Schulausflugs in eine leere Packung Cheetos gewichst hatte.

Am liebsten hätte sie eine Grimasse geschnitten, eine übertrieben tote, aber er war zu weit weg. Erinnerte er sich überhaupt noch daran, dass sie das mal gemeinsam gemacht hatten? Was auch immer in ihn gefahren war, es schien größer zu sein als Lana, viel größer, unermesslich groß.

Lana schloss die Augen und wartete, dass sich ihr Schicksal erfüllte. Fast unmerklich kippte die Leiter zurück an die Wand.

Jasper rief nach ihr, seine Stimme war jetzt leiser, trotzdem kletterte sie in das Schlafzimmer von Mr. Margolis und Becky, indem sie sich mit beiden Händen durchs Fenster zog. Dann richtete sie sich auf und schloss das Fenster, aus Angst, Jasper könnte ihr folgen. Sie war schon mehrmals in diesem Zimmer gewesen, als die Eltern von Mr. Margolis noch lebten, und es hatte immer genauso ausgesehen wie der Rest des Hauses: ein angenehm buntes Durcheinander. Jetzt erinnerte es an ein Bed-&-Breakfast-Hotel. Die Daunendecke war unter die Matratze gestopft, als erwartete man eine Inspektion, und auf der Kommode lagen Stapel von ordentlich gefalteten, nach Farben sortierten Pullovern. Statt nach Mottenkugeln roch es nach »Aprilfrische«, wie im Warteraum einer Zahnarztpraxis. Durch den Lüftungsschacht hörte Lana, wie Pranavis Mutter von der Freundin eines Bekannten erzählte, die Mitglied in einem »Nackt-Fallschirmspringerclub« war.

Draußen klapperte etwas – die Leiter –, aber sie trat nicht ans Fenster, um nachzusehen.

Mr. Margolis' Handy lag neben einem Glas Wasser auf dem Nachttisch. Zumindest vermutete Lana, dass es seins war. Sie legte Beckys Telefon vorsichtig daneben. Mr. und Mrs. Handy. Sie waren wieder da, wo sie hingehörten. Ein überraschender Schwall von Erleichterung durchfuhr Lana. Vielleicht war es bei der Kletterei, um das Handy zurückzubringen, nicht bloß um Jasper gegangen. Es gab den Song des eigenen Lebens und dann den falsch verstandenen Text dazu, den man höflicherweise als Erwachsensein bezeichnete.

Plötzlich war sie so erschöpft, dass sie sich auf das Bett setzen musste. Wie komisch das Leben manchmal war. Komisch und traurig. Die Bäume spielten Fangen.

Vielleicht war die Wirkung des Gummibärchens stärker, als sie gedacht hatte.

Das Handy von Mr. Margolis vibrierte. Sie dachte kurz daran, nachzusehen, wer es war. Was hatte Téa gesagt? Das Passwort war ihre Adresse – doch sie widerstand der Versuchung.

Dann kam von draußen ein Geräusch, als hätte jemand einen Kieselstein gegen das Fenster geworfen. Lana ging ans Fenster zurück. Die Leiter war verschwunden, ganz aus dem Blickfeld entfernt; an ihrer Stelle stand Pranavi, durchnässt vom Rasensprenger, und starrte aus dem gefleckten Schatten einer Kiefer zu Lana hoch. In ihrer Hand hielt sie ein Handy: Lanas eigenes Handy, das sie im Unkraut vergessen hatte. Pranavi streckte es zu ihr hoch. Wie winzig sie von hier oben aussah! Ein kleines Mädchen, das sich verzweifelt wünschte, älter zu sein. Die gefiederten Ohrringe flatterten im Wind. Am liebsten hätte Lana sie getröstet und gefragt, warum sie es bloß so eilig hatte, erwachsen zu werden, denn es würde von selbst kommen, ta-da, *ehe sie sichs versah.*

ACHTZEHN

Cece checkte erneut ihr Handy und las zum x-ten Mal die Nachricht, die Gail Tippler ihr heute Morgen geschickt hatte. *Die* Gail Tippler! Autorin von *Von Blättern, von Asche!* Die heute Abend in ihrer Buchhandlung lesen würde, weil Cece sie nach Salish gelockt hatte.

> Wie herrlich es hier ist! Die Berge scheinen in der Luft zu schweben. Ich denke immer, sie starten jeden Augenblick in Richtung Mond. Was haben Sie für ein Glück, hier zu wohnen!

Die Worte waren noch viel schöner – noch viel vertraulicher –, als sie sie in Erinnerung hatte. Ceces Herz schlug einen Trommelwirbel. Allein dass sie Gail Tippler in ihrer Kontaktliste hatte, war wie ... nun ja, wie ein Naturereignis. Sie hatte Angst gehabt zu antworten; was, wenn sie etwas Dummes schrieb? Sie hatte es sein lassen, um den Zauber nicht zu brechen. Außerdem wollte sie die Frau nicht stören, solange sie im Auto saß.

Cece hätte gern Garrett gefragt, ob sie ihr antworten sollte oder nicht, aber natürlich war er nicht da. Er befand sich in den Bergen. Cece respektierte sein Bedürfnis nach Einsamkeit, respektierte und bewunderte es. Ehrlich gesagt freute sie sich sogar manchmal darauf, dass er wieder zu einer seiner Feldforschungsexpeditionen aufbrach. Zumindest ein bisschen. Sie genoss die Zweisamkeit mit Lana, konnte nachts ohne Ohrstöpsel durchschlafen und wachte nicht auf, weil sie sich um die Bettdecke streiten mussten. So konnte sie sich auf den

Buchladen konzentrieren, ohne Rücksicht auf Garretts typisch männliche Bedürfnisse oder Sorgen nehmen zu müssen, die sich dann gnadenlos in *ihrem* Kopf ausbreiteten. Ihr eigenes Leben rückte in den Mittelpunkt, und sie bekam wieder einen klaren Kopf, als hätte Garrett ihn irgendwie blockiert. Trotzdem war sie jedes Mal erstaunt darüber, wie sehr er ihr fehlte. Das war das Seltsame daran, das Paradoxe an einer Ehe. Damit hatte sie nicht gerechnet: dass er ihr auch den Blick auf ihn, Garrett selbst, versperrte.

In der vergangenen Woche jedoch hatte Cece kaum einen Gedanken an ihn verschwendet, so sehr hatte sie sich auf Gail Tipplers Besuch konzentriert. Sie hatte *Von Blättern, von Asche* erneut gelesen, vielleicht war es ihr einziger Lieblingsroman, der nicht von einem toten Russen stammte. Er begann, wie könnte es anders sein, mit dem Tod einer Mutter. Deren zwölfjährige Tochter wirft einen Blick in den offenen Sarg, als zufällig gerade eine Fliege ins Nasenloch ihrer Mutter krabbelt. Das Mädchen stellt sich vor, diese Fliege zu sein und das »Geisterhaus« im Kopf ihrer Mutter zu betreten. So war das ganze Buch: eine Endoskopie in die Welt der Trauer. Cece hatte Gail Tippler einen Fanbrief geschrieben, oder besser gesagt, eine E-Mail, und siehe da, Gail Tippler hatte ihr zu ihrer großen Überraschung geantwortet. Hatte sich bedankt. Und als Cece ihr erzählte, sie hätte eine Buchhandlung in Salish, Montana, hatte Gail Tippler ihr *erneut* geschrieben. Sie sei im Juli zu einer Hochzeit in Missoula eingeladen, ihr erster Besuch in Montana. Sie komme mit dem Flieger aus Portland, wo sie lebte. Und nach einigem Hin und Her hatte Cece sie schließlich zu einer Lesung in ihrer Buchhandlung in Salish und sogar einem anschließenden Abendessen im *Trout & Tackle* überreden können.

Und jetzt die nette Mail, in der sie Montanas Schönheit besang. Den ganzen Vormittag hatte Cece Besorgungen für die Lesung erledigt, Käse und Cracker gekauft, auf der Suche nach einem halbwegs akzeptablen Prosecco die Gänge des Supermarkts durchforstet und die Stadt durch die Augen von Gail Tippler gesehen. Wie malerisch sie war! Und wie majestätisch der Himmel mit den Schäfchenwolken über dem See! Es war dasselbe rauchfreie Paradies, in das sie sich vor langer Zeit im Haus der Margolises verliebt hatte. Selbst als ihr Tori Wiggins über den Weg lief, die Besitzerin von *Huckleberry Gifts*, die gerade ihren Hund ausführte und ihr Ratschläge gab, wie sie die Schaufensterdekoration des Buchladens ein wenig ansprechender gestalten könnte, während Tori Wiggins' Australian Shepherd an der Leine zerrte und sie denselben abgedroschenen Witz zum Besten gab, den sie schon seit fünf Jahren brachte: »Ich glaube, hier muss mal jemand für kleine Mädchen!«, selbst dann hatte sich Cece nicht von ihrer heimlichen Verzweiflung überwältigen lassen, sondern höflich, ja sogar liebenswürdig gelacht. Sie hatte wirklich Glück, hier zu leben.

Cece schnüffelte an ihren Achseln. Sie war jetzt schon nervös. Als sie an jenem schrecklichen Abend im *Big Sky Pizza* vor acht Jahren Garrett das Geld ins Gesicht geschleudert hatte, war sie zu dem Schluss gelangt, dass sie *irgendwas* tun musste. Sie konnte nicht auf ein himmlisches Wunder hoffen, um ihre Buchhandlung in L. A. zu eröffnen, deshalb hatte sie es hier getan, in Salish. Es hatte eine Weile gedauert, aber sie hatte es geschafft. Nicht nur besaß sie jetzt eine Buchhandlung, sondern hatte auch noch ihre Lieblingsschriftstellerin dazu gebracht, sie mit ihrer Anwesenheit zu beehren. Tagelang hatte sie über ihrer kleinen Einführungsrede geschwitzt und daran gearbeitet, als ginge es um die Gettysburg Address. Jetzt plagte sie der Gedanke, dass sie zu überschwänglich sein könnte. Was, wenn sie sich lächerlich machte? Zu stottern anfing oder kein Wort mehr herausbrachte? *Das Einzige, was noch schlimmer ist als eine schlechte Rede, ist schlechte Sprache.* Sie sah schon vor sich, wie sie an dem von der Salish High School ausgeliehenen Podium stand und nichts als abgedroschene Lebensweisheiten von sich gab.

Sie wühlte sich durch das Badezimmerschränkchen und fand schließlich Garretts Betablocker, auf die er zurückgriff, wenn er in der Uni oder vor der Konferenz der Ecological Society of America einen Vortrag halten musste. Sie nahm eine der Pillen mit einem Glas Wasser an der Küchenspüle ein und fühlte sich augenblicklich besser. Sie war klug, fähig und charmant. Wenigstens hatte das Medizinstudium ihr beigebracht, wie man sich kreativ behandelte.

Sie ging ins Wohnzimmer, wo Lana auf ihrem Laptop etwas streamte. Sie schaute sich Sachen gern mit ausgeschaltetem Ton an und folgte dem Geschehen mithilfe der Untertitel, weil sie dann das Gefühl hatte, »im *Stagger Inn* abzuhängen«. Woher zur Hölle sie wusste, wie es sich in der örtlichen Kneipe anfühlte, fragte Cece lieber nicht. Ihre Tochter kam auf seltsame Ideen, wenn Garrett nicht da war. Letzten Monat hatte Charlie sie *in seinem abgeschlossenen Schlafzimmer* erwischt, drüben im Sommerhaus am See, als er mit seiner grässlichen neuen Freundin dort gewesen war. Lana hatte sich mit Hilfe einer Leiter dort eingeschlichen und konnte dann nicht mehr raus. »Wahrscheinlich war es eine Art Mutprobe«, hatte Charlie gesagt, doch seine Freundin hatte weniger Verständnis gezeigt, Ceces Erziehungskünste angezweifelt und streng die Lippen aufeinandergepresst, um ihre Zahnspange zu verbergen. (Am schlimmsten war es auf der Heimfahrt, als Lana meinte, zwischen Cece und *Tinsel Teeth* gebe es eine gewisse Ähnlichkeit.)

»Was um Himmels willen ist das denn wieder?«, fragte Cece.

»*Kuriose Schönheitsoperationen: die Tier-Ausgabe.*«

»Bitte, guck dir so was nicht an.«

»Es ist total geil. Diese Schwachköpfe wollen unbedingt so aussehen wie ihre Lieblingstiere. Der Typ da will eine Eidechse sein.«

»Warum denn?«

Lana zuckte die Achseln. »Warum will Dad ein Vielfraß sein?«

»Hast du ein Fenster aufgelassen?«, fragte Cece und beobachtete, wie eine Holzbiene gegen die Zimmerdecke flog, die nach einem Wasserschaden braun verfärbt war und abblätterte. Das Tier sah aus wie eine Honigbiene in einem Fatsuit.

»Könnte sein.«

»Hab ich dir nicht schon tausendmal gesagt, dass du das nicht machen sollst?«, schimpfte Cece. »Jetzt brummen diese schrecklichen Dinger überall im Haus herum.«

»Summen«, berichtigte sie Lana.

»Was?«

»Es heißt summen. Bienen summen.«

»Ich weiß nicht, was ich machen soll«, sagte Cece. »Dein Vater will nicht, dass ich den Kammerjäger hole.« Es war ein immer wiederkehrender Streitpunkt zwischen ihnen. Garrett wollte nicht, dass die Bienen bekämpft wurden, aber er hatte auch keinen Vorschlag, wie man verhindern könnte, dass sie das Haus in ein Labyrinth aus winzigen Höhlen verwandelten, in dem sie ihre Eier ablegten. Sie zerstörten das Gebäude und verwandelten die Innenseite der Wände in Bimsstein.

»Wir könnten es mit einer Schönheitsoperation versuchen, um ... na ja, so auszusehen wie Bienen. Und dann könnten wir mit ihnen zusammenleben, in so einer Art Wohngemeinschaft, weißt du.«

»Ich warte auf Kayla, sie will mich abholen«, erklärte Cece. »Sie hat gesagt, sie könnte mir helfen, sie loszuwerden. Angeblich kennt sie da ein ›Hausmittel‹.«

»Wo wollt ihr denn hin?«

»In die Buchhandlung! Heute Abend liest Gail Tippler. Hab ich dir schon tausendmal erzählt.«

»Meinst du die Sache mit dem Buchclub?«

»Ich meine nicht die Sache mit dem Buchclub. Ich meine Gail Tippler!«

»Mensch, Mom. Atme erst mal tief durch, okay?«

Cece folgte ihrem Rat. »Ich meine, ja, ich habe dem Buchclub vorgeschlagen, ihr Buch zu lesen, weil es so *überragend* ist. Und um sicherzugehen, dass heute Abend auch genügend Leute kommen.« Sie sah auf ihre Uhr. »Jetzt habe ich all den Prosecco gekauft. Oh Gott! Was, wenn Gail Tippler *Alkoholikerin* ist?«

Lana starrte sie an. War sie etwa auch beunruhigt? Jedenfalls unterbrach sie die Sendung mit dem Eidechsenmann auf ihrem Laptop, der sich gerade operativ die Zunge spalten ließ.

»Es wird super, Mom«, sagte sie zuversichtlich. »Mach dir keine Sorgen.«

Cece lächelte ihr zu und spürte einen heftigen Schwall von Liebe für dieses seltsame Kind auf ihrer Couch. Sie war ein süßes Ding, das im Geisterhaus seines Gehirns lebte. Lana wandte sich wieder dem Laptop zu und fiel erneut in Trance. Wie sollte man diesen Zustand sonst beschreiben? Er bedeutete, in Salish aufzuwachsen und sich zu Tode zu langweilen. Er bedeutete, Intelligenz im Überfluss zu haben und sie bewusst zu vergeuden, denn was sollte man sonst damit anstellen? Es war tote Energie, genau wie ihr schauspielerisches Talent. Denn die Kleine war eine geborene Schauspielerin. Cece würde nie vergessen, wie sie in der achten Klasse in *Romeo und Julia* die Rolle der Julia übernommen hatte. Es war das erste und letzte Mal, dass die Salish Middle School sich mit Shakespeare beschäftigt hatte. Die anderen Kinder stammelten mit roten Gesichtern irgendwas vor sich hin und starrten an die Decke, während sie verzweifelt versuchten, sich an ihren Text zu erinnern, der für sie offenkundig genauso viel Sinn ergab wie Swahili. Und dann kam Lana als Julia auf die Bühne, und alle atmeten erleichtert auf. Es war nicht nur, dass sie verstand, was sie sagte, obendrein klangen die Worte aus ihrem Mund vollkommen *natürlich*, lässig und lebendig, als spräche sie auch im wirklichen Leben so und wäre nur zufällig auf dieser Bühne gelandet. Sie zusammen mit dem Jungen zu sehen, der den Romeo spielte, war fürchterlich, fast schon grausam, etwa so, als tanzte Fred Astaire mit einem Zombie. Doch was sollte ihre Tochter mit diesem Talent anfangen? Den Star in einer Schüleraufführung von *Seussical* in der Lutheraner Kirche spielen? Cece und Garrett hatten kein Geld, um sie auf die Kunstschule außerhalb von Montana zu schicken. Ihr Talent zu fördern kam nicht infrage. Sie würden warten müssen, bis sie das College beendet hatte, und auf ein Stipendium hoffen.

In der Zwischenzeit verbrachte Lana ihre Zeit auf der Couch, löste Kreuzworträtsel auf ihrem Computer oder hing mit Riley im Swan Creek Schwimmbad ab. Riley hatte Pickel und war ihre beste Freundin. Ihre evangelikalen Eltern hatten ihr verboten, ärmellose Tops zu tragen oder an Halloween auf die Suche nach Süßigkeiten zu gehen. Cece wünschte, dass Lana mehr Freunde wie Jasper hätte. Zuerst hatte es sie genervt, als sie sich anfreundeten, nicht nur gute, sondern beste Freunde wurden, weit voneinander entfernte Vertraute, die Cece und Garrett mit Charlie und Angeliki auf eine Weise verbanden, die sich ein wenig pervers anfühlte. Doch nach einer Weile erschien Cece die Freundschaft der Kinder ganz natürlich, zumindest nicht seltsamer als ihre eigene Versöhnung mit dem Mann, den sie geheiratet und nach einer Woche wieder verlassen hatte. Und ehrlich gesagt hatte sie nun einen Vorwand, um den Kontakt zu Charlie zu pflegen und jeden Sommer ins Haus der Margolises zurückzukehren. Touristin in einem Leben zu spielen, das sie verschenkt hatte.

Vielleicht ließ es sich nicht vermeiden, dass wieder etwas zwischen ihnen aufflammte. Sie konnte nicht ein Leben lang Touristin spielen. Cece erklärte es sich als eine Art körperliches

Gedächtnis, eine postmortale Zuckung, etwas, das nur einmal im Jahr geschah, wenn Garrett, Lana und sie das Haus besuchten. Einmal war sie Charlie im Obstgarten begegnet, als sie gerade Kirschen pflücken wollte. Sie hatten sich fünf Minuten aneinandergeschmiegt, als wäre die Zeit stehen geblieben. Es sah aus wie ein Witz, jeder Außenstehende hätte gekichert, aber das war es nicht. Er meinte es todernst. Beide meinten es so. Alle wichtigen Momente im Leben waren beinahe komisch, aber eben nur beinahe. Ein anderes Mal geschah es im Keller, wo sie auf die Toilette gegangen war: Charlie hatte sie überrascht, als sie herauskam. (Natürlich hatte sie damit gerechnet, darauf gehofft, sodass es keine wirkliche Überraschung war.) Es ging nicht um Begierde. Es ging um Stille. Darum, unter Wasser gezogen zu werden und dort zu verharren, in der Tiefe, unfähig, sich zu rühren, zu sprechen oder zu atmen. Charlie und sie sprachen nie über diese Begegnungen oder warum sie sie genau so haben wollten. Sie geschahen einfach. Es wurde zu einer Erwartung, zu einem Nervenkitzel, und weil nichts besprochen wurde, schienen diese Umarmungen auch fast unkontrollierbar zu sein. Für Cece waren sie so etwas wie *Engelslust.* Davon hatte sie während des Medizinstudiums gehört. Von Männern, die nach einem gewaltsamen Tod eine Erektion bekamen. Manchmal schrieb Charlie ihr nach einem dieser Treffen eine Zeit lang an ihre alte College-E-Mail-Adresse, doch wenn sie ihm nach ein oder zwei Wochen nicht geantwortet hatte, ließ er es jedes Mal wieder sein.

Wäre doch Garrett auch so tief in ihr verankert. Nein, das war nicht fair. Wenn er aus den Bergen zurückkehrte, war Garrett alles, was man sich von einem Ehemann wünschen konnte. Er war scharf und zärtlich, respektvoll und lustig, ja, um vieles lustiger als Charlie. Was für eine Freude war das, wenn all ihre Zweifel sich mit einem Mal in Luft auflösten! Doch nach ein paar Wochen fiel er in seine übliche geistige Abwesenheit zurück, dann war es so, als schöbe sich ein schwarzer Nebel zwischen ihn und den Rest der Welt. Nicht, dass er Cece für selbstverständlich gehalten hätte, nur wandte sich sein Bewusstsein jetzt wieder anderen Dingen zu. Dem, was auf der Welt passierte, und der bösen Dummheit der Menschen, die es zuließen. Auch Cece machte sich Sorgen um diese Dinge und wusste darum, denn sie war weder böse noch dumm, aber darüber zu grübeln verhinderte ja nicht, dass sie weiterhin geschahen. Wenn die Welt unbedingt zugrunde gehen musste, dann wollte Cece wenigstens nicht ständig darüber reden. Manchmal unterhielt sie sich lieber über Filme. Andere Male wollte sie sich geschmeichelt oder bewundert fühlen. Egoistisch und lebendig sein und sich einen Dreck um den Untergang der Welt scheren.

Sie hatte gedacht, wahre Liebe bedeutete, *verstanden* zu werden. Diesen einen Menschen zu finden, der die Traurigkeit in einem erkannte, dieses Kabinett des Wahnsinns, das man vor allen anderen verbarg. Aber was, wenn es besser war, *miss*verstanden zu werden? Nicht jedes Mal, wenn man das Gesicht des Partners sah, an die Existenz dieses Kabinetts erinnert zu werden? Was, wenn es bei der Liebe nicht darum ging, sich selbst komplett zu offenbaren, das eigene heimliche Elend mit dem eines anderen zu vermischen, sondern darum, jemanden zu finden, der einen sich selbst vergessen ließ?

Wenn sie sich selbst sehen wollte, den Dreck in ihrer Seele, dann hatte sie Bücher. Sie hatte Gail Tippler, die das alles wenigstens in Schönheit verwandelte.

Es klingelte. Cece überließ Lana ihrem Eidechsenmann und ging zur Haustür. Es war Kayla, die sich bereits für die Lesung in Schale geworfen hatte: Rüschenbluse und Ohrringe in Form winziger Bücher. Halt, nein: Es waren echte Bücher mit Seiten und allem. Der Lippenstift war verrutscht, als hätte ihn jemand in ihr Gesicht geküsst. Wie üblich sah sie aus wie jemand, der ohne einen Funken von Reue seine Familie im Stich gelassen hatte.

»Bist du für die Bienenschlacht bereit?«, fragte Kayla. Aus unerklärlichen Gründen hatte sie in jeder Hand einen Tennisschläger.

»Sollen wir etwa Tennis mit ihnen spielen?«

»Das sind Squash-Schläger.«

»Von mir aus könnten es Krocketschläger sein«, sagte Cece. »Solange wir die Biester loswerden, ist mir alles recht. Sie machen uns das ganze Haus kaputt.«

Kayla schnaubte. »Ein Krocketschläger wäre ziemlich nutzlos. Holzbienen haben einen Durchmesser von weniger als einem halben Zoll.«

»Ich meinte nicht ...«

»Siehst du die Lücken zwischen den Saiten?«, sagte sie und hielt einen Schläger hoch. »Genau der Durchmesser einer Biene. Reißt ihnen die Flügel aus. Sie fallen wie Kieselsteine runter. Eine bessere Waffe gegen Bienen könnte man nicht patentieren lassen.«

Cece akzeptierte diese Aussage als Tatsache, denn etwas anderes kam bei Kayla nicht infrage. Sie hatte für alles eine Lösung parat, sie gehörte zu jenem Schlag kompetenter Frauen, die nichts gegen Rüschenblusen hatten, aber auch Holz hacken, einen Motorfilter wechseln und vielleicht sogar mit Pfeil und Bogen ein Stück Wild erlegen konnten. Sie trug selbst gemachte Schneeschuhe, weil sie Spaß daran hatte. Cece bewunderte sie sehr. Wenn sie nicht gerade mit der Herstellung von Schneeschuhen beschäftigt war, arbeitete sie für eine Rechtstitelversicherung und recherchierte Grundstückshistorien; in Salish war das ein lukratives Geschäft. Sie hatten sich in der Buchhandlung kennengelernt, als Kayla auf der Suche nach einer praktischen Anleitung für essbare Pflanzen dort vorbeigeschaut hatte.

Cece führte Kayla zum Gästezimmer im oberen Stock und nahm das Fliegengitter heraus, bevor sie das Dach der Veranda betraten, wo die Holzbienen sie sofort aus allen Richtungen bombardierten. Kayla reichte ihr einen Schläger und fing an, mit ihrem eigenen wie eine Wahnsinnige um sich zu schlagen. Tatsächlich fielen die Bienen rechts und links von ihr zu Boden. Ohne die Flügel sahen sie flauschig und umgänglich aus, wie kleine Pom-Poms. Cece folgte ihrem Beispiel und stellte sich Garretts Gesicht vor, wenn er sehen würde, wie sie mit einem Schläger auf die Bienen losging. Im Nu hörten die Angriffe auf und Kayla und Cece gingen zu einem gezielteren Gemetzel über, indem sie auf verirrte Bienen an den beiden äußeren Enden des Dachs einschlugen, als spielten sie tatsächlich Tennis. Als Cece aufblickte, sah sie, wie das jüngste Kind der Washburns sie vom Trampolin nebenan aus beobachtete.

»Wieso habe ich das Gefühl, dass ich so was nur mit dir machen kann?«, sagte Cece.

»Was meinst du mit ›so was‹?«

»Alles, was mir verrückt vorkäme, wenn ich es mit jemand anderem machen würde als mit dir.«

»Was ist denn daran verrückt?«, wollte Kayla ernsthaft wissen. Die winzigen Bücher tanzten in der Sonne.

»Vermutlich ist es nicht verrückter, als im Dezember schwimmen zu gehen.«

»War es Dezember?«

»Und ob! Du hast mich dazu überredet. Das Wasser hatte fünf Grad.«

Kayla zuckte die Achseln. »Ich dachte, es wäre Januar gewesen. Da fängt der Spaß erst richtig an.«

Cece blieb kurz stehen und versuchte, die toten Bienen zu ihren Füßen zu ignorieren. In der Ferne hatten sich über dem Salish Lake ein paar Regenwolken gebildet, aber es war so heiß, dass der Regen verdunstete, bevor er das Wasser erreichte.

Garrett nannte das »sublimieren«, ein Ausdruck, den Cece liebte. Man sah förmlich vor sich, wie sich die feinen Regenfäden auf halbem Weg zur Erde auflösten. Das musste sie Gail Tippler erklären – sowohl den Regenschleier selbst als auch das wunderbare Verb »sublimieren«.

»Ich hoffe, wir kriegen keinen richtigen Sturm. Ich rechne mit einer guten Beteiligung.« Cece strich sich einen Bienenflügel vom Hemd. »Wenigstens die Mitglieder des Buchclubs werden kommen.«

Kayla schlug eine weitere Biene tot und blieb auffallend still.

»Was ist denn?«

»Na ja, also darauf würde ich nicht bauen. Brandys Mann ist krank. Deshalb muss sie wohl bei den Zwillingen bleiben. Und Corrine musste nach Missoula. Ihre Mom hat anscheinend den Verstand verloren und gräbt irgendwelche Löcher in den Vorgarten.«

»Und Thea?«

»Ich glaube, ihr Freund ist gerade da. Überraschungsbesuch.«

Cece starrte sie an. »Moment mal! Dann wird also keine von ihnen da sein?«

»Du hast doch Werbung gemacht, oder? Ich habe all die Flyer in der Stadt gesehen. Bestimmt werden eine Menge Leute kommen.«

Kayla schlug weiter um sich. Cece war plötzlich müde. Mehr als das: Sie war so erledigt, als wäre sie ein paar Runden geschwommen und versuchte jetzt, sich aus dem Pool zu stemmen. Was, wenn niemand zu der Lesung kam? Wenn das Ganze ein Riesenfehler war? Was, oh Gott!, wenn sie Gail Tippler aus Oregon hierher gelotst hatte, nur um sie zu blamieren? Nein, Kayla hatte recht – sie hatte in der ganzen Stadt Flyer verteilt. Und die Leute hatten ihr hoch und heilig versprochen zu kommen.

Allein bei der Vorstellung, wie ein Strom von neugierigen Gesichtern in die Buchhandlung drängte, musste Cece lächeln. Sie liebte ihr Geschäft, auch wenn es von kitschigen Souvenirläden umgeben war und an einer für Fußgänger reservierten Mole lag, die in den See hineinragte. Sie hatte es von einer Galerie übernommen, die »Western-Kunst« verkaufte, womit offenbar jede Menge Bronzeskulpturen von Ureinwohnern gemeint waren, die streng an edle Tugenden erinnerten. Cece war froh, als die Galerie pleiteging, und noch froher, sie in eine Buchhandlung umwandeln zu können, die Bücher über das urbane Leben von L. A., New York, Paris, Delhi, Istanbul und Tokio anbot und damit die große böse Welt »kultureller Eliten« nach Salish, Montana, brachte. Es war nicht leicht gewesen, das Kapital dafür aufzubringen. Sie hatte sich bei ihrem Vater einschmeicheln und ihn so weit bringen müssen, dass er für ihren Kredit bürgte, und anschließend die entsprechenden Behörden überzeugt, ihre Verbindlichkeiten abzusichern sowie ihr obendrein auch noch einen Überziehungskredit zu gewähren. Was hatte sie sich für Hoffnungen gemacht! *The Light at the End of the Dock* hatte sie ihren Laden getauft und sechshundert Dollar in eine grüne Neonreklame investiert. Sie war stolz auf ihre Phantasie, auf ihre Art, die übertragene mit der wörtlichen Bedeutung zu verbinden, ohne sich darum zu scheren, dass kaum jemand die Anspielung verstand (oder zumindest so zu tun, als würde sie sich nicht darum scheren). Natürlich hatte sie dem amerikanischen Westen eine Abteilung gewidmet, aber den Club der weißen Männer, die lieber fischen gingen, zugunsten von James Welch, Willa Cather, Louise Erdrich und Leslie Marmon Silko, außen vorgelassen. (Warum handelten so viele Romane, die in Montana spielten, von wortkargen Ranchern und Spielsüchtigen, die in Wohnwagen hausten? Die meisten Montaner, die sie kannte, hatten Arbeit und eine Familie wie jeder andere auch. Außerdem redeten sie ohne Punkt und Komma.)

Das Problem war, dass sie kaum etwas verkaufte. Baldwin verstaubte in dem Regal genauso wie Woolf, Wolfe und Wolff. Tatsächlich verkauften sich eigentlich nur die Bücher, für die Garrett gesorgt hatte: Wanderführer für den Glacier-Nationalpark und das Jewel Basin sowie gelegentlich Bücher, die gefährdete Tierarten auf dem Cover zeigten. Ihre finanzielle Lage war so kritisch geworden, dass Cece vor zwei Jahren gezwungen gewesen war, den ganzen Laden umzukrempeln, das Literaturangebot auf einige wenige Klassiker zu beschränken (*Anna Karenina, semper fi!*) und das Sortiment in ein Zenonisches Paradoxon von immer mehr Sparten zu unterteilen: Kochbücher, True Crime, Krimis, Romane, Haustiere und die gefürchtete Selbsthilfe-&-Beziehungs-Abteilung. »Wenigstens habe ich keine Hochzeitsratgeber«, sagte sie zu Garrett, und musste irgendwann doch eine entsprechende Abteilung hinzufügen. Eines Tages, als sie zwei Exemplare desselben Krimis unmittelbar nacheinander verkauft hatte, in dem ein Katzendetektiv namens Fussypants die Hauptrolle spielte, war sie so deprimiert gewesen, dass sie den Laden für den Rest des Nachmittags schloss. Als dann die Pandemie einsetzte, blieb ihr nichts anderes übrig, als ganz zuzumachen. Sie hätte nie überlebt, wenn ihr Vermieter Wayne – ein Witwer mit einer Schwäche für sie, wie Cece vermutete – ihr nicht eine Menge Miete erlassen hätte. Jedenfalls war es ein wirksamer Weckruf gewesen. Was hatte sie bloß geraucht, um auf die Idee zu kommen, in Salish eine Buchhandlung zu eröffnen? Hatte sie etwa geglaubt, dass sich Bücher von Tove Jansson wie warme Semmeln verkaufen würden? Damals hätte sie um ein Haar endgültig den Stecker gezogen.

Stattdessen begann sie, sich als Unternehmerin zu sehen, nicht als Missionarin, was mit einer sofortigen Erleichterung einherging. (»Missionarin *wofür*?«, hatte Paige gefragt, und Cece hatte tatsächlich keine Antwort darauf gehabt.) Sie hatte all ihre Ersparnisse, zumindest aber die kleine Erbschaft ihrer Großmutter, investiert und konnte jetzt nicht einfach zusehen, wie sich alles in Luft auflöste. Außerdem machte es Spaß, ihr eigenes Geschäft zu führen, selbst wenn sie Katzenkrimis verkaufen musste. Jedenfalls war es tausendmal besser, als zu kellnern. Sie besprach diverse Geschäftsmodelle mit Paige, die ihr half, einige »R&D-Strategien« zu entwickeln, um ihre »Produkt-Markt-Anpassung« zu verbessern und sich darauf zu konzentrieren, die lokalen Buchliebhaber oder wenigstens Leser, zumindest aber Souvenirjäger auf der Main Street anzusprechen, die auf der Suche nach »leichter Lektüre für den Rückflug« waren. Wenn es ihr gelegentlich gelang, einen Jansson-Roman zu verkaufen, umso besser.

Aber ein paar Gail-Tippler-Romane würde sie heute Abend bestimmt loswerden. Hauptsache, es regnete nicht. *Verschwinde!*, rief Cece dem Regen zu, als wollte sie ihm drohen. Natürlich nur im Geiste, nicht laut, obwohl sie so müde war, dass sie kaum noch einen Gedanken fassen konnte. Irgendwas stimmte nicht mit ihr. Ihre Beine fühlten sich an wie Nudeln. Eine Holzbiene flog gegen ihre Schulter. Wahrscheinlich suchte sie ihre toten Gefährtinnen. Unbeholfen torkelte sie herum und schien sich zu fragen, wohin die Party weitergezogen sein könnte.

Cece schlug mit ihrem Schläger nach der Biene, die aufschrie. Cece hörte sie ganz deutlich. Es klang entsetzlich: als würde sie gefoltert. Die verletzte Biene starrte sie vom Asphalt aus an. Sie hatte das Gesicht eines Zimmermanns. Besser gesagt, das von Jesus. »Du bist geliefert«, sagte sie zu ihr, klar und deutlich.

»Was ist denn?«, fragte Kayla.

Cece schüttelte den Kopf. Sie hätte lieber einen Kammerjäger rufen und den Genozid in professionelle Hände legen sollen. Kayla half ihr, durch das Fenster ins Haus zurückzuklettern. Auf den oberen Treppenstufen geriet sie ins Wanken, und Kayla musste sie am Arm stützen. Mein Gott, träumte sie etwa? Sie konnte kaum laufen. Sie hatte das Gefühl, auf einem anderen, einem gigantischen Planeten zu sein, auf dem die Schwerkraft aufgehoben war. In der Küche stand Lana vor dem Kühlschrank und starrte ihn an. Der Türalarm piepste. Cece legte ihren Schläger auf den Frühstückstisch und ließ sich auf den Stuhl fallen.

»Wer hat gewonnen?«, fragte Lana.

»Deiner Mom geht es nicht gut«, meinte Kayla. »Vielleicht liegt es an der Hitze.«

Sie brachte Cece ein Glas Wasser, das diese ausgiebig betrachtete. Was für eine seltsame Vorstellung, es in ihren Magen zu kippen, in einen Teil ihres Körpers, den sie noch nie gesehen hatte. Sie hatte nicht einmal einen Beweis dafür, dass er überhaupt existierte.

»Hast du etwa eins davon zum Mittagessen genommen?«

»Was genommen?«

»Ein Zolpidem.« Kayla hielt Garretts Tabletten hoch.

Cece lachte. »Das sind Betablocker.«

»Nein, Mom. Das ist Ambien«, sagte Lana, während sie das Etikett des Fläschchens studierte. »Ein Generikum.«

Cece wurde schlecht. Oh Gott, hatte sie etwa die falschen Tabletten genommen? Ein Schlafmittel? In einer Stunde musste sie im Buchladen sein. Sie war dort mit Gail Tippler verabredet, der Gewinnerin des Djuna Barnes Award. Sie würde sie verdammt noch mal *vorstellen* müssen! Sie überlegte, ob sie das Ganze absagen sollte. Damit ließe sich eine Katastrophe abwenden, und gleichzeitig könnte sie ein Nickerchen halten, doch das würde ihr Gail Tippler vermutlich niemals verzeihen. Sie hatte nur ihretwegen die lange Reise auf sich genommen. Die Lesung war wichtig für Cece; sie bedeutete ihr etwas, das schwer zu erklären war.

»Vielleicht solltest du dich ein bisschen hinlegen«, sagte Kayla leise.

»Ja, Mom. Du siehst aus wie eine wandelnde Leiche.«

»Du meinst ein Zombie?«, murmelte Cece.

»Nein. Ich meine eine Tote, die sich aus irgendeinem Grund noch bewegen kann.«

»Ich kann mich doch jetzt nicht hinlegen. Seid ihr verrückt?«

~~~

Irgendwie gelang es ihr, eine kalte Dusche zu nehmen, die sie wieder halbwegs lebendig machte, und ein knallbuntes Designerkleid anzuziehen, das sie in L. A. bestellt hatte. Ohne Kaylas Hilfe hätte sie das nicht geschafft. Lana, Gott segne sie, half auch mit. Vorsichtig bugsierten sie Cece zum Wagen, setzten sie auf den Beifahrersitz und vergewisserten sich, dass sie angeschnallt war. Alles würde gut. Hauptsache, sie blieb wach. Und wie blieb man wach? Man beschäftigte sich, man lehnte sich aus dem Fenster eines fahrenden Wagens. Niemand war jemals eingeschlafen, während er den Kopf aus einem fahrenden Wagen steckte. Das wäre so, als würde man während eines Hurrikans einschlafen. Kayla bog in die Lake Road ein, wo der Wind so heftig in Ceces Haare fuhr, dass sie ihr ins Gesicht peitschten. Irgendwie war es eine angenehme Vorstellung. Ein kleines Hurrikan-Nickerchen. Jemand packte sie von hinten und zerrte sie ins Wageninnere zurück.

»Mein Gott, Mom, du bist tatsächlich eingeschlafen!«

»'türlich nich'!«

»Auf diese Weise wirst du noch den Kopf verlieren!«

Cece lächelte. Wie süß von Lana, dass sie nicht nur auf dem unbequemen Rücksitz mitgekommen war, sondern sie sie auch noch vor einer Enthauptung bewahrte. Cece schlug sich ins Gesicht, um wach zu bleiben. Sprechen war eine echte Herausforderung, die Worte schienen sich auf dem Weg zu ihrem Mund in Luft aufzulösen, deshalb konzentrierte sie sich voll darauf,
~~~

ihren Verstand zu beschäftigen. Das war am einfachsten, wenn sie die Augen schloss. Als sie sie wieder aufschlug, prasselte der Regen auf das Dach des Autos. Der Donner in der Ferne klang wie das Poltern von Kindern, die auf dem Dachboden herumtobten. Mitten auf der Straße hielten sie an.

»Haben wir kein Benzin mehr?«

»Wir sind da«, sagte Kayla. »Bei der Buchhandlung.« Sie legte eine Hand auf Ceces Bein. »Bist du sicher, dass du das willst?«

Cece nickte. Sie fühlte sich ein wenig besser. Nicht unbedingt wach, aber vielversprechenderweise halbwegs bei Sinnen. Kayla holte die Kiste Prosecco aus dem Kofferraum, ohne sich von Cece helfen zu lassen. Über den Mission Mountains zuckten Blitze. In der Buchhandlung saß Meadow mit geschlossenen Augen hinter dem Ladentisch und hielt ein Buch mit dem Titel *Der radikale Geist: Buddhismus und die Illusion des Seins* in den Händen. Cece wartete, dass sie aufsah und sie bemerkte; die Glocke an der Tür hatte gebimmelt, doch Meadow wirkte wie versteinert.

»Ist sie auch auf Ambien?«, fragte Kayla leise.

»Das ist ihr Normalzustand«, erklärte Lana.

Cece, die sich vorkam, als triebe sie auf offener See, schlingerte auf die Ladentheke zu. Auf Paiges Anregung hin hatte sie jemanden eingestellt, der sie zwei Tage in der Woche vertrat, damit Cece sich auf »digitales Marketing« konzentrieren konnte. Irgendwie war sie bei Meadow gelandet, einer echten Salish-Hippie-Frau, die Kristalle in ihr Trinkwasser mischte, weil sie der Meinung war, sie würden ihre Energiereserven wieder aufladen. (Garrett bezeichnete diese Leute als Chakra-Absorber.) Immerhin war Meadow eine Leseratte und eine zuverlässige Quelle, wenn es darum ging, die Abteilung für New Age & Alternative Glaubensrichtungen aufzufüllen.

»Was machst du da?«, fragte Cece neidisch, denn die Augen der Frau blieben geschlossen. Sie war wie eine Sphinx, zeitlos, unbeeindruckt von der Verwüstung, die die Sonne ihrem Gesicht angetan hatte. Das bewunderte Cece an ihr. Sie hatte zunehmend das Gefühl, von dieser Frau etwas Wichtiges lernen zu können, etwas, das ihr Leben verändern würde, wenn sie nur dahinterkäme, was zum Teufel sie eigentlich meinte.

»Ich versuche herausfinden, wie Zeit entsteht«, antwortete Meadow.

»Verstehe.«

»Das ist nicht einfach. Unser Bewusstsein ist nicht groß genug dafür. Du musst den Filmprojektor im Gehirn abschalten und dir jeden Augenblick einzeln vornehmen, als wäre er eine Tür, *das Bild einer Tür visualisieren, ewig und einzeln*, und irgendwann kannst du hindurchgehen. Durch alles.«

»Und wohin?«

Meadow zuckte die Achseln. »In den Augenblick.«

»Klingt nicht schlecht«, sagte Cece, denn so kam es bei ihr an.

»Das hier ist nicht gerade der geeignetste Ort dafür, das Gehirn abzuschalten. Ständig kommen Leute rein auf der Suche nach Büchern.« Meadow schlug die Augen auf. »Da fällt mir ein, könnte ich nächstes Wochenende freihaben? Freitag Abend würde ich gern wieder auf Reisen gehen und brauche etwas Zeit, um mich zu integrieren.«

»Auf Reisen gehen«, das bedeutete im Meadow-Sprech, irgendwelche Drogen einzuwerfen. Und Drogen hießen bei ihr natürlich »Sakramente«. Cece warf einen Blick auf Lana, die grinsend in einem Buch blätterte. Sie würden ihren Spaß haben, wenn sie sich später darüber unterhielten. Manchmal fragte sich Cece, ob sie nur deshalb an Meadow festhielt, damit Lana und sie etwas hatten, das sie zu Verbündeten machte.

Sie ließ Meadow früher nach Hause gehen, wo auch immer dieses Zuhause war. Eine Kommune? Ein Ufo? Dann fingen sie mit den Vorbereitungen für die Lesung an. Das heißt, Kayla und Lana. Cece saß mit schlechtem Gewissen hinter dem Ladentisch. Sie war zu benebelt und sah nur zu, als die beiden die Klappstühle aus der Besenkammer holten und vor dem Pult aufbauten. Der Regen prasselte gegen die Fenster. Jetzt goss es in Strömen. Cece versuchte, nicht zu verzweifeln, und hoffte, dass die Einwohner von Salish dem bisschen Regen trotzen würden. Schließlich waren es dieselben Menschen, die ihre Kinder bei einem halben Meter Neuschnee in die Schule geschickt hatten. Mitten in einem *Blizzard*. Für Lana waren Schneetage inzwischen genauso exotisch wie für Cece, als sie in L. A. aufgewachsen war.

Cece holte ihr Handy heraus und sah, dass sie eine SMS übersehen hatte. Von Gail Tippler. Sie würde sich wegen des Sturms verspäten. Cece versuchte mühsam, zu antworten – *Proms Lemongras* stand da jetzt zwischen diversen anderen Kryptogrammen –, gab es dann aber auf, den Autokorrektor überlisten zu wollen. Es kam ihr vor, als hätte sie ein Ouija-Brett vor sich. Sie riss sich zusammen und torkelte zu dem Klapptisch, den Kayla aufgebaut hatte. Dann half sie ihr, eine Auswahl an Crackern auf die Teller zu kippen, damit der Laden einen gemütlichen, aber auch weltoffenen Eindruck machte. Es war nicht die Buchhandlung ihrer Träume. Es gab weder eine LGBTQ+-Ecke, noch ein Regal mit Übersetzungen aus anderen Sprachen. Gelegentlich verirrten sich Obdachlose in den Laden, vom Neonlicht angelockt wie Motten, und brüllten Cece an, weil es keine Bar war. Trotzdem war es die beste Buchhandlung in Salish, die einzige ihres Wissens, wo eine Ayahuasca-Anhängerin, die glaubte, man könnte durch die Zeit treten wie durch eine Tür, einem christliche Liebesromane verkaufte. Letzten Monat hatten sie zum ersten Mal schwarze Zahlen geschrieben. Sie war stolz auf den Laden, in all seinem schäbigen Glanz, und auch *auf sich selbst*, weil sie nicht aufgegeben hatte. Es machte ihr Spaß, über den Katalogen der Verlage zu brüten,

Empfehlungen für Bücher zu schreiben, die kein Mensch kaufte, ja sogar die Rechnungen zu sortieren, die sich auf ihrem Schreibtisch stapelten, weil sie sich keinen Buchhalter leisten konnte. Allein der Anblick der Reklame von der Straße aus, dieses einladende grüne Licht, gab ihr das Gefühl, etwas Großartiges geleistet zu haben.

Ebenso wie die Ankunft von Gail Tippler, der preisgekrönten Autorin, die den Buchladen in einer grünen Wildlederjacke betrat, als gäbe es keinen Regen. (Ob sie, oh Gott, etwa *absichtlich* Grün trug?) Trotz des nassen Haars machte sie einen mühelos eleganten Eindruck. Ihre Brille war ein Modell, neben dem alle anderen altmodisch wirkten. Ein perfekt geflochtener Zopf war wie ein Schal über ihre Schulter drapiert. Irgendwie war sie noch attraktiver als auf dem Foto. Sie umarmte Cece und hauchte ihr, wie Europäer es tun, einen Kuss auf beide Wangen. Cece war so durcheinander, dass sie wie in Trance den Saum ihres Kleides anhob und einen Knicks machte. Ms. Zarelli, ihre Ballettlehrerin, wäre stolz auf sie gewesen.

»Bestimmt werden noch mehr Leute kommen«, sagte sie. »In Montana nimmt man es nicht so genau mit der Zeit.«

Gail Tippler lächelte liebenswürdig und schob ihre beschlagene Brille auf die Stirn. »Ach, die Montaner sind unpünktlich?«

»Immer!«, sagte Cece, obwohl das gar nicht stimmte. Sie waren nicht unpünktlicher als andere Menschen auch. Sie bot Gail Tippler einen Plastikbecher an und hielt eine Flasche Prosecco in die Höhe, und die elegante Dame tat so, als zögerte sie, ehe sie Cece den Becher aus der Hand schnappte, als bräuchte sie dringend einen Drink. Cece lachte laut los.

»Super Reaktion!«, sagte sie und schenkte ihr ein.

Gail Tippler warf ihr einen seltsamen Blick zu und sah sich dann um. »Was für eine schöne Buchhandlung. Haben Sie sie schon lange?«

»Ich glaube nicht.«

Gail Tippler starrte sie an.

»Tut mir leid, dass ich Ihre Nachricht nicht gesehen habe«, sagte Cece.

»Ich bin nur froh, dass ich endlich hier bin.«

»Ich war auf dem Dach und habe Bienen gejagt.« Cece schwang einen imaginären Schläger durch die Luft.

Gail Tippler nippte an ihrem Prosecco. »Hätten Sie etwas dagegen, wenn ich ... Ihre Toilette benutze?«

»Aber ja, ich meine, nein. Es ist mir eine Ehre.«

Cece begleitete Gail Tippler zur Toilette, die schwerer zu finden war als sonst. Die Frau folgte ihr durch den ganzen Laden. Cece hatte das Gefühl, so heftig zu summen, als stünde sie am Rand eines Zusammenbruchs. Schließlich fand sie die Toilette, ein Glückstreffer, und trank hastig ihren Prosecco aus. Hatte sie etwa gerade ihre Lieblingsautorin beleidigt? War das möglich?

Waren wirklich alle Stühle unbesetzt, unübersehbar leer, abgesehen von denen ihrer Tochter und ihrer besten Freundin, die Ohrringe in Form von Büchern trug? Hatte sie Gail Tippler etwa hierhergelockt, um sie, nun ja, *alle beide* zu blamieren?

Cece betete, dass irgendwer kam. Egal wer. Tori Wiggins. Ein Penner auf der Suche nach einem Drink. Und dann bimmelte tatsächlich das Glöckchen, und ein Mann mit Regenschirm trat ein. Mit einem echten Regenschirm! In Salish! Obendrein trug er eine Brille, einen Blazer und hatte ein Moleskine-Notizbuch mit einem winzigen Lesebändchen unter dem Arm. Er schüttelte den Schirm aus, setzte sich dann in die letzte Reihe und hielt das Notizbuch auf seinem Schoß fest. Außerdem hatte er ein Buch dabei, in dem er bedächtig blätterte, als suchte er nach einer bestimmten Stelle. *Von Blättern, von Asche?* Cece dachte daran, ihn anzusprechen, von Fan zu Fan sozusagen, traute sich aber nicht, aus Angst, sie könnte ihn verscheuchen.

Sie tat ihr Bestes, um im Geiste weitere Gäste in den Laden zu locken, doch die Tür blieb geschlossen. *The Light at the End of the Dock* war reine Energieverschwendung. Angesichts der leeren Stühle wirkte das Ganze noch trostloser. Gail Tippler, die inzwischen von der Toilette zurückgekehrt war, schien sich mit der Situation arrangiert zu haben. Ihr ganzes Verhalten hatte sich verändert. Sie war höflich wie zuvor, aber die Wärme der vorausgegangenen Umarmung war verflogen, als hätte man sie genötigt, ein fremdes Haus aufzuräumen. Sie behandelte Cece wie eine Fremde – was sie natürlich auch war.

»Es tut mir so leid«, sagte Cece, den Tränen nahe. »Es muss am Regen liegen.«

»Legen wir los«, sagte Gail Tippler.

Cece stand auf, um sie vorzustellen. Hatte sie überhaupt noch Beine? Wenn ja, dann hatten sie die Prinzipien der Fortbewegung verlernt. Irgendwie schaffte sie es bis zum Lesepult und zog das Blatt aus der Tasche. Sie las vor, was auf dem Zettel stand, aber es hätte genauso gut Klingonisch sein können. Erst als sie sich, irgendwie an ihren Platz teleportiert, wieder hingesetzt hatte, ging ihr auf, dass sie vergessen hatte, das Blatt umzudrehen, und nur die Hälfte ihrer Einführung gelesen hatte.

Gail Tippler trat unbeeindruckt ans Rednerpult, während Kayla, Lana und der elegante Fan in der letzten Reihe Beifall klatschten. Sie bedankte sich bei Cece, ohne ihr in die Augen zu schauen, und las dann den Anfang ihres Romans vor, den Cece so gut wie auswendig kannte. Sie war eine ausgezeichnete Leserin, ihre Stimme war klar, ruhig und voller Gefühl. Trotzdem bedeuteten die Sätze nichts. Sie waren wie Pakete, die Cece nicht öffnen konnte. Ihr Gehirn war zu müde, um sich die Mühe zu machen. Sie schloss die Augen und tat so, als hörte sie zu. Vielleicht müsste ihr Bewusstsein größer sein. Sie versuchte, den Projektor ihres Geistes zu verkleben, sich jede Sekunde, die verstrich, als eine Tür vorzustellen, durch die sie treten konnte. Auf der anderen Seite lag ein geheimer Ort, ewig und abgeschieden, in dem die Wörter lebten. Sie feierten ein Fest, so froh waren sie, ihren Büchern entkommen zu sein. Sie wollten tanzen und Drogen nehmen, statt Geschichten zu erzählen. Sie waren nicht Gail Tipplers Lakaien. Lang lebe der Unsinn! Nieder mit faschistischen Autoren! Cece trat durch die Tür in das Fest hinein. Wie befreiend es war, Vergangenheit und Zukunft hinter sich zu lassen! Nicht einen Augenblick an den nächsten zu reihen, in der Hoffnung, *Geschichten* zu erschaffen. Das wahre Leben war doch bloß Geschwafel. Eine Wörter-Disco. Nichts wurde einem abverlangt, man musste keine Entscheidungen treffen, man konnte sich gleichzeitig an zwei verschiedenen Orten befinden ...

Jemand schüttelte ihr Bein. Kayla. Sie nickte in Richtung Gail Tippler, die die Lesung offenbar beendet hatte und auf Anweisungen wartete. Cece sprang auf. Seltsamerweise fühlte sie sich erfrischt und dankte Gail Tippler für die wunderbare Lesung. Dann fragte sie, ob noch jemand Fragen habe.

Der Mann in der hintersten Reihe hob die Hand mit dem Notizbuch.

»Ja?«, fragte Cece dankbar.

»Bin ich jetzt dran?«, fragte der Mann.

»Wie bitte?«

»Ob ich jetzt mit Lesen dran bin? Seit einer Stunde sitze ich geduldig hier und warte.«

Cece starrte ihn mit offenem Mund an. Vielleicht war er eine Halluzination. Eine von Moleskine in Auftrag gegebene Produktplatzierung. »Das ist eine Literaturlesung. Mit einer ausgewählten Autorin. Sie ist extra aus Portland angereist.«

»Das respektiere ich. Aber sie sollte auch anderen Autoren eine Chance geben.«

»Was sind Sie, ein Schwachkopf?«

»Ich bitte Sie!«, sagte Gail Tippler. »Bleiben Sie ruhig.«

»Das hier ist keine Open-Mike-Veranstaltung! Es ist eine Lesung mit Gail Tippler, Gewinnerin des Djuna Barnes Award!«

Der Mann schien nicht wütend zu sein, eher aufrichtig gekränkt. Er verließ den Laden, ohne an seinen Regenschirm zu denken. Kayla schnappte ihn und rannte ihm hinterher. Es sah beinahe so aus, als wäre sie froh, selbst entkommen zu können. Während der Lesung hatte der Regen aufgehört, und der feuchte, von Glimmer durchzogene Asphalt glänzte wie ein Edelstein.

Gail Tippler suchte ihre Sachen zusammen, zwängte sich hinter den Tisch, den sie zum Signieren der Bücher aufgestellt hatten, und nahm ihre Jacke von dem Stuhl.

»Wollten wir nicht noch zusammen essen gehen?«, fragte Cece.

»Bis Kalispell ist es noch ein ganzes Stück. Und morgen will ich den Nationalpark besuchen.«

»Ich habe einen Tisch reserviert. Es ist nicht gerade das *French Laundry … Laundrette?*, aber das netteste Restaurant in der Stadt.«

»Ich glaube nicht. Die Reise war sehr anstrengend.« Gail Tippler beugte sich kurz vor, als wollte sie Cece einen Abschiedskuss geben. Ihre Brille schien photochromatisch dunkler, vielleicht waren es aber auch die Augen selbst. »Ich würde Sie wahrscheinlich derart langweilen, dass Sie gleich wieder einschlafen.«

Cece starrte sie an. Sie wollte ihr alles erklären, das mit dem Schlafmittel und dass sie selbst jetzt nicht sicher war, ob das alles ein Traum war. Wie sonst hätte sie den Verlauf des Abends erklären sollen, wenn nicht als Albtraum? Doch Gail Tippler zog den Reißverschluss ihrer grünen Jacke hoch, verließ den Laden und nickte Lana beim Rausgehen höflich zu. Cece starrte auf den Bücherstapel, den sie nicht signiert hatte. Vierundzwanzig Exemplare, die sie nun an den Verlag in New York zurückschicken musste.

Lana sagte etwas, um sie zu trösten, doch Cece ignorierte ihre Tochter, lief in den hinteren Teil des Ladens und schloss sich auf der Toilette ein, wo es noch immer nach Gail Tipplers Parfüm roch. Sie setzte sich auf die Klobrille und starrte auf den erigierten Penis, den irgendein Arschloch auf den Toilettenpapierspender gekratzt hatte. Wer machte so was in einer Buchhandlung? Mittlerweile kannte sie den Penis auswendig, sie hätte ihn mit geschlossenen Augen nachzeichnen können. Durchaus möglich, dass sie ihn noch auf ihrem Totenbett sehen würde.

Als sie zehn war, hatte ihr ein Mädchen namens Mindy Godofsky erzählt, dass die ganze fünfte Klasse Cece abgrundtief hasste, weil sie nach Pups stank. *Abgrundtief* hatte sie gesagt. Und genauso wie damals fühlte sich Cece jetzt auch. Sie schluchzte. Hätte sie doch bloß die Finger von Garretts Pillen gelassen. Aber natürlich war nicht das Schlafmittel schuld an dem Desaster. Montana war das Problem. Es gab nicht einen einzigen Menschen in Salish, der je ein richtiges Buch gelesen hatte. Wenn die Leute hier die Wahl hatten, ein Buch zu lesen oder einen Penis aufs Cover zu schmieren, entschieden sie sich für Letzteres.

Cece hasste es hier. Abgrundtief.

Ihr Handy summte. War das Gail Tippler? Wollte sie vielleicht doch noch mit ihr zu Abend essen? Cece wischte sich mit einem Streifen Toilettenpapier die Tränen ab und nahm das Handy aus der Tasche.

Bin gerade in der Stadt eingetroffen, um mich geistig zu erholen. Bis du in der Nähe? Ich könnte einen Drink gebrauchen. Oder zwei.

Charlie, ausgerechnet. Das Handy summte erneut.

Garrett geht nicht an sein Handy. Ich nehme an, er ist unterwegs?

Dann:

Na gut. Ich hab schon einen Drink intus – oder zwei.

Cece starrte auf die Nachrichten. Sie konnte gar nicht mehr aufhören, sie anzustarren. Die Pünktchen am unteren Rand des Bildschirms blubberten leise, blub, blub, blub, wie jemand, der versucht, nicht unterzugehen.

NEUNZEHN

Der große Gott Ullr, Schutzpatron der Skifahrer, hatte die Erde mit Schnee bedeckt, um sie vor Schaden zu bewahren. Es war eine großartige Idee, eine der besten überhaupt. Warum die Welt nicht in etwas Weiches packen? Aber Ullr hatte die Erde nicht nur ihr zuliebe in Schnee gehüllt. Er wollte, dass die Menschen Ski laufen. Er war selbst Skifahrer und konnte kein Geheimnis für sich behalten. Er schnitzte Bretter aus Baumstämmen, schnallte sie an seine Füße, schoss über den Himmel und hinterließ einen Sternenschweif. Die alten Wikinger blickten auf, ließen ihre Trinkhörner fallen und fühlten sich seltsam, schwindelig und langweilig. Sie wollten Uller nacheifern. Und so fingen sie an und brachten sich selbst das Skilaufen bei. Sie sausten Elchen und Wildschweinen hinterher und benutzten ihre Waffen als Skistöcke. Sie fühlten sich wie Götter. Ullr war stolz und geschmeichelt. Er belohnte sie mit Schnee, tonnenweise Schnee, den er tausend Jahre lang auf sie herabkippte. Bald fuhren überall auf der Welt Millionen von Menschen Ski: nicht, um Elche oder Keiler zu jagen, sondern weil sie die Schwerkraft satthatten.

Doch jetzt war Ullr alt geworden. Seine Knie schmerzten. Er fuhr nur noch blaue Pisten. Die Menschen beteten ihn an, bettelten um Schnee, doch er war beinahe taub. Die Hälfte der Alpengletscher war bereits verschwunden, die Schneedecke in den Rockies um vierzig Prozent geschmolzen. Die Schneefallgrenze stieg schneller, als irgendwer vorhergesagt hatte, und verwandelte Skigebiete überall auf der Welt in Schlammbäder.

Aber letzte Nacht hatte Ullr ihre Gebete erhört. Es hatte die ganze Nacht geschneit, dreißig Zentimeter Pulverschnee, und es wollte gar nicht mehr aufhören. Charlie kassierte die Lorbeeren. Er hatte vor dem Zubettgehen seine Gebete an Ullr geschickt. Früher hatten sie das auf dem College auch so gemacht, am Abend, bevor sie einen Skiausflug unternahmen. *Tapferer Ullr, Freund des Winters, schenke uns den Schnee der Neun Jungfrauen, und wir werden es dir mit Hacksilber vergelten.*

»Wusstest du, dass es gar nicht die Wikinger waren, die das Skifahren erfunden haben?«, sagte Garrett jetzt.

»Haben sie nicht?«

»Es waren die Samen, die sich das vor ungefähr achttausend Jahren ausgedacht haben. Sie brachten es dann von Zentralasien mit nach Skandinavien.«

Charlie runzelte die Stirn. »Gibt es eigentlich irgendwas auf der Welt, das ich mag und das nicht vom *weißen* Mann geklaut und als seine eigene Erfindung ausgegeben wurde?«

Garrett schüttelte den Kopf. Sie saßen in einem Sessellift in Alta, Schneeflocken fielen auf ihre Skihosen und setzten sich dort fest wie Pailletten. Es waren minus zwölf Grad. Man spürte weder seine Zehen noch die Finger, auch die Sicht war gleich null. Nah am Whiteout, mit anderen Worten, am Himmel.

»Wie kommst du klar mit den Leih-Skiern?«, fragte Charlie.

»Gut. Ein bisschen wackelig vielleicht. Die Stiefel sind das Problem.«

»Drücken sie?«

»Nein, überhaupt nicht. Ich könnte darin Tennis spielen.«

»Wo ist dann der Haken?«

»Ich bin es nicht gewohnt, mich so wohlzufühlen.«

Charlie lachte. »Kannst du dich noch erinnern, wie dir immer die Fußnägel von den großen Zehen abgefallen sind?«

»Jedes Jahr«, entgegnete Garrett.

»So wussten wir wenigstens, wann es Frühling wurde.«

Die Skipatrouille war noch unterwegs und musste Mount Catherine's Rückseite freigeben, im Grunde war noch gar nichts fürs Skifahren bereit. Charlie war enttäuscht, Garrett dagegen insgeheim erleichtert. Er stand zum ersten Mal nach Elias' Tod wieder auf Skiern. Er betete nicht mehr um Schnee, höchstens, wenn es darum ging, die jungen Vielfraße zu schützen. Pistenraupen waren die eine Sache, ein Hang mit frischem Pulverschnee eine andere. Bei der Vorstellung, auf der Abfahrt an einen solchen geraten zu können, wurde ihm schwummrig, als wäre sein Helm zu groß.

Er fragte sich immer noch, wieso Charlie ihn hierher eingeladen und er zugesagt hatte, die neun Stunden lange Fahrt von Salish auf sich zu nehmen, um das Wochenende in einem Ski-Resort zu verbringen. Er vermutete, dass Charlie ihn als moralische Unterstützung dabeihaben wollte. Eigentlich hatten sie alle drei zusammen abfahren wollen, aber Jasper hatte eine Runde mit ihnen gedreht und war dann mit einer Magenverstimmung wieder in die Hütte zurückgekehrt. Charlie hatte Garrett und Jasper wie der Betreuer eines Zeltlagers um sieben Uhr früh aus den Federn gejagt und von der Unterkunft, die er gemietet hatte, zum Frühstücksbüfett im *Goldminer's Daughter* geführt. Trotz allem, was ihm passiert war, bestand der Mann darauf, den Tag mit einem Schwall von Energie zu begrüßen. Er war wie einer dieser Kaffeebecher mit einem aufgedruckten inspirierenden Zitat, nur schlimmer, denn er konnte sprechen. Jasper, ein zwanzigjähriger College-Student, der dasselbe dichte Haar hatte wie sein Vater, aber nicht so gut aussah wie er, hatte eine Strategie entwickelt, die beinhaltete, sich tot zu stellen. Er schob sich das Essen in den Mund, mit so wenig Anstrengung wie nur möglich. Genauso gut hätte er eine Schuhsohle verspeisen können. Charlie musterte ihn, als suchte er nach einem verdächtigen Hinweis. *Weißt du, was Robert A. Heinlein gesagt hat? Der Science-Fiction-Autor? Ohne ein gutes Frühstück sollte man nicht mal beim Weltuntergang mitmachen.* Gerade weil er auf dem College selbst mit Charlie zusammengewohnt hatte, konnte sich Garrett nicht vorstellen, wie es sein musste, sein Sohn zu sein.

Armer Jasper. Er war an die Universität von Utah gewechselt und wohnte jetzt in Salt Lake City, weit weg von Santa Barbara, wo er einen Entzug gemacht hatte. Ein sauberer Schnitt. Hier, unter den Mormonen, war es einfacher, clean zu bleiben. Seine Probleme hatten auf der Highschool begonnen, hauptsächlich mit Alkohol, was Charlie noch als »die üblichen Mätzchen« eingestuft hatte. Wegen seines Herzleidens hatte er Jasper vieles durchgehen lassen und war sogar erleichtert gewesen, dass er eine normale amerikanische Jugend haben konnte. Das zumindest hatte er Garrett erzählt. Aber als Jasper dann an der UCSB war, weit weg von zu Hause, und nicht mehr zwischen seinen beiden Elternteilen hin- und herpendelte, hatte er mit härteren Drogen angefangen. Amphetamine, wie alle anderen auch, später Benzos und Schmerzmittel. Er hatte den Kids, denen man die Weisheitszähne gezogen hatte, die Vicodintabletten aus dem Rucksack geklaut. Am Ende hatte er sich in seinem Zimmer im Wohnheim verbarrikadiert und dreimal am Tag Heroin geraucht. *Wenigstens spritzt er es nicht,* hatte Charlie zu Garrett gesagt, eins dieser »Wenigstens«, die so ähnlich wie »Wenigstens ist es nicht Stadium 4« klangen. Charlie wirkte todunglücklich, als er es Garrett am Telefon erzählte. Der war überrascht, aber auch geschmeichelt, dass sein alter Freund ihm so viel Vertrauen entgegenbrachte, und wusste nicht, wie er darauf reagieren sollte. Er war nicht sicher, ob er das Vertrauen verdiente. Sollte das eine Art Absolution sein? Oder eher eine obskure Anklage? Vielfraßen zu helfen war nicht einfach; die meiste Zeit schien es ein ziemlich nutzloses Unterfangen zu sein, doch zumindest wusste Garrett, was zu tun war.

Garrett und Charlie hatten auf dem College auch Drogen genommen, aber nur zu besonderen Gelegenheiten. Außerdem hatten sie keinen Herzschrittmacher getragen. Garrett fand diese Drogen heute altmodisch, beinahe pittoresk: Gras, Pilze, eine Linie Koks nach den Abschlussprüfungen. Niemals wäre ihnen damals in den Sinn gekommen, Heroin zu nehmen, und wenn sie es doch gewollt hätten, hätten sie nicht gewusst, wie man an so etwas rankam.

»Hoffentlich geht es Jasper jetzt besser«, sagte Garrett, während er zusah, wie der Schnee sich auf seinen Skiern anhäufte. *Ich kann gar nicht genug davon kriegen!*, hätte er früher gesagt, als er das Skifahren noch mit Leben assoziierte statt mit Tod. Ein Traum, den man nur haben konnte, wenn man ihn wahr machte. Irgendwie war ihm das Ausgangsmaterial abhandengekommen.

»Er liebt das Skifahren. Du wirst es sehen. In den Bergen lebt er richtig auf.«

»Das ist gut. Weil er ... ich weiß auch nicht, irgendwie gedämpft wirkt.«

»Er ist nie über die Scheidung hinweggekommen«, sagte Charlie.

»Von Becky?«

»Nein, um Gottes willen! Becky hat er gehasst. Téa und er haben wahrscheinlich die Champagnerkorken knallen lassen, als wir uns trennten. Er hat nie verstanden, was ich an ihr fand.«

Willkommen im Club, dachte Garrett, sprach es aber nicht aus. Er war Becky nur ein einziges Mal begegnet, kurz nachdem Charlie sie alle mit seiner standesamtlichen Trauung überrascht hatte. Garrett hatte darauf bestanden, sie einzuladen, um es zu feiern. Es war ein deprimierender Abend gewesen, vor allem, weil Charlie seine neue Frau offenbar selbst nicht ausstehen konnte und jedes Mal die Zähne zusammenbeißen musste, wenn sie den Mund aufmachte. Cece ihrerseits war offen feindselig gewesen und hatte Becky geradezu angespornt, über UFOs zu sprechen, von deren Existenz sie überzeugt war, was Charlie offensichtlich für hirnrissig hielt. (Fairerweise muss gesagt werden, dass Becky fast den ganzen Abend über das Haus der Margolises hergezogen war und sich beschwert hatte, dass sie die Flitterwochen ausgerechnet in Montana verbringen musste.) Erstaunlich war nicht, dass sie sich hatten scheiden lassen, sondern, dass sie es ein ganzes Jahr miteinander ausgehalten hatten.

»Ich rede von Jaspers Mutter. Meiner ersten Frau.« Charlie schlug die Skier zusammen und bedeckte die Bäume unter ihnen mit Schnee. »Angeliki ist wirklich keine große Hilfe. Die Zicke stopft ihn voll mit Lügen. Typisch griechisch, genau wie ihre Eltern. Kann ihren verdammten Mund nicht halten.«

Garrett sah ihn überrascht an. Soweit er sich erinnern konnte, hatte er noch nie gehört, dass Charlie irgendwen als Zicke bezeichnete oder auf ethnische Klischees zurückgriff. Das war so rüpelig und untypisch für seinen Freund, dass Garrett nicht wusste, was er sagen sollte. Offensichtlich hatte er sich aus der Rolle des motivierenden Betreuers von heute Morgen überstürzt zurückgezogen. Was hatte Angeliki Jasper erzählt? Dass sein Vater immer noch in Cece verknallt war, nach all den Jahren? Ob das stimmte? Vielleicht. Garrett wusste es nicht, weil Charlie und er natürlich nie darüber sprachen. Genauso wenig wie über Garretts Verrat, mit dem er Charlies Leben auf den Kopf gestellt hatte. Nicht ein einziges Mal. Unglaublich, aber wahr – dieses Thema war die sprichwörtliche Büchse, die sie nicht zu öffnen wagten, aus Angst, sie könnte einen Fluch freisetzen. Was nicht hieß, dass der Fluch nicht ständig da war und die Luft zwischen ihnen verpestete. Herrgott, wenn Charlie doch endlich mal darauf zu sprechen käme! Manchmal sehnte Garrett sich danach, einfach nur, um reinen Tisch zu machen. (Der Wunsch war genauso groß wie die Furcht davor.)

Trotzdem war er dankbar, dass er überhaupt noch mit ihm reden konnte. Was für eine gigantische Entscheidung es gewesen sein musste, sie in sein Leben zurückzurufen, Stolz und Verbitterung hinunterzuschlucken und ihnen die Hand zur Freundschaft entgegenzustrecken. Egal, welche eigennützigen Motive dahintersteckten, es war auch eine Geste der Vergebung. Das rechnete Garrett ihm hoch an. Charlie konnte Cece nicht so haben, wie er sie wollte, und auch Garrett nicht, daher hatte er sie auf die einzige Weise akzeptiert, die ihm blieb. Er hatte sie in sein Leben zurückgeholt. Warum? Wer wusste das schon! Das Gehirn hat eine Milliarde Neuronen, aber die können schlummern.

Aus irgendeinem Grund war der Sessellift stehen geblieben. Sie schaukelten dreißig Meter über dem Boden sanft hin und her. Cece wäre ausgerastet.

»Meine Finger sind taub«, sagte Charlie. Er klemmte sich die Stöcke unter ein Bein und klatschte in die Hände.

»Kein Wunder. Was hast du da an? Gartenhandschuhe?«

»Das sind Hestras! Die hab ich schon seit zwanzig Jahren. Sie heißen Sven und Garfunkel.«

»Wieso?«

Charlie zuckte die Achseln. »Ich glaube, Téa hat sie mal so getauft, als wir noch zusammen Ski fuhren. Mein Gott, hatten wir einen Spaß während dieser Skiausflüge zum Mammoth Mountain, die Kids und ich.«

Garrett trug sein komplettes Vielfraß-Outfit, einschließlich der Arc'teryx-Handschuhe, die ihn einen ganzen Wochenlohn gekostet hatten. Die Dinger waren wie Panzerhandschuhe; er hatte im letzten Winter einen Daumen eingerissen und ihn mit Dachreparaturband wieder verklebt. »Wir sind hier nicht in Kalifornien«, sagte er. »In den Dingern kriegst du noch Frostbeulen.«

»Zu spät«, sagte Charlie.

»Lieber Himmel! Echt?«

»Ich weiß nicht. Meine Finger fühlen sich komisch an.«

»Lass mal sehen.«

Charlie zog einen Handschuh aus, um ihm die Finger zu zeigen. Die Kuppen waren rot gefärbt.

»Nur ein bisschen gefroren«, sagte Garrett.

»Du bist kein Arzt.«

Als Charlie den Handschuh wieder anziehen wollte, fiel er ihm aus der Hand. Beide sahen ihn fallen. Er fiel und fiel und verschwand schließlich zwischen den Bäumen.

»Garfunkel!«

Das war kein Spaß. Charlie sah wirklich entgeistert aus. Er starrte auf die Stelle, wo der Handschuh verschwunden war, als könnte er jeden Moment wieder aus seinem Loch auftauchen.

»Jetzt kriegst du tatsächlich Frostbeulen«, sagte Garrett. Der Sessellift bewegte sich immer noch nicht und knarrte leise im Wind. »Hier. Wir können teilen. Steck die Hand in meinen Handschuh.«

Er streckte den Arm aus und bot ihm seinen Handschuh an. Charlie schlängelte die Hand in die Manschette, die Platz für zwei bot, und schob sie so weit wie möglich hinein. Seine eisigen Finger berührten Garretts Hand. So saßen sie da, mit beiden Händen in einem Handschuh. Garrett dachte daran, wie einsam sein Vater gewesen sein musste, als er starb.

War der Lift kaputt? Charlie fing an zu zittern. Garrett sagte, er solle sich keine Sorgen um Garfunkel machen, im Dorf unten könnten sie wärmere Handschuhe kaufen. Das war neu, dass er der Optimistischere von ihnen war, doch er gab sein Bestes. Wieder fragte er sich, warum Charlie ihn hierher eingeladen hatte. Vielleicht war es gar nicht so kompliziert. Vielleicht vermisste Charlie einfach das gemeinsame Skifahren. Früher hätte der Verlust eines Handschuhs nichts anderes bedeutet als genau das: einen verlorenen Handschuh. Garrett vermisste diese Zeit auch.

Der Skifahrer in dem Sitz vor ihnen begann zu rufen: *Ullr! Hilf mal ein bisschen!* Dann folgte ein anderer seinem Beispiel: *Ullr! Gib uns einen Schubs!* Bald riefen alle den Himmel an. Männer, Frauen, sogar eine Stimme, die sich wie die eines Kindes anhörte: *Ullr! Wir brauchen dich! Wir wollen auf die Piste!* Es war ein Mittwochmorgen mit Pulverschnee. Der Lift war voller Einheimischer. Sie saßen mitten im Himmel. *Ullr, du Mistkerl, befrei uns aus diesem Knast!*

Garrett lachte. Er drohte Ullr mit der Faust, was bedeutete, dass auch Charlie ihm drohte. Dann verhallten die Appelle, und ein neues Gebet machte die Runde. Es war offenbar an jemanden weiter oben gerichtet, stieg von unten zu ihnen auf und wurde von Sitz zu Sitz weitergegeben, wie bei der Stillen Post. Es schien immer lauter zu werden, wie ein umgekehrtes Echo. *Ich bin verknallt in dich, Mia Clapsaddle! Sagt es weiter!* Als es Garrett und Charlie erreichte, war Garrett plötzlich seltsam nervös, schwach vor Verantwortung, als hielte er ein fremdes Herz in der Hand.

»Ich bin verknallt in dich, Mia Clapsaddle!«, rief er und legte sich seine (und Charlies) Hand um den Mund. »Sagt es weiter!«

Die Worte wurden den Berg hinaufgetragen, sie selbst nicht.

»Der Name kann doch nicht echt sein«, sagte Charlie.

»*Sie* ist echt!«, sagte Garrett, trunken vor Glück.

Charlie sah ihn an. Seine Schneebrille hatte verspiegelte Gläser, sodass Garrett in sein eigenes verdutztes Gesicht schaute.

»Du bist ganz anders als früher«, sagte Charlie.

Du auch, dachte Garrett, behielt es aber für sich.

~~~
~~~

Charlie musste mit einer Hand in der Jacke hinunterfahren, so wie Napoleon. Bislang war der Tag nicht so gelaufen, wie er es sich erhofft hatte. Er fror, war ein wenig schwindlig von der Höhe, und dass er seinen Handschuh verloren hatte, deprimierte ihn auf eine seltsame Art. Offenbar hatte es mit anderen Dingen zu tun, die er verloren hatte. Er hielt seine Stöcke in einer Hand und wollte Garretts Hilfe nicht annehmen. Nur einen Handschuh zu haben, war peinlich genug; er wollte nicht, dass auch noch jemand seine Stöcke schleppen musste.

Jasper saß im Sweatshirt auf der Terrasse der Bergstation und verwandelte sich, ohne es zu merken, in einen Schneemann. Die vierhundert Dollar teure Jacke, die ihm Charlie zum Geburtstag geschenkt hatte, lag auf seinem Schoß. Er wirkte nicht gerade erfreut, als er seinen Dad sah. Andererseits aber auch nicht besonders unglücklich. Nur ein wenig gelangweilt, als wartete er auf einen Bus, der ihn irgendwohin bringen würde, wo es interessanter war. Er starrte auf Charlies Hand, die noch in der Jacke steckte, war aber nicht neugierig genug, um danach zu fragen. Dabei war er so ein wissbegieriger Knirps gewesen, einer, der endlos verrückte Fragen gestellt hatte. Wie anstrengend er damals gewesen war! Manchmal hatte Charlie sich gewünscht, er würde endlich die Klappe halten. Jetzt hätte er alles gegeben, um zu beantworten, welche Farbe das Blut im All hatte oder ob Hunde lieber fressen oder gefressen werden wollten, wenn sie kochen könnten.

»Tut mir leid, Kumpel«, sagte Charlie. Jasper runzelte die Stirn. Er hasste es, so angesprochen zu werden, aber Charlie konnte anscheinend nicht anders. »Unser Skilift ist stecken geblieben. Geht es deinem Magen besser?«

»Ein bisschen.«

»Dein Dad hat Garfunkel verloren«, erklärte Garrett, während er seine Skier abschnallte. »Er ist ihm vom Lift gefallen.«

»Wer ist Garfunkel?«, fragte Jasper.

»Erinnerst du dich nicht?« Charlie zog die Hand aus der Jacke. Sie sah aus, als hätte jemand hineingebissen. »Garfunkel und Sven?«

Jasper starrte ihn verständnislos an. Er schien das Interesse verloren zu haben. Sein Handy summte, und er nahm es aus der Tasche seiner Skihose. »Ist er ... äh, okay?«, murmelte er, während er auf das Display starrte.

»Sven?«, fragte Garrett. »Oh, es wird ihm wieder gut gehen, sobald er das schlechte Gewissen wegen seines Überlebens abschütteln kann.«

Jasper ging nicht darauf ein; er war damit beschäftigt, irgendetwas auf seinem Handy zu lesen. Charlie hatte gehofft, die drei würden gut miteinander auskommen, jetzt, wo Jasper clean war, ein Überlebender seiner eigenen Erfahrung mit Verzweiflung. Drei Männer, die in der freien Natur etwas unternahmen, das sie liebten, doch seine Freundschaft mit Garrett oder die Anspielung auf frühere Zeiten interessierte Jasper nicht die Bohne. Im Gegenteil, sie schien ihn zu ärgern. Wieso auch nicht? Jasper war mit Garrett nie so richtig warm geworden, bestimmt wegen seiner Beziehung zu Cece. Der Junge hatte sie schon immer irgendwie auf dem Kieker gehabt – zumindest hatte es den Anschein.

Manchmal fragte sich Charlie, ob Jasper von Cece und ihm wusste. Nicht nur von der Nacht, in der sie nach einer desaströsen Lesung in der Buchhandlung miteinander geschlafen hatten, sondern auch von allem anderen. Den heimlichen Hoffnungen, die Charlie genährt und Cece aufrechterhalten hatte, gerade so viel, dass sie sich nicht gänzlich in Luft auflöste. Selbst jetzt hielt ein Teil von ihm noch immer daran fest. Wartete gequält auf eine Nachricht, obwohl Cece ausgeflippt war und seine Nummer blockiert hatte. Offenbar hatte sie ihn jetzt endgültig abgeschrieben. Es war vier Jahre her, dass sie das letzte Mal miteinander gesprochen hatten. (Gott sei Dank, nicht wahr? Dank *wem auch immer*. Er hätte Becky nie geheiratet, hätte sich diese Farce erspart, aber am Ende auch Cece und Garrett verloren.)

Oft fragte er sich, was das mit Cece Calhoun war. Warum ausgerechnet sie? Warum? Sie war nur eine Frau von vielen. Angeliki war viel schöner; selbst Becky würde aus einem direkten optischen Vergleich wahrscheinlich als Siegerin hervorgehen. War es nur, weil sie ihn so tief verletzt hatte? Nein, da war mehr. Es war rätselhaft, doch wenn er an Cece dachte, kam es ihm überhaupt nicht seltsam vor. Immer wieder musste er an etwas denken, woran sie sich wahrscheinlich gar nicht erinnerte. Ihr drittes oder viertes Date, als sie beide noch an der Hopkins gewesen waren und Charlie sie zu einem Picknick am Prettyboy-Damm mitgenommen hatte. Sie hatten einen einzelnen Apfel dabei, den sie sich teilen wollten. Dann musste Charlie pinkeln, und als er fünf Minuten später zurückkam, hatte Cece fast das ganze Ding aufgegessen. Hatte ihn verlegen angeguckt und ihm dann, ohne ein Wort, weil sie den Mund noch voll hatte, den verbliebenen Kern angeboten. Charlie hatte losgelacht und Cece dann auch. Es war ihnen wie die komischste Sache der Welt vorgekommen. War er jemals wieder so glücklich gewesen? Als könnte er fliegen.

Und jetzt hatte er seinen alten Freund hierher eingeladen, in der vagen Hoffnung, Jasper irgendwie zu helfen. Vielleicht würden die beiden über ihre jeweiligen Schwierigkeiten zusammenfinden; schließlich hatte auch Garrett in diesem Alter harte Zeiten durchmachen müssen. Beide hatten das College geschmissen und waren in der Reha gelandet, wenn auch aus verschiedenen Gründen. Das jedenfalls war Charlies Idee gewesen: dass Garrett und Jasper sich verstehen würden. Doch jetzt musste er einsehen, wie naiv seine Vorstellung gewesen war. Nicht nur das, sondern regelrecht saublöd und sentimental, wie eine dieser TV-Shows, wo die Leute sich gegenseitig mit

»Champ« ansprachen. *Weißt du was, Champ? Ich bin hier, um dir zu sagen, dass es Licht am Ende des Tunnels gibt.* Eine nachmittägliche Sondersendung.

Mein Rat, Champ? Spann jemand seine Frau aus.

Jasper steckte das Handy wieder in die Tasche und zog sorgfältig den Reißverschluss zu. Mein Gott, wenn der Junge doch nur ein bisschen mehr auf sich achten würde, auf seine Gesundheit etwa, nur halb so viel wie auf sein Handy. Zumindest wirkte er unter all dem Schnee nicht so zerbrechlich, irgendwie vor Schaden geschützt. An dem Tag, als Charlie ihn ins Krankenhaus gefahren hatte, weil sein Herz kaum noch schlug, war etwas mit ihm geschehen. Als wäre er über etwas gestolpert, das er sich niemals hätte vorstellen können, nicht mal im Traum. Es war eine neue Art von Angst, riesig und unkontrollierbar. Dabei war Charlie mit dem Tod bestens vertraut. Das war Voraussetzung bei seinem Beruf. Der Tod war nicht nur eine Begleiterscheinung seiner Arbeit, sondern sein Lebensunterhalt, sein täglich Brot. Für ihn war er genauso selbstverständlich wie das Leben. Nicht mal Elias' Unfall, so niederschmetternd er auch war, hatte seinen Sinn für die Bedeutung des Lebens, seinen grundlegenden Wert, wesentlich erschüttern können.

Doch Jasper war ein Kind gewesen. *Sein* Sohn. Als ihm bewusst wurde, dass Jaspers Sinusknoten gestört war und er für den Rest seines Lebens auf einen Herzschrittmacher angewiesen wäre, hatte Charlie sich in seinem Büro eingeschlossen und geweint. Er hatte sich gefragt, ob es nicht irgendwie seine Schuld war, und sich gewünscht, sein Herz wäre auch krank. Wie ungerecht das war! Selbst als die Pandemie ausbrach und er zusah, wie Menschen an ihren eigenen Lungen erstickten und um den Tod flehten, weil sie nicht genügend Luft bekamen und wie durch einen Cocktail-Strohhalm atmeten, selbst als er Menschen in die Bauchlage brachte, weil sie vierzigmal pro Minute röchelten, sie intubierte, weil sie nicht mal das noch schafften, oder einen Luftröhrenschnitt machte, weil sie so lange an einem Beatmungsgerät hingen, dass es ihren Kehlkopf verletzte – selbst wenn er all das tat, flüchtete sich Charlie insgeheim zu Jasper und Téa und spielte im Geiste einen Film ab: seine liebste Erinnerung, in der Charlie mit ihnen in der Küche tanzte, bevor sie erfuhren, dass mit Jaspers Herz etwas nicht in Ordnung war. Wahrscheinlich hatte er diese Szene im Geiste Hunderte von Malen abgespielt. Am Anfang der Pandemie hatten sie einen Teenager verloren, ein junges Mädchen, das vollkommen gesund gewesen war, bevor es an Covid starb. Man hatte es an seinem sechzehnten Geburtstag auf die Intensivstation verlegt. Ihre Eltern hatten sich ins Puppenstubenfenster ihres iPhones eingezoomt und für ihre Tochter gesungen, doch die hatte nichts mehr davon mitbekommen.

Am nächsten Tag war sie gestorben.

Charlie hatte die Beatmungsmaschine eigenhändig abgestellt. Das Mädchen hatte ein Mal gehustet, kurz um Luft gerungen und dann aufgegeben. Es war schrecklich. Charlie war entsetzt gewesen und nach draußen gegangen, um eine zu rauchen. Ausgerechnet während der Pandemie hatte er wieder damit angefangen, obwohl die Menschen an Lungenversagen starben, und halbwegs erwartet, dass die Straßen sich in Lava verwandelten und Engel vom brennenden Himmel fielen. Aber er wusste auch, dass er das ertragen konnte, dass er fast alles ertragen konnte, Hauptsache, mit seinen Kindern war alles okay. Das sagte er sich jedes Mal, wenn jemand so sinnlos starb. Es war seine Geheimwaffe. *Es ist nicht Jasper, es ist nicht Jasper, es ist nicht Jasper.*

Jetzt strich Charlie dem Jungen über den Kopf und war erleichtert, als er nicht wie sonst erstarrte. Der kleinste Durchbruch galt bereits als Sieg. Aber vielleicht war Charlies Hand auch einfach zu taub, um es zu spüren. Er stellte seine Skier ins Regal und erklärte, er müsse noch mal kurz los, um sich neue

Handschuhe zu kaufen. »Bin gleich wieder da. Kann dein Magen eine heiße Schokolade vertragen?«

Jasper zuckte die Achseln. Charlie holte seine Brieftasche heraus, fummelte darin herum und bot ihm einen Zehner an.

»Ich bin zwanzig und kann selbst für mich bezahlen«, sagte Jasper, riss ihm dann aber den Schein aus der Hand, bevor Charlie ihn wieder einstecken konnte.

~~~

Garrett bestellte heiße Schokolade für Jasper und sich selbst. Der Junge machte keinerlei Anstalten, zu zahlen. Dann saß Garrett mit ihm im gemütlichen Chaos der Hütte. Garrett genoss es. Er hatte diese dämlichen kleinen Freuden vermisst: den Bammel vor den Skiern, das Brennen der wieder auftauenden Zehen, ein heißes Getränk, an dem man sich die Hände wärmte, bis man zwischen Fingern und Tasse nicht mehr unterscheiden konnte. Das Grinsen in den Gesichtern der Leute, wenn sie in ihren Stiefeln hereinstapften. Er konnte es nicht beschreiben. Das Leben war eine lange, inkompetente Suche nach einem Gefühl, das man mit sechs Jahren gehabt hatte.

»Und? Schmeckt's?«

Jasper zuckte die Achseln. Der Schnee auf seinem Haar war geschmolzen und rann an seinen Koteletten herab. An einem Tag mit Pulverschnee kauerte er zwischen lauter Skifahrern, den vielleicht glücklichsten Menschen auf dem ganzen Planeten, und machte ein Gesicht wie sieben Tage Regenwetter. Garrett hatte das Gefühl, dass er es Charlie schuldig war, eine Verbindung zu seinem Sohn herzustellen. Außerdem wollte er dem Jungen aufrichtig helfen. Er kannte ihn schon seit Jahren, hatte sich aber nie wirklich mit ihm angefreundet.

»Weißt du, ich war auch eine Zeit lang in der Klinik«, sagte Garrett.
~~~

»Ein Entzug ist keine *Klinik.*«

»Ein Behandlungszentrum. Wie auch immer. Und ich habe genau wie du das College geschmissen.«

»Ja, hat mein Dad mir erzählt«, sagte Jasper. »Weil ein Freund von dir in einer Lawine umgekommen ist.«

»Richtig, Elias. Er spielte eine große Rolle dabei.«

Jasper sah ihn an, möglicherweise zum ersten Mal. »Ich finde es erstaunlich, dass du dann hier bist und wieder Ski fährst.«

»Ich auch.«

Sollte das eine Kritik sein? Schwer zu sagen. Der Junge nippte an seinem Kakao, der einen herzzerreißenden Schnurrbart auf seiner Lippe hinterließ. Garrett widerstand dem Drang, ihn mit seiner Serviette wegzuwischen.

»Was ich damit sagen will, ist, dass es mir geholfen hat«, sagte er. »Irgendwann ging es mir besser. Es dauerte eine Weile, aber es hat funktioniert.« Garrett blickte auf den Tisch. »Hätte mir damals jemand gesagt, dass ich eines Tages eine wunderbare Tochter und eine Familie haben würde, hätte ich es nicht geglaubt. Ich fühlte mich nicht mal mehr wie ein Mensch.«

»Klingt echt cool.«

»Was genau?«

»Das Nicht-Mensch-Sein.«

»Das ist nicht cool, sondern entsetzlich«, sagte Garrett.

»Weißt du was? Diese herzerwärmenden Reden kannst du dir sparen. Ich weiß, dass mein Dad dich dazu angestiftet hat. Es gehört zu seiner Rettet-Jasper-Kampagne.«

»Und was ist daran so falsch?«

»Ich bin keiner von seinen verdammten Patienten!«

Garrett musterte ihn. Irgendwie verstand er Jaspers Wut, etwa so, wie er verstand, dass ein Vielfraß ihm ins Gesicht springen wollte. Der Junge hatte nie darum gebeten, gerettet zu werden.

»Dein Vater ist ein außergewöhnlicher Mensch«, sagte Garrett schließlich. »Seine Zuneigung, seine Freundlichkeit. Es ist nicht einfach, seinen Erwartungen zu entsprechen.«

Jasper lachte hämisch. »Glaubst du wirklich, dass er dich mag?«

Garrett zwinkerte ihm zu. »Es ist kompliziert«, sagte er. »Aber ja, das glaube ich. Wir sind schon sehr lange befreundet.«

»Manchmal würde er dich am liebsten umbringen.«

»Echt?«

»Er hat mir erzählt, dass er sich manchmal wünscht, die Lawine hätte dich erwischt und du wärst darin umgekommen.«

Jasper trank seinen Kakao aus, ohne den Schnurrbart zu beachten, und ging zur Toilette. Garrett versuchte, seine Stiefel zuzuschnallen, aber seine Finger zitterten. Er bekam sie nicht unter Kontrolle. Natürlich hatte er keinen Grund, Jasper zu glauben: Der Junge hatte so viel Wut in sich, dass er alles Mögliche sagen konnte. Er erkannte ihn nicht mehr wieder. Oder hatte Charlie sich das tatsächlich gewünscht? Weiß Gott, was in der Seele seines Freundes vor sich ging. Wie Paul Éluard einmal gesagt hatte: Es gibt eine andere Welt, aber sie ist in dieser. Garrett warf einen Blick auf die Fenster, und das märchenhafte Weiß sah seltsam aus, künstlich wie der Papierschnee in den Filmen.

~~~

Trotz der Kälte sammelten die drei ihre Skier und Stöcke ein und fuhren noch einmal zum Gipfel hinauf. Die Sicht hatte sich etwas verbessert; man sah den Schnee in zarten Fahnen von den Bäumen abheben. Jasper saß auf der Innenseite des Sessellifts, die Beine fest zusammengepresst, als müsste er sich in eine Kirchenbank quetschen. Selbst in seinen Skiklamotten,
~~~

die eigentlich auf Spaß schließen ließen, verbreitete er ein Mikroklima von Wut. Charlie trug seine neuen Handschuhe, mit denen er wegen der gespaltenen Finger aussah wie ein Schaf, und hoffte, dass Jasper sich über ihn lustig machen würde. Irgendwas sagen oder tun, das zumindest seine bloße Existenz bestätigte.

»Weißt du noch, wie du auf dem Mammoth mal aus deinen Stiefeln geflogen bist?«, fragte er Jasper. Dann wandte er sich Garrett zu. »Jasper knallt gegen eine Mauer aus Pulverschnee, die in der eisigen Kälte zu Beton gefroren war, und dann sehe ich nur noch zwei leere, dampfende Stiefel, niemand mehr drin. Wie in einem Comic.«

»Dad, *bitte*«, protestierte Jasper.

»Was denn?«

»Ich bin hier, okay? Wir machen einen Skiausflug. Reicht das denn nicht, Herrgott noch mal?«

Charlie sah Garrett an, der hastig den Blick abwandte. Die Narbe auf seiner Wange brannte in der Kälte. Die leeren Sitze des Sessellifts, die abwärtsfuhren, schaukelten weit über ihnen, wie Vögel. Sie näherten sich der Stelle, wo Charlie seinen Handschuh verloren hatte. Das Loch hatte sich wieder mit Schnee gefüllt. Plötzlich war Charlie frustriert. Der Ausflug, den er so sorgfältig geplant hatte, die verführerische Vision einer Versöhnung mit seinem Sohn, die Möglichkeit, ihn wieder gesund zu machen, indem er seine Liebe zum Skifahren neu entfachte, all das entpuppte sich als Reinfall. *Ein verdammter Skiausflug? Im Ernst?* Er zog einen der neuen Handschuhe mit den Zähnen von der Hand ab, kramte Sven aus der Jackentasche und ließ ihn wie den anderen fallen.

»Was machst du da?«, fragte Garrett.

»Ich finde, sie sollten zusammen sein«, gab er mit zusammengebissenen Zähnen zurück.

»Sag lieber nichts, sonst verlierst du den neuen auch noch.«

Charlie streifte den Handschuh wieder über. Für einen kurzen, ehrlichen Augenblick hätte er Garrett am liebsten aus dem Lift geschubst. Er hatte sich aufrichtig bemüht, so gut zu sein, wie die Leute es von ihm erwarteten, hatte Garrett und Cece in sein Leben zurückgeholt, sicher nicht ohne eine gewisse Befriedigung angesichts seiner großzügigen Vergebung, aber manchmal fühlte es sich auch an wie eine gewaltige Täuschung.

Als sie oben ankamen, öffnete der Ski-Patrouillen-Chef gerade das Tor zu Catherines Traverse. Skifahrer standen Schlange vor dem Seil wie Gäste vor einem Nachtclub.

»Ach du Scheiße«, sagte Charlie. »Sie machen die Piste auf!«

»Gutes Timing«, sagte Garrett mit seltsamer Stimme.

Sie stiegen aus dem Lift und gingen auf die Schlange der Skifahrer zu, die durch das Tor liefen und ihre Skier auszogen, um zur Traverse hinaufzusteigen. Die meisten johlten, skandierten Schlachtrufe oder machten sich lächerlich. Im Schneegestöber klang alles lauter, als es war. Charlie trieb Jasper vor sich her und sah sich dann nach Garrett um, der etwa zehn Meter vor dem Tor stehen geblieben war, reglos wie ein Pfosten.

»Worauf wartest du?«

Garrett starrte Charlie wortlos an. Er sah gar nicht gut aus. Tatsächlich machte er den Eindruck, als würde er sich jeden Moment übergeben. War das der Grund, weshalb Charlie ihn hierher eingeladen hatte? Um seine PTBS auf die Probe zu stellen? Garrett schüttelte den Kopf, mechanisch wie einer dieser Animatoren in Disneyland. »Wir treffen uns unten«, sagte er, dann wandte er sich ab und fuhr die präparierte Piste hinab, auf der sie den ganzen Vormittag gefahren waren. Charlie sah ihm nach, zu vorfreudig für ein schlechtes Gewissen.

»Offenbar sind wir jetzt nur noch zu zweit«, sagte er.

Jasper zuckte die Achseln, ohne zu lächeln. Sie fuhren durch das Tor, und als sie nicht mehr weiterkamen, schnallten sie die Skier ab, hakten die Bremsen der Bindungen aneinander und folgten mit den Brettern auf der Schulter den Spuren, die andere im Schnee hinterlassen hatten. Als sie die Traverse erreichten, schnaufte Jasper. Er wirkte ein wenig blass. Aber immerhin war er mit Charlie bis hier oben gekommen. Er hielt durch. Sie kratzten sich den Schnee von den Stiefeln, klickten ihre Bindungen ein und folgten den Spuren ihrer Vorgänger auf der Traverse. Die Fahrer vor ihnen stürzten sich nacheinander den herrlichen weißen Hang hinunter, wie Fallschirmspringer aus einem Flugzeug. Gute dreißig Zentimeter Neuschnee, fein wie Mehl. Abgesehen von den Freudenschreien war es so still wie in einer Kirche. Charlie wich einigen Leuten aus, die an ihren Stiefeln herumfuchtelten, grinste ihnen dümmlich zu und fuhr weiter, bis er knietief im Pulverschnee landete und die Skier wie Schneeschuhe benutzte. Schließlich blieb er am anderen Ende stehen, am oberen Rand eines Wäldchens, das noch niemand berührt hatte. Eine perfekte Baumpiste.

»Nur für dich«, sagte er zu Jasper.

Alle leidenschaftlichen Skifahrer haben ein Geheimnis: Sie sind egoistische Arschlöcher und würden das eigene Kind gegen einen Baum schubsen, nur um selbst die ersten Spuren in den Schnee ziehen zu können. Daher war es ein echtes Geschenk, das Charlie seinem Sohn machte. Er wollte sagen: *Ich weiß, du bist sauer auf mich, schlecht gelaunt und bockig, aber ich gebe dir das hier: eine Piste mit frischem Pulverschnee. Die erste Spur.* Und Jasper schien es zu verstehen. Er nickte Charlie zu, wenn nicht aus Dankbarkeit, dann doch wenigstens als Anerkennung dessen, was ihn das kostete. Nicht nur dieses winzig kleine Opfer, sondern all die Tage mit Pulverschnee, auf die Charlie verzichtet hatte, um ihm das Skifahren beizubringen, während er auf der Anfängerpiste feststeckte und die anderen Skifahrer ihren Spaß hatten. Das war das wahre Opfer: auf die eigene Freude zu verzichten, auf das, was man vielleicht mehr liebte als alles andere auf der Welt, damit sein Kind eines Tages dieselbe Erfahrung machen und vielleicht dasselbe Glück erleben konnte.

Und tatsächlich, als sich Jasper mit den Stöcken abstieß und seine erste Kurve nahm, schien er plötzlich ein anderer zu sein. Die Unbeholfenheit, die schlechte Laune waren wie weggeblasen. Er schwebte zwischen den Bäumen entlang, als wäre er in seinem Element, dem einzigen Zustand, der für ihn Sinn machte, als wäre Einsamkeit keine Bürde, sondern die schönste Sache der Welt. Er ging tief in die Knie, genau wie Charlie. Sie hatten denselben Stil, die gleiche geduckte Slalomhaltung, dieselbe Art, die Stöcke zu setzen, aufrecht und präzise, als spießte er Fische auf. Der Junge war damit aufgewachsen, hinter ihm herzujagen und seine Schwünge nachzumachen, das hätte ihn also nicht überraschen sollen. Trotzdem war Charlie gerührt. Als er Jasper beobachtete, der sich elegant wie ein Delfin durch die Bäume schlängelte, hatte er das Gefühl, selbst gar nicht mehr da zu sein, als wäre er tot. Aber da war dieser andere Mensch, dieser Mann, der genauso Ski fuhr wie er, und wunderschöne Spuren in den Schnee zeichnete. Der einen Dreitausender hinuntersauste. Wir waren mehr, als wir glaubten. Wir haben Spuren auf der Erde hinterlassen; wir waren mehr als nur ein Körper.

Dann stieß auch Charlie sich ab, folgte Jasper und kreuzte die Spuren seines Sohnes, was noch mal einen eigenen Nervenkitzel auslöste. Der Schnee flog ihm ins Gesicht. Er aß ihn wie Zuckerwatte. Als er aus der Lichtung herauskam, sah er Jasper am Ende des Hangs stehen, mit einem verpeilten Grinsen im Gesicht. Tatsächlich: Er lächelte. Welche Erleichterung! Charlies Herz machte einen Sprung. Auch das war das Leben. Das war Glück.

Jasper stützte sich auf seine Skistöcke und holte tief Luft, nachdem Charlie vor ihm stehen geblieben war. Er war völlig außer Atem, aber er lächelte, obwohl er glaubte, sich jeden Moment übergeben zu müssen. In Wahrheit machte sich Jasper nichts aus dem Skifahren. Ihm war kalt, er fühlte sich elend, wie ein Wurm, der auf der Erdoberfläche gestrandet war. Trotzdem sollte sein Vater denken, dass es ihm Spaß machte. Es war leichter, wenn er glaubte, es gehe ihm gut. Es machte Jaspers Leben einfacher. Deshalb lächelte er und spürte den Wind auf den Zähnen.

Sein Vater strahlte wie ein Kind und beugte sich vor, um ihn zu umarmen. Beide standen auf Skiern und mussten sich wie die Enden einer Zugbrücke aufeinander zubewegen, trotzdem ließ Jasper es zu. Er hatte seinen Vater lange nicht mehr umarmt. Wahrscheinlich seit Jahren. Er war so wütend auf ihn, die ganze Zeit so verdammt sauer, und er hätte nicht mal sagen können, warum. Der Mann hatte ihm das Leben gerettet, war mit ihm in die Notaufnahme gerast, als sein Herz fast aufgehört hatte zu schlagen. Doch in Wahrheit wünschte Jasper sich manchmal, er hätte es nicht getan, sondern ihn sterben lassen. Was, wenn sein Herz sein wahres Ich war und sich schon vor langer Zeit verabschiedet hatte? Wenn Jasper es gegen seinen Willen am Leben hielt?

Schließlich löste sich sein Vater von ihm und schwankte etwas auf den Skiern. Mit seinen bekloppten neuen Handschuhen, dem roten Helm und Anorak sah er ein bisschen aus wie ein Hummer. Was wollte dieses Tier von ihm? Es würde ihn bis ans Ende der Welt verfolgen.

»Und wohin jetzt? Auf die Rückseite? Sollen wir mal nachsehen, ob sie die Gunsight-Piste freigegeben haben?«

»Okay«, sagte Jasper und fasste sich an den Bauch.

»Was ist los? Hast du wieder Bauchschmerzen?«

Er nickte. »Ich hätte das Omelett nicht essen sollen.«

Jasper wich dem Blick seines Vaters aus und versuchte, sich zu erinnern, ob Gunsight auf dem Weg zu ihrer Berghütte lag. Hatte er etwa das Röhrchen auf der Herrentoilette vergessen? In der Silberfolie klebte noch ein winziger Harzrest, für einen Hit würde es reichen. Jasper konnte den herben Geruch praktisch in seiner Tasche riechen. Er fasste sich an den Bauch und stöhnte leise – er hatte seinen Vater umarmt. Deshalb war der jetzt ein glücklicher Schneehummer, der ihm alles glauben würde.

III

KOMPASSFEHLER

ZWANZIG

1

Garrett und Cece waren auf dem Weg zur Wiedersehensfeier in Charlies Haus. Brig hatte ihnen mit seinem Schlaganfall den Grund dafür geliefert. Zum Glück war es keine Beerdigung, aber ganz sicher auch nicht das nostalgisch angehauchte Zechgelage, das Garrett sich gewünscht hätte.

»Kann er sprechen?«, fragte Cece vom Beifahrersitz aus.

»Ich glaube nicht. Jedenfalls nicht besonders gut.«

»War es eine ganzseitige Ischämie? Wo genau befand sich das Gerinnsel?«

Garrett zuckte die Achseln. Manchmal vergaß er, dass seine Frau Medizin studiert und vorgehabt hatte, Ärztin zu werden. »Keine Ahnung. Meines Wissens nach ist die rechte Körperhälfte gelähmt.«

Cece schaute aus dem Fenster. Das Treffen war ursprünglich Brigs Idee gewesen, denn er hatte seit Jahren Mail-Kontakt zu ihnen allen gehalten. Trotzdem hatte es eines Schlaganfalls bedurft, um sie alle zu mobilisieren, damit die Wiedersehensfeier tatsächlich stattfand. Jetzt kamen sie für Brig. Charlie hatte sein Haus in Montana als Treffpunkt angeboten, und ehe sie sichs versahen, war alles geplant. Die ganze Bande würde sich für vier Tage in Salish versammeln: Brig, Johnny, Marcus und Garrett. Sie würden ihre Frauen mitbringen und das Treffen als Vorwand für einen kleinen Urlaub nutzen.

Garrett, der vor mehr als dreißig Jahren das College abgebrochen hatte, fragte sich oft, warum er die längsten Freundschaften in seinem Leben mit ein paar Klugscheißern geschlossen hatte, die er mit achtzehn hatte beeindrucken können.

Vielleicht lag es am College. Man wurde in eine Art Hammerlock genommen, aus dem man sich nicht mehr befreien konnte. Manchmal beneidete er Lana, die es geschafft hatte, sich allem zu entziehen. Sie hatte die Universität in Montana nach dem ersten Semester aufgegeben und war nach L. A. geflüchtet. Anfangs hatte Garrett die Sache mit der Schauspielerei für ein Hirngespinst gehalten, eine naive Phantasie, doch allen Widrigkeiten zum Trotz schien es ihr ernst damit zu sein. Am Telefon klang sie so jung, genau wie das witzige kleine Ding von früher. Dann musste er sich selbst daran erinnern, dass sie schon dreiundzwanzig war.

»Eigentlich hatte ich vor, mit dir auszugehen«, sagte Garrett jetzt. »Es ist unser Hochzeitstag.«

»Egal.«

»Ich wünschte, sie hätten das Ganze an einem anderen Wochenende geplant.«

»Verlierst du etwa deine Stimme?«, fragte Cece.

»Ein bisschen.«

Sie runzelte die Stirn, als wäre er selbst daran schuld.

»Jeden Sommer wird das schlimmer.«

Garrett fuhr am Postamt von Salish vorbei und den Hügel hinauf, der in die Stadt führte. Für gewöhnlich konnte man von hier aus zum ersten Mal einen Blick auf den See werfen, doch jetzt waren kaum die Liegeplätze im Jachthafen sichtbar, so dicht war der Rauch. Ein schlechter Zeitpunkt für ein Wiedersehen. Die Luftqualitätswerte hatten die ganze Woche über dreihundert gelegen, so hoch, dass sie gewarnt worden waren, die Häuser nicht zu verlassen. In Finley Point wütete ein Waldbrand, und noch ein paar weitere verwüsteten gerade die Bob-Marshall-Wilderness-Region, doch hauptsächlich kam der Rauch von weiter westlich, aus Oregon und Washington, und wurde vom Jetstream nach Osten getragen. »Passivrauch« sagte man in Montana dazu und machte sich über die Migration aus »Commiefornia« lustig, womit die gesamte Westküste gemeint war. (*Selbst den Rauch zieht's nach Montana.*) Juli und August waren die schlimmsten Monate. Dann kam es einem vor, als atmete man einen Aschenbecher ein. Die Augen brannten, man schmeckte den Rauch auf der Zunge, und schon auf der kurzen Fahrt zum Supermarkt bekam man Kopfschmerzen. Seit Kurzem verlor Garrett nicht nur die Stimme, sondern bekam auch immer schlechter Luft, obwohl er nie Asthma gehabt hatte. Und wenn er dann nach Luft rang, musste er an seinen Vater denken. Zweifellos forderten jetzt die Sommer in den Bergen ihren Tribut. Das einzig Positive am Rauch war, dass es nicht mehr so viele Touristen gab; sie hatten wohl beschlossen, dass es sich nicht mehr lohnte herzukommen. Warum sollten sie Seattle oder Portland verlassen, wenn sie hier die ganze Woche lang das Haus nicht verlassen konnten und um einen Luftreiniger herumhocken mussten? Selbst in Neu-Delhi hätten sie es besser gehabt. Aber natürlich gab es immer noch Einheimische, die sich am See erholten, ohrenbetäubende Musik aus den Pontonbooten übers Wasser schallen ließen oder in gelblich grauen Nebel gehüllt mit ihren WaveRunnern Schleifen ins Wasser zeichnen wollten. Erstaunlich, womit man zu leben lernen konnte.

Aber dann zog aus dem Nichts heraus ein Sturm auf, fegte über Nacht alles sauber und ließ den Luftqualitätsindex auf einen einstelligen Wert fallen: Die herrliche Welt, die man in Erinnerung hatte und liebte, war auf magische Weise wiederhergestellt, Kansas verwandelte sich in Oz. Man konnte sich kaum vorstellen, dass es derselbe Ort war.

Man war der Gnade der Götter ausgeliefert oder zumindest der Elemente. Also organisierte man Spaziergänge mit dem Hund oder ein Wiedersehen mit alten College-Freunden und hoffte das Beste.

Obwohl es draußen über achtunddreißig Grad waren, drehte Garrett die Klimaanlage des VWs etwas herunter, da er befürchtete, der Verbrauch könnte das Potenzial des Wagens beeinträchtigen. Vor einiger Zeit hatte er den Forester verkauft – besser gesagt, für fünfhundert Dollar an die Tochter seines Nachbarn verschenkt – und sich diese letzte Hoffnung von Auto besorgt, einen BEV mit einer schicken Consumer-Reports-Wertung von 86. Liebe Güte, wie lange hatten sie recherchiert, bis sie das perfekte gebrauchte Modell fanden, exakt drei Jahre alt, angeblich der beste Kompromiss zwischen Wert und Ausstattung! Gemeinsam hatten sie mit ihren aufgeklappten Laptops nebeneinander im Bett gesessen, Stunden seines Lebens, seiner Ehe, die er nie wieder zurückbekäme. Unterdessen stand die Welt in Flammen.

Er warf Cece einen Blick zu. Er hätte ihr gern gesagt, dass er ihr ein Geschenk zu ihrem Hochzeitstag gekauft hatte, ein altes Modell des Sonnensystems, das er bei eBay gefunden hatte, das aber nicht rechtzeitig angekommen war, doch sie war unerreichbar. Nicht wirklich natürlich, aber es fühlte sich so an. Auf den Tag genau waren sie heute vierundzwanzig Jahre verheiratet. Trotzdem taten sich immer noch Abgründe zwischen ihnen auf, und sie hatten nicht mehr die Kraft, sie zu überwinden. Warum? Eigentlich gab es keinen Grund. Sie gehörten einfach zu ihrem Zusammenleben, so wie undichte Dachrinnen oder gemeinsame Steuererklärungen. Wenn Garrett zu lange darüber grübelte, konnte er verzweifeln. Sie hatten entschieden, das Leben miteinander zu verbringen. Es war nicht leicht, aber trotzdem das Einfachste auf der Welt gewesen. Gemeinsam hatten sie eine Tochter großgezogen und manchmal darum kämpfen müssen, sich über Wasser zu halten. Er hatte Cece nach dem Tod ihrer Großmutter in den Armen gehalten, als sie so heftig weinte, dass sie sich wie ein durchdrehender Motor anhörte, und später noch einmal, nachdem ihr Vater an einem Herzinfarkt gestorben war. Da hatte sie nicht geweint. Er wusste, wie ihre Rotze schmeckte. Er wusste, dass sie würgen musste, wenn sie sah, wie jemand eine Banane aß, sogar im Fernsehen. Er kannte ihre Phantasien, die süßen, die beängstigenden und die tiefen, dunklen und perversen. Er wusste von den Erinnerungen, die ihren Schlaf störten, von Dingen, für die sie sich noch immer schuldig fühlte, etwa wie Paige und sie in der siebten Klasse ein Mädchen namens Gretchen Winkelstein angerufen, sich als Mitarbeiter des Hundezwingers ausgegeben und angefangen hatten zu bellen.

All das wusste Garrett, und noch vieles mehr. Und dann, wie aus dem Nichts, entdeckte er ausgerechnet an ihrem Hochzeitstag, dass er nicht richtig mit ihr sprechen konnte, eigentlich sogar überhaupt nicht. Genauso gut hätte er mit einer Pflanze verheiratet sein können. Es brach ihm das Herz. Manchmal fühlte sich ihre Ehe wie ein wunderbares Geschenk an, das sie nicht dreckig machen oder zerkratzen wollten. Sie hatten nicht den Mut, es tatsächlich zu benutzen, und schlossen es deshalb in der Garage ein, wo niemand es anrühren konnte.

Bei Charlie war es wie an einem verregneten Tag im Zeltlager: Wegen des Rauchs drängten sich alle im Innern des Hauses zusammen. Garrett ertappte sich dabei, wie er das machte, was Männer in seinem Alter bei Klassentreffen so machen, nämlich sich wie Tanzpartner zusammentun und den jeweils anderen anstarren, wenn er gerade nicht hinguckt. Zumindest war es bei Garrett und Marcus in der Küche so: Sie warfen sich verstohlene Blicke zu und taten so, als wäre ihnen nicht übel und halb schwindelig vor Angst, wenn die Jahre, die vergangen waren, seit sie sich das letzte Mal gesehen hatten, an ihnen vorbeirasten, während sie Bierdosen in eine Kühlbox packten. Das Gesicht eines alten Freundes war wie ein Spiegel – oder sogar noch schlimmer, weil es einem zeigte, wie jeder Spiegel einen hinters Licht geführt hatte.

»Du hast ja alle Haare verloren!«, sagte Marcus, als Garrett kurz die Mütze abnahm, um seinen Glatzkopf zu kühlen.

»Nicht ganz. Ich rasiere mir den Kopf, als Dienst an der Öffentlichkeit. Damit ich nicht aussehe wie Arthur Schopenhauer.«

Marcus sah ihn besorgt an. »Deine Stimme! Verlierst du die auch?«

»Die wächst nach. Sobald die Brandsaison vorbei ist.« Garrett schloss den Kühlschrank. »Du bist übrigens auch älter geworden, falls dir das entgangen ist.«

»Ich fühle mich aber nicht alt. Eher so, als wäre ich achtzehn.«

»In dem Fall siehst du wirklich furchtbar aus.«

In Wahrheit wirkte er jünger als sie alle. Abgesehen von den Geheimratsecken, wo das Haar nur noch Flaum war, hätte er glatt für vierzig durchgehen können. Marcus zog sein Handy aus der Tasche und hielt es Garrett vor die Nase, damit er das Hintergrundbild sehen konnte. Ein Baby mit runden Bäckchen und gerunzelter Stirn. »Da wir gerade beim Alter sind, guck dir mal den Kleinen hier an.«

»Ihr habt noch mal ein Kind bekommen?«, fragte Garrett erstaunt.

»Einen Enkel!«

Garrett versuchte, seinen Schock zu verbergen. Er hätte nicht gedacht, dass er schon *so* alt war und seine Freunde allmählich Großeltern wurden. Aber natürlich war er das. Fünfundfünfzig. Er hätte ebenfalls Enkel haben können, hätte Lana nicht beschlossen, sich hauptsächlich mit Frauen abzugeben. Er hätte längst auch einen dieser entsetzlichen Kosenamen haben können: Boppa, PawPaw, Gramps.

Er hatte noch nie ein Baby gesehen, das die Stirn runzelte. Der Kleine sah aus wie eine Paprikaschote, die man im Kühlschrank vergessen hatte.

»Ist er nicht süß?«, fragte Marcus.

»Hast du echt gerade ›süß‹ gesagt?«

»Schon möglich. Ja, doch. Als Grandpa darf man das!«

Johnny kam mit einer Dose Diet Pepsi in der Hand in die Küche. Marcus zeigte ihm das Foto auf seinem Display.

»Wow! Ist das eine von diesen Moorleichen?«, meinte er und sah zu Marcus und Garrett auf. Dann fiel ihm die Kinnlade herunter. Er sah sich das Foto erneut an und schob die Brille auf der Nase herunter. »Oh, echt niedlich. Ich muss mich noch an diese neuen Linsen gewöhnen.«

»Willst du ein Bier?«, fragte Garrett, um das Thema zu wechseln.

»Ich spare meine grauen Zellen für die Wissenschaft auf«, entgegnete Johnny mit seiner Diet Pepsi in der Hand. Die Dose war ergonomisch zerknautscht, als würde er sie schon lange mit sich herumtragen. Johnny drängte sich an der Kühlbox vorbei und verschwand im Badezimmer.

»War das gerade eine Halluzination?«, fragte Garrett »Hat Johnny wirklich ein Bier ausgeschlagen?«

»Er ist jetzt trocken.«

»Seit wann?«

»Oh, seit etwa zehn Jahren.«, erklärte Marcus. »Du solltest nicht so viel Zeit in der Wildnis vertrödeln.«

Die Nachricht bedrückte Garrett, aber ob es daran lag, dass er so wenig Kontakt zu allen hatte oder die lustigen Abenteuer aus Johnnys Jugendzeit sich im Nachhinein als gar nicht so lustig erwiesen hatten, hätte er nicht sagen können. Klar, im Vergleich zu Brig, der ungeachtet des Rauchs in seinem Rollstuhl auf der Veranda saß, schnitt Johnny erheblich besser ab. Garrett beobachtete ihn durch das Fenster. Auf den ersten Blick wirkte er okay, zumindest solange er die Sonnenbrille aufgesetzt hatte, aber bei näherem Hinsehen löste sich dieser Eindruck schnell auf, sein Mund hing auf seltsame Weise schräg herab, als hätte jemand eine entscheidende Schraube gelöst. Er war im letzten Februar nach dem Joggen zusammengebrochen und hatte die vorderen Stufen seines Tudorhauses hinaufkriechen müssen. Für die Strecke vom Bürgersteig bis zur Haustür hatte er eine Stunde gebraucht. All das hatte Garrett von Charlie erfahren, der die Einzelheiten wiederum von Soledad hatte, Brigs zweiter Ehefrau. Sie hatte ihn gefunden, als er wie eine Katze an der Tür kratzte. Sechs Monate Physiotherapie, doch Brigs Zehen waren noch immer eingerollt, und nur seine Frau verstand sein undeutliches Gelalle. »Brig-Latein« nannte sie es. Sie war eine forsche, furchtlose Person, Pilotin bei einer kommerziellen Airline, die Brigs Tragödie wie eine brennende Boeing 737 behandelte, die sie sicher landen musste.

Mit anderen Worten, sie war ein Geschenk des Himmels. Soledad hatte ein paar Murmeln auf dem Boden der Veranda verteilt, die Brig mit den Zehen aufheben und in eine Schüssel fallen lassen musste. Die Murmeln hatte sie aus New Jersey mitgebracht, um sicherzugehen, dass er sein Training nicht unterbrechen musste.

»Gott sei Dank hat er Soledad«, sagte Marcus, der die Szene ebenfalls beobachtete.

»Wo zum Teufel hat er sie kennengelernt?«

»An der Flughafenbar, wo sonst?«

»Arme Frau«, sagte Garrett. »Bestimmt hat sie keine Ahnung gehabt, worauf sie sich da einlässt.«

»Ich weiß nicht«, sagte Marcus. »Es ist Teil des Vertrags, oder?«

»Was meinst du?«

»Die Ehe. Das ist wie eine Art Lebensversicherung. Vor allem in unserem Alter.«

»Ist *das* der Grund für deine Hochzeit mit Gabby?«

Marcus warf ihm einen Blick zu. »Soll ich ehrlich sein? Es wäre gelogen, wenn ich behaupten würde, dass ich daran nicht gedacht hätte.« Er angelte sich ein Bier aus der Kühlbox und trank auf die Ehe und den Tod, wahrscheinlich beides. »Und wir werden es sein, nicht sie, die zuerst kassieren.«

»Sagst du.«

»Na ja, jedenfalls ist es nicht Brig, um den ich mir Sorgen mache«, erklärte er.

Marcus zeigte mit dem Kopf auf ein altes Foto über dem Kühlschrank, das Charlie mit seinen Kindern auf dem Steg zeigte. Garrett kannte das Bild gut; er hatte es selbst geschossen, vor vielleicht fünfzehn Jahren. »Zwei Ex-Frauen«, sagte Marcus. »Mindestens eine davon bezieht Unterhalt von ihm. Die Tochter weigert sich, mit ihm zu reden. Und sein Ältester, Jackson ...«

»Jasper.«

»Jasper, richtig. Zuerst die Geschichte mit dem Herzen, was schon schlimm genug ist, und jetzt auch noch drogensüchtig. Ein Albtraum!« Marcus nahm einen großen Schluck Bier. »Hätte mich damals jemand gefragt, wer von uns alt und allein enden würde ...«

»Hättest du auf mich getippt«, sagte Garrett. »Ich weiß.«

Er wandte sich wieder der Kühlbox zu, stapelte die Bierflaschen auf das Eis. Zweifellos traf das auf alle ihre alten Freunde zu. Sie würden es wahrscheinlich niemals zugeben, aber in Wirklichkeit hatten sie ihm nie verziehen. Irgendwo tief im Innern machten sie ihn für Charlies Probleme verantwortlich. Die gescheiterten Ehen, die verlorenen Kinder, dieser Hauch von Verzweiflung, der Charlie überallhin folgte wie Eau de Cologne – alles nur, weil Garrett ihm vor einem Vierteljahrhundert die Frau ausgespannt hatte.

Garrett schnappte sich ein Bier für Cece und eins für Charlie, in der Absicht, sich zu ihnen ins Wohnzimmer zu setzen. Wie gut, dass sie das jetzt tun konnten, es schon seit Jahren taten. Wenigstens hatte sein bester Freund, dessen Leben er zerstört hatte, ihm längst verziehen. Und in der Tat sah Charlie von der Tür aus okay aus. Besser als okay. Braun gebrannt saß er lächelnd neben Cece auf der Couch und fummelte an einer dieser Uhren herum, die so groß waren, dass man davon hätte essen können. Inbegriff eines Arztes, der sich zwei Ex-Frauen leisten konnte und trotzdem jeden Sommer einen Monat Urlaub machte. Man hätte nie gedacht, dass sein Sohn zum zweiten Mal in einer Entzugsklinik in der Nähe von Whitefish gelandet war oder dass Charlie letzten Monat um drei Uhr früh eine stumme Mailboxnachricht auf Garretts Handy hinterlassen und am nächsten Tag behauptet hatte, sich verwählt zu haben.

Und doch strahlte er auch einen Anflug von Unsicherheit aus, eine forcierte Herzlichkeit. Er klammerte sich an jedes Wort von Cece und lachte etwas zu laut über ihre Witze. Wusste er von ihrem Hochzeitstag? Als Garrett klar wurde, dass die Wiedersehensfeier mit dem Hochzeitstag zusammenfallen würde, hatte er beschlossen, keine große Sache daraus zu machen. Das Datum hatte sich Charlie vermutlich nicht gemerkt.

Es war nichts weiter, zwei alte Freunde, die sich unterhielten. Warum stand dann Garrett plötzlich stocksteif da, gepackt von einer vertrauten Unruhe? Bis heute, nach so vielen Jahren, spürte er dieses vage, radioaktive Unbehagen. Cece zeigte auf Charlies Zähne, in denen wohl etwas Essen steckte. Um ihm die Suche zu erleichtern, schob sie sich den Fingernagel zwischen zwei Zähne, und Charlie machte es ihr nach, als blickte er in einen Spiegel.

Unter dem Vorwand, ihren Drink zu suchen, obwohl sie noch gar keinen gehabt hatte, verließ Cece das Wohnzimmer. Selbst in Charlies Einsamkeit verbarg sich immer ein Hoffnungsschimmer, der dann in Bedauern umschlug. Sie wusste, dass Garrett sie von der Küchentür aus beobachtete. Nach fünfundzwanzig gemeinsamen Jahren spürte Cece seine Anwesenheit im Zimmer nebenan wie ein Phantomteil ihres eigenen Körpers.

Es schien unmöglich, dass er nie etwas vermutet hatte, andererseits war er natürlich so oft weg und verfolgte Tiere mit seinem Funkgerät, war auf der Suche nach ganz anderen Signalen. Und wenn Lana etwas wusste, so hatte sie es ihrem Vater niemals verraten.

Er hatte keine Ahnung, dass Cece ihn um ein Haar verlassen hätte, zumindest im Geiste. Allein der Gedanke an das Schlafzimmer oben jagte ihr Angst ein. Sie hatte Angst, in die Nähe der Treppe zu kommen, als könnte sie durch einen plötzlichen Windstoß gegen ihren Willen in Charlies Bett landen. Wie sehr sie Montana in jener Nacht im Buchladen gehasst hatte, als sie vom Schlafmittel benebelt gewesen war. Sie hatte das Gefühl gehabt, in ihrem Leben falsch abgebogen zu sein, wie bei einem Kompassfehler. Sieben Jahre waren seit dem Fiasko mit Gail Tippler vergangen. Sie konnte es noch immer nicht fassen. Die Erinnerung daran war demütigend. Sie hatte Lana mit Kayla nach Hause geschickt und ihnen gesagt, sie müsse noch ein paar Buchtitel einscannen, dann hatte sie sich von einem Taxi zum Haus der Margolises bringen lassen. Charlie erwartete sie auf der Veranda. Zehn Minuten? Achtzehn Jahre? Etwas fülliger um die Hüften als früher (der Fluch jeden Mannes, sich in den eigenen Vater zu verwandeln), doch diese Fülle hatte sich gut angefühlt, tröstlich wie ein Nest. Es war, als hätte sie ihn nie verlassen, als hätten sie erst letzte Woche geheiratet. Er hatte sogar noch genauso gerochen wie damals. Sie traten ins Haus und zogen auf dem Weg nach oben unter dem Treppensturz die Köpfe ein. Es war so einfach, so natürlich, als wäre sie in ihre Jugend zurückversetzt worden.

Später war Charlie ins Badezimmer gegangen, Cece hatte gehört, wie er pinkelte, und da hatte sie sich zum ersten Mal seit Stunden wieder ganz wach gefühlt. Hilflos dachte sie an Garrett. Wie er, als Lana noch ein Baby gewesen war, mitten in der Nacht aufstand, um zu pinkeln, und sich dann auf die Klobrille setzte, weil er Sorge hatte, das Geräusch könnte sie aufwecken. »Nummer anderthalb«, so nannte er das. Irgendwann hatte sich sein Schlaflied für Lana von *Good Night Irene* in *(You Make Me Feel Like) A Natural Woman* gewandelt.

Es war diese Leichtigkeit gewesen, die Cece so einen Schrecken eingejagt hatte – wie selbstverständlich sich diese verwunschene Tür geöffnet hatte, als hätten die wichtigsten Jahre ihres Lebens nie existiert oder sich wie ein Traum verflüchtigt. Sie hatte sich angezogen, während Charlie duschte, war aus dem Haus geflüchtet und ein Stück die Route 35 entlanggelaufen, bevor sie ein Taxi gerufen hatte.

Mit einem Mal bekam Cece Platzangst, als würde sie an einem Sommertag in einem Haus festsitzen. Sie ging auf die Veranda zu Brig und seiner neuen Frau und trotzte dem Rauch, der die Boote auf dem See in flache graue Silhouetten verwandelte, wie Zielscheiben an einem Schießstand. Vierzig Grad, echt? Es wurde immer heißer. Selbst die Vögel hielten sich zurück. Das einzige Lebenszeichen war eine Plastikeule auf dem Telefonmast, die die Fischadler vom Nisten abhalten sollte, obwohl es Jahre her war, dass Cece hier ein Adlernest gesehen hatte.

»Stört euch der Rauch nicht?«, fragte sie Soledad.

»Brig verträgt keine großen Gruppen von Menschen. Sie sind zu anstrengend für ihn.«

Cece ging auf den Rollstuhl mit Brig zu und lächelte ihn an, doch er zeigte keinerlei Regung, so sehr konzentrierte er sich auf die Schüssel mit den Murmeln zu seinen Füßen. Sie war enttäuscht.

»Von dieser Seite aus kann er dich nicht sehen«, sagte Soledad.

»Ach so!«

»Man nennt das einseitigen Neglect.«

Cece sah sie hilflos an. »Besser als zweiseitig, nehme ich an.«

»Jetzt reden wir von meiner Kindheit.« Soledad lachte über ihren Witz und winkte sie zu sich. »Komm hierher, an seine andere Seite.«

Cece folgte ihrem Rat, und plötzlich hellte sich Brigs Gesicht auf: die verborgene Bühnenkunst eines Lächelns. Es war, als hätte man die Kulissen hinter dem Vorhang ausgewechselt. Er nuschelte etwas, das Cece nicht verstand.

»Er sagt, dass er sich freut, dich zu sehen«, erklärte Soledad. »Du hättest dich kein bisschen verändert.«

»Verstehst du alles, was er sagt?«, fragte Cece, nachdem Brig ins Haus gerollt war, um sich etwas zu trinken zu holen.

»Wenn nicht, dann singt er es mir vor.«

Cece sah sie verdutzt an. Sie schien es ernst zu meinen. »Er singt?«

»Das ist ein Geheimnis des menschlichen Gehirns: So kann er perfekt kommunizieren.«

»Wow!«

»Anscheinend ist das gar nicht so ungewöhnlich.«

»Garrett und ich haben auch so schon Probleme beim Kommunizieren. Ich könnte mir das nicht vorstellen.«

»Wie lange seid ihr denn verheiratet?«, fragte Soledad höflich.

»Vierundzwanzig Jahre! Heute ist unser Hochzeitstag.«

Soledad wirkte beeindruckt. »Herzlichen Glückwunsch! Das ist wirklich eine Leistung.«

»Na ja, so würde ich es lieber nicht sehen.«

»Hast du ein Geschenk für ihn?«

»Ja, in meiner Handtasche«, sagte Cece, ohne weiter darauf einzugehen.

Schließlich zog der Rauch den Kürzeren gegenüber einer Kühlbox voller Bier beziehungsweise neun mindestens leicht angeheiterten Urlaubern, die in einem Wohnzimmer dreißig Meter vom tiefsten See Montanas entfernt eingesperrt waren. Marcus war der Erste, der seine Badehose anhatte, gefolgt von Johnny, der *Smoke on the Water* sang, obwohl seine Frau Cynthia sich anscheinend Sorgen über Badedermatis machte, die bei den Rekordtemperaturen zu einer richtigen Plage geworden war. Als sie das letzte Mal gemeinsam schwimmen gewesen waren, hatte sie Ausschlag an den Beinen bekommen. Brig sagte etwas dazu, aber selbst Soledad hatte Mühe, es zu verstehen.

»Sing es mir doch vor, Darling«, schlug sie vor und nahm ihm die Brille ab.

Brig sah sie an. Er wirkte verlegen. Dann wandte er sich Johnny zu und öffnete den Mund, woraufhin der ganze Raum verstummte. Draußen schwappte das Kielwasser eines Schnellbootes gegen den Steg.

»Deine ersten beiden Frauen reagierten auch allergisch auf dich!«, sang er, an Johnny gewandt.

Er hatte die Stimme eines Country-Stars. Tief und voll. Alle waren sprachlos. Es war wie ein Wunder im Alten Testament. Brig saß da und wartete nervös auf die Retourkutsche.

»Wie viele Bierchen hast du wohl schon intus?«, sang Johnny mit fürchterlicher Stimme zurück.

Brigs Augen leuchteten auf. *»Du musst nicht auch singen, Blödmann!«*

Brig wollte wie alle anderen auch ins Wasser, daher brachte Soledad ihn ins Schlafzimmer, um ihn umzuziehen, und beichtete Cece, die ihr half, den Weg zu finden, dass sie nicht schwimmen konnte. Cece bot ihre Hilfe an. Sie zog ihre Badesachen an und führte die Gäste zum See hinunter, wie eine echte Gastgeberin. Der Rauch brannte in den Augen. Niemand grölte, scherzte oder ließ unterwegs sein Hemd fallen. Dazu war es zu heiß. Vielleicht aber schämten sie sich auch für ihre Körper, für die Fettpölsterchen, Biopsie-Narben und Bandscheibenvorfälle. Soledad hatte Mühe, Brig zum Wasser zu bringen, und kämpfte mit den Rädern seines Stuhls, die zwischen den Steinen am Ufer stecken blieben. Seine Beine waren so weiß wie die eines Babys.

Cece nahm einen Schluck aus ihrer Wasserflasche. Wegen der Hitze hatte sie jetzt immer eine dabei. Wie hatten sie im Medizin-Seminar gesagt? *Perspiratio insensibilis. Unmerklicher Wasserverlust* ohne sichtbare Schweißbildung.

»Es ist heißer als in der Hölle«, sagte Soledad.

»Wie lange kann so eine Hitzeglocke dauern?«, fragte Johnny.

»Vielleicht geht sie gar nicht mehr weg«, meinte Marcus. »Wie der Astrodome.«

»Der Astrodome in Houston? Gibt es den noch?«

Das konnte niemand beantworten. Wie andere Totems aus ihrer Jugend schien er ein Hirngespinst ihrer Phantasie zu sein.

Soledad zwängte Brig in eine Schwimmweste, zuerst den einen, danach den anderen Arm, dann hob Cece ihn aus dem Rollstuhl – er wog kaum noch etwas! – und trug ihn vorsichtig zum Wasser, wie ein schlafendes Kind, das man aus dem Auto holt. Die harten Steine auf dem Grund des Sees stachen ihr in die Fußsohlen. Er war trotzdem schwer zu stemmen, die Weste war sperrig und heiß von der Sonne, und Cece hatte Angst auszurutschen. Sie hatte Brig nie besonders gemocht. Von Garretts und Charlies Freunden war er ihr immer als der Unangenehmste erschienen, stur und privilegiert, doch als sie den spindeldürren Banker jetzt in den Armen hielt, war sie seltsam gerührt und irgendwie plötzlich überzeugt, dass es eine Art Vorschau war, ein Blick in die Zukunft. Garrett verlor allmählich die Stimme; Gott weiß, was der viele Qualm und die ständigen Feuerphasen seinen Lungen angetan hatten. Jeden Morgen den Ehemann anziehen, ihn zwingen, mit den Zehen Murmeln aufzusammeln, ihn vermutlich auch noch abwischen, wenn er auf der Toilette gewesen war. Cece wusste nicht, ob sie das schaffen würde. Es wäre, als würde man aus Versehen zu einer Heiligen werden.

Sie watete in den See und wäre mit der Last auf den Armen fast gestolpert. Es war widerwärtig, was die Liebe einem alles abverlangte. Sie wusste nicht, ob sie den Mut dazu hätte. Nicht nur den Mut: auch den *Wunsch*. Sie war nicht einmal mit ihrem eigenen Leben fertig geworden. Das Leben! Menschen redeten die ganze Zeit so lässig darüber wie über das Wetter, trotzdem glaubte Cece, dass sie genauso verwirrt waren wie sie. Angeblich war es direkt vor einem, flitzte an einem vorbei – etwas, das man *ergriff*, das man *bei den Hörnern packte* –, aber sie hatte solche Waghalsigkeit noch nie mit dem Leben verwechselt. Das Leben war etwas ganz anderes. Einmal war sie mit Garrett wandern gewesen, irgendeine nicht markierte Route mit dem Spitznamen »Hidden Meadow«, die er auf einer Satellitenkarte ausfindig gemacht hatte. Stundenlang waren sie einem falschen Pfad gefolgt, auf der Suche nach ihrem Ziel. Manchmal kam ihr das Leben vor wie diese Wanderung: wie ein ewiges Spähen durch Bäume in der Erwartung, Blumen zu sehen. Wo war es? Wo? Allmählich hatte sie den Verdacht, dass es gar nicht existierte.

Brig trieb auf dem Wasser, gehalten von der Schwimmweste, dann driftete er von Ceces Armen weg und schaukelte sanft auf den Wellen. Er blickte zu Soledad hinüber – suchte er ihre Zustimmung? Seinem abwesenden Grinsen nach schien es ihm Spaß zu machen. Dann ergoss sich die Welle eines Pontonboots über seinen Kopf. Cece warf einen Blick über die Schulter, Charlie und Garrett beobachteten sie vom Rasen aus. Das Gesicht ihres Mannes, das sich hinter einer N95-Maske verbarg, war unergründlich.

Das Wasser war nicht tief genug, um einen Kopfsprung zu

machen, zumindest nicht ohne Gefahr, daher watete Marcus hinter Cece her, übernahm Brig und schubste ihn über den See wie ein Kickboard. Cece tauchte unter. Der See fühlte sich an wie ein beheiztes Schwimmbad, kein Grund zum Johlen. Dann schwamm sie hinaus, um ein Schlauchboot zu retten, das am Steg vorbeitrieb. Der See war so überfüllt, dass oft solche Relikte am Ufer der Margolises strandeten. Cece brachte es nicht ans Ufer, wie sie erst vorgehabt hatte, sondern kletterte hinein, auf der Suche nach einem Vorwand, um Garrett und Charlie zu entkommen. Sie hatte plötzlich beide satt. Warum hatten sie sich nicht einfach *gegenseitig* geheiratet? Sie gehörten zusammen. Sie liebten und hassten sich wie ein altes Ehepaar.

In ihrem Alter hätte sie nicht mehr in die Sonne gehen sollen, und wer wollte das schon, bei all dem Qualm? Cece genoss sie trotzdem und ließ sich durch den gelblichen Dunst treiben. Ihre Kehle brannte, aber nicht unangenehm. Es erinnerte sie daran, wie es war, einen Joint zu rauchen. Das hatte sie seit Jahren nicht mehr getan. Ein Jet Ski zischte vorbei, so unsichtbar wie ein Moskito. Irgendwo johlte ein Taucher, wie ein Cowboy, aber der Schrei ging im dunstigen Rauch unter, geisterhaft und einsam. Cece ließ sich vom Steg wegtreiben. Plötzlich schoss ihr der Gedanke durch den Kopf, dass sie von einem Jet Ski getötet werden könnte, in der Mitte zerteilt, wie die Fische, die manchmal an den Strand gespült worden waren, früher jedenfalls. Trotz der Hitze war die Sonne nicht heller als der Mond. Sie konnte direkt hineinsehen. Sie war orange und grell und rund wie ein Völkerball.

Ceces Augen brannten. Es lag nicht nur am Rauch. Sie trauerte. Der Sommer war vorbei. Nicht nur dieser Sommer, sondern der nächste und übernächste auch. Der Duft von Kirschen. Der strahlend blaue Himmel, die Sprünge vom Steg, die märchenhaften Himbeeren und das Flimmern der Sonne durch die Kiefern. Auch das Gefühl, das sie bekam, wenn sie den See vor sich sah, so wie die Freiheit eines Baumhauses, wie der Wind der Kindheit … Mach's gut, endloser Himmel! Cece trieb in den rauchigen Dunst hinein. »Smaze« nannten sie ihn. Das Wort erschien ihr wie eine Kränkung. Und trotzdem hatte Cece es nicht eilig, den Dunst zu verlassen, so sonderbar und verrückt es auch klingen mochte.

~~~

Sie hatten vorgehabt, ein Barbecue zu machen mit acht Pfund Gehacktem für die Hamburger, doch dann hatte Charlie das Ganze wegen des Rauchs abgeblasen und stattdessen Pizza bestellt. Alle versammelten sich um den Fernseher, um sich die letzte Folge von Lanas Serie mit dem Titel *Houdini, PI* anzusehen. (Es war Garretts Idee gewesen, obwohl er es bestritt.) Harry Houdini kehrt nach seiner Kryokonservierung ins Leben zurück und beschließt, sich fortan der Aufklärung von Verbrechen zu widmen. Die Serie war so albern, wie sie klang, aber Lana hatte eine kleine Rolle in mehreren Episoden. Sie spielte eine Mieterin, die in Houdinis Apartmenthaus wohnt und ihm nach seinen magischen und todesverachtenden Fluchten immer wieder an den verrücktesten Orten begegnet. Das sorgte für einen gewissen humoristischen Touch. Lana würde für ihre Rolle keinen Emmy gewinnen, aber sie war ja noch jung.

Garrett ließ etwas Platz auf der Couch für Cece frei, doch sie setzte sich stattdessen neben Soledad auf die Armlehne des Sessels. Wollte sie ihn vor den Kopf stoßen? Er konnte es nicht sagen. Aber es war egal. Wenn Cece sich Lanas kurze Auftritte ansah, war sie immer so nervös, dass es Garrett nichts ausmachte, sich etwas von ihr entfernt aufzuhalten.

Lana hatte es ihnen zwar gesagt, doch weder Garrett noch Cece erinnerten sich daran, wann ihr Auftritt war, also sahen sie gut zwanzig Minuten lang zu, bis sie endlich auf dem Bild-
~~~

schirm erschien und vor sich hin pfeifend einen Wäschekorb auf Rädern in den Aufzug schob. Dort streckte Houdini den Kopf mit zugeklebtem Mund aus ihrer schmutzigen Wäsche, und Lana schrie vor Schreck auf. Alle lachten und applaudierten. Garrett hatte seit Jahren nicht ferngesehen, er hielt solche Shows für den radioaktiven Niederschlag des Kapitalismus, der den Leuten das Hirn aufweichte, während die Welt zugrunde ging. Trotzdem war er geradezu lächerlich stolz auf sie und strahlte von einem Ohr zum anderen.

Der Einzige, der nicht fernsah, war Charlie. Garrett fiel auf, dass er ganz allein auf der Veranda saß und eine Zigarette rauchte, was ihn weniger schockierte als die Tatsache, dass es ihm offensichtlich egal war, wenn andere es mitkriegten. Sogar damals auf dem College hatten sie sich aufs Dach verdrückt, um eine zu rauchen. Garrett überlegte, ob es für Charlie schmerzhaft war, an Lana zu denken, oder ob sie ihn an Jasper erinnerte. Der Junge war ebenfalls ein Aussteiger, aber nicht, weil er irgendwelchen Jugendträumen nachjagte. Er war nach dem zweiten gescheiterten Versuch, aufs College zu gehen, von der University of Utah geflogen und zu seiner Mutter gezogen, und die hatte ihn vor die Tür gesetzt, nachdem er ihren Schmuck für Drogen veräußert hatte. So war er wieder zu Charlie gekommen, dessen Wohnung allmählich an ein Pflegeheim erinnerte. Er hatte sämtliche Türen aus den Angeln gehoben und in der Garage aufgestapelt. Auf dem Tisch lagen Puzzle-Spiele, auf dem Kühlschrank ein Kalender für ihre Aktivitäten. Cece und Garrett hatten die beiden besucht, als sie das letzte Mal bei Lana gewesen waren. Charlie hatte wie jemand, der sich an einen rettenden Strohhalm klammert, behauptet, Jaspers Herzschrittmacher sei im Grunde genommen eine gute Sache. Der Junge hätte ein erhöhtes Infektionsrisiko, das ja, aber ironischerweise könnte er ihn vor einer Überdosis bewahren – oder zumindest das Risiko senken.

Im Moment machte er wieder einen Entzug, mit dreiundzwanzig. Garrett wusste, dass Charlie viel für ihn geopfert hatte, er hatte auf eine leitende Stelle an der medizinischen Fakultät der Johns Hopkins verzichtet, damit er in der Nähe von Jasper sein konnte und das ohnehin wacklige Leben seines Sohnes nicht noch instabiler wurde. Seit Kurzem arbeitete er nicht mehr in der Forschung, sondern hatte eine Stelle in einer Privatpraxis angenommen – wohl auch, um die Behandlung seines Sohnes finanzieren zu können. Er hatte ein großer und berühmter Arzt werden wollen, auf dem College hatte er davon gesprochen, »einen nachhaltigen Beitrag« zu leisten. Und dann war er doch nur einer von vielen Anästhesisten geworden. Angesehen, wohlhabend, aber nicht relevant. Niemand belohnte einen dafür, am wenigsten die eigenen Kinder. Am Ende nahmen sie es einem auch noch übel.

Was hatte sich Garrett dabei gedacht, vor seinen alten Freunden mit Lana zu prahlen? Noch dazu in Charlies Haus? Nichts. Gar nichts.

Er trat auf die Veranda, um zu sehen, wie es Charlie ging. Sein alter Freund kämpfte damit, ein Bier aus dem Sixpack zu lösen, das vor ihm stand. Garrett bemerkte eine graue Strähne in seinem Haar. Doch das war es nicht, was ihn erstaunte – es war vielmehr die Tatsache, dass Charlie sich offenbar die Haare färbte. Er brauchte eine Weile, bis er sich auf das Gesicht seines Freundes konzentrieren konnte.

»Hey! Wie viele davon hast du schon intus?«, fragte Garrett.

Charlie zuckte die Achseln. »Wenn Jasper da ist, kann ich keinen Tropfen trinken. Dann habe ich auch nichts im Haus. Das hier ist wie *Rumspringa.*«

»Wie geht's ihm?«

»Keine Ahnung, ich darf ihn nicht besuchen. Das war der Deal, damit er den Entzug macht: dass ich ihn in Ruhe lasse. Das heißt allerdings nicht, dass Cece oder du nicht hinfahren könntet.« Er öffnete die Dose in seiner Hand und bespritzte dabei sein Hemd. »Um ganz ehrlich zu sein, ich habe ihm sogar erzählt, dass ihr wahrscheinlich mal vorbeikommen würdet.«

War das sein Ernst? Garretts traumatische Erinnerungen an seinen Klinikaufenthalt brachten bis heute seine Träume durcheinander, deshalb war er von der Idee nicht besonders angetan. »Ich hab mir das mal angeschaut, auf deren Website. Sieht nach einem tollen Programm aus.«

»Das will ich schwer hoffen. Fünfundvierzig Riesen. Für *sechs Wochen*.«

Die Zigarette hing in seinem Mundwinkel, als hätte er sie vergessen, trotzdem versuchte Charlie, den Bierschaum aufzusaugen, und löste das Dilemma schließlich, indem er die Kippe aus dem Mund nahm. Dann starrte er in die Öffnung der Dose, als wollte er sie herausfordern, ihn erneut zu bespritzen.

»Reicht dir der Qualm in der Luft nicht?«, fragte Garrett.

»Nimm auch eine«, entgegnete Charlie und hielt ihm die Marlboro-Packung entgegen.

»Danke, nein. Ich dürfte eigentlich nicht mal mehr ohne Maske auf die Veranda.«

»Komm schon, sei kein Spielverderber.«

»Ich hab nicht mehr geraucht seit deinem ...«

»Meinem was?«

»Junggesellenabschied.«

Charlie zog die Hand zurück, als wäre er gebissen worden. *Endlich*, dachte Garrett, *jetzt kommt es raus*. Endlich würden sie darüber reden. Über die Hochzeit, Garretts Verrat, den ganzen schrecklichen Schlamassel. Garrett hatte sich auf diesen Augenblick seit Jahren vorbereitet. Doch Charlie spähte nur erneut in die Bierdose und blies den Rauch durch die Nase. Der Augenblick, sollte es ihn tatsächlich gegeben haben, war verpasst.

»Diese Veranda wurde früher als Schlafzimmer benutzt. Meine Großeltern haben hier draußen geschlafen, wenn es zu heiß war.« Charlie drückte den Stummel in eine leere Bierdose auf dem Boden. »Jetzt wollen alle im Haus bleiben, wegen der Klimaanlage.«

»So sind die Amerikaner nun mal«, murmelte Garrett. Zentrale Klimaanlagen waren hier oben etwas Neues; Tiere verwechselten die Kondensatoren gelegentlich mit einer kostenlosen Unterkunft und wurden von den Rotorblättern geschreddert. Wiesel, Erdhörnchen, was auch immer. Dann kamen die Leute vom Supermarkt zurück, und das ganze Haus stank nach Tod.

»Erinnerst du dich an die Kühlerfiguren?«, fragte Charlie.

»An den Autos? Klar doch.«

»Wo sind die abgeblieben?«

»Da, wo auch die Verandas sind, auf denen man schlafen kann.«

»Weißt du, was ich vierklich wärmisse?«, fragte Charlie.

»Vierklich wärmisse?«

»Autoschlüssel. Man musste sie ins Schloss stecken und tatsächlich umdrehen, weißt du noch? Einmal kam ich nicht von LaGuardia weg, weil das Schloss an meiner Wagentür zugefroren war. Auf dem Langzeitparkplatz. Bei minus 17 Grad.«

»Das war am Burlington Airport. Im zweiten Collegejahr. Ich musste mir Johnnys Auto ausleihen und dich dort abholen. Ich hab dich vor dem Erfrieren gerettet. Damals fandest du das nicht gerade prickelnd, glaub mir.«

»Vielleicht ist es das, was ich vermisse. Dass du kommst und mich abholst.« Charlie legte den Kopf in den Nacken und trank. »Und was vermisst *du*?«

Garrett zuckte die Achseln. Er wollte bei diesem Spiel nicht mitmachen. Er betrachtete die Bierflecken auf dem Hemd seines Freundes und spürte einen Anflug von Verzweiflung.

»Warte, lass mich raten«, sagte Charlie. »Bergnashörner?«

»Du meinst Spitzmaulnashörner?«

»Was auch immer. Die ausgestorbenen. Wer kommt denn da noch mit?«

»Spitzmaulnashörner hätten Mühe, zwischen den Felsen herumzuspringen.«

Charlie pfefferte die leere Dose in die Ecke. »Was ist denn sonst noch hinüber? Meeresschildkröten?«

»Bislang nur die Echte Karettschildkröte.«

»Die Arme. Wiedersehen auf einer Briefmarke.«

»Meine Güte! *Wünschst* du dir etwa, dass sie aussterben?«

»Natürlich nicht«, sagte Charlie. »Andererseits, spielt es irgendeine Rolle?«

Garrett warf ihm einen Blick zu. »Klar spielt es eine Rolle.«

»Sieh es doch endlich ein, Garrett: Kein Mensch schert sich um Nashörner. Um Karettschildkröten oder *Vielfraße*.« Charlie öffnete die Kühlbox, um nach der nächsten Bierdose zu angeln, doch Garrett schlug sie mit dem Fuß wieder zu. »Tatsächlich *ist es uns sogar lieber*, wenn sie aussterben.«

»Was zum Teufel redest du da?«

»Jetzt erzähl mir bloß nicht, du bist nicht auch ein kleines bisschen erleichtert. Arme Karettschildkröte, was für ein tragischer Verlust! Da kann man nichts machen! Andererseits sind wir jetzt endlich aus dem Schneider. Wir können uns an sie erinnern, wie wir wollen, ohne Schuldgefühle. Denk nur an den Dodo.«

»Findest du das etwa witzig?«, explodierte Garrett jetzt. »Dann bist du nämlich auf dem Holzweg.«

»Da gebe ich dir vollkommen recht.«

»Wir werfen die Evolution um vier Millionen Jahre zurück.«

»Ich weiß. Ich habe deinen TED-Talk gesehen, oder was auch immer das sein sollte.« Charlie tat so, als würde er ein Auto steuern, das mit einem Tier kollidierte oder ein totes überfuhr. Dann senkte er die Hände wieder, ohne Garrett in die Augen zu schauen. »Glaubst du wirklich, dass es auch nur den kleinsten Unterschied macht, ob du in den Bergen Vielfraßen hinterherjagst oder nicht? Wie viele Jahre machst du das jetzt schon? Zwanzig?«

»Achtzehn.«

»Wäre es nicht besser gewesen, diese Zeit mit, sagen wir, *deiner Frau* zu verbringen?«

Garret sah ihn an. Das hatte er nicht erwartet, diese Gehässigkeit. Besser gesagt, er hatte seit Jahren damit gerechnet, dann aber in seiner Wachsamkeit nachgelassen, weil er glaubte, Charlie hätte ihm verziehen. Der bückte sich jetzt nach einem weiteren Bier aus der Kühlbox, und Garrett kehrte in das klimatisierte Haus zurück. Es fühlte sich an, als würde er ein Paradies betreten – oder Starbucks. Aufgewühlt blieb er vor dem Luftreiniger stehen und atmete tief durch, nicht, um sich von dem Rauch draußen zu entgiften, sondern von Charlies Bitterkeit. Garrett stellte sein Lebenswerk jeden Tag infrage. Ein Blick in die Nachrichten und deren unbekümmerte Aufzählung von Verbrechen gegen die Welt, und ihm wurde vor lauter Entmutigung so übel, als müsste er sich übergeben. Das Letzte, was er brauchen konnte, war, dass Charlie seine Arbeit infrage stellte.

Soledad sah, wie Garrett an der Tür stand, und winkte ihn ins Wohnzimmer, wo alle um die Couch saßen. Sie hatten beschlossen, Scharade zu spielen, auf die altmodische Art, mit Papierschnipseln. Es war Soledads Idee gewesen. Sie mochte Partyspiele. Sie riefen auch Charlie von der Veranda herein, ohne auf seine schlechte Laune zu achten, teilten sich in Gruppen auf, schrieben die Namen von Filmen, Büchern oder Fernsehsendungen auf, warfen die zusammengefalteten Zettel in eine Schale und übergaben sie der gegnerischen Gruppe. Verheiratete Paare, die es schafften, in derselben Gruppe zu landen, hatten einen klaren Vorteil, da sie schon lange gelernt hatten, telepathisch miteinander zu kommunizieren. Cynthia erriet sofort, was Johnny meinte, und Johnny wusste, was sie ausdrücken wollte. Selbst Soledad konnte sich auf Brig verlassen, der ihre Pantomime zu *Blade Runner* vor allen anderen erriet und ihnen vorsang. Während Garrett versuchte, *The Norton Anthology of Poetry* zu spielen – welcher bescheuerte Sadist hatte sich das bloß ausgedacht? –, fühlte er sich seltsam verloren und versuchte, Ceces verblüfftes Schweigen nicht als Urteil für ihre Beziehung zu deuten.

Als Charlie dran war, stand er steif von der Couch auf und ging mit kurzen, bedächtigen Schritten und geschwellter Brust wie ein Gockel zur Mitte des Teppichs. Garrett hatte eine böse Vorahnung. Charlie fummelte in seiner Hemdtasche herum und holte eine Lesebrille heraus. Einen Moment lang fragte sich Garrett, ob er vergessen hatte, wo er war, so sehr schien er sich auf das, was auf dem Zettel stand, zu konzentrieren. Doch dann sah Charlie auf, machte Cece in der Menge aus und starrte sie so lange an, dass die anderen nervös auf ihren Sitzen hin und her rutschten.

Schließlich steckte er das Kärtchen in die Tasche, und Cynthia drehte die Plastiksanduhr um, die sie als Zeitmesser benutzten. Nachdem er mit seinen Händen das Buchzeichen gemacht hatte, tat Charlie so, als würde er nach etwas greifen und es zum Mund führen.

»Du trinkst ein Bier?«, fragte Marcus.

Charlie ignorierte ihn und wiederholte die Bewegung.

»Na gut, du putzt dir die Zähne?«, sagte Soledad.

»Oh mein Gott, nein. Der lutscht einen Schwanz!«

»Mehrere!«

»Steve Jobs!«

»Ein *Buch*, du Dummkopf!«

Charlie taumelte hin und her und stieß gegen Möbel.

»Er macht einen Betrunkenen nach.«

»Er ist selbst betrunken!«

»*Das verlorene Wochenende?*«

»Es ist ein, wie heißt das noch …?«, sagte Johnny. »Ein buddhistischer Koan.«

»*Unter dem Vulkan!*«

»Oh, oh, Shakespeare? *Die lustigen Weiber von Windsor?*«

Charlie blieb in der Mitte des Teppichs stehen und wankte. Er ging auf Cece zu, zeigte auf ihr Gesicht und stieß den Finger in die Luft. Sein Gesicht glänzte vor Schweiß. Alle sahen ihm sprachlos zu. Marcus, der Charlie gefilmt hatte, ließ sein Handy sinken. Cece schien genauso ratlos zu sein wie die anderen. Mit einem Gesicht, als hätte man ihm die dümmsten Teamkollegen der Welt aufgehalst, hob Charlie einen Finger – »Erstes Wort« – und zupfte an seinem Ohrläppchen. Dann trat er zu der Keramiklampe neben der Couch und warf sie um, sodass sie auf dem Boden zersplitterte. Garrett sprang auf. Charlie warf einen bewundernden Blick auf die zerbrochene Lampe und machte einen ganz zufriedenen Eindruck. Er keuchte.

»Katastrophe«, sagte Charlie.

»Das kannst du laut sagen«, meinte Gabby.

»*Der Meister und Margarita.* Ceces Lieblingsbuch. Sag es ihnen, Cece!« Er sah sie verzweifelt an. »Plus ihr Lieblingsdrink. Margaritas.«

Cece wich seinem Blick aus. Garrett, der sie noch nie einen Margarita hatte trinken sehen, fragte sich, ob es wahr sein konnte. Charlie starrte sie an und schwankte sanft hin und her.

»Sie mag keine Cocktails«, sagte Garrett schließlich.

»*Dich* hat niemand gefragt!«

»Und es ist auch nicht ihr Lieblingsbuch.«

»Wie wäre es, wenn wir was anderes spielen?«, fragte Marcus.

»Erzähl es ihnen, Cece!«, rief Charlie. »Im medizinischen Seminar, in der mexikanischen Kantatenkneipe.« Jemand lachte, was ihn zu irritieren schien. Seine Brille saß so schief auf der Nase, als wäre er gerade aus einer Achterbahn gestiegen. »Wo war es noch, in der Fleet Street? Du hast sie gekippt wie Wasser.«

Cece schüttelte den Kopf.

»Sag es ihnen!«

»Ich mag keine Cocktails«, sagte Cece, ohne ihn anzusehen.

Charlie starrte sie ungläubig an.

»Vielleicht ist es allmählich Zeit, schlafen zu gehen«, meinte Soledad zu Charlie.

»Was?«

»Brauchst du Hilfe da oben?«

»Okay, Mom. Wechselst du mir auch die Windeln?«

Charlie grinste in den Raum hinein, als hielte er sich für lustig. Allmählich schien es ihm zu dämmern, was er da gerade gesagt hatte. Sein Blick blieb an Brig hängen, der ihn von seinem Rollstuhl aus anstarrte.

»Mit Vergnügen, mit Vergnügen, mit Vergnügen, mit Vergnügen!«, schrie Charlie ihm ins Gesicht.

»Okay«, sagte Garrett und packte ihn unter den Achseln. »Das reicht jetzt.«

Er hätte erwartet, dass Charlie sich wehren würde, doch als Garrett ihn berührte, sackte er in sich zusammen, als wäre der Fluch, der ihn befallen hatte, mit einem Mal verflogen. Garrett half ihm die Treppe hinauf ins Schlafzimmer, wo er in der Lage verharrte, in der er auf das Bett gefallen war, eine Hand auf dem Herzen, wie jemand, der den Fahneneid leistet. Das Zimmer war ein einziger Saustall. Die Schubladen der Kommode waren herausgezogen und hingen nach unten. Über ihnen breitete sich eine rote Jogginghose aus, als wollte sie sich flussaufwärts aus dem Staub machen. Auf dem College hatte Charlie sogar seine *schmutzige* Wäsche immer gefaltet, bevor er sie in den Wäschekorb warf, obwohl er wusste, dass er sie später in die Waschmaschine stopfen würde.

Der arme Kerl keuchte, wie Betrunkene es tun, wie ein Dobermann nach einem Spaziergang. Garrett hatte eine entfernte Erinnerung daran, wie das war. Warum zum Teufel hatten sie das eigentlich immer mit Spaß verwechselt?

»Wie war das noch mit diesem Kerl?«, fragte Charlie, ohne die Augen aufzuschlagen. Er hörte sich jetzt noch betrunkener an als vorher. Garrett konnte nur hoffen, dass er sich am nächsten Tag an nichts mehr erinnerte.

»Welcher Kerl?«

»Na, dieser Kerl, verdammt! Der mit dem Finger im Mund, als wäre es ein Lolli.«

»Meinst du den Tierarzt in Waterton?«

Charlie nickte. Garrett hatte nicht die leiseste Ahnung, wieso er ausgerechnet jetzt darauf kam. Es war eine dieser Kriegsgeschichten, die Wildlife-Biologen erzählten, um Menschen zu beeindrucken. Garrett musste tief in seinem Gedächtnis graben, um sich daran zu erinnern. Zwei Kollegen, die an einem Projekt arbeiteten, waren dabei gewesen, eine Falle für einen Vielfraß zu bauen, als dem einen die Kettensäge ausrutschte und er einen Finger verlor. Der Verletzte hatte einen Schock erlitten. Und Henderson, so hieß der Veterinär der Organisation, fand den Finger, steckte ihn in den Mund und behielt ihn stundenlang dort, bis der Rettungshubschrauber kam. Angeblich, damit er sauber und kühl blieb oder so ähnlich. Garrett konnte sich nicht mehr genau erinnern.

»Das nenne ich echte Freundschaft«, sagte Charlie, schlug die Augen auf und schaute Garrett an, vorwurfsvoll, wie es schien.

»Morgen früh musst du dich bei deinen Gästen entschuldigen.«

»Würde Cece deinen Schwanz lutschen? Wenn jemand ihn versehentlich abgesäbelt hätte?«

»Irgendwas stimmt mit dir nicht«, sagte Garrett ernst.

»Ach nein, Dr. Freud!«, fauchte Charlie. »Jedenfalls ist der Kerl ein Idiot. Im Mund eines Menschen gibt es mehr Bakterien als in einer Kloschüssel.«

»Bakterien?«

»Bakterien!«, rief er und schnippte vor Garretts Nase mit den Fingern.

Von unten drang Gelächter hoch, man klatschte Beifall. Jemand hatte einen Song von Prince aufgelegt. Charlie winkte Garrett zu sich, und der beugte sich vorsichtig über ihn, weil er dachte, sein Freund wollte ihm etwas ins Ohr flüstern. Doch dann streckte Charlie beide Hände aus und packte ihn am Hals. Ein Würgegriff. Widerwillig spielte Garrett mit und umklammerte auch Charlies Luftröhre. Garrett würde ihn bei Laune halten: Es war eine alberne Sache, die sie auf dem College gemacht hatten, ein Versprechen oder ein Liebesbeweis, sich gegenseitig an die Gurgel gehen. Und in der Tat, als er das lang vermisste Gefühl von Charlies Händen an seinem Hals spürte, diesen unbeholfenen Würgegriff eines Betrunkenen, fühlte sich Garrett zum ersten Mal an dem Abend frei von der großen Scharade, die er den ganzen Tag gespielt hatte, indem er so tat, als würde er sich freuen, seine alten Freunde wiederzusehen, und wäre nicht verzweifelt darüber, wie alt sie geworden waren und wie fügsam und verwirrt von dem Gefühl, dass Brig zwar nicht gestorben war, sie sich aber trotzdem auf einer Beerdigung befanden. Charlie drückte Garretts Kehle fester und würgte ihn ein bisschen heftiger, sodass auch Garrett den Druck erhöhte.

2

Nach dem Abendessen, das um halb sechs serviert wurde, denn anscheinend waren Drogenabhängige kleine Kinder, ging Jasper mit seiner Therapiegruppe hinüber zu den Stallungen. Er stellte sich gerne vor, dass es den anderen noch schlimmer ging, aber vielleicht gehörte das auch nur zum Muster seiner Verweigerung. »Minimalisierung«, so hieß das hier. Trotzdem fühlte er sich seinen Mitbewohnern gegenüber einfach überlegen. Eine von ihnen, eine ehemalige Miss-America-Kandidatin, war mit ihrem Baby auf dem Arm die Treppe heruntergefallen. Ein anderer hatte so oft mit Naloxon behandelt werden müssen, dass seine Eltern bereits seine Beerdigung geplant hatten. Wieder ein anderer war so süchtig nach Oxy gewesen, dass er die Hand in den Müllschlucker steckte, in der Hoffnung, ein Arzt würde ihm ein Rezept ausstellen. Das waren seine Kumpels auf der *Whispering Pines Ranch*.

Jasper dagegen, der Goldjunge auf der Ranch, hatte nie auch nur gefixt. Es hatte immer eine Grenze gegeben, die er nicht überschreiten wollte. Er hatte mit Benzos angefangen. Danach Vicodin. Und schließlich Roxys. Nur zwanzig Milligramm, nie mehr. Dann, okay, vierzig, aber nicht achtzig. Und als der Kick nicht schnell genug kam, rieb er die Beschichtung von den Achtziger-Tabletten ab und zerbröselte sie, um sie zu schnupfen. Dann schnupfte er Heroin, kaufte Schnüffelbeutel in Isla Vista, spritzte es aber nicht. Er war ja kein Idiot. Wie auch immer, es war nichts Ernstes: Er hatte die Sucht unter Kontrolle. Dann rauchte er es, aber fixen kam nicht infrage! Nadeln waren was für Junkies, für wandelnde Tote. Dann – Überraschung! – fing er an, sich das Zeug unter die Haut zu spritzen. Aber er hatte sich nie tatsächlich eine Nadel in eine Vene gestochen, nicht ein einziges Mal!

Erst als er all das in der Therapiesitzung erzählte und den

vertrauten Schleier von Trauer und Besorgnis auf den Gesichtern sah, vermischt mit mitleidiger Verachtung für den Stolz, den er empfand, weil er nicht fixte, erkannte er, wie lächerlich sein Gefühl von Überlegenheit war.

Man hätte meinen können, dass er nach dem zweiten Aufenthalt in einer Entzugsklinik seine Lektion gelernt haben müsste: Er gehörte zu den absoluten Nieten auf dieser Welt.

In Montana schien die Sonne nie unterzugehen. Sie wärmte Jaspers Gesicht auf eine Art, die sich gleichzeitig seltsam kalt anfühlte. Ein Gefühl, bei dem man eine Gänsehaut bekommt. Das war eine neue Empfindung, oder eine neue alte, eine von vielen, die er seit der Entgiftung wiederentdeckt hatte. Er blieb kurz stehen und wischte sich den Schweiß von der Stirn. Das lag am Suboxone, besonders nach dem Abendessen. Sein Mitbewohner hatte angefangen, ihn »Old Faithful« zu nennen. Im Vergleich mit einem Entzug war das hier wie ein Spaziergang im Park.

Sie liefen über die Schotterstraße zum Pferch, wo die Pferde auf der Weide grasten, still wie Geister. Ihre kastanienbraunen Flanken zuckten in der Sonne. Der Rauch hatte sich auf magische Weise gelichtet, nach einem der kurzen Schauer, die hier oben als Wolkenbrüche in Erscheinung traten. Es roch stärker als sonst nach Dung. Allein dieser Geruch hob Jaspers Stimmung. Er genoss die Pferdetherapie, sie war das Einzige am Tag, worauf er sich wirklich freute. Jeden Morgen wurde er um sechs Uhr früh geweckt und von einem Plan begrüßt, den man ihm unter der Tür durchgeschoben hatte. Yoga, Therapie (Gruppe), Therapie (Einzel), Mittagessen, Therapie (KVT), Therapie (Kunst oder Musik), Abendessen, Therapie, um die Therapie vom Vormittag zu verarbeiten. Die Pferde sahen sie, sooft sie konnten, je nach Rauchbelastung. Die allgemeine Philosophie hier lautete: Es gibt keinen Weg daran vorbei. Man musste sich rund um die Uhr mit sich selbst konfrontieren, mit der eigenen Sucht. Das war, als wäre man den ganzen Tag in einem Spiegellabyrinth gefangen. Manchmal sehnte sich Jasper danach, in sein Zimmer zu schleichen und sich kurz hinzulegen.

Aber er liebte Nutmeg, die Stute, die ihm zugeteilt worden war. Von Anfang an hatte er sich zu ihr hingezogen gefühlt. Sie hatte eine weiße Raute zwischen den Augen, symmetrisch wie auf einer Spielkarte. *Sie spürt deinen Herzschlag aus einer Entfernung von zehn Metern,* hatte ihm die Pferdetherapeutin gesagt. Jasper wollte es zuerst nicht glauben, doch dann hatte Nutmeg etwas Erstaunliches getan: Sie war auf Jasper zugekommen und hatte an seinem Herzschrittmacher geschnüffelt. Sie hatte ihn durch das T-Shirt hindurch gespürt. Bei dieser ersten Begegnung hatte Jasper alles falsch gemacht, hatte versucht, Nutmeg das Zaumzeug anzulegen, aber sie wirkte nervös und scheu, wich ihm aus und legte die Ohren an. Er hatte es mit einem Lachen abgetan und aus seiner lausigen Reitkunst eine Art Comedy-Nummer gemacht. Später, als sie im Kreis zusammensaßen, sagte Shauna, eine Frau aus seiner Gruppe, es habe sie traurig gemacht, mitanzusehen, wie er mit Nutmeg umgegangen war. Er sei nur mit sich selbst beschäftigt gewesen, mit seinem eigenen Versagen, obwohl er auf Nutmeg hätte achten sollen. Er müsse sich ihren Bedürfnissen unterordnen.

Nach dieser ersten Erfahrung war er aufmerksamer und geduldiger Nutmeg gegenüber, und sie reagierte mit sofortiger Zuneigung. Er spürte eine Ruhe, ein müheloses Verständnis, das er bei Menschen nicht kannte. Sie hatte keinerlei Erwartungen, sie verlangte nie, dass er ihre Liebe erwiderte, an ihren Geburtstag dachte oder dankbar war für das erstaunliche, wunderbare Leben, das ihm geschenkt worden war. Wenn er sie striegelte, ihr die Hand aufs Fell legte und mit der Bürste Kreise zog, spürte Jasper etwas in ihrem Inneren, das er nicht erklären konnte. Eine Kraft, die größer war als er. Als kleines Kind hatte er seinen Großvater beim Rasenmähen das Wort

»Pferdestärke« sagen hören. Er hatte keine Ahnung gehabt, was es bedeutete, und stellte sich vor, es sei etwas Magisches, etwas Göttliches, eine »höhere Macht«, aber in Gestalt eines Pferdes mit glühenden Laserstrahl-Augen. Genau das spürte er jetzt manchmal in Nutmeg. Nicht die Augen eines Superhelden, sondern eine Pferdestärke, eine große, einsame Kraft, die ihm sagte, dass er da war. Er war echt. Das konnte keine Täuschung sein.

Heute wollten sie ihr Pferd als Spiegel benutzen. Alle verteilten sich und ihre jeweiligem »Heilungsbegleiter« über die Wiese und näherten sich ihnen dann wie Achtklässler bei einer Kennenlernparty. Heuschrecken schossen aus dem Gras. Jasper meldete sich freiwillig als Erster. Die Vorstellung hinter dieser Übung war, dass Nutmeg ein emotionaler Einstein war und besser auf seine Gefühle eingestellt als er selbst. Jasper glaubte das. Die Stute sah zu, wie er sich näherte, und wieherte leise. Es gab nichts, das einem mehr schmeichelte, als von einem Pferd begrüßt zu werden. Sie schnupperte an den Beinen seiner Jeans, die vom feuchten Gras der Weide dunkel geworden waren. Er wartete, bis Nutmeg ihren Kopf auf seine Schulter gelegt hatte. Vielleicht würde sie ihm sogar ins Gesicht schnauben, als Zeichen ihrer Zuneigung. Stattdessen musterte sie ihn aufmerksam und schwang ihren Schweif hin und her.

Babs, die Pferdetherapeutin, forderte ihn auf, ihr Verhalten zu beschreiben.

»Sie hat Angst«, sagte Jasper. »Sie ist misstrauisch.«

»Warum – was glaubst du?«

»Vielleicht weil ich so nervös bin?«

Er sah Nutmeg an, als könnte sie ihm mitteilen, was er sagen sollte. »Mein Dad ist in der Stadt. Ich meine, in Salish. Er hat mich angerufen.«

»Hat er denn etwas gesagt, das dich durcheinandergebracht hat?«

»Er schmeißt eine Party. Jetzt gerade, während wir hier sprechen. Die Eltern des Filmstars sind auch da.«

Babs, die rotes Haar und Sommersprossen hatte, die man bei kleinen Kindern süß findet, bei Erwachsenen aber eher entstellend, schien neugierig zu sein. Sie schob ihre Sonnenbrille auf den Schirm ihrer Mütze. Normalerweise hielt sie sich ans Drehbuch. Die meisten Mitarbeiter taten dies auf ihre vage christliche Reiseführer-der-Seele-Art, aber es sah so aus, als wäre ihr Interesse tatsächlich geweckt.

»Wer ist der Filmstar?«

»Ein Mädchen, das ich kenne. *Kannte.* Ihre Eltern wollen mich besuchen.«

Babs legte ihm eine Hand auf die Schulter. Wahrscheinlich dachte sie, Lana wäre eine Fixerin, eine Ex-Freundin, die ihn an die Nadel geliefert hatte. »Es ist dein gutes Recht, Besuche abzulehnen.«

»Mein Vater hat sie darum gebeten. Er mag die beiden. Besonders die Mutter des Filmstars.«

»Musst du denn machen, was dein Vater will?«

»Na ja, er zahlt für meinen Entzug.« Er zeigte auf die grasenden Pferde. »Für *das* hier.«

Babs antwortete nicht. Das war normal in *Whispering Pines.* Jasper sah Nutmeg an, die argwöhnischer als je zuvor auf ihn zu reagieren schien. Wieder etwas, dass sein Dad ihm auf geheimnisvolle Weise vermasselt hatte. »Ich glaube, es ist das Mindeste, was ich machen kann.«

»Du setzt dich schon wieder unter Druck«, sagte Babs. »Wenn du etwas aus einem Pflichtgefühl heraus machst und nicht, weil du es willst, wirfst du es dir und anderen später vor, und hasst sie dann genauso wie die ganze Vorstellung, clean zu bleiben. Und wir wissen ja, wohin das führt, oder?«

Jasper nickte, obwohl er sich nicht daran erinnerte, wozu genau es führte. *Zu einer Opfermentalität? Negativen Selbstgesprä-*

chen? Er konnte die jeweiligen Strategien nicht immer auseinanderhalten, obwohl er wusste, dass sie ihm helfen sollten, das Ganze zu bewältigen. Eine seiner wichtigsten Strategien war es, Lanas Namen nicht auszusprechen. Er nannte sie »Filmstar« oder manchmal auch »Vampirstern«. Dieser Ausdruck war etwas, das er auf der Highschool gelernt hatte, in einem Einführungskurs in die Astronomie. (Er hatte Astrophysik studieren wollen und es sogar auf irgendeinem Formular offiziell erklärt, was ihm aus heutiger Sicht einfach lächerlich erschien.) Manchmal trifft man auf zwei Sterne, die wie Geschwister sind. Man nennt sie auch tatsächlich »Geschwistersterne«, nur ist es so, dass sich der eine vom anderen ernährt, er saugt ihm die ganze Energie aus und nutzt sie als Brennstoff. Das geht viele Jahre lang so. Der Vampirstern wird groß, stark und mächtig, während der andere so stark schrumpft, dass man ihn kaum noch sehen kann.

Das war irgendwie ungerecht. *Sie* war die Verrückte, sie hatte ihn »Bruderherz« genannt und mit Menstruationsblut ihre Initialen auf seine Brust gezeichnet, so sehr war sie auf seinen *verdammten Herzschrittmacher* abgefahren. Wenn überhaupt jemand in eine Anstalt gehörte, dann sie.

Natürlich war es unfair, Lana für das hier verantwortlich zu machen. Dafür, dass sie Erfolg im Leben hatte, während seins sich zu einem verdammten Desaster entwickelt hatte. Babs hätte das ein »Muster der Verzerrung« genannt. Oder war es »ein Muster von Schuld und Scham«? (Jasper hatte viele Muster, die aus anderen Mustern hervorgingen.) Er war ja auch nicht gerade ein vorbildlicher Freund gewesen, oder? Aber sie hatten viele Jahre diesen besonderen Ort gehabt, dieses perverse Geschwisterland. Sie hatten zusammen berühmt werden und in ein Fischerdorf ziehen wollen, wo sie in Frieden alt werden konnten. Sie hätten einander nicht verlassen dürfen.

Es war ihre Mom, die er hasste. Dieses hilflose Gesicht einer sterbenden Forelle, das sein Vater aufsetzte, sobald sie in der Nähe war, als wartete er nur darauf, ins Wasser zurückgeworfen zu werden.

Jasper hatte all das einmal in der Gruppe zur Sprache gebracht, weiß Gott, warum, doch niemand schien zu verstehen, was er damit sagen wollte. Wahrscheinlich hatte er sich nicht gut genug ausgedrückt. Sie hatten einen Brief an ihre Sucht schreiben sollen, um mit ihr Schluss zu machen, doch er hatte eine ganze Seite dem Filmstar gewidmet und dem, was zwischen seinem Dad und ihren Eltern passiert war. Wie sein Vater *sie tatsächlich in sein Leben zurückgeholt* hatte. Ihre Eltern hatten vor fast einem Vierteljahrhundert dieses beschissene Ding durchgezogen, und sein Dad war zu blöd gewesen, um sie zum Teufel zu jagen. Warum konnte Lanas Familie sie nicht in Ruhe lassen? Ihre Mutter hatte die Ehe seiner Eltern zerstört. Reichte das denn nicht? Er war es so leid, für Dinge zahlen zu müssen, die andere anderen, sich selbst und dem ganzen verfickten Planeten angetan hatten, noch vor Jaspers Geburt.

Aber vielleicht war sein Vater einfach bloß besessen. Von der Mom des Filmstars, sicher, aber auch von der Vorstellung, wie sich die Dinge für ihn hätten entwickeln sollen. Er hätte gern ein völlig anderes Leben gehabt. Jasper hatte das Gefühl, dass er nie zur Welt hätte kommen sollen. Das hatte er seinem Suchtberater zu erklären versucht. Dass er sich manchmal wie ein Geist vorkam, als existierte er gar nicht wirklich, doch der Mann hatte geglaubt, er spreche von seiner Sucht. »Willst du dein Leben lang ein Traumwandler bleiben?« Dabei hatte sich das Leben schon lange vor der Sucht wie ein Traum angefühlt. Alle liefen ständig mit ihrem Handy durch die Gegend; erwachsene Männer schossen mit Maschinengewehren auf Menschen, auf Kinder; der Planet stand in Flammen, und kein Mensch schien sich dafür zu interessieren ... All das war ihm nie ganz real erschienen. Ein Gerät mit einer winzig kleinen Batterie hielt ihn am Leben. (Er hatte immer noch Albträume vom Pacing auf der Intensivstation, als er mit dem Geschmack von Kupfer im Mund aufgewacht war.) Nur auf Heroin ergab der Traum einen Sinn, denn dann hatte er das Gefühl, auf einer Wellenlänge mit dem Rest der Welt zu sein.

Er ging wieder auf Nutmeg zu, die immer noch unruhig wirkte und zusammenzuckte, als er ihren Widerrist berührte. Wie ängstlich sie war! Er versuchte, sie unter dem Kinn zu kraulen, ihrer Lieblingsstelle, doch sie zog abrupt den Kopf zurück. Jasper fühlte sich abgewiesen – ja sogar verlassen. In seinen Augen schimmerten Tränen. Natürlich konnte das Pferd seine Gedanken lesen und wusste, dass er innerlich bei dem Filmstar war, der ihn im Stich gelassen hatte. Trotz allem vermisste er Lana. Sie hatte etwas in ihm ausgelöst, als sie noch Kinder waren. Sie hatte seine Einsamkeit gefunden und in einen Ort, einen Unterschlupf, ein Versteck in den Wäldern verwandelt.

Er schloss die Augen. Nutmeg schnaubte in der Hitze. Er sollte seine Gedanken neu ordnen, eins der Mantras nutzen, die man ihm in der Therapie beigebracht hatte. *Ich kann mich ändern.* In zwei Wochen würde er in eine betreute Wohngemeinschaft für Suchtkranke in Palm Springs umziehen. Palm Springs! Die Stadt mit den Golfplätzen. Diesmal würde er clean bleiben, das lag hundertprozentig in seiner Macht, denn er war stärker als seine Sucht.

Jasper hielt die Augen geschlossen und wartete darauf, dass Nutmeg näher kam. Ihr Herz, hatte Babs ihm erklärt, war riesig. Es wog so viel wie ein einjähriges Mädchen. Wenn er ihr Vertrauen zurückgewinnen konnte, das Vertrauen dieses Tiers mit dem Herz eines Mädchens, dann war seine Hoffnung begründet. Es war noch Liebe und Licht in ihm. Ja, er spürte, wie sie näher kam. Stand die Stute jetzt vor ihm? War das ihr warmer, grasiger Atem? Er hob ihr das Gesicht entgegen und wartete. *Die Vergangenheit bestimmt mich nicht. Die Vergangenheit bestimmt mich nicht.*

3

Charlie drückte fester zu. Garrett, der fürchterliche Rückenschmerzen hatte, weil er sich so über das Bett beugen musste, revanchierte sich. Doch das schien Charlie nur noch mehr anzuspornen, als lieferte Garrett ihm einen Vorwand, um weiterzumachen. Würde der Kerl ihn am Ende doch noch umbringen?

»Ich habe mit Cece geschlafen«, sagte Charlie mit gepresster Stimme.

»Davon gehe ich aus. Schließlich wolltet ihr heiraten.«

»Nein! Ich meine später. Vor ungefähr sieben Jahren. Als du unterwegs warst und einen auf Jeremiah Johnson gemacht hast.« Charlie warf einen Blick auf die Kommode. »Nur einmal. Ein einziges Mal«, sagte er stolz. »Ich schwöre bei Gott.«

Garrett starrte ihn an. Ein Preisschild ragte aus dem Kragen von Charlies Hemd, als hätte er sich extra für die Party ein neues gekauft und in seiner Nervosität versäumt, es abzuschneiden. Was Garrett schockierte, mehr noch als Charlies Geständnis, war die Tatsache, dass er kein bisschen schockiert war. Wenn überhaupt, dann spürte er eine seltsam elektrisierende Ruhe. Was war mit ihm los? Er wusste es nicht. Die Härchen auf seinen Armen schienen sich aufzurichten, eine Brise aus der Klimaanlage kitzelte sie.

Charlie schloss die Augen, als wartete er darauf, dass Garrett ihn bestrafte, dass er tatsächlich versuchen würde, ihn zu erwürgen. Als sehnte er sich danach. Garrett müsste eigentlich wütend sein und sich betrogen fühlen.

Stattdessen ließ er Charlies Hals los. Der wälzte sich, beschämt oder stockbesoffen, auf die andere Seite des Betts, weg von ihm. Jetzt erklang von unten ein anderer Song: *Only the Good Die Young*, und dann Applaus. Garrett hörte, wie Cece mitsang und von Brigs wundervoller Baritonstimme begleitet wurde. Sie hatte eine fürchterliche Stimme, war völlig unmusikalisch, aber das war ihr nie bewusst gewesen. Sie sang aus vollem Hals unter der Dusche, im Auto oder beim Geschirrspülen. Manchmal krächzte sie zu Garretts Verlegenheit bei den alten Bands mit, die im *Wild Mile Café* auftraten, und erschreckte damit sogar die Musiker. Es berührte ihn tief: nicht die Singerei, sondern die Selbsttäuschung, die sie zweiundfünfzig Jahre lang aufrechterhalten hatte und der auch die Ehe nichts hatte anhaben können.

Charlie war eingeschlafen und schnarchte wie Elias auf dem College. Es hörte sich an wie Badewasser, das in den Abfluss läuft. (Elias! Er war immer irgendwie gegenwärtig.) Garrett breitete eine Decke über ihn, schaltete das Licht aus und stieg die Treppe hinunter zu den anderen. Er achtete darauf, mit dem Kopf nicht gegen den Treppensturz zu schlagen, obwohl die alte Zeichnung mit der Giraffe längst zu einer Petrografie verblasst war. Im Wohnzimmer tanzte Cece mit Soledad, Gabby und Marcus und drehte die erhobenen Zeigefinger wie Antennen in der Luft. Es hätte lächerlich wirken müssen, aber irgendwie gelang es Cece, sich anmutig und natürlich, sogar sexy zu bewegen. Ihr grau meliertes Haar wippte beim Tanzen hin und her und flog ihr ins Gesicht. Ihr Gesicht! Wie jung und schön und ungewohnt es aussah, fröhlich wie das einer Fremden. Charlies Geständnis hatte sie irgendwie verändert. Die süße Sommersprosse auf dem Wangenknochen, die aussah wie ein kleiner Zylinder. Sie war ihm seit Jahren nicht mehr aufgefallen. Konnte das sein? Garrett schob Gabby so unsanft zur Seite, dass Cece lachen musste, und sie tanzten zusammen. Jetzt lief *Just Like Heaven*, denn auf Spotify wurde man niemals alt, man blieb für immer sechzehn, und sie lächelte ihm zärtlich zu, auf diese liebevoll spöttische Art, wie immer, wenn er zu tanzen versuchte. *Strange as angels, dancing in the deepest oceans.* Er erinnerte sich daran, dass er diesen Song einmal im Radio mitgesungen und gedacht hatte, es hieße *deep explosion*, und Cece hatte ihn so ausgelacht, dass ihr die Cola aus der Nase gelaufen war. Jetzt war der ganze Boden mit Popcorn bedeckt, es knirschte unter ihren Schuhen. Mitten in der Drehung schnappte Cece eine Handvoll aus einer Schüssel auf dem Couchtisch und stopfte sie sich in den Mund, wobei die Hälfte auf dem Boden landete. Auch er nahm welches und ließ Popcorn regnen. Wann hatten sie das letzte Mal miteinander *getanzt*?

Zwischen den Songs bugsierte Garrett Cece am Ellbogen in das Gästezimmer, wo früher Mr. und Mrs. Margolis geschlafen hatten. Die Sonne ging gerade unter, und die Fenster erloschen, eins nach dem anderen, wie Laternen. Sie saßen nebeneinander auf dem Bett. Garrett wollte loswerden, was er im Inneren fühlte. Es auf eine neue Art ausdrücken, so ähnlich wie Brig, der es schaffte, sich singend mitzuteilen. Es schien genau das zu erfordern, eine neue Stimme, doch er hatte nur eine, und es war dieselbe alte Stimme, die Cece zur Genüge kannte und die wegen des Rauchs nur noch ein Raspeln war.

»Tut mir leid, dass wir an unserem Hochzeitstag nicht ausgehen konnten«, sagte er hilflos.

»Sind wir doch«, entgegnete Cece.

»Ich meinte, irgendwohin Besonderes.«

»Wir *sind* an einem besonderen Ort. Da, wo wir uns kennengelernt haben.«

Garrett sah sie an.

»Jedenfalls habe ich was für dich.«

Sie griff in ihre Tasche und holte einen Ziploc-Beutel heraus. Darin befanden sich drei Paar falsche Zähne. Garrett lachte. Beide steckten sich feierlich eins in den Mund. Von einem Moment auf den anderen war alles, was ihm an seiner

Frau neu und schön erschienen war, verschwunden. Sie sah aus wie ein syphiliskranker Pirat. Garrett küsste sie, oder versuchte es zumindest, aber seine Zähne stießen gegen ihre, und ihr Mund war voller Spucke. Seine Liebe konnte den Ekel nicht überwinden.

Cece zog ihre Zähne heraus und schaute sich im Zimmer um. »Weißt du, ich glaube nicht, dass sie besonders glücklich darüber wären, dass wir hier sind.«

»Wer?«

»Die Margolises.«

»Zum Glück sind alle beide tot«, sagte Garrett.

Es hatte sich anders angehört, als er beabsichtigt hatte. Cece sah ihn an, ein bisschen traurig, ein bisschen froh. Niemals eins ohne das andere. Wäre sie ein einfacherer Mensch gewesen, jemand, der leichter zu lieben war, hätte sie ihn wahrscheinlich längst gelangweilt.

»Eines Tages sterben auch wir beide«, sagte sie.

»Stimmt.«

»Ich weiß nicht, warum wir so geworden sind. So, ich weiß nicht ... als könnten wir uns nicht mal mehr sehen.«

»Aber vielleicht hat das was Gutes. Ich meine, mit diesen Zähnen.«

»Für dich ist alles nur ein Witz.« Cece gab sich geschlagen und steckte ihre Zähne wieder in den Beutel. »Vielleicht hattest du in puncto Ehe ja recht. ›Das einzige Abenteuer, das den Feigen offensteht.‹« Sie runzelte die Stirn und nahm mit spitzen Fingern sein vollgesabbertes Gebiss vom Bett, um es zu den anderen in ihrem Beutel zu legen. »Ich wollte nur, dass wir an unserem Hochzeitstag glücklich sind.«

»Ich bin glücklich«, sagte Garrett.

Es stimmte. Sie hatte ihn mit Charlie betrogen, höchstwahrscheinlich in diesem Haus, und trotzdem hatte diese Neuigkeit ... *ihm Lust gemacht zu tanzen*? Eigentlich hatte es sich gar nicht wie eine Neuigkeit angefühlt. Vielleicht hatte er seit Jahren gewusst, dass zwischen ihnen irgendetwas gewesen war, es aber nicht wahrhaben wollen. So wie man erst alle Symptome einer Grippe spüren muss, bevor man daraus schließt, dass man wahrscheinlich krank ist. Er hatte die Last eines Betrugs einfach nicht auf sich nehmen wollen.

Doch jetzt hätte er sie spüren müssen. Warum also fühlte es sich an wie das Gegenteil? *Leicht*, als wäre diese Last von ihm gefallen?

Endlich waren sie quitt, Charlie und er. Oder zumindest *halbwegs* quitt. Jetzt konnte er dieses verdammte schlechte Gewissen vergessen.

Und Cece war zu ihm zurückgekehrt. Sie hatte sich noch einmal für ihn entschieden. Und obendrein hatte er mit alldem nichts zu tun gehabt.

»Ich habe auch ein Geschenk für dich«, sagte er und dachte an das alte Modell, das er gekauft hatte. »Aber die Post hat es noch nicht geliefert.«

»Was denn?«

»Es ist eine Überraschung.«

Sie runzelte die Stirn. »Gib mir doch wenigstens einen *Tipp*.«

Garrett lachte. Typisch Cece. Sie würde sauer werden, wenn er es ihr verriet, wirklich wütend, und trotzdem würde sie so lange versuchen, es aus ihm herauszukriegen, bis das Paket da war. »Es ist so was wie eine Uhr, aber fürs Universum.«

»Eine Uhr?«

»Genau. Die Zeiger bewegt man selbst.«

EINUNDZWANZIG

Seit einer Woche bekam Lana Nachrichten von einer Nummer, die sie nicht kannte:

Geburten sind nichts Einvernehmliches.

Dann einige Tage später:

Eine Wüsteninsel ist keine Tragödie, ein verlassener Planet auch nicht.

Und heute Morgen:

Du bist in böser Materie gefangen.

Lana ging ins Badezimmer und betrachtete sich im Spiegel. Tja, es könnte sich tatsächlich um etwas Böses handeln. Wahrscheinlich waren es aber einfach nur dreißig Jahre Anwesenheit auf der Erde, ein Hauch von Müdigkeit wegen des CO_2-Gehalts, etc. Die Sommer in Montana hatten ihren Tribut gefordert. Die Haut über ihrer Brust war fleckig. Der »Schönheitsfleck« auf der Lippe hatte sich eindeutig zu einem Leberfleck entwickelt. Auf ihrer Stirn bildeten sich ein paar erste Fältchen, wie eine Kaltfront, die nach Norden zog. Lana wusste, dass sie tiefer werden würden und sie es bald schwerer haben würde, Rollen zu ergattern, und selbst wenn aus ihrem verdammten Kopf ein Oscar wuchs und wie ein Einhorn herumkasperte, würde sie niemand mehr eines Blickes würdigen.

Trotzdem wollte sie nirgendwo anders gefangen sein.

Sie räumte die Frühstückssachen weg und machte sich daran, den Balkon draußen zu fegen, ohne Atemschutzmaske, obwohl der Rauch in ihren Augen brannte. In den San Gabriel Mountains waren schon wieder Feuer ausgebrochen, genau wie in den Santa Susana Mountains. Vom Balkon aus blickte Lana auf die verkohlten Ruinen des Griffith Observatory. Ohne Kuppel wirkte der Rundbau seltsam verloren, wie ein Eierbecher ohne Ei. Das Observatorium war schon im vergangenen Oktober abgebrannt, beim Feuer am Cahuenga Peak, trotzdem hatte man zumindest das Gefühl, als handelte es sich um ein einziges Feuer, eins, das nie ganz erlosch. Das ganze Jahr über ließen Löschflugzeuge mit Flüssigkeit gefüllte rosafarbene Wolken fallen. Inzwischen nahm man es einfach hin, wie auch das Tragen von Schutzmasken, im Voraus geplante Stromausfälle und erhöhte Wassersteuern. Sogar als das Hollywood-Schild in Flammen aufging und die Stahlbuchstaben schmolzen wie Schrumpffolie, hatte man diese Entwicklungen akzeptiert. Zuerst waren die Bilder schockierend gewesen, dann irgendwie freakig und cool à la *Burning Man Festival* und schließlich ironisch-ikonisch genug, um ein T-Shirt damit zu bedrucken. Bis Weihnachten sollte ein Ersatz aufgebaut sein. Man schüttelte sich die Asche aus dem Haar und fuhr in seinem Tesla mit eingeschaltetem Luftfilter über den Sunset, als wäre nichts.

Lana war nicht anders. Sie machte es genauso, allerdings ohne Tesla. Was blieb ihr anderes übrig?

Sie fegte die Asche von ihrem Balkon und wässerte ihre Geranien mit dem Restwasser aus dem Weinglas in der Spüle. Die Palmen auf der anderen Straßenseite bogen sich im Santa-Ana-Wind. Ihr Handy vibrierte schon wieder. Es klingelte sogar. Warum hatte sie die unbekannte Nummer nicht blockiert? Sie hatte schon einmal mit Promi-Stalkern zu tun gehabt – na gut, es war nur ein einziger gewesen, aber sie hatte immerhin eine einstweilige Verfügung erwirken müssen, als er mehrmals als Houdini verkleidet in ihrem Wohnhaus aufgetaucht war.

Sie kramte das Handy aus ihrer Jeans: eine 323er Nummer, anders als die zuvor, aber eine, die sie ebenfalls nicht kannte. Sie zwang sich dranzugehen.

»Lana? Ich bin's. Charlie Margolis.«

»Mr. Margolis!«, sagte sie und kam sich sofort lächerlich vor. Sie war eine erwachsene Frau. Aber was sollte sie machen? Ihn »Charlie« nennen? Manchmal musste sie sich aktiv daran erinnern, dass sie kein kleines Mädchen mehr war. Wenn sie an ihre Kindheit dachte, fiel ihr immer der Ausschlag ein, den sie bekommen hatte, wenn sie den ganzen Tag durch harmlos wirkendes Unkraut im Glacier-Nationalpark oder im Jewel Basin gewandert war. Nie hätte man gedacht, dass es schädlich sein könnte, bis es zu spät war und die Beine brannten wie Feuer. Bis heute versuchte sie, die Erinnerung daran abzuschütteln.

»Es ist wegen Jasper«, sagte Mr. Margolis. Er klang besorgt. »Er ist in die Wüste gezogen. Hat sich irgendeiner antinatalistischen Bewegung angeschlossen.«

»*Antinatalistisch?*«

»*Church of VEX* nennen sie sich. Kürzel für ›Voluntary Extinction‹. Sie setzen sich dafür ein, dass die Menschheit aufhört, Kinder zu zeugen, und ausstirbt, du weißt schon: je schneller, umso besser. So ein Rettet-den-Planeten-Schwachsinn, nehme ich an.«

»Und da lebt er jetzt?«

»Genau. Ja. Mein einziger Sohn.« Mr. Margolis räusperte sich. »Die Website ist ziemlich ... ähm, extrem. Was mir Angst macht, ist das Gerede von Euthanasie.«

»Du meinst Massensuizid?«

Er antwortete nicht. Jetzt wurde ihr vollends klar, dass die Nachrichten von Jasper gewesen sein mussten. Irgendwie hatte sie es geahnt, und trotzdem hielt etwas, vielleicht Angst oder Fürsorge, sie davon ab, Mr. Margolis davon zu erzählen.

»Ich hatte gehört, dass er wieder mal einen Entzug macht«, sagte Lana.

Schweigen. Hatte er aufgelegt?

»Welches Mal meinst du?«

»Das vierte?«

»Das fünfte Mal war letztes Frühjahr. Eigentlich ging es ihm sehr gut. Er hatte einen Job bei einem Kletterclub in Palm Springs. Bekam Methadon und trainierte jeden Tag. Er wollte Route Setter werden, was immer das sein soll. Das hat er mir an Weihnachten erzählt. Und ich habe gedacht: *Er ist dreißig und hat jetzt endlich seine Berufung gefunden.*« Mr. Margolis räusperte sich erneut. »Dann hat er während einer Klettertour ein paar Ökos kennengelernt. In Joshua Tree, glaube ich. Extremisten. Sie haben ihn rekrutiert. Du weißt schon, Leute, die versprechen, all deine Probleme zu lösen. Keine Ahnung, ob sie bekloppt sind oder nur, was weiß ich, dein Dad auf Acid.«

»Es wundert mich, dass er sich so jemandem anschließt«, sagte Lana, obwohl das nicht stimmte. Der Junge hatte seine Familie nie besonders gemocht. Tragisch, dass er in seinem Alter noch immer nach einer neuen suchen musste. »Kann ich irgendwas tun?«

»Ich habe zigmal versucht, ihn anzurufen. Er geht nicht dran.«

»Haben meine Eltern dir je von ihrem Besuch bei Jasper in Whitefish erzählt?«

»Ich kann mich kaum daran erinnern. Ich glaube, sie sagten, er sei schwierig gewesen.«

»So kann man es auch nennen«, sagte Lana. Offensichtlich hatte er Lanas Mutter eine Hure genannt.

»Ich dachte nur, nun ja, ihr wart so gute Freunde. Er betet dich an.«

Lana war sich da nicht so sicher – im Gegenteil. Sie hatte ihn nicht mehr wiedergesehen, seit jenem Sommer, als sie sechzehn waren und sie den YouTube-Clip abgespielt hatte, wo er mit einem Kissenbezug über dem Kopf einen Song zum Besten gab. Der Sommer, als sie ihn vor seiner Schwester und ihrer Freundin lächerlich gemacht hatte. Danach hatte er nicht mehr mit ihr gesprochen. Obwohl, das stimmte nicht ganz. Vor sieben oder acht Jahren hatte er sie einmal angerufen, mitten in der Nacht, nach ihrem Debut in *Houdini, PI*. Er war völlig neben sich gewesen und hatte ohne Punkt und Komma auf sie eingeredet, als wäre er ein löchriger Ballon und müsste alles loswerden, was er zu sagen hatte, bevor ihm die Luft endgültig ausging. *Du bist eine miese Schauspielerin und solltest nach Montana zurückgehen.* Lana hatte das Gespräch abgebrochen. Sie hatte es für gut möglich gehalten, dass er sie noch immer von der Leiter kippen wollte.

Vielleicht aber auch nicht. Nicht lange nach dem Anruf war ein Umschlag mit der Post gekommen, Priority, ohne Absender. Keine Nachricht, nur ein paar Monopoly-Scheine, ein Holzsplitter, ein Stein, so flach wie ein Chapati, perfekt, um ihn über das Wasser springen zu lassen. Lana hatte auf diese sentimentale Geste nie geantwortet. Dabei hätte sie es so gern getan. Sie hatte zwei verschiedene Mails an Jasper geschrieben und sich entschuldigt, weil sie ihn damals verraten hatte, als sie sechzehn waren. Denn manchmal dachte sie an ihn und hatte ein schrecklich schlechtes Gewissen. Na gut, öfter als nur manchmal. Oft. Man könnte sogar sagen, sehr oft. Dabei war ihr klar, dass dieses Schuldgefühl selbstverherrlichend war. Er hatte sich nicht so entwickelt, nur weil sie einmal etwas Bestimmtes getan hatte, als sie noch Kids waren. Sie war nur ein Grund von unzähligen anderen. Trotzdem, er hatte ein berühmter Sänger und Songwriter werden wollen, und sie hatte seinen Traum zerstört.

»Na gut«, sagte sie zu seinem Vater.

»Na gut was?«

»Was soll ich machen?«

~~~

Eine Woche später saß sie auf dem Beifahrersitz von Mr. Margolis' Wagen und fuhr auf dem Weg nach Twentynine Palms durch die Mojave-Wüste. Von der Route 62 aus wirkte die Landschaft flach und abweisend, ein endloser mit Kreosotbüschen gesprenkelter Sandkasten. Lana war begeistert. In Montana war alles so schön, dass man sich innerlich hässlich vorkam. Hässlich und entstellt. Es hatte etwas Selbstgefälliges, eine gewisse geistige Überlegenheit. Sie würde nie vergessen, wie sie auf dem Weg nach L. A. das erste Mal durch High Desert gefahren war und beim Anblick der leidenden Pflanzen dieses Gefühl von Seelenverwandtschaft hatte. Das Land selbst schien Not zu leiden. Und die Joshua-Bäume! Diese knorrigen Äste, die so verdreht waren wie die Arme des echten Joshua, eines Kindes im Rollstuhl, dem sie in der zwölften Klasse einmal ehrenamtlich Nachhilfeunterricht gegeben hatte. So konnte man nur wachsen, wenn man Schmerzen hatte.

Mr. Margolis starrte geradeaus und konzentrierte sich allein darauf, sie zu dem Kollektiv zu bringen, wo Jasper jetzt lebte. So nannte er es: »Kollektiv«, als würde die Bezeichnung »Sekte« es tatsächlich zu einer solchen machen. War denn ein Kollektiv nicht eher so etwas wie eine *Farm*? Was konnten sie hier draußen in der Wüste überhaupt anbauen? Lana hätte Mr. Margolis diese Fragen theoretisch stellen können, aber sie hatten kaum ein Wort gewechselt, seit er sie in ihrer Wohnung in Los Feliz abgeholt hatte. Mit seinem grau melierten Bart hätte er elegant gewirkt, hätte sich nicht ein Stück Bananenfaser darin verfangen gehabt. Lana machte das nichts aus. Letzte Nacht hat-
~~~

te sie kaum geschlafen und wie üblich über ihr verkorkstes Leben nachgedacht.

»Was hat Jasper gesagt, als du ihm erzählt hast, dass wir kommen?«, fragte sie jetzt, teils, um sich selbst aufzuwecken.

Mr. Margolis warf ihr einen kurzen Blick zu und sah dann wieder auf die Straße.

»Sag bloß, er weiß nicht, dass wir kommen.«

»Wie denn? Er geht ja nicht ans Telefon.«

»Meine Güte! Du hast nicht mal mit ihm gesprochen?«

»Er hat mir einen Brief geschrieben, als er dahin gezogen ist. Das ist ungefähr sechs Monate her. Er schrieb, sie hätten einen einbeinigen Hund auf der Farm, Ouroboros. Ich glaube, er meinte einen *dreibeinigen* Hund. Ein Versprecher. Und dann mit ›Wäre lieber tot, Jasper‹ unterschrieben. Statt ›liebe Grüße‹ oder ›herzlich‹ oder was weiß ich.« Mr. Margolis fummelte am Ventilator der Klimaanlage herum. »Das war alles. Der Brief war sehr kurz. Ich habe ihm mehrmals zurückgeschrieben, aber er hat nicht mehr geantwortet.«

Er lächelte ihr zu. Die Bananenfaser in seinem Bart flatterte hin und her wie ein Wurm. Auch seine Hand zitterte. Lana war es aufgefallen, als er an der Klimaanlage gefummelt hatte. Ihrer Ansicht nach stand Mr. Margolis' Verfall in direkter Verbindung zu einer weit zurückliegenden Tragödie, die mit ihrer Geburt zu tun hatte. Ihr selbst war es eigentlich ziemlich egal. Er hatte sie nie besonders gemocht, zumindest empfand Lana das so, als wäre sie irgendwie ein Beweis für die Ungerechtigkeit der Welt.

Lana starrte aus dem Fenster und ärgerte sich darüber, dass er sie in einen Hinterhalt gelockt hatte. Sie überlegte, ob sie darauf bestehen sollte, umzukehren und nach L. A. zurückzufahren, andererseits hatte sie auch nichts zu tun. Sie hatte keinen Job, keine Partnerin und kaum was zu essen im Haus. Das ganze Frühjahr über hatte niemand sie zurückgerufen. Den letzten Dreh hatte sie für eine Virtual-Reality-Show namens *SpacePala-*

dins: Omega Rising gemacht. Darin spielte sie jemanden namens Starbreath, der am Ende von einem Ritter auf einem Drachen enthauptet wird. Das war im letzten Herbst gewesen. Seitdem hatte sie zwölfmal völlig umsonst vorgesprochen. Wenn sie mit ihrer Agentin Fehmeeda verbunden wurde, brauchte diese immer länger, um ranzugehen. Lana hatte das ungute Gefühl, geghostet zu werden, aber auf sanfte Art, als wiche ihre Agentin vor einer Bombe zurück.

»Der Vater deines Dads hatte mal einen dreibeinigen Kater«, sagte Mr. Margolis. »Seinen Namen habe ich vergessen.«

»Barnabas«, sagte Lana.

»Genau. Er konnte über einen Zaun laufen.«

»Er ist vor meiner Geburt gestorben. Ein Kojote hat ihn gefressen, glauben sie.«

»Ja, klar«, sagte er düster. Er sah wieder auf die Straße. »Sonst hätten deine Eltern ihn geerbt.«

»Mom und du hattet eine Affäre, stimmt's?«, sagte Lana plötzlich.

Er sah sie erstaunt an. Lana war genauso verblüfft. Es war ihr einfach rausgerutscht. Mr. Margolis wurde so rot, dass selbst sein Bart zu glühen schien. Was hatte ihre Mutter bloß in diesem Mann gesehen, der viel zu blass war, um seine Gefühle für sich zu behalten? Er sah nur lehrbuchmäßig gut aus. Augen, Nase und Mund passten zusammen wie die Reime in einem Gedicht. Aber irgendwas fehlte. Eine gewisse Entschiedenheit vielleicht oder Selbstbewusstsein? Etwas, das alles zusammenhielt.

Mr. Margolis griff über sie hinweg ins Handschuhfach und nahm eine Cyborg-artige Sonnenbrille mit verspiegelten Gläsern heraus.

»Pass auf«, erklärte er schließlich, nachdem er seine Augen hinter der Brille versteckt hatte. »Deine Mutter hat vor langer Zeit meine Nummer auf ihrem Telefon blockiert. Sie hat mich völlig aus ihrem Leben gestrichen.« Er sah Lana an, oder zumindest seine Brille tat es. »Sie ist ein guter Mensch.«

Lana runzelte die Stirn. Als Mädchen war ihr die Traurigkeit ihrer Mutter nicht geheuer gewesen. Diese Frau hatte alles, was sie brauchte. Vor allem sie, Lana. Wie konnte sie es wagen, unglücklich zu sein? Und wie konnte sie es wagen, ihre Ehe aufs Spiel zu setzen und sich einzubilden, auf diese Weise das Problem lösen zu können?

Doch jetzt fragte Lana sich, ob ihr das alles jemals wirklich wichtig gewesen oder es nur ein weiterer Vorwand war, um für ihren Vater Partei zu ergreifen, der die Hälfte der Zeit abwesend war und den man daher leichter anhimmeln konnte. Ehrlich gesagt konnte Lana mit dem Prinzip der Ehe nichts anfangen. Sie war ein uraltes Relikt, genau wie die Monogamie. Warum sollte sie sich für etwas interessieren, das vor fünftausend Jahren als eine Art Alarmanlage erfunden worden war, um den wertvollsten Besitz eines Mannes zu schützen? Sie konnte es kaum glauben, dass heute noch jemand etwas einging, das sich »Ehebund« nannte. Wie auch immer, es ließ keinen Spielraum für Fehler, und das Leben war hart. Die Leute bauten so viel Mist, der sich nicht rechtfertigen ließ. Vielleicht wäre ihre Mutter glücklicher mit diesem Mann und seiner lächerlichen Sonnenbrille geworden, dem Leute wichtiger waren als Vielfraße. Der sie für einen guten Menschen hielt, selbst jetzt, nachdem sie ihn zum zweiten Mal abserviert hatte.

»Hasst du mich denn auch? Das tut mir leid.«

»Nein«, sagte Lana aufrichtig und wunderte sich über das »auch«. Es machte sie trauriger als alles andere, was er gesagt hatte.

Am Stadtrand von Twentynine Palms wies das Navi sie an, in eine nicht ausgeschilderte Schotterstraße abzubiegen und ihr über mehrere Meilen zu folgen. Der Weg war so holprig, dass Lana befürchtete, ihr könnte ein Zahn ausfallen. Sie stützte sich mit beiden Händen am Armaturenbrett ab und fühlte sich wie ein Eggshaker voller Knochen. Schließlich erreichten sie das Ende der Straße, wo ein kaputtes Fahrrad ohne Räder an ein Gittertor gekettet war. Es befand sich unübersehbar schon ziemlich lange dort. Außerdem hing ein selbst gemaltes Schild am Tor.

CHURCH OF VEX mit einem wischfesten Stift, und darunter, in einer etwas kleineren Schrift: WIR ALLE SIND HIER UNBEFUGTE.

Charlie stieg aus, öffnete das Tor und schleifte dabei das kaputte Rad mit. Sie fuhren weiter. Jemand hatte Plakate mit Sprüchen und Slogans am Straßenrand aufgestellt, im Stil altmodischer Reklame: GLÜCK IST WAS FÜR SCHWEINE; DER MENSCH IST DAS KREBSGESCHWÜR DER ERDE; DAS GRÖSSTE GLÜCK IST, GAR NICHT ERST ZUR WELT ZU KOMMEN ... ABER DAS GELINGT NUR WENIGEN. Kurz darauf erreichten sie eine kleine Gruppe verlassener Gebäude. Quadratische, weiß verputzte Kästen, deren Ecken abbröckelten und die in ihrer Kargheit an eine Kaserne erinnerten. Sie sahen aus wie Zuckerwürfel. Vor einigen standen Kakteen oder Sonnenblumen in alten Farbeimern oder ambitioniert direkt in die Erde gepflanzt. Bei einem Gebäude reihte sich eine Kolonnade von Pflanzstäben mit aufgespießten Puppenköpfen aneinander.

Bisher war Lana ruhig gewesen, doch jetzt wurde ihr ein bisschen mulmig. Die Luft roch nach Dung – oder waren das menschliche Hinterlassenschaften? Sie fragte sich, warum sie den stechenden Geruch wie eine Erleichterung empfand, bis ihr bewusst wurde, dass es nirgendwo Rauch gab. Irgendwo in der Nähe gackerten Hühner. Mr. Margolis hielt vor dem letzten Haus auf der rechten Seite an, das größer war als die anderen. Das Wellblechdach ragte wie die Krempe eines Hutes über die Eingangstür hinweg. Ein Hund lag in seinem Schatten. Jasper hatte ihn treffend beschrieben: Er ruhte auf einem Brett, einbeinig und fett, wie ein Braten, in dem ein Fleischthermometer steckte. Diese jämmerliche Kreatur bellte sie nun an und kam dann auf das Auto zu, indem sie das Brett, an dem kleine Räder befestigt waren, mit dem einen Bein vorwärtsstieß.

Jemand erschien in der Tür des Hauses: eine weiße Frau mit Dreadlocks. Sie war dermaßen von der Sonne verbrannt, dass sie aussah, als hätte man sie gerade aus einer glühend heißen Badewanne gezogen. »Boros!«, rief die Frau dem Hund zu, worauf er augenblicklich verstummte.

Lana und Mr. Margolis stiegen aus. »Guten Morgen«, sagte Mr. Margolis, obwohl es bereits später Nachmittag war. Er nahm die Brille ab, als könnte die Frau ihn wiedererkennen. »Wir suchen Jasper Margolis.«

»Und wer sind Sie?«

»Ich bin sein Vater, Charlie. Und das ist Lana. Lana Meek, eine alte Freundin von ihm.«

»Ach, Mr. Raus-aus-den-Federn!«, spottete die Frau.

»Wie bitte?«

»Wir wissen alles über Sie. Der ehrenwerte Herr Doktor! Sie haben ihn jeden Morgen mit diesem Spruch geweckt! *Raus aus den Federn*!« Sie lachte, als wäre es die komischste Sache der Welt. Ihr Mund war voller Zahnlücken, die an die Noppen eines Legosteins erinnerten. »Oh Gott! Dann wird das kleine Wiedersehen sicher einen Heidenspaß machen!«

»Was meinen Sie?«, fragte Mr. Margolis höflich.

»Nichts. Nur, dass wir ein bisschen Unterhaltung gut brauchen können.«

Sie sah zur Sonne auf, so wie man auf eine Uhr blicken würde. »Mal sehen, wie der Feind auf Dr. Frankensteins Verfolgung reagiert.«

Mr. Margolis starrte sie an. »Dr. Frankenstein?«

»Sie haben ihn doch in dieses Leben geholt, oder? Nicht-

Existenz hat im Gegensatz zum Leben noch nie jemandem geschadet«, erklärte die Frau salbungsvoll.

»Wir haben Ihre Schilder unterwegs gelesen«, antwortete Lana und runzelte die Stirn.

Die Frau ignorierte sie und wandte sich dem Nachbarhaus zu, dessen Tür einen Spaltbreit offen stand, als würden sie beobachtet. »Jasp! Du hast Besuch!«

Die Tür öffnete sich, und ein Mann mit nacktem Oberkörper, kahl geschorenem Kopf und einer Gürteltasche an der Hüfte blinzelte in ihre Richtung. In der Hand hielt er eine kleine selbst gebastelte Bürste, wie man sie zur Reinigung eines Anzugs benutzt. Er schaute Lana eine Weile an, beugte sich dann langsam vor und fegte mit der Bürste vor jedem Schritt den Boden sauber. So kam er auf sie zu. Lana fragte sich, ob er Jaspers Auftritt vorbereitete. War Jasper jetzt etwa der König dieser lächerlichen Sekte? Eine Art Guru des Ausrottungs-Schwachsinns, dem man den roten Teppich ausrollte?

Dann hielt der Mann, der den Weg gefegt hatte, inne, richtete sich auf und überraschte Lana mit einem Lächeln. Sie kannte das Gesicht, natürlich, auch wenn es jetzt sehr schmal war, aber ganz sicher war sie erst, als sie die Erhebung des Herzschrittmachers unter dem Schlüsselbein entdeckte. Instinktiv umarmte Lana ihn, doch Jasper blieb nur reglos stehen, sodass sich der Stiel der Bürste in ihren Bauch bohrte. Es war, als umarmte sie einen Baum. Einen Baum, der zum Himmel stank. Tränten ihre Augen deswegen so? Mr. Margolis sah aus, als stünde er unter Schock. Er starrte Jasper an, als würde er seinen eigenen Sohn nicht wiedererkennen.

»Was macht ihr denn hier?«, fragte Jasper.

»Was machst *du* hier?«, erwiderte Lana. Sie warf einen Blick auf die Bürste. »Bist du hier so was wie der Hausmeister?«

Jasper lachte. Er war braun gebrannt, mehr, als sie für möglich gehalten hatte, beunruhigend braun, fast wie gegrillt, was daran erinnerte, dass man aus Fleisch und Blut war. Hätte sie nicht gewusst, wie alt er war, hätte sie auf vierzig getippt. Seine Stirn war voller Falten, wie bei einem alten Mann, und er hatte den typischen Blick eines Junkies, diesen schrägen, leicht verschlagenen Ausdruck, als wäre irgendwie das ganze Gesicht verrutscht. Mr. Margolis gab sich einen Ruck und versuchte, ihn ebenfalls zu umarmen. Jasper wich zurück, sodass sein Vater einen Moment lang einfach mit ausgestreckten Armen dastand. Sollte Jasper sich schuldig fühlen, merkte man es seinem Gesicht nicht an.

»Das ist ein Mönchsbesen«, sagte er abwehrend. »Ein *ogha*. Sie werden von Jain-Mönchen benutzt.«

»Dann bist du jetzt ... also, ein *Jain-Mönch*?«

»Gott, nein. Wir sind keine Jainisten. Wir glauben weder, dass die Menschheit gerettet werden kann, noch an den Pfad der vier Juwelen.« Er verdrehte die Augen, als hätte Lana keine Ahnung, wovon er sprach. »Aber ihre tägliche Praxis finden wir inspirierend – vor allem, wenn es um *Ahimsa* geht.«

»Tja, so riechst du auch. Das hast du definitiv praktiziert. Wann hast du denn das letzte Mal geduscht?«

Jasper lächelte sie an.

»Egal. Du musst nicht antworten.«

»Wie die Jains glauben auch wir daran, dass alle Lebewesen heilig sind, egal wie klein sie sein mögen. Deshalb treten wir nicht auf Insekten.« Er hielt seine Bürste in die Höhe. »Der Mensch ist eine Plage. Allein mit unserer Geburt haben wir immensen Schaden angerichtet. Das Mindeste, was wir tun können, ist, andere Wesen zu verschonen.« Die letzten Worte klangen hölzern, fast gelangweilt, als hätte er sie von einem Teleprompter abgelesen.

»Jasp!«, sagte Mr. Margolis heiser.

Jasper ignorierte ihn, beäugte jedoch das Auto. »Hey, habt ihr vielleicht was zu essen dabei?«

Mr. Margolis warf einen Blick auf Lana und die Frau mit den Dreadlocks, ging dann zum Wagen und durchwühlte den Rücksitz, bis er mit einer Tüte Doritos zurückkam. Jaspers Gesicht hellte sich auf. Ohne Charlie eines Blickes zu würdigen, nahm er sie ihm ab. Dann drückte er Lana seine Bürste in die Hand, riss die Tüte auf und schaufelte sich die Chips in den Mund. Boros, der einbeinige Hund, rollte mit Hilfe seines Beines in der Hoffnung auf ein paar Krümel auf Jasper zu. Die Frau mit den Dreadlocks warf Jasper einen angewiderten Blick zu und nahm ihm die Tüte weg.

»Vielleicht solltest du deine Besucher ein bisschen herumführen.« Sie sah Lana und Mr. Margolis an. »Ich bin sicher, die prominente Schauspielerin ist eine viel beschäftigte Frau. Es sei denn, sie wollen der Gemeinde beitreten?«

»Mein Rücken bringt mich noch um«, sagte Jasper und starrte auf die Doritos-Tüte in ihrer Hand.

»Pass auf, wohin du trittst. Du kannst die Bürste eine Stunde ruhen lassen.«

Jasper nickte. Die Frau hatte eine Macht über ihn, die sich seltsam anfühlte. Das gefiel Lana nicht. Und woher wusste sie, dass sie Schauspielerin war? Sie gab Jasper die Bürste zurück, und er steckte sie in eine der Gürtelschlaufen. Vorsichtig führte er sie den Weg, den er gefegt hatte, zurück und an dem Gebäude vorbei, in dem er offenbar wohnte. Die Sonne spiegelte sich in den Fenstern, sodass man nicht hineinsehen konnte. Eine Scheibe war zerbrochen; jemand hatte ein Stück Papier darübergeklebt, das zugleich als Unterlage für einen Hinweis diente: EIN PERVERS BEUNRUHIGENDER ABSCHNITT DES BEWUSSTSEINS stand darauf. Jasper ignorierte Mr. Margolis noch immer und tat so, als wäre er gar nicht da, während er Lana auf die Rückseite der Kaserne führte, wo eine versteckte Menagerie Schutz vor der Hitze suchte. Es gab ein Gehege für Schafe und noch eins für Ziegen, von denen die meisten im

Schatten eines Stalls aus recycelten Paletten lagen. Die Hühner waren etwas aktiver, zumindest aber lauter. Eines hüpfte die kleine UFO-Rampe hinauf, die zu ihrem Stall führte. Sogar ein paar Pfaue wanderten hier herum und schleiften ihr Federkleid durch den Dreck.

Lana nickte einem Mann in einem ärmellosen T-Shirt zu, der an einem auf den Kopf gestellten E-Dirtbike herumbastelte, doch er starrte sie mit einer Tube in der Hand nur an. Jasper machte keinerlei Anstalten, sie vorzustellen, sondern führte sie an dem Ziegenstall vorbei zu einem übel riechenden Garten mit aufgestapelten Heuballen und üppigen Kürbis- und Tomatenpflanzen, die gerade von einer alten Frau zurückgeschnitten wurden. Starr vor Schreck hielt sie inne und betrachtete Lana unter der Krempe ihres Cowboyhuts heraus. Mr. Margolis winkte ihr zum Gruß. Wie der E-Bike-Freak reagierte auch sie nicht, sondern starrte sie nur neugierig an, als wären sie unerlaubt in das Dorf ihrer Vorfahren eingedrungen. Doch als sie Jasper erkannte, wachte sie zumindest so weit aus ihrer Trance auf, um »Hey, Seepferdchen« zu rufen und ihm eine Kusshand zuzuwerfen.

»Hat sie dich gerade *Seepferdchen* genannt?«, wollte Mr. Margolis wissen.

Jasper behandelte seinen Vater weiter wie Luft.

»Hast du was … ähm, mit dieser Frau?«, fragte Lana.

»Nein. Ha! Abgesehen vom gelegentlichen Kuscheln.« Das sagte er völlig nüchtern. »Außerdem leben wir hier alle abstinent.«

»Ach wirklich?«

»Es ist das Risiko nicht wert.«

»Du meinst das Risiko, Gefühle zu entwickeln?«

»Das Risiko der Fortpflanzung!«

Er führte sie am Gemüsegarten vorbei und um die Ecke des Ziegenstalls herum, wo Lana beim Anblick eines nackten Mannes auf dem Klo zusammenfuhr. Der Mann starrte sie lässig an, als wartete er auf den Beginn eines Films.

»Das ist unser Kompost-Klo«, sagte Jasper und erklärte, wie sie menschliche Exkremente zu Dünger verarbeiteten.

»Hat es keine Tür?«

»Den Ziegen macht es nichts aus. Ich glaube sogar, dass sie es schätzen.«

»Es hat ja zwei Klositze«, sagte Lana.

»Yep. Man kann Seite an Seite sitzen. Sozusagen doppelt Scheiße bauen.«

Darauf fiel ihr nichts mehr ein. Wann hatte er angefangen, so zu reden? Wie ein dementer Penner? Ihr war innerlich übel. Wie wenn man jemanden im Krankenhaus besucht und feststellt, dass er schlechter dran ist, als man glaubte. Jasper zeigte auf eine Grube in der Ferne, die aussah, als wäre sie aus dem riesigen Schichtkuchen eines Tafelbergs herausgeschnitten: eine alte Erzmine, die allerdings seit den 1980er-Jahren nicht mehr in Betrieb war. Ihre Hänge waren terrassenförmig angelegt, wie die der Inkas. Es war beeindruckend, sogar irgendwie schön. So müsste in Lanas Vorstellung eine Schnellstraße für einen Marsmenschen aussehen. Sie fragte sich, ob Jaspers Kirche das Land gekauft oder nur besetzt hatte. Allmählich hatte sie das Gefühl, selbst etwas zu besetzen, nicht hier, auf diesem speziellen Stück Land, sondern auf der Erde. Das lag daran, dass sie so langsam gingen.

»Wo gehen wir hin?«, fragte Lana.

»Wir wollen Nautilus besuchen.«

Es hörte sich an wie etwas aus *SpacePaladins*. »Ist das ein Mensch?«

»Ein Mal am Tag pilgern wir hin. Um uns zu inspirieren. Ist dir *Anekantavada* ein Begriff? Das Prinzip der vielseitigen Realität?«

»Natürlich nicht«, antwortete Lana.

»Das, was wir für Realität halten, ist nur ein Vorgeschmack«, sagte Jasper. »Ein klitzekleiner Teil von einem großen Ganzen. Das meiste erfahren wir gar nicht.« Wieder schienen seine Worte ihn zu langweilen, als wäre er dazu gezwungen, sich selbst zuzuhören. »Angesichts der Größe unseres Unwissens ist es das Beste, sich nicht einzumischen.«

»Hast du vor, hier dein ganzes Leben zu verbringen?«, fragte Mr. Margolis. Auf seinem Bart glitzerten Schweißtropfen. Er wirkte frustriert, sogar wütend, aber nicht auf seinen Sohn. Jasper ignorierte ihn noch immer.

»Jasper! Jasp! Ich spreche mir dir.«

Nichts.

»Seepferdchen!«

Jasper fuhr herum, er bewegte sich schneller als je zuvor an diesem Nachmittag. »Nenn mich nicht so«, zischte er. »Was hast du überhaupt hier zu suchen?«

»Ich mache mir Sorgen um dich.«

»Ich hab dich nicht gebeten, dich in mein Leben einzumischen.«

Mr. Margolis nahm erneut seine Sonnenbrille ab. Die Augen waren rot gerändert. »Ich bin dein Vater.«

»Genau«, sagte Jasper, als hätte Mr. Margolis soeben gestanden, ein paar Welpen ertränkt zu haben.

Dann wandte Jasper sich abrupt wieder ab und führte sie zu den Ruinen der Mine, die sich am Rand der Grube abzeichnete. Er lief jetzt, weiter entfernt von der Kaserne, schneller. Eine Gruppe verfallener Backsteingebäude schützte sie vor den Blicken der anderen. Ein verlassener Förderturm rostete in der Sonne vor sich hin, das lange Förderband war von Stegen gesäumt. Es sah aus wie eins dieser Kinderspielzeuge, wo Pinguine dazu verdammt sind, immer wieder die gleiche Rolltreppe hinunterzufahren. Jasper achtete nicht auf den Turm und richtete den Blick starr nach vorne. Lana hätte ihn am liebsten gepackt, sich mit ihm zwischen den Löwenzahn gelegt und ihm genussvoll ins Gesicht geniest, damit er wieder zu dem Jungen wurde, der er einmal gewesen war. Stattdessen fragte sie ihn, wer diese Person namens Nautilus war, ob er oder sie hier unten in den Trümmern lebte, und Jasper erklärte ein wenig herablassend, ja, sie lebe hier unten und strebe den Zero Impact an, obwohl die eigentliche Frage sei, was wir überhaupt unter »leben« verstehen. »Wir sagen, ›Soundso lebt in einem Haus oder in Cincinnati, Ohio‹, was aber zählt, ist, dass sie Ressourcen verbrauchen, und da spielt der physikalische Raum so gut wie keine Rolle.«

»Wie ernährt sie sich denn?«, fragte Lana, nachdem er mit seiner Lektion fertig war.

Jasper zuckte die Achseln. »Almosen nennt man das, glaube ich. Wir sorgen schon dafür, dass es ihr an nichts fehlt.« Er zog den Reißverschluss der Gürteltasche auf und nahm ein paar Radieschen heraus. »Aber ich muss dich warnen, sie trägt ihr Himmelkleid.«

»Himmelkleid?«

»Das ist der Ausdruck der Jains für Nacktheit.«

Sie hielten an einem verlassenen Eisenbahnwaggon vor zwei mit Wellblech verstärkten Stollen an. Man hörte, wie der Wind durch den Schacht wehte: ein Phantomrauschen, wie in einer Muschel. An die Wand hatte jemand gemalt:

RAYBURNE MINING
CORPORATION
Graben
Richtung
Morgen

Jasper führte sie zu einem Stollen, in dem es nach Urin stank. Als Lana hineinspähte, konnte sie eine Person sehen, die in der Mitte des Schachts saß, etwa auf halbem Weg nach *Morgen*. Sie saß mit gekreuzten Beinen reglos da und starrte auf die gegenüberliegende Wand. Neben ihr lag ein zusammengerollter brauner Schlafsack.

Jasper drückte Lana die Radieschen in die Hand und schob Mr. Margolis und sie vorwärts. Es kam ihr nicht in den Sinn, sich zu wehren. Sie waren Gäste in diesem fremden Land und mussten tun, was die Einheimischen verlangten. Als Lana sich ins Innere des Stollens bückte, wurde das Geräusch deutlich lauter: ein tiefes, orgelartiges Dröhnen, das aus dem Nichts zu kommen schien oder vielmehr von überall, wie von einem Didgeridoo. Die Person im Stollen war Teil dieses Tons, vielleicht erzeugte sie ihn selbst, so wie ein Wal Geräusche von sich geben kann, ohne das Maul zu öffnen. Lana gewöhnte ihre Augen an den Lichtschimmer am anderen Ende. Der Kies knirschte unter ihren Sneakern, aber die Frau im Stollen rührte sich nicht. Selbst als Mr. Margolis niesen musste, weil der Gestank so stechend war wie in einer Latrine und einem Tränen in die Augen trieb, reagierte die nackte Frau nicht. Ihr Körper war im Gegensatz zu dem von Jasper weiß wie ein Knochen. Und auch so dünn. Man konnte die einzelnen Rippen sehen. Ihr fast kahl geschorener Kopf war von Insektenstichen übersät.

Lana ging in die Hocke und legte die Radieschen in die leere Schale. Die Frau sah sie weder an, noch regte sie sich. Lanas Herz schien ebenfalls stehen geblieben zu sein. Sie fragte sich, ob die Frau vielleicht tot war. Doch nein, sie saß mit offenen Augen da. Eine lebendige Statue.

Lana wich zurück. Diese Frau strahlte etwas aus, eine Art wummernde Leere, die Lana immer gespürt hatte, wenn sie als kleines Mädchen die Wäsche aus dem Keller holen oder mitten in der Nacht pinkeln musste. Es war eine ähnliche Angst, die sie nun packte: uralt und schrecklich, realer als sie selbst, als hätte sich alles, was wahr und gut auf der Welt war, alles, von dem sie dachte, dass es sie beschützen würde, wie Liebe, Güte und Vernunft, als Schwindel entpuppt. Lana lief zum Eingang zurück und stolperte dann mit dem Gefühl, dem Tod nur knapp entkommen zu sein, aus dem Stollen heraus. Mr. Margolis, der plötzlich neben ihr stand, wirkte ebenfalls verschreckt und setzte mit zittrigen Händen seine Sonnenbrille wieder auf.

»Wo ist Jasper?«, fragte sie.

Mr. Margolis sah sich hilflos um. Dann klopfte er plötzlich die Taschen seiner Jeans ab, als suchte er nach etwas.

Lana bekam einen trockenen Hals. »Sag bloß nicht, du suchst deinen Autoschlüssel.«

»Ich habe ihn im Getränkehalter liegen lassen, glaube ich.«

»Scheiße«, sagte Lana, das Schlimmste ahnend. Sie lebte in Hollywood und kannte viele ehemalige Drogenabhängige. Sie liefen an der verlassenen Mine entlang, erheblich schneller als zuvor, und kehrten zur Kaserne zurück. Einige Pfauenhennen, die im Dreck pickten, schreckten auf. Und tatsächlich: Der Audi war verschwunden. An seiner Stelle saß dort der erbärmliche Köter auf seinem kleinen Rollwagen. Auch die Frau mit den Dreadlocks war da und wirkte noch weniger freundlich als vorher. Tatsächlich sah sie aus, als wollte sie eigenhändig die Welt von der Menschheit befreien, angefangen bei Lana und Mr. Margolis. In der Hand hatte sie die halb geleerte Tüte Doritos, die sie ihnen jetzt vor die Füße warf.

»Der Mistkerl hat sich aus dem Staub gemacht.«

~~~

Sie bestellten ein Taxi, gefahren von einer Frau namens Josefina, die sie nach Twentynine Palms brachte und sich dann bereit erklärte, sie noch ein wenig herumzufahren. Mr. Margolis
~~~

zahlte in bar. Am Rückspiegel baumelte ein Rosenkranz, der jedes Mal zur Seite schwankte, wenn der Wagen um eine Kurve fuhr. Es war eine winzige Stadt, ein Ort mit einer Hauptstraße, so breit wie ein Fußballfeld, wo man offensichtlich sein Auto nicht verließ, nicht mal, um zu essen. Reihen von Palmen schimmerten im Wind. Sie fuhren an einem Touristenzentrum, einer Tafel und einem Kasino vorbei, das wie ein Walmart aussah. Die Fahrerin, die sehr gesprächig war und wohl glaubte, ihnen eine Sightseeingtour zu bieten, erklärte, das Casino gehöre der *Twenty-Nine Palms Band of Mission Indians*, die eigentlich von der Stammesgruppe der Chemehuevi seien. An der Adobe Road gebe es eine Grabstätte der Chemehuevi, falls sie Interesse hätten.

»Wo gehen die Leute hier hin, wenn sie Drogen kaufen wollen?«, fragte Mr. Margolis.

Die Fahrerin antwortete nicht. Sie sprach nun praktisch kein Wort mehr mit ihnen, fuhr aber trotzdem an einigen Motels und heruntergekommenen Bars vorbei und verließ dann das Stadtzentrum da, wo die Straße wieder in den Highway überging, ohne von Ampeln unterbrochen zu werden. Inzwischen war es dunkel geworden. Ein Mann schob sein Fahrrad, an dessen Lenker bündelweise Plastikbeutel hingen, auf dem Seitenstreifen entlang. Dann fuhr die Fahrerin plötzlich rechts ran. Mr. Margolis bot ihr fünfzig Dollar, damit sie auf sie wartete. Josefina nickte unwirsch und warf Lana, die noch überlegte, ob sie im Auto bleiben und Jaspers Dad ohne sie gehen lassen sollte, einen finsteren Blick zu. Lana hatte auf diesem Trip bereits mehr ertragen, als sie abgemacht hatten. Aber sie hatte dieses brennende Gefühl in der Kehle, so ähnlich wie der Durst bei einem Kater, als wäre alles, was sie heute gesehen hatten – Nautilus, der einbeinige Köter, Jasper, der sich mit dem Wagen seines Dads davongemacht hatte –, irgendwie ihre Schuld.

Schließlich schnappte sie sich eine der Wasserflaschen aus der Seitentasche der Tür und folgte Mr. Margolis. Er stand draußen und spähte in eine Art Graben zwischen dem Highway und ein paar Bahngleisen. Auf einem schäbigen Sandstreifen hatte man unter dem Sternenhimmel ein phantasievolles Zeltlager aus zusammengewürfelten Stangen, Planen und Sperrholzresten errichtet. Einige dieser kreativen Unterstände hatten sogar Solarpaneele, die im Mondlicht flimmerten wie Fernseher.

Mr. Margolis warf einen Blick auf Lana, nahm seine Uhr ab und steckte sie in die Tasche seiner Jeans. Der Mann mit dem Fahrrad bog in einen Pfad ein, der zum Zeltlager hinabführte. Die Plastikbeutel baumelten hin und her. Lana und Mr. Margolis folgten ihm und versuchten, nicht auf die unzähligen Glassplitter zu treten. In der Ferne sah man die Bergkette, die von der Milchstraße in rosa Licht getaucht wurde. Wie ein aus der Flasche entwichener Geist wölbte sie sich über die höchsten Gipfel. Als sie ans Ende der Böschung kamen, drehte sich der Kerl mit dem Fahrrad um, grüßte sie und fragte mit einem freundlich-näselnden Akzent aus dem Süden, ob sie Hilfe bräuchten. Er hatte nasses Haar, das er hinter die Ohren strich.

»Wir suchen einen Jungen«, sagte Mr. Margolis. »Einen jungen Mann, meine ich.« Dann beschrieb er Jasper, so gut er konnte.

»Ich fürchte, da kann ich Ihnen nicht helfen. Ich war im K-Zirkel und hab meine rituellen Waschungen gemacht.« Der Mann grinste und posierte wie für ein Porträt. Sein T-Shirt trug die Aufschrift MISSISSIPPI STATE. Er war weit weg von zu Hause, wie alle hier.

»Gibt es hier eine spezielle … Abteilung für Junkies?«

Der Mann lachte. »Suchen Sie sich eine aus.«

Lana und Mr. Margolis sahen sich ein wenig um und benutzten dabei die Taschenlampe seines Handys. Sie riefen Jaspers Namen, steckten den Kopf in Zelte, Planen und Hütten und stiegen wortwörtlich in ein Loch, eine riesige Höhle, die Lana für einen Tierbau gehalten hätte, wären da nicht die dicken Balken gewesen, die die Decke abstützen. Noch gestern hätte sie sich nicht vorstellen können, dass sie in einen menschlichen Fuchsbau steigen würde, schon gar nicht mitten in der Nacht. Ehrlich gesagt hätte sie sich das auch in tausend Jahren nicht vorstellen können, und trotzdem war sie jetzt hier, aus eigenem freien Willen. Die meisten Leute, die sie sahen, lagen in ihren Schlafsäcken, umgeben von Gestank, Armut und dem Gefühl eines allgemeinen Widerstands. Hier schien es nicht viel anders zuzugehen als in Jaspers Kommune. Je länger Lana sich umsah, desto natürlicher, ja fast unvermeidlich kam ihr alles vor, als wäre das Leben in einer Wohnung das eigentlich Unnatürliche: dass man Wasser durch ein veraltetes Labyrinth aus Rohren aus dem Boden pumpte, damit man sich damit bespritzen oder in seiner Wohnung aufs Klo gehen konnte. Sie spürte das Kribbeln ihrer alten Angst auf der Kopfhaut, hörte beinahe das Dröhnen eines Didgeridoos in den Ohren. Nach dem Durchstreifen dieser Behausungen, die aus dem Nichts und den Abfällen der Erde entstanden waren, hatte sie das unheimliche Gefühl, am anderen Ende des Lebens herausgekommen zu sein.

Schließlich kamen sie zu einem beleuchteten Sperrholzverschlag mit einer zerfledderten amerikanischen Fahne auf dem Dach. Drinnen hockte eine Frau neben einem gerahmten Druck von *Knabe in Blau*, dessen Kleidung allerdings grün war, und kochte etwas auf einem Campingkocher. Mr. Margolis fragte sie nach Jasper.

»Ein schmaler Typ? Mit einem Gesicht?«

Was hatte das zu bedeuten? Lana hatte keine Ahnung. Trotzdem befolgten sie die Anweisungen der Frau. Sie gingen um eine offene Müllkippe herum und fanden den Weg zu einem kleinen Zelt nicht weit von den Bahngleisen entfernt. Ein Mann saß auf einem Gartenstuhl im Licht einer wiederaufladbaren Laterne inmitten von etwas, das aussah wie der Inhalt eines Lagerraums: Lampen, Golfschläger, ein Staubsauger mit einer roten Schleife um den Hals. Aus dem Transistorradio auf seinem Schoß dröhnte Death Metal. Der Mann hatte die Augen geschlossen und nickte sanft zu der Musik, als wäre es Vivaldi. Mr. Margolis fragte ihn nach Jasper, woraufhin der Mann das Radio fallen ließ und das Weite suchte. Er sprang über die Gleise und verschwand in einem Graben auf der anderen Seite.

Lana steckte den Kopf in das Zelt. Ein Mann mit nacktem Oberkörper lag bäuchlings neben einem Stapel von Kisten und zitterte, als hätte er Fieber. Vor ihm war eine kleine Lache von Erbrochenem. Jetzt versuchte er, sich wie ein Baby mit Hilfe der Ellbogen aufzurichten.

»Jasper?«, fragte Lana.

»Dad«, sagte er, ohne sie zu beachten. Mr. Margolis war in das Zelt gekrochen und kniete sich neben ihn. »Wo bist du?«

»Ich bin hier.«

»Dad, Dad, Dad, Dad, Dad.«

Jasper begann zu schluchzen. Immer noch kniend leuchtete Mr. Margolis ihm mit dem Handy in die Augen, um die Pupillen zu sehen, dann griff er nach seinem Handgelenk und suchte nach seinem Puls.

»Dein Herzschlag ist okay. Brauchst du Naloxon?«

Jasper schüttelte den Kopf. »Ich habe nur von diesem Tier geträumt. Dem Godflow. Das ist so was Ähnliches wie ein Wolfdog, so ein großer Hund, verstehst du? Aber er erlebt die Zeit rückwärts. Er wird immer kleiner, und dann bringt er seine Eltern zur Welt. Als Welpe. Aber natürlich sind sie für ihn, den Godflow, seine Kinder.«

Mr. Margolis half Jasper aus dem Zelt und stützte ihn, als er sich auf einem Bein humpelnd aufrichtete. Jasper legte den Kopf auf Mr. Margolis' Schulter. Lana schaltete das Radio aus und streckte Jasper die Wasserflasche entgegen. Er ignorierte sie und klammerte sich an seinen Vater. Er interessierte sich nicht die Bohne für sie. Einer seiner Füße, die vor Dreck starrten, schien zu bluten.

»Hast du keine Schuhe?«

»Ich hab meine Gürteltasche verloren«, sagte Jasper und tastete nach seiner Hüfte.

»Wo steht das Auto?«

Er zuckte die Achseln.

»Du hast wirklich keine Ahnung, wo der verdammte Wagen sein könnte?«, fragte Lana.

Mr. Margolis warf ihr einen scharfen Blick zu. »Wir werden ihn schon finden, morgen.«

»Was?«

»Wir können in ein Hotel gehen oder so was.«

»Ich muss zurück«, wimmerte Jasper.

»Auf dem Weg in die Stadt habe ich einen *Days Inn* gesehen.«

»Nein, Dad! Bitte. Sie schmeißen mich sonst raus!« Er schluchzte erneut.

»Okay. Psst! Das klären wir morgen.«

Lana starrte Mr. Margolis an. »Ich werde auf gar keinen Fall bei dieser Creepshow-Sekte übernachten. Das ist ja wie in Jainstown.«

Mr. Margolis zog die Uhr aus seiner Hosentasche. »Es dauert ohnehin nicht mehr lange, bis die Sonne aufgeht.« Er war wie verwandelt, wirkte stärker, als würde Jasper ihn stützen, nicht umgekehrt. »Warten wir, bis er wieder runterkommt, und kehren zurück zum Kollektiv. Ich will nicht, dass er aus dem Hotelfenster klettert, um seine Seepferdchen-Freunde zu suchen.«

Jasper konnte nicht laufen, die Schmerzen in seinem Fuß waren zu stark. Deshalb nahm Mr. Margolis ihn huckepack, hielt ihn an den Beinen fest und trug ihn so, wie er es wahrscheinlich schon tausendmal getan hatte. Es war ein langer Weg bis zum Highway zurück. Von Jaspers Fuß tropfte Blut, zumindest sah es im Dunkeln so aus. Lana widerstand der Versuchung, zu fragen, ob er versehentlich den Pfad der vier Juwelen eingeschlagen hatte. Sie war hungrig, müde und wütend wegen des Autos. Mr. Margolis dagegen schien so glücklich zu sein, wie sie ihn den ganzen Tag nicht erlebt hatte, zumindest lebendiger oder zuversichtlicher. Zielstrebig stieg er den Weg zum Taxi hoch, während Jasper wie ein kleiner Junge auf seinem Rücken auf und ab hopste.

Sie hätten nicht alle auf den Rücksitz gepasst, nicht mal, wenn Jasper die Beine auf jemandes Schoß gelegt hätte, um den Fuß hochzuhalten. Deshalb bot Mr. Margolis an, sich nach vorn zu setzen. Jasper schien einverstanden zu sein. Er lehnte sich mit dem Rücken gegen die Tür, und seine Augen waren in der Dunkelheit unsichtbar. Dann überraschte er Lana auf der Rückfahrt zur Kommune, als er nach ihrer Hand griff.

»Es tut mir leid«, sagte sie leise und starrte auf Jaspers Fuß auf ihrem Schoß. Er roch nach totem Tier. Sie spürte, wie ihr erneut die Tränen in die Augen schossen, diesmal aber nicht wegen des Gestanks.

»Wofür?«

Weil mir nicht klar war, in was für einem Schlamassel du gesteckt hast, hätte sie am liebsten gesagt. »Du hast mir diese Sachen mit der Post geschickt«, sagte sie stattdessen. »Und ich hab dir nicht mal geantwortet.«

»Und das kannst du dir nicht verzeihen.«

Sie nickte.

»Armer Geschwisterstern«, sagte Jasper und beugte sich zu ihr. Sein Atem roch nach Erbrochenem. Ganz kurz leuchteten seine Augen im Scheinwerferlicht eines entgegenkommenden Lastwagens auf, und Lana fragte sich, ob er sie verletzen würde. Fast wünschte sie es sich. Stattdessen zog er eine Grimasse, eine gruselige Fratze, so wie sie es als Kinder getan hatten. Er kippte den Kopf auf die Seite und verdrehte die Augen. Lana schaffte es nicht, es ihm nachzumachen.

~~~

Vater und Sohn teilten sich die einzige Matratze. Es gab keine Kissen, nicht einmal eins für den Kopf. Lana legte sich auf den kalten Fußboden, rollte die Decke, die Jasper ihr gegeben hatte, zusammen und schob sie sich unter den Kopf, zitternd im Luftzug eines kaputten Fensters. Es war, als versuchte man auf einer Eisbahn zu schlafen. Nicht, dass sie daran dachte zu schlafen: Diesen verrückten Insektenanbetern traute sie nicht über den Weg. Ihre Schulter schmerzte. Ihr Kopf ebenfalls. Und das Herz.

Mr. Margolis erzählte die Geschichte von einem verrückten Franzosen, der ein Baby gegessen hatte. Jasper hatte darauf bestanden, darum gebettelt, als hinge sein Leben davon ab. Mr. Margolis hatte geseufzt, aber Lana sah, dass er erfreut war oder zumindest froh darüber, die Nacht in einer gruseligen Wüstenkommune zu verbringen und seinem zugedröhnten Sohn Gutenachtgeschichten zu erzählen. Er musste ganz schön deprimiert sein, wenn das das Beste war, was ihm in letzter Zeit passiert war. Plötzlich sehnte sich Lana nach ihrem Vater, nach seinen Geschichten über Vielfraße, denen er einen Sender implantiert hatte, oder den Witzen, die er über die Washburns von nebenan gerissen hatte. Und sie vermisste auch ihre Mutter, obwohl Cece ihre Tochter gelegentlich in den Wahnsinn trieb. Sie war so lange unglücklich gewesen. Allerdings glaubte Lana allmählich, dass ihre Mutter nicht am Unglücklichsein litt, sondern an dessen Gegenteil, Glück oder zumindest einer Vorstellung von Glück, das es nicht gab. Wenn sie zugab, dass sie glücklich war, was könnte sie sich dann noch wünschen? Als
~~~

ihre Mutter das letzte Mal in L. A. war, hatte sie sich die ganze Zeit darüber beschwert, was Montana für ein Kaff war: keine Kunstmuseen, kein Ethno-Food, keine Schuhe außer Regenstiefeln. Und dann schien sie insgeheim erleichtert zu sein, als es Zeit wurde, nach Hause zurückzufliegen.

Es war wie in dem russischen Film mit dem magischen Zimmer, in dem einem der sehnlichste Wunsch im Leben erfüllt werden soll. Aber was, wenn der sehnlichste Wunsch im Leben darin besteht, sich den sehnlichsten Wunsch im Leben nicht zu erfüllen? Was, wenn es nur der Wunsch ist, den man behalten will?

Und was würde Lanas magisches Zimmer enthalten? Schlaf. Ein Bett, in dem sie dahinschmolz wie eine Pfütze. Lana lauschte Mr. Margolis' eindringlicher Stimme, die an- und abschwoll. Hauptsache, sie lenkte sie von den Skorpionen ab, die sich wahrscheinlich gerade in ihren Sneakern einnisteten. Wenn ihre Agentin sie jetzt sehen könnte, würde sie sich ganz schön schuldig fühlen. Wie hieß sie noch? Lana konnte sich nicht erinnern. Ihr Verstand funktionierte nicht mehr. Mr. Margolis' Stimme verwehte wie Rauch und ließ sie allein in der Dunkelheit zurück. Bloß war es nicht dunkel. In der Ferne flackerte ein Licht. Sie musste geträumt haben, denn sie war plötzlich wieder in diesem Stollen mit der reglosen nackten Frau. Die Schüssel zu ihren Füßen war voller Popovers, wie Lanas Mutter sie sonntagmorgens immer gemacht hatte. Es roch nach Montana. Lana ging auf die Frau zu, ganz langsam, sie hatte keine Angst mehr, sie zitterte vor Freude. Das Licht in der Ferne blendete sie wie der Strahl einer Taschenlampe. Dort war das Zimmer. Der verborgene Raum, in dem es regnete. Sie wollte die Frau nicht ansehen, aber ihre Beine, die so dünn waren wie die eines Lamms, versperrten ihr den Weg. Sie waren gespreizt und entblößten ihre Vagina. Es war die größte Vagina, die Lana je gesehen hatte. Offenbar wurde aus ihrem Inneren etwas abgebaut. Das war das Gefühl, das Lana hatte: dass etwas aus der Frau herausgeholt wurde, etwas Altes, das nicht von dieser Welt war, vielleicht sogar älter als das Sonnensystem, wie die Diamanten, die man gelegentlich in Meteoriten fand. »Die prominente Schauspielerin hat nicht den ganzen Tag Zeit«, sagte Nautilus plötzlich mit der Stimme der grässlichen Frau mit den Dreadlocks.

Lana schreckte hoch. Draußen meckerten die Ziegen. Wie lange hatte sie geschlafen? Es kam ihr vor wie eine Minute, aber es waren eindeutig Stunden gewesen. Im Fenster zeigte sich das erste blasse Licht. Jasper und Mr. Margolis schliefen einander zugewandt auf der durchhängenden Matratze.

Langsam setzte sich Lana auf, noch halbwegs in ihren Traum versunken. *Die prominente Schauspielerin hat nicht den ganzen Tag Zeit.* Okay, schon gut. Da war etwas Wahres dran. Lana starrte Jasper an. In dem fahlen Licht sah sein Gesicht aus, als hätte man es zerknittert und dann wieder glatt gestrichen, wie ein Stück Papier, das man aus dem Müll gerettet hatte. Wenn sie morgen sterben würde, was könnte sie vorbringen, um ihre Geburt zu rechtfertigen? Dass sie in ein paar albernen Fernsehsendungen mitgewirkt hatte? Dass sie sich an einem Videospiel beteiligt hatte, für das man sie mit türkiser Farbe angemalt hatte? Dass sie in ein paar Frauen verliebt gewesen war und sie alle mit ihren überzogenen Bedürfnissen und ihrer ständigen Rumvögelei wieder vertrieben hatte? Nichts von alledem war eine befriedigende Rechtfertigung dafür, der Bevölkerung durch ihre bloße Existenz einen weiteren Menschen aufgebürdet zu haben, oder machte den Schaden wieder gut, den sie anrichtete, allein weil sie sich jeden Morgen aus dem Bett wälzte.

Was um alles auf der Welt hatte sie getan? Im wahrsten Sinne des Wortes: Was hatte sie auf dieser Welt getan?

Draußen hörte man etwas. Schritte. Lana saß auf dem Boden und hörte, wie sie näher kamen. Ihr Herz pochte, aber sie hätte nicht sagen können, warum. Man konnte hier draußen leben und sich tot stellen, oder man konnte verdammt noch mal etwas tun. Sicherstellen, dass die Erde sich an einen erinnerte. Alles, was zwischen diesen beiden Extremen lag, war Platzverschwendung. Irgendwo schrie ein Pfau. Es war ein entsetzlicher Ton, als würde ein Kobold ermordet. Das Licht im Fenster wurde dunkler. Und dann eine vertraute Stimme, die aus ihrem Traum:

»Raus aus den Federn, Jaspers Erzeuger! Raus aus den Federn, Lana Meek! Los geht's!«

ZWEIUNDZWANZIG

Garrett stieg den Canyon Creek hinauf auf der Suche nach einer guten Stelle, um seine Antenne auszurichten und hoffentlich ein Signal zu empfangen. Seit anderthalb Wochen hatte er nichts mehr gehört. Keinen Pieps. Es war Juni, und im Park herrschten für die Jahreszeit ungewöhnliche achtundzwanzig Grad. Aber heutzutage war alles ungewöhnlich. Das war das Problem. Garrett hatte Schwalben gesehen, eine Ziegenherde und sogar ein paar Elchspuren in der Nähe des Bachufers. Aber keine Vielfraße. Gelegentlich blieb er stehen und rieb das Bein eines bei einem Unfall getöteten Wildtiers, das er gefunden hatte, über den Schotter des Weges, in dem Versuch, eine Duftspur zu legen. Alles nur, um Q14 aus ihrem Versteck zu locken. Es war mehr ein Akt der Verzweiflung als angewandte Wissenschaft. Soweit man wusste, gab es nur noch vier Gulos im Park. Alle anderen waren umgekommen, in kältere Gebiete gezogen oder wurden mittlerweile unter »Aufenthaltsort unbekannt« geführt. Wer in den USA noch einen Vielfraß ausfindig machen wollte, würde demnächst nach Alaska fliegen müssen.

Unweit des Cracker Lake bog Garrett auf ein Geröllfeld ab und kletterte eine Böschung hinauf, damit er den Empfänger auf das Einzugsgebiet richten konnte. Beim Aufstieg kam er ins Schnaufen. Die Luftqualität lag im unteren Bereich, aber das reichte schon aus, um ihm die Kehle zuzuschnüren. Mittlerweile kam der Rauch aus Oregon schon im Mai. Er hatte das Gefühl, Feuer zu inhalieren. Das Schnaufen verwandelte sich in Husten. Garrett musste sich kurz hinsetzen und warten, bis der Anfall vorüberging: Sein Husten war lang und wirr, mit mehreren trügerischen Enden, nach denen er dann noch schlimmer weiterging als zuvor. Zu guter Letzt hatte es ihn wie seinen Vater getroffen.

Nicht zu glauben, dass Garrett länger gelebt hatte als sein Dad. Er war jetzt dreiundsechzig.

Es tat gut, sein Knie ein wenig auszuruhen. Im Westen, unterhalb des Piegan Peak, konnte er das Becken sehen, das den Piegan-Gletscher beherbergte – oder, genauer gesagt, siebentausend Jahre beherbergt *hatte*. Jetzt war er kahl, grau und schneefrei wie die Wüste. Er konnte es noch immer nicht fassen, ihn so zu sehen: Ein Stich von Trauer durchfuhr ihn. Fast alle Gletscher waren jetzt so gut wie weggeschmolzen oder zu vereinzelten Schneeflecken verkümmert. Mittlerweile gab es nur noch den in Blackfoot und den in Harrison, und beide befanden sich auf einem raschen Rückzug. Garrett schnürte die Kniebandage straffer, um den Schmerz zu lindern. Charlie hatte ihm von einer Operation abgeraten, aber Garrett hatte nicht auf ihn gehört. Er wollte partout nicht glauben, dass er Osteoarthritis hatte und man ihm nicht helfen konnte. Aber er hatte sie, und niemand konnte sie lindern.

Vorsichtig stand er wieder auf, klappte die Yagi-Antenne aus und schloss sie an den Empfänger an. Dann drehte er die Verstärkung voll auf und suchte nach Signalen in der Nähe und in der Ferne. Er bewegte die Antenne langsam wie einen Metalldetektor hin und her. Nichts. Nur Rauschen. Die Geschichte seiner Tage. Garrett fühlte sich zunehmend wie einer dieser Spinner auf der Suche nach einer Kreatur, die gar nicht existierte. Ein Kryptozoologe, der die Spur eines Yetis verfolgte. Er stieg den Hang weiter hinauf und richtete die Antenne auf das Südufer des Einzugsgebietes.

Erstaunlicherweise begann der Empfänger zu fiepen. Garretts Herz schlug höher. Das weibliche Jungtier wurde seit dreiundfünfzig Tagen vermisst. Garrett war zwar Atheist, hatte aber angefangen, für dessen Überleben zu beten. Erst letzte Nacht, als er auf seinem Feldbett in der Ranger-Station lag, hatte er geflüstert: »Bitte, lieber Gott, zeig mir, was aus Vincent geworden ist.« Er hatte Q14 Vincent getauft, nach van Gogh, weil sie im Kampf mit einem Grizzly das linke Ohr verloren hatte. Eigentlich hatte Garrett keine Ahnung, ob es wirklich ein Grizzly gewesen war, der sie verletzt hatte. Aus Gründen, die er sich nicht erklären konnte, hatte er angefangen, dieses Tier zu glorifizieren. Er hatte schon immer eine seltsame Vorliebe für Q14 gehabt. Sie hatten sie als frisch geborenes Jungtier im Bau ihrer Mutter gefangen, als sie noch weiß wie ein Eisbär gewesen war, und schon damals hatte sie sich als rauflustig und erfinderisch entpuppt und versucht, die Fäden an der Wunde durchzubeißen, wo sie ihr den Sender implantiert hatten. Damals hatte Garrett eine ganze Nacht wach gelegen, aus Angst, die Wunde könnte aufplatzen und ihre winzigen Eingeweide heraussickern lassen.

In Wirklichkeit ging es um eine Adam-und-Eva-Chance. Vincent und P19, die letzten fortpflanzungsfähigen Vielfraße im Lower 48, mussten sich paaren. Sie mussten einander finden und zur Sache kommen, sonst hieß es Sayonara für die Gulos im Nationalpark. Sie wären die letzte Generation.

Garrett überprüfte erneut den Empfänger, irgendwas stimmte nicht mit dem Signal, etwas, auf das er sich eigentlich keinen Reim machen konnte. Er fiepte im Doppeltakt. Der Mortalitätsalarm. Die Funkgeräte waren so programmiert, dass sie auf diese Art reagierten, wenn sich das Tier über längere Zeit nicht bewegt hatte.

Doch die Geräte funktionierten nicht immer korrekt. An heißen Tagen wie heute bedeutete es wahrscheinlich, dass Vincent in einem Bach oder vielleicht im Cracker Lake schwimmen war, und das Ding so kalt wurde, dass es zu einem Kurzschluss gekommen war. Ab einer bestimmten Temperatur schalteten die Geräte gern in den Mortalitätsmodus.

Zudem sprang die Peilung ständig hin und her, als bewegte Vincent sich. Schwer zu sagen, was da los war. Sie war zu weit weg, fast zwei Meilen, sodass die Ortung nicht leicht war. Garrett drehte die Stärke des Empfängers herunter, um ein genaueres Signal zu erhalten, aber dann verlor sich das Fiepen in einem Rauschen. Er ging zurück zum Pick-up und fuhr zur Rangerstation, um Piper darüber zu informieren, was er gefunden hatte. Sie reagierte entsprechend, schrie und hüpfte vor Freude auf und ab. Sie hatten so lange nach Vincent gesucht! Doch als er das Mortalitätssignal erwähnte, hörte sie gleich wieder auf, obwohl Garrett erklärte, er gehe eher von einem kaputten Funkgerät aus. Der Vielfraß schien sich zu bewegen, aber natürlich bestand auch die Möglichkeit, dass die Messwerte fehlerhaft waren.

»Mit anderen Worten, sie könnte auch tot sein.«

»Sie ist nicht tot«, entgegnete Garrett.

»Aber es muss doch einen Grund haben, warum es *Mortalitätssignal* heißt.«

»Glaub mir, ich kenne Vincent. Ich kenne sie, seit sie eine Woche alt war. Sie hält einen gerne auf Trab.«

Piper musterte ihn skeptisch. Aber was wusste sie schon? Eine Studentin aus Missoula, die sich für ein freiwilliges Sommerpraktikum beworben hatte! Na ja, letztlich war auch er freiwillig hier. Das galt mittlerweile für sie alle. Die Finanzierung des Projektes war vor vielen Jahren auf Eis gelegt worden. Eine Zeit lang hatten sie es noch mit kleinen Zuschüssen von privaten Spendern über Wasser gehalten, irgendwann jedoch die Kosten für den Bau der Fallen nicht mehr stemmen können. Allein die GPS-Halsbänder kosteten dreitausend Dollar pro Stück. Da hatte die Parkverwaltung endgültig den Stecker gezogen, weil sie mit der mageren Ausbeute von belastbaren Daten und dem hohen Aufwand der Wissenschaftler, die sich mit den Tieren befassen mussten, nicht zufrieden war. Das jedenfalls war die Erklärung gewesen. Für Garrett sah es eher nach einer Kapitulation aus. Die Spezies starb ohnehin aus, warum dann die wenigen Ressourcen des Parks für etwas verschwenden, das keine Zukunft hatte?

Am Ende hatte er mit einem kleinen Teil von Ceces Erbe das Projekt eigenständig weitergeführt. Seine Frau hatte es ihm angeboten, und er hatte angenommen. »Warum ausgerechnet Vielfraße?«, hatte sie ihn einmal in den ersten Jahren ihrer Ehe gefragt, und Garrett hatte keine Antwort gehabt. Damals hatte er gesagt, wenn er mit sechzig noch immer von den Tieren besessen sei und die Leute anfingen, ihn den »Vielfraß-Experten« zu nennen, dürfte sie ihm den Hals umdrehen. Aber genau das war passiert. Nicht das mit dem Hals, aber alles andere. Es war kaum zu glauben, aber er war über sechzig; ein kürzlich erschienener Artikel in der *Billings Gazette* hatte ihn als »Mr. Wolverine« bezeichnet, und er jagte noch immer seinen Gulos hinterher und lockte sie in Fallen – um herauszufinden, wo sie gewesen waren, und um sie ein kleines bisschen besser zu verstehen. Ehrlich gesagt konnte Garrett es sich selbst nicht erklären. Sicherlich gab es größere Probleme auf der Welt als das Verschwinden einer Spezies, die die meisten Leute nicht mal auf einem Foto hätten identifizieren können. Genauso gut hätte er sein Leben Luchsen, Forellen oder Gelbschnabelkuckucks widmen können. Aber nein: Er hatte das Zufallsprinzip der Welt mit dem Schicksal verwechselt. Und dann natürlich den Rest seines Lebens damit verbracht, es zu rechtfertigen und sich selbst einzureden, dass es so sein musste. Wie Cece mit ihren Pavianen.

In düsteren Momenten aber sah er seine Berufung natürlich differenzierter. Dann schien sie kein Zufall zu sein, sondern eine lebenslange masochistische Strafe. Er hätte sich ein Tier aussuchen sollen, das sich leichter verfolgen ließ. Aber er hatte sich für Vielfraße entschieden, die durchtriebenste Gattung im Nationalpark. Cece bezeichnete sie als seine »unsichtbaren Freunde«. Das bedeutete im Wesentlichen ein Leben auf der Jagd.

Eine Suche nach etwas im Schnee.

Garrett fuhr im Pick-up zum Canyon Creek und lief dann mit Piper zu Fuß den Pfad entlang zum Brachland. Dabei führten sie eine Messung nach der anderen durch, um Vincents Aufenthaltsort ausfindig zu machen. Piper beobachtete, wie er die Antenne hin und her schwenkte, und spürte vielleicht zu Recht, dass sie sich nicht einmischen sollte. Garrett fand sie nicht wirklich attraktiv, dazu war sie zu groß, zu schlaksig und nervös. In freier Natur benahm sie sich, als würde sie von Fledermäusen verfolgt. Doch wenn man eine Hütte mit jemandem teilt, entsteht immer so etwas wie eine transformative Nähe. Die Macken des anderen erscheinen einem dann nicht unbedingt schräg, sondern unvermeidlich, mehr wie eine präzise Darstellung der inneren Schönheit. Wie fremd ein Gesicht sein kann, bis es plötzlich gar nicht mehr fremd ist. Man sieht sich an und lacht; man fühlt sich immer ein bisschen euphorisch. Man verzeiht dem anderen Gewohnheiten und Überzeugungen, die einen sonst gestört hätten. Zusammen kommt man sich vor wie die letzten Überlebenden auf der Welt. In Garretts Fall hatte diese Euphorie nichts mit dem Geschlecht zu tun; es war ihm mit Frauen ebenso wie mit Männern passiert. Früher hatte er sich gegen dieses Gefühl gewehrt, indem er sich im Geiste selbst mit einem GPS-Halsband und einem Sender sah. Ja, wirklich! Dann machte er so was wie mentale Telemetrie und wusste, wo er einen Monat später, nach der Rückkehr aus den Bergen, sein würde. Das war schon immer seine Strategie gewesen: die Fühler in die Zukunft zu richten, einen Monat voraus. Er konnte sich nicht vorstellen, wo er nach seiner Rückkehr in die Welt lieber gewesen wäre als zu Hause oder dass er mit seinem jeweiligen Forschungspartner zusammenblieb, statt zu seiner Familie zurückzukehren, zu Cece und Lana. Nicht annähernd. Es war ein Weg, um nüchtern zu werden. Denn so lebte man neunzig Prozent seines Lebens, wenn man sich nicht gleich selbst die Kugel geben wollte: nüchtern. Selbst als er von der Sache mit Charlie und Cece erfuhr, behielt er sein imaginäres Halsband an und widerstand der Versuchung, mit jemand anders ins Bett zu gehen. Warum? Weil er es nicht wollte. Er brauchte Cece mehr als sie ihn.

Garrett stieg den Holzabfuhrweg ein Stück weiter hoch, um eine weitere Messung vorzunehmen. Piper blieb an eine Krummholztanne gelehnt zurück, das Gesicht dem Wind zugewandt. Ihre Haare flatterten im gleichen Winkel und in derselben Richtung wie die Zweige des Baums. Natürlich war Garrett ohnehin viel zu alt für sie. Seine Sturm-und-Drang-Zeit war ebenso passé wie seine Fortpflanzungsfähigkeit. Er kehrte wieder zu Piper zurück und ignorierte den Schmerz in seinem Knie. Laut seiner Messung hielt sich Vincent auf der anderen Seite des Canyon Creek in einem Wald aus jungen Fichten versteckt.

»Sie rührt sich nicht«, sagte Piper, als sie ihn bei einer Wiederholung der Messung beobachtete.

»Vielleicht hat sie sich irgendwo eingenistet.«

»Im Juni?«

»Jedenfalls hat sie sich vorhin noch bewegt«, erklärte Garrett. »Ich habe sie am Cracker Lake aufgespürt.«

»Hast du nicht gesagt, das Signal wäre nicht präzise genug gewesen?«

»Nein, nein, es war ziemlich klar. Eindeutig. Sie hat sich bewegt.«

Piper warf ihm einen seltsamen Blick zu, ungefähr so wie einem Lehrer, der an der Tafel steht und einen Rechtschreibfehler macht. »Könntest du die Werte ... äh, unbewusst beeinflusst haben?«

»Wie alt bist du? Zwanzig?«, fragte er.

»Du weißt genau, wie alt ich bin. Vierundzwanzig.«

Garrett kämpfte mit einem kratzigen Gefühl im Hals und fing an zu husten. Er wandte sich ab, bis der Anfall vorbei war. Als er sich wieder umdrehte und Piper ihn mitfühlend beobachtete, sah er sich plötzlich durch ihre Augen: ein sentimentaler Doolittle, der seinen Forschungsobjekten menschliche Züge andichtete und anfing, sie wie Haustiere zu behandeln. Der seine Daten kompromittierte, indem er Köder außerhalb der Fallen auslegte, um den Tieren durch den Winter zu helfen.

»Ich mache das hier schon verdammt viel länger als du«, sagte er. »Ich kann einen verdammten Gulo auf eine Meile Entfernung riechen.«

Piper verkniff sich eine Antwort. Sie gingen zum Wagen zurück, und Garrett fuhr hinunter zum Knickpunkt des Canyon Creek, wo das Wasser über einen Steilhang abfiel, bevor es im Wald verschwand. Er hatte sich wie ein Arsch benommen, aber das war ihm egal. Er stieg aus dem Wagen und lief mit der Antenne in der Hand die Böschung hinunter. Vincents Frequenz kam nun aus allen Richtungen, das Fiepen wurde lauter, je mehr er sich in Serpentinen der Baumgrenze näherte. Piper folgte ihm in einigem Abstand. Garretts Herz raste. An der Baumgrenze, unterhalb der alpinen Zone, würde es noch heißer sein. Er schwitzte. Aber zitterte er auch?

Das Funksignal war jetzt zu stark. Er drehte den Ton ganz herunter, konnte aber noch immer keine Richtcharakteristik herstellen. Um die Empfindlichkeit zu verringern, schaltete Garrett die Yagi-Antenne ab und benutzte nur noch den Empfänger. Langsam stahl er sich in den Wald hinein; die Stiefel knirschten leise auf dem weichen Waldboden. Er folgte dem Signal bis zum Bach und watete durch das kniehohe Wasser zu einem kleinen Lärchenwald am anderen Ufer, wo das Piepsen des Empfängers eine Oktave höher sprang. Die Balken des

Geräts schlugen voll aus. Er fühlte sich ausgetrocknet, seltsam und krank vor Angst.

Dann fing es an zu schneien, riesige Flocken wirbelten um ihn herum. Bei knapp siebenundzwanzig Grad.

»Nuschel?«, fragte Piper.

Garrett sah sie hilflos an.

»Soll ich den Notarzt rufen?«

»Nein. Das ist es nicht.« Er reichte ihr die Ausrüstung. Sie hatte natürlich recht gehabt. Er konnte schon von hier aus die Fliegen hören. »Ich ... ich glaube, ich kann nicht hinsehen.«

IV

DIE VERBORGENE WIESE

DREIUNDZWANZIG

Cece wusste nicht mehr genau, wann das Flüstern begonnen hatte, aber sie erinnerte sich noch daran, was sie damals gemacht hatte. Sie war mit Aristoteles auf dem Waldweg hinter dem Haus unterwegs gewesen. Es war eine menschliche Stimme gewesen, schwach, aber eindringlich, zumindest klang es so. Cece war mitten auf dem Weg stehen geblieben und hatte gelauscht. Sie hatte sich in ihrem Leben schon vieles eingebildet, meistens, wenn sie nicht schlafen konnte und das Gefühl hatte, noch in einem Traum gefangen zu sein. Aber das hier war etwas anderes. Die Flüsterstimme kam nicht aus ihrem Kopf, das war eindeutig, aber auch nicht von irgendwo anders. Sie war einfach da, in ihrem Ohr, so vertraut wie ein Geheimnis. Cece konnte die Worte nicht verstehen, sie hörte nur ihren Klang: *wusch, wusch, wusch*, wie jemand, der im Schlaf vor sich hinmurmelt.

Letztes Wochenende, als sie im Jewel Basin wandern gewesen war, hatte sie die Stimme wieder gehört. Vielleicht war sie deshalb falsch abgebogen, obwohl sie den Wanderweg schon unzählige Male gegangen war. Aber vielleicht war es auch etwas ganz anderes gewesen. Jedenfalls hatte sie sich verlaufen. Sie hatte an den Picnic Lakes zu Mittag essen wollen, ein problemloser Umweg von vier Meilen, war aber irgendwie daran vorbeigelaufen, ohne es zu merken. Und als sie versucht hatte, wieder zurückzugehen, war sie auf einem Pfad gelandet, den sie noch nie zuvor gesehen hatte und der in eine ausgebrannte, von Weidenröschen überwucherte Schlucht führte. Sie hatte fast kein Wasser mehr gehabt und vorher nicht daran gedacht, eine Karte einzustecken. Schließlich hatte sie sich zwischen die Weidenröschen gesetzt und versucht, nicht in Panik zu verfallen. So hatte sie sich einmal als kleines Mädchen gefühlt, als sie in Disneyland von ihren Eltern getrennt wurde. Als wäre sie irgendwie durch eine Tür getreten und in einer gefährlichen, fremden Welt gelandet. Einer Welt, in der sie umkommen könnte. Es war September, und in den Bergen wurde es allmählich kalt – wenn auch nicht so kalt wie früher, als man sich für überraschende Schneestürme warm einpacken musste, doch Cece konnte ihren eigenen Atem sehen. Er bildete kleine Nebelschwaden vor ihr, die fast so schnell wieder verschwanden, wie sie aufgetaucht waren.

Sie stand auf und lief weiter, bis sie einem anderen Wanderer begegnete, einem Park Ranger, der sein Wasser mit ihr teilte und sie zurück zu den Picnic Lakes begleitete. Cece kannte ihn, sie war ihm einmal mit Garrett begegnet, schämte sich aber, es zu erwähnen. Erst eine Stunde nach Einbruch der Dunkelheit kehrte sie zu ihrem Ausgangspunkt zurück. Garrett, der zu Hause auf sie wartete, hatte sich gerade auf die Suche nach ihr machen wollen.

Dies war nicht das erste Malheur, das ihr passierte. Es war eher das zweite oder dritte. Eines Morgens hatte sie Garrett angeschrien, weil er Aristoteles' Futternapf verschludert hatte, obwohl Cece diejenige war, die ihn zweimal am Tag fütterte und ihm seine Pillen gab. Dann stellte sich heraus, dass sie den Napf mitsamt dem Trockenfutter in den Kühlschrank gestellt hatte! Wer würde so etwas tun? Ein anderes Mal hatte sie ein marokkanisches Hühnchen zum Abendessen kochen wollen und sich nicht auf das Rezept konzentrieren können, als hätte es sich aus schierer Bosheit in eine Algebra-Aufgabe verwandelt. Sie war so verwirrt von den einzelnen Schritten gewesen, dass sie fast in Tränen ausgebrochen wäre.

Doch erst nach dem Fiasko bei der Wanderung bestand Garrett darauf, dass sie einen Arzt aufsuchte. Von der Flüsterstimme hatte sie ihm gar nichts erzählt. Sie hatte ihren Hausarzt angerufen und mit seiner Sprechstundenhilfe gesprochen, die ihr einen Termin bei einer neuen Ärztin verschafft hatte. Ihr Vorgänger, der ihr seit Jahren geraten hatte, mehr Flavonoide mit ihrer Ernährung aufzunehmen, Flavonoide für dieses, Flavonoide für jenes, sodass Cece und Garrett ihn »Flavor Flav« genannt hatten, war offenbar ganz plötzlich verstorben.

»Oh Gott«, sagte Garrett. »Woran denn?«

»Bauchspeicheldrüsenkrebs. Ging ganz schnell, hat sie gesagt.« Cece sah Garrett an. »Was ist?«

»Nichts.«

»Du wolltest doch gerade etwas zu den Flavonoiden sagen, oder nicht? Einen Witz machen, vielleicht?«

»Wollte ich nicht«, entgegnete er. »Würde ich auch nicht.«

»Du und deine Vielfraße!«

Was meinte sie damit? Nicht einmal sie selbst wusste es. Er war mehr oder weniger im Ruhestand und hatte seit mehreren Jahren keine Expedition mehr gemacht. Letztendlich fuhr Garret sie in die Praxis und bestand darauf, wie ein besorgter Vater im Wartezimmer zu hocken, während sie ihren Termin hatte. Dr. Plattner, die neue Hausärztin, begrüßte Cece in ihrem Sprechzimmer. Sie war jung und hatte offensichtlich erst vor Kurzem die Facharztausbildung abgeschlossen. Cece assoziierte ihr sommersprossiges Gesicht mit dem einer Naturliebhaberin, es erinnerte sie an eine Sesselliftbetreiberin oder Leute, die glaubten, Geburtshelferin könnte eines Tages ein lohnender Beruf sein, und die Paare über sechzig »süß« fanden. Das war der Eindruck, den sie hatte. So was wie eine Snowboarderin mit einem Herz aus Gold. Diese verächtliche Einschätzung war nicht fair, aber das war ihr egal. Es war ihr schon schwer genug gefallen, der Sprechstundenhilfe zu erklären, warum sie einen Termin brauchte. Jetzt musste sie vor diesem dreißigjährigen Patagonia-Model wiederholen, wie sie sich im Wald verirrt hatte. Sie ertappte sich dabei, alles herunterzuspielen und weder die Flüsterstimme noch die Tatsache zu erwähnen, dass ihr das Wasser ausgegangen war. Sie machte eine Anekdote daraus, eine lustige Geschichte, die man auf einer Party erzählen könnte. Irgendwann wurde Cece klar, dass Dr. Plattner sie wahrscheinlich bereits von ihrer Sprechstundenhilfe gehört hatte und jetzt vielleicht abklären wollte, inwieweit sich die beiden Versionen voneinander unterschieden.

»Gibt es eine Vorgeschichte von Demenz in Ihrer Familie?«

»Nein«, sagte Cece, bevor sie erzählte, wie ihre Mutter gestorben war.

»Meine Großmutter wurde siebenundachtzig und war kerngesund. Und mein Vater starb an einem Herzinfarkt ... mit sechzig.«

»Und seine Eltern?«

»Das weiß ich nicht genau. Er hatte sich von ihnen entfremdet. Sein Vater war ein bisschen meschugge.«

»Meschugge?«

»Ein Schädeltrauma, hieß es. Er war auf einer Europareise überfallen und mit seinem eigenen Regenschirm verprügelt worden ...« Sie verstummte. Dr. Plattner starrte sie an. Da wurde ihr bewusst, dass die Geschichte verdächtig war. Als hätte sie etwas schwer Nachvollziehbares erzählen wollen.

»Ich würde gerne einen kurzen dreiteiligen Test mit Ihnen machen«, sagte Dr. Plattner. »Aber es ist wichtig, dass Sie hinsichtlich des Ergebnisses keine voreiligen Schlüsse ziehen. Es ist keine Diagnose oder so was, nur eine Möglichkeit, zu sehen, ob wir eventuell weitere Untersuchungen in Betracht ziehen sollten.«

»Was ist das für ein Test?«

»Der Mini-Cog-Test.«

»Wie ›Miniaturkognition‹?«

»So ähnlich«, sagte Dr. Plattner lächelnd.

Cece gab sich lässig. Natürlich war die ganze Sache absurd. Warum also war sie so nervös? Ihre Hände zitterten.

Dr. Plattner bat sie, drei Wörter zu wiederholen. »Apfel, Haus, Stuhl.«

Cece lachte. »Das war's?«

»Bitte wiederholen Sie sie, wenn Sie können.«

»Apfel, Haus, Stuhl«, sagte Cece fröhlich. Eine Welle von Erleichterung stieg in ihr auf. Dr. Plattner reichte ihr einen Stift und ein Blatt Papier und bat sie, eine Uhr zu zeichnen.

»Eine Uhr?«

»Eine Uhr, wie man sie an der Wand sieht. Zeichnen Sie so, dass sie zehn nach elf anzeigt, bitte.«

»Vormittags oder abends?«

»Gute Frage. Hmmm. Ich glaube, das spielt keine Rolle, oder?«

Cece zeichnete einen Kreis und zögerte dann. Wann hatte sie das letzte Mal eine echte Uhr gesehen? Zu Hause hatten sie keine. Und sie hatte in ihrem ganzen Leben keine Uhr getragen. Sie fügte die Zahlen hinzu. Kein Problem, sie begann mit der »12« ganz oben und arbeitete sich im Kreis vor, 1-2-3-4 usw., bis zur 11, aber als es darum ging, die Zeiger zu zeichnen, hatte sie Schwierigkeiten, sich ihre Positionen vorzustellen. Sie ließ den langen Zeiger auf die 11 zeigen, dann merkte sie, dass es der kurze Zeiger sein sollte, und dann wurde ihr bewusst, dass er nicht ganz auf die 11 zeigen sollte, sondern irgendwo zwischen der 11 und der 12. Und der lange Zeiger würde auf die 10 zeigen. Nein, die 1. Nein, die 2! Als sie endlich fertig war, hatte sie so viele Zeiger gezeichnet, dass die Uhr aussah wie das Rad eines Fahrrads.

»Tut mir leid«, sagte sie aufgeregt. Ihr Herz klopfte wie verrückt. »Es ist sehr lange her, dass ich auf eine richtige Uhr geschaut habe.«

»Natürlich. Jedenfalls haben Sie sich gut geschlagen.«

»Wie kann das *gut* sein?« sagte Cece, den Tränen nahe.

Später bat Dr. Plattner sie, die drei Worte zu wiederholen, die sie sich hatte merken sollen.

»Haus, Apfel …,« sagte Cece. »Haus, Apfel …« Sie hatte einen Kloß im Hals. Was war das dritte? Mein Gott! Hatte sie denn nicht aufgepasst? Ihre Zunge fühlte sich fremd in ihrem Mund an. »Könnten Sie die Worte noch mal wiederholen?«

»Ich fürchte nein, tut mir leid«, entgegnete Dr. Plattner.

»Ha, na gut. Es liegt daran, weil ich länger als gedacht gebraucht habe, um die Uhr zu zeichnen. Das hat mich von dem abgelenkt, was Sie vorher gesagt hatten.« Sie sah Dr. Plattner an, und ihr wurde bewusst, dass dies der Sinn des Tests gewesen war. Das Sprechzimmer mit seinen Tabellen und seltsamen Instrumenten kam ihr jetzt unwirklich vor, fast unheimlich. »Es ist nur, ich erinnere mich an so vieles. An fast alles. Fakten, die ich gelernt habe. Im Ersten Weltkrieg – wussten Sie das? Wenn ein Soldat in der Schlacht seine Nase verlor, bei einer Explosion etwa, nähten die Ärzte ihm einen seiner Finger ins Gesicht. Da, wo die Nase gewesen war. Wenn er dann angewachsen war, schnitten sie ihn ab und ließen ihn da.«

Dr. Plattner starrte sie an.

»Glauben Sie mir nicht?«

»Es klingt, ich weiß nicht, irgendwie weit hergeholt.«

»Aber es stimmt«, sagte Cece.

Dr. Plattner schrieb etwas in ihre Patientenakte. Zu Ceces Empörung lächelte sie noch immer. »Vermutlich hat die plastische Chirurgie große Fortschritte gemacht.«

»Rhinoplastik, ja. Riesenschritte.« Cece errötete. Wieso redete sie so? Erneut kritzelte Dr. Plattner etwas in ihre Akte. »Keine Ahnung, wie ich darauf gekommen bin. Trotzdem. Ist einfach komisch, sich das vorzustellen. Ich frage mich zum Beispiel, ob solche langen Nasen … Hm, wie heißt das noch? … nach etwas greifen könnten? So wie das Ding, das Elefanten haben?«

Dr. Plattner nickte. Dann erklärte sie, dass sie Cece an einen Neuropsychologen überweisen wolle. Die Ergebnisse des Tests würden noch nichts bedeuten. Sie sollte das im Kopf behalten. Trotzdem meinte sie, es wäre keine schlechte Idee, einen weiteren Arzt aufzusuchen, einen Spezialisten, um die Sache zu klären. Sie gab Cece ein Merkblatt mit Hinweisen zum Training des Gehirns. Das Merkblatt hatte den Titel *Sechs Säulen zur Vermeidung von Alzheimer.*

»Ich will einen anderen Arzt!« Cece schäumte vor Wut, als sie mit Garrett auf das Auto zuging. Der Computerbildschirm des VW war wieder mal schwarz und verweigerte jede Eingabe. Sie warteten auf seinen Neustart. Wer führte kognitive Leistungstests mit einem Auto durch? Demütigte einen ohne erkennbaren Grund? Sie zerknüllte das Merkblatt und warf es auf den Boden des Wagens.

»Was hat sie denn mit dir gemacht?«

»Ich musste eine Uhr zeichnen!«

Garrett sah sie an.

»Ich meine, wann hast du das letzte Mal eine Uhr gesehen? Jedenfalls weiß ich, wie man eine zeichnet. Ich wurde nur nervös. Immer nervöser. Und da habe ich Fehler gemacht. Das habe ich ihr gesagt. Dass wir keine Wanduhren zu Hause haben.«

»Das stimmt.«

»Ich hab ihr das mit den Nasen erzählt, wie man im Ersten Weltkrieg die Nasen der Soldaten durch Finger ersetzt hat. Das stimmt doch, oder?«

»Warum in Gottes Namen hast du ihr das erzählt?«

»Weiß ich auch nicht!« Cece brach in Tränen aus. »Und dann fiel mir das eine Wort nicht ein. Ich wollte einen Witz machen, dass man dann eine Nase hätte, die wie ein Finger wäre. Eine, die man bewegen könnte. Wie die Nase von Elefanten, du weißt schon, mit der sie Dinge aufheben können.«

»Rüssel?«

Cece erstarrte, als hätte er sie irgendwie hintergangen. Er war ihr Lebenspartner. Ihre Mutter war gestorben, und sie war irgendwie bei ihm gelandet. Einmal hatte sie in einem Comic gesehen, wie ein Arzt die Nabelschnur eines Säuglings durchgeschnitten hatte: Das Baby war durch den Kreißsaal geschwirrt wie ein Ballon, der die Luft verliert.

»Ich vergesse auch ständig Worte«, sagte Garrett.

In diesem Augenblick kam Dr. Plattner mit einer anderen Frau in Weiß aus dem Gebäude, vielleicht auf dem Weg zum Mittagessen.

»Sieh mal! Da ist sie. Mein Gott, ich hasse sie!«

»Welche ist es? Die mit der Sonnenbrille?«

»Ich könnte ihr mit bloßen Händen den Hals umdrehen«, sagte Cece.

Garrett warf einen Blick auf die sympathisch wirkende Frau mit der Sonnenbrille, die den Parkplatz überquerte. Er war erschrocken, eine kalte, embryonale Angst hatte ihn gepackt, doch das sagte er Cece nicht. Er hatte nur ein geradezu krankhaftes Bedürfnis, sie aufzumuntern. Sie zum Lachen zu bringen. Es war nicht das Gegenteil von Angst, aber deren dementer Begleiter. Es war Ehe. Er fasste sich an die Nase, versteckte sie mit der Faust, und zeigte dann Dr. Plattner ganz langsam den Stinkefinger.

~~~

Bevor sie sich in der Wildnis verirrt und anschließend bei der Ärztin diesen dummen Test vermasselt hatte, war Cece jeden Morgen mit dem Gefühl von Sonne auf dem Gesicht aufgewacht. Nicht der, die durch das Fenster fiel, sondern einer inneren Sonne. Sie blieb dann immer noch eine Weile liegen, neben dem schlafenden Garrett, und genoss die prickelnde
~~~

Wärme auf dem Gesicht. Wie eine Maske, die man nicht abnehmen will. Es war nicht so, wie sich die Sonne heutzutage in Wirklichkeit anfühlte: wie ein sengender Ofen. Nein, es erinnerte sie vielmehr an ein Gefühl aus ihrer Kindheit, als die Sonne und sie noch Freunde gewesen waren – an diese alte, ermutigende Wärme in ihrem Körper.

Cece fragte sich, ob das hieß, dass sie glücklich war. Wer weiß! Sie hatte ohnehin nie verstanden, was »glücklich sein« bedeutete, außer im Vergleich mit »unglücklich sein«. Manchmal hatte sie im Bett gelegen und sich vorgestellt, dieses geheimnisvolle warme Gefühl käme von der kleinen Sonne in dem Orrery auf der Kommode, das Garrett ihr zum Hochzeitstag geschenkt hatte. Anfangs hatte sie die winzigen Planeten jeden Tag bewegt, ohne besonderen Grund, doch schon seit Jahren tat sie das nicht mehr. Die Messingarme waren schnell oxidiert, zumindest der von der Erde. Er war einfach da stecken geblieben, wo er gerade war, sodass die Erde von den übrigen Planeten isoliert blieb wie ein Außenseiter in der Schule. Cece liebte das Planetenmodell, vor allem aber die verstoßene Erde, die mit Kontinenten und allem Drum und Dran bemalt war. Eine Zeit lang hatten sie einen Kater gehabt, Bucket, der immer auf die Kommode geklettert war und die Planeten sorgfältig abgeleckt hatte – am allerliebsten die Erde, die ihm aus irgendeinem Grund am besten schmeckte. Vielleicht hielt er sie für eine Art Beute. Das ging eine ganze Weile so, bis Garrett plötzlich auf die Idee gekommen war, dass die Farbe Blei enthalten könnte.

Bucket war jetzt bei Lana und genoss seinen bleifreien Ruhestand. Manchmal dachte Cece an die beiden, malte sich aus, wie sie in der im spanischen Kolonialstil gehaltenen Wohnung in L. A. lebten, und dann vermisste sie ihre Tochter so sehr, dass sich ihr Herz verkrampfte. Sie hätte sie natürlich jederzeit besuchen können. Cece liebte es, bei ihnen zu sein. Dann wollte sie, dass sie alles auskosteten, was die Stadt zu bieten hatte: Restaurants, Bäckereien, echte Tacos! Und echte Croissants! Oder dass sie sich Filme ansahen, die es nie nach Salish schaffen würden. In letzter Zeit aber bestand sie darauf, dass Lana nach Montana kam. Es lag am Verkehr, an den vielen Waldbränden und dem ganz bestimmten Hauch von Coolness von L. A., der immer mehr an die Pointe eines Witzes erinnerte, den alle vergessen hatten. Nach ein oder zwei Tagen sehnte sie sich nach ihrem bescheidenen Haus auf dem Land, dem Knirschen der Reifen auf dem Schotter, Aristoteles, der wie ein Rennpferd durchs Gartentor auf sie zuschoss, und den Anblick des Mount Aeneas in der Ferne, der alles, was man gerade in der Stadt eingekauft hatte, ein bisschen albern, ja sogar pervers erscheinen ließ.

Vorausgesetzt, es war kein Tag mit einem LQI im roten Bereich und man konnte den Gipfel sehen. Oft fühlte sich Cece schuldig, weil sie trotz allem glücklich war oder wie auch immer man das nennen wollte. Man konnte die *New York Times* nicht mehr lesen, ohne angesichts der neuesten drastischen Enthüllungen zu verzweifeln und zugleich das Gefühl zu haben, es sei ohnehin zwecklos, weil man es längst hatte kommen sehen. Hitzetote in London? Verheerende Monsunregen in Pakistan? Jahrhundertfluten, Verwüstungen in Lima und Dar es Salaam? Noch ein Faschistenschwein, das wegen der Migrationskrise hier in den Staaten an die Macht kam? Jeder wusste, dass all das passieren würde, kluge Menschen hatten vor Jahren davor gewarnt, und doch schien die Welt oder zumindest die Arschlöcher, die an der Macht waren, kein Interesse zu haben, sie zu verhindern. Also hatte sie die Nachrichten aufgegeben. Sie hörte sie nicht einmal mehr im Radio, wenn sie im Auto unterwegs war.

In diesem Sommer wurden sie nicht von Bränden, sondern von Stürmen geplagt. Alles war ruhig, klar und schön, eine heile Welt, nur ein paar dunkle Wolken in der Ferne, und dann fing Aristoteles an zu winseln, versteckte sich oder drehte eine Runde nach der anderen auf der Veranda. Der Himmel verdunkelte sich wie bei einer Sonnenfinsternis, Wolken türmten sich auf, grollten ungeduldig und stürmten wie eine Kavallerie auf das Haus zu. Und dann, *PENG!* Winde von hundertvierzig Kilometer pro Stunde. Das waren die echten Nachrichten, frei Haus geliefert. Der Regen prasselte gegen die Fenster und überschwemmte das Haus. Cece und Garrett verbrachten Stunden damit, Handtücher auszuwringen, um zu verhindern, dass sich das Wasser auf dem Fußboden sammelte. Nie zuvor waren die Fenster auch nur ansatzweise undicht gewesen, aber das sagten jetzt alle: *noch nie, noch nie*. Noch nie waren so viele Bäume umgestürzt! Was für eine Wucht! Sechzig Meter hohe Fichten wurden wie Unkraut aus dem Boden gerissen. Es ging nicht mehr darum, ob eine Stromleitung umknickte, sondern wie viele auf einmal. Dieses Jahr hatte es schon so viele Stromausfälle gegeben, dass Cece aufgegeben hatte, sie zu zählen. Es kam ihr vor, als dauerten sie jedes Mal länger, und das bedeutete, dass die Pumpe des Brunnens gelegentlich tagelang außer Betrieb war. Dann rannten Cece und Garrett wie die Marx Brothers durchs Haus, rutschten auf den nassen Böden herum und füllten jeden Behälter, den sie auftreiben konnten, mit Wasser, bevor der Druck wieder abnahm.

Jetzt, nach dem verpatzten Test bei Dr. Plattner, setzte Cece Garrett zu Hause ab und fuhr mit Aristoteles auf dem Rücksitz in die Stadt, schuldbewusst, weil sie die Klimaanlage voll aufgedreht hatte. Dreißig Grad. Gestern hatte die Höchsttemperatur bei zehn Grad gelegen. Cece hielt vor einer roten Ampel am Stadtrand an. Vor ihr stand ein Lieferwagen mit dem Logo eines lachenden Hauses: eine Sanierungsfirma für Wasser- und Brandschäden. Man sah jetzt immer mehr von diesen Fahrzeugen. Die Branche boomte.

Sie parkte auf dem Grundstück hinter der Buchhandlung, neben dem mit Gas angetriebenen Jeep, den Lexie von ihren Eltern geerbt hatte. Das Fahrzeug war mit einem Mosaik aus Autostickern beklebt, die Cece nicht verstand. Vermutlich stammten sie von irgendwelchen Internet-Memes. Ein Einhorn mit einem aufgespießten Marshmallow. *SUBMIT TO THE KUMQUAT*. Adam und Eva mit vertauschten Genitalien. Cece nahm an, dass das mit Genderpolitik oder klerikalem Faschismus zu tun hatte. Oder mit beiden. Wahrscheinlich machte es Lexie das Leben in Salish nicht gerade einfach. Aber das Mädchen lebte ja eigentlich gar nicht in Salish, sondern in ihrem Smartphone.

»Wie läuft's?«, fragte Cece. Es war Montag, ein notorisch träger Tag, was die Kunden betraf.

Lexie sah nicht von ihrem Origami auf, das sie wie eine Grußkarte aufgefaltet hatte. Cece versuchte, nicht gekränkt zu sein. Sie sagte Lexie immer, sie solle ihr Handy ausschalten, bis ihr klar wurde, dass sie diese Anweisung einfach nicht verstand. Niemand schaltete sein Origami aus, das war unmöglich. Außerdem bezeichnete niemand unter vierzig es noch als »Handy«.

»Wusstest du, dass Motten die Tränen von schlafenden Vögeln trinken?«

»Wer sagt das?«

»Die Wissenschaft«, entgegnete Lexie. »Und die Motten.«

»Das wusste ich nicht.«

Cece wartete vergeblich auf einen Bericht über den Verlauf des Vormittags, während sie beobachtete, wie Lexie ihr Handy in Form einer Pyramide vorsichtig auf die Theke stellte. Da hatte sie natürlich das mit der Nasen-OP her, von Lexie höchstpersönlich. Das Mädchen kam ihr manchmal weniger wie ein menschliches Wesen als wie ein Sicherheitslaufwerk für ihr Origami vor. Sie war hübsch, schlank wie ein Fischreiher und höchstwahrscheinlich verrückt. Wenn sie nicht in ihr Handy starrte, bleichte sie ihre Zähne. Die waren kurz davor, im Dunkeln zu leuchten. Cece fragte sich, ob sie ihr Origami so sehr liebte, dass sie versuchte, sich selbst in eins zu verwandeln.

Aus Lexies Perspektive war natürlich Cece die Verrückte. Warum würde sie sonst einen Buchladen leiten? Manchmal stellte sich Cece dieselbe Frage. Aber sie war nach wie vor im Geschäft, trotz der endlos langen Liste von Aushilfskräften: Meadow, die Buddhistin, die eines Tages verschwand und Cece eine kryptische E-Mail aus Peru schickte; Guthrie, ein süßer, tollpatschiger Flussführer, dessen Lieblingsbuch ein Sammelband von »Calvin und Hobbes« war; Nisha (die wunderbare Nisha!), die tatsächlich etwas von Literatur verstand und Roland Barthes zitieren konnte; Dwindle Grimes, die mit dem dickensschen Namen, der irgendwie so klang wie der Geruch, den er auf der Mitarbeiter-Toilette hinterließ; und jetzt eben Lexie, eine zwanzigjährige Collegestudentin, die den Sommer zu Hause verbrachte, um ihr Handy zu besuchen. (Cece hatte sie hauptsächlich wegen ihrer Autoaufkleber eingestellt.) Irgendwie hatte *The Light at the End of the Dock* sie alle überlebt. Der Laden lief sogar besser denn je, obwohl sich seit Meadow kaum etwas verändert hatte. Sicher, Cece hatte ein paar kleinere Anpassungen vorgenommen. Jetzt gab es eine Abteilung für gebrauchte Bücher, recht lukrativ für Salish, wo die fehlende Müllabfuhr ein Segen für Anbieter von Secondhandwaren aller Art war. Anscheinend hatten sich die finsteren Prognosen für alles, was analog oder konventionell war, nicht bewahrheitet. Womöglich war das Buch doch eine Erfindung, die sich nicht weiter verbessern ließ. Man konnte es nicht kompliziert falten, sondern nur entweder auf- oder zuklappen.

»Ich hab eine Bestellung für dich«, sagte Cece und kramte in ihrer Tasche nach einem Buchtitel, den sie sich notiert hatte.

Dann reichte sie den Zettel an Lexie weiter, die ihn beäugte, als wäre es ein Relikt aus einer untergegangenen Zivilisation.

»Für wen?«

»Townsend von der Rösterei. Er hat mich darum gebeten.«

»Meinst du Townes?«

»Hab ich doch gesagt.« Cece starrte auf die leuchtende Pyramide auf dem Tresen. Auf jeder der drei Seiten prangte ein Bild eines anderen Kerls, der übertrieben für die Kamera posierte. Einer hatte kein Hemd an, vielleicht war er sogar ganz nackt. »Ich bin nur kurz deswegen vorbeigekommen. Aristoteles wartet im Wagen. Stell dir vor, du wärst ein Neufundländer bei diesem Wetter.«

»Du könntest ihm ein Bloodsicle anbieten«, sagte Lexie.

»Was ist das?«

»Ein Bluteis am Stiel. Das geben sie Löwen und Tigern an heißen Tagen.«

»Wo hast du das bloß alles her, meine Liebe?«

Lexie zuckte die Achseln. Es war keine Schüchternheit, sie wusste es wirklich nicht. Die Fakten sickerten ihr einfach so aus den Ohren.

»Du kannst heute früher Schluss machen, wenn du willst. Scheint nicht viel los zu sein.«

»Wann denn? Um vier?«

»Klar«, antwortete Cece und warf einen Blick auf die Uhr über dem Regal mit der Reiseliteratur. Ja, natürlich, *diese* Uhr. Die an der Wand des Buchladens. Cece sah sie jeden Tag, wenn sie hereinkam. Irgendwas steckte in ihrem Hals; es fühlte sich an wie ein Knochen.

Im Auto hob sie den zerknüllten Merkzettel vom Boden auf und strich ihn auf dem Lenkrad glatt. Sie las ihn aufmerksam (oder versuchte es wenigstens). Cece fühlte sich so krank, dass sie Mühe hatte, sich zu konzentrieren. Zwischen den vielen Verhaltensanweisungen, die Alzheimer vorbeugen sollten, gab es auch eine Anekdote über katholische Nonnen. Jemand hatte die Aufsätze von 678 älteren Nonnen untersucht, die sie als Novizinnen geschrieben hatten, bevor sie ihre ersten Gelübde ablegten. Diejenigen, die die flüssigsten Aufsätze geschrieben hatten, mit langen, ausgefeilten und syntaktisch komplexen Sätzen, waren am seltensten an Alzheimer erkrankt. Ideendichte nannten die Wissenschaftler das. Tagebuchschreiben war also die Lösung! Je länger man Tagebuch führte und die Ideen konzentrierte, umso geringer war die Wahrscheinlichkeit, an Alzheimer zu erkranken. Aber war es nicht genauso wahrscheinlich, dass die Gehirne der Nonnen von vornherein einen angeborenen Vorteil gehabt hatten, der sie veranlasst hatte, längere Sätze zu bilden, und der gleichzeitig sicherstellte, dass sie nicht durchdrehten?

Und die armen Nonnen, die tatsächlich Alzheimer bekamen! Nach all den Jahren der Gottesverehrung. Wenn einen nicht mal die Ehe mit Jesus vor so etwas schützte, was sollte dann ein Merkblatt bringen?

Trotzdem faltete sie es sorgfältig zusammen und steckte es in die Manteltasche.

Dann fuhr sie zum Aussichtspunkt des Salish River und ging mit Aristoteles den Wild-Mile-Pfad entlang. Es war heiß, und der Weg war schlammig, aber das schien Aristoteles nichts auszumachen. Er rannte los, scheuchte Tiere auf und suchte nach dem perfekten Felsen zum Pinkeln. Weit unter ihnen, aufgewühlt von den Stürmen, die sie erlebten, rauschte der dröhnende Fluss neben dem Wild Mile her. Erst letzte Woche hatte sich ein Kajakfahrer den Kopf an einem Felsen zerschmettert. Aristoteles, inzwischen von Schlamm bedeckt, scheuchte ein Erdhörnchen aus einem Gebüsch. Cece erinnerte sich noch daran, wie der Pfad ausgesehen hatte, als sie hierhergezogen waren. Unmengen von Schmetterlingen hatte es gegeben. Kohlweißlinge. Ganze Wolken, die vom Boden aufstiegen wie

Schnee, nur umgekehrt. Und die Vögel! Aristoteles hätte seine helle Freude daran gehabt. Es war nicht ungewöhnlich gewesen, ein Schneehuhn den Weg entlangstolzieren zu sehen.

Wann hatte sie hier das letzte Mal einen Vogel gesehen? Oder einen Schmetterling? Jetzt waren es hauptsächlich Erdhörnchen, und selbst die wurden immer seltener. Sie dachte an den Vers aus der Genesis, den sie in der Sonntagsschule auswendig gelernt und der ihr Herz mit Schrecken erfüllt hatte: *Und die Erde war wüst und leer, und Finsternis war über der Tiefe.* Wie konnte sie sich noch an so etwas erinnern und nicht an das Wort nach »Apfel« und »Haus«? Es war nicht der Tod, der sie ängstigte, sondern das Vergessen, das Antlitz der Tiefe, das fehlende Wort, das sie nie wiederfinden würde. Die Worte verschwanden, eins nach dem anderen. Kein plötzlicher, sondern ein schleichender Tod, wachsende Verluste, die man ignorierte, bis es zu spät war, so wie die Schneehühner und Schmetterlinge irgendwie verschwunden waren, ohne dass sie es bemerkt hatte.

Vielleicht hatte auch die Welt ein Problem mit dem Gedächtnis. Ihre Ideendichte befand sich im freien Fall. Das hatten die Erde und sie gemein.

Das Grauen, das sie empfand, war unbeschreiblich. Als löste sie sich in Luft auf.

Cece folgte Aristoteles zu einer Stelle zwischen dem Pfad und dem Fluss, wo Schillergras wuchs. Es war ein viel ruhigerer Abschnitt, kurz bevor das Wasser in die Mündung der Schlucht strömte. Ein Fliegenfischer war zum Fluss hinabgestiegen und peitschte ihn mit seiner Leine, ohne Cece zu bemerken. Sie setzte sich ins Gras, während Aristoteles nach Luft schnappte und hechelnd die Zunge heraushängen ließ. Sie legte sich neben ihn. Es roch nach warmer Erde. Dann hörte sie die Stimme wieder, sie war irgendwie nah und fern zugleich – aber jetzt verstand sie, was sie sagte: »Komm näher.« Ja, kein Zweifel. Klar und deutlich: »Komm näher.« Aber es war nicht die Stimme ihrer Mutter. Es war wie eine Stimme aus einem anderen Zimmer oder vielleicht vom vorderen Teil eines Autos, wenn man auf dem Rücksitz halb eingedöst war. Cece schloss die Augen. Sie fühlte sich sehr seltsam, als schwebte sie auf und ab.

~~~

Auf der Rückfahrt kam sie erneut an einem dieser Sanierungsfirmenwagen vorbei, vielleicht war es aber auch derselbe wie auf dem Hinweg. Sie waren überall. Auf der Flügeltür am Heck prangte ein Slogan:

ALS WÄRE ES NIE PASSIERT

~~~

In dieser Nacht konnte Cece im Traum fliegen. Die Vögel schrien ohne Unterlass im Schlaf. Sie hatte großen Durst.

Sie wachte spät auf, das ausgetrocknete Gefühl im Hals war immer noch da. Garrett war schon aufgestanden. Cece schob die Vorhänge auf und sah ihn im Garten: Er kniete am Rand des Rasens und pflanzte ein paar Zwiebeln am Zaun entlang ein. Sein braun gebrannter Kopf glänzte in der Sonne. Aristoteles lag neben ihm auf dem Rasen, wie ein umgefallenes Seitpferd in der Turnhalle. Garrett hielt einen Moment inne und wischte sich mit dem Ärmel über die Stirn. Er sah aus wie ein alter Mann, der in seinem Garten werkelte. Es war schön, ihn draußen ohne Maske zu sehen. Das war in diesen Tagen selten geworden, zumindest während der Sommermonate. Mittlerweile verbrachte er die meiste Zeit im Haus. Genau davor hatte er Angst gehabt, als er in den Ruhestand gegangen war, obwohl er sich wahrscheinlich heute noch mit seinem Yagi da oben in den Bergen herumtreiben würde, wenn es noch Vielfraße im Nationalpark gäbe. Das war auch der eigentliche Grund, warum er aufgehört hatte: Es gab nichts mehr zu finden. Die Suche war vorbei. Cece würde ihm das nie sagen, aber insgeheim war sie froh, dass die Tiere verschwunden waren. Sie hatte ihn gern um sich, und nicht nur, weil sie sich ohne ihn einsam fühlte. Es war eine Erleichterung, verbunden sogar mit einem ungewohnten Anflug von Schüchternheit. Sie hatte das Gefühl, dass sie jetzt nur noch sich gegenseitig hatten. Man hätte es auch Traurigkeit oder Kapitulation nennen können. Cece öffnete das Fenster.

»Was pflanzt du denn da?«, rief sie.

»Geld!«

Cece lachte. Aus irgendeinem Grund, genauer gesagt, ohne jeden Grund, war das ihr Wort für »Narzissen«. Zuerst hatten sie sie »Gelbscheine« genannt, bestimmt hatte Lana etwas damit zu tun gehabt, das wurde dann zu »Geldscheinen«, die sich später etymologisch zu »Geld« entwickelten. (Der Witz war natürlich, dass sie nie genug davon hatten und es deshalb anpflanzen mussten.) Und so ging es ihnen nicht nur mit Narzissen – sie hatten ihre eigene Geheimsprache. »Kaffee« war auf mysteriöse Weise zu »Carmichael« geworden, und als Lana noch klein war und sie ihr erklären mussten, warum sie immer so lange unter der Dusche standen, war »Sex« zu »Wanne leeren« geworden. Cece hatte ein Buch über das Volk der Wixárika in Mexiko gelesen, das vor der Peyote-Ernte eine Umbenennungszeremonie durchführte. Sie nannten die Wüste »Ozean« und den Mond »Sonne«, um eine andere Welt als ihre eigene zu betreten. Vielleicht war es in der Ehe ähnlich. Nach und nach benannte man die Welt um und erschuf eine neue, eine, die nur man selbst betreten konnte. Man verwandelte Blumen in Geld und bezeichnete die Monotonie des Alltags als Glück.

Cece machte sich einen Kaffee und las die Nachrichten auf ihrem prähistorischen Handy. Lana bezeichnete es als »Amateurfunkgerät«, wahrscheinlich, weil es sich nicht zusammenklappen ließ. Cece beschloss, sie anzurufen. Sie musste die Stimme ihrer Tochter hören. Manchmal benutzte sie sie wie einen Kompass, so wie man eine Karte brauchte, um sich zu orientieren.

»Mom, ich bin im Studio. Ich kann gerade nicht.«

»Arbeitest du?«

»Wir müssen bis Freitag den Schnitt fertig haben.«

»Ist das der Film über, wie hieß es noch, Transpersonismus?«

»Transhumanismus!«

»Richtig. Über die Menschen, die versuchen, sich in Computer zu verwandeln.«

»Warum kannst du dir nie den Namen merken?«

»*Das Daedalus-Projekt*«, sagte sie stolz und kam sich dann albern vor. War sie etwa Kandidatin in einer Gameshow? Wie auch immer, Lana hatte sie ja gar nicht gefragt, ob ihre Mutter sich an den Namen des Films selbst erinnerte, an dem sie immerhin seit vier Jahren arbeitete. Irgendwie hatte sich das Mädchen neu erfunden, von einer Charakterdarstellerin in Videospielen über eine Filmemacherin zu einer Dokumentarfilmerin, einer gefeierten obendrein. Ihr erster abendfüllender Film über ein Obdachlosenlager in der Mojave-Wüste hatte mehrere Preise gewonnen. Die *New York Times* hatte ihn als »zutiefst bewegend« bezeichnet, »auf seine Art sogar visionär, als hätte sich Frederick Wiseman mit Tarkowski zusammengetan«. Jedes Mal, wenn sie von Lanas Erfolgen erfuhr, war Cece natürlich ungeheuer glücklich, aber wenn sie ganz ehrlich zu sich war, befiel sie immer auch ein leicht mulmiges Gefühl, vermischt mit einem Anflug von Neid. Lana hatte es nach L. A. geschafft, fest entschlossen, sich dort einen Namen zu machen. Wenn ein Lebensentwurf nicht funktionierte, hatte sie sich auf den nächsten gestürzt, und es hatte funktioniert! Ihr Mut hatte sich ausgezahlt. Sie war ehrgeiziger gewesen als ihre Eltern, zumindest ihre Mutter. Cece hatte Mut, oder was sie dafür hielt, nur in der Liebe bewiesen.

Die Ehe ist das einzige Abenteuer, das den Feigen offensteht.

Und jetzt war sie stolz auf sich, weil sie sich an den Namen des Films ihrer Tochter erinnert hatte! »Ich kenne einen Transmenschen, den du interviewen könntest. Lexie aus der Buchhandlung, sie verwandelt sich gerade in ein Han... – in ein Origami.«

»Mom«, sagte Lana abweisend. »Darum geht es hier wirklich nicht.«

Cece wurde stutzig. Offensichtlich hatte Garrett Lana nichts über den Arztbesuch erzählt und auch nicht, dass sie sich verlaufen hatte, sonst würde ihre Tochter nicht so mit ihr reden. Dass er es für sich behalten hatte, machte Cece noch mehr Angst. Jemand hustete im Hintergrund und sagte etwas, das sie nicht verstand.

»Ist jemand bei dir?«, fragte Cece. »Ich dachte, du arbeitest.«

»Hallo, Mrs. Meek«, rief die Stimme.

»Mrs. *Calhoun.*«

»Luciana hat mir was zum Mittagessen gebracht.«

»Ist sie deine Freundin?«

»Sie möchte wissen, ob du meine Freundin bist«, sagte Lana.

Beide lachten. Sie fanden es wohl sehr komisch. Cece hatte keinen Überblick mehr über die Frauen, manchmal auch Männer, mit denen Lana ausging – oder schlief. Was auch immer der passende Ausdruck dafür war. Monogamie schien ein Ding der Vergangenheit zu sein, ein altmodischer alberner Brauch, für den Lanas Generation nur Mitleid und Spott übrig hatte, ähnlich wie Schecks ausstellen oder in die Kirche gehen. War das ein Teil von Ceces Problem? Dass sie in der falschen Epoche zur Welt gekommen war? Dass sie ihr Leben damit verbracht hatte, zum Beispiel *Briefmarken zu sammeln*, ohne zu merken, wie altmodisch das war?

»Wusstest du, dass Motten die Tränen von schlafenden Vögeln trinken?«

Schweigen. »Hast du angerufen, um mir das zu sagen?«

»Nein. Ich meine, ja. Ich wollte nur ein bisschen reden.«

»Mom, ich muss jetzt wirklich Schluss machen. Ich ruf dich morgen an.«

»Okay.«

»Ich hab dich lieb, Mom.«

»Was?«, fragte Cece, obwohl sie es klar und deutlich gehört hatte.

~~~

Obwohl es schon wieder ihr freier Tag war, ging Cece in die Buchhandlung, um mehrere Kisten mit Spenden abzuholen. Das machte sie jeden Monat. Sie mistete die Regale mit den gebrauchten Büchern aus, um Platz für bessere Bücher zu schaffen. Nun ja, vielleicht war »bessere« nicht die richtige Bezeichnung, wenn Edith Wharton gegen, sagen wir, James Patterson den Kürzeren ziehen konnte. Die aussortierten Bücher brachte sie dann ins *Lakeview Village*, das Pflegeheim in der 93. Jetzt, im Ruhestand, half ihr Garrett meistens dabei. Die Kisten waren schwer, und Cece konnte sie in letzter Zeit nicht mehr allein zum Wagen schleppen, so wie sie auch anderes nicht mehr schaffte, was früher selbstverständlich gewesen war. Die Leiter zum Dachboden hinaufsteigen oder Unkraut zupfen war gefährlich geworden. Heute überließ sie Lexie und Garrett das Tragen, während sie vom Bordstein aus zusah. Seit ihrem Termin bei Dr. Plattner hatte sie Mühe, Garrett in die Augen zu schauen. So wie damals, als sie Charlie verlassen hatte – als
~~~

könnten sie beide versteinern, wenn sie ihm direkt in die Augen sah.

»Bist du sicher, dass du *More Great Pantyhose Crafts* loswerden willst?«, fragte Garrett, während er in der Kiste stöberte, die sie gerade in den Wagen geladen hatten.

»Keine Ahnung, wo das herkommt.«

»Na ja, vermutlich hast du es von jemandem gekauft, oder? Einem Strumpfhosenhersteller vielleicht?«

»Was ist eine Strumpfhose?«, fragte Lexie.

Cece sah sie an und lächelte. »Gott, wie ich dich beneide.«

Im *Lakeview Village* gaben sie die Kisten in der Abteilung für betreutes Wohnen ab, die eine eigene Bibliothek hatte. Es wäre nicht der schlechteste Ort fürs Alter, wenn man nirgendwo anders hinkönnte. Es gab einen riesigen Vogelkäfig mit schnatternden Papageien, einen gemütlichen Gaskamin, der das ganze Jahr über brannte, und sogar einen Billardtisch. Man konnte sich kaum vorstellen, dass die Menschen in ihren Betten starben, aber das taten sie natürlich, wenn nicht hier, dann irgendwo anders auf dem Gelände. Sie starben, und dann mussten die Leichen abtransportiert werden, damit neue Bewohner einziehen konnten. Es gab eine Warteliste.

Als sie von der Bibliothek zurückkamen, blieb Cece vor einer verschlossenen Tür stehen, die in die Abteilung für Demenzkranke führte. *Vintage Gardens* hieß sie. Man brauchte einen Code, um hineinzukommen. Cece starrte auf die Tür.

»Was ist?«, fragte Garrett.

»Ich will mir das mal ansehen.«

»Sei nicht albern.«

»Ich bin nicht albern. Im Gegenteil. Ich bin neugierig.«

Er schüttelte den Kopf und blieb stehen.

»Okay, dann geh schon mal zum Auto zurück«, sagte sie.

»Das ist doch Quatsch.«

»Worauf wartest du? Geh zum Auto, hab ich gesagt.«

Der Mann hatte sein Leben mit Tieren verbracht, die ihm an die Kehle wollten, und jetzt benahm er sich wie ein Schlappschwanz. Schlimmer noch, wie ein Heuchler. War er nicht derjenige, der sich über jede Weigerung aufregte, sich der Zukunft zu stellen? Oder darüber, dass die Menschheit die Augen vor der Katastrophe verschloss? Cece spähte durch das Fenster in der Tür und sah, wie ein Mann mit einem Werkzeuggürtel auf sie zukam.

Sie hielt die Tür fest und trat hindurch, bevor sie sich wieder schloss, ohne zu erwarten, dass Garrett ihr folgen würde, doch genau das tat er. Er kam hinter ihr durch die Tür. Zusammen gingen sie über den Flur zu einem beigefarbenen Gemeinschaftsraum, der an den Speisesaal eines pleitegegangenen Country Clubs erinnerte. Hier gab es keine Billardtische. Die Wände waren kahl bis auf ein paar Bilder von Bäumen in verschiedenen Stilen: Realismus, Impressionismus, Expressionismus, wie die Auswahl in einem Katalog. Cece vermutete, dass man sie aus dem Internet ausgedruckt hatte. Eine Frau im Rollstuhl saß in der Mitte des Raumes, fuchtelte mit einer Hand in der Luft herum und rief: »Hilfe! Helft mir! Hilfe!« Die Krankenschwester, die hinter dem Schreibtisch saß, ignorierte sie. Die Frau rief weiter um Hilfe. Anscheinend erwartete man nichts anderes von ihr.

Cece beschloss, sich nicht einzumischen, zum Teil aus Respekt vor der Krankenschwester, aber auch, weil sie sich wie ein Eindringling vorkam. Niemand beachtete sie, es war als existierten Garrett und Cece gar nicht. Eine Gruppe von fünf Bewohnern, die sich in verschiedenen Stadien von Wachheit befanden, saß im Halbkreis um einen Betreuer. Jeder hatte eine Schwimmnudel auf dem Schoß. Waren sie auf dem Weg zum Pool? Nein, es war eine Art von Gymnastik. Der Betreuer, ein Mann im *Lakeview Village*-Shirt, hielt einen Luftballon in der Hand. »Aufgepasst!«, sagte er, offensichtlich ohne jede Ironie, und warf ihn einer der wacheren Bewohnerinnen zu, die mit ihrer Styropor-Nudel dagegenschlug und ihn so in der Luft hielt. »Jetzt du, Marybeth!«, sagte der Mitarbeiter zu einer anderen Bewohnerin. Marybeth grinste, als sie ihren Namen hörte, machte aber keine Anstalten, den Ballon zu treffen. Er landete zu ihren Füßen auf dem Boden. Unbeirrt hob der Mitarbeiter ihn wieder auf und wandte sich einem anderen Bewohner zu, einem Mann mit einem intelligenten Gesicht und buschigen Augenbrauen, so schwarz wie die von Stalin. Er hätte ein angesehener Professor der Wirtschaftswissenschaften sein können. Der Mitarbeiter warf ihm den Luftballon zu, doch der Patient starrte weiter ungerührt vor sich hin, selbst als der Ballon gegen sein Gesicht prallte. Er zuckte nicht einmal zusammen, sondern saß nur da mit offenem Mund, wie ein Beanbag-Ziel. Als Cece merkte, dass die Frau, die um Hilfe rief, sie anstarrte, drehte sie sich zu ihr um.

»Ja?«, sagte Cece.

»Wissen Sie, wann wir in Rotterdam anlegen?«

»Anlegen?«

»Mein Sohn holt mich um neunzehn Uhr ab«, sagte die Frau und zupfte am Ärmel von Ceces Bluse. »Was ist, wenn ich in Hamburg von Bord gehe?«

Normalerweise fuhr Garrett das Auto, wenn sie zu zweit waren. Aber diesmal bestand Cece darauf, am Steuer zu sitzen. Sie wollte fahren, zur Abwechslung selbst die Kontrolle übernehmen. Sie hatte keine Lust, sich mit ihm zu unterhalten, deshalb fuhren sie schweigend nach Hause. Garrett nippte an dem Kaffeebecher, den er aus der Küche des Heims geklaut hatte, Cece starrte auf die Straße, von Grauen überwältigt. Ihre Hände am Lenkrad fühlten sich fremd an, fast unwirklich, als gehörten sie jemand anderem. Zitterte sie? Im Westen tauchte jetzt der immer wieder traumhafte Salish Lake auf, blau wie der Kies in einem Aquarium. Der Anblick erstaunte sie. Dabei hatte sie fast ihr ganzes Leben hier verbracht.

Dann torkelte etwas auf die Straße. Abrupt trat Cece auf die Bremse, und der Kaffee schwappte über Garretts Hand. Es war ein Schwarzbär. Gemächlich trottete er über den Highway, fast unbeholfen in seiner trägen mechanischen Kraft, oder vielleicht nicht unbeholfen, sondern wie ein Golem: als wäre er aus Lehm gemacht und müsste noch an der Beherrschung seiner Gliedmaßen arbeiten. Dann tauchten zwischen den Kiefern zwei Jungtiere auf und trabten hinter ihm her, ohne Cece und Garrett zur Kenntnis zu nehmen. Ihr Fell glänzte wie Öl und schimmerte in der Sonne. Bärin und Junge ließen sich viel Zeit beim Überqueren. Sie waren wie ein einziger Körper, wie ein Komet mit seinem Schweif. Schließlich verschwanden sie auf der anderen Seite des Highways zwischen den Bäumen.

Cece atmete erleichtert auf. Seltsamerweise beachteten diese Bären einen gar nicht. Als wäre man überhaupt nicht da. Deshalb fühlte man sich hinterher auch so komisch.

Wie viele Bären hatte sie in ihrem Leben schon gesehen? Fünfzig? Die meisten Menschen kriegten keinen einzigen zu Gesicht. Cece drehte sich zu Garrett um, dessen Schoß klatschnass war.

»Alles in Ordnung?«, fragte sie, voller Angst, dass er verletzt sein könnte. »Hast du dich am Kaffee verbrüht?«

»Nein. Er war sowieso schon kalt.«

Cece trat aufs Gaspedal und nahm wieder Fahrt auf. Die Straße war gerade und menschenleer.

»Ich möchte ein Origami haben«, sagte sie nach einer Weile.

»Wieso?«

»Nur so. Morgen.«

Garrett nickte und beschloss, es zu akzeptieren. Ein kleines Ding, und doch keine Kleinigkeit. Aus unerfindlichen Gründen fing sie an zu lachen.

»Was ist denn?«

»Ich weiß nicht. Ich dachte nur an diese armen Zombies mit ihren Schwimmnudeln.«

»Vielleicht solltest du sie nicht ›Zombies‹ nennen«, entgegnete Garrett.

»Hast du gesehen, wie der Kerl den Luftballon ins Gesicht bekam?«, fragte Cece. »Er hat nicht einmal mit der Wimper gezuckt.«

»Andererseits war er einer der wenigen, die sich haben berühren lassen.«

Cece sah ihn an.

»Du solltest ihn erst mal beim Baseball sehen«, sagte Garrett unschuldig.

Cece lachte erleichtert. Solange sie noch Witze machen konnten, war alles gut. Beschämt dachte sie an ihren Wutausbruch im Pflegeheim, als sie ihn so angefahren und gesagt hatte, er solle zum Auto zurückgehen. Warum war sie so sauer auf ihn gewesen? Egal, es spielte keine Rolle mehr. Sie wollte nicht enden wie diese Zombies, diese Menschen, die Luftballon-Aerobic machten. Wenn sie eines sicher wusste, dann das. Sie würde alles tun, was das Merkblatt vorschrieb. Regelmäßig Sport treiben, Gewichte heben, auf Zucker, Weißmehl und Fernsehen verzichten, jeden Tag Tagebuch führen wie die katholischen Nonnen, eine Fremdsprache lernen. Nein, zwei. Wie uncool war es, kein Französisch zu können! Und Russisch hatte sie schon immer lernen wollen, um *Anna Karenina* im Original zu lesen. Das Leben war wichtig. Es hatte Würde und Sinn. Es gab einen Teil von ihr, ein Ich, ein wesentliches Stück Cece, das unveränderlich war, sicher vor jeder Art von Korruption. Jener Bestandteil von ihr, der gern schwamm, sich alberne Lebensweisheiten ausdachte, der kein Lied aus ihrer Kindheit hören konnte, egal wie kitschig oder nervig, ohne dass sie aufsprang und anfing zu tanzen ... Was wäre das Leben wert, wenn sie das verlor?

Niemals würde sie das zulassen! Stattdessen würde sie sich an alles halten, was auf dem Merkblatt stand, und eine Detektivin werden. Die Welt so genau beobachten, sich so heftig an sie klammern, dass sie sie nie wieder loslassen konnte. Das Wichtigste war, alles zu speichern und sich zu erinnern.

Halten Sie sich an die fünf Ws, hieß es im Merkblatt. *Führen Sie eine wer-was-wann-warum-wo-Liste all Ihrer Aktivitäten.*

Als sie wieder zu Hause waren, parkte Cece das Auto. Aristoteles bellte sie vom Garten aus an, die Schnauze zwischen die Latten des Zauns gezwängt. Sie blieben noch einen Moment im letzten Licht des Tages sitzen. Vielleicht war es eine Nachwirkung der Begegnung mit den Bären, aber für Cece sah jetzt alles anders aus, schien aus sich selbst heraus feucht zu schimmern, so als wären Aristoteles' Walrossgesicht, die sich über den Zaun ergießenden Hortensien und der Hartriegel, den Cece und Garrett vor dreißig Jahren selbst gepflanzt hatten, nackt und ungesehen in die Welt geplumpst. Immer mehr hatte sie das Gefühl, dass sich ihr die Welt zum ersten Mal offenbarte.

Garretts Kopf, braun wie eine Mandel, berührte das Dach des Wagens. Auf dem Beifahrersitz wirkte er irgendwie größer. Ein übergroßes Kind, das mit den Knien gegen das Armaturenbrett stieß. Oben im Schlafzimmer brannte Licht. Garrett starrte hinauf. Hatte sie es angelassen? Sie war radikal, wenn es darum ging, Strom zu sparen, ging durchs ganze Haus, bevor sie irgendwohin fuhren, und schaltete überall das Licht aus. Manchmal tat sie es instinktiv, obwohl Garrett noch im Zimmer saß und zu lesen versuchte. Es machte ihn wahnsinnig.

Er stieg aus dem Auto aus, das Gesicht dem Boden zugewandt. Wollte er sie nicht darauf aufmerksam machen? Nein, natürlich nicht. Wahrscheinlich hatte er wieder Probleme mit seinem Knie und passte einfach auf, wohin er trat. Cece beobachtete, wie er ein bisschen zögerlich zum Tor ging.

Wer: Garrett Meek.

Was: Ihr Ehemann.
Wann: Bis einer von ihnen stirbt.
Warum: Weiß der Geier, wegen allem, wegen nichts.
Wo: Salish, Montana. Zu Hause.

VIERUNDZWANZIG

Es ist nicht leicht, Freunde zu finden. Im Laufe seines Lebens begegnet ein Mensch durchschnittlich achtzigtausend anderen Menschen, die fast alle spurlos wieder verschwinden. In den meisten Fällen ist das gut so, aber in einigen auch ein schwerer Verlust. Wir können uns glücklich schätzen, wenn wir bei unserem Tod noch ein oder zwei enge Freunde haben.

Garrett fuhr über die Straße, die er früher auf Skiern hinaufgestiegen war. Er versuchte, Schlaglöcher zu meiden, während Charlie den Sensor für die Luftqualität an seinem Handgelenk überprüfte. Es war Februar, aber es lag kaum Schnee, zwanzig Zentimeter Matsch und ganz selten noch vereinzelte Schneeinseln am Straßenrand. Vierzehn Grad, warm genug, um die Fenster herunterzulassen. Die Sonne brannte auf Garretts Arm. Er hatte den Rat seines Arztes befolgt und sich dick mit Sonnencreme eingeschmiert, trotzdem musste er vorsichtig sein. Drei Stellen mit Hautkrebs hatten bereits entfernt werden müssen. Die vielen Jahre in der Wildnis und die Schufterei in einer kontaminierten Atmosphäre hatten nicht nur seinen Lungen geschadet. Charlie hatte letztes Jahr Probleme mit den Nieren gehabt und ein halbes Jahr auf Salz verzichten müssen, doch ansonsten machte er einen bemerkenswert fitten Eindruck. Nach Jaspers Tod hatte er mit dem Trinken aufgehört. Damals war Garrett eine Zeit lang besorgt gewesen, sein Freund könnte in die andere Richtung kippen. Mit vierundsiebzig allein zu leben ist eine Sache, allein zu trauern eine ganz andere. Vor allem unter solchen Umständen. Trotzdem schien

Charlie gesünder zu sein als seit Langem, zumindest körperlich. Im Übrigen hatte er schon lange vor der Tragödie seinen Alkoholkonsum reduziert.

Einige ihrer Freunde hatten nicht so viel Glück gehabt. Brig ging es noch erstaunlich gut, er hatte sogar wieder mehr oder weniger sprechen gelernt, aber insgesamt war es der alten Gang schlecht ergangen. Johnny war an Darmkrebs gestorben. Marcus hatte vor drei Jahren einen Herzinfarkt gehabt und einen dreifachen Bypass bekommen. Gabby litt an Makuladegeneration und wurde allmählich blind. Nur Garrett war aus irgendeinem beschissenen Grund, vielleicht aber auch, und das war wahrscheinlicher, ohne jeden Grund glimpflich davongekommen. Ein kaputtes Knie, ein paar Basalzellenkarzinome. Zugegeben, er hatte die Hälfte des Jahres Probleme mit dem Atmen. Selbst in Innenräumen bekam er gelegentlich eine Kehlkopfentzündung, die Lana als »Raucherstimme« bezeichnete, aber damit war er nicht allein.

Garrett parkte das Auto vor der Skihütte, von der er als Junge zu Skitouren aufgebrochen war und die sich nicht allzu sehr von jener unterschied, in der sie die letzte Nacht mit Elias verbracht hatten. Sie kam ihm doppelt so groß vor, wie er sie in Erinnerung hatte, wahrscheinlich, weil so wenig Schnee lag. Jemand hatte vor Kurzem die Fenster erneuert und auf dem Dach Sonnenkollektoren installiert. Die Leute nutzten die Berghütte jetzt für Wandertouren, da man fast das ganze Jahr über wandern konnte. Tatsächlich spielte Skifahren auf den Websites kaum noch eine Rolle, weder Langlauf noch sonst was. Garrett hatte extra heute Morgen noch einmal nachgeschaut. »Zugang zu hundert Meilen unberührter Wanderwege von der Haustür aus«, hieß es, und darunter:

ES TUT UNS AUFRICHTIG LEID, ABER WIR KÖNNEN BEREITS GELEISTETE ZAHLUNGEN **NICHT** AUFGRUND VON RAUCHBELASTUNG ERSTATTEN.

Charlie schmierte sich die Nase mit Zinkpaste ein, penibel wie immer, was den Sonnenschutz betraf. Der LQI lag bei einem niedrigen Wert von dreiunddreißig, typisch für den Winter, daher ließ Garrett die Atemschutzmaske im Handschuhfach liegen und empfand beim Aussteigen die alte freudige Erleichterung, die er sein ganzes Leben in den Bergen empfunden hatte: ein Gefühl dankbarer Bedeutungslosigkeit. Im Grunde war das für ihn die Erlösung von der Last, ein Mensch zu sein. In der Ferne erhob sich die zerklüftete Pfeilspitze des Mount Aeneas, scharf wie ein Traum. Der Hang war schon halbwegs kahl, man sah braune Stellen im Schnee, wie Brandflecken auf einem Laken. Hauptsächlich war Garrett in der Gegend von Missoula Ski gefahren, im Bitterroot, aber hin und wieder waren seine Freunde und er den ganzen Weg hierhergekommen und hatten im Haus seines Großvaters übernachtet, bevor sie ins Hinterland aufbrachen. Ein paar Unbeirrbare fuhren noch gelegentlich zum Hang hinauf, wenn es besonders viel geschneit hatte, zumindest hatte Garrett das gehört. Aber das war wie Skifahren in einem Steingarten. Man musste so reich sein, dass es einem egal war, dass die Skier anschließend Schrott waren.

Der Sport starb aus. Die Skigebiete schrumpften, selbst in den Rocky Mountains. Es tat weh, davon zu lesen. Whitefish hielt noch durch, jedenfalls auf einer Hälfte des Berges, aber die Saison dauerte nur noch drei Monate. Angesichts all der anderen Probleme auf der Welt, der Flüchtlingskrise, der Wasserknappheit im Nahen Osten, dem Sterben der Ozeane und der riesigen Korallen-Friedhöfe schämte sich Garrett, wenn er jetzt um Whitefish trauerte. Aber es war etwas, das er geliebt hatte.

Warum war er nicht mehr Ski gefahren, als er es noch gekonnt hätte? Sein halbes Leben hatte er auf nordischen Skiern verbracht und war Vielfraßen gefolgt, doch das war nicht dasselbe. Er hätte seine Jugend mehr genießen sollen.

Sie liefen eine kurze Strecke auf dem Alpine Trail und kämpften sich einen mit Schneematsch bedeckten Serpentinenweg hinauf. Garrett ging langsam und überließ Charlie die Führung, zum einen, weil sich sein Knie wieder meldete, und zum anderen, weil er nicht über das sprechen wollte, was mit Cece passierte. Sie hielten Gleichschritt, umgeben von wohltuender Stille. Wie seltsam, bei vierzehn Grad hier oben durch die Sonne zu laufen und keinen einzigen Laut zu hören. Garrett hatte sich noch immer nicht daran gewöhnt, und auch nicht daran, dass ihm keine Insekten mehr in den Mund flogen, wenn er mit dem Fahrrad unterwegs war, oder an die unheimliche Stille am See, keine Fische, die in der Dämmerung hochsprangen und das Wasser kräuselten. In früheren Wintern hatte es eine Stille wie in einer Kirche gegeben, die der jetzigen nicht unähnlich gewesen war, aber sie hatte zu dem Weiß ringsum gepasst, und selbst dann konnte man an einem windstillen Tag sehen, wie ein Pfeifhase über die Schneedecke huschte, oder hören, wie ein Specht an einen Baum trommelte. Garrett horchte, aber da war nichts, kein einziges Geräusch. Nur Charlies knirschende Schritte.

Oben am Pass blieben sie stehen, um die Aussicht zu bewundern. Charlie nahm einen Schluck aus seiner Wasserflasche und wirkte ein bisschen zittrig. Garrett fragte sich, warum sein alter Freund überhaupt hier hochgewollt hatte. Der Ausflug war Charlies Idee gewesen, er war ihm so wichtig gewesen, dass Lana, die eine Woche in Montana verbrachte, darauf reagiert und angeboten hatte, auf Cece aufzupassen, solange die beiden im Jewel Basin waren. Es war das erste Mal seit Jaspers Tod, dass er überhaupt irgendetwas unternahm, das erste Mal seit Langem, dass er wieder nach Montana gekommen war. Er hielt sich viel lieber in der Wohnung auf, die er in Corona del Mar gekauft hatte, trotz der überschwemmten Strände. Er zitierte gern aus *Der Zauberberg*, wo es hieß, dass junge Männer die Berge und alte Männer das Meer liebten. (In Wirklichkeit stammte die Zeile aus *Die Buddenbrooks*, und es war Garrett, der sie auf dem College entdeckt hatte.) Da Charlie keinen Unterhalt mehr zahlen musste, hatte er Geld wie Heu. Eine Zeit lang hatte er eine ernsthafte Beziehung mit einer viel jüngeren Sprachtherapeutin gehabt, die er im Internet kennengelernt hatte – zumindest war sie ernsthafter gewesen als die vielen davor. Auch diese Beziehung war jedoch kurz nach Jaspers Tod in die Brüche gegangen. Seine Trauer hatte sie beide erdrückt. Garrett hatte sich oft vorgestellt, wie es sein musste, einen Anruf von der Polizei zu bekommen und zu erfahren, dass der eigene Sohn sich nur zehn Meilen entfernt in einem Apartment in Glendale versteckt gehabt hatte, wo er ihn so leicht hätte besuchen können, und dann in die Leichenhalle fahren zu müssen, um ihn zu identifizieren und nicht zu wissen, ob sein Sohn Selbstmord begangen hatte oder an einer Überdosis gestorben war. Oder ob das am Ende überhaupt eine Rolle spielte.

Sie unterhielten sich über das Ehepaar, das Ceces Buchhandlung gekauft hatte, und wie der Laden jetzt ums Überleben kämpfte. Cece hatte wohl ein Händchen für das Geschäft gehabt.

»Wie geht es Téa?«, fragte Garrett. »Kommt ihr jetzt besser zurecht?«

»Das ist das einzig Gute an Jaspers Tod. Wie ging noch der Spruch, den du ständig zum Besten geben musstest? ›Ach, Trauer hat den Menschen näher mich gebracht.‹ Uns beide in diesem Fall. Sie hat stets Partei für ihre Mutter ergriffen. Sie meinte, ich hätte ihm den Drogenkonsum ermöglicht, weil ich ihn bei mir wohnen ließ. Ich hätte ihn *unterstützt*, obwohl ich ja wusste, dass er abhängig war.« Charlie nahm seine Mütze ab und lüftete sie in der Brise. »Jetzt besucht sie mich jede Woche mit den Kindern in Corona del Mar. Ich nehme sie zu den Gezeitentümpeln mit. Manchmal fahre ich sogar nach Eagle Rock babysitten. Prue, Téas Jüngste, nennt mich G-Pa.«

»Großartig! Das hast du mir gar nicht erzählt.«

Die Zinkpaste auf Charlies Nase löste sich allmählich auf. Er hatte Falten auf beiden Seiten der Stirn, vom Haaransatz bis zu den Brauen, als stünde sein Gesicht in Anführungszeichen. Garrett konnte sich nicht daran erinnern, sie früher schon mal gesehen zu haben. Wahrscheinlich sah er selbst genauso alt aus, wenn nicht noch *älter*, denn Charlie hatte wenigstens noch Haare, und doch fühlte er sich innerlich immer noch wie zwanzig, so jung wie damals, als Elias starb. Er dachte an die Narbe auf seiner Wange. Mittlerweile waren sie beide vom Tod gezeichnet.

»Du hast mir damals immer wieder gesagt, dass das mit Elias nicht meine Schuld war.«

Charlie wandte den Blick ab. »Richtig angekommen ist es aber nie, oder?«

»Hat lange gedauert«, sagte Garrett. Eigentlich ein ganzes Leben, aber das behielt er für sich. Manchmal träumte er heute noch davon, wie er im Schnee nach Elias suchte. Dann kam diese verzweifelte Panik, wie vor einer tickenden Zeitbombe, aber er sah Elias' Gesicht nicht mehr vor sich, das ihn durch das Eis anstarrte. Selbst im Wachzustand fiel es ihm schwer, sich dieses Gesicht genau vorzustellen.

»Kannst du dich noch an das erinnern, was du auf unserer Wiedersehensfeier gesagt hast? Dass man vielleicht insgeheim erleichtert wäre, wenn, keine Ahnung ... die Echte Karettschildkröte ausstirbt?«

»Nein.«

»Nun, ich verstehe es irgendwie. Also, dass man erleichtert wäre.«

»Was ist eine Echte Karettschildkröte?«

»Eine Art Meeresschildkröte«, erklärte Garrett. Er fand die

Namen immer unpassender, als hätte man sie aus einer Sprache übersetzt, die niemand sprach.

Charlie setzte sich die Mütze wieder auf. »Übrigens, Lana sieht toll aus. Geht es ihr gut?«

»Fabelhaft«, antwortete Garrett und sagte dann im Scherz, dass er sie wohl zwingen müsste, an die Biokraftstoffindustrie zu spenden, wenn sie weiter zu so vielen Filmfestivals flog, um Preise in Empfang zu nehmen. Ihr neuester Film über ein Beerdigungsinstitut in Amish-Country lief besonders gut.

»Ich bin überrascht, dass sie noch keine Doku über *dich* gedreht hat«, sagte Charlie.

»Hab ich dir das nie erzählt? Einmal ist sie im Sommer mit in die Berge gekommen, als ich hinter den Vielfraßen her war. Du hättest die Ausrüstung sehen sollen, die sie mitgeschleppt hat. *Der letzte Vielfraß*, so wollte sie die Doku nennen, bloß haben wir keinen einzigen zu Gesicht bekommen.«

Charlie lachte. »Sie wird den Titel ändern müssen.«

»Ich vermute, er bezog sich auf mich.«

Charlie lachte erneut, dann warf er Garrett einen Blick zu, der zu sagen schien: *Es ist spät.* Er meinte nicht den Tag – es war nicht einmal Mittag –, sondern den Schneematsch, die Berge um sie herum und die Tatsache, dass sie überhaupt hier standen. Er dachte an den Tag, an dem sie sich auf dem College kennengelernt hatten, als der Campus in Eis eingelassen gewesen war. Nicht eine Welt unter Glas, sondern aus Glas.

Garrett zog seine Kniebandage straff und bereitete sich auf den Abstieg vor. Doch Charlie machte keine Anstalten, sich zu bewegen. Er stand einfach da, und die Zinkpaste tropfte ihm von der Nase. Er sah Garrett an, nervös, aber entschlossen, wie ein Junge, der jemanden zum Tanz auffordern will. Jetzt war es so weit. Nach all den Jahren. Sie würden endlich darüber sprechen, denn es war zu spät, um es nicht zu tun. Sie würden reinen Tisch machen. Erstaunlich, wie perfekt – wie glänzend –

dies kommuniziert wurde, bevor Charlie auch nur den Mund aufgemacht hatte.

»Manchmal hasse ich dich immer noch«, sagte Charlie.

»Ich weiß.«

»Ich stelle mir dann vor, wie ich dich im Schlaf umbringe.«

»Wie du mich erwürgst?«

Er schüttelte den Kopf. »Mit einem Kissen. Ich sehe, wie du zappelst.«

»Ein Glück, dass wir nicht über Nacht bleiben.«

Charlie lächelte nicht. Er war nicht in der Stimmung. Er hatte ein Drehbuch einstudiert und ließ sich nicht davon ablenken. »Die Sache ist, ich weiß jetzt, dass es so besser war. Sie wäre mit mir nicht glücklich gewesen.«

»So ein Unsinn!«, entgegnete Garrett.

Charlie starrte ihn verwirrt an.

»Keine Scheinwahrheiten, bitte. Uns läuft die Zeit davon. Sie wäre mit dir genauso glücklich geworden wie mit mir, und das weißt du auch.«

»Ich glaube nicht.«

»Du hättest sie glücklich und unglücklich gemacht«, sagte Garrett. »Genauso wie ich. Nur auf eine andere Art.«

Charlie schüttelte den Kopf. Falls Garrett glaubte, das könnte ihn trösten, hatte er sich schwer getäuscht. Dieser Gedanke war kein Trost. Er war ungeheuerlich. Er bedeutete, dass Cece keinen Grund gehabt hatte, ihn zu verlassen, und dass alles, was geschehen war, nicht die geringste Bedeutung hatte.

»Dann haben wir beide verloren …«

»Sei nicht albern«, sagte Garrett. »Du hast uns miteinander bekannt gemacht. *Du hast mich gerettet.*«

Sie sahen sich an. Die einzigen Wanderer auf dem Pfad. Die Berge, die so alt waren wie Dinosaurier, waren menschenleer, so weit das Auge reichte.

»Wir sollten zu Cece zurück, meinst du nicht?«

Im Zickzack liefen die beiden Freunde den Weg zurück, den sie gekommen waren, und folgten den Serpentinen zur Hütte. Der Weg war rutschiger, als sie erwartet hatten. Trotz oder vielleicht gerade wegen der Wärme verbargen sich unter dem Schneematsch vereinzelte Eisflächen, die erst beim Abstieg ihre Tücken offenbarten. Vorsichtig bahnten sich Garrett und Charlie einen Weg zum Auto und mussten sich an einer vereisten Stelle gegenseitig an den Ärmeln festhalten. Sie lachten über ihre Hilflosigkeit. Wie lange war es her – Ewigkeiten! –, dass sie gemeinsam über das Eis geschlittert waren.

~~~

Als sie das Haus der Margolises erreichten, fuhr Garrett in die Einfahrt und schloss sein Auto an die Ladestation an. Charlie war für einige Monate hierhergezogen und wollte bis zum Beginn der Feuersaison bleiben, hauptsächlich wegen der Trennung von seiner letzten Freundin, aber auch, um die Renovierungsarbeiten zu beaufsichtigen, die seine Brüder und er in Auftrag gegeben hatten. Der Steg sollte verlängert werden. Der See war so geschrumpft, dass man nicht mehr von dort direkt ins Wasser springen konnte. Er war nun kaum mehr als eine Pfütze. Und da, wo früher der Obstgarten gewesen war, sollte ein Gästehaus entstehen. Das war natürlich eine große Herausforderung und, wie Charlie gesagt hatte, eine beträchtliche Investition für die drei. Bradley und Jake waren inzwischen Großeltern und mussten im Sommer das Nachbarhaus mieten, wenn sie die ganze Sippe unterbringen wollten. Was sie natürlich taten, schließlich waren sie die Margolises. Außerdem war der Garten schon vor einigen Jahren vertrocknet, einschließlich der Himbeersträucher. Eine Kombination aus Wasserrationierung und Wurzelfäule hatte alles vernichtet. Es gab nicht mehr genügend kalte Monate, man rechnete inzwischen in »Abküh-
~~~

lungs-Stunden«. Charlie hatte Garrett erzählt, er habe geweint, als er die Apfelbäume, die sein Großvater gepflanzt hatte, zu Kleinholz machen musste.

Lana und Cece saßen eng aneinandergekuschelt auf der Couch und sahen fern: einen dieser rührseligen Naturfilme, die Garrett zum Wahnsinn trieben. Lana war eine ausgezeichnete Betreuerin, wahrscheinlich noch besser als er selbst, denn sie wurde nie böse oder ungeduldig. Jetzt, mit Mitte vierzig, war ihr alter Hunger nach Aufmerksamkeit gestillt, vielleicht, weil die Welt sie endlich anerkannte. Garrett war jedes Mal so erleichtert, wenn sie kam, um ihm zu helfen, dass er sich grundlos im Supermarkt herumtrieb, nur um ein bisschen länger von zu Hause weg zu sein. Er vermutete, dass die Besuche auch für Lana eine Erleichterung waren. Es tat ihr gut, Hollywood zu entfliehen und nach Salish zu kommen, wo niemand sie beachtete, obwohl sie hier aufgewachsen war. Garrett hatte ein schlechtes Gewissen, weil er sie zu Charlie geschleppt hatte, aber natürlich liebte auch Lana das Haus. Wie die Mutter, so die Tochter. Selbst jetzt konnte man sehen, dass beide gern hierherkamen und einen unauslöschlichen Funken von Nostalgie verspürten.

Garrett blieb vor der Couch stehen, beugte sich vor und küsste seine Frau auf die Wange. Sie wurde stocksteif und presste die Lippen zusammen. Cece schien immer ein wenig verwirrt zu sein, wenn er sie küsste, vielleicht sogar böse. Als hätte er nicht mehr Recht auf sie als jeder andere.

»Oh, la-di-da«, sagte sie und fasste sich ins Haar.

Lana lachte und steckte Cece damit an: Es war dasselbe schallende, raumfüllende Gelächter, das die Leute in Restaurants immer dazu verleitete, sie anzustarren. Vierundvierzig Jahre lang hatten die beiden ihn damit in fröhliche Verlegenheit gebracht. Lana sah Garrett an. »Seit wann sagt sie das?«

»›La-di-da‹? Es ist das erste Mal, dass ich es höre.«

»Mom, du verwandelst dich in Annie Hall.«

»Apropos«, sagte Garrett, um das Thema zu wechseln. »Gestern habe ich einen guten Witz gehört.«

Lana stöhnte.

»Willst du ihn hören?«

»Hab ich eine Wahl?«

»Ich habe gerade jemand von deinem neuen Film vorgeschwärmt. Morgan, vom *Greedy Grape*. Sie hat ihn mir erzählt: Wie nennt man einen Amish, dessen Hand in einem Pferdearsch steckt?«

»Zielscheibe eines dreckigen Witzes?«

»Einen Handwerker!«

Lana lächelte, und das war alles, was Garrett von seiner Tochter wollte. Es war wie ein Geschenk Gottes. Er hatte sie sein Leben lang angebetet, aber dieses neue Gefühl, das er für sie empfand, Bewunderung, sogar ein bisschen Ehrfurcht, hatte ihn selbst überrascht. Es war mehr als nur väterlicher Stolz. Er liebte ihre Filme und hatte beim Sehen das Gefühl, etwas Wichtiges, Weltbewegendes zu erleben. *Honeycutt Funeral* war vielleicht ihr bislang bester Film. Was er Morgan im *Greedy Grape* nicht erzählt hatte, war, wie gerührt er war, als Clyde Honeycutt Jr. zu Beginn des Films einen Kunden durch seinen Ausstellungsraum führt, an Särgen mit tropischen Motiven vorbei, die an Hawaiihemden erinnerten. *Wir stellen die teuersten immer nach vorne*, gesteht er dann später, *weil die Kunden vor Trauer wie berauscht sind*. Am Ende greift der Film indirekt auf diese Szene zurück, als ein Amish-Sargbauer eine einfache Kiste aus Kiefernholz anfertigt. Zwanzig Minuten, ein Akt bescheidenen Handwerks, der sich in Echtzeit abspielt. Und doch waren Garrett die Tränen gekommen.

Er vermutete, dass seine Tochter etwas Großartiges geschaffen hatte. Vielleicht sogar etwas Außergewöhnliches. Hatte er ihr das gesagt? Nein. Er hatte einen Witz über die Amish gemacht.

Lana, die ihrer Mutter das Haar bürstete, was Cece offensichtlich genoss, hielt inne, als sie Charlie im oberen Stock herumpoltern hörte. Obwohl der Fernseher lief, konnte man durch den Lüftungsschacht hören, wie er Jaspers altes Zimmer durchwühlte. Jahrelang hatte er dessen Sommerklamotten zusammen mit denen seiner Cousine im Schrank aufbewahrt, in der vagen Hoffnung, dass er eines Tages vielleicht seine Ferien wieder hier verbringen würde.

»Alles okay?«, fragte Garrett sie.

»Ja, es ist nur ... all diese Fotos von Jasper.«

Da hing eins über dem Kamin, auf dem Jasper vom Steg aus eine Arschbombe machte, braun gebrannt wie eine Kakerlake. Er war immer so braun gewesen, wie sein Vater es nie geschafft hatte.

»Man könnte meinen, er sei nie erwachsen geworden«, sagte Garrett.

»Ich dachte immer, er würde an dieser Herzsache sterben«, sagte Lana. »Das war meine Sorge. Ständig sprach er von Elektrozäunen und allem Möglichen, was ihn umbringen könnte. Aber das war natürlich das geringste Problem.«

Lana hatte das schon einmal zu Garrett gesagt, als würde sie sich irgendwie schuldig fühlen, aber Garrett war sich nicht sicher, warum. Irgendwann vor langer Zeit hatte Cece einmal angedeutet, dass Lana und Jasper ineinander verknallt gewesen waren. Zumindest als sie jung waren. Doch Garrett hatte es nicht geglaubt. Das hätte nicht zu ihr gepasst, und außerdem war er nicht ihr Typ gewesen. Aber die beiden waren sich sehr nahe gewesen, hatten sich gegenseitig geholfen, ihre schwierige Kindheit zu überstehen. Jasper wegen seiner Herzprobleme und Lana, nun ja, weil sie Lana war. Was für ein Rätsel die eigenen Kinder waren. Man gab ihnen alles, und es war so, als hätte man eine Münze in einen Brunnen geworfen. Charlie hatte einen Monat nach Jaspers Tod eine besondere Gedenkfeier hier abgehalten. Er war mit dem Crestliner hinausgefahren und hatte die Hälfte von Jaspers Asche über dem See verstreut. (Die andere Hälfte hatten Angeliki und Téa auf dem Pazifik verteilt.) Der Junge hatte keine Freunde mehr gehabt oder zumindest niemanden, der bereit gewesen wäre, den weiten Weg auf sich zu nehmen. Nur Garrett, Lana und die Margolises, Charlie, Jake und Bradley. Und natürlich Cece, die gelacht hatte, als die Asche wie Fischköder das Wasser getrübt hatte.

Als Cece nun steif wie eine Königin dasaß und sich von Lana die Haare bürsten ließ, fing sie plötzlich an zu summen. Das war neu. Es war weniger eine Melodie, der sie folgte, als die tapfere Suche nach einer. Letzte Woche hatten sie *Anatevka* im *Salish Playhouse* gesehen, und Cece hatte anscheinend lautstark mit den Sängern auf der Bühne wetteifern wollen. Eigentlich hatte Garrett sie nur wieder einmal aus dem Haus locken wollen, aber es war klar, dass ihre Zeit als Theaterbesucherin vorbei war. Das Paar, das neben ihnen saß, hatte sich beim Manager beschwert und sich dann in die erste Reihe gesetzt.

Nach den Ereignissen im Januar war es natürlich mutig von ihm gewesen, Cece überhaupt irgendwohin mitzunehmen. Im Drugstore hatte sie plötzlich das Gefühl gehabt, er wolle ihr etwas antun, sie war überzeugt, er wolle sie umbringen, um Platz für seine »marokkanische Geliebte« zu schaffen. Sie schrie Zeter und Mordio und hörte gar nicht mehr auf. Man hatte den Notarzt rufen und sie fixieren lassen müssen. Den Anblick, als die Sanitäter sie auf eine Trage legten und ihr die Handgelenke fesselten, würde Garrett so schnell nicht vergessen. Die Ärzte hatten alles auf eine Harnwegsinfektion zurückgeführt, die bei Alzheimer-Patienten offenbar häufiger vorkommt. Eine HWI-induzierte Psychose. Dann war Garrett zum *Lakeview Village* gefahren, in die Abteilung, über die sie vor sieben Jahren noch gelacht hatten, hatte es aber nicht übers Herz gebracht, sie auf die Warteliste setzen zu lassen. Vierundvierzig Jahre hatten sie zusammen verbracht, den größten Teil ihres Erwachsenenlebens. Er hatte sie in guten wie in schlechten Zeiten geliebt. Er war kein perfekter, aber vielleicht auch nicht der schlechteste Ehemann gewesen. Das war seine einzige große Lebensleistung, abgesehen von Lana.

Außerdem, was hätte er sonst mit seiner Zeit anstellen sollen?

Im Fernsehen pirschte sich ein Schneeleopard an ein Blauschaf im Himalaja heran und setzte zum Sprung von einem Felsen an, während eine leise, ehrfurchtsvolle Stimme den Eindruck erweckte, das halb verhungerte Tier sei so was wie ein Jackie Robinson. Es war, als lebte man in der Weimarer Republik und tat so, als wäre etwas Aufregendes im Gange. Lana ging nach oben, um ihre neue Freundin anzurufen (zweiundvierzig war ihre Tochter jetzt und immer noch nicht in einer langfristigen Partnerschaft), und Cece stand wie immer unruhig auf und summte ihr endloses Lied. Wie eine Katze zog es sie zum Fenster. Garrett befahl dem Fernseher, sich auszuschalten, und folgte seiner Frau ins Esszimmer. Nach dem Vorfall im Drugstore hatte man ihre Medikamentendosis erhöht, sodass sie in letzter Zeit im Großen und Ganzen ausgeglichener war. Er hatte immer noch Mühe, sie aus dem Bett zu bekommen, manchmal schlief sie bis zwei Uhr nachmittags, aber wenn sie erst einmal aufgestanden war, ging sie den Tag gewöhnlich mutiger an als er.

Natürlich gab es auch depressive Phasen, schreckliche, stille Schübe, in denen sie reglos auf dem Sofa lag, den Kopf flach auf dem Kissen, wie ein Astronaut vor dem Start ins All. Aber die waren, dreimal auf Holz geklopft, in letzter Zeit seltener geworden.

»Du bist also schon eine Weile auf«, sagte Garrett.

»Na klar. Du kennst mich doch.«

»Nun, manchmal schläfst du bis in den Nachmittag hinein.«

Cece runzelte die Stirn. »Sehr witzig.«

Ihre Lippen waren spröde, darum musste er sich kümmern, genauso wie um einen Friseurtermin. Ihr Haar war schon wieder schulterlang. Sie war nie eitel gewesen, obwohl sie immer so gut wie möglich hatte aussehen wollen. Garrett hatte es nicht leicht, sie zurechtzumachen, denn sie selbst kümmerte sich nicht mehr darum und wehrte sich gegen seine Fürsorge. Außerdem war sie in seinen Augen immer noch schön; sie besaß eine geheimnisvolle Anmut, verborgener, als ihr Gesicht vermuten ließ, wie die unsichtbare Tiefe des Meeresbodens.

»Du warst immer böse auf mich, wenn ich dich aus dem Bett holen musste«, sagte Garrett. »Sogar wenn wir ein Flugzeug erwischen mussten. Du hast mich verflucht.«

»Stimmt.«

Sie sah ihn an und lächelte vage. Natürlich konnte sie sich an nichts erinnern. Es war ihr peinlich, so zu tun, das sah er ihr an, aber wie sollten sie sonst miteinander reden? Also tat er so, als wüsste Cece in diesem Moment, wie er hieß. Sie waren Doppelagenten in einer Ehe, die keine mehr war.

Das dachte er manchmal: dass ihre Ehe am Ende war. Und dann wiederum, dass sie auch stabiler denn je sein könnte. Sie waren wie diese Fische, die in der Dunkelheit lebten, in tausend Metern Tiefe. Seeteufel. Das Männchen klammerte sich an das Weibchen, ihre Körper verschmolzen allmählich, teilten sich ihren Blutkreislauf, bis sie starben.

»Was für schöne, große Bäume«, sagte Cece und sah aus dem Fenster. »Wow, guck dir das an.«

»Wir haben auch schöne Bäume. Auf unserem Grundstück.«

»Aber nicht so welche«, sagte sie verächtlich.

»Hast du Hunger? Hast du schon etwas gegessen?«

»Oh nein. Mach dir keine Umstände. Wow! Guck dir bloß mal diese Bäume an. Wunderschön!«

»Wie wäre es mit einer Ofenkartoffel?«

»Genau.«

»Ich meine es ernst. Ich möchte wissen, ob du eine Ofenkartoffel zum Mittagessen willst.«

»Eine Banane klingt gut.«

»Bananen kriegt man nicht mehr«, erklärte Garret ihr zum x-ten Mal. Die Dürren in Asien und Lateinamerika sagten ihr nichts. Sie lebte nach wie vor in einem Paradies, als Pfirsiche noch keine Luxusware waren und eine Packung Kaffee weniger kostete als ein Haarschnitt. »Aber ich kann dir eine Kartoffel backen.«

»Nein, auf keinen Fall. Nicht an einem Samstag.«

»Es ist Mittwoch.«

»Mittwoch!«, sagte sie, als würde sie plötzlich von Panik gepackt. Seltsamerweise glaubte sie immer, dass es Samstag war. Da war sie stecken geblieben, in der Teergrube des Wochenendes, aus der sie sich nicht mehr befreien konnte. Jetzt sah sie erneut aus dem Fenster, und ihre Stimmung hellte sich auf. »Guck dir diese Bäume an«, sagte sie und pfiff leise durch die Zähne. »Hast du schon jemals solche Bäume gesehen?«

Garrett ging in die Küche, um nach Anzeichen dafür zu suchen, dass Cece irgendetwas zu Mittag gegessen hatte. Es standen keine Teller auf dem Tisch oder in der Spülmaschine, aber vielleicht hatte Lana sie schon abgetrocknet und weggeräumt. Oft vergaß man, ihr etwas zu essen zu geben, weil sie selbst nie danach fragte. So war es auch in L. A. gewesen, als er sie neulich zum letzten Mal zu Lana gebracht hatte. Sie hatten vergessen, Cece etwas zu essen zu machen, und waren mit ihr in den Zoo gegangen. Es war ein schöner Tag gewesen, bis sie zum Affenhaus kamen. Sie hatte nicht hineingehen wollen, weil es brütend heiß war und stank, aber Garrett hatte darauf bestanden, weil er sich daran erinnerte, wie sie sich als Kind eingeredet hatte, Paviane zu mögen. Im Affenhaus hatte Cece die Paviane ignoriert und war direkt zu den Schimpansen gegangen, die in ihrem Gehege herumlungerten wie Römer nach einer Orgie. Fasziniert war sie vor der Plexiglasscheibe stehen geblieben und hatte einen graubärtigen Schimpansen beäugt, dem ein großes vulkanisches Ding aus dem Hinterteil wuchs. Der Schimpanse blickte, möglicherweise gelangweilt, von der Karotte auf, die er gerade aß, und sah sie mit seinen glänzenden schwarzen Augen an.

Cece legte den Kopf auf die Seite, und der Schimpanse tat es ihr nach. Sie neigte den Kopf in die andere Richtung, und er machte es genauso, ernst und mit großer Würde. Einige Zuschauer lachten. Die Leute an den anderen Käfigen kamen herüber, um zuzusehen. Dann warf Cece ihren Kopf schnell hin und her, und der graubärtige Schimpanse folgte ihrem Beispiel wie in einem Spiegel. Die Zoobesucher brüllten vor Lachen. Auch Garrett, der hinter Cece stand, konnte sich das Lachen nicht verkneifen. Er glaubte, dass sie sich köstlich amüsierte.

Dann dann fuhr Cece herum, und er sah ihr blasses Gesicht. Sie lachte nicht. Ihr Blick war wild und ängstlich, als wäre sie zu Tode erschrocken. Hastig sah sie sich in der Menge um und entdeckte ein kleines Mädchen mit rosa Zuckerwatte in der Hand.

»Ich mag das nicht!«, sagte Cece und packte es an den Schultern.

Das Kind fing an zu weinen. Verlegen hatte sich Garrett bei der Mutter entschuldigt, die ihre Tochter von Cece wegzerrte, als wäre sie gemeingefährlich. Schließlich war es ihm gelungen, Cece zu beruhigen, indem er sie vom Affenhaus zurück in die Sonne bugsierte, aber für den Rest des Tages blieb ein tiefes, vages Grauen in ihren Augen sichtbar, ein Überbleibsel von dem, was immer der Schimpanse in ihr geweckt hatte.

~~~
~~~

Jetzt brachte Garrett Cece nach draußen, in die für die Jahreszeit ungewohnte Wärme, und ging mit ihr die Straße hinunter. Der Verkehr war viel ruhiger als früher, wegen der Elektroautos, aber das machte das Überqueren der Straße noch gefährlicher, weil man sie oft erst hörte, wenn sie plötzlich aus der Kurve auftauchten. Garrett nahm Cece bei der Hand und führte sie auf die andere Straßenseite. Der Steg schien seltsam fehl am Platz. Er ragte über den ausgetrockneten Boden des Sees hinaus, der hellgrau wie eine Mondlandschaft vor ihnen lag. Die Ozeane stiegen, im Gegensatz zum Salish Lake, der von der Schneeschmelze im Glacier-Nationalpark und in der Bob Marshall Wilderness abhing. Sie hatten den Pegel am Damm angehoben, aber das hatte die Austrocknung nicht verhindern können. Der Bootslift der Margolises hing in der Luft und rostete über einem Gewirr von Holzplanken vor sich hin. Der Crestliner war seit einem Jahr in einem Lagerhaus untergebracht. Die Wellen schlugen gegen die Pfähle am Ende des Stegs. Ein See bei Ebbe.

»Das ist wirklich ein großes ... Ding«, sagte Cece und zeigte auf einen Baumstamm, der zwischen Charlies Steg und dem Anlegeplatz des Nachbarn gestrandet war. Wie gebannt starrte sie darauf. Offenbar interessierte sie sich nur noch für Bäume.

»Ein Baumstamm«, sagte Garrett. »Yep.«

Sie gingen bis zum Ende des Stegs, wo die Leiter knapp über dem Wasser endete. Die meisten Nachbarn von Charlie hatten sich auf das Verschwinden des Sees eingestellt. Einige hatten ihre alten Stege abgerissen und neue gebaut, andere sogar neue Häuser näher am Wasser errichtet, um die größere Fläche zu nutzen. Aber die meisten hatten ihre alten Stege einfach verlängert, wie Zungen, die man zum Trinken herausstreckt.

Aber wenn man vom Steg aus auf den verbliebenen See blickte, sah er noch genauso aus wie vorher, hell wie ein Juwel in der Nachmittagssonne, auch wenn er sich am Horizont unter einem wolkenverhangenen Himmel verdunkelte. Durch eine Wolkenlücke fiel ein Lichtstrahl. Garrett hielt Ceces Hand und betrachtete das Wasser. Irgendwo dröhnte ein Jetski, und eine Schar Büffelkopfenten stieg in die Luft, als würden sie durch einen Schlot in den Wolken nach oben gesogen.

Dieser See hatte ihm Cece geschenkt. Hatte sie eines Morgens zu ihm gebracht, dampfend in der Sonne. Fast alles, was ihm im Leben wichtig war, konnte er auf diesen Augenblick zurückführen.

»Hier bin ich dir zum ersten Mal begegnet. Hier, wo wir jetzt sind, hast du gestanden, nachdem du gerade schwimmen gewesen warst.«

»Schwimmen!«

»Ich war überrascht, dass du schon so früh am Tag im Wasser warst. Und du hast gesagt: ›Wer Angst vor kaltem Wasser hat, verpasst das Leben.‹ Ich kann mich noch genau daran erinnern.«

Sie lächelte vage, dann wandte sie ihre Aufmerksamkeit wieder dem Baumstamm zu. »Mein Gott, sieh dir das an! Was für ein Riesen...ding!«

»Herrgott noch mal!«, fauchte Garrett und ließ ihre Hand los.

Er zog Stiefel und Socken aus und stieg die Badeleiter bis zur letzten Sprosse über dem knöcheltiefen Wasser hinab. Cece konnte nichts dafür, schon klar, es wäre kindisch, ihr die Schuld zu geben, und doch zitterten seine Hände vor Wut. Er krempelte sich mit einer Hand die Hose hoch, so gut es ging, und ließ sich dann in den eiskalten See hinab. Seine Füße wurden taub, pochten fast vor Schmerz, aber er zwang sich, stehen zu bleiben. Er wollte Leben. Das Wasser war klar wie Gin und kräuselte sich über seinen eisigen Füßen, die sich so fremd anfühlten, als gehörten sie jemand anderem. Ein paar kleine Fische schwebten in der Nähe, reglos wie auf einem Foto. Als wären sie in Eis gefangen. Garrett ging auf sie zu. Sie schreckten nicht vor seinem Fuß zurück, wie sie es im Sommer getan hätten, sondern drifteten in Zeitlupe davon.

Garrett hatte das unheimliche Gefühl, dass jemand hinter ihm stand und ihm jeden Moment die Hand auf die Schulter legen würde. Er hatte dieses Gefühl schon einmal gehabt, vor langer Zeit, aber er konnte sich nicht mehr daran erinnern, wann. Er sah zurück auf den Steg: Cece war immer noch da und starrte verliebt auf ihren Baumstamm. Er wandte sich erneut dem See zu. Eine Brise, die er kaum spürte, strich über das Wasser. Sie kam von Weitem auf ihn zu, wie etwas, das sich unter der Oberfläche bewegte.

~~~

Die Bäume draußen waren wunderschön. Sie hatte noch nie solche Bäume gesehen. Guck doch mal! Was für Bäume sie hier hatten! Riesig! Verdammt, die waren echt hoch. Solche Bäume hatte sie in ihrem ganzen Leben nicht gesehen. Wahnsinn, diese Bäume! Hier am See wurden sie riesig. Sie hob ihre Haare aus dem Nacken. Gott, was hatten sie hier für hohe Bäume! Dann ließ sie das Haar wieder fallen und fühlte sich ein bisschen klebrig im Nacken. Klebrig? Panik machte sich in ihr breit. Frei, freier, Freiertag. Sie sperrten Mädchen in Kirchen ein und nannten sie Heilige. Anachorit. Angkor Wat? Ein kleines Fenster öffnete sich vor ihrem Gesicht. Ein Spalt, so hieß es. *Wie geht es dir heute? Mega!* Früher sperrte man Mädchen in Kirchen ein und erklärte sie für tot. Sie wurden in die Mauern eingeschlossen wie Rohrleitungen. Was ist denn da wohl los, Professor Rohr? Die Rohre sind ein bisschen verschwitzt.

Klopf, klopf.

Wer ist da?

Gott und die Engel.
~~~

Gott und die Engel wer?

Egal! Es waren nur die Rohre!

Sie lächelte in sich hinein. Warum lächelte sie? Keine Ahnung.

Verdammter Mist, sie war nicht mehr ganz dicht. Sie hatte Alzheimer. Sie würde sterben.

Erneut stieg eine Panik in ihr auf, die ihr das Herz zerriss. Warum nur? Sie war sich nicht sicher. Das Einzige, was half, war der Blick auf die Bäume oder zumindest das, was sie durch den Spalt in der Wand sehen konnte. Wie hoch sie waren! Sie hatte noch nie solche Bäume gesehen. Oder solche Stümpfe. Stümpfe waren die Gräber der Bäume. Grabsteine. Sie hob das Haar aus dem Nacken und fühlte sich ein bisschen ... irgendwie. Ein bisschen dies oder das. Was für schöne hohe Bäume! Hoch und höher! Und dahinter der See! Steigen Sie von Ihrem Garten aus direkt in Ihr Kanu. Dieses Haus wird selbst die *anspruchsvollsten* Käufer beeindrucken.

Aber wo waren all die Engel? Du weißt schon, ENGEL? Die mit den Federn und den Liedern? Vogel ist das Wort. Vogel, Vogel. Vogel ist das Wort. Vogel ist ein Wort.

Sie sollte ______ von den Bäumen erzählen. Wie schön sie waren. Es ihm sagen, bevor sie es vergaß. Sie drehte sich zu dem See um, aber ______ war nicht da.

Wo war er? Wo war er? Wo war er? Wo war er? Wo war er? Wo war er? Wo war er?

Oh Gott. Oh Hölle. *Dieses Wort benutzen wir hier in St. Timothy nicht.* H-A plus des.

Sie wanderte zurück zum Garten, auf das gelbe Haus zu.

Die Fenster waren hell erleuchtet. Wie Butterklümpchen. Wo war __________? Wahrscheinlich da drin, und deshalb überquerte sie den Fluss. Die Straße. Panik ergriff ihr Herz. Sie fühlte sich fehl am Platz. In die Enge getrieben. Ihr Hals war wie zugeschnürt. Wo war er? Wahrscheinlich im Haus, in dem gelben Haus, wo auch sie hingehörte. Sie bekam nicht richtig Luft. Ihr Hals war verstopft. Zugeschnürt. Sie fühlte sich wie die Finsternis, bevor sie etwas war. Bevor sie »Finsternis« war. Es gab keine Worte mehr in ihrem Kopf, sie konnte nicht sprechen, sie konnte nur grunzen heulen stampfen zeigen. *Die Erde war wüst und leer.* In der Sonntagsschule hatten sie etwas über den Sonntag gelernt. *Es werde Licht am Firmament.* Was bedeutet einer Eidechse ein Stern? Die Aktienbörse, *Die Piraten von Penzance* oder ein Truthahn-Tetrazzini? Grauenhaft! Grauenhaft! Wo war er? Warum war ihr Gesicht so feucht? Die Erde war ohne.

Dann ließ das Grauen nach. Sie öffnete das Gartentor. Wo war er nur? Zitternd starrte sie auf den Rasen. Die Bäume, sie konnte es nicht anders sagen, waren wunderschön. Die Blumen auch. Sie verschönerten die Wiese. Die Verborgene Wiese! Erfüllt von Licht! Warum war ihr Gesicht so feucht? Nun, sie war geschwommen. Ja, natürlich! Sie schwamm so gern im See. Ihr war kalt, sie war nass, und ihr Mann würde mit einem warmen Handtuch direkt von der Wäscheleine aus dem Haus kommen. Ja, ________ würde jeden Moment auf der Veranda erscheinen. Er war in dem gelben Haus. Sie wohnten schon seit Ewigkeiten dort.

~~~

Lana tupfte mit einem Waschlappen vorsichtig das Blut von Garretts Ellbogen. Jemand erwähnte die Notaufnahme, doch Garrett lachte Charlie und ihr ins Gesicht. Es sei bloß eine Schürfwunde. Da nichts anderes im Haus war, klebte Lana ihm mit Abdeckband ein Stück Mullbinde auf den Ellbogen. Wie besorgt um ihn sie dabei schien! Garrett erinnerte sich an unzählige Male, in denen er seine tollpatschige Tochter verarztet hatte, wenn sie sich verletzt hatte. Splitter, Bienenstiche, auf-
~~~

geschürfte Knie. Das schreckliche Mal, als Cece ihr aus Versehen den Finger in der Tür des Pick-ups eingeklemmt und gebrochen hatte.

Hier stand Garrett nun, halb nackt, und fuhr vor Schmerz zusammen wie ein Kind. Sein Hemd war hin; sie würden es wegwerfen müssen. Wie peinlich, zuzusehen, wie das einst so umsorgte Kind zur Pflegerin wurde.

Aber so war es nun mal, wenn man älter wurde. Man schöpfte die Rendite seiner Investition ab. Dasselbe hatte er für seinen Vater getan, obwohl dessen Investition eher dürftig gewesen war.

»Sollst du deine Kniebandage nicht die ganze Zeit tragen?«, wollte Lana wissen.

»Wo ist Charlie?«, fragte Garrett, ohne darauf einzugehen.

Lana zuckte mit den Schultern. »Immer noch auf der Suche nach Neosporin, glaube ich.«

»Ein Anästhesist ohne Erste-Hilfe-Kasten.«

Sie lachte nicht darüber, sondern nahm eins von Charlies Hemden von der Rückenlehne des Stuhls und warf es ihm zu. »Hier, Dad. Sitz da nicht so halb nackt rum.«

Ein kariertes Pendleton, eins von Charlies Lieblingshemden. Er hatte es seit einer Ewigkeit, seit Garrett sich erinnern konnte. Immer wenn er nach Salish kam, verwandelte er sich in Montana Man und zog sich an wie die Einheimischen. Garrett streifte das alte Hemd vorsichtig über und achtete darauf, den Verband an seinem Ellbogen nicht zu berühren. Es roch nach Charlie, besser gesagt, nach dem Deodorant, das er schon seit dem College benutzte. Garrett hatte es falsch geknöpft, sodass er das ganze verdammte Ding wieder aufmachen und es noch einmal versuchen musste. Seine Tochter wunderte sich, er sah es ihrem Gesicht an. Ihre Sorge war nicht unbegründet. Sie hatte Angst, dass er sich nicht mehr um Cece kümmern könnte, dass er zu alt, zu schwach und obendrein wackelig auf den Beinen war. Sie überlegte, wie sie ihn überreden könnte, Cece in einem Pflegeheim unterzubringen.

Er hatte seiner Tochter nicht gesagt, dass er sich in dem Moment so über Cece geärgert hatte, dass er in den See gewatet war und sie allein auf dem Steg hatte stehen lassen. Oder von seiner Panik gesprochen, als er wieder herauskam und feststellte, dass sie weder auf dem Steg noch am Strand oder auf dem Rasen des Bootshauses war. Dass er nach ihr gerufen und nur das Brummen der Autos auf der Straße gehört hatte. Das war der eigentliche Grund, weshalb er gestolpert und gestürzt war. Er war losgerannt, um Cece davor zu bewahren, von einem Auto überfahren zu werden. In seiner Panik war er mit den nassen Füßen auf dem Steg ausgerutscht. Es hatte nichts mit seinem kaputten Knie zu tun. In jüngeren Zeiten, ja noch vor fünf Jahren hätten sie darüber gelacht. Wie oft war er im Glacier-Nationalpark auf der Jagd nach einem Gulo hingefallen.

Jetzt jagte er Cece hinterher.

Gott sei Dank war ihr nichts passiert. Garrett hatte sie auf der gegenüberliegenden Straßenseite vor Charlies Vorgarten gefunden. Sie hatte ihn mit einem Ausdruck von Zuneigung angesehen, der ihn verrückt machte: als hätte er nichts Falsches getan, zumindest bis sie seine blutige Jeans sah und anfing, sich in Panik umzusehen. Garrett versteckte seinen verletzten Arm vor ihr, wo das Hemd am Ellbogen gerissen war. Wahrscheinlich hatte er noch Schwein gehabt, dass er sich nicht die Hüfte gebrochen hatte.

»Hat sich deine Mutter Sorgen gemacht, wo ich sein könnte?«, fragte er nun Lana, die vor ihm hockte und sein Knie verarztete. Sie schob das Hosenbein hoch, um die Wunde zu säubern. »Als Charlie und ich wandern waren?«

»Ja, Dad, na klar. Sie hat sich immerzu umgesehen und gefragt, wo du bist.«

»Mit Namen?«

»Sie ist komplett auf dich fixiert«, entgegnete Lana, ohne die Frage zu beantworten. »Sie wird immer sofort nervös, wenn du nicht da bist.«

Das Bedürfnis, gebraucht zu werden, war ihm peinlich. Er warf einen Blick auf Cece, die im Wohnzimmer auf der Couch saß und den *Sotheby's*-Immobilienkatalog studierte. Mit »studieren« meinte er etwas, das er nicht ganz verstand und einen grauenvoll wunden Punkt berührte. Sie konnte stundenlang auf dieselbe Seite starren. Und tatsächlich blätterte sie die Seite auch nie um. Las sie wirklich immer wieder denselben Satz, ein ums andere Mal?

»Tja, das macht Sinn«, sagte Garrett. »Die Abhängigkeit von einem einzigen Menschen, die Fixiertheit. Es stimmt mit dem überein, was in der Fachliteratur steht.«

Lana konzentrierte sich auf sein Knie, als wollte sie ihm absichtlich nicht in die Augen sehen. Nicht zum ersten Mal fragte er sich, ob sie von Ceces Affäre wusste, ob ihre Mutter mit ihr darüber gesprochen hatte. Die beiden standen sich sehr nahe. Erstaunlicherweise hatte Garrett selbst nie mit Cece, seiner eigenen Frau, darüber geredet. Er hatte gedacht, dass sie es irgendwann tun würden, aber sein Bedürfnis danach war nie größer gewesen als der Wunsch, die Bequemlichkeit dessen, was sie hatten, zu verlassen, und jetzt war es natürlich zu spät. Manchmal fragte er sich sogar, ob das mit Charlie wirklich passiert war. Jetzt, wo niemand mehr da war, der Garretts Leben stabilisierte, fühlte es sich vage und ungewiss an. Er hatte alles über die verschiedenen Stadien der Krankheit gelesen, über die verheerenden Verwüstungen, die zu erwarten waren, aber niemand hatte ihn davor gewarnt, dass ihre Demenz auf ihn abfärben könnte, dass auch für ihn das Gefüge der Realität zusammenbrechen könnte. Wie trostlos war es, der einzige Hüter ihrer gemeinsamen Vergangenheit zu sein.

Nachts, wenn er die seltsame neue Aura ihrer Gegenwart neben sich spürte, fand Garrett keinen Schlaf. Er fragte sich, ob ihn jemand beobachtete, ob es jemanden gab, mit dem er die Erinnerungen seines Lebens teilen konnte. Anders als Charlie, der christlich erzogen worden war, hatte er nie an Gott geglaubt, doch jetzt begriff er zum ersten Mal, warum man sich auf diese Art von Ehe im Glauben einlassen konnte, in der das Wesen des Partners makellos und unvergänglich war. Nicht umsonst sprachen religiöse Konvertiten davon, *gefunden* worden zu sein.

Garrett stand auf und verzog das Gesicht. Sein Knie schmerzte. Lana packte ihn am Arm, um ihn zu stützen, doch er schüttelte sie ab.

»Ich kann fahren«, sagte Lana.

»Mir geht es gut! Außerdem könnten wir den Autopiloten einschalten.«

»Weißt du denn überhaupt, wie das geht?«

»Herrgott, Lan, ich habe nichts gegen die Technik. Ich bin zwar alt, aber mein Gehirn funktioniert noch einwandfrei.«

Beide blickten auf die Couch. So hatte er es nicht gemeint. Cece saß mit einem Blendschutz, den sie auf der Veranda gefunden haben musste, und einem undurchschaubaren Ausdruck da.

»Du musst am Verhungern sein«, sagte Garrett zu Cece. »Zeit, dass wir nach Hause fahren.«

»Ja, stimmt«, sagte Cece.

»Ich meine es ernst.«

»Auf jeden Fall.«

»Wir wohnen nicht hier. Das ist Charlies Haus.«

Cece warf Lana einen Blick zu. Angst flackerte über ihr Gesicht. Plötzlich schob sie den Schirm herunter, sodass ihre Augen nicht mehr zu sehen waren.

»Ta-da!«, rief sie und hob den Blendschutz wieder hoch.

»Mom, du bist echt unschlagbar!«

Garrett ging mit ihr nach oben, um sich von Charlie zu verabschieden. Er hatte gehofft, dass Lana dieses neue Spielchen erspart geblieben wäre. Es war fast mehr, als er ertragen konnte: zusehen zu müssen, dass Cece sich wie ein kleines Kind benahm. Manchmal sah sie ihn mit einem verschmitzten Ausdruck an, und dann war er beinahe sicher, dass sie einen ihrer dummen Sprüche loslassen würde. *Eine Küche mit Fernseher ist das Omen für eine Scheidung.* Aber dann schob sie sich ihre Kappe über die Augen und gleich wieder hoch, strahlend, als wäre sie gerade aus einer Geburtstagstorte gesprungen.

In Garretts Augen brannten Tränen. Wenn sie ihm bloß nicht so viel bedeuten würde! Er liebte sie, und zugleich vermisste er sie schrecklich. Manchmal, sogar jetzt noch, vergaß er die Amyloid-Ablagerungen in ihrem Gehirn und sprach mit ihr so wie früher. Dann fragte er sie, wo die Knoblauchpresse war oder ob sie sich an den Namen eines Wanderwegs erinnerte, und stieß auf ein Nichts. Manchmal konnte er es hören wie das Pfeifen des Windes in einer Höhle. Dann packte ihn schiere Panik, jenes alte Gefühl von damals, als er das menschenleere Schneefeld absuchte und merkte, dass Elias verschwunden war. Aber sie war da, stieg vor ihm die Treppen hinauf, duckte sich unter dem Treppensturz, schloss irgendein Fach im Innern ihres Gehirns auf, wo die Erinnerung an die Gefahr noch lebendig war. Cece war da, und sie war nicht da. Wenn er sie nachts, manchmal schlafend, in den Armen hielt, erlaubte er sich die Vorstellung, sie wäre dieselbe Frau, die sie immer gewesen war, und hätte ihn nie verlassen.

Er rührte sie nie an, es sei denn, die Initiative ging von ihr aus. Ansonsten wäre es zu seltsam gewesen, zu traurig. Doch gelegentlich kam ihm Cece geradezu besessen vor. Aus einer motorischen Erinnerung heraus oder auch nur aus Verlangen zog sie ihm die Schlafanzughose herunter und nahm sein Geschlecht in den Mund, während sie ihn liebkoste, und er tat dasselbe für sie. Sie liebten sich wie früher, so wild wie immer, wenn nicht sogar wilder als seit Jahren. Das war das schmutzige Geheimnis, von dem er niemandem erzählte. Alzheimer hatte ihr etwas zurückgegeben, etwas Neues und Geheimnisvolles. Wenn er sah, wie sich dieses fremde Kind wieder in seine Frau verwandelte, kam es ihm vor wie im Märchen, wie ein Fluch, der gebrochen wurde. Ihr Körper zumindest erinnerte sich an ihn. Er dachte an den gut gekleideten Mann ohne Erinnerung, den man vollkommen durchnässt an einem britischen Strand gefunden hatte. Er kannte seinen Namen nicht und rollte sich zu einer Kugel zusammen, wenn man ihn danach fragte, konnte sich aber an den Flügel setzen und eine makellose Interpretation von *Schwanensee* spielen. So war Cece auch, und Garrett war ihr Instrument. Sie kamen immer gleichzeitig, zwei alte Menschen in der Finsternis.

Oben betrat Cece Charlies Zimmer, als wäre es ihr eigenes, und fing sofort an, allen Schnickschnack auf das Bett zu häufen und anschließend wieder dahin zu stellen, wo er nicht hingehörte. Garrett beobachtete sie von der Türschwelle aus. Wenn man sie bei einem dieser Unterfangen störte, konnte sie sehr wütend werden. Charlies Wecker stellte sie auf das Fenstersims, und ein Glas voller Cents landete im Papierkorb.

»Wie hast du das geschafft?«, fragte Charlie ihn.

»Was denn?«

»Dass sie sich endlich für den Haushalt interessiert.«

Garrett lachte. »Tut mir leid. Eigentlich wollten wir uns nur verabschieden.«

»Ach, lass sie doch«, sagte Charlie. »Es scheint ihr Spaß zu machen.« Er sah Garret an, als hätte er gerade erst bemerkt, was er anhatte. »Schönes Hemd.«

»Was denn, dieser alte Lappen?«

Charlie lachte. »Behandle es nur ein kleines bisschen besser als deine eigenen, bitte.«

»Keine Ahnung, was du meinst.«

»Hast du meinen Hochzeitstag vergessen?«, fragte Charlie. »Ich musste dir das Hemd zutackern.«

Es war das erste Mal, dass er die Hochzeit erwähnte, seit, nun ja, seit der Hochzeit. Garrett spürte einen Schock der Erleichterung, wie wenn ein vergessener Ofen von selbst ausgeht. Er folgte Charlie in das alte Arbeitszimmer der Margolises auf der anderen Seite des Ganges, das jetzt natürlich Charlies war. Hier hatten sie versucht, Garretts Hemd zu reparieren, und hier hatte er mit einer Mischung aus Mitgefühl und makabrer Hoffnung erfahren, dass der Bräutigam krank war.

»Ich glaube nicht, dass ich das könnte, was du machst«, sagte Charlie mit ernstem Gesicht.

»Was wäre die Alternative?«

»Ich weiß nicht. Ein Pflegeheim. Irgendeine Art von ... Flucht.«

»Mit zwanzig habe ich mich für die Flucht entschieden. War keine gute Idee.«

Charlie ignorierte das. Ein teurer Laptop, ein Origami und eine VR-Brille lagen auf dem Schreibtisch. Der Bildschirmschoner war ein Foto seiner Kinder auf dem Steg: Jasper und Téa, die mit nassem, platt anliegendem Haar über das ganze Gesicht strahlten. Garrett blieb das Herz stehen. Sich Charlie hier ganz allein während der Feuersaison vorzustellen, wenn er nicht aus dem Haus konnte, war deprimierend – abhängig von News Feeds und Pornos oder was immer ihm dabei half, sich zurückzuziehen.

»Ich weiß, das sagen alle, aber es erstaunt mich immer wieder. Dass letztendlich du derjenige bist, der dieser Sache sein Leben gewidmet hat.«

»Welcher genau?«

»›Der ganzen bürgerlichen Verschwörung.‹ Ich glaube, so hättest du es genannt.«

Garrett sah aus dem Fenster. Über dem See flackerten Sturmwolken wie eine kaputte Neonröhre. Vielleicht war er egoistisch gewesen, vielleicht hatte er sich zu sehr auf seine Vorstellung von Glück konzentriert. Er dachte an Ceces Rastlosigkeit in letzter Zeit. Sie hielt es nirgendwo lange aus, räumte ständig das Haus um, tigerte durch den Flur und spähte in die Zimmer, als spielte sie Verstecken. Er fragte sich, ob das so was wie die Zusammenfassung von Reue war. Die Rastlosigkeit eines Lebens.

Charlie starrte ebenfalls aus dem Fenster. »Weißt du, als ich Jaspers Leichnam abholen und einäschern musste, habe ich mich bei dem Bestattungsunternehmer bedankt, und der hat daraufhin etwas Komisches zu mir gesagt: ›Ich bin bloß die Reiseagentur, die dafür sorgt, dass sein Rucksack gepackt ist.‹ Damals brachte ich kein Wort heraus. Weißt du, am liebsten hätte ich ihm die Fresse poliert. *Was glaubst du denn, wohin die Reise geht? Hat er vielleicht eine kleine Harfe in der Gepäckablage liegen?* Aber dann dachte ich darüber nach. Dass Jasper irgendwohin flog, dass er in der Maschine saß und ich allein auf dem beschissenen Flughafen zurückblieb, leuchtete mir irgendwie ein. Als wären wir alle hier in der Abflughalle und warteten. Es ist nur ein Zwischenstopp. Eigentlich gehören wir gar nicht hierher.«

Charlie trat vom Fenster zurück. Am anderen Ende des Flurs hörte Garrett, wie seine Frau ihr misstönendes Lied summte, auf der Suche nach einer Melodie, die sie nie einfangen würde. Der Soundtrack ihrer Ehe.

»Sieh mal«, sagte Charlie. »Ich will dir etwas zeigen.«

Er öffnete die Schreibtischschublade seines Vaters und holte etwas von ganz hinten hervor. Ein Etui. Charlie öffnete es ruhig, obwohl seine Hände zitterten. Darin lag ein in Samt eingeschlagener Ehering, der Ring, den Cece ihm zur Hochzeit geschenkt hatte. Ein schlichter Reif in Weißgold. Er wirkte heller, als er sein sollte. Garrett musste die Inschrift nicht lesen. Er erinnerte sich sehr gut daran.

TILL THE STARS GROW COLD.

»Mom wollte ihn wegwerfen«, erklärte Charlie. »Sie war so wütend, wirklich stinkwütend, bis zu ihrem Tod. Allein der Name ›Cece‹ konnte sie zur Weißglut bringen. Ich musste ihr versprechen, dass ihr beide nie wieder einen Fuß in dieses Haus setzen würdet.«

»Warum hast du ihn dann behalten?«

Charlie zuckte die Achseln. Garrett starrte auf den Ring. Er wühlte ihn nicht so sehr auf, wie er vielleicht gedacht hätte. Wenn überhaupt, dann war er froh, dass Charlie ihn behalten hatte. Der Mann hatte alles durchgemacht, er hatte einen Verlust nach dem anderen verkraften müssen, während Garrett gewonnen hatte, ohne ersichtlichen Grund und allen Widrigkeiten zum Trotz. Er hatte sein Leben um hundertachtzig Grad gedreht. Er hatte die Frau seiner Träume geheiratet und eine wunderbare, erfolgreiche Tochter großgezogen. Er hatte einen Menschen umgebracht und war dafür belohnt worden. Keiner von ihnen hatte sein Schicksal verdient, und trotzdem war es das, was das Leben ihnen beschert hatte.

Garrett betrachtete Charlies beträchtlich gealtertes Gesicht. Er hatte Tränen in den Augen, aber vielleicht waren sie auch nur wässrig. Wären sie in einer anderen Zeit zur Welt gekommen, hätten sie zu Lanas Generation gehört, wäre nichts von alledem passiert. Sie hätten vermutlich ganz auf die Ehe mit ihren dämlichen Besitzansprüchen und dem Konsumgeschwätz vom »Nehmen statt Geben« verzichtet. Und tatsächlich sah der Ring in seinem kleinen Etui aus wie ein Museumsstück. Nur das entsprechende Schildchen fehlte:

EHERING 2004
ZUERST ASSOZIIERT MIT DER MITGIFT
UND SPÄTER MIT DEM TREUEVERSPRECHEN

Draußen toste der See, prasselte der Regen auf ihn nieder. Die Schnellboote waren verschwunden. Selbst im *Lazy Bear*, aus dem sonst während der Happy Hour laute Musik dröhnte, herrschte jetzt Stille. Wie seltsam das Alter war. Die Ereignisse, die Garrett einst so wichtig erschienen waren, kamen ihm nun beschämend fern vor, sogar ein wenig lächerlich, wie der Plot eines Films, den er einmal für tiefgründig gehalten hatte.

Cece war noch immer dabei, im Schlafzimmer aufzuräumen. Sie fischte das Glas mit den Cents aus dem Papierkorb und ersetzte es durch ein Fläschchen Nasenspray. Garrett holte es wieder heraus und stellte es auf Charlies Nachttisch. Er räusperte sich, doch Cece summte ihr Lied so laut, dass sie ihn gar nicht wahrnahm. Sie hatte das Haar zu einem einzigen Zopf geflochten – das war bestimmt Lanas Werk – und sah von hinten jung und wach, fast schon anmutig aus. Als sie sich bückte, um ein Kissen aufzuheben, rutschte ihr Hemd hoch und entblößte ein wenig von ihrem Rücken. Es war der eines jungen Mädchens, glatt wie bei einer Puppe. Sie plusterte das Kissen mit beiden Händen auf, spielte damit, als wäre es ein Akkordeon, ergriff dann ein anderes und machte damit dasselbe.

»Na endlich«, sagte sie, als sie Garrett bemerkte. Sie runzelte die Stirn, setzte sich aufs Bett und schloss die Augen.

Das hatte sie gelegentlich: Schwindelanfälle, die sie durcheinanderbrachten.

»Was ist los? Ist dir schwummrig?«

»Schwummrig?«

Sie sah ihn verwundert an, als hätte er etwas Seltsames gesagt. Er zog ihr die Schuhe aus und half ihr, sich kurz hinzulegen. *Finsternis.* Ja, es war komisch, nicht wahr? Das fand Cece auch, aber sie war zu benommen, um die Augen zu öffnen. Sie suchte Licht und glaubte, sie sei mehr als das. Sie war groß und mächtig! Groß und größer! Aber sie konnte nicht darüber hinaussehen. Sehen war gleichzeitig Licht. Und sie war darin eingeschlossen wie eine Kirche.

Das dachte sie und vergaß es sofort wieder.

Cece streckte sich auf Charlies Bett aus und fügte sich der Stille. Zum ersten Mal an diesem Tag war sie nicht unruhig, fühlte sich fast friedlich. Als gehörte sie hierhin. *Gott, wie müde ich bin.* War das Garretts Gedanke oder Ceces? (Eine Sekunde lang hatten sie denselben Gedanken, doch wie sollten sie das je erfahren?) Sie schlug die Augen auf und starrte den Mann an, der neben dem Bett hockte und vertraut roch. Auch sein Hemd kam ihr bekannt vor. Sie hatte dieses Hemd aufgeknöpft, vielleicht sogar selbst getragen.

»Ich bin's«, sagte Garrett. »Dein Mann.«

Cece lächelte ihn misstrauisch an, weder freundlich noch abweisend. Er erwiderte ihr Lächeln und krempelte die Ärmel von Charlies Hemd hoch. Dann begann sie, die Kissen neu zu arrangieren, tauschte sie eins gegen das andere aus, als hätte sie seit Jahren nichts anderes getan.

FÜNFUNDZWANZIG

1

Am Anfang war es nur ein kleines Feuer im Unterholz, das nach einem Sommer mit Temperaturen von 40 Grad völlig ausgetrocknet war. Die Flammen wüteten eine Weile am Boden und versengten das Gras, die Kiefernadeln und die Farne. Dann aber kam Wind aus dem Norden auf, und das Feuer griff auf die Kronen der Bäume über, wanderte von einer Kiefer zur nächsten und entzündete die brennbaren Harze der Baumstämme. Das Feuer bekam Flügel. In kurzer Zeit breitete es sich mit fast fünfzehn Meilen pro Stunde aus, erzeugte seine eigene Atmosphäre, wirbelte im Kreis und entfachte immer neue Brände. Schneeschuhhasen explodierten. Baumstämme wurden in den Himmel geschleudert. Irgendwann schlängelten sich die Flammen so rasend schnell wie im Zeitraffer bergauf und verschlangen in Sekundenschnelle einen ganzen Hang.

Tagelang breitete sich das Feuer auf diese Art aus, trotz aller menschlichen Anstrengungen, es einzudämmen. Als es nichts mehr zu verbrennen gab und die Westwand des Berges in Schutt und Asche lag, wurden die Flammen von einem Abwind erfasst, fegten auf der Suche nach Nahrung bergab und benutzten ein Bachbett als Schornstein. Sie bewegten sich auf einige Häuser am See zu, die wie Salish bereits evakuiert worden waren. Herrenlose Pferde liefen über den Highway. Die Feuerwehr brachte schweres Gerät in die Feuerschneise und versuchte, den Brand so gut es ging zu bekämpfen. Löschflugzeuge und Hubschrauber holten mit riesigen Behältern Wasser aus dem See und warfen es über den Flammen ab. Ein Tankflugzeug löschte mit Gülle; es sah aus, als blutete es aus dem Bauch. Die Einsatzkräfte am Boden taten ihr Bestes, um mit Kettensägen und Pulaski-Äxten oberhalb der Häuser eine Schneise zu schlagen. Sie räumten erst den Erdboden frei und setzten dann Flämmkannen ein, um ein Gegenfeuer zu legen, damit die Schneise breiter wurde. Auf diese Art planten sie die Häuser mit einem Graben aus Erde und Asche zu schützen.

Aber die Flammen ließen sich nicht eindämmen. Sie sprangen über den Graben, nicht wegen des Windes, sondern weil das Feuer eine derartige Hitze erzeugte, dass sich die Kiefern fünfzig Meter weiter unten von selbst entzündeten. Wie die Bäume ging jetzt auch ein Haus nach dem anderen in Flammen auf: meisterhaft, als wären sie dafür gebaut worden, zu brennen. Das Feuer raste auf den See zu. Es fiel ihm nicht auf, dass das dritte Gebäude gelb war, seit einhundertzweiundzwanzig Jahren dort stand oder überhaupt ein Haus war. Dass dieses Objekt jemandem etwas bedeutete und ein paar alte Menschen es fast jede Nacht in ihren Träumen besuchten, kam ihm natürlich nie in den Sinn. Das Holz wartete nur darauf, genutzt zu werden. Es hatte lange gewartet. Das Feuer verschlang die Reste des Obstgartens, das Haus und den Vorgarten, machte aus dem Badmintonnetz für eine Sekunde einen riesigen Funkenbogen, sprang dann weiter bis zum Steg und verleibte sich auch diesen ein. Es verwandelte alles in eine Rauchwolke, die vom All aus zu sehen war.

2

Lana griff nach dem Belichtungsmesser und dem Zoom-Recorder, öffnete den Kofferraum ihres Mietwagens und holte ihre alte Canon C300 heraus, die sie nach wie vor für Voraufnahmen benutzte. Die Kamera war hoffnungslos veraltet, aber sie war ihr ans Herz gewachsen, sodass sie es nicht über sich brachte, sie zu ersetzen. Agnes, Lanas Partnerin, beobachtete sie vom Beifahrersitz aus und versuchte Anzeichen von Erschütterung in ihrem Gesicht zu erkennen. Lana ignorierte sie. Sie überquerte den Highway und watete durch die Weidenröschen am Straßenrand bis zu der Stelle, an der das Haus gestanden hatte. Schwärzliche Kiefernstämme umgaben das gesamte Gebiet; die wenigen Bäume, deren Kronen noch erhalten waren, erinnerten mit ihren verkohlten Ästen an gefiederte Pfeile. In der Nacht hatte es geregnet, und die Bäume rochen nach Feuchtigkeit und Asche, wie verbranntes Tauwerk. Der Geruch verstärkte Lanas Kopfschmerzen. Sie trat über das Fundament in das Wohnzimmer der Margolises. Es strahlte immer noch etwas aus, ein Gefühl von Geborgenheit, obwohl man praktisch im Freien stand. Der steinerne Kamin war verkohlt, aber unversehrt, der Rest des Hauses verschwunden.

Zwischen den Weidenröschen sprossen hier und da Setzlinge, die ungeduldig darauf warteten, das Gelände zu übernehmen und wieder in Wald zu verwandeln. Es waren Ponderosa-Kiefern. An einem von ihnen klebte die Samenschale noch an der Spitze wie eine Weihnachtsdekoration.

Ihre Mutter hatte diesen Ort geliebt. Lana auch. Eins der wenigen Dinge, die sie gemeinsam hatten.

Lana wartete, dass ihr Kopf aufhörte zu dröhnen. Gestern Abend hatte sie mit Agnes in einer Bar gesessen und buchstäblich in ihr Bier geheult, ehe sie sich mit einem Margarita wieder aufrappelte. Der Besuch bei ihrer Mutter verwandelte sie immer in einen Countrysong. Jetzt führte sie mit zittriger Hand ein paar Belichtungsmessungen durch. Das Licht war hart, aber sie würde sowieso aus flachem Winkel drehen. Sie überprüfte die Bildprofile auf ihrer Kamera und wählte neutral – bei der Nachbearbeitung würde sie LUTs anwenden. Anschließend begann sie, die Ruinen zu filmen, schwenkte vom Kamin zu den Trümmern des Fundaments, die wie die einer antiken Stadt halbwegs in der Erde versunken waren, und machte ein paar Probeaufnahmen, um das Licht zu testen. Sie hatte eine Idee für einen Dokumentarfilm: eine Art Essay über Jasper und sie und die Sommer, die sie in diesem Haus verbracht hatten. In Briefform, so ähnlich wie *Sans Soleil*. Sie stellte sich vor, ein paar Möbel hierherzubringen, die sie um den Kamin herum platzieren könnte, und entwarf aus der Erinnerung heraus ein entsprechendes Setting.

Mit dem Zoom-Recorder machte sie eine Aufnahme vom Zwitschern der Vögel und dem Zirpen der Zikaden, trat über das Fundament und ging zwischen den Pfosten der ehemaligen Wäscheleine und des schwarz verkohlten Zauns hindurch, der einst den Obstgarten umgeben hatte. Jetzt wuchs hier wieder frisches Gras. Die alten Apfelbäume waren schon lange vor dem Feuer verschwunden. Lana wünschte, sie könnte sich an die Namen der diversen Sorten erinnern; *Sweet Sixteen* fiel ihr ein, und das nur, weil Jasper die Früchte aus Spaß mit einer anzüglichen Geste gegessen hatte. Könnte sie doch nur ihre Mutter fragen! Ihr Vater hatte sie vor zwei Jahren im *Lakeview* untergebracht, nachdem sie zu einer Gefahr für sich selbst geworden war. »*Graveview Village*«, so hatte er es getauft. Jetzt streifte ihre Mutter endlos wie ein Saugroboter durch die Gänge, als wäre das ihr Job. Lana und Agnes hatten sie heute Morgen besucht, da war sie gerade im Nachthemd durch die Abteilung der Demenzkranken spaziert. Cece wirkte beunruhigt, als sie ihre Tochter sah, fast böse. Ihr Haar war weiß und dünn, es hatte sich in Seide verwandelt wie in einem Märchen. Sie hatte Lana zu sich gewunken, um ihr etwas zu erzählen, ein Geheimnis, doch als Lana sich bückte, hauchte ihre Mutter ihr nur ins Ohr. Offensichtlich hatte sie vergessen, was sie ihr hatte sagen wollen. Aber vielleicht war allein ihr Atem die Botschaft gewesen. Das Geheimnis. Sie wollte, dass Lana sich daran erinnerte, die einzige Nachricht, die ihr noch blieb.

Auf der Rückfahrt in das Haus, in dem sie aufgewachsen war, hatte Lana geweint. (Bei den Besuchen zu Hause musste sie jeden Tag weinen, manchmal hatte sie schon auf dem Flug von L. A. hierher das Gefühl, eine Gewitterwolke kurz vor der Entladung zu sein.) Sie war auf der Veranda stehen geblieben und hatte sich zusammengenommen, weil sie ihren Vater nicht beunruhigen wollte, der auf der Couch lag und döste, ein aufgeschlagenes Buch von E. O. Wilson auf der Brust. Ohne Lanas Mutter wirkte er fast verloren. Die meiste Zeit verbrachte er nun im Pflegeheim, wanderte mit Cece durch die Gänge oder hörte sich kitschige Popsongs aus ihrer Jugend an, eins der wenigen Dinge, die Cece davon abhielten, ständig in Bewegung zu sein. Endlich Ruhe. Dann lagen sie zusammen in ihrem verstellbaren Bett und hielten sich an den Händen. Ihre Mutter summte die Songs von Bonnie Tyler oder Duran Duran mit und umklammerte das Stofftier, das er ihr geschenkt hatte. Ein Leguan. Warum er ihr so was gekauft hatte, war Lana ein Rätsel. Aber Cece liebte das Tier und nahm es überall mit hin. Lana fand die gesamte Sache mit den Hits aus den Achtzigern und dem Leguan einfach erniedrigend. Manchmal, wenn sie zu Besuch kam, rief ihre Mutter »Mama!«, wie ein Kind, das aus einem Albtraum erwacht, und wenn Lana sie korrigierte, wurde sie böse. Dann blieb ihr nichts anderes übrig, als »Goodnight, Irene« zu singen oder ihrer Mutter mit den Fingerspitzen sanft auf den Rücken zu trommeln, damit die Welt wieder einigermaßen in Ordnung kam.

Es war einfacher, wenn ihr Vater dabei war. Cece kontrollierte in regelmäßigen Abständen, ob seine Schuhe neben dem Fenster standen. Wenn nicht, rastete sie aus. Dann bekam sie Wutanfälle und schleuderte alle möglichen Dinge gegen die Wand. Das ging so weit, dass er eines Tages barfuß nach Hause fahren und ein zweites Paar Sneaker kaufen musste, damit er die alten bei ihr lassen konnte. Jetzt standen sie dort neben

Ceces Hausschuhen, mit säuberlich zugebundenen Schnürsenkeln, als wären ihre Menschen vor lauter Entzücken aus den Latschen gekippt. Garrett war sein halbes Leben ohne sie durch die Berge gestreift, und jetzt konnte er sie keine Sekunde allein lassen. Inzwischen sprach er sogar davon, selbst ins *Lakeview Village* zu ziehen, in eins der Apartments für betreutes Wohnen.

Für Lana war die Ehe ihrer Eltern immer ein warnendes Beispiel gewesen, eine Quelle von Kummer und Schuldgefühlen. Eine überstürzte Entscheidung, eine Schwärmerei, mehr nicht, die jahrelange Nachwirkungen hatte – etwa das Leid von Mr. Margolis, das erbarmungslos auf Jasper abgefärbt hatte. Und wofür? Für eine missglückte Ehe wie jede andere. Es hatte gute Zeiten gegeben, so sah es zumindest aus, aber auch viele schlechte. Lana glaubte nicht, dass diese Ehe ihre Mutter glücklich gemacht hatte.

Aber vielleicht hatte Lana auch einfach zu hohe Erwartungen. Können Kinder die Beziehung ihrer Eltern je als das sehen, was sie ist? Jeder Makel, jede Schwäche fühlt sich an wie ein Verrat, als wäre eine Ehe nur dazu da, die Kinder glücklich zu machen. Vor allem durfte sie nicht nach Arbeit aussehen. Aber was, wenn es genau darum ging – die Arbeit selbst?

Wie seltsam, dass Lanas Eltern sich am Ende so nacheinander sehnten, als wären sie frisch verheiratet. Das hatte sie ihrem Vater gegenüber erwähnt, und er hatte gesagt, »frisch verheiratet« sei ein guter Ausdruck dafür.

»Wie meinst du das?«

»Es ist, als hätte sie jemand anderen gefunden. Einen neuen Ehemann. Ich habe eigentlich keinen Namen.«

Lana filmte den Obstgarten und machte einen Schwenk am Zaun entlang. Ein Stapel von Eimern war zu einem riesigen blauen Klumpen geschmolzen, die eine Hinterlassenschaft von Paul Bunyans Ochse hätte sein können. Sie zoomte ihn heran und erinnerte sich daran, wie ihr Vater sie auf Bitten der Margolises immer mit hierher genommen hatte, um Himbeeren zu pflücken, die sie mit nach Hause nehmen durften. Ihr Vater hatte wunderbarerweise einen vollen Eimer auf dem Kopf balancieren können. Wie hatte sie ihn angebetet! Sie hatte sich immer vorgestellt, wie er oben in den Bergen Vielfraße jagte, und glaubte, dass er das großartigste Leben der Welt hatte. Mit der Zeit fand sie diese Jagd dann nicht mehr so großartig, ja sogar ein bisschen mitleiderregend, als wollte er sich damit von der Welt abkapseln. Das war eher frustrierend. Jetzt hatte sie das Gefühl, dass er etwas Kleines gefunden hatte, für das er sich einsetzen, das er retten konnte. Für dieses Ziel gab er sein Bestes, und dafür bewunderte Lana ihn. Sie wusste nur nicht, wie sie ihm das sagen, es in Worte fassen sollte. Er hatte ihr vor nicht allzu langer Zeit erklärt, dass sein Leben eine Verschwendung gewesen war, er hatte es nicht mal geschafft, ein paar blöde Vielfraßfamilien vor dem Aussterben zu retten, und sie hatte versucht, ihm zu sagen, dass man ein Leben nicht auf diese Weise messen konnte, in Gulo-Einheiten. *Wer nach dem Sinn sucht,* hatte Tarkowski einmal gesagt, *wird alles andere verpassen.*

Lana hatte mit dem Gedanken gespielt, ein Interview mit ihrem Vater zu drehen, denn er hatte das Gedächtnis eines Elefanten. Doch über die Vergangenheit zu sprechen interessierte ihn nicht. Außerdem waren seine Stimmbänder so gut wie hin. Er hatte buchstäblich seine Stimme verloren.

Dafür hatte sie den Atem ihrer Mutter im Ohr. wenigstens das.

Ihr Kopf hämmerte vor Schmerz, ihr Puls raste. Sie ging durch den Obstgarten und das östliche Tor im Zaun, dorthin, wo sie Jasper damals vor Téa und ihrer Freundin gedemütigt hatte.

Wie hatte sie noch geheißen? Parvini? Lana zoomte auf die Stelle mit den Weidenröschen, wo sie wahrscheinlich damals gesessen hatten. Sie war schwer auszumachen zwischen all den toten Bäumen, die in seltsamen Winkeln aus der Erde emporragten wie Geburtstagskerzen. Manchmal wachte Lana um drei oder vier Uhr morgens auf und fühlte sich immer noch schuldig. Nicht nur, weil sie Jasper bewusst gedemütigt hatte, sondern auch wegen der vielen Jahre zuvor, als sie ihre Langeweile wie eine Waffe vor sich hergetragen und alles Mögliche getan hatte, um ihn zu schockieren. Ihn benutzt hatte, um selber erwachsen zu werden.

Sie konnte die Kamera nicht ruhig halten. Vielleicht hätte sie Izzy, ihre Kamerafrau, mitbringen sollen, um ihr zu helfen. Aber darum ging es natürlich. Das Zittern. Die Unruhe. Das war die eigentliche Geschichte.

Es war spät geworden, die Sonne stand flach in ihrem Rücken. Die Schatten der Bäume wurden immer länger. Sie hörte etwas im Wald knacken, tief zwischen den verkohlten Baumstämmen, wo die Weidenröschen so hoch standen wie der Zaun. Lana erstarrte. Sie erinnerte sich an die vorzeitig gealterten Fotos von sich auf dem Handy. Ja, sie war hier; sie war zurückgekehrt.

Noch ein Geräusch, wie Äste unter den Füßen. Da war etwas.

Langsam wich Lana zurück und filmte im Gehen. Sie hatte das unheimliche Gefühl, dass die Kamera etwas sah, was ihr entging, da war sie sich sicher, obwohl es keinen Beweis dafür gab. Schließlich hörte sie auf zu filmen und kehrte zu der Stelle zurück, an der das Haus gestanden hatte. Sie hob ein verkohltes Stück Holz auf und legte es in den Kamin. Dann ging sie hinunter zum See. Vom Steg war nur noch das Metallgerüst übrig geblieben, das aus dem Boden ragte. Der Sonnenuntergang war traumhaft: Er tauchte die Wolken über der Bucht in ein vulkanisches Rot, als hätte ein Kind die Sonne aufgehoben und überall hingeschmiert. Selbst der See hatte sich in Lava verwandelt. Lana legte ihre Kamera weg; so etwas konnte man nicht filmen, ohne eine Postkartenidylle daraus zu machen. Wie hatte ihr Vater immer gesagt? *Ein Foto macht das Hässliche schön und das Schöne hässlich.* Eine Zeit lang betrachtete sie den Sonnenuntergang. Dann ging sie zurück zum Auto, wo Agnes auf der Motorhaube saß und wartete.

»Hast du bekommen, was du wolltest?«

»Natürlich nicht«, sagte Lana, und dann lächelte sie.

»Was für ein Sonnenuntergang ... Irgendwie *prähistorisch!*«

»Das ist der Rauch in der Luft«, sagte Lana. »Die Partikel. Sie machen ihn noch intensiver.«

Agnes bedankte sich persönlich bei der Sonne für ihre lebenslangen Dienste. So war sie, ein Kindskopf. Dann stiegen sie ins Auto, und Lana fuhr los. Der Bär, der sie vom Wald aus beobachtet hatte, wanderte hinunter zum See, auf der Suche nach toten Fischen, die hin und wieder an den Strand gespült wurden. Die Sonne machte ihr Ding weiter und zog alle Register, doch der Bär blieb unbeeindruckt. Der Wind roch nach Forellen. Das Tier streifte am Ufer entlang und wich einem Liegestuhl aus, der wie ein Buntstift geschmolzen war. Ein Geräusch hallte über den See. Der Bär legte die Ohren an und dachte für einen Moment, die Menschen seien zurückgekehrt, doch dann stellte sich heraus, dass es nichts war, worüber man sich aufregen musste, nur ein verlassenes Ruderboot, das gegen die Felsen schlug.

Die Menschen waren endlich verschwunden.

V

DER HOCHZEITSTAG, 2004

SECHSUNDZWANZIG

Cece schlug die Augen auf und fand sich an derselben Stelle wieder, an der sie sie geschlossen hatte: im oberen Stockwerk des Margolis-Hauses. Das Hochzeitskleid bildete eine Wolke um ihre Füße, als säße sie nicht in einem Sessel, sondern schmölze dahin wie ein Schneemann. Wer schickte einer Braut zwei Tage vor der Hochzeit eine solche E-Mail? Ein Betrunkener? Ein Verliebter? Ein Spinner. Ein bescheuerter, jämmerlicher Trottel. Cece hatte entschieden, die Sache für sich zu behalten. Sie würde niemandem davon erzählen, sie würde die Mail ignorieren und so tun, als hätte sie sie auf Garretts Bitte hin ungelesen gelöscht. Nachdem sie sie gelesen hatte, war sie eine volle Stunde lang wie benebelt herumgelaufen, als hätte sie zu viel Wasabi gegessen. Der Tag brach an, der See war spiegelglatt. Zweimal hintereinander hatte sie vergessen, Kaffee in die Maschine zu füllen, und war mit einer Kanne voll heißem Wasser dagestanden. Auch das behielt sie für sich.

Sie würde heiraten. Ein Drittel der Hochzeitsgäste hatte den Norovirus, einschließlich Ushi, einer ihrer Brautjungfern, aber sie würde trotzdem heiraten. Und sie konnte sich auf die Hilfe anderer verlassen. Am liebsten hätte sie geweint. Was für wunderbare Menschen! Was für Freunde und was für eine Familie! Cece wusste, dass sie besonders nett waren, weil sie ihnen leidtat, doch das spielte keine Rolle. Paige strahlte Cece mit einem Foundationpinsel in der Hand an, dann setzte sie sich auf die Fersen und inspizierte Ceces Gesicht, als hätte sie es selbst gemalt – was in gewisser Weise ja auch stimmte. Akriti steckte ihr eine rote Rose ins Haar. Ceces Großmutter, die ins Zimmer kam, um sie zu bewundern, fand sie umwerfend und warf ihr das typisch schräge Lächeln zu, das ihr Vater als »Calhoun-Wurzelkanal-Grinsen« bezeichnete.

Cece erwiderte es, so gut sie konnte. Ihre Großmutter hatte das alles schon einmal durchgemacht, mit Ceces Mutter, vielleicht hatte sie deshalb Tränen in den Augen. Sie war glücklich und traurig zugleich. Cece kam die Abwesenheit ihrer Mutter wie ein Verbrechen vor, eine Ungerechtigkeit, als hätte man sie um eine richtige Hochzeit betrogen. Das war die eigentliche Katastrophe. Drei Generationen von Cecelias: Welches Recht aufs Überleben hatte der Name, wenn ihre Mutter es nicht geschafft hatte?

Cece fing an zu schluchzen. Sie ruinierte ihr Make-up, zerstörte all die Mühe, die Paige sich gegeben hatte, und das verstärkte ihr Schluchzen nur noch mehr. Sie kam sich vor wie diese blöde Felswand im Glacier-Nationalpark. Die Gäste im Zimmer versuchten, sie zu trösten. *Was ist denn los?,* fragten sie, aber sie konnte es ihnen nicht erklären. Es war ihre Mutter, ihre Mutter, aber dann auch wieder nicht. Bestimmt glaubten sie, es wäre wegen der kranken Hochzeitsgäste, der leeren Stühle. Und vielleicht hatten sie ja recht. Akriti tupfte Cece das Gesicht mit einem Kleenex ab.

Dann hörten alle auf, sie anzuschauen, weil sie von etwas anderem abgelenkt waren. Etwas hinter ihr. Cece drehte sich um und sah Garrett. Er wäre der Letzte, den sie sich als Geistlichen für ihre Trauung ausgesucht hätte, obendrein in einem lächerlichen Smoking, der am Bauch komisch abstand. Seine Augen glänzten mitfühlend. Ceces Augen brannten, sie war in der ersten Sekunde wie erstarrt. Er machte einen Schritt auf sie zu, ekelhaft, und sie fletschte die Zähne, sprang auf und hob den Arm, als hielte sie eine Spraydose in der Hand. Dann tat sie das Schrecklichste, was ihr in den Sinn kam, oder vielleicht das Einzige, was ihr einfiel, um sich zu retten: Sie vernichtete ihn.

~~~

Mindestens ein Drittel der Sitzplätze war verwaist, auf den restlichen Stühlen saßen junge und alte Menschen, einige gähnten, andere nicht. Sie hatten viel Zeit und Mühe auf sich genommen, um hierherzukommen, und warteten auf die ersten Reden. Erwartungsvoll sahen sie Garrett an. Ihm war es egal. Er war mit sich im Reinen. Während er dem üblichen Ablauf der Dinge folgte, hatte er seine zunehmende Benommenheit bemerkt, eine Art Trance, als wäre er ein Schlafwandler, der zufällig ins Rampenlicht geraten war. Was Cece vorhin im Haus getan hatte, war eine Erleuchtung gewesen; es hatte ihn befreit. Sie hasste ihn. Sie hatte seine Mail gelesen, wusste, was er fühlte, und hatte ihn zum Teufel geschickt. Sie fand ihn widerlich – und das zu Recht. Garretts Herz war wie betäubt, aller Illusionen beraubt, als hätte man es in Säure getaucht. Das einzige Leben, das er heute zerstört hatte, war sein eigenes.

Neben ihm standen die Braut und der Bräutigam, beide von ihren engsten Freunden flankiert, sofern sie noch gesund genug waren, um sich auf den Beinen zu halten. Er traute sich nicht, Cece anzusehen, deshalb konzentrierte er sich auf Charlie. Ihm schien es auch nicht besonders gut zu gehen, er wirkte zusammengesunken in seinem Anzug und schluckte so auffällig, als hätte er einen Frosch im Hals. Garrett, der nun alle Hoffnungen aufgegeben hatte, warf ihm ein aufmunterndes Lächeln zu. Charlie tat sein Bestes, um es zu erwidern, und musterte Garretts Bauch, wo er ihm das Hemd zusammengetackert hatte. In zwanzig Jahren würden sie sich vielleicht darüber unterhalten, wie lächerlich Garrett ausgesehen hatte. Sie würden so darüber lachen, dass ihnen die Tränen kämen.
~~~

Charlie würde niemals erfahren, dass er sich in seine Braut verguckt oder ihr eine Mail geschickt hatte, in der Hoffnung, sie ihm zu stehlen, oder dass ihrer beider Welt an diesem Tag auf der Kippe gestanden hatte.

Plötzlich kam ein Geräusch von Cece. Vielleicht hatte sie sich geräuspert, um ihm anzudeuten, dass er mit der Zeremonie beginnen sollte. Garrett wich ihrem Blick aus. Eine stumpfe, unheimliche Ruhe hatte sich über ihn gesenkt. Seine Rede spielte gar keine Rolle mehr. In der Hand hielt er den Notizblock aus Mr. Margolis' Arbeitszimmer, der abgesehen von der förmlichen Einleitung, die er sich vorhin hastig notiert hatte, völlig leer war.

»Wir haben uns heute hier versammelt, um zwei bemerkenswerte Menschen zu feiern, Cece und Charlie, die beschlossen haben, sich im Stand der Ehe zu vereinen.«

Nachdem er diese kläglichen Sätze laut vorgelesen hatte, starrte er auf die leeren Zeilen darunter. Das machte sie nicht weniger leer. Fieberhaft suchte er in seinem Kopf nach Worten. Und plötzlich hatte er mitten in seiner Verzweiflung ein seltsames Gefühl. Es kam ihm so vor, als stünde jemand hinter ihm und klopfte ihm auf die Schulter. Als sollte er im nächsten Moment überrascht werden. Er sah sich sogar kurz um, was einige Leute zum Lachen verleitete. Und als er wieder auf das von der Sonne erleuchtete leere Blatt starrte, fiel es ihm wie Schuppen von den Augen, worum es bei einer Trauung wirklich ging: das Versprechen, diese Leere zu füllen. Eine Zukunft für sich selbst zu schreiben. Genau genommen um all das, was seinem eigenen Leben fehlte. Er sah von dem Notizblock auf und ließ ihn dann neben sich zu Boden fallen.

»Das sind die üblichen einführenden Worte. Tatsächlich habe ich hier eine lange Rede, die ich schon vor Monaten geschrieben habe und die vor langweiligen Sprüchen nur so strotzt.«

Erneutes Gelächter. Er warf einen Blick auf Charlie, der ihn besorgt musterte. Falls er wusste, dass er log, ließ er sich nichts anmerken. Garrett fummelte an seinem zusammengetackerten Hemd herum, als wollte er die Luft aus einem Luftballon rauslassen, und die Gäste lachten noch lauter.

»Aber ich habe eine bessere Idee!« Jetzt improvisierte er. »Ich will ein paar Worte darüber verlieren, was die Ehe ist und was sie bedeutet, weil ich glaube, dass bei einer Hochzeit der Tag selbst gar keine Rolle spielt. Vielmehr geht es um die Zukunft. Denn das ist es doch, was eine Ehe ausmacht, nicht wahr? Ein Versprechen, das die Gegenwart der Zukunft macht. Es ist die Feier eines anderen Tages, vielleicht in zehn oder zwanzig Jahren – eines Tages, der irgendwie mit dem heutigen Tag in Verbindung steht. Denn es ist die Zukunft, die der Gegenwart einen Sinn verleiht. Ohne sie ist man irgendwie, wie soll ich sagen, *nicht wirklich da.*

»Also lasst uns etwas versuchen. Schließen wir bitte alle für einen Moment die Augen. Stellen wir uns das Leben dieser beiden wunderbaren Menschen vor, besser gesagt, das Leben, das sie gemeinsam haben werden, irgendwann in der Zukunft, vielleicht in zehn Jahren. Ein Tag, der sich mit dem heutigen verbindet. Ich habe eine Vorstellung davon, welche Zukunft das sein wird, nachdem ich mit beiden, Braut und Bräutigam gleichermaßen, darüber gesprochen habe. Eine ziemlich klare Vorstellung sogar. Charlie wird ein berühmter Anästhesist werden, nachdem er ein neues Schmerzmittel erfunden hat, oder halt, nein, er wird kurz davorstehen, eins zu erfinden, und bald berühmt sein. Und Cece wird ... Nun ja, so genau weiß ich nicht, was sie machen wird. Aber es wird etwas Erstaunliches sein. Auch sie wird berühmt. Sie werden zwei Kinder bekommen, sagen wir, ein Mädchen und einen Jungen, vielleicht Nathaniel und, hm, Sylvia. Silvie? Klar, warum nicht. Nathaniel und Sylvia werden jeden Sommer hierherkommen, an dieses wunderbare Fleckchen Erde, und das tun, was auch Charlie getan hat, als er klein war, all das, was er mir erzählt hat, seitdem wir uns damals auf dem College begegnet sind. Sie werden Himbeeren und Kirschen pflücken. Sie werden Masterpiece und Krocket spielen, ein Lagerfeuer am Strand machen und über den Flammen Marshmallows für S'mores rösten. Sie werden auf dem Steg herumalbern und so tun, als wären sie blind oder Schlafwandler oder jemand, der erschossen werden soll. Sie werden sich grässliche Splitter in die Füße bohren. Charlie wird sie ins Boot setzen und ihnen ein Eis holen. Cece wird der wahre Fischer in der Familie sein, besser gesagt, die wahre Fischersfrau, sie wird Forellen fangen und sie Charlie bringen, der sie dann ausnehmen und für die Familie zubereiten wird. Sie werden im Jewel Basin wandern, nach Hause kommen und voll bekleidet in den See springen, inklusive Stiefel. Die ganze Familie wird das tun, und sie werden zusammen alt werden und dieses Haus für immer behalten. Denn ich weiß, dass Charlie es liebt, genau wie Cece – dieses Haus, in dem wir das Versprechen ihrer Zukunft feiern. Sie wird nicht unbedingt genau so, wie ich es gerade beschrieben habe, natürlich nicht, aber genauso glücklich, genauso beneidenswert, eine Verbindung zu dem Tag, den wir hier und jetzt, in diesem Augenblick erschaffen.« Garrett spürte, wie ihm die Tränen kamen, nicht wegen seiner Worte, sondern aus Trauer um ein Leben, das ihm nicht vergönnt war. »Und jetzt schlagt bitte eure Augen wieder auf. Öffnet sie und freut euch an der Braut und dem Bräutigam, die euch heute hierher eingeladen haben, an dieses schöne Fleckchen Erde, das ihnen mehr bedeutet als alle anderen Orte der Welt, weil sie wollen, dass auch ihr Teil dieser Zukunft seid.«

Die Gäste folgten seinem Aufruf. Und was bekamen sie zu sehen? Einen Bräutigam mit einem grünen Gesicht, der in seinem Designeranzug schlotterte. Er wirkte tief berührt von Garretts Worten. Vielleicht kämpfte er aber auch nur gegen den

Drang an, sich zu übergeben. Wie auch immer, er zitterte vor Emotionen. Garrett warf Cece einen verstohlenen Blick zu. Sie starrte weiterhin entschlossen nach vorn, als könnte sie versteinert werden, wenn sie ihn ansah. Irgendwie machte es sie noch schöner. Garrett war bewusst, dass er höchstwahrscheinlich nach dem heutigen Tag nie wieder mit ihr reden würde. Mit keinem von beiden. Noch würde er jemals wieder einen Fuß an diesen Teil des Sees setzen, dessen Schönheit er gerade gepriesen hatte. Sein Vater lag im Krankenhaus und würde mit hoher Wahrscheinlichkeit sterben.

Eine Frau in Anzug und Schlips, eine Freundin von Cece, stand auf, um ein Gedicht vorzutragen. Garrett bekam kein einziges Wort mit. Er war abgelenkt von jemandem im Publikum, einer alten Frau in der zweiten Reihe, die von leeren Stühlen umgeben war. Sie sah Cece sehr ähnlich. Hatte dasselbe Grübchen auf dem Kinn, dieselben kantigen, V-förmigen Augenbrauen, dieselbe erwartungsvolle Haltung, als hätte sich ein Schmetterling auf ihrer Nase niedergelassen. Bestimmt war das Ceces Großmutter. Sie wirkte sehr alt und erschöpft, als hätte sie eine extrem lange Anreise hinter sich.

~~~

Erst jetzt, mitten in der Zeremonie, wurde Cece plötzlich klar, dass alle Hochzeiten im Grunde genommen gleich waren, egal wie viele Square-Dance-Bands man engagiert hatte. Sie versuchte, sich auf Colleens Gedicht zu konzentrieren. Ihre Freundin hatte es eigens für sie geschrieben. Es sollte eine Überraschung sein und ein Statement. Eine queere Frau, die eine Lobeshymne auf die Ehe sang. Doch Cece bekam kein einziges Wort mit. Ihr Gehirn war auf eine einzige Aufgabe reduziert: bloß nicht Garrett ansehen. Sie starrte auf den Rasen, in die Ferne, auf das Gesicht ihres zukünftigen Mannes.
~~~

Charlie stand der Schweiß auf der Stirn. Er war verschwitzt und kreidebleich. Man sah, dass er sich nicht wohlfühlte; er schwankte wie ein Betrunkener. Alle paar Sekunden schloss er die Augen wie in Zeitlupe, als hätte er gerade einen Joint geraucht oder so was, und schluckte so heftig, dass sich sein ganzes Gesicht verzog. Anschließend gab er sich Mühe, ihr zuzulächeln, und produzierte stattdessen ein perverses Grinsen. Es berührte Cece sehr, dieses Grinsen. Er versuchte, ihr den Hochzeitstag nicht zu vermiesen. Selbstaufopferung bis zum Schluss.

Hatte sie es wirklich gerade so bezeichnet? Als Schluss?

Aber warum konnte er ihr nicht einfach sagen, dass er sich mit dem Virus angesteckt hatte? Warum dieser ewige Drang, alles besser erscheinen zu lassen, als es war?

Als es Zeit wurde, die Ehegelübde abzugeben, warf Charlie ihr einen gequälten Blick zu und bat dann höflich darum, sich setzen zu dürfen. Mr. Margolis brachte ihm einen Stuhl. Nach dem Ausfall von Ushi, die ursprünglich mit dieser Aufgabe betraut gewesen war, reichte ihr nun eine von Ceces anderen Brautjungfern ein zusammengefaltetes Stück Papier. Cece blickte nicht auf, um zu sehen, wer es war, sondern blätterte es schweigend auf, wie im Film einen Brief, der den Tod eines Menschen verkündet. Von anderen Hochzeiten, an denen sie teilgenommen hatte, erinnerte sie sich verschwommen an dieses stumme Entfalten. Wie lächerlich! Die ganze Planung, die sie in dieses Vorhaben gesteckt hatte, ihre wahnwitzigen Anstrengungen, sie einzigartig zu gestalten, kamen ihr nun absurd vor. Selbst das Zittern ihrer Finger schien Teil des Drehbuchs zu sein. Wie lange hatte sie an diesem Gelübde gearbeitet? Monate? Und doch genügte dann ein Blick darauf, um zu sehen, wie fade, vorausschaubar und *kitschig* das Ganze klang. Genauso gut hätte sie es aus dem Internet abschreiben können.

Charlie starrte sie aus der ersten Reihe an und versuchte, den Kopf hochzuhalten. Er atmete zu schnell. Er keuchte in der Sonne wie ein Golden Retriever. Ein Bräutigam, der während des Gelübdes auf dem Stuhl zusammensackte. Das zumindest war originell! Cece konnte mit Fug und Recht behaupten, dass sie so etwas noch nie zuvor erlebt hatte.

Dann tat sie etwas, das sie selbst nicht erwartet hatte: Sie lachte. Und Charlie lachte mit, obwohl er sich hundeelend fühlte. Es war ein Lachen, das aus einem anderen Mund zu kommen schien, hoch und schrill, als wäre es die Stimme eines Pferds.

Zum ersten Mal dämmerte ihr, dass sie dieses Lachen für den Rest ihres Lebens hören würde. Ein Lachen, das sie liebte.

Cece las ihr Ehegelübde vor. *Ich verspreche, niemals wütend zu Bett zu gehen,* obwohl ihr tatsächlich kein Wort von dem bewusst war, was sie da sagte. Sie konnte nur an Garrett denken, der in seinem schrecklichen Hemd neben ihr stand. Plötzlich hatte sie das Gefühl, dass er ihr etwas sagen wollte. Würde er versuchen, die Hochzeit zu verhindern? Oder behaupten, dass Charlie zu krank sei, um die Trauung fortzusetzen, sodass man sie auf einen späteren Zeitpunkt verschieben musste? Hatte er diesen Tag nicht schon genug ruiniert? Cece fuhr mit ihren Versprechen fort, fest entschlossen, Garrett nicht anzusehen, sondern sich auf das zu konzentrieren, was sie sagen wollte, aber die Worte drängten sich aus ihrem Mund wie Bienen. Gelegentlich sah sie den Bräutigam an, der kreidebleich auf seinem Stuhl saß, den Kopf in eine Hand gestützt, und eher verwirrt als gerührt wirkte, als hätte auch er Mühe, den Worten zu folgen.

Garrett rückte ein Stück näher an sie heran. Sie spürte seinen unsichtbaren Schritt lebendiger als alles andere, was an dem Tag passiert war. Cece sah ihn zum ersten Mal an. Augen. Nase. Seine Lippen bewegten sich. Ja, er versuchte, ihr etwas zu sagen. Etwas Abscheuliches. ICH LIEBE DICH? Nein, es war etwas anderes.

LANGSAM!

Dasselbe, was sie sich an den Rand ihres Blattes gekritzelt hatte. Eine Mahnung.

Plötzlich war sie mit ihren Versprechen fertig, jetzt war Charlie dran. Garrett half ihm, vom Stuhl aufzustehen, und stützte ihn am Arm, während Charlie seinen Zettel aus der Tasche kramte, in der Hand hielt und mit zittriger Stimme vorlas. Es sah aus, als würde er jeden Augenblick zusammenbrechen. Als sie die Eheringe tauschen sollten, hielt Garrett fast Charlies ganzes Gewicht. Ein Raunen flog durch die Gäste, die unruhig auf ihren Sitzen hin und her rutschten. Cece wartete in stiller Panik. Schweißtropfen liefen ihr an den Achseln herunter. Als Johnny Charlie das Etui reichte, half Garrett ihm, den Ring herauszunehmen, und sorgte dafür, dass er ihn fest in der Hand hielt.

»Während du Cece den Ring an den Finger steckst, Charlie, sprich mir nach: Ich verspreche, dich zu lieben, zu ehren und zu respektieren / dir treu zu sein / und allen anderen zu entsagen / bis dass der Tod uns scheidet.« Charlie versuchte, Cece den Ring anzustecken, zitterte aber dermaßen, dass er ihn auf den Rasen fallen ließ. Wieder flog ein Raunen durch die Gäste. Garrett bückte sich, um ihn zu suchen, ging dann sogar auf alle viere und tastete den Rasen ab. »Er hat ihn verloren«, flüsterte Cece, den Tränen nahe. Einen Augenblick lang schien das tatsächlich der Fall zu sein. Dann fand Garrett den Ring in einem Büschel Klee und hob ihn unter dem dankbaren Beifall der Gäste in die Luft. Er drückte ihn dem Bräutigam in die Hand und hielt diese dann fest, bis Charlie ihn Cece an den Finger gesteckt hatte. Das Metall fühlte sich warm von seiner fiebrigen Hand an. Cece nahm den anderen Ring vorsichtig aus Paiges Hand und versprach, allen anderen zu entsagen. Als sie Charlie den Ring anstecken wollte, kämpfte der wieder darum, sich auf den Beinen zu halten. Garrett musste ihn am Arm packen und aufrecht halten. Er stützte Charlies Hand mit seiner eigenen und streckte beide Cece entgegen, die sich nach vorn beugte und ihm den Ring an den Finger steckte.

~~~

Kaum war die Zeremonie beendet, verschwand der Bräutigam im Bett. Doch die Gäste ließen sich das Fest nicht vermiesen. Sie aßen Tacos, tranken Bier mit Namen wie *Hoppy Hedonist* und tanzten zur Musik von *Rod-O and the Feckless Fiddlers*, die viel besser waren als ihr Name. Die Sattelschlepper ratterten über die Route 35 und hupten. Dank des ganzen Rummels und der diversen Square Dances gab ein Gast das Norovirus an den nächsten weiter, bis auch der letzte sich angesteckt hatte. Auf dem Rückflug nach L. A. und New York würden sich mehrere Passagiere unkontrolliert übergeben. Paare in kleinen Wohnungen würden sich um die einzige Toilette streiten. Urlaube würden storniert, lethargische Babys mitten in der Nacht in die Notaufnahme gebracht werden müssen.

Dann kam der DJ und spielte die Top-40-Hits, für die sich niemand hatte begeistern können, als sie damals erschienen waren, die inzwischen aber irgendwie zu den heiligen Relikten ihrer Jugend zählten. Bei jedem Song fingen die Gäste an zu grölen, als hätten sie bei einer Tombola den Hauptpreis gewonnen. Das Wetter war traumhaft. Die Brise vom See duftete nach Kirschen, die die Leute von den Bäumen pflückten und sich dann aus Spaß gegenseitig mit den Kernen bespuckten. Selbst die Braut war entschlossen, sich ohne ihren Bräutigam zu amüsieren. Sie tanzte mit ihren Freunden, sang bei jedem Song mit und zeigte dabei mit dem Finger auf einzelne Gäste, sodass sie sich ein kleines bisschen berühmt fühlten. Ihr Gesicht war erhitzt, sie wirkte authentischer als den ganzen Tag über, und selbst die glücklichsten Gäste konnten nicht umhin,
~~~

ihre Partnerinnen mit ihr zu vergleichen und sich zu fragen, ob sie das, was das Leben ihnen bot, unterschätzt hatten. Die Pannen während der Zeremonie (der kranke Bräutigam, die hastig vorgelesenen Gelübde, der ins Gras gefallene Ring) hatten bereits den Glanz einer Legende angenommen und fügten sich geschmeidig in eine Zukunft, in der all das harmlos, ja sogar urkomisch erscheinen würde. Selbst das Tanzen bekam einen Sinn, als müssten die Tänzer den Geschichten gerecht werden, die man sich über sie erzählen würde.

Alle waren sich einig, dass Garretts Rede wunderschön gewesen war und die Hochzeit ohne seine ruhige Hand in einer Katastrophe geendet wäre, obwohl ihn anschließend niemand mehr zu Gesicht bekommen hatte. Offenbar hatte er sich verdrückt, als gerade niemand hinsah. Jemand sagte, sein Vater sei krank, eine Frau meinte gesehen zu haben, wie er nach der Zeremonie über die Straße zu seinem Wagen gegangen sei.

Was für ein guter Freund, sagten alle, als sie hörten, dass er direkt aus dem Krankenhaus zur Hochzeit gekommen war.

Irgendwann nach Einbruch der Dunkelheit, wie immer, wenn Bier, ein See und eine große Gruppe von Menschen aufeinandertreffen, liefen einige Gäste zum Steg, zogen sich aus und sprangen johlend ins Wasser. Auch Cece schloss sich ihnen an. Sie ließ ihr Hochzeitskleid auf dem Steg liegen und zitterte in ihrer Unterwäsche. Einmal noch sah sie sich kurz um, als suchte sie jemanden. Aber der Bräutigam war krank und lag im Bett. Ihr Blick schweifte ziellos über das Seeufer. Sie musste es gewusst haben, trotzdem suchte sie weiter die Menge ab und kaute dabei auf ihrer Unterlippe herum. Dann gab sie offensichtlich auf und verzog das Gesicht zu einem Lächeln, als wäre sie froh, ja sogar erleichtert, allein zu sein.

Diesen Eindruck jedenfalls hatten die Anwesenden, obwohl sie natürlich wussten, dass das nicht wahr sein konnte, denn keine Braut wäre froh darüber, die eigene Hochzeit ohne ihren

Bräutigam zu feiern. Marcus Porter tanzte mit seiner dreijährigen Tochter auf dem Rasen und tat so, als bemerkte er die halb nackte Cece nicht. Paige in ihren High-Heels näherte sich ihr von hinten, tat so, als verpasste sie ihr einen Schubser, und platschte dann selbst voll bekleidet in den See, wo sich ihr rotes Kleid wie Blut um sie herum ausbreitete. Der Fotograf lief mit der Zigarette im Mundwinkel zum Ufer hinunter, schaltete das Blitzgerät ein und fokussierte auf den Steg, in der Hoffnung, die Braut bei einem Kopfsprung zu erwischen. Dort hockte er sich mit dem Finger auf dem Auslöser hin. Ein Windhauch kam auf, und das Hochzeitskleid zu Ceces Füßen segelte ohne sie in Richtung Haus.

Ihre Freunde, die schon bis zum Hals im See standen, feuerten sie an. *Na los!*, schrien sie. *Man lebt nur einmal!*

Das Wetter war perfekt. Sie konnte nichts falsch machen. Trotzdem zögerte sie und kostete den Moment vor dem Sprung aus, als wollte sie ihn damit nicht ruinieren.

DANKSAGUNG

Dem Biologen und Autor Doug Chadwick, der so freundlich war, sich mit mir zu treffen, als *Weißes Licht* kaum mehr als eine Idee war, und dessen Arbeit mich zu Garretts Berufung im Roman inspirierte, bin ich zu großem Dank verpflichtet. Das gilt insbesondere für *The Wolverine Way*, Chadwicks Bericht über das Tracken von Vielfraßen im Glacier-Nationalpark, das die Kapitel 15 und 22 maßgeblich beeinflusst hat. Es ist ein wertvolles und wichtiges Buch, bitte lest es! Bei der übrigen Recherche waren mir der Film *Finding Gulo* von Colin Arisman und Tyler Wilkinson-Ray, und *Dopesick: Dealers, Doctors, and the Drug Company that Addicted America* von Beth Macy eine große Hilfe.

Ohne die Großzügigkeit der Familie Noel, vor allem Gordon und Margaret Noel, die mich vor fünfundzwanzig Jahren in ihr Haus im Nordwesten Montanas einluden und meine Familie und mich seither jeden Sommer dort aufnehmen, gäbe es dieses Buch nicht. Ich hoffe, der Roman kann dem Ort gerecht werden. Ein Dankeschön auch an Jennifer Noel, die sich trotz ihres voll ausgefüllten Lebens Zeit nahm, um vom Auto aus mit mir zu telefonieren. Herzlichen Dank an Dr. Laeben Lester, der unzählige Details überprüfte und zuließ, dass ich ihm in einem voll besetzten Restaurant laut aus dem Manuskript vorlas, während er versuchte, sein Essen zu genießen. Danke an Emma Snyder, die sich mit mir über unabhängige Buchhandlungen unterhielt (und dafür, dass sie selbst eine so wunderbare Buchhandlung betreibt). Ein Dankeschön auch an Kenny Wachtel und seine Filmemacher-Freunde dafür, dass ich sie mit Fragen löchern durfte.

Ich bedanke mich herzlich bei den diversen Vorab-Lesern und -Leserinnen, durchweg erstaunliche Kritiker und Kritikerinnen, die mir halfen, *Weißes Licht* in einen Roman zu verwandeln: Andrew Motion, Danielle Evans, Tom Barbash, Scott Hutchins und Greg Martin. Ohne euren fachkundigen Rat wäre es ein weitaus schlechteres Buch geworden. Danke an GM, meinen Führer auf Skitouren im Hinterland und Lawinenexperten.

Mein Dank gilt auch den Künstlerresidenzen MacDowell und Yaddo sowie allen Mitarbeitern an der Johns Hopkins für ihre großzügige Unterstützung.

Ein besonderer Dank geht an meine wunderbare Agentin Dorian Karchmar für das dreistündige Zoom-Feedback und dafür, dass sie so fest an das Buch glaubte, lange bevor es seine endgültige Form bekam. (Wow, hatte ich Glück, als ich 2002 anrief und fragte, ob sie mir eine Agentur empfehlen könnte!) Ebenso an Thomas Gebremedhin, der den Roman durch sein brillantes Lektorat in zahllosen großen und kleinen Punkten verbesserte. Danke auch an Johanna Zwirner, Oliver Munday, Michael Goldsmith, Jess Deitcher, Andrea Monagle, Aja Pollock, Hilary DiLoreto, Casey Hampton und alle anderen bei Doubleday, die an der Entstehung von *Weißes Licht* beteiligt waren.

Und zuletzt, an erster Stelle und überall dazwischen danke ich Katharine Noel, der Liebe meines Lebens, die mir auf Schritt und Tritt zur Seite stand. Ich kann mir nicht vorstellen, dieses oder irgendein anderes Buch ohne dich zu schreiben.